鏡子の家

第一部

第一章

　みんな欠伸（あくび）をしていた。これからどこへ行こう、と峻吉（しゅんきち）が言った。

「こんな真昼間から、どこへ行くところもないじゃないか」

「私たちは美容院で下ろして」と光子と民子は言った。彼女たちは要するに元気だった。

　峻吉も収（おさむ）も、女二人をそこで落すことに異存がなかった。車に残った女は鏡子一人になった。光子も民子も、鏡子を車に残すことに異存がなかった。峻吉と収は、それぞれの流儀で、ごくあっさりした別れの会釈（えしゃく）をする。彼女たちは却（かえ）って、自分たちのお相手ではない夏雄のやさしい挨拶（あいさつ）に期待した。夏雄は果してその期待に充分こたえた。

　一九五四年の四月はじめの午後三時ちかくであった。峻吉が運転する夏雄の車は、町なかの一方通行の道をぐるぐる廻った。どこへ行こうか？　そうだ、どこかあんまり人のいないところへ行こう。二日間をすごした芦の湖にも人がいっぱい居すぎた。かえってきた銀座にはむろんのこと。

こういうときこそ夏雄の意見に耳を傾けるべきである。

「僕は一度スケッチに行ったことがあるんだけど、月島のむこうの埋立地はどうだろう」

一同は賛成して、そちらへ車を向けた。

勝鬨橋のあたりは車が混雑しているのが遠くからわかる。どうしたんだろう、事故でもあったのかな、と収が言った。が、様子で、開閉橋があがる時刻だとわかった。峻吉は舌打ちした。ちえっ、埋立地はあきらめようや、じれったい、と言う。しかし夏雄と鏡子が、まだ一度も見たことのない、その橋のあがるところを見たがったので、可成手前に車をとめて、みんなでぞろぞろ鉄橋の部分を渡って見に行った。峻吉と収はいささかも興味のない顔をしている。

中央部が鉄板になっている。その部分だけが開閉するのである。その前後に係員が赤旗を持って立っていて、停められた車がひしめいている。歩道のゆくても一条の鎖で阻まれている。かなりの数の見物人もいるが、通行を阻まれたのをさいわい油を売っている御用聞きや出前持などもいる。

電車の線路のとおっている鉄板が、その上に何ものも載せないで、黒く、しんとしていた。それを両側から車と人が見戍っている。

そのうちに鉄板の中央部がむくむくとうごき出した。その部分が徐々に頭をもたげ、割れ目をひらいた。鉄板はせり上って来、両側の鉄の欄干も、これにまたがっていた鉄のアーチも、鈍く灯った電燈を柱につけたまま、大まかにせり上った。夏雄はこの動きを美しいと思った。

鉄板がいよいよ垂直になろうとするとき、その両脇や線路の凹みから、おびただしい土埃が、薄い煙を立てて走り落ちる。両脇の無数の鉄鋲の、ひとつひとつ帯びた小さな影が、だんだんにつづまって鉄鋲に接し、両側の欄干の影も、次第に角度をゆがめて動いて来る。そうして鉄板が全く垂直になったとき、影も亦静まった。夏雄は目をあげて、横倒しになった鉄のアーチの柱を、かすめてすぎる一羽の鷗を見た。

……こうして四人のゆくてには、はからずも大きな鉄の塀が立ちふさがってしまった。

**
**

ずいぶん永く待ったような気がした。橋が元通りになったあとでは、今度は前ほどにはむこうの埋立地へゆく興味がなくなった。その代り、橋が元通りになった以上、行かなくてはならぬ、という義務感のようなものだけが残った。いずれにせよ、どの頭も、寝不足と旅の疲れと陽気のあたたかさとにどんよりして、物をこまかく考えたり、計画を練り直したりするのに適さなかった。ゆくてはどうせ海なのだから、行くところまで行けばいいのである。一同は言葉すくなに、また欠伸をまじえながら、のろのろ車に戻った。

車は勝鬨橋を渡り、月島の町のあいだをすぎて、さらに黎明橋を渡った。見渡すかぎり平坦な荒野が青く、ひろい碁盤の目の鋪装道路がこれを劃していた。海風は頬を搏った。峻吉は、米軍施設のはずれにある滑走路の、立入禁止の札を目じるしに車をとめた。かなた米軍の宿舎のかたわらには、数本のポプラが日にかがやいていた。

車から下りた夏雄はこの風景に幸福を感じ、僕は廃墟か埋立地かどちらかが好きだ、と思った。しかし大人しくて慎しみ深いので、どんな感想も口に出さない。芸術的な意見などというものは、そんなに腹に溜めておいて苦しい性質のものではないし、この連中にはそういう話の通じないところが夏雄は好きだったのである。

それでも彼の目は怠りなく見ていた。人工的な荒野のむこうの白い巨船や、今し豊洲埠頭から出てゆく、煙突に井の字を白く抜いた石炭船だの、そういうものは実に整然としていて美しい。そしてこの埋立地の人工の平坦な幾何学的な土地が、いっぱいに湛えている春の野は美しい。

急に峻吉が駈け出した。どこまでも駈けた。見る見るその姿は野の果てに小さくなった。

「あしたから練習がはじまるんで、奴さん、張り切っていやがるな。僕は何でも体をめちゃくちゃに動かせるやつが羨ましいよ」

とまだ役らしい役のつかぬ俳優である収が言った。

「あの人、箱根でも毎朝駈けてたんだからね。熱心なもんね」

と鏡子が言った。

立止った峻吉の目にも、三人の姿ははるか小さく見えた。駈足だけは欠かせない、と深く身にしみていたので、雨の日にさえ合宿の道場で二十分間の縄飛びを忘れなかった。

鏡子のグループでは、峻吉は最年少である。拳闘部の主将をやっていて、来年大学を卒業する。鏡子のほかの友だちは、少くとも大学を了えた連中ばかりである。収もそうである。夏雄もそうである。

物事にこだわらないたちの峻吉は、拳闘ファンの先輩の杉本清一郎に誘われて、はじめて鏡子の家へ行って以来、こだわりなくそこの一員になった。車は持っていなかったが、運転が上手なので重宝がられる。拳闘選手というものへの好奇心から、年も職業も環境もちがう人たちが、興味を持って可愛がってくれる。

そんなに若いのに、もう信条を持っていた。それは瞬時もものを考えないようにすることである。少くともそういう風に自分を陶冶することである。昨夜自分が民子と何をしたか、そんなことは今朝芦の湖をめぐる自動車道路を一人で駈けているときにはもう忘れてしまった。記憶のない人間になることが大切だ。過去……。彼は自分の記憶から必要な部分だけ、決して色褪せぬ愛着のある部分だけは残していた。現在を鼓舞し、現在を支えるような記憶だけ。たとえば三年前、大学へ入ってはじめて拳闘部へ入部して初練習の日の記憶、またはじめて先輩をパートナアにスパアリングをやったときの記憶などはそうだ。

初スパアリングのときの武者ぶるいから、彼は今やどんなに遠くまで来ていることか！　あれは合宿に入ってから一ト月目のことであった。すでに何度も洗って手に馴染んでいる繃帯の巻き心地が、今日は新鮮に事々しく感じられる。手の甲の上で、指の附根のナックル・パットの上で、儀式のように往復して重ねられる粗い木綿の布の肌ざわり。彼はもとから自分の少しも繊細さのない手を好いていた。攻撃的な、がっしりした、まるきり感情や神経をあらわさない、木槌みたいな手。そして掌の皺は単純で、手についた深い単純な線だけが、焦茶いろの肉に刻まれていた。峻吉はうっとりと思い出す。二人の同級生が、さし出した峻吉のその両手に、十二オンスの大きな無恰好なスパアリング用グローヴをはめてくれたときのこと。それは実に古いグローヴで、鞣し革のおもてが亀裂を生じて、その紫いろの亀裂が革のおもてをこなごなに引裂いて、グローヴというよりはグローヴの屍骸であった。しかしこのぶざまな大きな手袋の内部は、やわらかく温かく指にさわった。紐がきっちり手首のまわりに巻かれた。

「きついか？」

「右がちょっと」

こう訊かれこう答える瞬間を、一ト月のあいだ彼は待ちこがれていたのである。闘わせるために養われ愛護される動物みたいに、こうして手厚く二人がかりで世話をされ、グローヴの紐の締め加減を尋ねられる瞬間には、何ともいえない甘美なものがあった。彼はもとから、ラウンド間の休息にセカンドから世話を焼かれ、ビール罎に入れた水でうがいをさせてもらう、ボクサーの境涯を羨やんでいた。

何しろそれは戦いのためだから！　戦う男は手厚くいたわられる必要があるのだ。

次いで彼の侍者が、生れてはじめてかぶるヘッド・ギアを彼にかぶせた。彼はこの古ぼけた革の戴冠式の感覚をよくおぼえている。上気した熱い耳たぶが、いっとき革に圧せられて、ついで耳のところにあいている革の穴から外気へ跳ね出るときの感覚。

彼はグローヴでまず自分の顎を突き上げ、鼻柱や眉間を殴ってみる。はじめは軽く、その次は思い切り。熱い鈍重な闇が顔にぶつかる。

「それをやらねえ奴はいないな。はじめてのスパアリングっていうと」

と先輩が横から言った。

……そこまで思い出して峻吉は顔を赤くした。いざリングに上って、開始のゴングが鳴ってからのみじめさと言ったら！　今までに何度も経験のある喧嘩よりもずっと辛かった。どうやってみても、こちらの手が相手の体に届かない。それでいて相手の手があらゆる角度から、こちらの顔面や胃や肝臓を狙って、無慈悲に当ってくるのは、千手観音を相手にしているようである。第二ラウンドになって、疲れ切った左ストレイトが、綿のように無力に感じられたとき、却って、

「今の左、よし！」

と褒められたりしたっけ。その「今の左よし！」と言うスパアリング・パートナアの声にこもる息の喘ぎを、刹那、峻吉は感じとった。これほどにも些細な相手の弱りを嗅ぎ取ったときの狡猾な喜び。その喜びの上にのしあがる力の蘇り。……

——峻吉は目の前に春の汚れたお納戸いろの海を見た。かなり沖合に五千トン級の、典型的な三島型の貨物船が泊っていた。雲は水平線上をうっすらと覆い、形をなしていなかった。日があかるいので、鷗の白がいよいよ潔らかに見える。

峻吉は海を相手に拳をさし出した。彼の悪戯好きの魂が顔をのぞけた。拳闘選手になろうと思ったのも、はじめはただ、この悪戯好きの魂が彼をそそのかしに来たからなのである。

それは見えないものを相手にするシャドウ・ボクシングではない。茫洋たる汚れた春の海が彼の相手に立っている。岸壁の下を舐めるだけの漣の連鎖が、はるか沖のうねりにまでつらなっている。決して戦わない敵。呑み込んでしまうだけで、怖ろしい宥和を武器とする敵。しじゅう、かすかに笑いつづけている敵。……

峻吉のかえりを待つあいだ、三人は工事用の石材に腰を下ろして煙草を喫んだ。そういうとき、三人のうちで一等閑暇にぴったりして、切り抜いたように休息の形にぴったりはまって、まるでそこに居ない人のように見えてしまうのは収であった。

鏡子も夏雄も、ずっと前から収のこの特性に気づいていた。ちょっとでも黙ったが最後、彼のまわりには見えない城壁が築かれて、誰の介入も許さない彼だけの世界がそこに出現する。こんなことから、収は時として、退屈な男と思われたり、あるいはもっと見当ちがいなことには、空想家と見做されたりすることがあった。しかし少し注意深く見れば、彼には空想的なところがみじんもないことがわかっただろう。空想家でもなければ現実家でもない収、要するに収は、そこにいる収なのであった。鏡子はもうすっかり馴れていたから、このごろでは、「何を考えているの？」なぞと訊くこともなかった。

それでいて、彼は孤独な男なのでもなかった。一人でいるとき、彼ほど孤独にみえない男は珍らしかったろう。この青年はしかし、チューインガムを嚙むように、いつも一箇の自家製の快適な不安を嚙んでいた。自分は今ここにいる。たしかに存在している。しかし一体、自分は本当に存在しているのだろうか、という不安。こんな不安は青年にとって別に珍らしいものではないが、収の特色は、それがいかにも快適な不安だったことであり、その快適さは多分、……いや、確実に、彼の美貌(びぼう)から来ていたのである。

峻吉が駈け戻って来る。その姿が野の中に大きくなる。膝(ひざ)の正しく屈折する影が、斜めの日をあびていさぎよく見える。やがて汗ばんだ赤い頰がかれらのかたわらに立止り、息一つ切らしていない。

「海はどんな匂(にお)いがして？」

と鏡子が尋ねた。峻吉はにべもなくこう答えた。

「アンモニヤの匂いがした」

夏雄は目を遠くに放って、貨物船の吃水線(きっすいせん)が船腹の上部の黒と下部のあざやかな朱とを分っている、その線の正確さと勁(つよ)さについて考えた。それればかりではない。この広大な風景を、数しれぬ明確な数学的な線が交叉(こうさ)して、からめとっている。しかし陽炎(かげろう)がそれらの線の一部をゆがめ、なよやかな藻(も)のようなものにしてしまっていた。その役は板ツ収はぼんやりと、研究生公演の初舞台の夜のことを思いうかべていた。その役は板ツキであったから、上る幕の影が、ホテルのベル・ボオイの扮装(ふんそう)をして立っている彼の身を、足もとから徐々に這(は)い上った。こうして自分の姿が、光りに煙ってみえる観客の前に顕(あら)われてゆくときのあの戦慄(せんりつ)。自分の存在のすべてが他人の目に吸いとられ、他人の存在に移管されてゆくように思われるときのあの戦慄。……

鏡子はというと、彼女は青年たちを放し飼にしておくのが好きだったので、かれらの放心状態さえも好きだった。かれらが昨夜の女のことなど考えているのでないことは、直感でわかるのである。鏡子もまた、いかにも旅のおわりらしい、疲労のはてによみがえる感情の火照(ほて)りのようなものを感じている。ただ一つの煩(わずら)いは、すこしずつ激しくなる海風が、髪をかきみだしはしないかということである。髪に手をあてて、車のほうを振返ったとき、四五人の男が車に群がっているのを見た。かれらはこちらを見て笑っていた。

みんな土に汚れた法被(はっぴ)を着ている。ゲートルを巻き、地下(じか)足袋を穿(は)いている。この一角の工事場の土方らしい。或(あ)る者はタオルの鉢巻(はちまき)をしている。今まで音をひそめていたのが、ふりむいた鏡子の顔を見てあげた笑い声で、一様に酒気を帯びているのがわかる。一人が白い石塊をふりあげていた。それを車の屋根にふり下ろした。不快な音がはじけ、又一せいに笑った。

峻吉が立上った。鏡子も立上ったのは、峻吉を制しようと思ったからである。

収は夢想から、というより、彼自身のごく模糊とした現実から、ゆっくりと目をさました。機敏な判断を働らかす前に、もう放棄していた。彼はまだ喧嘩をしたことがなかった。いずれにせよ、目の前に予告なしに起る事件などというものは彼には信じられなかったのである。

夏雄も自分の弱さを知っていたが、いささかの気取りもなしに、鏡子を庇った。父に買ってもらって一ト月もたたぬ自分の車、まだ運転も覚束なくて峻吉に運転をたのんでいたその車が、たちまちラッカーをみにくく傷つけられ、壊される姿を思いえがいた。しかし子供のころから所有に淡白な夏雄は、車が目の前で壊されようとするのを、一種の空想的な目つきで眺めていた。

すでに峻吉は車を背にして、四人の男に囲まれている。何をするんだ、と彼は叫んだ。

『あいつは抗議している。あいつははっきり抗弁している。どうしてそんなことができるんだろう、友だちの持物にすぎない車のために』

と収は不満げに考えた。そう思う収は峻吉を誤解していた。彼には峻吉が正義を信じているように見えたのである。

土方たちは目を怒らして、ざわざわと何事かを言った。一つも独創的な悪口はなかった。峻吉はじっと聴き分けた。そのなかの猥褻な言葉は鏡子を諷していて、要するに、若僧が自動車なんか乗り廻して、昼日中からこんなところで女といちゃついているのは面白くないというのだ。石をふりあげている年かさの男が、多分峻吉を車の持主とまちがえて、ブルジョアの小倅と呼んだとき、峻吉はこのとんでもない誤解に元気が湧いた。戦うためには誤解されることが必要だ。

ふりあげられた石は、ドアの硝子にぶつかった。ガラスは四散しなかったが、蜘蛛の巣のような亀裂を敏感に走らせた。

峻吉がその瞬間に、石をもつ男の手首を押えたので、石はガラスを粉みじんにする力を削がれたのである。同時に、別の男が地下足袋の足で峻吉の足を払おうとした。しかし足捌きではかなわない。峻吉はふりむいてその男に頭突きをくれた。男はあおのけに草に倒れた。

鏡子が、峻吉の背へ石をふり下ろそうとする年かさの男を見て叫びをあげた。峻吉は頭突きの姿勢のまま身をすりぬけたので、石を持った男はのめった。峻吉はこの男の法被の襟をつかんでのけぞらせ、顎にアッパーを一発見舞った。

鏡子の叫び声は、のこる二人の男の注意を惹いた。二人は弱そうな青年に庇われている女と、そのうしろにぼんやり立っている派手な身なりの青年を見たのである。鏡子はそこで汚れた大きな手にスーツの肩先をつかまれることになった。

峻吉が横から来て、すばやく鏡子の手を引いた。しかし鏡子の肩をつかんでいた男の手が峻吉の胸を突きとばし、峻吉は二三歩飛びすさったが倒れない。相手のシャツの腹と、鍍金の剝げたバンドのバックルを見た。白いシャツの腹は波打っており、バックルは真鍮の地金をあらわしていた。いかにも趣味のわるいバックルで、牡丹の大きな銀いろの花が、わだかまって浮き出ている。峻吉はそれが自分の指を容易に傷つけうることに気がついた。こんなことで大切な手に怪我をしてはつまらない。

相手は激昂している。峻吉のほうに、一瞬この種の判断が生れるのは、もう勝ったことである。彼の連続フックは、白いシャツの腹に無制限に入り、彼は自分の手に当る肉の手ごたえ、自分を受容する肉のひろい面積をたのしんだ。彼の直面する空間にあらわれるもっとも充実したもの、それは人間の肉に他ならぬ。男の上半身はおおいかぶさってきて、そのままうずくまった。

もう一人の男は逃げてしまった。

その間に運転台に辷りこんだ夏雄は始動にかかり、鏡子と収と峻吉は座席に乗り込み、車は走り出して、忽ち黎明橋を渡って、月島の町の雑沓を縫っていた。夏雄はというと、自分の思いがけぬ運転の巧さにおどろいた。

＊＊＊

喧嘩というものの後味のわるさ、わが身が俄かに小さくちぢまってゆくような気持と、しばらく峻吉は戦った。やがて決してものを考えまいという彼のストイックな信条がこれに打ち克った。

峻吉は酒をも煙草をも自分に禁じていた。喧嘩と女はむこうからふりかかって来るものだから仕方がないが。しかしストイックなのは峻吉ばかりではない。鏡子の家にあつまる男たちは、職業も性格もてんでんばらばらではあったが、共通するところは、かれらがおのおのの流儀でストイックだったことである。収がそうである。夏雄がそうである。杉本清一郎にいたっては、その最たるものである。苦悩や青春の焦躁を恥じるあまり、それを告白せぬことに馴れてしまって、かれらは極度にストイックになった。かれらは歯を喰いしばっていた。実に愉しげな顔をして。この世に苦悩などというものの存在することを、絶対に信じないふりをしなくてはならぬ。白を切りとおさなくてはならぬ。

車は四谷東信濃町にある鏡子の家へ行くのである。

何となく男たちの集まる家というものがあるものだ。おそろしく開放的な家庭で、どことはなしに淫売屋のような感じがある。そこではどんな冗談も言え、どんな莫迦話もできる。しかも金は要らず、ただで酒が呑める。誰かしらが酒を持って来て、置いて帰るからである。テレヴィジョンもあれば、麻雀もできる。好きなときに来て好きなときに帰ればよく、そこの家にあるものは何でも共有財産になり、誰かが自分の車で来れば、その車はみんなで自由に使うことになるのである。

もし鏡子の父親が幽霊になってこの家へあらわれたら、来客名簿を見て肝を潰すことになったにちがいない。階級観念というものをまるきり持たない鏡子は魅力だけで人間を判断して、自分の家のお客からあらゆる階級の枠を外してしまった。どんな社会の人間も鏡子ほど、時代の打破したところのものに忠実であることはできなかった。ろくすっぽ新聞も読まないのに、鏡子は自分の家を時代思潮の容器にしてしまった。彼女はいくら待っても自分の心に、どんな種類の偏見も生じないのを、一種の病気のように思ってあきらめた。田舎の清浄な空気に育った人たちが病菌に弱いように、鏡子は戦後の時代が培った有毒なもろもろの観念に手放しで犯され、人が治ったあとも決して治らなかった。いつまでたっても、アナルヒーを常態だと思っていた。人が鏡子を不道徳とそしるのをきき、その誹謗の古めかしさに彼女は笑ったが、今やそれが一等尖端的な誹謗になっていることには気づかなかった。

痩せぎすの鏡子は父親ゆずりの、支那風の美しい顔をしていて、やや薄手の唇は時折意地悪そうに見えたけれど、その唇が内側へまくれ込んでいる部分の豊かな温かい感じと、その外側の冷徹な印象とが、恰好の対照をなしていた。奥様風の洋服がよく似合う一方、夏になると腕や肩をあらわにした派手なプリント模様の服もよく似合った。四季を通じてコルセットを忘れず、香水だけは気まぐれでいろんなのを使った。

鏡子は他人の自由を最大限に容認して、誰よりも無秩序を愛していながら、誰よりもストイックになった。自己診断の能力を怖がって使おうとしない医者のように、自分の魅力に精通しすぎた彼女には、その魅力の結果を味わおうとする意慾が欠けていた。誇示することは好きだが、誇示するにとどまった。そうして何ら実質を伴わない不道徳の評判をうけて私かによろこび、人がもしまちがえて、彼女を堅気な女とは思わず、女給かダンサーだと思い込んでいる話をきくと、大そう嬉しがった。実質のないことが、かくて鏡子の誇りになった。一日中情事の話ばかりして、内心情事を莫迦にしていた。お客の青年たちが一度は鏡子に恋しながら、おしまいに諦めて、次善の女に落ちつくというきまった成行が、鏡子の尽きせぬ幸福感のたねであった。

鳥も愛さず、犬も猫も愛さず、その代りに人間だけに不断の興味を寄せてきた、このわがままな家つきの一人娘は、むしょうに犬好きの良人を持った。犬が夫婦の最初のいさかいの原因になり、はては離婚の理由になり、娘の真砂子を手元に置いて、良人を追い出してしまった鏡子は、良人と一緒に七疋のシェパァドとグレートデンを追い出して、ようようのことで家じゅうに漂っていた犬の匂いから自由になった。それは犬の匂いというよりも、人間ぎらいの男の不潔な匂いのように思われだしていたのである。

鏡子にはふしぎな確信があった。道で夫婦づれや恋人同士とすれちがう。男のほうが鏡子に一瞥を投げる。すると鏡子は、男が本当は自分の妻や女よりもずっと鏡子を欲していながら、我慢しているのだということを痛いほど感じる。すべての男の、我慢している目つきが鏡子は好きであった。良人はこの目つきを持っていなかった。そればかりではない。良人のほうにも同種の嗜好があって、ただ我慢している目つきを愛したがために、あれほど沢山の犬を愛したのかもしれない。おお！　それを考えるだけで身ぶるいする。そんな想像をしてみるだけで身ぶるいする。……

鏡子の家は高台の崖に懸っているので、門から入った正面の庭ごしの眺めはひろい。眼下には信濃町駅を出入りする国電の動きがみえ、かなたには高い明治記念館の森と、そのむこうの大宮御所の森とが、重複して空を区切っている。花時だというのにこの風景に桜は乏しく、記念館の森の黒ずんだ緑のなかに、一本の巨木の桜が、思うさま花の枝をひろげているだけである。一方、ほかのくすんだ常緑樹を抜きん出て、空高くそそり立っている一群の樹は、まだそのこまかい複雑な、扇なりにひろがった枯枝で、暮れかかる空を透かしている。

この森の空には、時折、胡麻を撒いたように鴉の群がるのが見える。鏡子は子供のころから、鴉の群を遠く眺めて育った。神宮外苑の鴉、明治記念館の鴉、大宮御所の鴉……鴉の塒はこのあたりにたくさんある。鴉は又、客間から迫り出している露台にも現われた。しかし遠く群立って、凝集するかと思うと散らばって姿を消す黒い点々は、鏡子の子供心に、漠たる不安の印象を残していた。一人でいつまでもそれを眺めていたことがある。消えたかと思うと又現われる。突然眼下の木の繁りをざわめかせて、その啼声がするどく空中をよぎって走る。……今では鏡子自身はそれを忘れてしまって、一人ぼっちで置かれることの多い八歳の真砂子が、よく露台で鴉を眺めている。

門の正面が、前にも言ったいわば借景の洋風の庭、左に洋館があって、これにつづいて更に左に、洋館が接収されているあいだ一家の住んでいた小さな日本館がある。車はせまい門前の路には停められないので、門内の洋風の玄関の前にパークされるのである。

夏雄は門を入った一瞬、御所の森の上の暮れがたの空が実に美しいのに心を搏たれて、玄関でみんなを下ろしてから、その夕空を見に戻った。

口数もすくなく、やさしく大人しい夏雄の性質をみんなよく知っていたので、彼の行動は大抵の場合、他人の好奇心から出る詮索を免かれた。ほかの人間だったら、玄関へ入らずに門のところへ戻ってゆく、何らかの口実を必要としただろう。少くとも、「おや、どこへ行くんだい」と訊かれるのを免かれなかっただろう。が、敢て夏雄にそう尋ねる人は誰もいなかった。

感受性に富んだ人間の生き辛さを、夏雄が露ほども持たないことは驚異だった。彼は自分の感受性と外界との、他人との、社会との衝突を嘗て知らなかった。その感受性は、手ぎわのいい掏摸のように、外界からただ彼の気に入ったタブロオを、誰にも気づかれずに切り抜いて来た。自分の豊富に苦しめられたことは一度もなく、一種の清澄な欠乏をたえず感じていた。

その大人しい、やさしい心やりに充ちた、人に愛される性質は、一体こんな性質が先にあって彼の感受性を富ましたのか、それとも生れつきの鋭敏で無私の感受性が、傷つきやすいわが身を衛るために、そういう性質をこしらえたのか、彼自身だって答えるのが難かしかったろう。強いて均衡を求めもしないのにおのずから均衡を保ち、彼が外界の自然に対して何の意味も求めようとしないので、自然も安心してその美しさを委ねて来た。美術大学を出て以来二年間特選をつづけているのに、この温和で軽率な若い日本画家は、自分の才能のあるなしをさえ、ついぞ思い煩ったことがなかった。

又しても彼の目が外界の一部を切り抜く。ほとんど無意識に、目はたえず見ようとしている。

淡い紅いの墨流しのような夕雲が、暮れなずむ空にかかり、そのために森の上辺の緑は映えている。胡麻の鴉の群はその上にゆるやかに動いている。天の上方には、はや暗みかかる予感に犯された紺いろがある。

『僕はもう、さきほどの喧嘩のことをすっかり忘れていた』と夏雄は思った。『あれはたしかに退屈をまぎらす見ものだったが……』

それはずいぶん危険な見ものではあったが、要するに見ものであった。事件は夏雄の自動車に対して起ったのだが、夏雄に起った事件とは言えなかった。絶対に事件の起らないこと、それが彼の人生の特色だったのである。

つい先月にも、日本の漁船がビキニ環礁のちかくで水爆実験の降灰をうけ、乗組員は原子病にかかり、東京じゅうの人が原子鮪をおそれて、鮪の値は暴落した。それはともかく異常な社会的大事件であった。しかし夏雄は鮪を喰べなかった。事件は夏雄の身に起ったことではなかった。彼はやさしい気持で被害者たちに同情したが、それで格別精神的打撃を蒙ったというのではなかった。

夏雄には子供らしい宿命論があり、一方まったく無意識のうちに、子供らしい信仰があった。自分は何らかの守護神に護られているという信仰。……かくて当然彼には、あらゆる類いの行動に対する関心が欠けていた。

彼の目はただ見てしまう。いつも好餌を探しており、彼の目の好きなものを一瞬ものがさずに見てしまう。それは必ず美しかった。しかし時あってさすがの彼にも、一抹の不安の湧きのぼることがあった。

『僕は果して自分の目の愛するものを、悉く愛していいのだろうか？』

――そのとき彼のズボンはうしろからしっかりとつかまれた。真砂子はけたたましい声を立てて笑った。この家へ来るお客のなかで、夏雄が一等真砂子に好かれていた。

真砂子は八歳になった。実に愛らしい顔だちで、女の子にはめずらしく格別子供っぽい服を好み、大人の世界と相渉らない、決して大人の真似事ではない、「喰べてしまいたいほど可愛らしい」人形に自分を似せた。これは別の見地に立てば、いっぱしの批評的才能のあらわれと言ってもよかっただろう。

夏雄が家にいるあいだ、彼女はたえず夏雄にまつわりつき、彼の服の袖かズボンかネクタイか、どこかにたえず触っていた。そのうるささを鏡子は何度か叱るが、叱られるあいだだけ離れていて、又すぐ夏雄に貼りついてしまう。鏡子もすぐ自分の叱ったことを忘れた。

『もし昨夜自分が妙なことをしていたら、本当にこの子に合わせる顔がなかった。僕の身の処し方は正しかったんだ』

と純真な青年は、真砂子の乳くさい髪の毛を撫でながら思った。

箱根のホテルで、峻吉と収はそれぞれ女と同室であったのに、鏡子と夏雄が別々の部屋をとったのは鏡子自身の発意で、彼女ははじめから公明正大を衒っていた。しかし深夜に鏡子は、夏雄の部屋の戸を叩いて入って来た。

「何か読むものないこと？　私、眠れなくって困るの」

まだ本を読みながら起きていた夏雄は、笑って手もとの雑誌を一冊渡した。格別引止めもしなかったのに、鏡子は傍らの椅子に掛けた。こういう折の会話に夏雄は困るべき筈だったが、困る必要はなかった。日ごろからコケトリイを軽蔑している鏡子が、一人で憑かれたように喋っていたからである。

それまで夏雄は鏡子の友情に感謝していた。この旅にも友情にとって何一つ疑わしいものはなかった筈だ。はじめて彼はおずおずと別の目で鏡子を眺めようとした。しかしこんな努力には苦痛が伴った。

ナイト・ガウンのゆるい衿元にはスリップの胸が仄見え、その胸は深夜の明るすぎる電燈の下に寂として白く、鏡子の咽喉から胸へ下りるなだらかな勾配には何か威厳に似たものがあった。薄い唇はひっきりなしに喋っていたが、動かない目には気倦い熱さがこもって見え、ときどき鏡子は神経質に、赤い繊巧な爪先で、火傷をした人のように自分の耳朶にさわった。そして言訳がましくこう言った。

「イヤリングをしつけていると、しないとへんな気がする。耳のところだけ空っぽで裸のような気がするのね」

そこで待たれているものは、たった一つの、単純な図々しさだけのように思われるのであった。しかし鏡子を知りすぎている夏雄は、今更そんな不自然な図々しさに身を賭けることを億劫に感じた。いつまでもつづく、ぬくぬくとした幸福感のほうがずっとよかった。それに鏡子を絶対に身の堅い女だと信じていたから、敢て彼女を誤解するには自尊心の賭が、おそろしい勇気が要った。夏雄には「勇気」という粗雑な言葉に対する青年らしい虚栄心が全く欠けていた。

ほっておいても感情というものは、あいまいな状態に永く堪えられない。感情がおのずから自分に命名し、片をつけ、さっと引きあげてゆく。……そういうことを夏雄はそれほど経験上知っていたわけではないが、こんな自然に委せる処理の仕方は、誰にも真似られない彼の身についたものである。

やがて鏡子は夏雄の逡巡を、はっきり鏡子に対する「敬意」からだと信じたらしかった。すると彼女の表情は突然晴れやかになり、深夜に似合わぬ明るいのどかな声で、「おやすみ」を言って部屋を出て行った……。

――真砂子がこう言った。

「どうして自動車のガラスが割れてるの？　何かにぶつかったの？」

「ぶつかったんだよ」

夏雄は微笑してそう答えた。

「何が？」

「石だよ」

「そう」

真砂子はよその家の子供のようには、次々と「どうして」「どうして」を連発して大人を問い詰めることがなかった。真砂子はそこで質問をやめてしまった。それで全部がわかったわけではない。謎が解けたわけではない。探究慾が褪せたわけではない。……しかし或るところまで来ると、この八つになる娘は、ぴたりと質問をやめてしまう癖があった。

＊＊＊

鏡子を央にして青年たちは酒を呑みはじめた。誰かが置いて行ったフィノのシェリイがあった。峻吉だけは頑強にオレンジ・ジュースを飲んでいた。彼の摂生にみんなはすでに馴れて、気にならなくなっていた。

鏡子が峻吉と収に、昨夜の首尾の逐一を話させた。どちらも恬淡に、ホテル代は女が払ったことを白状した。収はまだしも、峻吉はまるで金を持っていないのだから、それが当然であった。さて情事の進行のこまかい点になると、峻吉はまるきり覚えていなかったが、収はよく覚えていて、いかにも興味がなさそうに、詳細に話した。鏡子はどんな微細な点までもききたがった。そんな話題のまわりを、ごく無邪気な顔つきで真砂子がうろついているのを、いつものように、夏雄はひやひやして見た。

「呆れたわね、呆れた！　光子さんってそんなことをするの」

「だって本当にしたんだもの」

と収は言った。言った途端に自分の言ったことはみんな嘘で、何一つ本当のことはなかったような気がした。

夏雄は黙っている峻吉に話しかけた。

「君にお礼を言わなくちゃいけないな。君のおかげで車が助かったんだもの」

峻吉はまるで酒を呑んでいる人の態度で、安楽椅子に横柄に身を埋めて、オレンジ・ジュースを飲んでいたが、これを聴くと、照れたような笑いをうかべて、黙って顔の前で手を振った。

それにしてもどうして峻吉にはいつも事件が起り、夏雄には起らないのだろう。峻吉の思い出話は拳闘と突然身にふりかかる喧嘩の話ばかりで、女のことはすぐ忘れてしまっていた。

夏雄はかねてから画家として峻吉の顔に興味を持っていた。それは実に単純な雄々しい顔であったが、たしかに作られた顔で、たびたびの殴打がむしろその顔を美しくしていた。拳闘選手の顔には、ひどく美しい顔とひどく醜い顔とがある。殴打されて、その美を強調された類いの顔と、その反対の顔とがある。皮膚は強靭に鞣され、一種の光沢を帯びている。峻吉の顔は単純でかつ描線も強い顔だったから、強くなった皮膚がますますその単純さを増し、描線をはっきりさせ、傷つくことのない一直線の眉や、眼尻の切れた大きな目を、ますますいきいきと見せることになった。とりわけ目の鋭さと瑞々しさは際立った。ふつうの男の顔とちがって、フットボールのように革製のその顔の、内部から目だけが鮮やかに露われていて、切れ長の目の瑞々しい輝やきが、顔を統一し、顔を代表していたからである。

「それからどうしたの。それから」

鏡子は声をひそめて訊いていた。それは別段峻吉や夏雄を憚るためではなく、ひそめた声が、訊いている当人の情緒を鼓舞するように思われるからであった。

「それから……」

と又収は、不必要なほど詳細に寝台のなかの出来事を縷々と話した。話すにつれて、ますます彼には、自分が昨夜そこに存在しなかったかのように思われだした。糊のきいたシーツの鋭利な皺、かすかに退いてゆく汗、バネの利きすぎた寝台の船のような漂泊の感じ、……それはたしかに在った。それから快感が彼を離れてゆく瞬間のとめどもない安堵のようなものも在るには在った。ただ一つ、彼自身がそこに存在していたかどうかは確かでなかった。

――空が暮れだした。真砂子は夏雄の膝にもたれて、大判の漫画の本をすずろに見ていた。

夏雄はふと「幸福」という考えにつきあたってぞっとした。『自分の今居るこの家をも、家庭と呼んでいいものなら……』と彼は考えた。『怖ろしい家庭！……』

露台に通ずる仏蘭西窓(フランス)があけてあるので、国電の発車の呼笛(よびこ)の音はよくひびいてきこえた。信濃町駅は一連の灯(ひ)をともした。

＊＊＊

夜の十時に鏡子の家の門のベルが鳴った。旅の疲れから寝仕度をはじめようとしていた鏡子は、それが杉本清一郎の訪れだときくと、また鏡の前へ顔を直しにゆき、睡気(ねむけ)はまた覚めてしまった。真砂子はもう寝ていた。どんな時刻でも客の来訪を快く迎えるのは、鏡子の家の家風である。

客間で待っていた清一郎は、鏡子の姿を見るなり不服げに言った。

「何だ。もうみんな帰っちゃったのか」

「光子さんと民子さんには銀座で別れたのよ。男三人が家へ来て、峻吉さんと夏雄さんは早く帰ったわ。一番ねばっていたのが収さんだけれど、これも三四十分前に帰ったわ。私？　私は今寝ようとしていたところ」

鏡子は、「電話をくれればよかったのに」とは言い添えなかった。決して電話をかけずにやってくるのが清一郎の習性だったからである。又、「酔っているのね」とも言わなかった。夜おそく来るときの清一郎は、大抵附合の酒にすでに酔っていたからである。まして清一郎は、ここへ来る男たちの中で一等古い友、彼女の十歳のころからの弟分であった。

「旅行はどうだった？」

と清一郎が訊いた。この質問にはあまりに無関心が露骨に出ていたので、鏡子は返事をすまいとも思ったが、結局、

「ええ、まああってところね」

と言った。

この家で清一郎の見せる表情には、極度の不平面と極度の安心感とが一緒くたに出ていた。会社のかえりの酒場で一般にサラリーマンが見せている表情とそれは似ているが、清一郎の岩乗な顎と鋭い目、そのいかにも意志の強そうな顔立ちがこれを裏切った。この顔でもって、あるいはこの顔に護られて、彼は世界の崩壊を固く信じていた。

鏡子は酒をすすめてから、ゴルフ好きの男にゴルフの話を持ち出すように、清一郎のために世界の崩壊の話を持ち出した。

「……でも今日このごろにはそんな話は、誰に話したってまともに受取られるわけはなくってよ。これがまだ戦争中で大空襲の最中だったら、みんな清ちゃんの言うとおりだと思うでしょうよ。戦争がすんで共産党の人たちが、明日にも革命が起りそうなことを言っていた時なら、それはまだしもよ。つい三四年前でも、朝鮮戦争が起った当座なら、みんな信じたかもしれない。……でも今はどうでしょう。何もかも昔にかえって、みん

なのんびりした顔をして暮しているわ。世界がもうおしまいだなんて言ったって、誰が信じると思って？ 私たちが一人残らず福竜丸に乗っていたわけじゃないんですもの」

「俺の話は水爆とは何の関係もないんだよ」

と清一郎は言った。それから酔いのために昂揚(こうよう)した詩的な調子で、鏡子に自分の意見を解説した。

彼によると、現在には破滅に関する何の兆候も見られないという正にそのことが、世界の崩壊の、まぎれもない前兆なのであった。動乱はもはや理性的な話し合いで解決され、あらゆる人が平和と理性の勝利を信じ、ふたたび権威が回復し、戦う前にゆるし合う風潮が生れ、……どの家でも贅沢(ぜいたく)な犬を飼いだし、貯金が危険な投機にとって代り、数十年後の退職金の多寡(たか)が青年の話題になり、……こうしておだやかに春光が充(み)ちて、桜が満開で、……すべてこれらのことが、一つ一つ、まぎれもない世界崩壊の前兆なのであった。

——通例清一郎は女を相手に議論はしない男だった。さて男とは、彼は議論を避けた。鏡子と一緒にいるとき、しかし清一郎は鏡子を自分の同類だと感じる。あらゆる義務をほっぽり出して、無為に身を委(ゆだ)ねて、夜の十時の来客のために念入りな化粧をして、だが決して身を売らない女。

「そのネックレスは洋服にちっとも合わないな」

と彼は洋酒の杯の上から無遠慮に言った。

「そう」

鏡子はいそいでネックレスを換えに立った。幼な友達の意見を一等信用していたからである。

『このごろ疲れると、彼女はときどき眼尻にごく軽微な皺を見せるようになった』と清一郎は思った。『俺より三つ上だから、鏡子ももう三十だ。俺と鏡子、俺たちも世間並みに年をとらなければならないなんて不公平だな。俺たちのどちらも、ついぞ現在を生きようとしたことなんぞなかったのに』

ネックレスを換えた鏡子が帰ってきた。それは事実、前よりもよく服に似合った。この小さな変化、鏡子の白い咽喉元から胸へかけての肌の上、こんな小さな場所におこった小さな変化だけで、世界の違和感は何ほどか減り、調和はほんのわずか増すように思われた。酔いが清一郎の感想を、そんな風に大袈裟にしたのかもしれない。ともかく彼は、今度は似合うと言った。鏡子は満足し、二人は微笑を交わした。よくわかり合っていることをお互いに感じる、あの多少芝居がかった歓びがお互いの心に伝わった。

この家ではもはや清一郎は、鏡子の父が死に良人が追い出されたあと、自由に呼吸することができた。清一郎の死んだ父は、鏡子の父の忠実な鞄持ちを一生つとめ、日曜や祭日にはよく妻子をつれて御機嫌を伺いに上り、まことに「民主的な」鏡子の父のおかげで、幼ない清一郎は鏡子の遊びの対等なお相手をつとめ、いけぞんざいな口をきき、かえりには菓子包みを必ず貰った。しかし鏡子が年頃になると同時に、清一郎の出入りは憚られた。彼の父親がもう連れて行かなくなったのである。のちに鏡子が結婚してから、まだ彼女の父が生きているあいだ、学生時代の清一郎は年に何度かの御機嫌伺いの習慣を復活させ、家長や若夫婦から温かく迎えられた。……しかし今では、ここの家へ来るたびに、清一郎自身が家長のように振舞っているのである。

一寸考えると、こんな振舞は厭味のようである。が、鏡子をよく知っている清一郎は、彼女の熾烈な階級打破の精神に賛同して、身自ら好個のお手本となったにすぎなかった。彼の時間かまわぬ訪問、無遠慮をとおりこした横柄な態度、自分の友だちをわけへだてなく鏡子に紹介してその取巻きに加えてしまうやり方、……これらはすべて鏡子の望むところであった。鏡子が清一郎を愛していると言っては言いすぎだろうが、孤独になった瞬間から、彼女は清一郎の裡に無二の友を見たのである。鏡子がこの世の中で一等きらいなものは卑屈だった。傲慢もそれに比べればよほど美しかった。ともすると、かれらの想像していた以上に、子供のころから二人は同類であったのかもしれない。

鏡子は清一郎がこの家で示す我儘に、すこしも不自然さのないのを喜んでいた。彼には微妙な節度があった。鏡子の家の財産管理に関する事柄では、まじめに相談に乗って、為をはかった。そういうことは彼の才能の一部であったが、同時にそのとめどもない虚無主義は彼の影を暗くみせ、この家で真砂子にもっとも好かれない客になった。

清一郎があまり世界のぶっこわれる日の近いことを予言的に言うので、

「せっかく復興したところなのに、又めちゃくちゃにされちゃたまらない」と鏡子は言った。「先週、私、Mビルの屋上にあがって、久しぶりに東京のまんなかを上から眺めたの。今ごろになって私、東京がどんなに復興したか、この目で見てびっくりしたわ。焼跡らしいものはもうすっかりなくなり、新聞の紙型のように不規則な凸凹に埋まり、あれほどの草地の緑も残り少なになって、人間ばかりが雑草の種子みたいに、風に押し流されて動いていたわ」

そのとき鏡子はそんな景色に本当に歓びを感じたか、と清一郎は尋ねた。感じなかった、と鏡子は答えた。

「そうだろう。君も本音を吐けば、やっぱり崩壊と破滅が大好きで、そういうものの味方なんだ。あの一面の焼野原の広大なすがすがしい光りをいつまでもおぼえていて、過去の記憶に照らして現在の街を眺めている。きっとそうだ。……君は今すっかり修復された冷たいコンクリートの道を歩きながら、足の下に灼けただれた土地の燠の火照りを感じなくては、どことなく物足らず、新築のモダンな硝子張りのビルの中にも、焼跡に生えていたたんぽぽの花を透視しなくては、淋しいにちがいない。でも君の好きなのはもう過去のものとなった破滅で、君には、その破滅を破滅のままに、手塩にかけて育て、洗い上げ、完成したという誇りがある筈だ。君の中には、……灰から立上ったり、悪徳から立直ったり、建設を謳歌したり、改良したり、より一そう立派なものになろうと思ったり、やたらむしょうに復興したり、人生を第一歩からやり直そうと思ったり、……そういう一連の行為に対する、どうにもならない趣味的な嫌悪がある筈だからね。君は現在に生きることなんかできやしないよ」

「それならあなただって、現在に生きているとは言えやしないわ」と鏡子はやりかえした。「いつも取越苦労、お大層な取越苦労で一ぱいで、今にもこの世のおわりの来そうなことばかり言っているんだもの」

「そのとおりさ」と清一郎は自ら認めたが、彼の言葉には次第に抒情的な熱っぽさが加わり、われにもあらず青年らしさを丸出しにした。しかしこの家以外では、彼は決してこんなへまを仕出かすことはなかった。「そのとおりさ。世界が必ず滅びるという確信がなかったら、どうやって生きてゆくことができるだろう。会社への往復の路の赤いポストが、永久にそこに在ると思ったら、どうして嘔気も恐怖もなしにその路をとおることができるだろう。もしそれが永久につづくものなら、ポストの赤い色、そのグロテスクな口をあいた恰好を、一刻もゆるしておけないだろう。俺はすぐポストに打ってかかり、ポストと戦い、それを打ち倒し、こなごなにするまでやるだろう。俺が往復の路のポストに我慢でき、その存在をゆるしてやれるのは、俺が毎朝駅で会うあざらしのような顔の駅長の生存をゆるしておけるのは、俺が会社のエレヴェータアの卵いろの壁をゆるしておけるのは、俺が昼休みに屋上で見上げるふやけたアド・バルーンをゆるしておけるのは、……何もかもこの世界がいずれ滅びるという確信のおかげなのさ」

「ああ、そうしてあなたは何もかもゆるし、何もかも嚥み込んでしまうのね」

「お伽噺の猫のように、何もかも嚥み込んでしまうことが、たった一つ残された戦う方法、生きる方法なんだもの。お伽噺の猫は道で出会うものをみんな嚥み込んでしまう。馬車を、犬を、学校の建物を、咽喉がかわけば貯水タンクを、王様の行列を、おばあさんを、牛乳車を、……あの猫はたしかにどうして生きるかを知っていたんだね。

君は過去の世界崩壊を夢み、俺は未来の世界崩壊を予知している。そうしてその二つの世界崩壊のあいだに、現在がちびりちびりと生き延びている。その生き延び方は、卑怯でしぶとくて、おそろしく無神経で、ひっきりなしにわれわれに、それが永久につづき永久に生き延びるような幻影を抱かせるんだ。幻影はだんだんにひろまり、万人を麻痺させて、今では現実と夢との堺目がなくなったばかりか、この幻影のほうが現実だと、みんな思い込んでしまったんだ」

「あなただけがそれを幻影だと知っているから、だから平気で嚥み込めるわけなのね」

「そうだよ。俺は本当の現実は、『崩壊寸前の世界』だということを知っているから」

「どうして知ったの？」

「俺には見えるんだ。一寸目を据えて見れば、誰にも自分の行動の根拠が見えるんだよ。ただ誰もそれを見ようとしないだけなんだ。俺にはそれを見る勇気があるし、それより先に、俺の目にありありと見えて来るんだから仕方がない。遠い時計台の時計の針が、はっきり見えてしまうみたいに」

彼の酔いは進んでいた。赤らんだ顔と、だらしのない四肢とが、いかにも彼自身の思想に責任を持たないことを表明しているように見えた。素っ堅気の紺の背広と、地味なネクタイと地味な靴下とで、いつなんどきでも群衆にまぎれ込んでしまう用意を怠らないこの青年は、ワイシャツの袖口のほんのかすかな汚れにさえ、一種の普遍的な生活の匂い、非個性的な生活の匂いともいうべきものを漂わせていた。その汚れは自然についてしまったものというよりは、彼が苦心して自然らしくつけたもののように思われた。砂浜に打ち上げられた水母のように分解して、鏡子の家における彼は、およそ矛盾撞着の固まり、思想と感情と衣裳とのおのおのちぐはぐな寄せ集めに他ならぬ、収拾のつかない存在に見えた。

急に清一郎は話頭を転じた。

「峻の練習前のコンディションはどうだった」

「上乗らしいわ。張り切って帰って行ったわ」

鏡子は今日の午後の喧嘩の一部始終を話した。

清一郎は大いに笑った。決して喧嘩をしない男だったので、他人の喧嘩の話が好きだった。そしてその喧嘩で大したショックも受けなかった鏡子の度胸をほめそやした。彼は深夜の空気に深呼吸をし、坐ったまま大きな伸びをした。尖った咽喉仏が灯火にあかあかと照らされて動いた。その姿勢から跳ね反るように急激に立上り、鏡子に近づいて握手をした。

「おやすみ。もう帰るよ。君は旅行で疲れている筈だ」

「一体何しに来たの」

鏡子は椅子から立上らずにそう訊いた。目は清一郎を見ず、深夜に鋭さを増したように思われる自分の赤い爪先の鋭角を眺めている。

「何しに来たんだっけな」

書類鞄をぶらぶらさせながら、扉口の前で二三度行きつ戻りつして、自分の影が古い樫材の扉に動くのをたのしむように見えたが、やがてこう言った。

「少し頭痛がする。そうだ。……君に相談したり意見をきいたりする筈だった」

「何のこと」

「俺も遠からず結婚しなくちゃならんと思ってね」

玄関へ清一郎を見送りに出た鏡子は、それについては何も言わなかった。深夜になって俄かに募った風が、前庭をかこむ三方の壁や石塀にぶつかって逆巻いている。玄関のあかりの届くところに、青木の赤いつやつやした実と強い淡緑の若葉が風にゆらいでいる。夥しい赤い実は凝り固まって揺れている。

「ひどい風ね」

と別れぎわに鏡子が言った。すると敏感に、訝かしげな清一郎の目がふりむいた。風のひどいときに決して「ひどい風ね」などと註釈をつけたりする鏡子ではないことを、知っていたからである。鏡子は鏡子で、こんなときに咄嗟に見せる彼の訝かしげな表情こそ、無遠慮の最たるものだと思った。鏡子にはしかし、清一郎を憎む理由が一つもなかった。

……外国風に部屋に一人で寝かされている真砂子は、お客のかえってゆく気配に目をさました。今夜は最後のお客がずいぶん早く帰った、と真砂子は枕もとの時計を見て思った。起き上って、忍び足に、玩具箪笥の抽斗をあけた。決して音をさせずにこの抽斗をあけるのが巧かった。

着せ換え人形の衣裳がいっぱい入っていて、樟脳の匂いが立ち昇った。真砂子は色とりどりのセロファンに包まれた樟脳が好きで、その抽斗にいっぱい入れていた。のみならずこの強い、禁欲的な匂いを、一人でいるとき抽斗へ鼻をつっこんで、胸いっぱい吸い込むのが好きだった。

人形の衣裳は窓硝子を透かしてくる外燈の仄明りに、ぼんやり薄青や薄桃いろに見えた。硬ばった安もののレエスが、裾を波形に囲んでいた。絶対に汗ばむことのないこれらの衣裳を、真砂子はときどきつまらないものに思った。

あたりを見まわして、痙攣的に舌を出して、上下の歯でその舌をしっかり押えて、真砂子は衣裳の下から一枚の写真を引張り出した。それから窓のところへとんで行き、外燈のあかりに寄せて、追い出された父親の写真をつくづく見た。

それはいかにも気力のない、肉の薄い、しかし端麗な若い男で、縁なし眼鏡をかけ、頭を七三に分け、神経質に固く締めたネクタイのごく小さな結び目を襟のあいだに見せている。

真砂子はすこしも感傷的でない、何かを物色するような目つきで、父親の写真をじろじろ見る。そして深夜に目をさましたときの儀式の慣例のように、口のなかでこっそりこう言った。

「待っていなさい。いつか真砂子がきっとあんたを呼び戻してあげるから」

写真は樟脳の匂いを放っている。この匂いは真砂子にとって、深夜の匂いでもあり、秘密の匂いでもあり、父親の匂いでもある。この匂いを嗅ぐと真砂子はよく眠れた。そこにはもう鏡子をあんなにも厭がらせた犬の匂いはなかった。

第二章

「犬養は全くだらしがねえな」

と一緒に昼休みの散歩に出た同僚の佐伯が言った。二人は二重橋の方角へむかって、宮城外苑へ入ろうとしていた。

「犬養じゃなくって飼犬だ」とつづけて佐伯が言った。

清一郎はこう合槌を打った。

「そうだ。あいつは男を上げ損なったな。男を上げる一生一度のチャンスをみすみすのがしてしまったんだ」

吉田首相は秩序維持と変革ぎらいの代表的人物だった。人を愉快がらせるそういう古風な天邪鬼は、吉田ばかりでなく、ほかにも沢山いた。しかし犬養は斬新な喜劇役者だった。おのれの思想や好みとは関係なく、公衆の面前で、おどろくべき不手際さで、いかに既成の秩序に貢献すべきかを身を以て演じてみせた最初の人物だった。まるでそれは、わざとしたような不手際であった。道化師のかぶるシルクハットが、シルクハットそのものの尊厳を疑わせてしまうように、それがはからずも既成の秩序そのものの尊厳を失墜させたのであった。このことも民衆を怒らせたので、怒りはすっかり普遍的なものになったのである。

きのうの朝刊は犬養法相の指揮権発動を報じ、夕刊はこれにつづく彼の辞表提出を報じていた。これは誰の目にも支離滅裂な行動と映った。もし辞表を提出する気があるなら指揮権発動なんかすべきでなかったし、一旦（いったん）発動したら辞表なんか出さないがよかったろう。彼は宰相と民衆の双方にいい顔を見せたがり、矛盾を招いた。それは人を怒らせる戯画であった。

みんな怒っていた。この怒りはあらゆる偏向を包含していた結果、何の偏向もない普遍的なものになってしまい、それに一枚加わって怒るには、もっとも安全な怒りになった。だから清一郎は同調した。彼も怒るべきであったし、怒るほうが自然だった。

「あいつのやったことは、女のあげる金切声（かなきりごえ）の悲鳴とおなじだ。ねえ、そうじゃないか」

と佐伯が又言った。

「全く腹が立つね」

と清一郎は言った。清一郎は自分の意見に、保守派の新聞の、十年一日のような修正主義以上のものが顔を出して来ないように、いつも手綱（たづな）を引き締めていた。

なまあたたかい、うす曇りの午（ひる）さがりであった。数しれぬ勤め人の男女が二人の前後を腹ごなしに歩いていた。二人は濠端に立止った。

柳は青々として、濠をめぐる窄い草生には、密集したうまごやしの葉のあいだから点々とたんぽぽの花が秀でている。青黒い羹のような濠水の、水の芥が角のところに集まったのは、汚れた絨毯が裏返しに漂っているかのようである。

佐伯と清一郎は又歩きだして、車のゆききのはげしい道を渡った。このあたりの一木一草までがかれらにはわかりきっていて、見馴れた事務室の内部同様、変りばえのしないものに思われた。行き馴れた道の目じるしの松は、事務室の帽子掛けと大差がなかった。それは存在しないも同様だった。

気まぐれを起す権利を突然思い出したらしい佐伯は、どこかまだ行ったことのないところへ行こうと言った。清一郎はあまり時間のないことを暗示するために腕時計を見た。佐伯はどんどん先に立って歩いた。彼は整然と止った遊覧バスを見てから、すぐ近くにありながら、ふしぎと敬遠しつづけてきた場所を思い出したらしかった。ここの外苑には微妙な国境があって、散歩のサラリーマンたちと遊覧バスの乗客たちとは、おのずとお互いの領土を犯さないようになっていたのである。

サラリーマンたち、オフィス・ガールたちの食後の散歩は、都会風な絵の額縁に収まっているという矜りで胸をそらし、ちょっとした儀式のように進行していた。おだやかな半透明の日ざしの下で、かれらの胃袋は多少の運動を求め、かれらの衛生的配慮がその足をうごかしていた。新鮮な空気、日光、二三十分の散歩、こういうものはみんな悪くないし、おまけに只(ただ)だった。

『こんなに小さな健康の配慮が、一人の心に生れるなら自然だが』と清一郎は思った。『こんなに大ぜいの人間が同時におんなじ配慮の下に行動している図は、何てグロテスクだろう。これだけの数の人間が、こぞって永生きをねがっているのは何だかいやらしい。一種のサナトリウム的精神。……言いうべくんば、強制収容所の精神。……』

彼は唇(くちびる)のはたにこしらえた今朝の安全剃刀(かみそり)の傷を思い出した。舌の先でそこを舐(な)めてみると少し塩辛かった。今朝、鏡の中ではからずも唇のわきににじみ出る血を見たときに、こんな小さな無害な失錯に気をよくしたことも思い出した。たまに慎重さを欠くというのはいいことだ。もしかすると剃刀の刃は、瞬時のうちに、彼の意向を承(う)けて横辷(よこすべ)りしたのかもしれなかった。

「ほら、ここならまだ来たことがない筈(はず)だ」

と諸車通行止の焼木の杭(くい)のあいだを、先に立って通り抜けながら、佐伯は得意そうに言った。

「そうかなあ。子供のときにたしか来た筈だけど……」

「子供のときは別さ」

低い松の樹かげにちらばった紙屑を踏んで、かれらはそびえ立つ青銅の像を望んだ。それは誰しも知っている馬上の楠公の像である。鍬形の兜を目深にかぶった楠公が、右手にぐいと手綱を引いて御しているのは、逞しい駿馬で、全身の筋肉を緊張させ、馬首を矜らしげに立て、左前肢で空を掻き、その鬣もその尾も、はむかう風の烈しい形を刻んで逆立っていた。

　こんな古い忠君愛国の銅像が、あの占領時代をとおして、無事に生き抜いてきたのはふしぎに思われる。楠公よりも、馬があんまりよく出来ているので、馬のおかげで目こぼしをしてもらったのかとも思われる。事実、青銅のうすい皮膚の下には、勢い立った馬の若い競技者のような筋肉が熱く充血しているのが見え、血管の怒張もうかがわれ、人をしてこれほどの運動の昂奮のむかうところに、敵の存在を想像しなくては不自然だと思わせる力があった。しかし敵はもう死んでいた。かつて目に見え、確乎としており、同じ物具に身を固めていた現前の敵は、今は目にも見えず、永遠に遁走してゆく、ずっと狡猾な敵に化身して、銅像の馬首を見上げてぼんやり口をあけている田舎者たちの頭上はるか、あいまいな春の薄曇りの空を翔け去りながら、嘲笑っていた。

　五六人のお上りさんを前に、バス・ガールが説明の口上を述べていた。

「ごらん下さいませ。銅像の馬の尻尾には雀が巣を作って、今も忠孝忠孝と囀っております」

その若々しい唾に滑らかにされた女の声は、春の埃に乾いた口紅の上で、午後になって出て来た風にふきちぎられた。旅行者の幾人かは、一言半句も聴き洩らさぬように、土の滲みた皺だらけの手を耳にあてがっていた。

……夥しい紙屑と夥しい鳩、鳩は兜の鍬形のあいだにも止っていた。疲れた観光客たちの玉砂利の上を引きずる陰惨な靴音。要するにひどく不景気な風景で、疲弊が春の埃のように、どの隈々をもまぶしていた。

不景気な眺め、不景気な風景、……そこに在る物がどう変ったというのでもなかった。朝鮮戦争がおわったあと、一時的な投資景気が去年いっぱいつづいて、又もや不況がはじまった。「不景気」という言葉は、まず新聞の紙面から灰神楽のように舞い上り、そこらじゅうにひろがり、空気を濁らし、物象の表面にふりかかり、その意味を変えてしまうのだった。たちまちにして、樹は「不景気な」樹になり、雨は「不景気な」雨になり、銅像は「不景気な」銅像になり、ネクタイは「不景気な」ネクタイになった。かつて不況時代に佐々木邦のサラリーマン小説が喜び迎えられたように、人々は今日、源氏鶏太の小説を好んで読んだ。そういう種類の小説は一種の絶望の所産でありながら、どこにも絶望という字が出て来なかったからである。

佐伯と清一郎は、銅像をかこむ鉄の鎖に腰を下ろした。こうして名所旧蹟の見物人にかこまれて、無感動きわまる顔つきで煙草を吹かしているのは、ちょっと気持がよかった。

「楠公はうらやましいな。景気不景気なんて考えたこともなかったろう」

「俺たちだって一種の楠公さ。忠孝忠孝だけで頭をカッカとさせてればいいのさ」と一見清一郎よりもシニックに見える佐伯は言った。「あとは乗ってる頑丈な馬が、万事いいように取り計らってくれる。俺たちの馬の名は財閥会社というんだからな」

「実際丈夫な馬だ」

「殺しても死なない馬だ。馬の不死鳥だよ。手足をバラバラにされて焼かれても、忽ち生きかえって、ごらんのとおりさ」

佐伯はシニックだったが、金輪際「破滅」を信じていなかった。彼も亦、永遠不朽の日常性の信者、金剛不壊の銅像の信者だった。しかし投げやりな物言いをするとき、彼のいくらか飛び出た眼は眼鏡の下でうれしそうにかがやいた。

「ああ、そうだ、君に言うのを忘れていた」と佐伯は突然、別のところから出て来るような声で言った。「けさの新聞に、不景気で倒産して、化粧品会社の女社長が自殺した話が出ていたろう。女があんな原因で自殺する筈がないと誰でも思うよな。事実ありゃあ、絶対に男出入りが原因なんだ。それが証拠に、あの女の一念発起した動機は、若いころ或る男に捨てられてからで、成功したあとも男ぎらいを装いながら、つぎつぎと男を喰い荒し、さて最後の男から、破産と同時に捨てられて自殺したんだ。この女貫一の発奮の動機をなした、冷淡な初恋の男って誰だと思う。他ならぬわれらの部長、坂田さんさ」

清一郎はとっくにこのゴシップを知っていた。しかし無邪気におどろいてみせ、次のような紋切型の感想をつけ加えることを忘れなかった。

「へえ、部長にもロマンチックな時代があったんだなあ」

「君も全く単純だな」と佐伯は言った。

「単純」だと言われたときに思わずうかべてしまう満足の微笑を、清一郎はさとられぬうちにすぐ引っこめた。

「君も全く単純だな。ロマンチックなんてものじゃないのさ。部長は大学時代、その女に学資を出してもらうために、ひっついていたというのが真相さ。模範的な功利主義。部長はわが山川物産に入る前から、物産精神をわがものにしていたわけだ」

「俺たちもひとつそれを見習わなくちゃ」

「少くとも君はだめだよ。君みたいな単純な快男児タイプは、恋愛となったら、猪突猛進の情熱一点張りのやつしかやれないよ」

こういう見当外れの人物評が清一郎を十分幸福にしてくれる以上、彼が佐伯には多少気を許しているのも尤もだったが、佐伯自身はどう見ても快男児型とは縁遠い眼鏡をかけた色白の秀才型で、大いに自分の複雑さを恃みにしていた。あるときなどは深刻な顔つきで、清一郎にこう苦衷を打明けた。

「うらやましいな、君は。君は自然に振舞っていて、しかもどこかで、ちゃんと社会に適応性を持って生れて来ているんだ。取越苦労をしたり、深刻すぎる見方に偏ったり、そういうところが君にはまるきりないんだからな」

日比谷の交叉点をまわる迂遠な帰路を辿りながら、二人は政府のデフレ政策を批判した。唯一の手が金融引締めで、予算の編成は無定見の一語に尽きた。そしていつも同じ筋書のくりかえしで、とりのぼせた恋愛の昂奮がかならず幻滅におわるように、生産の上昇がいずれは滞貨の山積と貿易尻の悪化と政府資金の撒布超とにおわり、インフレの危険と古風な財政緊縮とデフレ政策とにおわるのであった。……ところで商事会社の社員にとって、政府の批判は実に安全な話題だった。政府は明治の昔から、かれらの威張りくさった用心棒に他ならず、この野暮な用心棒の一挙手一投足が、お店者の笑いを誘うのが常であった。

帝劇の前売場の看板が、道をへだてて清一郎の目に入った。あさってからのジョセフィン・ベイカーの公演の立看板である。鏡子から一緒に見に行こうという誘いの電話があったが、彼は断わった。鏡子のお供をして晴れの場所へ出るのは好ましくなかった。

逢うためには鏡子の家へ出向けばよかった。彼女は淡白にこのめずらしくない拒絶をきき、収と一緒に行くからいいと言った。美貌でぼうっとした収は、たしかに鏡子がそういう場所を連れて歩くのに適している。男らしい眉と少女の唇とを兼ねそなえ、ロマンチックな潤んだ目をして、何を考えているのかわからないあの青年。……外側から見たところ、清一郎と収は何一つ似ていないのに、時々清一郎には、収が何を考えているのかわかるような気のすることがある。そういうとき収の無意識な生き方が、清一郎の意識的な生き方の、単なる楯の両面のように思われることがある。……

山川物産の陰鬱な古いビルディングが、ビル街の一角に見えはじめた。午後一時五分前であった。同じ課の今年の新入社員の小谷が、息せき切った真赤な頬をして、通りすぎざま清一郎と佐伯に目礼して、さすがに駈け出しはせずに、機械のような足取で社員の出入口をめざしていた。

「おい、そんなにいそぐことはないぞ」

と清一郎はどうせきこえまいと思って呟くように言ったが、当然もうきこえなかった。

「先輩より一足先に机にかえってなくちゃならんと誰かに教わったんだな」

「それにしても新入社員はみんなのっぽだな。何て栄養のいい奴らだ。俺たちのように、代用食や豆粕を喰って育ったジェネレイションとはちがうんだな」

新入社員たちのあのしゃっちょこばった若々しさ、目の過剰な輝やき、人に快く思われたく又へつらって見られたくないという固苦しい微笑、失敗しては頭をかく青年独特の常套的動作、ハキハキした態度を見せようとする筋肉の不断の緊張、何事にでも身を挺しようとしている献身的エネルギー、……すべてそれらは目に快いものにはちがいないが、清一郎はむしろ、一ト月たち二月たって、彼らの顔がしらずしらず倦怠と不安と幻滅の予感に蝕まれてゆくのを見るほうが好きだった。ところで清一郎自身は、入社三年後の今も、同僚のあいだに際立ってテキパキした態度と緊張した頬と人に好感を与える若々しさと適度の無口とを維持していて、露ほどの倦怠の弛みも見せていない自信があった。

山川物産の事務室は、山川本社という青銅の表札をかかげた灰いろの八階建のビルの一劃にあった。山川財閥はよろずにこうした質素な外観を好んでいた。打ち見たところモダニズムの片鱗もなく、殺風景なコンクリートの函に御影石の腰貼りがしてあって、見る人に絶対に幻想を起させない建築。お向いのモダン建築のビルが、壁面全部が硝子張りのために、山川ビルをそっくりそのまま映していて、こんな頑固な影像のおかげで、モダニズムの効果を何割方か差引かれていた。

三社の合併によってこの早春山川物産が復活してから、清一郎は入社後三年をすごしたNビルの事務室を移って、会社ごと、この伝統ある山川ビルへ引移って来たのであった。古い光輝あるものはのこらず復活していた。彼はこのビルに移って、はじめて入口をくぐったとき、自分自身に言いきかせた綱領の数々を思い出した。そのモットーは今もなお忠実に守られていた。

一、絶望は実際家を育むことを銘記せよ。

一、ヒロイズムと完全に手を切るべきこと。

一、おのれの軽蔑するものに絶対服従を誓うべきこと。慣習を軽蔑するなら慣習に。輿論を軽蔑するなら輿論に。

一、月並こそ至高の徳なるべきこと。

……………………。

清一郎は月並俳諧さえ巧かった。詩才の欠如は人の信用を博する早道である。課長の好きな句会へ出て、ごくまれに一二点得点をかせぐ程度の、情ない俳句を彼は熱心に作った。熱心に、十七文字のなかに、多すぎず少なすぎないように、「月並」の匙加減を工夫して。

＊＊＊

「ゆうべは鏡子さんとジョセフィン・ベイカーへ行ったろう、こら」

と光子が言うのを、収は夢うつつに聴いた。

「行ったよ」

と収は答えた。すると光子は彼の裸の両腕を磔にかけるように展げて押えつけ、彼の胸の上へ体の重みをかけて、彼の両方の腋窩をかわるがわる唇で擽った。収は擽ったがりやだったから、身悶えしてわめいた。しかし女の熱い重い体を跳ね返すことができなかった。

「弱虫。痩せっぽち」

と女は収の一等いやがる悪口を言った。収は観念してぐったりと目を閉じた。胃の上の女の体の重みと、唾に濡れた自分の腋窩が、一連の気味わるく混濁した、遠いところから草の汁のようにこみあげてくる嘔気に似た感覚を以て感じられた。そのあいだにたえず擽ったさの予感が、風の来ないうちからそよぎ出す敏感な葉のそよぎのように、体のそこかしこを走っていた。『光子は僕を痩せっぽちだという。もし芝居で、裸体の役がまわって来たらどうしよう。僕は自分の顔にばかり気をとられていて、ついぞ体のことなんか考えたことはなかったんだが……。もし僕にもっと肉があったら、僕の存在はもう少し濃くなるだろうか？　肉それ自身がひとつの存在であり重量なんだから、肉をふやしたら僕の存在感は増加するだろうか？　濃厚化するだろうか？　こんなにただ、液体みたいにたゆたっているだけの状態から脱け出ることができるだろうか？　自分の存在をたしかめるためには、しょっちゅう鏡を見ている他はない状態から』

彼はやっと光子の手から腕を引き抜くと、枕もとを手さぐりして鏡を探した。

「何を探しているの？　鏡？」

光子はちゃんと彼の癖を知っていた。光子の腕が、バス・タオルをかけて薄暗くしたスタンドの仄明りのために、燻んだ光りの神々しい円みの輪廓を帯び、収の顔の上へのびた。腋の山梔のような匂いが降った。光子の腕は、畳の上においた自分の懐中鏡を収にとってやるためではなく、それを畳にはじいて遠ざけるために動いたのである。

「鏡なんかないわ。私が見てあげる」

光子がそう言うと共に、その手は収の双の頰をしっかりとはさんだ。頰にはほとんど髭がなかったから、光子の手は滑らかな肉を押えた。光子の唇はまず収のつややかな前髪に触れた。「これがあなたの髪」ついで白い額に触れた。「これがあなたの額」次に濃い左右の眉にかわるがわる唇が触れて、こう言った。「これがあなたの眉」……瞼の薄い皮の上を女の唇が蠅のように這いまわるのが感じられた。閉じた瞼のなかで、彼はその蠅からのがれようとするかのように眼球を動かした。自分の裸かの冷たい眼球が、わずか一枚の薄皮をとおして、念入りに熱い息であたためられる。

「これがあなたの目」……。

「見えたでしょう。すっかり見えたでしょう」と依然として目を閉じたままの収に光子は言った。「鏡を見るよりずっとよく見えたでしょう」

「これがあなたの鼻」と光子はまたはじめた。夜気にいくらか冷えていた彼の秀でた鼻先は、熱く蒸れた息の匂いをかいだが、どこか夏の川のほとりでこういう匂いをかいだことがあるような気がした。

収は力を喪った重病人のように、顔の上の蠅を払うだけのことができない。自分はたしかに極度の嫌悪に身を委せているのだが、豚が真昼の泥の中に浸っているように、こういう嫌悪が自分にふさわしいことをどこかで知っているのである。鏡の明晰がどうしても必要だった。しかし部屋は澱んだ薄明に充たされ、爪はむなしく畳を辷って、鏡はどこにもなかった。

良人と別居中の光子はアパートぐらしをしていたが、収とあいびきの時は自分のアパートを使わず、渋谷界隈の宿を使った。はじめてそこへ行ったとき、収は宿の女中や帳場の人々をあしらう光子のあけすけな態度におどろいた。一間一間が離れて建てられ、池が複雑な水路をえがいておのおのの離屋を劃し、深夜は時折鯉の跳ねる音をきいた。窓からは渋谷駅近傍や百軒店の高台のネオンが望まれるのに、不自然なほど静かであった。

収は急に身を起して、丸首のシャツを着た。しばらく女のそばを離れていたかったので、手水に立った。背後にドアを閉めて、洗面所の晃々としたあかりの下に、大きな鏡に向うとほっとした気持になった。髪はかき乱されてけば立っていたので、丁寧に櫛を入れた。十分に油をふくんだその髪は、ふたたび漆器のようなものものしい光沢を帯びてそこに静まった。

『いやだ。いやだ。いやだ。もっと可愛らしい、しつこくない、僕好みの顔をした少女を愛したい』と収は思った。鏡の中の顔はあらゆる少女たちに愛されるように出来ていた。その結果、一人の少女と寝て、子供ができかかって、彼女を捨ててから、収はおよそ人目に醜悪ではない情事の煩わしさにこりごりしたのである。

光子は小肥りした、色のやや浅黒い、均整のあまりよくない美人で、大きな下りぎみの目と、なだらかな鼻筋と、多少の受け口と、まことに形のいい耳とを持っていた。今ここから寝床へかえれば、光子の言うであろうことはわかっているが、「私、少ししつこかった？　ごめんなさい」と言うにきまっている。一緒に暮す夜は人並に嫉妬もし、きちがいじみたこともするけれども、自尊心と情念とがけろりと折れ合っているこの女は、収のほうで放置っておけば追い縋って来るようなことは決してなかった。彼らのあいびきはいつも痙攣的で、つづけて十日も毎日逢っているかと思うと、二ヶ月の余も途絶えたりした。その光子にはじめて逢ったのは鏡子の家である。収はごく怠惰な気持で、自分が選ばれるままにまかせた。

――深夜の鏡に収の美しい顔は、くっきりと明晰に映っていた。

『ここにたしかに僕が存在している』と収は思った。男らしい眉の下の切れ長の目、その黒い澄んだ瞳、……どんな町角でもこれほど美しい青年に会うことはめったになかろう。今しがたの行為の影を露ほども残さない顔の明澄さに、収はみちたりた気持を味わった。

『友だちにすすめられたように、僕は重量挙をやろう。ふれれば弾くような厚い筋肉で体を鎧おう。そして体じゅうを顔にしてしまおう』

そう思った。顔とちがって、筋肉は鏡を使わずとも自分でじっくり眺めることができるだろう。そして彼は自分の腕や胸や腹や太腿や、あらゆるところに自分の存在の堅固な証明を、その存在の不断の呼びかけを、その存在の詩を、ありありと眺めることができるだろう。……

劇作座の稽古場の壁に貼り出されている次の公演の配役表へ収はちらと目をやった。一番おしまいから三番目のところに、青年Dと書いてあるのが彼の役である。終幕のキャバレエの場で、一寸踊るだけの役で、台詞はない。女主人公の殺されるのを見て、おどろいて、間もなく退場すればよいのである。

稽古場の舞台ではすでに立稽古が進行している。戸田織子の扮する女主人公が、こういう台詞を言っている。

「私のやるキャバレエは、世のつねのキャバレエじゃありませんの。そこでは毎晩刃傷沙汰が起り、悲劇が起り、本当の恋の鞘当、本当の情熱、——ええ、どんな俗悪な情熱でも、あなたがたの物知り顔よりは高級ですもの——、そういう本当の情熱、本当の憎しみ、本当の涙、本当の血が流れなくちゃいけませんの。オープニング・ナイトの招待状は、もう二三日で刷り上る筈ですの。来て下さいましね。来ていただいて、じっと一部始終を見ていただくだけでいいんだわ。あなた方だって、舞台の仕出しぐらいの役には立つでしょう……」

埃だらけの舞台の上で、ろくに化粧もしない顔の織子は、髪にネットをかぶり、色のちぐはぐなブラウスとスラックスの姿で、装置の寸法に合わせて立てめぐらした汚ない羽目板の前に立っていた。演出家の三浦が、「ちょっと」と言って、織子の台詞を中断した。「血が流れなくちゃいけませんの、というところで、二三歩、下手の浅見博士のほうへ歩いてください。少々おどかすような気持で。……それからたびたび言ったように、来て下さいましね、という台詞はもう一寸高飛車に」

織子は舞台から黙ってうなずいた。舞台監督の草香が、低声で「返しますか」と三浦の意向を質してから、「小返しします。私のやるキャバレエは、の前の浅見博士の台詞から」と怒鳴った。

『下らない芝居だ』と収は稽古場の壁に凭れながら、役に餓えている若い俳優特有の、怨みを含んだ客観的批判を下した。実に下らない芝居だった。あの悪がしこいジロオドウへの純真無垢な憧れが、劇作家の海綿のような頭を水びたしにしていた。夢想というものの重いイローニッシュな意味をどうしても理解できないように作られた憐れな魂。この劇作家は人生上の辛苦もいろいろと舐めて来たのであったが、彼はたえず同語反復的な夢を見ていたので、そんな辛苦は何の役にも立たなかった。しかも困ったことに、彼の夢は人生を圧服するほど強力なものではなく、弱虫の子が人にいじめられては逃げ込む小さな物置の隅のような場所にすぎなかった。どんなに辛苦を重ねても、浅い夢しか見ない人は浅い生をしか生きることができない。それでもその芸術上の弱味を補うために、自分の経て来た人生上の辛苦が大きに物を言い、世間並みの矜持を養うまでになっていたので、彼はちっとも俗物ではなかったが、犯すべからざる純情の人というふうに考えられて、多くの若い崇敬者を持っていた。こういう茶番は、芸術家の社会では、しょっちゅう起りがちなことであった。

収はしかしこの劇作家朝間太郎という人を好いていた。これは実に単純な理由で、朝間がいつか収の研究劇の役をほめてくれ、今度もこうしてほんの端役ではあるが名指しで役をつけてくれ、彼の書く芝居がいかに愚劣であっても、現代劇にめずらしくロマンチック・ロールの登場する芝居を書くのは、朝間太郎ぐらいのものだったからである。

自分の出るせきのないような芝居を、たとい折紙附の名作であっても、俳優がどうして本気で愛することなどができよう！　むかしの築地座の連中が、「どん底」を見て、身もふるえるほど感動し、それ以来俳優を志したというような思い出話は、収の心から遠い場所にあった。彼はいまだかつてそれほど醇乎たる、「感動する観客」になりえたことはなかった。漠然と陶酔を夢みていて、人の舞台からはそれを与えられず、彼一人にだけ人に陶酔を与える才能が具わっているように夢みていた。

舞台が彼の人生を不確実にし、あいまいにしてしまっていた。それは半ば醒め半ば夢みている場所にいつまでも彼をとじこめておき、自分のなかに漂っているもろもろのものを甘い不満の状態に置きつづけた。俳優になること、ああ、それは自分の人生を人の手に委ねてしまうことであった。選ぶのではなく、ほとんど終生、選ばれる立場に立つことだった。選ばれるままに役を与えられ、作者の命ずるままに喋り、人に与えられた感情のなかを生き、この椅子からそこの壁際へ歩くだけのことも、人の意のままにしなくてはならぬ。しかも、自分の意志が自由に働らく範囲の私生活は彼に何の魅惑も及ぼさず、ひたすら自由の利かぬ「選ばれる」生活にすべてを賭ける。そして最終的には、選ばれた美しい女のように、すべてが自分のものになるのだ。

自由に対する汚辱をよろこんで貪り喰うこと、どんなに永いあいだ放置っておかれても、この怠惰な食慾だけはなくならなかった。収はある咽喉の渇いた朝、新聞で一家心中の記事を見た。その一家の母は青酸加里の入ったジュースを、六つと二つの子に飲ませたのである。しかし見出しの「毒ジュース飲ませ」という大きな活字が目に入ったとき、収にはその「毒ジュース」という字が、えもいわれず美味しそうに感じられた。それはさわやかに咽喉を潤おすにちがいない美しい飲料だった。色彩もあざやかなら、香気も高く、迅速な毒をたっぷりと含んでいて、ある渇いた朝、自分の意志にかかわりなく、やさしい手で与えられる飲料。それを飲んだ瞬間、忽ちにして世界は一変するような飲料。彼が待ちこがれているのは多分こうした飲食物である。

何一つ的確なものはなく、身内をかけまわる他人の感情の嵐に身をまかせ、さて過ぎ去ったのちは何ものも残さないが、すでに彼のまわりの世界の意味は一変している。『もし僕がロミオを演じたら』と収は熱い吐息と共に考えた。『ロミオを僕が演じる前の世界と、演じたあとの世界とが、断じて同じものである筈はない。僕は舞台から下りるとき、いまだ嘗て自分の住んだことのない世界へ下りてゆく筈だ』

彼は自分ののびやかな脚が、タイツを穿くには細すぎないかと心配したが、ほとんど毛の生えていないこの脚の肉は、タイツの冷たい絹の密着を優雅にうけ入れるだろう。タイツを脱いだあとも、彼の脚は一度ロミオを演じた青年の脚に他ならない。彼の唇は、一度ロミオを演じた青年の唇になるだろう。彼が再び舞台裏のがらくたの間を通り抜けて楽屋へかえるときも、そのがらくたは魔物のような美のくろぐろとした塊りになり、彼が劇場へ来るとき穿いてきた靴につもっている街の埃も、かがやく讃嘆の微粒子のふりつんだものと見えるだろう。……すべては変るだろう。そしてこんな世界の変貌の異常な記憶を、彼は皺だらけの老年まで持ちつづけるだろう。

収はやがて自分が人に与えるべき魅惑と陶酔について、どんなに永い時間でも、ちっとも飽きずに考えることができた。われわれの時代は久しく高尚な熱狂を忘れていた。収は自分でなければ、それを公衆に与えることのできる人間はいないような気がしていた。ただ要するに、「気がしていた」のである。

露にしとどな樹々の匂いをいっぱいに含んだ雨まじりの軟風のように、人の面に襲いかかり、その目や頰を濡らしてすぎるのはすばらしい。そんな風のような存在になるのはすばらしい。又、肌に痛くさわるほどの塩気を含んだ濃厚な潮風になって、人の胸もとへ吹きつけるのはすばらしい。ああ、人に魅惑を及ぼし、陶酔を与えること、それは自分を風の姿に変えてしまうことであった。舞台に自分の肉体が、肉と血の上に美々しい衣裳をまとって、神殿のように聳え立ちつつ、しかも自分の目にはそれは見えず、熱狂した観客の目にも、俳優の姿は存在の形を超えた光りかがやく風の流動としてしか感じられぬこと、……肉体の鞏固な物的存在そのものが一の逆説と化すること、……そこに立ち、そこに語り、そこに動くことが、雀蜂の羽根の顫動のように、一個の目に見えるか見えぬかの虹いろの音楽になってしまうこと、……こういう事態の到来を収は夢みた。夢みていて何もしなかった。舞台上のそのような究極の転身、かがやかしい存在消滅の瞬間を夢みながら、いつも自分の存在のあいまいさ、放置っておけばかすれてなくなってしまうような恐怖におびえ、つかのまの存在の証(あか)しのために女と寝る。女はまず確実に、彼の美貌の魅惑にこたえてくれたからである。こたえてくれるものはもう一つある。女よりも忠実で、渝(かわ)りなく。……それは鏡であった。

＊＊＊

清一郎のいる一階の機械部の部屋は、社内でもあんまりきれいなほうではない。机も古い。書棚(しょだな)やキャビネットも古い。このビルが接収を解除されてから塗り直した壁のペンキだけが目新(まあた)らしい。

建物が古いので窓の形も古い。窓の眺めとては、陰鬱(いんうつ)な内庭(コートヤード)をへだてた向うがわの同じ形の窓だけである。向うがわの窓と壁のほんの一部分を斜めに区切る、貼(は)りつけられたような日ざしを、午(ひる)さがりの数時間窓ごしに見ることができる。それは日ざしというよりは、掛けっぱなしにしていた額絵を取り外したあとの壁の白さのようなものにしか見えない。しかし日ざしのこんな不自然な新鮮さも、時折、人の足を窓ぎわへ運ばせるよすがにはなる。窓の上辺をかすめて、逆さの井戸の水面みたいに、空が辛(かろ)うじて見える。

内庭（コートヤード）はこれ以上殺風景な景色は考えられないほどである。緑の介入の余地は一つもない。地下のボイラー室をおおう灰いろの屋根と、地下へ下りてゆく階段と、ヴェンチレータアの二つの屋根と、まわりに敷かれた粗い砂利だけだ。終日人影の見えないこの場所は、雨の日には、黒いつややかな色に潤うた砂利が、まわりの室内の活動的なビジネスとのおもしろい対照をなした。そういうとき、砂利は目の慰めになった。課長はこの砂利を句材に、いくつかの駄句を作った。

室内の空間には、蛍光燈（けいこうとう）のあかりをつける紐（ひも）が、天井から規則正しく、机の上へ下っている。紐のまわりのいそがしい起居（たちい）とはかかわりなく、紐はそよとも動かない。機械部の五つの課は、商事会社特有の配列で、各課の連絡がよく行届くように、あいだに何の障壁もなく、机の列がそれからそれへとつづいている。清一郎はこのビルに引越して来てからも、先輩が詰っているので、机は末席のままである。それでもこの四月上旬合併後初の昇給の折に、三千円の破格の昇給をした。今まで二万三千二百円であった基本給は、そこで二万六千二百円になったのである。

清一郎の課では、課員がみんな顔を合わせるのは、朝九時の出勤時と夕方の五時頃とだけである。ほとんどの課員が午前中に一回は、カタログや見積書を持って、出勤するやいなや又いそがしそうに出かけてゆく。むかしはどこの社でもするように、黒板の自分の名の下に出先の場所を書いて出るのがならわしだったが、この慣習は、たまたまオフィスへ訪ねて来た客が商売仇の名を黒板に発見する不都合から、いつともなくすたれた。そこで一旦課員が出かけてしまうと、テレヴィジョンの野球の観覧席にその顔が発見されたりしないかぎり、皆目ゆくえは知れなかった。

課長は痩せた、貧弱な、小市民の逸材ともいうべき男で、都会がつくる早老の代表的タイプで、あらゆる活力の表現を下品と見なし、ききとれぬほどの声で話した。清一郎は自分の拳闘好きを、なかんずくこの課長に知られたくないために、社の誰にも黙っていた。課長代理の関はまことに対蹠的な、声の大きい磊落な男で、永い病気欠勤で昇進のおくれた悲運のために人一倍快活になり、誰からも愛されることを知っていて、自分のあけっぴろげな性格が社会人としていかに損であるかを力説しながら、こうした社会的な非適応性を大いに誇っていて、それを自分の人気の素材にもしている男だった。清一郎は課長と課長代理との、この対蹠的な人となりにはじめて触れたとき、こんな二人から同様に好かれることの困難に頭を痛めた。しかし同等に好かれるというのは意味のないことである。考課表の査定に当って、課長その人よりも、代理の関の発言の強いことがわかるにつれて、関があまで彼自身の欠点をあからさまに誇るのは、実は独自性の確保のためであって、決して彼と同種の人物を高く買うことにはならぬのを知って、清一郎はもっぱら自分の「明るい社会的適応性」のほうを、売り込むことに心がけた。大してスポーツマンでもなかったが、スポーツマン特有の人を安心させる単純さを身につけて、今では誰も、清一郎の大学時代をいっぱしの万能選手のように想像するまでになっていた。

清一郎の椅子と背中合せに、佐伯の椅子がある。佐伯の属している一列（なら）びの机は、係がちがうのである。佐伯は同僚の誰彼から鼻つまみになっていたが、この同じ理由によって、清一郎は佐伯と親しくする必要を感じた。なぜなら人に悪感を与える人物と気楽に附合える無神経は、第三者の警戒心をゆるめもし、それに佐伯は危険視されているのではなく、ただ毛ぎらいされているだけのことだったから、清一郎にとって恰好（かっこう）な引立役になったのである。

ふしぎなことに、佐伯に対する清一郎の親近をいろいろと周囲は話題にしても、自分の孤立をすこしも知らない佐伯は、清一郎に対して何ら特別の感謝の念を抱いているわけではなかった。自分を複雑きわまる、大いに魅力ある人物だと思っていたから、清一郎のような単純な人間の、興味を惹（ひ）くのにふしぎはないだろうと考えていた。狂人がある程度自分を狂人だと知っているように、嫌（きら）われるタイプの男は、ある程度、自分が嫌われることを知っているのだが、狂人がそういう自己認識にすこしも煩（わずら）わされないように、嫌われているという認識にすこしも煩わされないことが、嫌われ型の真個の特質なのである。

——清一郎は昼休みの散歩からかえって席におちつくと、習慣で煙草（たばこ）を一服喫（の）んだ。

さしあたって何の用事もなかった。来客もない。

机の横に吊ったタオルの手拭と当番日誌をちらりと見る。彼はここにいつも清潔なタオルをぶらさげている。そのタオルの清潔さは、誰も言わないが当然誰の目にもついていて、おのずから彼の人柄を物語っている筈である。そしてタオルは、……汗、若さ、スポーツ、単純さ、明るい空、疾走、跳躍、フィールドの緑、トラックの白線、……これらすべての象徴する、青年の無思想性、盲目的忠実、無害な闘志、若々しい従順、さかんな精力、等々の、要するに社会が要求し、社会が有益でかつ御し易いと感じる、もろもろの特質を物語っている筈であった。

退屈まぎれに、清一郎は手をのばして、当番日誌をとって、今朝自分の書いたきのうの記述を、煙草を吹かしながら読んだ。

「昭和二十九年四月二十一日(水)

キヨタ機械工業株式会社墨田工場訪問

面接者……………清田社長、山口課長

同行者……………松波技師

用　件……………大沢電工引合 sinking machine に関し、技術説明聴取のため訪問す。現在技術情況よりして、輸入品に比し遜色なしと思わる。今後、同社員の販売拡大は、我社にとり、益はあっても損はないものと思う。」

机のむこうから、関が胴間声でこう言った。

「おい杉本君、二時から東産へ一緒に行ってくれんか。きょうは契約が決りそうだから」

「はい」

と清一郎は明瞭(めいりょう)な返事をした。そして一旦脱いでいた紺の上着を、又いそいで着た。

関はあいかわらず二日酔らしい血走った目をしていた。そんなに磊落なのに薬の道楽があって、しじゅう二日酔や頭痛の新薬を試していた。そして効能書や用法をろくすっぽ読まずに嚥(の)んだ。

二人は社員通用口からまばゆい戸外へ出た。関は日光に目を射られて嚔(くさめ)をした。思いがけず襲った小さな幸福感のようなこの嚔のおかげで、彼の目はうるみ、そのすでに若くない顔はちぢかんだ。清一郎は関の家庭的トラブルを知っていた。

駅へむかって歩む関の歩調で、清一郎は何か二人だけの話があるのを察した。果して関はこう言った。

「突然だが、君は今、結婚の意志があるのかないのか、……どっちだね」

清一郎はゆっくり、考え深い調子で答えた。こういう質問は予期されていたので、答もよく予習されていたのである。

「そろそろ僕も、結婚する時期じゃないかと思ってます」

「恋人はいるんかね」

「いや、別に」

「親御さんの決めた人でもいるの？」

「いや、親爺も亡くなりましたし、別にそういう」

「そうか。……まあ、いいんだ、君に結婚の意志のあるかないかだけききたかったんだから」

「誰かいい人でもいるんですか」

「絶対に内聞にたのむよ。実は庫崎副社長のお嬢さんの縁談をたのまれているんだが……」

と関は言った。

早耳の課員が夙にこの噂を運んでいて、庫崎副社長が自分の社の有望な社員に娘をやるために、部長に物色をたのんでいることはきこえていた。機械部長の坂田は副社長がもと社長をしていた中央金属貿易における部下だったので、数ある部の中から、この部が選ばれたのであるらしい。

清一郎は一向苦々しい顔つきもせずに、この噂に対する独身社員たちの世俗的反応を眺めていた。となりの課には、もう三十歳になるのにひたすら重役の娘の縁談をあてにして、どんな女の誘惑にも屈しない天晴れな俗物もいた。こうした都会特有のロマンチストは、下宿屋の娘、タイピスト、女事務員などの結婚の罠におちこむ田舎出の秀才と、それほど遠いところに立っているのではなかった。

噂をきいたとき、清一郎はすぐさま自分を有力な候補者と信じた。現状については大して顧慮せず、ひたすら未来、有望、能力、将来性などへ賭けられた結婚のためには、これほど鞏固に破滅を信じている彼以上の適格者はありえようがなかった。彼は理想的な、不吉な婿がねになるであろう。打算と出世慾にうずうずしている花婿候補からその娘を護ってやり、ただ他の男を彼女の良人にせぬためだけに彼自身が良人になり、未来に破滅しかないことを信じている良人との純粋な結婚の幸福を教えてやり、……かくてつかのまは世俗の羨望の的になること、こういうことはすべて悪くなかった。他人の野心の目標をただ無意味にかすめとってやること、それは善であった！

『俺は結婚するだろう。遠からず結婚するだろう』……いつとしもなく、誰をも愛することなしに、彼はそう思いはじめていた。しらない間に、この言葉は叫びのようになり、やみがたい欲求でもないのに、欲求のようになった。清一郎は慣習を渇望するという社会的習性が、一人の男のなかで、破滅の思想と仲好く同居するのにおどろいた。

他人と寸分ちがわぬレッテルを体じゅうに貼りつけて、それでもまだ足りずに、彼は「結婚した男」というレッテルを手に入れようとしていた。なるたけ珍奇な切手をではなく、なるたけ流通度のひろい切手を全部手に入れようとしている、風変りな切手蒐集家のようだと自分を思った。いつか鏡の中に、一人の満足した良人の肖像を見出だすだろうと思うと、こんな自分自身の戯画のデッサンを彼は熱心にとり直した。

* * *

収はよく朝寝をした。無為というものにすこしも飽きない。朝の雨は上りかけていた。それが窓の磨硝子の明るさに知れた。その磨硝子をあけても、見えるものは隣家の屋根とその看板の裏側とだけである。

夏の夜などには、看板の外れの縦長の細い空を、後楽園のナイターの光芒が裾濃に照らしている。喚声がきこえる。又、百万人の音楽会などという催し物があって、風の加減で、拡声器をとおしたベートーヴェンの音楽なんぞが、急に耳のはたにきこえることがある。

東京に家があるのに、一人でわざわざ、本郷真砂町のここの下宿へ越して来たのが、去年のナイターのはじまるころの季節である。収はこの下宿の住所をつとめて人に隠している。人に誇るような住居ではなし、ちらかし放題で、自分の無為の根拠地をここに作っておこうと思うからである。しょっちゅう外泊はするけれど、女をこの部屋に入れたことは一度もない。そこで一見無軌道きわまる生活をつづけているのに、収は下宿の主婦に評判がよかった。

雨はのこりなく上った。収は床の上から手をのばして、珈琲沸し器に電気を入れた。それは女の贈物だったが、この下宿での、女なしの一夜の目ざめにだけ奉仕していた。忽ちにして五月はじめの午さがりの室内は珈琲の香気に充ちた。枕もとの手鏡に、収は寝起きの顔を映した。すこしも寝ぶくれていず、晴れやかに引き締った若い顔がそこに映った。それは美しかった。

ぐうたらの父親を抱えて、母親の新宿でやっている婦人服飾店が、不景気で経営のよくないという不安が、ほんのわずか胸をよぎった。母親はそれを喫茶店に改造しようかという相談を、彼としたいらしかった。

収は今日の一日のはじまりに当って、漠然とその一日の末のほうを透かし見た。彼の目には、何の変貌もたらすことなく過ぎ去ることのわかっているこの一日の、果てのあたりまでが辛うじて見えた。それから先は見えず、見ようともしなかった。どうして見る必要があったろう。未来は闇に包まれ、傲然たる暗さで、途方もない黒い大きな獣みたいに、彼の視界を遮って佇んでいた。

……大学の先輩と待ち合わせたN体育館の前で、収は空がたちまち掻き曇るのを見た。さきほど飲んでまだ胃に溜っている珈琲のような、焦げくさい重い香気が、募った風に乗ってくるように思われた。突然髪に痛みを感じた。そこへ手をやる暇もなく、あたりをいちめんに打ち据えるような音が乱れた。雹が降って来たのである。

収はあわてて玄関の軒下へ退いた。雹は歩道の路面にこまかく跳ね返っていた。それは空から降る降り方にしては、あんまり無造作に、乱雑に、ものを撒き散らすやり方だった。午さがりの日照りに暖ためられていた鋪道は、すぐさまその氷滴を溶かしてしまった。ちらばった沢山の黒い瞳のようなものが、瞳の形を保っているままに、それはもう雹ではなく、ただの水滴にすぎなかった。

「舟木君」と収の名を肩ごしに呼ばれて、収は自分より背の低い先輩の武井の顔を、首をめぐらして見た。何年か見ないうちに、武井はすっかり変っている。まくりあげたワイシャツの袖はめざましく太い二の腕のまわりに、いかにも窮屈そうな皺を光らせている。ワイシャツの上からありありと肩の肉の盛上りがうかがわれる。シャツの胸は何ものかに抗議するように広く大きく張って、胸もとの釦を弾き飛ばしそうに見えるのである。

「やあ、すごい体ですね」

「そうだろう」とこの当然な挨拶に対する当然の感情の表示のように、武井は肩や腕や胸の筋肉を小刻みに動かしてみせた。それは筋肉の返事だった。胸はシャツの下で、眠っている肉が神経質に寝返りを打つような具合に動いた。「……そうだろう。誰でも努力次第でこれくらいの体にはなれるんだ。但し努力次第でだよ」

武井には新興宗派の伝道師のようなところがあった。彼の噂をつたえきいて収が電話をかけたとき、それに答える武井の口調には、新たな餌にとびつく前の舌舐めずりしている感じがあった。武井は大学を卒業してのち、父親の工場で気ままな勤めをしながら、重量挙に興味を持ち、もう彼が選手になるのぞみとてないこのスポーツの別な側面に着目して、アメリカ渡来の数十冊の雑誌を読みあさり、まだ日本では知られていない新らしい筋肉養成術の開祖になり、母校の重量挙部を説いて、この新らしい運動目的を併合させることに成功したのであった。今や彼の念頭には筋肉しかなかった。時を経るにつれて彼自身の肉体が、こんな筋肉的福音のみごとな権化になった。

雹はすでに罷んで、車道を横切る二人の頭上には、雲の大幅にしりぞいてゆく青空があった。重量挙部のジムへ案内する前に、武井は近くの喫茶店へ収を連れて行って、そこでまず心構えをさずけ、講釈をきかそうというのである。

「日本の役者の裸はなっちゃおらん。映画俳優の裸なんか、痩せこけているか脂肪肥りかで、見るに堪えないね。アメリカ映画、それも聖書劇か古代ものを見てごらん。実にエキストラのはじにいたるまで、引き締った筋骨隆々たる体をしてるじゃないか」

と武井ははじめた。彼はあらゆる映画を、もっぱら筋肉的見地から眺めていた。靴屋が、あらゆる映画をもっぱら靴屋的見地から眺めるように。

武井に言わせれば、どれだけ芸が巧かろうと、すぐれた筋肉を持たぬ俳優などというものは、一文の値打もなかった。そういう俳優の演技は、文明の末梢的表現には適しても、典型としての人間を、人間そのものの価値を、舞台上に呈示することはできなかった。「舞台において、全人間的価値を呈示しうるものは、実に高度に発達した筋肉のみなのである！」……世界の頽廃と細分化は、知的偏向のもとに、哀れな、衰えた、醜悪な、蒼ざめた、薄べったい、平べったい、情ない、(武井はこういう形容詞を山ほど並べた)、老人じみた、光沢のない、紙みたいな、ぺらぺらな肉の持主、あるいは豚的な、腹のつき出た、歩くたびに波打つほどたるんでぶよぶよした、蛆のような、脂肪ぶとりの肉の持主を容認し、容認するばかりか、こういう二種類のグロテスクな怪物を、社会の上層部に配列したことから起ったのである。筋肉こそ人間の価値を判断するにもっとも明瞭な基準であるのに、世間はそれをすっかり忘れてしまい、もっとはるかにあいまいな諸基準で、人間の道徳的美的社会的諸価値を曇らせてしまったのである。

筋肉の衰えを来し、筋肉を蝕むものは、すべて悪であった。筋肉、男性のこの唯一の神話的特質は、現代ではもっとも非力なものになってしまった。鎖に縛られたプロメテウスや、蛇に巻かれたラオコオンに象徴されていた、男性の悲劇的性格は、その隆々たる筋肉によって、目に見えるものとなっていたのであったが、筋肉が蔑され、片隅に押しこめられてしまった今日では、男性の悲劇はごく抽象的なものになってしまい、目に見える限りの男は、滑稽(こっけい)な存在になってしまった。男性の真のディグニティーは、悲劇的誇張を帯びた隆々たる筋肉にだけ宿る筈(はず)であるのに、地位や財力や才能や上等の仕立の洋服やダイヤのタイ・ピンや新型の高級車や葉巻や、そんなくさぐさの下らぬものが、今ではディグニティーの根拠と見做(みな)されているのである。

それというのもこういう筋肉の社会的地位の失墜は、社会生活における筋肉の効用の減退から起ったことであった。この効用の減退自体は、(実に情ない、悲しむべき事態ではあるけれど)、否定することのできない現実であって、ますます筋肉を不要なものとしてゆく文明生活の進む方向を、逆転させることはまずできない。

武井は檸檬(レモン)の信者だったから、疲労回復に卓効のあるレモン・スカッシュを飲みながら、朗々とホイットマンの詩の一節を諳誦(あんしょう)した。

「……もしここに神聖なものがあるとすれば、それは人間の肉体だ。
そして一個の男子の光輝あるもの清鮮なるものとは、純潔な男性の表象である。
そして男子、または女子の、清浄で強健な、堅牢(けんろう)な繊維の肉体は、最も美しい容貌よりもさらに美しい。」

さて一般のスポーツとは、むしろ筋肉のこうした原始的効用を保存し、その効用の部分部分を誇張し、一定の運動のために醇化(じゅんか)したものである。スポーツの世界にだけ、まだ、すぎし昔の一対一の闘争のおもかげが残っていた。柔道のためのすべての屈筋の力、漕艇の選手の水とすれすれの競艇の上にうごめくめざましい背筋や闊背筋や二頭膊筋や前腕筋や大腿筋の力、ラグビーやフットボール選手の腰と下肢の力、円盤投のための肩の力、水泳のための胸の力、……それらはたしかに空間に一閃の力の稲妻のようなものを走らせはするけれど、これを行うよろこび、これを見るよろこびには、どうしても過去の光栄、過去の光輝がまつわっている。なるほど記録の更新は未来への望みをかけさせる。しかし、スポーツ全般が、今はもう現実に没落してしまった筋肉の効用の残り滓によりかかっている以上、それが本当に自然の光輝を放っていた時代は、はるか遠い昔のことにすぎず、一般のスポーツは失われた過去の光栄の模写、神話の書き替えに他ならぬのであった。

かくて武井の企てているのは、筋肉労働のはかない失地回復ではなかった。また原始的闘争のスポーツ的洗煉でもなかった。筋肉の機能の完全な回復とその最高度の発達を目ざしながら、一方、筋肉からその社会的効用の残滓を完全に拭い去り、以て「純粋筋肉」(武井はこの新造語を好んでたびたび口にした)ともいうべきものを創り上げて、それによって筋肉の外観それ自体が本来含んでいる筈の、高い倫理的美的価値を回復しようとしていたのである。

武井は断言した。

「一般のスポーツには、もはや明日の文明に寄与するようなものは何一つないんだ。それは力や速さや高さばかりに着目して、筋肉それ自体の絶対的価値を見落してしまったから、もう本当のところは、積極的な文化的意義をもっちゃおらんのだ」筋肉は、一例が腕の筋肉が、ものをもちあげたり、打ったり、引いたり、押したりするために、その運動をもっとも有効ならしめる理想的形態を持つものだとしても、人間の形態的な美は、そういう運動機能をはるかに超えて、それとは別の、独立した美的倫理的価値を帯びて来るのであって、そうでなければ、希臘(ギリシャ)彫刻の理念は生れなかったろう。そこでこの独立した価値の獲得のためには、投擲(とうてき)や打撃を目的としない訓練、何の役にも立つべきではない訓練が必要であり、筋肉は筋肉それ自体を目的として鍛えられねばならない。

もちろん希臘人の美しい肉体は、日光と海風と軍事訓練と蜂蜜(はちみつ)との結果であった。しかし今では自然というものは死んでしまった。希臘人の肉体がもっていた詩的形而上(けいじじょう)的なものに到達するには、逆の方法、つまり筋肉のために筋肉を鍛えるという人工的方法によるほかはないのである。

「顔のことを考えてみるがいい」と武井は、自分のあんまりぱっとしない顔、顴骨(かんこつ)の飛び出した目の細い顔を指さした。野蛮人においてすら、顔については、形態的美醜だけが問題にされて、機能的側面は問題にされない。鼻腔(びこう)がいかに通風に役立ち、口がいかに喰(く)いだおれに役立ち、目が見、耳がきくその働らきは、もちろん大切ではあるけれど、見た目には二の次である。ただ、目鼻口などの配列の微妙な差によって、美醜が決められ、精神的価値の深浅さえ決められてしまう。筋肉も亦、そのように見られる時代が来たと武井は言うのであった。

もちろん顔の持つかかる精神的表象は、目耳口鼻などの機能が純粋に受動的なものであり、顔における能動的な役割は、表情とよばれる感情の表白だけが受持っており、人が永い社会生活の歴史のあいだに、顔の表情から意志や感情を読みとる生活習慣を身につけて来たからであろう。これに反して、身体各部の筋肉は、動的積極的な役割をうけもち、外部へ向って行動を起す手がかりを提供し、感情表白に縁のない運動機能からだけとらえられて来たからであろう。

しかし断じてそれだけではない！　筋肉は決してそれだけのものではない！（武井はふたたび張り切ったシャツの下で、胸の筋肉をうごめかせて見せた。）考えてもみるがいい。感情や心理がどれほどの価値があろう。感情や心理だけがどうして微妙であろう。人体でもっとも微妙なものは筋肉なのである！　感情や心理は、筋肉をよこぎる焰のようなもの、筋肉の或るほのめき、そのちょっとした緊張以上に、大して価値のあるものではないし、怒りや涙や愛情や笑いは、筋肉のそれ以上にニュアンスに富んでいるということはできなかった。筋肉は、その怒張や、そのくつろぎや、その歓びや、その笑いや、微妙な肌の色や、朝と夕べのわずかな光沢の差が示す疲労の濃淡や、汗のかがやきや、これらもろもろの様相を示して、山の巌のように、きびしい鉱物質の黒から高山植物の紫まで変幻し、一日の光線の移りゆきによって刻々に変貌する山のように、たえまない変化を示すのであった。

悲しんでいる筋肉の悲しみを見るがいい。それは感情の悲しみよりもずっと悲壮だ。身悶えしている筋肉の嘆きを見るがいい。それは心の嘆きよりもずっと真率だ。ああ、感情は重要ではない。心理は重要ではない。目に見えない思想なんぞは重要ではない！

思想は筋肉のように明瞭でなければならぬ。内面の闇に埋もれたあいまいな形をした思想などよりも、筋肉が思想を代行したほうがはるかにましである。なぜなら筋肉は厳密に個人に属しつつ、感情よりもずっと普遍的である点で、言葉に似ているけれど、言葉よりもずっと明晰である点で、言葉よりもすぐれた「思想の媒体」なのである。

……………。

——武井はここまで一気に喋ると、忽ち立上って、収を促して、こう言った。

「さあ、行こう。俺が指導してやる」

二人はビルの夕影に半ばおおわれた車道を横切って、煤けた陰気な体育館の建物へ入った。重量挙部の部屋は冷遇されていた。それは埃っぽい牢みたいなコンクリートの一室で、建付のわるい引戸の外から、小さな呻きやおそろしい迫った息づかいや、溜息や、嗟嘆の声に似たものが洩れきこえていた。引戸をあけると、囚われの獣の匂いを思わせるものが収の鼻を搏った。それは汗と錆びた鉄の匂いだった。収には今自分の見ているものが、拷問部屋としか思われない。

古代の石切場や、若い奴隷たちの労役の場所、……そういうロマネスクなものが漂っている点では、この部屋はどんな他のスポーツのクラブとも似ていなかった。若者たちは逞ましい背を折り曲げて苦しんだり、負荷に歯を喰いしばって、腿の肉を慄わせていたりした。ひっそりと静かで、喚声も掛声もなく、苦悩し、緊張し、汗にまみれ、鬱血している若い肉だけがあった。

重量挙の練習は今日はおわっていた。そこにいるのはすべて武井の宗派の後輩ばかりであった。その或る者は斜めの板の頂きに足を縛して、身を逆さまにして、重い鉄盤を左右につけた棒を腕で上げ下げしていた。或る者は床几に横たわって、同じ重い鉄を胸の上で上げていた。或る者は肩に重い鉄を荷って立ったり坐ったりしていた。或る者は重複した鉄盤をつけた鉄亜鈴の大きなものを、自分の二の腕の怒張をじっと見つめながら、交互に肩の高さまで上げたり下げたりしていた。或る者は鉄の棒の、左右に重い盤をつけたのを、うつむいて、股をひらいて、床にすれすれになるまで下ろしては、また、肱を怒らせて、胸に触れるまで引き上げていた。収にはすべてが異様に陰惨でもあり滑稽でもある奇怪な姿態に思われた。おのおのが課せられた各種の刑罰を、黙々と果しているように見えたのである。

しかしこんな徒刑場の空気には、何か人を魅するようなものがあった。半裸の若い奴隷たちは、ひとりひとり、窺い知ることのできない暗い神秘な肉体の思念の裡にとじこもっていた。夕刻ちかく灯をともさない天井も、埃だらけの床も、古い鉄の器具類も、すべてが暗くて、筋肉だけが輝やいていた。仔細に見ると、なるほどここで見られる各部分の筋肉は、みんな大そう鋭敏で感じ易い。収はほかではこれほど敏感な筋肉群を見たことがない。一人の若者が身をかがめる。すると忽ち脇腹にくっきりと縄目のような筋群が浮び上る。ただ何もせずに静かに立って休息している若者の体にすら、時折、いろんな感想がひらめくように、筋肉から筋肉へ迅速な動きが波及して、ために腕の肉が苛立つごとく隆起するさまなどが眺められた。収は武井の言ったことも尤もだと思った。

「まず上半身裸になってみろ。俺が体を見てやる」

と収より背の低い武井が横柄に言った。収は痩せた体をここではとりわけ恥じた。しかし武井は半裸になった収の腕を引いて、容赦なく鏡の前へ連れて行った。鏡には収の映したくない姿が映った。肋の起伏が、それほどはっきりとではないが、読みとれた。

「ごらん」と武井は言った。「君は骨は太いから、現状にがっかりすることは一つもない。現状かい？　現状は要するにゼロだね。君の永い不節制な生活がはっきりあらわれていて、君の年齢なら当然あるべき筈の皮膚の光沢もないし、君の若さにふさわしい力強さはちっともなくて、生っ白くて、無力で、どこもかしこも豆腐のようだ」

こんな解説をきいて笑いながら、武井の後輩が二三人、収のまわりへ寄って来た。かれらの異様な逞ましさと引き比べて、収の裸体は一そうほっそりと白く、弱々しく見えた。

「豆腐と言うより、憐れな痩せた、皮を剝かれた若鶏みたいだ。」と武井は図に乗って、遠慮のない批評をつづけた。「筋肉はね、他のあらゆる器官と同様に、不能動性萎縮というやつをする。君の三角筋を見てみたまえ。そう、肩の丸みの筋肉だ。それをこいつらの肩と比べてみたまえ。君は今までまるで力と縁のない生活をつづけて来たから、肩には骨があらわれていて、弱い萎びた三角筋がわずかに貼りついているだけだ」

実際、収は、顔の気品のある美貌と同じものを、彼の肉体が持っていないことを今さら見出さずにはいられなかった。その肉体は貧しくて優雅には程遠く、男性の優雅が或る程度の逞ましさなしには成立たぬことを示していた。その細い腕は肩から力なく垂れ、力はすっかり指先から滴たり落ちてしまったように見えた。『僕は詩人の顔と闘牛師の体とを持ちたい』と切に思った。素朴さ、荒々しさ、野蛮、などの支えが今の自分にすっかり欠けているのを知った。真に抒情的なものは、詩人の面立と闘牛師の肉体との、稀な結合からだけしか生れないだろう。

「今日は最初の練習だから、うんと軽いバーベルで、二セットずつやったらいいや。最初にアップライト・ローイング・モーションを二セット。次にカールを二セット。ネック・ビハインド・プレスを二セット。ベンチ・プレスを二セット。ベント・ロウを二セット。ディープ・ニー・ベンドを二セット。あとで腹筋運動をいくらかやるんだね」

武井は収にトレーニング・シャツとパンツの着用を命ずる。収が着換える。羞恥でいっぱいになり、馴れない環境の棘だらけの空気に刺されるように感じながら、収には自分の永いこと遊惰に馴れた肉体が、一つの目的に向って動いてゆくことが信じられない。

彼は自分の中に、尻込みして打たれるかよわい小さな家畜のすがたを感じた。しめった寝藁と別れ、自分自身の匂いと別れ、眠りとうつつのあいだをさまよいながら、労役に駆り出される小さな家畜。……収は自分の存在のほうへ辛うじて手をのばすように感じる。薄暮のコンクリートの床の上には、初心者用の小さな灰いろのバーベルが、あたかも夏草にかこまれた砂利置場のかげの、車体を失った一双のトロッコの車輪のようにころがっている。……

彼は両手にとって胸のほうへ持ちあげた。それは思いのほか軽かった。

——母親は毒々しい化粧をしていた。それでいてただの小さな服飾店のマダムにすぎないのだが、収はこんな化粧から、母親が何かいかがわしい商売を取りしきっていると空想することが好きだった。

収はまた、母親が彼女の不幸を誇張して話すのをきくのが好きだった。彼女がかすれた声で、自分の生涯を、浅草の映画館の絵看板みたいな毒々しい色どりの悲劇に仕立てるのをきくのが好きだった。

「今日は一寸運動をしてきたんだ」

と収が言った。母親は吹かしている煙草の煙を目で追いながら、煙と話題とに半々ほどの興味を配って、こう言った。

「へえ、あんたが運動するなんてめずらしいじゃないの」

「いい体になりたいと思ってね」

「いい体になってどうするの？　そう、ちかごろの女の子はいい体を好くからね」

と母親は言った。

収には久々に汗を流したあとの爽やかさと、力業に携って体のそこかしこにまだ力の凝固している感じとの、奇妙に入りまじった昂奮があった。そのために彼は母親を、いつになく高所から見下ろしていた。今日の母親はひどく小さく見えた。似合わないスーツを着て、濃い紅で唇の皺を隠して、自分の想像しうるかぎりの「苦労」でコルセットのように体を締めつけて。

「お父さんはまた何だか下らない女にとりつかれたらしい」

「どうして下らない女だってことがわかるんです」

「お父さんにとりつくのは下らない女に決ってるじゃないの」

「それもそうだな」

と収は愉快に笑った。みすぼらしい憐れな父親には、いつも疥癬のように女がとりつくのだった。

日は暮れはてて、人通りは織るようになった。店の通りは酒場や喫茶店が多くて、こういう商売には適していない。徒らに人のゆきかいを店のなかから眺めているだけである。店の飾棚にはネックレスやブローチやブレスレットやイヤリングや手巾や手袋が雑然と並んでいる。お向いの喫茶店が巨大な原色のネオンをとりつけてから、こちらの店の品物の色合がしょっちゅう反映をうけて変るのを母親はこぼしていた。いずれにしても、店の不振をすべて不景気のせいにしているこんな店では、おのずから不景気の影が色濃く滞って、いくら店を明るくしても一抹の暗さが、ますます客足を遠のかせる。

めずらしく、オフィス・ガールらしい二人の若い女客が、飾棚の前に足をとめた。あれは買わないよ、と店の奥で母親が言った。自分の判断に信を置きすぎて、いつのまにか諦めにそれが変って、彼女は今では客を買物に引きずり込む努力を喪った。ジプシーの占い女みたいに店の奥に坐ったまま、遠くから客の様子を占って、悪い卦が当るのに満足するようになっていた。

裕福ではなさそうだが、小ざっぱりした身なりの若い二人の女の視線は、一つのネックレスの上に漂っている。それはかなり高価いのである。どうせあんな連中に買えやしないよ、と母親は又低声（こごえ）で言った。

　女の目の中で、欲しいものがだんだん輝やきを増して、ふくらんで来るのがわかる。それはすでに一個のネックレスではない。彼女たちの生活全体の夢、彼女たちのありうべき姿の調和の全貌、貧しい財布に対するロマンチックな抵抗、……そればかりか、自殺や投身の欲望に似たものへさえ引きずりこむ力の総和になった。

　しかし今、女の目から何かが立去った。欲望は霧散し、なごやかな恕（ゆる）すような目になった。彼女は今まで仇敵（きゅうてき）のように見えていたネックレスと和解した。つまり、買わないで見るだけにしようと決心したのである。勤めがえりの一日の疲労のこもった顔に強（きつ）く口紅を引いたその横顔に、お向いのけばけばしいネオンが刻々と色の移る輪廓（りんかく）を与えている。

　……収の足は思わず前へ出た。その気配に、今し立去ろうとしていた女二人はこちらを眺めた。女の目がちょっと瞬（まばた）くと、目尻に力の入るような注視に変った。『さっきネックレスを見ていたのとおんなじ目つきだ。僕がネックレスの代りになったんだ』と収は思った。女二人は身を斜（はす）かいに、又少し店へ入ってきて、ほかの品物を見るふりをして、又糸に引かれるように収の顔へちらちらと目をやった。

「いらっしゃいまし」

と収は言った。女二人はほとんど同時ににっこりした。

「あいつらはとうとうサラリーをはたいたね」

と、売れたネックレスの値段がレジスターに出ているのを満足げに眺めながら、収は言った。

「私が包んでいるあいだ、あの娘(こ)たち、お前に何か言っていたね」

「おむかいの喫茶店で待ってるとぬかしやがった。女はみんなあれだ。すぐもとをとろうとしやがる」

「お前が売子に来てくれれば、店ははやるし、わざわざ喫茶店に改造することもないんだけどね」

「ふん、誰がこんな店に」

「色仕掛の商売って、男にとったって、面白くない筈(はず)はないだろうにね」

母親は息子と不道徳な話をするのが好きだった。彼女には息子の放蕩(ほうとう)が、父親の放蕩に対する味方の復讐(ふくしゅう)のように思われた。いずれにせよ、それは母親孝行の一種だった。不道徳な話が愚痴に変って、それから収に、店の改造の設計図と見積書を見せた。金はどうするつもりなんだ、と息子はきいた。借りりゃいいでしょ、と母親は答えた。二人はしばらくお金のことを考えて、ぼんやりして、お互いに別の空間を見つめて黙っていた。二人は何か漠然(ばくぜん)とした危機をその空間に読むのであった。そして二人とも、そんな危機が風船みたいにいつまでも頭上に漂って、母親は客から、息子は芝居の配役から、見捨てられているという不断の不安を、医やしてくれるように思われた。未来は真暗でも、とにかくその真暗な未来から、母子は無気力なまま、怠惰なまま、遊び半分な気持のままで、選ばれているように感じるのであった。

「早く行っておいでよ。あの娘たちは待っていてよ」

と母親は、いつもの、息子を追払う仕草をした。ずいぶん息子を愛していたが、永いこと二人でいて、自分の不安の反映を息子の裡に見るのはいやだったのである。

「ふん、じらしてやるんだ」

彼は飾棚の上の鏡で髪に櫛を入れた。下から照らしている蛍光燈が、彼の形のよい翼のような鼻孔のふちを、蒼ざめて見せた。

母親はたった今入ったばかりの売上げの金を、そっくり息子のポケットへ黙ってつっこんだ。

「これはお前の稼ぎだからね」

収は鏡を見つめたまま、ありがとうも言わなかった。母親も空想的なら、息子も空想的なので、この母子の悲劇には空想的な性質があった。あまつさえ収は役者だった。彼はいかにも反抗的な放蕩息子の身振で、身を斜かいに、突然、飾棚のあいだをすりぬけて出て行った。

清一郎はそんなに酒が好きではなかった。彼は早く酔った。酔うと異様な不安にかられて身を隠し、ありのままの自分を見られてもかまわない唯一の場所、鏡子の家へゆくのである。

＊＊＊

今夜は酔っていない。しかも一人きりの夜が大きく口をあけていた。そういうときはいそいで女を買いにゆき、前よりももっと一人きりになって街を歩いた。曇ってなまあたたかい五月の夜であった。灯は疲れた彼の目にややにじんだ。目を細めると街は融解した。行人の影も自動車のすがたも融けてしまった。街はうるんだ融けやすい物質から成立っているように思われた。

オフィスにいるとき、あのように恒久不変の堅固な物質の中にいた清一郎は、こうして街をひとりでゆくとき、まるで薄いきらきらする箔で作られ、ほんの一触で毀れそうな繊細な硝子細工の骨組を持ったあやうい世界の中をゆく心地がした。これこそは彼にとって親しい世界だった。多くのけばけばしい看板やネオンサインは、いつわりの美の法則に対する忠実さを競っていた。一つのネオンが古風な「不夜城」の赤い三字を浮き出させているが、夜は事実その周囲にせまり、字劃のほそい隙間をさえ犯している。清一郎はネオンサインになりたいと思った。そうすれば彼の欺瞞への奉仕は完成されるだろう。一瞬たりとも自分自身の法則のためには生きないという、この無目的なストイシズムは、ネオンサインの身になれば、何でもない日常普通の、自然な習慣にすぎなくなるだろう。

彼はまた、とある酒場の裏口に積み上げられている麦酒の夥しい空罎のひとつの底に、泡をすっかり失って、わずかに滞って、自動車がすぐそばを疾駆するごとに、誰にも知られずに敏感にわなないているビールの滓になりたいと思った。明日は存在しない。なぜなら、その罎のビールはこうしてわずかながら確実に残っているが、同時に、その罎のビールは、確実に「呑まれてしまった」からである。

大将になりたい！　顕官になりたい！　大発明家になりたい！　大人道主義者になりたい！　大実業家になりたい！……ああ、子供のころのどんな記憶の片隅をさぐってみても、彼はそういうものになりたいと思ったことがなかった。ほかの子供たちのように、車掌や兵隊や消防夫になりたがりもしなかった。誰から見ても世間普通の快活な男の子にすぎなかったが、彼の心は空洞のようで、この世で自分のなりたいと思う姿をすこしでも思い描いてみることがなかった。

……人通りのはげしい裏通りの一角に、大きなパチンコ屋が、遠くからもそれとわかる陽気な金属音を立てていた。その鈴の音、その鉄の玉のころがり落ちる音には、ただの機械のひびきとちがって、いちいち人間の感情の反応が汲みとれる筈だが、そのいかにも小さな落胆、小さな満足、小さな喜びは、玉の落下音と一緒に街の雑音の只中へ弾き出されて、石ころみたいに人の足下に踏まれてしまった。

清一郎は入口に立ってちょっとパチンコ屋の内部をのぞいた。笑わない横顔が並んでいて、内部は来世のような明るさだった。

二階へ上る階段があった。娯楽センターというネオンが階段の上り口に慄えており、上るにつれて、機関銃の音やサイレンの唸りがきこえる。

清一郎はその音に惹かれて上る。二階はむかしの射的場に、進駐軍払下の各種の娯楽器械を並べ立てている。しかも入ったところには昔ながらの金魚掬いや鯉釣りがある。せまい木箱の水の中で、騒音にかこまれて、やがて釣られる金魚があまた泳いでいる。機関銃、モンキー、サブマリン、高射砲、ドライヴ・モビール、モーター・レース、ホッケイ、どれも一回二十円で遊ぶことができる。この二十円の憂さ晴らしには、あらゆる社会的エネルギーの鬱積に対する公然たる侮蔑があった。こんな侮蔑は甘いお菓子よりも甘く、社会的弱者たちの心に媚び、かれらはそういうものなら安心して受け入れ、ぱくぱくと喰べてしまうのである。

清一郎は空いている器械を探した。どれでもよかった。一つの器械にとりつくことで、自分自身とのちっぽけな親密さを取戻せれば。

ドライヴ・モビールが空いていた。器械のうしろから顔を出した女に二十円を渡すと、彼は硝子張りの箱の前の椅子に腰を下ろして、箱の外側についている大きなハンドルに両手をかけた。

箱の内部にはあかりがついた。それは初夏のまばゆい光りに照らされたハイウエイの情景であった。円筒にえがかれたハイウエイは丘の頂きへのぼってゆくようにみえ、丘のかなたはちぎれ雲の飛んでいるペンキ塗りの絶対の青空に占められている。そうして道の左右には微細な草花がえがかれ、牧場の柵の中で牛が遊んでいたりする。こんな風景のきらいな人は一人もいない。これほど楽天的な凡庸な詩的世界には、しかも完全に人の影が欠けている。硝子箱のなかの快晴の日曜日。

ハイウエイを一台の赤いオープン・カアが走っている。円筒が前へ前へとまわりだす。それだけなら、車は順当に路上をゆくことができるだろう。しかし円筒は同時に、不規則に左右へ動きながら廻るので、車はともすると道を外れかかる。清一郎は手まわしよくハンドルをまわして、いつも車を路上に保とうとするのである。車はたちまち路をはずれて、崖や小川のえがかれた周辺に狂奔してしまう。たまたま車が路上を走っているあいだ、箱の外側の赤いライトが、オン・ザ・ロードの英字を照らし、青空のかなたこなたに、けばけばしい色彩で浮んでいる得点の数字、五〇〇、一〇〇〇、二〇〇〇などに、つぎつぎとあかりがついた。

青空にあらわれる赤や黄や紫の数字の映像は、実にくっきりして、それがなくては、これほど晴れた青空が成立たないかのようだった。それは詩的な青空を強めていた。二〇〇や三〇〇の肉太な数字がかがやいて目を射ると、青空は預言的な青空になったのである。

……時が尽きて、円筒のうごきはゆるやかになり、徐々に静まった。はじめと同じように、ハイウエイのかなたの丘は、ブリキ細工の、未知の地平線を形づくって停まった。女が顔をさし出して、何も言わずに、埃っぽい蠟紙に包んだ二本のひねり飴を、清一郎の前に置いた。

箱の中の灯が消えた。清一郎の運転ぶりを見物してとりまいていた二三人の顔が硝子に映った。そのなかの笑っている顔は収であった。

「やあ」

と清一郎は椅子から立上って彼の肩へ手をかけた。

「下手だなあ。五千以上出なくっちゃだめなんだ」

と収は言った。

別の客が椅子に掛けてハンドルにとりついたので、立話の二人はすこし身をよけた。かれらの会話を、かたわらの高射砲のひびきがしばしば遮った。それは硝子箱の内部の四隅にしつらえられた四台の高射砲で、中央の柱につながれてまわる二台の飛行機が、命中弾を浴びるたびに、赤い翼燈を神経質にかがやかせた。

「これからどこへ行くんだい」

と清一郎がきいた。

「さあね。引っかかった女の子二人があんまり退屈なんで、振って来ちゃったところだけど、……そうだな。鏡子の家へでも行こうかな。丁度相棒ができたから」

と収は言った。

＊＊
＊＊

……そこに集まる青年たちの生活に、すこしずつ生れている変化をよそに、鏡子はあいかわらず、同じ波長、同じくりかえしの生活をつづけていた。青年たちを函数とすれば、鏡子はいわば常数だった。打ち見たところ、彼女は生活の不変のすがたを具現していた。鏡子の家は、何時行ってみても、鏡子の家なのであった。青年たちはどこで何をしていようが、夜ともなれば、今ごろは鏡子の家に灯がともり、夜の服に着かえた鏡子が今夜はどこへ遊びに行こうかと相談していたり、あるいはすでに遊び場からかえって、又呑みはじめる洋酒の支度をしたりしているところを、思い描くことができた。

都会のどんな外れにいても、鏡子の家があそこにあると思うことは、常連の青年に安堵をもたらし、都会全体を親しみのあるものにした。そこでは日もすがら夜もすがら不道徳の水車がまわっている筈で、事情事に関しては、どんな背信も容認され、悩みややさしい吐息や信頼や誓いや恥らいや心のときめきも、そこでは裏切りや嘘や破廉恥や欺かしや図々しい求愛や堕胎の相談などと、まったく同等の価値を与えられていた。そういう場所がこの世のどこかにあるのは、思うだに嬉しいことだった。そこで禁じられている話題というものはなかったから、失恋を語って心の慰藉を得るのと同じ程度に、いたいけな少女に犯した罪も慰みを得た。骨の髄から女である鏡子は、加害者の屈辱や悩みをもよく知っていて、それにも十分に共感したり同情したりしたのである。

好き勝手に送っている生活のつもりでいながら、いつかしら自分が客たちにとって必要な存在であることを知った鏡子は、周囲の人たちの描く絵すがたにますます自分を似せるようになった。ときにはこうして自分自身についての誤解の極限までゆき、こんなとんでもない空想にひたることさえあった。『私って、きっと過度の母性愛に恵まれているんだわ』

……実際、生活の単調さはほとんど鏡子をおびやかさなかった。一旦悖徳に身を賭けようと思ったが最後、人はひっきりなしに発明の要請、独創性の要請に追いつめられ、その独創性の危機が破滅をもたらすのだが、鏡子にはそんな危機は来っこなかった。鏡子は独創性のかけらもなしに安穏に暮してゆけた。なぜなら多くの男たちがこの家へ不道徳を持ち込むので、彼女が発明する必要なんぞなかった。

鏡子は不眠症さえ知らなかった！　最後の客がかえると、あれほどの性的な会話のかずかずがいい催眠薬になり、自分があらゆる煩いから自由で客観的であったという満足感にひたって、枕上の灯を消して枕に頭をゆだねる。するとたちまち、快い眠りがはじまった。

その晩、鏡子の家には光子と民子が来ていた。女同士ではどんなにお喋りをしていても物足りない。そこへ収が、これから清一郎と二人で行くという電話をかけて来る。底の底まで知り合った仲であるのに、とにかく二人の青年が間もなく到着するというしらせは、その席を賑やかにした。

民子は大森山王のかなり裕福な地主の娘でありながら、「趣味で」酒場につとめており、それもはなはだ気儘なつとめで、休みたいときはいつでも休んだ。民子はすこし莫迦だった。病的なほどのお人よしで、誰の言うことも善意にとり、しかもふしぎな人徳のおかげで、欺されて泣いたというような目に会ったことがない。誰も民子を欺すことなんかできなかった。こんな甚だしい軽信を前にしたら、勢い込んで欺そうとする男も興ざめしたにちがいない。そこでこうした軽信の一得として、彼女はごく疑ぐり深い女と比べて、男に欺されない点は同じでも、その上男に不自由しないという利点を持っていた。

民子は誰とでも友だちになった。大臣とでも、八百屋の御用聞きとでも。よしんば西洋人とでも。そして甚だ実証的な絶対平和主義の信奉者で、世界中の人間がどうして手をつないで地球をめぐって輪踊りをできないわけがあるものかと思っていた。気前もよかったが、人からものを貰(もら)うのも好きだった。貰うにつけても、物と現金とがどういう意味のちがいがあるのかさっぱりわからなかった。

男に関する民子の無定見はひどかった。相手が六十歳でも十六歳でも、それぞれのよさを認め、「悪い人なんかいないわ」と口癖のように言った。これがいつも光子との議論の種子になった。光子は若い男だけが好きで、青年の魅力について精細な一家言を持っていた。その髪の形について、目について、ワイシャツについて、その一寸(ちょっと)はだけた胸について、言葉づかいについて、靴下(くつした)について、うつむいたときの肩の角度について。……民子にはそんなことは要するにどうでもよかった。

こういう議論に比べると、鏡子の興味の持ち方はまたちがっていた。彼女は漂っている魅力などよりも、むしろ情事の事実そのものの蒐集家(しゅうしゅうか)で、魅力についてなら自分の魅力だけで十分であった。空想の中でも自分本位で、鏡子の姿のあでやかさから、ゆきずりの男のえがく思い切って淫蕩(いんとう)な空想の地獄を想像することのほうを好んだ。車に乗ればよいところを、ことさら好んで電車に乗り、さりとて混みすぎた電車は怖いので、ほどほどに混みほどほどに空いているそういう時刻を選んで乗るのであった。

玄関のベルが鳴った。来たわ、と光子と民子は叫んだ。そして早口で、少しも待ちくたびれたような顔は見せまいと申し合わせた。

二人の青年は、わが家へかえったように無感動に部屋へ入ってきた。三人の女のそれぞれの好みの香水の薫をかいで、清一郎は陰鬱な口調で、

「ふん、人臭いぞ。人臭いぞ」

と言うなり、あいていた煖炉の前の椅子に腰を下ろした。収は長椅子の光子のとなりに坐った。

鏡子には清一郎の人喰人種の挨拶が気に入った。無邪気な競争心で以てこう言った。

「三人のうち、どれから先に喰べてもいいのよ」

しかし今、清一郎は空腹ではなかった。

「あなた結婚するんですって」

と光子が頓狂な声を出した。結婚という言葉に最大の猥褻さをこめて言ったのである。

「相手の親爺が俺を気に入っているんだ。俺が明るい青年で、そうして有望だとね」

女たちはその親爺の、人を見る目のなさをさんざん非難した。みんなが根掘り葉掘り相手のことをききたがったが、清一郎は黙っていた。それはいずれにしろ情事ではない

のだから、ここで言うべきことではなかった。

彼はすでに副社長に中食に招ばれていた。東京会館の暗いグリル・ロッシニで、丸の内界隈の重役たちの昼食の話題のなかで、彼は副社長からいくつかのさりげない質問をされ、要するに気に入られた。寡黙で、考え深くて、しかも明るい印象を与えるのは彼の特技だった。この青年は自分が人に与える印象について精通しており、世間の教えるところとは反対に、ふしぎな直感から、社会の本質を知る早道は、他人を研究するより自分自身を研究することだと気づいていた。それは女の方法だった。しかし現在の社会が青年に要求しているのは、一個の男たることではなかった。

――収はここへ来ると、次第に筋肉のしこりの募るのを感じていた。永いあいだ使われずにいた筋肉は、軽い呻きをあげて疲れを訴えていた。あしたの朝、体のそこかしこは、一せいに痛みの叫びをあげるだろう。こうした不安な内的感覚は、ふしぎに新鮮で、快くさえあった。土の中の種子の発芽のようなものが自分の体内に感じられる。今まで一度も意識したことのなかった筋肉が、眠りからさめて、かすかに蠢きだしたように感じられる。自分の内部の層が、心と肉と、はっきり二層に重なってくるようである。そう思うと、自分は精神をすこしずつ掻い出して、それを筋肉に変質させてゆきつつあるように思われる。いずれは精神は全部掻い出されて筋肉になるだろう。彼は完全に外面だけで作られた、完全に外面に浸透された人間になるだろう。心を持たない筋肉だけの人間になるだろう。……収はいつものようにぼんやり椅子に坐って、そこにいずれは、闘牛士のような、敏捷な筋肉だけの男が坐ることになるのを夢みていた。

『僕はそのときこそ完全に、ここに存在しているだろう。そうして今こんなことを考えている僕という人間のあいまいな存在は、そのときもう、影も形もとどめていないだろう』

「何を考えているの」

といきなり光子が彼の膝を揺った。

光子はいつでも彼の放心状態を許さなかった。のみならずそれを自分の解釈で割り切って、その解釈を押しつけて、我流の治療法で治してみせる自信を持っていた。

「わかっているわ。あなたったら、一時間ほど前、どこかの町角で、どこの馬の骨かわからない娘が、あなたの顔に見とれてすぎたことを考えているんだわ。それからその先どんなロマンスが展開したか、想像を追っているんだわ。そうしてその想像に退屈して、みんなおんなじことさと思っているんだわ。あなたの目は未知のものを追っているようには見えないものね」

収は答えないで軽く顔をしかめて見せた。一から十まで見当外れだが、ともあれ、彼は人が一生懸命彼のことを按摩でもするように分析しているのは好きだった。まちがった分析はわけても好きだった。それは彼の関わり知らぬ彼自身の肖像画で、そのほうがちゃんと存在していた。

——鏡子は揣摩臆測がきらいだった。この家のなかではみんながもっと正直になり、もっと嫉妬や羞恥心やあらゆる思惑から自由でなければならなかった。あけはなした窓から夜気をつんざいてきこえる発車の呼笛が、旅の考えに彼女を向けた。

「旅へ出ないこと？　みんなで又一緒に旅へ出ないこと？」

賛成とも不賛成ともつかぬ呟きがみんなの口から洩れて、要するに返事はなかった。そこで鏡子の熱い潤んだ声の余韻だけが、しばらく中空に漂った。

庭に跫音がする、と民子が言い出した。善意で言っていることにはまちがいがないが、民子の発言はどうしても軽く見られるのである。

しばらくして、今度は同じことを光子が言った。これはいかにも芝居じみてきこえ、信用を博するにいたらなかった。

とうとう鏡子が立上った。

「たしかに今、私にもきこえた。露台の下をたしかに人が歩いている。……又止った。隠れているんだわ」

皆は顔を見合わせた。しかし収は何の関心をも示さず、清一郎は助力をたのまれるのを面倒がる風を見せていた。自分の城に引込んで、女三人が不安におそわれているさまを面白く眺めた。こうした不安と彼女たちとの取り合わせはいかにも奇妙で、それは似合わない着物、似合わない帽子であった。

露台の上には何も見えない。明治記念館の森のはずれに新月がかかっている。低地の家の一つがしまい忘れた鯉幟の、緋鯉さえが仄黒くみえて、わずかの風に、ひるがえるまではゆかず、ゆるやかに身をひねったり、つと尾だけを竿から離したりしていた。

あけはなされた仏蘭西窓のそばに腰かけていた民子が、突然飛び上って悲鳴をあげた。硝子扉の片方が急に音を立てて閉まったのである。黒い人影がそれと一緒に露台からおどり込んで、部屋のまんなかへ喚声をあげて立ちはだかった。誰かと見ると、峻吉である。黒いシャツを着て、黒いズボンをはいて、黒ずくめの姿でシャンデリアの下で笑っている。その瞬間、彼は途方もなく背が高く見えた。

峻吉は満足して笑っていた。清一郎はその笑いをほとんど無礼だと思った。今宵その場に居合わせた人で、誰も今の峻吉ほど心から満足している人はなかった。

女たちがこんな悪戯をさんざん責め抜いたのちに、同じ露台から夏雄が姿を現わした。峻吉の悪戯に加担しながら、彼のような派手な登場の真似はとてもできず、はにかみながら上衣の土を払って現われたその姿は、却って一同をぞっとさせた。

又ひとしきり賑やかな恐怖の表白が交わされて、峻吉が夏雄と町でぱったり出合い、誘い合わせてここへ来たことを打明けると、清一郎と収も、今夜が偶然の多い晩であることを愕き合った。

そのとき客間のドアがあいて、パジャマ姿の真砂子が顔を出した。可愛らしく見えるように、片手に大仰な人形を抱いて。……そして宣言する口調でこう言った。

「すごい騒ぎね。私目がさめちゃったわ」

こんな宣言で、鏡子は真砂子をもう一度寝床へ追いやることをあきらめた。真砂子は童話劇の兎の真似をした実に子供らしい足どりで、夏雄の膝のあいだへ跳んで行った。

一同は一ト月ぶりで同じ顔ぶれのそろったことを喜んでいた。峻吉は清一郎に問われるままに、リーグ戦を目近に控えて烈しい練習に明け暮れている毎日を語った。それから民子を相手に、今月二十四日の白井の対エスピノザ戦の予想を語った。白井は辛うじてタイトルを防衛するだろう。しかしそれはタイトル・マッチらしい花々しさを持つことはできないだろう。……あれ以来一度も会っていない民子は、峻吉が箱根の一夜の記憶を顔のどこにもとどめていないので、仕方がなしに彼と恬淡さを競い、善意に満ちたせい一杯の厭味を言った。

「どうせ拳闘に女は禁物なんでしょ」

酒が出た。峻吉一人は呑まなかった。会話はいつしか女たちを置きざりにして、久々に顔を合わせた四人の青年のあいだで弾んだ。しかし夏雄はなお控え目に、自分については何も語らなかった。

「一体われわれの共通点って何なんだろう」

清一郎が鏡子を会話に呼び入れて、そうたずねた。

「多分、一人も幸福になりたがってないってことでしょうよ」

鏡子は遠くから一言だけそう言った。

「幸福を求めない、なんて、古いセンチメンタルな思想だよ」と清一郎は反駁した。「われわれは幸福になったって一向かまわないんだし、幸福が苔みたいに体にくっついたって怖れはしない。ばかばかしいことに、人間は実につまらぬ理由でわれにもあらず幸福になることがあるんだし、癩病みたいに幸福を避けてとおる奴らのヒロイズムは、脆弱な、情ない古い貴族主義にすぎないだろう。俺たちは何ものにも免疫で、幸福にさえ免疫なんだって思ってもらいたいね」

こんな切口上に気圧されて、鏡子はもう何も言わず、女同士の話題に入ってしまった。

しかし四人が四人とも、言わず語らずのうちに感じていた。われわれは壁の前に立っている四人なんだと。

それが時代の壁であるか、社会の壁であるかわからない。いずれにしろ、彼らの少年期にはこんな壁はすっかり瓦解して、明るい外光のうちに、どこまでも瓦礫がつづいていたのである。日は瓦礫の地平線から昇り、そこへ沈んだ。ガラス瓶のかけらをかがやかせる日毎の日の出は、おちちらばった無数の断片に美を与えた。この世界が瓦礫と断片から成立っていると信じられたあの無限に快活な、無限に自由な少年期は消えてしまった。今ただ一つたしかなことは、巨きな壁があり、その壁に鼻を突きつけて、四人が立っているということなのである。

『俺はその壁をぶち割ってやるんだ』と峻吉は拳を握って思っていた。

『僕はその壁を鏡に変えてしまうだろう』と収は怠惰な気持で思った。

『僕はとにかくその壁に描くんだ。壁が風景や花々の壁画に変ってしまえば』と夏雄は熱烈に考えた。

そして清一郎の考えていたことはこうである。

『俺はその壁になるんだ。俺がその壁自体に化けてしまうことだ』

……沈黙のうちに、こうしためいめいの心持は行きわたって、かれらは一瞬熱情的な青年になった。さて清一郎は彼自身まだ青年でありながら、青年の煽動家たることが好きだった。

「そうだ。折角こうして逢ったんだから」と清一郎が急に思いついたように言った。

「これから先何年か、われわれは逢うたびに、どんなことでも包み隠さずに話し合おう。

大切なのは自分の方法を固守することだ。そのためにはお互いに助け合ってはいけない。少しでも助け合うことは、一人一人の宿命に対する侮辱だから。どんな苦境に陥っても、われわれはお互いに全然助け合わないという同盟を結ぼう。これは多分歴史上誰も作らなかった同盟で、歴史上唯一つの恒久不変の同盟だろう。今まであらゆる同盟が無効で、一片の紙屑におわったということは、歴史が証明しているんだからね」

「女とも同盟を結ばないの」

と、すぐ女同士の話に倦きる光子が言った。

「もう結んでるよ」

「そうね。もう結んでるわね。女と同盟を結ぶには、絶対に寝ないことが必要条件ですもの。そこであなた一人は、ここにいる女の誰とも寝ていないわけなのね」

「俺は淫売しか好きでないんだよ。しかし君たちと寝ないのは俺一人じゃない。夏雄君がいるよ」

「夏雄さんは童貞ですもの」

このあらわな一言で、夏雄は正直に顔を赤くした。が、それで傷ついたというのではなかった。こんな問題に関する虚栄心が皆無だったからである。

鏡子が立上った。

「さあ、みんなでどこかへ遊びに行きましょう。マヌエラはどう？　尤もあそこは上着とネクタイがなくっちゃね」

清一郎と峻吉は行くのを断わった。清一郎は派手な場所がきらいだったし、峻吉はあした早朝のロード・ワークがあった。そして夏雄は背広を着ていたが、収はスポーツ・シャツの姿だった。

「パパの上着とネクタイを持っていらっしゃい。収さんに貸すんだから」

と鏡子が真砂子に命じた。別れた良人が残して行った着古しの服の数着は、こういう場合にいつも役に立った。

鏡子はというと、鏡子はちゃんと夜の遊びに出かける仕度が出来上っていた。夜の服を着け、夜の耳飾りをし、真珠のネックレスをかけ、夜の香水をつけていた。ナイトクラブの薄暗がりの中で十歳も若く見せるためのその装いは、客間の明るい燈火の下では多少派手すぎて寂寥の感じを与えた。

彼女のずっと考えていたのは清一郎の結婚のことである。それに嫉妬したり、さびしさを感じたりする理由は一つもないことがわかっている。二人は一度だって色恋めいた態度をお互いに示したことがなかった。それが自尊心からでも意地っ張りからでもなく、ごく自然に行ったのである。

そうすると今の心の痛みは、この家に充満している情事の匂いとは何の関わりもない、友を失う友情の痛みにすぎないとも考えられる。彼女と同じように無秩序を信奉し、あらゆる道徳を信じない精神的伴侶を失うさびしさとも考えられる。しかし清一郎は無秩序の思想に背いて、それを裏切ったのではない。彼一流の逆説によって、破滅を信じ、明日を信じないからこそ、安んじて世俗と手を握り、慣習に屈服することができるのである。しかし、……と又鏡子は考える。彼にも肉体がある。今まで一度も考えたことのないことだが、彼にも肉体がある！　内心あらゆる情事を軽蔑しながら、鏡子は目の前に動いている明確なものを否定することはどうしてもできない。いつか彼が彼女を目して、「現在に生きることの決してできない」女だと言ったが、鏡子の前には今二つの怖ろしいもの、現在と悔恨との二つの怖ろしいものが現われ、どちらか一つを選ばなければならない心地がした。

『でも私は選ぶことなんか決してしないだろう』と、いくらか気を取直し、いくらか再び昂然として、考えた。『一人の人間を選ばない私の建前から、一つの瞬間を選ぶ必要だってないんだわ、選ぶことは、同時に選ばれることだもの。そんなことは許せない』

……光子が言った。

「あなた、目の下にすこし粉をはたいたほうがいいわ」

鏡子は大ていの馴れ馴れしさは受け入れるが、化粧のことで何か言われたりするのは面白くなかった。

「目の下に隈でもできてるって仰言るの？　あなたでさえできないのに」

と鏡子は答えた。

真砂子がひどく陽気なスリッパの跫音を立てて部屋へかえってきた。脛までとどく父親の上着を着、ネクタイを首に巻いている。その姿に一同は笑い興じた。

しかし真砂子は少しも笑わず、威厳にみちた態度で収に近づいた。そしてこう言った。

「収君、僕の上着とネクタイを貸してやってもいいが、大事に使うんだぞ」

民子が大きな声で、その上着の色とネクタイの色のうつりのよさを褒めた。

収がネクタイを締め、上着を着るとき、真砂子は絨毯の上に横坐りに坐って、その姿をまじまじと眺めている。子供の無力では遠く手が届かないが、子供も許すことのできないような一つの行為が、目の前で儀式のように堂々と運ばれているのを、眺めるように眺めている。そして自分のそんな目がいかにもあどけなく可愛くて、一抹の非難の色も現わしていないのを、真砂子は内心うっとりするほど満足に感じているのである。

第三章

秋の展覧会では、夏雄は去年の特選のために無監査で出品できるが、その画材がなかなか決らない。春ごろから心の一隅（いちぐう）にいつもそれが引っかかっているが、これというものが見つからないのである。心には、彼の豊かな感受性の狩の獲物がいっぱい貯わえられている。その感受性の矢に射とめられた沢山のものが、丁度和蘭（オランダ）の静物画のなかで、雉子（きじ）や山鳩（やまばと）の亡骸（なきがら）が豊醇（ほうじゅん）な果実といっしょに夕日をうけて堆（うずたか）く折り重なっているように、堆積（たいせき）している。あるいは収穫があまり豊かなので、焦点が決らないのかもしれない。

七月に入った或（あ）る日、夏雄はいよいよ追いつめられた憂鬱（ゆううつ）な心持で、スケッチ帖（ちょう）を載せて、自分の車を駆った。多摩の深大寺（じんだいじ）へ行こうとしていたのである。日はすでに傾いて、樹々（きぎ）は長い影を横たえている。古い水車のかたわらの道に車を乗り入れると、そこは木下闇（こしたやみ）に水あかりだけが目立っている。やがてひとしお木立の深いところに、桃山時代のものといわれる深大寺の赤い山門が石段の上に見える。夏雄はそこで車を停（と）めた。

ピクニックの中学生たちが、澄んだ泉のかたわらの床几（しょうぎ）に腰かけてさわいでいた。名代のそばやや楽焼の店があり、鳩笛や藁馬（わらうま）を売っていた。夏雄は鳩笛を買って、ためしに吹き鳴らした。するとそれにこたえて、中学生たちの殆（ほと）んどが、一せいに鳩笛を吹きはじめたのにはおどろかされた。それはこの静かなくすんだ寺門前の風景画に、不調和なけたたましい原色の絵具をこぼしてしまったかのようであった。

夏雄は山門の前に軽く頭を下げてから、奥山への道を志した。道は蓮（はす）や萍（うきくさ）におおわれた弁天池のかたわらをとおり、木の根細工を商う古風な茶屋のところで、右へ折れて上りになった。夏雄はスケッチ帖を抱えて自然の中へ歩み入る画家という抽象的な存在になり、暗い鉾杉に守られた急坂には、彼のほかに人影もなかった。のぼりながら彼は鳩笛を吹いた。笛の音は深い杉木立にしみ入って消え、彼は自分を孤独な鳥のようだと思った。

のぼり切ったあたりは緩い勾配をなしていて、赤松の疎林が、傾いた日ざしをよく透かした。高い澄んだ笑い声が起った。二三人の中学生が、その斜面と松の樹を利用して、目まぐるしい自転車の曲乗りをしていた。その叫喚と、西日をうけてめぐる車輪の銀のきらめきがよく似合った。夏雄はスケッチ帖をひらこうと思ったがやめにした。それは動きに充ちすぎていた。

やがて自転車の少年たちは急坂を走り降りて消えてしまった。

夏雄はこうしてはじめて見る風景のなかをゆくとき、眠れぬ夜に頭が異様に冴えて、おびただしい鮮明な心象がつぎつぎとあらわれる、ああいう状態に似たものを味わう。それらの心象は、結ぼおれ凝結してまとまった画面をなすまでにはなかなか行かない。意味のない断片のまま多くはすぎ去り、あるときには燦然と整ったタブロオが、斜めに、身を横ざまにして目の前をすぎて行くので、全貌がとらえられないままに終ることもある。かくて風景の多くは、次々と目の前にあらわれる断片の連鎖におわってしまうのである。

しかし風景というものには、丁度絵巻を繰ってゆくように、発端もあれば終末もあった。風景にむかうときの心の用意を、眠るまえの心の準備にたとえれば、頭が冴えて、心象がいたずらに躍動して、眠りに逆らうように見えながら、ある瞬間から、突然眠りへの陥没がはじまるように、風景の中へ陥没する状態は、思いがけない瞬間に突如として齎らされる。なるほど画家は風景を目を以て見、もっともよく見るときにはもっとも明晰に見ている。しかしこのような明晰さの極限は、突然襲いかかる眠りと、ほとんど同種のものなのであった。

……夏雄は松の疎林のあいだを進みながら、自分にまだそういう瞬間が、訪れて来ていないのを知った。

疎林を抜けると、そこにひらけた広大な草地の明るさが鮮やかである。あの暗い森をのぼりつつあるあいだ、こんなに平坦な広い風景が、頂きに展開するとは思いもよらない。草地に立つ身は、自分のうしろに控えた暗い森と、遠い地平線上の同じような杜のつらなりとのあいだに、かなたを斜めに横切る高架線を除いては、目をさえぎるもののない平坦な田園を見るのであった。森のなかであれほど乏しかった光りは、まだ野面に豊かに流れていた。西日のために光線は斜めに低く、草や田畑のおもては却って内から放つような明るみを漂わせていた。遠い畑に働らく二三の人の姿以外には、目路のかぎり、ふしぎなほど人影がなかった。

都会からそれほど隔たっていないのに、夏の夕刻、空と広大な野や田畑や森の只中に、こんなに完全に孤独でいる状態は、ほとんど信じられなかった。地平線に及ぶ展望は彼をめぐって、いかにも純潔に、彼の所有に委ねられていた。そうだ。この何の特色もない夏の夕刻の田園は、こまかい草の葉末を透かす西日の色までも、すべて純潔に澄み渡っていた。ここには浄化の作用があった。

夏雄は自分が今、あの煩瑣な心象のつらなりを脱して、風景の中核へ歩み寄っているのを感じた。草地のはずれから小径を左にとり、麦や玉蜀黍の畑と、さきほど来た森の最後の縁とのあいだを歩き出す。小径の左の森は古い巨樹の亭々としたのが密生して、すでに夜のように暗い。小径の右の麦畑の緑は、葉の輪郭がくっきりと鮮明に見えるだけ、緑がこころもち夕闇に犯されて、黒みがかって来ているのである。

夏雄はゆく道の果てにオートバイの爆音をきいた。こちらへ来るのかと思うと、爆音は遠ざかりつつあるらしい。それはどこかの脇道からこの小径の果てにあらわれて、そのまま遠ざかってゆくらしい。尾燈の一点の赤があざやかに野径の奥に見える。それほど道の奥はもう暗いのである。

夏雄ははじめて、小径の果ての上の西空を見た。そこに日が沈みかけていた。

地平線は黒い夕雲にすでに包まれ、地上と空との境界は闇に融かされていた。それは可成厚い、可成密度のある夕雲だったが、上辺はすき切れたように、棚びく横雲の重なりをなしていた。だから横雲のはざまにはまだ水いろの空がのぞかれ、密雲の上辺にすら窓のような水いろの隙間が残っていた。それは短冊を横にした形の窓であった。これらの雲のむこうに日は沈みはじめた。

このとき夏雄は独特の、深い感覚のとりこになった。突然風景の中核へ、自分が陥没したのが感じられたのである。それは冷静さの極致にいて、同時に、目もくらむほどの幸福感に見舞われる特殊な状態で、しかも彼の目はこの上もなく明晰に風景を見ていた。

日は沈みだした。日があざやかな橙色をして一等上の横雲を犯しはじめたとき、上方の空に乱れている雲からはおごそかな光芒が放たれた。しかし日がさらに沈むと光芒は褪せ、日は徐々に真紅になった。横雲に分けられた日の上辺はまだ橙色をとどめているのに、下辺は滴るような真紅になった。

日は幾条の横雲のあいだをみるみる辷り落ちた。そして黒い密雲のただなかにあいたふしぎな窓、あの短冊を横にしたような形の窓を充たしはじめた。上辺も下辺もすでにしっかりと黒雲に包みこめられ、ただその窓だけが落日に充たされるに及んで、夏雄は世にもふしぎな四角い落日を見たのである。この真紅の四角い太陽はしばらくそのままに見えていた。野は暗みわたり、麦畑は微風に黒くさやいでいた。

やがて短冊形の日が細まってゆき、最後の燠が燃えつきるまで、夏雄は身じろぎもせずにそこに立っていた。スケッチ帖をひろげるでもなかった。日が全く没したのちにも、高い空には、繊細な雲が澄んだ光りの中に凝っていた。

これを描こう、と夏雄は心に決めた。

＊＊＊

リーグ戦がおわって一週間たった。峻吉の大学は優勝し、主将の峻吉は大いに面目を施した。その歓喜をどう現わしてよいかわからず、彼は後輩を引きつれて、折からはじまった遊園地のお化け大会へ行き、仕掛の幽霊の手を引張って抜いてしまい、裏方連中に喧嘩を売られて、大立廻りを演じた。八幡の藪知らずは、踏み壊されて台なしになってしまった。

清一郎はこの噂をきいた。そして峻吉の歓喜の表現に興味を感じた。ばかばかしい結末ではあるけれど、歓喜の表現が破壊におわるというのはいかにも本当だった。峻吉がその破壊の衝動の持って行き処を、お化け大会に求めたのも当を得ていた。峻吉は幽霊を求めたのだし、彼に退治られるために幽霊は存在すべきだったのである。

大学はすでに夏休みに入っていたが、リーグ戦のおわったあとも二週間、杉並の合宿所における合宿はつづいていた。リーグ戦のあいだ中止されていたロード・ワークは、また早朝からはじめられた。一群の灰色のトレーニング・パンツの若者たちは、舗装されていない道路を選って、道すがらシャドウ・ボクシングや兎跳びをしながら、まだ眠りもさめやらぬ町を駈け抜けるのであった。

七月はじめの或る土曜日、清一郎は三時すぎに体が空いたので、合宿所まで練習を見に出かけた。

合宿所は古い町工場を改造したもので、工員の宿舎が今では学生の合宿に、工場の部分が今ではジムになっていた。その宿舎とジムをつないで、殺風景な食堂兼台所と、シャワーのある風呂場や厠があった。樹一本ない前庭は、準備体操のために使われた。こんな粗雑な古ぼけたバラック造りは、しかしもっとも生きのいい青年たちの活力の容器として似合っていた。

清一郎は古い門のくぐり戸から、夏の西日が何もない地面と風呂場の前の銭苔とをくっきりと照らしている前庭へ入った。厨口のところに立って中をのぞく。当番が二人で馬鈴薯を剝いている。武骨な指のあいだに、剝かれてゆく馬鈴薯の白い肌がなまめかしい。

清一郎の姿を見ると、二人は丸刈の頭をきちんと下げて、先輩に対する礼をとった。

清一郎は携えてきた牛肉の包みを調理机の上へ投げた。

「みんなで喰ってくれ」

どっしりした生肉が板にぶつかる音に、もう一度ふりむいた二人は、思わず微笑して礼を言った。

いかにも田舎の匂いにみちたこの二人の素朴な新顔は、拳闘部へ入ったおかげで、ちっともその素朴さを傷つけられずにすむだろうと清一郎は思った。彼は厨を出て、前庭から二階の一つの窓へ呼びかけた。

「おい、峻いるか」

「おお」

昼寝の睡気を自ら払うような途方もない胴間声の返事といっしょに、窓に峻吉の半裸の姿が立った。客が清一郎と知ると、手を頭上で握り合わせて、インディアンの奇声を発した。

「上って来ませんか。まだ練習まで時間があるから」

清一郎はひどいきしみを立てる階段を昇って、峻吉の部屋の引戸をあけた。畳の上に、三人のパンツ一つの青年たちがごろごろ寝ていた。峻吉のあげた奇声にも、かれらの眠りはさっぱり妨げられるけしきがなかった。そこにころがっている三つの裸の肉体は、眠りの中に酢漬になっている、汗に光った金いろの果実か何かのようであった。

峻吉の目尻から眉にかけて、リーグ戦のときの負傷のあとをとどめる絆創膏がまだとれずにいた。しかしかすり傷ひとつないその輝やかしい体の肩から脇腹には、今まで寝ていた畳の目がはっきりついていた。丸い頰にもかすかに畳の目のあとがあった。

下らない講談雑誌が二三冊そこらにころがっていた。

「君は一瞬間もものを考えないことに成功したね」

「成功しましたね。あんなラッキー・パンチは、考えてたら出て来やしませんよ」

まことに晴朗な峻吉は、憎悪や軽蔑に執着するたちではなかったが、ものを考えるということだけは軽蔑していた。思考を軽蔑する思想があるなどということは考えもしなかった。思考はただ彼の敵だったのだ。

行動が、有効なパンチが、彼の世界の中核に位いしていた。思考は装飾的なもの、中核のまわりにこってりとかけられた甘いクリームのようなもの、何かしら剰余物として考えられた。思考は簡素の逆、単純の逆であり、スピードの逆だった。速度と簡素と単純と力とに美があるならば、思考はすべての醜さを代表していた。矢のように素速い思考などというものを、彼は想像することもできなかった。一瞬のストレートの炸裂よりも速い思考などというものがあるだろうか？

考える人間の、樹木のようなゆっくりした生成は、峻吉の目には、憐れむべき植物的偏見としか映らなかった。文字に書かれたものの不滅は、行動の不滅に比べたら、はるかに卑しげであった。なぜならその価値自体が不滅を生むのではなく、不滅が保証されてはじめて価値が生ずるのであるから。そればかりではない。思考する人たちは、行動を比喩に使うことなしには、一歩も前進できない。大論争の勝利者なるものが、目の前に血みどろになって倒れている敵手（あいて）の体を見下ろしているときの勝利者を思いうかべることなしに、どうして快感にひたれるだろうか？

　思考というもののあやふやな性質よ！　透明度を増せば増すほど、何の役にも立たぬ傍観者のたわごとに堕し、不透明な思考はただその不透明さによってだけ、行動に役立つのである。それから見ると、このあいだのリーグ戦で、敵の死命を制したあの輝やかしいラッキー・パンチは、活力の不可測の闇の奥底から、一閃（いっせん）ひらめき昇った稲妻のように、透明そのものの姿をして現われた。それは一閃、われわれを闇から引き離す力だった。

　……清一郎は峻吉と会うたびにいつも感じる言葉の無力を感じた。これは奇妙な友だちで、会話らしい会話を交わしたことがなかったのである。

「今日、練習のあとはひまかい？」

「はあ」

「飯でも喰いに行こうか？」

「飯は部員と一緒に喰います。先輩も一緒に喰って行きませんか？」

　清一郎は肉をもって来てやったことを峻吉に黙っているのがうれしかった。

「それでもいいな。飯のあとで遊びに出ないか？」

清一郎は小指を示して、峻吉に会いたがっている女のいることを暗示した。

「ふうん、今夜すぐ寝られる女ですか？」

「又すぐそれを言う。それでいて峻は商売女がきらいなんだ」

「商売女と面倒くさい女にはお手あげですよ。商売女は不潔だし、面倒くさい女は面倒くさいし……」

目の前にごたごたした数式を思いえがくようにして、峻吉は煩瑣な感情の掛引を空想して、想像するだけでぞっとした。彼はこういう煩わしい感情と、思考することとをごっちゃにしていた。それをどっちも敵であり、どっちも女性的な悪だと見做していた。『ものを考えたりする奴は女だ』と思っていた。

峻吉は片目をつぶって、ちょっと微笑した。

「そんなのより、今、いい子がいるんです。あとで杉本さんに会わせますよ」

「どんな風にいいんだい」

「簡単で、ケロリとしていて、体がよくって、……ずいぶんバカなほうだな。でもみんなが美人だって云うから、きっとそうなんでしょう」

「民子タイプかな」

峻吉はもう定かに民子の顔を思い出すことはできなかった。

監督の川又がやって来る。彼はいつも正確に練習のはじまる十五分前に訪れて、中庭に姿を現わす。練習は五時にはじまるのである。清一郎は川又をよく知っていたので、挨拶をするために近づいた。

川又はぶっきらぼうに「やあ」と応えた。平生怒ったような顔をしているので、誰もこの男が本当に怒っているのかどうか知ることができない。二十年前の現役選手で、今以て拳闘のほかには世界中に何一つ彼の関心を惹くものがない。この名監督の門下から、多くの有名な選手が出たのである。

川又は目と眉のあいだに肉が隆起し、鼻は鞍鼻になり、耳はカリフラワーになり、一目見ただけで拳闘家と知れるその顔は、一種の記念碑をなしていた。それは船虫に喰い荒された船首像の荘厳な顔のように、永いあいだに拳闘が蝕んで作り上げた一つの作品だった。その顔から人は純粋に、拳闘の一語しか読み取らないだろう。それはあたかも老練な漁夫の顔に、万人が海の名だけを読むようなものだ。

彼はおそろしいほど寡黙で、拳闘家特有の嗄れたききとりにくい声で、言葉はほんの少し、食塩のようにその口をこぼれ出た。練習のあいだ、その前後だけは、人が変ったように饒舌になった。しかし言葉はみんな怒声に似てしまい、多くの短かい、ぶつ切れた、薪ざっぽうのような言葉の羅列が、そこらじゅうに無秩序に放り出された。それは言葉というよりは、依然として機敏な彼の手の動きの註釈のようなものにすぎなかった。

「見学させてもらいます」

と清一郎が言った。

「ああ。見て下さい」

二人のまわりには、黙りこくった半裸の青年たちの姿が俄(にわ)かにふえはじめた。一人一人が川又に無言の丁重な挨拶をした。かれらは白くひらめく繃帯(バンデージ)を手に巻きながら、たえず体をゆすりうごかして、そこらをうろうろしていた。まことによく動く肩の筋肉が、かれらの肩甲骨(けんこうこつ)を隠れた翼のように見せた。

近づいている激動にそなえて、みんなが体を動きに馴(な)らしているのがわかる。或(あ)る者は冬の凍った路上に立つ人がよくそうするように、暑い夏の西日の地面の上でいそがしく足踏みをしている。或る者はバンデージを巻きおわった手を、交互にふりまわしている。上体は裸でも、脚を護(まも)ってタイツを穿(は)き、更にその上に色あせたボクサー・パンツを穿いている。

峻吉が中庭にあらわれた。そして監督に、

「はじめます」と言って一礼すると、準備体操の号令をかけはじめた。

清一郎は羽目板にもたれて、十四五人の若者の裸の脚が跳躍しはじめるさまを眺(なが)めた。腰に手をあてて、体を捩(よじ)って、膝(ひざ)を深く折り曲げて、踵(かかと)のアキレス腱(けん)を伸ばす体操の号令を、峻吉が「キック」とかける。そのキイーックと叫ぶ若い鋭い声の、歯切れのよさといったらなかった。

……いよいよ屋内で練習がはじまる。マネージャアがゴングを鳴らす。その瞬間から清一郎一人を取り残して、今までそこにいた青年たちは、一せいに別の世界へ走り去った。

清一郎はしかし、見ているだけでも、自分があの、「その問題はですなア」とか「一応考慮してみませんと」とか「弊社の立場といたしましては」とかの常套句から、はるか遠ざかっている自分を感じる。そういうくさぐさの常套句が、見えもせずきこえもせぬ遠い場所で、真黒になって死に絶えてしまったような気がする。そして眼前には、まったく別種の世界が躍動している。あの常套句の世界の人間である自分は、少くとも、今、あの世界から一等遠く離れ、この別の躍動する世界の一番身近にいるのである。その動きは鳴動する古い床板をつたわって自分にもつたわり、その繁吹はこちらの顔にも直にかかって、いかにも行動の岸辺にいるような心地にさせるのである。

『この世は必ず破滅におわる。しかもその前に、輝やかしい行動は、一瞬々々のうちに生れ、一瞬々々のうちに死ぬ』

清一郎はそう考える。そういう考えは、容易に、行動だけに人間の永生が約束され、行動の裡だけに何か恒久不変のものがある、という考えに移ってゆく。しかも彼自身はその行動に飛び込もうとはしない。見ているだけで満足して、決して自分の身を動かそうとはしない。……彼は自分がもし演ずる行動に、不似合にも、永生や不朽の光輝の照り添うことがいやなのであった。美しい者になろうとするよりも、むしろ彼は、自分のきらいな者に化身するほうが好きだった。

彼の前では「行動」の群が躍っていた。十五六人は、かれらの間を縫う監督の動きも含めて、起伏する激しい波に揺られているようであった。ゴングが鳴った。第一ラウンドがおわって全員は動きをやめた。床にはいたるところに汗の黒い点滴が散っていた。三十秒のラウンド間に、峻吉が清一郎のほうへ微笑の一つも投げかけず、生まじめな顔つきで窓へむかって、呼吸を整えているのが清一郎に好感を与えた。彼はそうあるべきだった。

ゴングが跳ね返るような鋭い音で鳴った。再び全員は躍動して、おのがじし、シャドウ・ボクシングや、縄跳びや、あるいはサンド・バッグや、パンチング・ボールや、両端を天井と床につないだ太いゴム紐で支えられたライト・バッグの乱打にとりかかった。

再び激しい波の動揺が目の前に湧き昇った。床のきしみさえリズムを伴っていた。二十坪足らずの板の間の、革と汗の匂いに充たされた空間は、床を辷ってゆく靴底の機敏な音や、太い腕の風を切る音や、ストレートを打ち出すときの、歯のあいだから鋭く射放たれる蛇のような息の音などで充たされた。

しかもそれらの息の音、腕の風を切る音は、たえず向きを変え、小刻みに左へ左へと廻っていたので、あらゆる角度から次の音が迫って重なり合った。敏捷な脚も交叉して見え、おのおのの靴の上には、白い靴紐が、いつもひらめいていた。

一方、ロープは鞭のように床を叩き据えながら、縄跳びの人の体をめぐり、サンド・バッグは鈍重な肉体的な音で打撃にこたえ、ひとりパンチング・ボールの機械的な小気味のよい連続音が秀でていた。

「あと一分」とマネージャアが怒鳴った。

峻吉はサンド・バッグと取り組んでいた。この重い鈍重な物質は、肉屋の鉤にかけられた大きな肉塊のように、彼の前に立ちふさがっていた。それは汚れた、ところどころ破れた灰いろの革袋にすぎなかったが、灼熱する目には、血みどろの大きな肉ともなった。打撃には深い手ごたえがあり、全身の力がかかる彼の強いパンチは、そのたびに決して征服されない量感を以て挑まれた。たしかに自分の力が、その力に拮抗する力をこんな革袋からうけとっていた。身を屈して、正確なアッパーを喰らわせた。サンド・バッグは一寸身を反らせ、少しも形を変えずに又そこにぶら下っていた。

そいつは存在していた！　叩かれても叩かれても、そいつは存在した。峻吉は左へまわって、烈しいワン・ツーを浴せかけた。彼のパンチング・グローヴは、その革袋に喰い入るようで、やはり喰い入らなかった。力は革袋のおもてに炸裂し、又その腕を伝わって、彼のひどく熱している力の源泉へと還るのだった。汗は彼の体から周囲へ飛び散った。

第二ラウンドがおわった。第三ラウンドから、一組のスパアがはじまった。川又はリングの外から、次のような言葉の断片を、場内に逆巻く音に抗して、ききとりにくい声で次々と投げつけた。

「もっと小さく。大きい大きい」

「顎出しちゃだめだぞ！」

「進め進め。楽に」

「足！　足！　足！」

「乗ってくんだ」

「小っちゃくなっちゃだめだ」

「手先で打とうとしちゃだめだ。楽に楽に楽に。体が行っちゃってる」

「ひねれ！　ひねれ！」

「右を楽に上げて。右を」

「もう一歩入って。もう一発」

「そうそう。それでいいんだ！」

……………………………………。

「あと一分」とマネージャアが怒鳴った。

西日があまねく場内を照らしていた。そのとき清一郎は、二三の若者の躍っている頭が光輪を戴く(いただ)のを見た。或る者の顎からしたたり落ちる汗は、一滴々々が聖(きよ)らかに光り、夕日にふちどられた或る者の汗だらけの短髪は、髪の根のひとつひとつに宿った汗の滴(しずく)が、のこらず光りかがやいた。

——練習と夕食がおわってのち、清一郎と峻吉は合宿所を出て、夏の夜のひときわネオンの騒がしく見える町を歩いた。土曜の晩のことで、氷やアイスクリームを商う店は、浴衣(ゆかた)がけの家族連れで混んでいた。

「今日スパアをやった奴、どう思います」

「なかなか行けそうじゃないか」

「そうでしょう」と峻吉は得意そうに言った。「あいつは掘り出し物ですよ。パンチは大してないが、タイミングがいいからな。あいつ、きっとのびるでしょう」

「それに度胸もよさそうだ」

「男は度胸っていうからなあ」

清一郎があの常套句の氾濫(はんらん)からのがれて来たこちら側には、又してもこんな常套句があった。しかし清一郎とちがって峻吉は、自分の使う常套句を露ほども怖(おそ)れていなかった。

氷を呑(の)みたい、と峻吉が言った。どこも混んでる、と清一郎が言った。空(す)いている店を知っている峻吉は、清一郎を案内して、とある横丁の小さな氷屋へ入った。氷いちご、と拳闘家(けんとうか)は注文した。

小肥(こぶと)りした可愛(かわい)らしい顔立ちの娘が、その注文を承(う)ける様子から、清一郎は、さっきの話に出た「簡単で、ケロリとしていて、体のよい美人」が、この娘に他ならないことを察した。

「君は季節に敏感だ」

「俺(おれ)がですか」

「夏ともなれば氷屋の娘かね」

拳闘選手は黙って微笑した。氷削り機が廻されている前で、氷の下に硝子(ガラス)の器をさし出して、娘はこちらへ程よく稔(みの)ったお尻(しり)を見せて立っていた。

氷いちごは美しい飲物だ。その人工的な洋紅色が色濃く硝子の底に澱(よど)み、上へゆくに従って淡く、雪をほのかな桃いろに染めている。それはまるで町娘の派手な帯締めか何かが底に入っていて、その色が落ちて雪ににじんだように見える。そこへ夏の暑さが加わる。飲食物にしてはあんまり色情的で、いかにも中毒(あた)りそうな危険をほのめかして、……要するに美しい飲物だ。

峻吉はそいつをしゃくって無雑作に飲みながら、目は氷と女をかわるがわる追っている。器が空になったかならぬに、彼は女を呼んだ。

「お代り」と云い、小さな声で、

「今、出られないか」

と訊(き)いた。

「今はだめ。看板が十時だもの。それまで映画かなんか見て、暇つぶしててよ。十時すぎたら、あそこでね」

娘はこんな質問を当然予期していたように、すらすらとそう答えた。峻吉が傍(はた)の見る目もがっかりした表情になったので、清一郎は娘が行ってしまうと、こう言って慰めた。

「いいじゃないか。映画ぐらい一緒に附合ってやるよ」

「でも今すぐじゃなきゃいやなんだ」

と峻吉は唇(くちびる)を尖(とが)らせた。

合宿がおわったときに選手が誰しも突発的に襲われるあの欲望の奔流を、峻吉はなしくずしにしようとしていた。これは賢明な行き方だったが、彼は別に賢明たらんとしてそうしているのではなかった。リーグ戦は勝利におわっていた。彼はもはや自由で、目の前にあるものを手づかみにできる筈だった。

待つということ、もろもろの成熟をゆっくり待つということに対する素質が、この拳闘選手にまるきり欠けているのは、清一郎も知っていた。彼は清一郎と同じように、時間と未来の利益をまるで信じていなかった。何事によれ、利潤に代表される時間的収益を信じないこと、これが二人の共感の源泉であった。

清一郎はつくづく、拳闘選手の固い顔の皮膚にきっちりとはめ込まれた、活々とした清澄な若い目を眺めた。今彼を狩り立てているのは欲望だろうか？　そんなことは同じ男性である彼にも考えられなかった。神経的焦躁だろうか？　峻吉は神経的なタイプから遠く隔たっていた。おそらく峻吉は、何も考えないことの帰結として、現在の一刻一刻の、丁度この水だらけの卓の上にある鮮明な氷いちごと同様の、堅固な存在感をものにしていた。今、彼は、氷いちごのようにここに存在しており、目の前には自分の女が存在している。こういう単純な構図のなかで、拳闘選手は氷いちごを飲み、それからすぐこの場で女と寝るべきだった。できれば、今すぐ！　この場で！　氷屋のテーブルの上で！　そうしなければ、一瞬のちには、彼の存在は崩壊してしまうかもしれないのだ。

善良な家族連れが、氷あずきを飲みながら、気味わるそうに峻吉のほうをちらちら見ていた。峻吉の目尻の絆創膏は、女子供に怖がられる値打があった。

それは貧相な勤め人の夫婦と、快活さのない小さな娘二人との家族で、娘たちは雪がこぼれ落ちないように、片手で雪の堆積を庇いながら飲んでいた。痩せた家長は一家を暴力から護ろうとして、椅子の左右に大きく股をひらいた峻吉の下駄の足をぬすみ見た。娘たちの目は、しかし今や神妙に、いやに光る薄手のブリキの匙が唇を切らぬように、自分のいそがしい匙のうごきに向って伏せられていた。

のれんを分けて新らしい客が現われた。これは雲突く大男で、野暮な開襟シャツの胸をはだけて、赤黒い顔は汗に光って、髪を短かく刈っている。年は四十五六に見える。遠慮会釈のない大声で、

「おやじいるか」

と娘にきいた。

「留守です」

「嘘をつけ」

彼はどんどん店の奥へ入って行った。娘は見送ってから、腰で椅子をかきわけるようにジグザグに峻吉の耳もとへ寄って来て、

「高利貸よ。旦那が競輪ですっちゃってから、この始末なんだから」

と言った。

忽ち店の奥で声高の口論が起り、「ないものはない」とか「店を叩きこわすぞ」とかいう一言一句が筒抜けになったので、清一郎と峻吉は顔を見合わせた。家族連れはそそ

くさと勘定をすませて出て行ったので、客はかれら二人きりになった。

それはまことに派手な口論で、奥は窄かったので、毛糸の腹巻にステテコの肥った親爺は、高利貸を押し出すつもりで店先へ出て来て、又そこで口論のつづきになった。親爺は怒って真赤になり、まだ片附けてない器をテーブルから辷らせて割り、今度は娘に八つ当りをした。「返さないとなりゃ、うん、殺してやるぞ」——これが高利貸の捨台詞であった。彼はもう一度店内を睨めまわし、腹いせに美人画のカレンダーを壁から剝いて、引裂いて、出て行った。親爺は肩で息をしていた。

「さあ、もう今日は気分がわるいから看板だ。すまないが、お客さん、今日はもう看板だから」

後片附にあらわれた娘がさっさと暖簾をしまいだした。待ってるわね、と峻吉に目で合図をした。峻吉も合図を返して立上った。店を出て二三歩歩くと、二人は肩をつつき合って大いに笑った。まったく神の助けというものはあるものだ。三十分もたたぬうちに、峻吉はあの娘と一つ床にいるだろう。

清一郎はまだ笑いやまぬ峻吉と駅前で別れた。

＊＊＊

「夏雄は？」

と会社からかえった父がきいた。

「今日も一日、画室にとじこもったきりですわ」

と母はこたえた。

こういうとき、初老の夫婦は何か感動とも困惑ともつかぬものをお互いの目の中に見る。二人はどうしてこんな息子が、二人の間に生れたのか、未(いま)だに不思議でならないのである。夏雄の二人の兄は、一人は会社員で、一人は技師である。一人の姉は銀行の頭取の息子のところへ嫁いでいる。これほど市民的な一族である山形家から、突然、何のいわれもなく、一人の芸術家が現われた。

それに夏雄は、決して逞(たくま)しい生れつきというのではなかったけれども、病弱な衰弱した血の表われのような生いたちでもなかった。両親に、狂人か梅毒か、あるいは、不具癈疾(はいしつ)の遺伝がなければ、仲間に入れてもらえなかったという、あの世紀末維納(ウィーン)の詩人の一党のような、情ない芸術家の定義から夏雄は完全に外れていた。世間的な目から見れば、彼は「幸福な王子」の種族であった。まことにのびのびと育ち、その育ち方に、精神分析医の嘴(くちばし)を容(い)れられるような材料は何もなかった。

しかしどこかしら、兄弟のなかで彼一人はちがっていたのである。両親はその微妙な較差の性質がつかめなかったので、永いこと恐怖に似た感情で彼を見戍(みまも)った。それにしても夏雄はまことに心のやさしい息子で、その上末っ子で両親にも兄や姉にもこよなく愛され、自分がどこがちがっているかを自分自身にも感づかせないように育てられた。こうして当然のことながら、一人の自覚のない芸術家が誕生した。これは病気のうちでももっとも警戒すべき、自覚症状のない病気に似たものだった。

山形家のような市民的な一族、まったく市民的な家庭から、どうして芸術家が一人忽然として生れて来たかは、解きがたい謎であった。あたりの物象に何ら注意を払わず、ひたすら社会と人間との関係に生き、そう生きることに何ら疑いを抱かずにいる人々のあいだに、ただ眺め、感じ、描くために生れついたような人物が出て来るとは！　これは事実、親戚一同の尽きせぬ話題になったが、結局は才能という便利な一言で片附けられた。

工作機械や家や料理を作るなら、必要を充たすために作られるのだからよくわかるが、そこにすでに存在している林檎や花や森や夕日や小鳥や少女を、なぜ又その上に創ろうとしなければならないかは、この実際的な一族の理解の外にあった。それは存在のむだな重複であるのみならず、しかもそれ自体新たな存在の権利を主張したり、既にある存在を簒奪しようとしたりするものだった。もし夏雄が病人ならば、これも病人の手慰みとして許されもしよう。しかし夏雄は健やかな五体を持ち、狂人でもなければ肺結核でもなかった。

芸術的才能というものの裡にひそむ一種の抜きがたい暗さを嗅ぎ当てる点では、世俗的な人たちの鼻もなかなか莫迦にしたものではない。才能とは宿命の一種であり、宿命というものは多かれ少なかれ、市民生活の敵なのである。それに生れつき身にそなわったものだけで人生を経営してゆくことは、女や貴族の生き方であり、市民の男の生き方ではなかった。

見て、感じて、描くこと。この活きて動いている世界を、色と形だけの、静止した純粋な物象に変えてしまうこと。それは何か怖ろしいことだったが、夏雄はその怖ろしさを感ぜず、最初恐怖を抱いた両親も、いつしか世間的な評価を担った才能という言葉に安心した。それはしかし依然として怖ろしいことだった。彼は物を見、事実彼には何かが見えるのだった！

傍目にはどことなしちがっているように見えながら、夏雄は幼ないころから、自分を取巻く世界に何も違和感をおぼえずにすごしていた。世界が他人の目にちがった風に映るなどとは想像もしなかった。それでも彼の愛らしい素振には、何か人の庇護の感情に愬えるようなものがあったことはたしかである。十二、三歳のころの彼を見た或る婦人は、人相見に凝っている人だったが、こんなことを言った。

「何百万人に一人という相をおもちですよ。この坊ちゃんは、大事にして、こわれやすい硝子を扱うように、お育てにならなくては嘘ですね。何て美しい秀でた目をお持ちでしょう。この勁い目が、硝子のこわれやすさから、坊ちゃんを救っているんです。そうでなければ、四つか五つで、露のように夙うに消えていらした筈ですわ。天使と申しましょうか、本当にこの世のものではないような感じをお持ちだ。坊ちゃんはこの世の宝石なのですから、まわりからも大切にされ、御自分も我身を大事になさらなければなりませんわ」

これは飛切上等の預言であったが、同時に不吉な預言でもあった。硝子とか露とか天使とか宝石とか、そういうものが人間的な比喩と云えようか？　子供のころ、父が彼を兄弟と一緒に海へつれて行った。波は澎湃と高まって砕け、おそろしい響きを立てた。兄たちは喜々として海へ入った。夏雄はおびえて、それ以来、海へ入ろうとしなかった。自分の人生には決して事件が起らないと彼が予感しはじめたのは、多分このときからである。

……夏雄は父が舶来の冷房装置をしつらえてくれた画室で、立ちつ居つ仕事をしている。すでに小下絵は出来たので、それを碁盤の目に割り出して、丈五尺幅六尺に貼り合わせた大きな模造紙の上に、木炭で拡大してゆくのである。

永いあいだ小下絵の構成と色彩に骨を折って、これで決ったと思っていよいよ制作にとりかかったのに、そうしてみると、又小下絵が不十分に思われてくる。机に戻って、大学ノオトほどの大きさの綿密な小下絵をつくづく見た。

それはすでに写実から遠く離れていた。四角い夕日は、暗い画面の中央に燃えているふしぎな隻眼のようであった。

あのとき見た風景が、こうして小さな一枚の小下絵に凝集するまで、彼の脳裡を、数しれぬほどの風景の微妙な変相がとおりすぎた。切りとられてきた自然の一部が示す均衡は、にせものの均衡だった。なぜならその均衡はどこかで見えない全体に委ねられているからだ。自然全体の均衡から盗みとられながら、そしてその大きな均衡を模写しながら、どこかしらで全体に犯されていたからである。画家の任務はまず嘱目の風景から、こうした全体に蝕まれ犯された部分、全体の投影をさぐり出し、それを切り除いて、一旦崩れてしまったかにみえる残りの部分から、新らしい小さな画面の全体の均衡を組立て直すことである。そこにこそ絵画の使命があり、写真はどこまで行っても、自然の全体の投影を免かれることができなかった。

はじめあの横にした短冊形のふしぎな落日は、黒ずんだ森や田畑の近景と共に、彼の心に一つの写実的な風景として保たれていた。それはなお見られたままの姿を保ち、遠ざかってゆくオートバイの爆音や、森の蜩の声をのこしていた。しかし徐々に、記憶がもっと強力な記憶に生れかわるために一度忘れ去られる必要があるように、この写実的な風景は、夏雄の心の中で迅速な分解作用をはじめた。それは美しい腐敗であった。すべての形象は稜角を失った。たとえば夕日にふちどられた森の縁は、自然の過度の微細と明晰を失って、あいまいな波打際の砂のような光りの紋様をえがきはじめ、森と空とはおなじ質料になり、二つの濃密な液体のまざり合うような具合に融け合った。腐敗してゆくのは森ばかりではなかった。野道も畑も、黒ずんだ麦のみどりも、それぞれの量感と色彩を持った群落にわかれ、麦や野や畑という言葉の意味は徐々に消え去った。一等甚だしいのは夕空だった。あらゆる雲の形、その光、その紅いの濃淡、その闇は、一瞬々々に沈んでゆく落日にむかって収斂された効果を喪い、おのおのがその色彩と形態において平等になったのである。

夏雄がたった一刹那の落日の風景をその目でとらえたとき、彼は時と共に滅びるべきものを、紙上にとらえて確保したのであったが、こんな分解作用を経て、個々の細部は、ますます時間の要素を洗い去られた。そうするためにも画家は時間の力を真似るのであって、あらゆるものが不変の資料に還元されるあの永い時間の労力を、彼はおそるべき神速に変え、またたくひまにすべてを腐敗に追いやって、色彩と形態の原素、このまったく空間的な原素へと、解体し還元してしまうのだった。

こうしてあのふしぎな落日の風景は、意味を帯びた言葉からは完全に遮断され、音楽からも、幻想からも、象徴からも遮断されて、純粋に空間的な要素の集合になった。そのとき彼ははじめて、一枚の絵画の生れる出発点にいたのである。

夏雄のなかに、時間と空間とを擁した全体的自然の大伽藍がものの見事に崩壊するこうした瞬間は、いつも深い感動と喜びを以て感じられた。そのとき世界は完全に崩壊し、これから描かれなければならない一枚の白い画面だけが残っていた。

大人しい、やさしい心やりに充ちた一人の青年は消えてしまう。彼は今芸術家であり、制作のために虚無を招来した。そしてこんなおそろしい作業を自分一人の画室で仕了せた夏雄には、たちまち、躍動した、いたずら心に充ちた子供の魂が顔を出すのである。

まことに喜戯的なこの魂！　無意味を容認し、無意味をつゆほども怖れない魂の前に、制作のさまざまな無限の自由がはじまり、感覚と精神の放蕩がはじまる。彼は形象と色彩をこねまわし、あちこちへ動かし、逆さにし、横にし、……自分自身にも定かには知られていない一つの秩序にむかって、永いことと無秩序を玩具にしているのである。

こんな作業には、まさしく苦渋のうちに歓喜がにじみ、理性のうちに陶酔がまじって、綿密な技術的配慮が放恣な感覚的耽溺と一緒になっていた。

――彼は小下絵をもう一度見た。四角い落日の朱の色は、木炭で下絵をとってから修正しても十分間に合うのであるが、今気に入らないと思うと、放置っておくことができない。

絵具いれの小抽斗の、朱のところを引き出して畳に置く。一つ一つ硝子の罎に入れて色名をつけたのが、二十四本ずつ抽斗に入っている。父が絵具代を惜しまないので、夏雄はこの若さで、大家に匹敵するほどの絵具の蒐集家になっていた。

夏雄は黒い夕雲のふしぎな窓からあらわれた入日の色に、はじめ古渡純紅朱を使っていた。しかしこうして、さまざまな朱の色あい、古渡九華朱、古渡紅赤汞、古渡旭日光朱、古渡高麗朱、古渡鳳舌朱、古渡濃紅朱、古渡丹紅朱などを眺めわたし、一つ一つ指にまぶした粉末を紙になすって比べているうちに、むしろ古渡鳳舌朱を使いたいと思うようになった。白い絵具皿に、鳳舌朱の粉末を少しばかり、鹿膠で融いて色をためした。その鮮紅は皿を不吉な落日の色に染めた。

『皿の上にいま落日が澱んでいる』と夏雄は考えた。そしてこの色を前にして、小下絵の色と比べて、永いあいだ、痺れるような快さの漂う思案に耽った。色には危険な性質があった。それは感覚を目ざめさせもし、又麻痺させもするふしぎな毒素だった。比べれば比べるほど、色のおのおのは或る瞬間に魅するほど美しく、或る瞬間には醜くなった。『このどちらが本当の落日だろうか？　夕べごとに地平線に隠れてゆく落日は贋物で、この小さな白い皿の上に、落日の精髄が光っているのではないだろうか？』

＊＊＊

ある日のこと峻吉が夏雄のところへ電話をかけて来て、母を兄の墓参へ連れて行くから、車を貸してもらいたいと申し出た。こういうことはしょっちゅうのことで、夏雄は自分の車の所有権がどこにあるのか、ほとんど考えてみもしなかった。彼はしかし峻吉が決して嘘をつかぬことも知っていた。どこかの娘を拉致する目的のときには、ちゃんとその目的を言ってよこし、おかげで夏雄の車は持主とかかわりなく、たびたび不都合を働らいた。

そこで今日のような公明正大なドライヴのためなら、丁度永い蟄居の気晴らしに、夏雄自身が運転して行きたいと思うがどうか、とたずねると、峻吉は大いに賛成した。午後、夏雄は渋谷駅頭で、峻吉の母子を乗せた。

母親は或る三流デパートの食堂主任をつとめており、たまさかの休暇がとれたので、戦死した長男の墓参に行きたいと言い出したのである。若いころ大家の女中をしていたこの母親は、肥ってはいるが、よろずに丁寧で礼儀正しく、拳闘選手の息子とおもしろい対照をなしていた。

地味な着物を着て、手には一束ねの花と線香を持っている。長男の祥月命日は来月の二十四日だが、一ト月前の今日の命日が、たまたま裏盆に当るので、墓参を思い立って峻吉にせがんだのだそうである。

約四十五分のドライヴで、車は多磨霊園前の駅に着き、そこから川の方角へ少し降りた。日ざしが衰えるころに出発したので、暑さはさほどではなく、母親は目的地へ着く前から、こうして涼しい楽な墓参のできることの礼を何度も言った。峻吉はこういう際のはにかみやの息子の反応を正直に示し、めずらしく無口でとおした。そして夏雄は自分の運転の暢達さをたのしんだ。

　ふしぎな壮大な山門が、小道のひらけるところに高く現われた。それは広い石段のいただきに聳え立ち、全く東に面しているので、背後から真向に西日を浴び、太い円柱の影をこちらへ倒していた。下から仰ぐと、山門の円柱列のあいだには西日にかがやいた空だけしか見えないので、いよいよこの古い山門は、神殿の廃墟のように、壮大にも、また悲愴にも見えた。夏雄はこのような人に忘れられた場所に、これほど立派な山門のあることにおどろいた。

　石段の両脇には亭々たる松が何本かそびえていた。あたりには人影がなかった。

　三人は車を下りてゆっくり石段を昇った。と、徐々に山門のかなたの風景がせり上って来た。そこに当然あるべき本堂の姿はなく、平坦な台地のかなたの遠い森影が、西日にまばゆく荘厳されて、重々しくせり上った。寺の境内は、丘陵のひろい頂きであった。石段を上りきると、この広大な敷地の半ばを埋めている、夥しい数の新らしい墓が見えた。墓石は悉く同じ形で、悉く新らしかった。あまつさえその切り立ての石が、西日を浴びていかにも新鮮にかがやいているので、この明るすぎる墓地の印象には一種の特別の鬼気があった。

　境内には樹木が乏しいので、一様にこもってきこえる蟬の声は遠かった。

「兄さんのお墓も、やっと立派な石が建ったね」

と母親は言った。夏雄は二人に従って、新らしい墓石のあいだを歩いた。すべて戦死者の墓であり、死者は一人のこらず二十代の若者だった。

夏雄はこんな墓地を未だかつて見たことがなかった。ここには病気も老醜も腐敗もなく、かがやかしい活力が俄かに死に結びついて生じた墓地、いわば青春の墓地であった。それだけにここは、どんな世の常の墓地よりも、死が思うさまその力を揮った記念の場所だったのである。

同じ大きさ、同じ形の墓石のなかから、母親はすぐさま息子の墓標を見出した。石の側面に、「昭和十七年八月二十四日、ソロモン群島で戦死、享年二十二歳」と彫られている。

母親はしゃがんで香華を手向け、小さい数珠を太った指先にかけて、祈っていた。夏雄も手を合せた。峻吉は母親のうしろに立ち、雄々しい顔立ちを引き締めて、目は射るように兄の墓標を見つめていた。生きていれば三十四歳になる筈の、分別くさい、世俗の垢のしみついた憐れな兄の代りに、永遠に若々しい、永遠に戦いの世界に飛翔している輝やかしい兄を持つことは、彼を幸福にした。兄は行動の亀鑑だった。行動家にとって必須のものである、彼を行動に追いやるあらゆる動機、強制、命令、名誉の意識、……すべて男にとって宿命と分ちがたい観念であるところの義務の観念、加うるに、有効な自己犠牲、闘争のよろこび、簡潔な死の帰結、兄にとって何一つ欠けているものはなかった。その上兄には、今の峻吉によく似た俊敏な若々しい肉体があった。……それだけのものがみんな揃っていたら、あと永生きして、女を抱いて、月給をとるということが一体何だろう！

他人を決して羨まない峻吉が、兄だけは羨んでいた。

『兄さんは狡いぞ。兄さんは退屈を怖れる必要なしに、考えることを怖れる必要なしに、まっしぐらに人生を駈け抜けてしまったんだ』と峻吉は心に呼びかけた。すでに峻吉の生活には、兄の一度も知らなかった日常性の影、生の煩雑な夾雑物の影がまざって来ていた。彼の行動には名分も動機も欠け、敵を倒せば倒すほど、その行為の抽象的な性質、その純粋すぎる性質に目ざめなければならぬ。彼の行為はああした夾雑物から身を護るためにますます純粋な成分になり、ひとたび彼の身を離れれば、たちまちエーテルのように揮発して、影も形も残さなかった。

――立上った母親は、多摩の河原までつづく広大な青田を眺め下ろして、こんな美しい景観にひたって眠っている息子の倖せを喜んだ。そしてまるで夏雄がこの地を卜して息子の墓を建てたかのように、また改めて夏雄に礼を述べた。

夏雄が突然青田の一部を指さして叫んだ。彼の目が何かを見たのである。

峻吉と母親もそのほうを見た。夕影に半ば沈んだ青田の上を、一羽の白鷺が低く飛んでいた。その羽根は西日をうけて黄金に光った。三人は感動して、鳥の低い飛翔が多摩川のおぼめく彼方へ消え去るまで見戍った。

かえりみち、夏雄は夕涼みのために佳い場所を求めて、多摩川園に程ちかい二子玉川の河原に車をとめた。駅からは歩いて何程かの距離があるので、白い苜蓿の花に包まれた堤も閑散だった。

薄暮が迫っていたが川岸へ出ると対岸はよく見えた。堤の上を乳母車を押してゆく二人の女さえ見分けられた。遠い鳥の囀りも対岸なら、時折風のまぎれにきこえる応援の喚声も、対岸の堤の空に際立っている野球場のネットからのものであった。

三人は川蘆や芒のあいだの小径を前後して歩いた。最後について来る母親は、しきりに低声で夏雄に話しかけた。

「ねえ、何とか拳闘をやめさせる方法はないもんでしょうか。私が何と言ってもきかないんですからねえ。あんな危ないことを、何とかやめさせる工夫はありませんかしら」

夏雄は母子に前後を挟まれて困っていた。母親は彼のうしろから、半ば独言のように、大して当てもなく、その愚痴をくりかえしていた。声や気配は峻吉の耳にすぐ届いた。しかし黙った背を向けてしばらく歩いた。母親の声が高くなった。突然ふりむいた峻吉が母親のほうを睨むと、その視線は夏雄の頰のかたわらを過ぎてさえ鋭く感じられたが、母親はたちまち怖れをなして黙った。

三人は誰かの架した二枚の板が、浅瀬の橋の代りをしているのを渡って、高い蘆や芒に包まれた巨大な洲に達した。洲にはまして人影がなかった。川のほとりへ出ると柔らかな草地があり、そこの小さな入江に赤いフエルトのスリッパの片方が流れついていた。川風は涼しく、腰を下ろした彼らは思うさま涼を納れた。夏雄と峻吉の話は、そこにいない清一郎のことになった。

「あの人は拳闘を心から好きなんだな」と峻吉は言った。「全然、心から好きなんだ。でもどうしてあの人は、鏡子の家で話すと、あんな虚無的なことばかり言ってるんだろう」

夏雄は些細な蔭口も好きではなかった。そこで清一郎の弁護にまわった。

「あの人はすばらしい有能なサラリーマンだろう。それでいてあの人は、『有能な』という言葉と、『サラリーマン』という言葉との、滑稽な結びつきに弱っているんだ。君は『有能な拳闘選手』だ。ああ、それなら実に自然だし、少しも滑稽じゃないし、本当にすばらしい。だから拳闘があの人の憧れなんだよ」

拳闘選手は自尊心を鼓舞されて、幸福な気持になった。かたわらの蘆の葉をむしり取ろうとしたが、大事な指先が蘆の鋭い葉に傷つけられるのをおそれてやめた。

「あの人は俺を可愛がってくれるものな。ただの先輩として以上に可愛がってくれる。

しかし俺があの人が好きなのは、本当のところ、俺なんかより、拳闘そのものを愛してくれているからなんだ」

「いやだこと！　拳闘が好きだなんていやだこと！　……でも涼しい、いい風ですね。今日はおかげ様で、思いがけない涼しい思いをして」

と母親は又夏雄に礼を言った。

「しかしあの人はどうしてあんなに虚無的なことを言うんだろう」

峻吉は母親を無視しながら、同じ疑問をくりかえした。夏雄は峻吉がその行為の只中(ただなか)にいつも虚無に接しているのを想像することができたが、峻吉は彼自身について研究する必要のない人間だった。彼は自分の身近にうごめいている虚無に気づく必要もなく、そもそも彼自身が何者であるかを尋ねる必要もなかった。それはもう決っていた。彼は「拳闘選手」だったのである。

が、夏雄は一種の直感から、清一郎の親炙(しんしゃ)している虚無が、自分にとっても疎遠(そえん)なものではないことを知っていた。

「あの人はサラリーマンなんだよ」と夏雄は少しずつ、不明確な言葉を繰り出しながら、説明しようと試みた。「あの人は僕たち四人のうちで、誰よりも俗物の世界に住んでいるんだ。だからあの人はどうしてもバランスをとらなくてはならないんだ。俗物の社会が今ほど劃一的(かくいつ)でなくって、ビヤホールでビールの乾杯をしながら合唱するような具合に出来ていた時代には、それとバランスをとり、それに対抗するには、個人主義で事足りただろう。ビヤホールの合唱と個人主義とは、ほどほどのバランス、ほどほどの対照を作っていただろう。でも今はそうは行かないんだ。俗物の社会は大きくなり、機械的になり、劃一的になり、目もくらむほどの巨大な無人工場になってしまった。それに対抗するには、もう個人主義じゃ間に合わなくなったんだ。だからあの人は、ものすごいニヒリズムを持って来たんだ。あの人の、大きなローラーみたいな、大げさな、機械的な、そうして劃一的なニヒリズム、あの人の世界破滅の空想、人間も物も均しなみに均らしてしまう真黒なローラーみたいな空想、……あれは多分、あの人が社会とバランスをとるために必要な欲求で、最後の対抗手段なんだろう。あの人はそういう思想を自分一人意識して、一人で代表しているんだから、その点からだけでも、杉本さんは『最も有能なサラリーマン』と呼ばれる資格があるんだ」

こんな夏雄の弁護論には、すこしも皮肉の翳はなかった。きいている母親は、風を入れるために襟元をくつろげながら、又こう言った。

「おお、いい風だ。……でも虚無的なことが好きだなんて、なんていやな人でしょう」

峻吉の興味は夏雄の説明からすでに外れ、母親の結構なとどめの一言をふり払うように、はだけた胸を川風にさらして立上った。豊かな川水はすこしずつ暮れかけていた。対岸の森かげに灯がちらつきはじめ、あたりにはまだ乏しい虫のすだきが起った。彼は飛躍を念じた。川が阻む対岸との距離はもどかしかった。左足を強く踏み出すと、靴はやわらかい水際の泥土に半ば埋まった。見えない敵手にむかって、その腹を狙っているように見せかけて、左拳を腹にむけてちょっと動かした。それは見せかけだけのパンチ、いわゆるフェイントだった。相手が腹を護って構えを落した瞬間、彼の右手はたちまち相手の顔を打っている。敵の構えが上る。腹部をさらけ出す。するとすかさず、彼の左拳は、敵の腹部に強烈なパンチを与えた。それがスパイク・ウエッブの、有名なネイヴィ・ダブル・パンチだった。

　このボディ・ブロウは、十分敵を倒すに足りたと峻吉は思った。彼の全身の重量はその左拳の先へ悉くかかっていた。川面の空間に、彼の拳に打ち込まれた重い苦痛がまざまざと現われ、苦痛はしばらく川風の中に澱んでいた。

　峻吉は誇らしげに夏雄へ向き直った。

「君はこういう瞬間を知ってるか？　左フックが見事に決った、こういう、何ともいえない、すばらしい瞬間を？」

　夏雄は遠く峻吉の歓喜を理解した。それは彼の住んでいる世界からは遠かった。遠かったが、歓喜は焔のようにはっきりとその色彩も形態もよく見えた。夏雄は口ごもった。自分もそれに似た歓喜を知っていることを言おうとしたのである。

制作の進むときに、突然彼が恩寵に襲われることを。それは抵抗しようもなく、だしぬけに背後からあらわれて、彼の襟首をつかむことを。そのときこそこの世でもっとも幸福な虚無に彼は包まれることを。……

――しかし自分を語ることを好まない夏雄は、あいまいに微笑して、首を振った。

かれらの上に少し以前から人影がさしていた。峻吉と夏雄は仰向いてその姿を眺めた。それは一人の女で、しかも若い女である。

川べりのやや高いところに、蘆の茂みに囲まれて、女は夕風に髪をなびかせている。紺の格子縞(こうしじま)のブラウスの袖(そで)を深くまくって、濃紺のタイトなスカートを穿(は)いている。その姿が夕空を背にばかに美しく見える。脇には、一冊の薄い白地の本を挟んでいる。

女の顔は白く、暮れかけた空に配されて、夕月のようだと言ってやってもいいくらいだ。唇(くちびる)だけが丹(あか)く、鼻も頬も暮れがたの色に染まっている。そして多分自分一人の詩境にひたって、三人の夕涼みの一行などには目もくれず、白い咽喉元(のどもと)を撫(な)でる川風に、半ば精神的半ば感覚的な快さを感じているらしい。彼女は詩人でもあるのだろうか？しかし怖れるに足りない。女の詩想というものは、大てい官能的なものに決っているから。

二十四五歳だろうか？峻吉は尤(もっと)も、大して女の年齢には頓着(とんちゃく)しない性質(たち)だった。

突然、拳闘選手が低声で言い出した。

「すまねえけどな、おふくろを車に乗せて家まで送ってやってくれないか？」

「君は？」

「俺はここに一人で残る」

母親は耳ざとくこんな問答をきいていた。そして夏雄に、早くも、自分一人を車でわざわざ家まで送ってくれる煩労の礼を言った。そこで夏雄は峻吉をそこに残して、母親を連れて浅瀬に渡した板をわたって、石の白さが暮色に際立って来る河原を後にした。

「こんなことはしょっちゅうなんですか」

と車に乗りながら、画家は良家の息子らしい口調で訊いた。

母親はくどくど礼を言いながら車に乗り込んだ。車が動きだすと、

「ええ、御迷惑ばかり。でもあれも、なかなか親の気持を察してくれますんですよ。ですからこっちも察してやらなくてはね」

お人好しの母親はそう言った。

***

鏡子は軽井沢に父親の代からの別荘を持っていた。しかし良人に別れてからというもの、そこへ行かなくなった。一つの理由は、夏そこへ行くと、別れた良人と顔を合わせ

る危険があったからである。もう一つの理由は、それを夏場に法外な値段で貸して、維持費と税金を上廻る収入を得るのがたのしみになったからで、これは清一郎の忠告によるものだった。

民子は夏のあいだ実に頻繁に酒場を休んで、熱海伊豆山にある父親の別荘へあそびに行った。そこは父親の避寒の地で、夏はこの仕様のない娘に解放して、決して顔を見せることがなかった。そこで民子は夏になると、東京よりも暑さのきびしいその家へ、しばしば友達を招いて遊んだ。

夏はおわりかけていた。その日は鏡子と収と峻吉が来ることになっていた。清一郎は会社が忙しく、夏雄は制作に没頭していた。

民子の父の別荘は大して特色もない和風の平屋であったが、海に臨んだ崖の上の斜面を利用して建増に建増を重ねたので、三階建とも平屋ともつかぬおもしろい構造になった。それは子供の隠れんぼに最適の家だったから、大人だって十分遊ぶことができたのである。

逗子の友だちの家に避暑に来ていた収がさきに到着した。鏡子は峻吉の運転する夏雄の車に乗って、あとから来る筈であった。

民子は一人で来た収がすぐ海水着に着かえて、庭へ出て行ったのを知っていた。それから客間へ冷たいものを運んで来て、庭のほうへ彼の名を呼んだ。それは客間というよりも、玄関と庭をつなぐひろい板の間で、デッキ・チェアーがぞんざいに置いてあり、いくら丹念に拭いても、誰かの蹠の運んでくる砂がすぐ板の隙間に溜った。みんながここで踊られるダンスを、ザラザラ踊りと呼んでいた。ダンスはいつも砂のために軋んだのである。

庭のはずれの松の幹へ手をかけて、海と夏雲を眺めていた収は、民子の呼ぶ声にふりむいた。それまで彼の眺めていたのは、実は海や夏雲ではなかった。海や夏雲の反映している彼の日に灼けた胸や上膊の新鮮な筋肉だった。

そこには新たに生れた筋肉が輝やいていた。あれほど無為に馴れていた彼が、ここ三月半というもの、一週三回ずつを欠かさずに、ジム通いをつづけてこうなったのである。依然として舞台の役がつかぬあいだに、一方微妙な確実さで、筋肉は増して来ていた。筋肉はすこしずつ空気を彼の輪郭の周囲へおしのけていた。彼はしばらく自分の顔を愛することを休んで、こうして盆栽のようにわが手で養っている筋肉のほうを愛した。

……収は板の間の上へ跣足で上った。彼の蹠からも、わずかな金いろの砂が、喜捨でもするように板にこぼれた。

民子と収は海へむかって深々とデッキ・チェアーに身を埋め、冷たいものを飲み、まだ来ない鏡子や峻吉の噂をした。しかし収の希んでいる話題はそんなことではない。民子が片時も早く、彼の「見ちがえるほど」逞しくなった身体について、何か言い出すだろうと希んでいたのである。

民子はなかなかそれを言い出さない。そこで彼はうつむいて又、自分の迫り出してきた胸を見る。胸は琥珀色に灼け、香ばしい肉の香りを放ち、強い纖維で引き締められて、見かけはいかにも豊かに柔軟に隆起している。誰がこれを昔の収の胸だと思うだろう。……が、民子はまだ何も言い出さない。無意識か、あるいはそこへ注意を惹こうという出来心かにそそのかされて、彼は葡萄いろの冷たい飲物をすこし胸にこぼした。一筋の液体は、神秘的な血のように、彼の咽喉元から胸の肉のおもてを伝わった。民子は気づかない。収はとうとう、満たされない焦慮のままに、自分の掌で自分の胸を乱暴に拭いた。

『まだ筋肉は足りないのだろうか』

それはそうにはちがいない。たった三月半だし、彼の目に着実にわかるほどの変化が、他人の目にはっきり見えるとはかぎらない。そう思うと、胸の筋肉は俄かに萎んでしまったように思われ、あれほど今まで海や夏雲の光りを反映していたその胸の筋肉は、どこかへ消え去ったように思われた。何の注意も惹かなかったことが、新らしい肉の存在をすら又あやふやにしてしまったのである。

手の指のあいだからこぼれ落ちる砂を、あわてて握りしめる人のように、収が言った。非常な羞恥を以て、あたかも呪文みたいな力をその言葉に賭けて言ったのである。

「気がつかないかな。この五月以来、僕は体重が一貫五百、胸囲が十センチもふえたんだぜ」

しかしこれはそんなに奇矯な質問ではなかった。民子にこそ、もっと早く気がつくべき義務があった。二人は去年の夏、正にこの家で、はじめて一緒に寝たのだったから。そしてその夏以来、民子は収の裸体を見たことがない筈なのであるから。……

民子は、こんな非難するような語調におどろいて、収へ目を向けた。しかし民子がそこに収の肉体を識別するのは容易ではなかった。あれから一年のあいだに見た、あまりに沢山の男の裸体が、頭の中でこんがらかっていたからである。それに彼女の無定見は実に完璧で、ちがう男がちがう肉体をもっているなどという思想にあんまり馴れていなかった。男の裸体が、筋骨隆々であろうと、痩せこけていようと、あるいはまた、脂肪ぶとりであろうと、それが一体「個性的」なことといえようか？

しばらくぼんやりしたあとで、民子は持ち前の気のよさから来る嘆声をあげた。

「そういえばそうだわ。あんた、見ちがえるように逞しくなったわ。すばらしい肉体美だわ」

しかしこのお世辞は収をひどく傷つけた。

――鏡子が峻吉と一緒に到着した。さあ、鏡子の御成りだ！　鏡子の御成り！　彼女の賑やかで貴族的な到着には、いつもこんなふうな感じがあった。それにふさわしく鏡子は天蓋のように大きな夏帽子を冠っていた。

ここへはじめて来る鏡子は、暑い暑いと言いながらも、すぐ庭へ出て海を見に行った。

「このあいだの颱風のときはどうだったの？　こんなに海が近くて」

「颱風五号でしょう。鹿児島県に水害があったのね」

と民子はニュース種にだけは記憶がよかった。

「鹿児島のことなんかきいてやしないわ」

「ああ、ここ？　やっぱり荒れ気味だったわ。一日中波の音も高かったし」

それでも颱風の去ったあくる日には赤蜻蛉がたくさん飛来し、空の一角には鰯雲がひろがった。それはただ一日の秋の前触れで、すべては今日の午後のような厳しい炎天に戻ってしまった。

鏡子は松の下枝のあいだから沖の初島を見た。正確な瓦屋根の形をしたこの島は、熱海のどの角度からも正面に見え、形もその名も、たえず目の前に居据わっていることも、その印象を風雅に遠いものにしていた。しかし鏡子はそんなことに頓着しなかった。それは彼女がはじめてこの家へ来て、はじめて庭へ出て、彼女が発見した島だったのである。

鏡子はドライヴの疲れと暑さに上気した気分とで、たちまちこの島に幻影を描いた。

島はそのかたわらに杏子いろに色づいた積雲を侍らせて、遮ぎるもののない海のむこうに、云おうようなく美しく豊かに見えた。

「あの島へ行ってみたいわ」

と鏡子は口に出した。

「泳いで行けるな。一里もないだろう」

傍らの垣に凭れて自分も沖を眺めながら、拳闘選手は事もなげに言った。

……鏡子は照りつける日ざしもかまわずに島を見ていた。いつか清一郎が彼女に向って、「君は現在に生きることなんかできやしないよ」と言ったのが、不意に思い出された。

海風は鏡子の顔を襲い、おくれ毛を顔に散らして、今感じている情緒をまとめにくくさせていたが、こんな清一郎の言葉の喚起は、目前に見ている島と、何かのゆかりがありそうであった。

島はきらめく海のかなた、潮風のほかに充たすもののない距離を保ちながら、手をのばせば手につかむこともできそうなみせかけの近さを示していた。しかし鏡子は今わが手に、その島の木の梢、草の一ト本だに握っているのではない。島という存在は現在のものではない。それは未来と過去のどちらかに属していたのである。

定かならぬ細部が一いろのお納戸に紛れた島は、記憶のようにも、また希望のようにも見えた。楽しい思い出のようにも、未来にわだかまる不安の姿のようにも見えた。その島と今鏡子たちのいる場所とをつなぐ力は、音楽にもよく似た力で、それは潮風の羽搏きのように存在の距離を埋め、距離そのものをきらめいて流動する情緒の連鎖に変えてしまうのであった。こんな音楽の光りかがやく翼に乗って、鏡子は過去でもあり未来でもあるあの島へ、たちまちにして身を運ぶことができるような気がした。

そこに行けば何があるだろう。

鏡子は東京の家にいるときのあの何事にも客観的な自分の代りに、別の、心おきなく恋に酔うことのできる自分がそこに住みならえていそうな気がする。彼女が身に持している固い無秩序とちがって、絹のように柔軟な情念の秩序がそこには備わっていそうに思われる。……

――峻吉が、

「泳いで行けるな。一里もないだろう」

と言ったとき、民子はぼんやりしてそっぽを向いていた。鏡子の日照りの中での夢想のあいだに、しかし民子はゆうべから計画しまだ皆に話さずにいたことを急に思い出した。その場の対話とはまるで関係なしにこう言った。

「ひとやすみしたら、みんなですぐ初島へ行きましょう。家には舟があるし、船頭もちゃんと用意して待っているのよ」

一同はいつもながらの民子を感に堪えた表情で見返ったが、民子はどうして自分がそんなに見詰められるのかさっぱりわからなかった。

「いらっしゃい」

とはじめて収が鏡子に挨拶をした。いつもそういう挨拶で鏡子に迎えられるから、今日は逆の立場になったのが面白かったのである。

「あら、あなた？ すっかり見ちがえたわ。裸になると、ブロンズの彫刻のようなのね」

鏡子は何の成心もなしにそう言った。それは鏡子が目に見える美しさや均衡に敏感だったからでもあり、鏡子の家に集まる青年たちについて管理者の不断の関心を持しているためでもあった。

事実、芽生えかけた筋肉に薄く鎧われた収の体は、痩せてはいるが、いかにも鋭利な美しさで、夏の烈しい日光に研ぎすまされたように見えた。その実それは膨らんだのであったのに。

潮風の中には感覚をいきいきと甦らす作用があり、鏡子は耳の間近に、たえず音楽のようなものを聴いた。家の中へ入ってからも、対話にはほどほどに附合いながら、彼女の耳は、鳴りひびいている日向へ向った。日向はたしかに音に充たされていた。波の高鳴りや、蟬の声や、蜂の飛翔や、木々のそよぎや、伊豆山と熱海をつなぐバスの警笛や、海の空気と山の空気とのたえず剋し合っている密度の齟齬や、……そういうものが渾然となって、夏の午後の、内にこもった単調な音楽をなしていた。気がつかなければ何もきこえず、耳をそば立てればそこにたしかに在った。しかしそれはいかにも内的な音楽のようで、鏡子は自分の内部が音楽でいっぱいだと感じるまでになった。

「さあ行きましょう」と民子が促した。

峻吉はいさぎよく、畳んだビーチ・タオルを肩へ抛り上げた。手には民子の家にそなえつけになっているアメリカ製の水中眼鏡と、銃の恰好をした銛を下げている。そして彼にふさわしくきこえる短かい出発の言葉を言った。

「さ、行こうや」

四人は一列をなして、崖に刻まれた九十九折の私道を海へ下りた。岩のあいだの小さな入江に、エンジンをつけた十人乗ほどの和船が止って、二人の船方が煙草を吹かしていた。そこに着いた客たちは、使用人の筈の船方が、主人の娘である筈の民子に、ぞんざいな友達口調でものを言うのにおどろいた。民子を助けて船に乗せるときに、若いほうの船頭はお尻をさすったりしたのである。民子は嬉しそうに高い悲鳴をあげた。

鏡子は民子のこんな態度を、呆れて眺めずにはいられなかった。船頭のほうは永年の主家の娘の、ふしだらな生活につけ入って、一種の軽蔑から来る馴れ馴れしさを示しているのに、民子は喜んでそれを受け入れていた。こんな船頭の目にはどうせ鏡子だって、酒場の女と映っているにちがいないが、日ごろはダンサーや女給とまちがえられると喜ぶ鏡子が、こんなときには多少お高くとまった。偏見のない平等を愛しこそすれ、彼女は人に軽んじられるようには生れついていなかった。

高い波濤が岩に激突して退くときに、水底の石をころがす雷のような響きを起し、その音は女たちを怖がらせたが、二人の船頭は棹をしっかりと岩に支えて、波の巻き返しから船を救いながら、船出の潮時を見計らっていた。ひときわ大きな浪が来て砕け、それがなおたわみながら退きかけたとき、船はふくらむ水に乗って躍り出た。舳を高々と掲げ、今までとげとげしく抗っているように見えた波の力から自由になって、一挙により大きなものに身を委ね、喜々として広い水面へ辷り出たのである。

峻吉は舟べりに手を支え、身をさいなむような力から解放されて進む船の自在な感じを、何度かの試合の折に、自分の身にも味わったことがあるのを想った。それこそは自分のものと意識されていた力がからっぽになって、より大きな自由を味わう瞬間だった。彼は握った拳に力を入れて、その拳を見つめた。ここには無敵のパンチが身をひそめていた。しかしそのパンチは、子供の拳がつかまえて逃がさずにいる緑いろの発条の強い飛蝗のように、そこに身をひそめているのではなかった。パンチは拳の外から、たしかに拳をとりまく空間のもろもろの力が圧搾されて、血いろの霜の花のように、打撃の瞬間にそこに結晶するのだった。的確なパンチを与えたときほど、却って彼はそれを自分の力ではないように感じた。

「近頃は、何かおもしろい女の子に逢って？」

と鏡子が尋ねた。

峻吉は思い出そうと試みる。なかなか思い出せない。彼は壁をくぐり抜ける魔術師みたいに、女をくぐり抜けてしまうのである。壁土も漆喰も、彼に何らの痕跡を与えることができなかった。

「ああ、五日前にさよならしたっけ。しつこい子なんだ。それに詩人なんだ。多摩川の河原ではじめて逢ったんだな。それからしばらく附合ってた。俺にへんな詩をくれたよ。拳闘選手に捧げる詩だって」

峻吉が詩を捧げられたというので、民子も収も大いに興味を示した。民子が言った。

「どんな詩。暗誦してみなさい」

「誰がそんなもの憶えていられるかよ」

そこで民子が、むかし初恋の少年に捧げられたという詩を暗誦しだしたが、民子にめずらしいこの執拗な記憶力と、詩の甘ったるさにみんなは愕いた。鏡子は峻吉のこんな奇妙な情事を根掘り葉掘り訊きただしたが、あいかわらず彼の答は粗雑で、何ら具体的な像を結ばなかった。しかしおぼろげながらわかったことは、峻吉が飽きた理由がその女詩人そのものによりも、彼女の勿体ぶって神経質な性的態度のせいだということであった。

「詩人ってみんなそんなものね」

と民子はあらわな軽蔑を示した。その軽蔑によって、民子は、かなり高尚な認識に達した。彼女は自分の淡白で無定見な態度のほうを、そして又、自分とそっくりだと思われる峻吉の態度のほうを、ずっと詩的だと感じたのである。もっともこの詩的な関係は、春の箱根の一夜きりで、雲散霧消してしまったのであったが。

……船は淡々たる速度で島へむかった。沖にたたなわる積雲は、雲の襞の内側から、ほんのりした薔薇いろの光りを放っていた。日は強かったが、風が暑さを忘れさせた。ただ一人日灼けをおそれている鏡子は、水着の上からタオルのガウンですっかり素肌をおおうていた。そして日除眼鏡をかけ、大きな麦藁帽子をかぶった。帽子のひろいつばの影が、その唇をなまめかしく見せた。彼女は自分の痩せぎすの雪白の体が、こうして影に護られて、こんなに烈しい日の光りの下でも、太陽に対する冷たい悪意みたいに、汗ばみもせずひっそりとうずくまっているのを快く感じた。それに鏡子は船の常ない動揺が好きだった。

収は船べりにもたれて、手を水にさし入れて、足早に退く水の冷たさが、次第に手をしびれさせ、感覚を遠のかせてゆくのに委せた。手首は手袋のように、彼の手から海の中へ切り落されたかのようだった。

収は消閑の達人だったから、船の進行の速さ遅さはまるで気にならなかった。太陽を見た。すると一ひらの雲がかかっていて、たちまちそれが破れて、鋭い光芒を射落した。『あれは僕の役だ』と思った。『役はいつかあんな風にして、僕にふりかかって来るだろう。これ以上の適り役はない、大当りの、序幕から大詰まで輝やきつづけるような大役は』

しかし、さしあたり今のところは、役はどこからも降って来なかった。そこで女のことを考えた。民子の言葉に傷つけられた収は、もう疎遠になっている光子のことを思い出したが、光子の愛撫なら、全身にしっかり芽生えて来たこの身の筋肉を、確認できるような気がした。彼女は鏡の役すら演じたのだ。……が、突然、「弱虫、痩せっぽち」という光子の容赦もない声が耳によみがえった。

『だめだ。これから以後の僕にはじめて逢う女だけと附合おう』

あの島には、そういう女がいて、収を待っているだろうか。彼は次第に緻密な色彩を加えている島を眺めやった。どこにでも、そういう女が彼を待っているのはありうることだった。一等人目を惹きやすい魅力は収のものだった。

しかし収には、可成確実な予感があり、どんな女も、彼の本当の希みを占う努力もせずに、彼の腕の中で、自分だけの陶酔に溺れてしまうだろうことがわかっていた。女はそのとき、必ず、まるで申し合わせたように、一握りの砂になって彼の指のあいだから、こぼれ落ちてしまうのであった。

「島って手があるな」と峻吉が言い出した。彼一人は舳先に立って、船長のようにゆくてに目を凝らしていた。「カービン銃ギャングの大津だって、どっかの島へ逃げりゃよかったんだな」

こんな子供っぽい独り言には、みんな無遠慮に答えなかったが、峻吉は気にもしなかった。腕を組んで立っているその胸に風はまともに当り、船の動揺が加わって、ともすると彼の脚は平衡を失いそうに見えるのに、ふしぎに峻吉は自若としていた。決して自分の脚が平衡を失わないことを知っていて、その自信をためす機会をのがさなかったのである。

峻吉は決してものを考えないという信条から、完全に想像力を欠いた人間になる修練を自分に課していたが、これは恐怖を免かれる唯一の方法である。ゆくてには島があった。それはなおつぶさに見えず、雑多な自然や人家の色彩の混和は見えはじめていたが、なお想像力の領域に属していた。だから島はまだ彼のものではなかった。島で彼の身に起るかもしれない冒険、喧嘩、手っとり早い恋などは、まだ彼のものではなかった。今確実に彼の所有に属しているのは、雄々しい顔に吹きつけて、その日灼けの色を刻々に増している、日光をはらんだ潮風だけであった。

鏡子も日除眼鏡をとおして、徐々に近づいてくる島を眺めた。眼鏡の濃い緑の硝子が、島をすこしばかり荘厳に見せた。

そこへ釣にでも来ている男、自分のモータア・ボートでこっそり孤独をたのしみに来ている男、そういう男の一人が、おそらく鏡子のあとをつけて来て、鏡子自身が彼のかえりの船の客になるかもしれない。鏡子はしばらくこんな夢想に涵った。やがて清一郎の影がちょっと心に射した。すると自分がそういうたぐいの男の瀟洒な会話も、舶来の釣具も、英国製の千鳥格子のズボンも、マドロス・パイプも、……すべて影の影、贋物の「落ちついた生活」、贋物の安定を、絶対に愛することがないだろうという確信に目ざめた。そういうものはすべて彼女の父親や母親が愛したものの戯画であった。

さきほど考えていたこととは反対に、島にはもっと溌剌たる破滅や無秩序があるべきだと思った。そこには、虐殺のあとや劫掠のあとの静けさがあるべきであり、焼けた土の上での、わずかに生き残った愛の営みがあるべきだった。そういうものだったら、彼女は決して拒みはしないだろう。そして死んだ漁村の、引き裂かれた網の上でなら、……灼けた瓦礫のあいだから鋭く生い立った夏薊の花のかたわらでなら、……鏡子は多分、安んじて、人のするようなことをするだろう。

——島はいよいよ近づいた。船着場のそばの茶店やバンガロウの鮮明な赤屋根がまず目に入った。その赤い鮮明な四角い斑点が、崖をおおう緑のなかから際立って来て、徐々に意味と形を帯び、最後にはっきり屋根だとわかってしまう瞬間は、丁度目ざめぎわに薄闇の室内を見渡して、神秘な色や光りや形に充ちていたものが、次第に輪郭を取り戻すにつれ、日頃見馴れた水差や飾棚の硝子器や掛軸の風鎮などの日常の凡庸な事物に顛落する瞬間によく似ていた。

波もようを描いた旗に、氷という大きな一字を赤でしるしたのが見えて来る。ペンキをけばけばしく塗った観光客歓迎の塔が見える。バンガロウ村への道順を示す立札が見える。船着場のあたりには、派手なアロハをひるがえしている男たちが見え、突堤を危なっかしい足取でわたる黄の海水着の女の姿が見える。やがて顔が見分けられ、この人たちの笑った口腔の中までも見えるであろう。……

こうしていよいよ現前した島の眺めは、船の人々のいろんな想像上の快楽を、すっかり台無しにしてしまった。

第四章

秋のはじめ、清一郎の婚約が社内へ知れ渡ったのは、もちろん婚約より前のことだったが、その結果、若い連中のあいだでの彼の評判が幾分か落ちたのは否めず、それというのも、今まで彼は、こんな「ブゥルジョア的な便宜結婚」を一等しそうもない男だと思われていたのである。

これが世間一般の会社だったら、こうした進歩的な非難を浴びせる連中は、組合の尖鋭分子ででもあったろう。山川物産には組合がなかった。たった一日のストで商事会社は息の根をとめられるというのが、組合のない尤もな理由とされて、ここでは組合運動は青酸加里みたいに怖れられていた。どこの世界にも変り者はあるならいで、時たま山川物産にも、この青酸加里に手を出そうとする社員があらわれた。すると即日辞令が下り、彼は北海道の外れの方、雪が軒先まで積っているような出張所へ追いやられるのであった。

佐伯は見当ちがいな熱の入れ方で清一郎の味方に立った。そして副社長の娘と婚約した男の弁護を、すべてもし佐伯自身がその立場に立っていたらという仮定の下にやってのけたので、大方の失笑を買ってしまった。

庫崎副社長は、実力の人だった。ヌーボオ・リッシュの実業家がいまだに子女におしつけたがる政略結婚を軽蔑しており、最愛の娘の婿を実力本位人物本位で選びたいと考えていた。こんな末世に生きながら、彼は「事業は人なり」という資本主義勃興期の信念を持していた。彼の「人を見る目」は絶対に狂いがなかった。こうして副社長は清一郎を「見た」のである。

財閥解体と朝鮮動乱は、ただ庫崎の致富のために起ったようなものである。この二つのどっちが欠けても、彼の今日の富はありえなかった。こうしためぐりあわせで幸運をつかんだ男は、自分を風雲児だと考えたがるもので、副社長が崇拝するのは精力と運命だけであった。

山川財閥が解体されたとき、戦前世界中に手びろく商いをしていた山川物産は、微粒子にまで打ち砕かれて、二百数十の小会社に分散してしまった。それまで物産の部長級であった庫崎は、金属部門の一商事会社の社長になったが、払下の屑鉄のほかには商うものとてなく、人の戯れに呼ぶままに、自分も屑屋の親爺と称していた。

こんな希望のない状態のうちに、記念すべきお祭、思いも設けぬ大盤振舞、あの朝鮮動乱がふって湧いたのである。庫崎の会社はたちまち大をなし、十九万五千円の資本金で発足した中央金属貿易株式会社は、増資に増資を重ね、はじめ二、三十人であった社員は何十倍になった。むかしの山川物産から分れた二百数十社が、多くは落伍して、微禄してしまったあとに、庫崎の会社は傘下で一二を争うようになったのである。

しかしまことに慎重な庫崎は、背任行為やあらゆる不正と無縁にすごし、彼が儲けたと云っても、莫大なボーナスや、無限に値上りする持株や株相場によってだけであった。

庫崎はこんな大成功のあいだにも、全世界に翼をひろげていたかつての綜合商社の夢を忘れなかった。あれは一つの帝国であって、ちゃんとした紋章を持ち、王室の一族を持ち、宮廷礼法を持っていた。若いころカルカッタの印度支店に庫崎がしばらくいたあいだに、山川総本家の夫妻が訪れて、買物に案内をする光栄に浴したことがある。夫妻は枡一杯のルビーを買ったものだ。

あのころの財閥の当主夫妻のそばに置いたら、天皇皇后両陛下も野暮ったくお見えになったにちがいない。かれらは富と威光と気品と粋の権化だった。けちに見えることを怖れない強味から思い切ってけちにもなれ、下品に見える心配のないところから平気で下品な言葉も遣った。若い庫崎にはこういう洗煉がすばらしいものに思われたが、今日にいたるまで、彼は自らスノッブたることだけは固く戒めていた。スノビズムは内に秘められた夢になり、会社経営のもっとも抽象的な理想の核心になった。彼が崇拝する精力と運命とは、ひとえにその方向へむかって彼を鼓舞すべきだったのだ。

どう時代が移ろうとも、日本経済には不変の法則があり、いわば奇癖があった。好況のときには好い気持になって使い果し、不況になるとヒステリックに貿易振興を叫び出すのであった。庫崎の会社は一時の特需景気と運命を共にするべき会社ではない。いずれ再建される山川物産に吸収合併される時に臨んで、合併条件をよくするために、会社を最上の状態に置かねばならぬ。また会社が最上の条件にある時機を見て、合併の機運を促さねばならぬ。

集中排除の法律はとうの昔に骨抜きになり、独占禁止法はいずれ骨抜きになろうとしていた。この次に来る大不況こそ、独占資本にとっての船出の上げ潮に当ることを庫崎は知っていた。特需景気の只中で、手づかみで利潤を上げながら、こんな腰掛けにすぎぬ会社の名に何の愛着も抱かずに、彼は不況の暗い潮が充ちるのを待ち望んでいた。

不況！　不況！　動乱がやがて終熄し、砲弾で穴だらけになった朝鮮の禿山に、最後の銃声がこだまして止んだときに、それは堰を切って溢れ出すだろう。政府はなお甘い見透しに涵っていたが、「物産の人間」は、蟻が洪水を予知するように、あやまつことのない触角を動かしていた。不況の来る時に、潮時をのがさずに合併を実現し、独占資本を再現しなければならぬ。なぜなら不況時こそ、貿易振興のために再び綜合商社が必要になり、金融資本は安全第一主義から、融資を大資本へ集中させ、おのずから中小企業は逼迫し、……「われわれの時代」が来るのだったから。

すでに第一次の合併は終っていた。その結果中央金属貿易は既に三社を合併した。のこる数社の中では大潮貿易と太平洋商事を除いて、怖るべき敵はなかった。彼は軽井沢で永いこと老人結核の療養をつづけている山川財閥の旧当主をたずねた。

山川喜左衛門はすっかり衰えていた。彼の妻はこれに引きかえて元気を持てあまし、ニューヨーク近郊の金持村パーチェズに住んでいる兄をたよって、米国漫遊の旅へ出かけていた。その家でのガーデン・パーティーの記念写真が、病人の良人のもとへ送られて来ていたが、山川夫人はその容姿にむかしの権高な、あたりを払うような感じを失っていなかった。夫人の立派な鼻と鋭い目は、そこに映っている内外の客のなかで、一等貴族的に見えたのである。

山川夫妻は一粒種を失ってから、戦後の財閥の消滅に伴って身を隠し、血筋を絶やそうという望みを抱いて、養子を迎えなかった。喜左衛門自身が先代の次男であって、山川家には代々、長男が夭折するふしぎな宿命がまつわっていた。山川夫妻の嗣子も、戦争末期に、葉山の別荘の庭に掘られていた未完成の防空壕の中で死んでいた。何者かにうしろから突き落され、礎石に頭をぶつけて死んだのである。新聞には記事は出なかった。犯人は十分に探索されたが不明であった。

山川喜左衛門はあれほど足繁く外国旅行をしていながら、近代医学を頭から信ぜず、あやしげな指圧師を信じていた。これについては庫崎も忠告の無駄なことを知っていたので、何も言わなかったが、旧当主の衰えは、緩慢な経過を辿る老人結核のためだけではなさそうに思われた。

買い貯めて隠しておいた宝石類や、旧傘下の各社から内密に差上げている御手許金や、無数の名義を持った株券のおかげで、喜左衛門は昔ながらの宏壮な別荘にゆたかな暮しをしていた。チュードル様式の家から芝生の庭の勾配が、菖蒲の花で水際の埋まったせせらぎへ下りていた。彼はつい先だってこの地へ週末の保養に来ていた吉田首相が、見舞がてらやって来てロンドン時代の昔話をしたことを話した。喜左衛門はたびたび話の間に、庫崎の名を親しげに呼び捨てで呼んだ。こういう昔流儀のすべては庫崎を深く感動させた。世が世なら、彼は到底当主とこうしてさしで話すことなどは、思いもよらなかった筈なのである。

しかし庫崎はあくまでつつましく見舞客の節度を守って、仕事の話を持ちかけることを差控えた。喜左衛門も仕事の話を避けたがっているように思われた。大きな気品のある顔が黒ずんで、への字に結んだ口もとが時たま咳のために苦笑いのようにほどけて、結城の普段着の姿を寝椅子に横たえているこの人は、胸までかけたスコットランド製の派手な濃緑の格子縞の毛布のおかげで、一そう生気を失って見えた。その生命は古い朽ちかけた建物の軒にゆらめく池水の反映のような、富の遠い反映をうけて僅かに保たれている明るみにすぎなかった。

『生れながらの富豪というものは気の毒なものだ』とかえりの汽車のなかで、庫崎は健全な考えに耽った。『こいつは何としてもよくない。父祖からうけついだ富というやつは、何か遺伝性の病毒みたいなものを伝えるんだろう』

こう思う庫崎の心の中には別の安心が生れ、旧当主の存在はだんだんと小さな気の毒な姿に形を変えた。しかしこんな観察はまちがっていた。あとで庫崎は気がついて後悔せねばならない。

山川喜左衛門との会見が、彼の合併のプランに確信を与えた。一九五三年六月に、朝鮮の休戦が成立したが、政府の積極予算のおかげで、投資景気がなお保たれていた。八月には独占禁止法の第二次改正が行われ、不況カルテルや合理化カルテルが認められて、完全に骨抜きにされてしまった。合併の好機は今だったのである。

大潮貿易はなお強敵だったが、太平洋商事は業態が悪化していた。庫崎は太平洋商事を歯牙に挂けるに足りないと思っていた。そのとき山川喜左衛門が、山川銀行頭取の室町重蔵を軽井沢に呼び、太平洋商事の建直しのために長尾満の社長就任を要請するように命じたのである。

長尾満は追放解除の実業家のなかでも最も偉大な名の一人であり、旧山川財閥の根生の人物だった。長尾はよろずに建直しの好きな人だったから、進んで太平洋商事の社長になった。これを知ったとき、庫崎は大いにがっかりして、一日口をきく気もしなかった。長尾という大物が出て来た以上、今太平洋商事の業態がどうあろうと、合併の暁、長尾が山川物産の社長になるだろうことは知れている。

こんなすったもんだの末に、この一九五四年の二月に合併が成立して、わずか清算会社に名をとどめていた「山川物産」はよみがえった。長尾が社長になり、庫崎と、大潮貿易社長の南とが副社長になったのである。

しかし庫崎は名前を捨てて実質をとった。株の合併比率は中央金属貿易がもっとも有利で、大潮貿易に対して一対一・五、太平洋商事に対して一対二、業態の甚しく悪かった二十世紀貿易に対しては一対五の比率を得たのである。おかげで庫崎の持株は実質上三、四倍になった。社員は一人もあまさずにそのまま引き継がれ、そのなかには清一郎も含まれていた。庫崎はこうして塵一つとどめない副社長室で、窓ごしに丸の内の雑沓を眺めながら、じっと社長の任期交代か、それとも社長の脳溢血かを、待ち暮す身になったのだった。

庫崎藤子は、すらりとしたまことに瀟洒なシニックな娘で、いろんな男友達を持ちながら、すげなく守り通してきた操を、父のめがねに叶った花婿に与えることに、何の狐疑も抱かないような性質だった。見合をしたときから、清一郎の外見を悪くないと思ったのは結構だが、同時に、「あの人のどことなく贋物くさいところが好きだ」と思っていた。庫崎弦三の娘にふさわしく、愛されることよりも、ともすると利用されることのほうに大きなスリルを感じる。清一郎がすこしも「純粋な愛情」らしいものをちらつかせないところが藤子の気に入った。最初の誤解。彼女は清一郎を野心家とまちがえたのだ。

いかにも現代風なロマンチックな考えだが、清一郎を人並以上の打算的な男だと思うことで、藤子は独りよがりの「危険な魅惑」を感じた。こういう特質は、男友だちの金持の青年たちには、ごくわずかか、あるいは誇張した不自然な形でしか、見られなかった。また藤子は恋愛を軽蔑していた。藤子のこれらの現代的な諸特徴は、どれをとってみても、彼女が父親の意に添う結婚をするのに妨げになるようなものはなかった。

清一郎はというと、彼は自分の青年らしさを総動員していた。これはふだんも絶えざる緊張を以て彼の見事な外郭をなしているものだが、それに一そう磨きをかけて、青年らしい軽率さや無分別、決してオフィスでは見せない要素まで繰り出した。現代青年を凍らしているあの社会的な早老を、彼一人は免かれていることを示さなければならぬ。はじめて藤子に会ったとき、彼は一筋縄では行かない娘だと思ったが、彼女が自ら内にひそめていると信じている棘は、その実ありふれた処女性の棘にすぎないことも見抜いていた。

鏡子がいろんな点で、藤子に対するときの清一郎の判断の基準になった。鏡子が捨てている偏見をまだ大事に保ち、鏡子が忘れている社交的機智やソフィスティケーションをまだ大事にしている点では、藤子は宛然鏡子の雛であった。清一郎はこういう藤子を前に、わざと愛社精神に富み社交的機智に欠けた単純な明るい青年を演じたが、藤子が惹かれたのは、これほど影のないようにみえる男の目の底を時折よぎる暗い仄めきのためであった。

そういう点では、男の社会をだまし了せている彼の個性を、女の一瞥が見事に見破ったことになるが、この洞察がもうすこしのところで的を外れ、彼を野心家と誤認したのは前にも述べたところである。

野心家！　清一郎がこれほど自分にふさわしく思えず、また嘗て似せたいと思ったこともない役柄はなかったろう。

藤子は父親の見るところとちがって、彼のあるかなきかの「わざとらしさ」に惹かれていた。『この人は私を、お金と性慾の満足と、男にとって望ましい二つのものを載せてくる車のように見ている。この人の即物的な目つきが私は好きだ』と、藤子はロマンチックに考えた。そこらにうろちょろしている月並な偽悪者の青年たちにうんざりしていたので、多少時代おくれに見えるこの偽善者のほうが気に入ったのである。

藤子はいろんな意味で美しかった。丸顔の大きな目や、可愛らしい鼻や、かなり大きな形のよい口や、美しい歯並びや、こういうものは天与のものだったから、大体女は自分の思想を自分の顔立ちに似せて拵えるのだが、藤子の考え方もこんな鮮明な顔立ちによく似合っていた。

機械部長の坂田夫妻が、何かと仲人役を引受けて世話を焼き、結納の日は折よく佳日が日曜日に当ったので、坂田夫妻が清一郎の家を訪れた。そんなに小さくはないが、いかにも古ぼけた自分の家へ、部長夫妻が乗り込んで来るのは清一郎を窮屈な気持にさせた。

清一郎の母と妹がそろって部長夫妻を出迎えた。母は大した家柄でもないのに格式を重んじて、結納金だけは用意があるからと云って、父の唯一の遺産である三軒の家作から入る収入を、すこしずつ貯めて得た金をそのために出した。清一郎は庫崎のような金持に向って何も見栄を張る必要がないと云ったが、無駄であった。

坂田夫妻はまず杉本家を訪れて結納金と目録をうけとり、これに紅白の袱紗をかけて庫崎家へもってゆき、返しの金品を持って又杉本家を訪れ、今度は清一郎を連れて庫崎家へかえり、ねぎらいと祝いの宴に列なる順序である。こんな煩わしい三往復を、部長夫妻はらくらくと物馴れた調子で演じた。

清一郎はというと、彼は因襲好きのほうだった。因襲の滑稽な無意味さほど、社会生活全体の無意味さの恰好な戯画をなすものはなかった。それが、われわれがふだん一生けんめいやっていることの莫迦らしさを露呈した。会社のタイム・レコーダアを莫迦らしいと思わない人が、どうして結納の三往復を莫迦らしいなどと言うことができよう。

最後に坂田夫妻に伴われて庫崎邸の門をぐったとき、初秋の宵闇のなかに、邸は門燈も玄関の灯も、窓という窓の灯をことごとくつけ、その只ならぬ眩しさに清一郎はふしぎな感覚に襲われた。ひっそりした邸町の只中のこんな野放図な明るさはまことに異様で、何か家の中に異変が起ったかのようだった。

何が起ったのか？『俺が婚約するんだ』――この空疎な言葉は、それらの窓々にこぼれる明るい灯からはね返されるように感じられた。夜の遠くで、彼の大好きな「破滅」が呼び叫んでいた。そうきこえたのは、時ならぬ雞鳴だった。あとで清一郎は藤子から、隣家の元伯爵家の長男が緑内障の手おくれで失明して以来、養鶏にたずさわっていることを知った。

藤子は玄関へ振袖で出迎えた。いかにも恬淡に笑い、非の打ちどころのない挨拶で客を迎えながら、婚約者がどんなに周章えるだろうかとじっと観察していた。清一郎もすこしは「あがって」みせる必要があった。彼は靴を脱ぎあぐねてちょっと躓いた。藤子は彼の紺の背広の背を支えた。こういうことはすべてあんまり円滑に運ばれて、清一郎にとって今起っていることの現実感を薄める作用をしかしなかった。

長い廻り縁を歩きながら、彼は会社で耳に入った陰口の一つを思い出していた。『副社長の娘をもらうといえば体裁がいいが、実質的には入聟じゃないか。一寸自尊心のある男なら、こんな縁談はきっぱりはねつけるだろう。そのほうが却って社内で男が上るということが、どうしてあいつにはわからないんだろう』『それがわかるものかい。あんな単純な男に』……清一郎はほんの一瞬、思い出し笑いを泛べた。単純な男と人に思われるほど、彼の自尊心に媚びるものはなかった。こういう陰口と思い合わせて、彼は自分の思考が高い暗い鉄塔のてっぺんにいつも住んでいるのを感じた。そこから見ると、夥しい灯を載せた町は、あきらかに「破滅」へ向って傾斜していた。遠からずすべては滅びることがわかっているのに、副社長の娘と結婚することが一体何だろう。『俺のまるきり実感のない日常生活、俺の荒唐無稽な実生活がこれからはじまるんだ』

……彼は今許婚と並んで、乾杯の盃を上げていた。皿や切子硝子の食器のきらめきは夥しかった。藤子の振袖の金糸銀糸もまばゆく光った。一同は口々に慶びの言葉を述べた。すべてが奇怪だった。

「君は自分をだめな人間だと思ったことがあるかね」

といきなり庫崎弦三は言った。おえら方はこういう出しぬけな質問を好むものだ。庫崎夫人が、まあ、あなたこんなおめでたい席でそんなこと、とつつましく止めた。庫崎は容赦しなかった。

「どうだ。君はそう思ったことがあるか」

清一郎は自分のかたわらで、藤子が彼の答を興味を以て待っているのを感じた。藤子の花やかな帯揚のふくらんだ胸には、知的好奇心だけしか残っていないのが、清一郎にまざまざとわかった。彼女は今、父親のおかげで、未来の良人の機智を試すことができるのである。

清一郎は何の機智もまじえずに、「明るく率直」に答えた。これは就職試験の要領だった。

「いや、思ったことはありません」

「本当かね」

「本当です」

「それじゃ君は私より強い人間だ」

時折わざと自尊心を傷つけられたふりをして、相手を受動的にいじめるのも、おえら方のよくやることだ。

「強い弱いは別として、杉本君がそう思ったことがないというのは」と坂田部長が口添えをした。「いかにも杉本君らしい。私もあなたにはそういう印象を持ちますよ。おそらく今の若い人、それも優秀な人はみんなそうなんじゃないか。昔の秀才とちがう点ですね」

これで何もかもぶちこわしになってしまった。庫崎の目には、婿に対して、ちょっとした精神的告白をしたいという出来心さえ動いていたのに。

藤子は黙っていた。これはいいことだった。しかし彼女には清一郎が、故ら機智を節約したのがわからなかった。それが何だか気負ったつまらない返事に感じられた。

庫崎が急に意気揚々とした朗らかな口調になった。

「そりゃあそうだよ。どんなときでも自分をだめな人間だと思わないこと、これが人生の秘訣だ。私も、ひどい逆境に陥ったときにはそう思いかけたこともあったが、決して口外はしなかった」

「杉本君も決して口外しないでしょう」と坂田が太鼓判を押した。一同は意味もなしに笑った。

藤子はこういうめでたい結納の席で、清一郎がちらりと野心家の片鱗を示すことを期待していた。清一郎はその期待にこたえない。食後庫崎夫人が気を利かしてこんなことを言い出した。

「清一郎さんはまだ家の庭をゆっくり御覧になったことがないでしょう。夜分だけれど、藤子ちょっと御案内したら」

坂田が「それがいい」と誇大に賛成したので、庫崎夫人のそれとない気の利かせ方は、ひどく意味ありげなものになってしまい、そのために夫人は女学生のように顔を赤くした。

「いただきすぎると、すぐこうなるんだから。ずいぶん赤いでしょう」

と夫人は娘の賛同を求めた。藤子は昔風の人たちの、性に関するおっかなびっくりの、そのくせ装飾的な扱い方が好きでなかった。そこですげなくこう答えた。

「いいえ、お母様。ちょっとも赤くなんかないことよ」

――それでも結局、許婚同士は庭へ散歩に出た。空気の澄んだ、星の多い秋のさわやかな夜で、灯の斑(はだ)らにこぼれ落ちている芝生を横切って、二人は築山(つきやま)の上の東屋(あずまや)へのぼった。着いてみると全く和風の東屋の内壁にラジオが仕込んであったり、一寸した飲食物を温める電気ヒーターの設備が隠してあったりするのにはおどろかされた。藤子はすぐラジオのスイッチをひねって、大きな音で鳴りだしたディキシーランド・ジャズの音量を絞った。

眼下には庫崎邸の全景が見え、祝いの席の座敷はここからは見えなかったが、二階の廊下を皿を捧(ささ)げてゆく女中の影などは面白くつぶさに見えた。芝生のあちこちには室内の燈火の斑(ふ)が、ちぎれ雲のように乱雑に散らばっていた。

「これは父が朝鮮戦争のおかげで買った家よ。この東屋のラジオやヒーターは私がつけたの。床(ゆか)を踊れるように改造したのもわたくし」と藤子が露悪的な調子で言った。

「僕のためにも丁度具合よく、そんなふうな戦争が起ってくれりゃあいいが」

と清一郎が言った。これを彼は、近づいている世界没落、最終の破滅をほのめかすために言ったのである。しかし藤子はこんな言葉に彼の野心家の魂を見た。『この人は未来を確信しているんだわ』と心うれしく思った。これほど未来を確信している青年を、藤子は自分の周囲についぞ見たことがなかった。祝いの席での彼のぱっとしない態度も、今は恕すことができる。藤子はやさしい気持になった。

こういうときに接吻すべきことを、清一郎はよく承知していたので、近づいて接吻した。お互いに相手の接吻が生れてはじめてのものではないことをすぐ感じたが、それは勿論落胆のたねにはならなかった。藤子はこの接吻を、ゆったりした、成熟した接吻だと感じた。

許婚同士の接吻のさなかに、再び遠く、夜の赤い亀裂のように、時ならぬ鶏鳴が起り、ほかの鶏たちも目ざめたらしく、その威丈高なパセティックな叫びがしばらく相次いだ。清一郎が藤子から哀れな飼主の話をきいたのはこの時である。

収の属している劇作座は、十一月下旬に創作劇を上演することになっていて、この春から劇作家の水島守一に台本の執筆を依頼していた。台本は順調に捗って、九月中に完成し、日本独特の奇妙な慣行に従って、十月上旬に出た文芸雑誌に、上演に先立って発表された。それは五幕の悲劇で、水島は臍曲りの古典主義者だったから、仏蘭西古典劇の三一致の法則に倣い、単一な事件が単一の場所で二十四時間以内に生起するように仕組み、登場人物もわずか八人で、八人のほかには仕出しの出る余地もなかった。収は水島が、いつも登場人物の少ない台本を書くので、好きではなかった。これに反して朝間太郎は、いつも三十人から、多いときには五十人も出る芝居を書き、一座の才能によく目を行き届かせているのが自慢で、端役にまでいちいち作者のお名指しがあった。水島守一はそうではなかった。彼の書く人物はすべて脳裡の産物であって、実在の役者などを斟酌したことがなかったのである。

劇作座の若い連中は、いちはやく雑誌を買って台本を読み、いろいろと配役の下馬評をした。戯曲の題を「秋」と云った。あんまり人の心を惹く題名ではなかったから、劇団の経営部は文句をつけたが、水島は改題を肯んじなかった。四十二歳で、ポルト・リッシュをドイツ風に重くしたような作風の、この恋愛心理劇のヴェテランは、一刻も自分が天才であるということを忘れない人物。陽気なところはみじんもなく、しかも大へんなお洒落で、ネクタイを何百本も持っていた。

彼の書く台詞は長い。だから八人のうちの一人の役をもらえば、それだけで、ほかの芝居なら主役の台詞に相当するほどの分量がある。世間はこれを水島流の台詞と呼んで嗤った。未熟な役者がむきになってその長台詞をまくし立てると、息継ぎがうまく行かなくなって、息が切迫して、とうとうどこかの新人劇団に、稽古中に脳貧血を起すさわぎがあった。

「秋」はとある海べりの断崖の上に孤絶の姿で建っている古い洋館に住む、家族の葛藤を書いた戯曲である。それはまことに複雑な家族で、家長は今の三度目の妻との間に子供がなく、二人の子供はそれぞれ最初の妻と二度目の妻の子供である。この腹ちがいの兄妹はふしぎに仲が好い。一家にはまた、同居させている家族があり、その美しい娘も、家長の胤であるという疑いがある。兄とこの美しい娘との不安をはらんだ恋。妹の嫉妬と策謀。最後に、秋の嵐のさなかに、この兄と美しい娘との恋人同士は心中する。

兄の役は実にいい役で、二十二三の美貌のすらりとした青年である。劇の中心は、実は最後までこの悲劇の渦中に入らず、実は悲劇を背後から操っている家長の妻であるが、疑いもなく、戸田織子の役であろう。家長の役も、同居人の夫婦の役も、当然ヴェテランの勤めるべき役である。

のこる三人の若い役のうち、兄の役が誰に振られるかは、みんなの意見がまちまちで予想がつかない。劇作座に七年もいる二枚目役の須堂が本命ではあるが、須堂が二公演もつづけて同じような若い恋人役をやっているので、今度は須堂ではあるまいと誰しも考える。新宿界隈の安酒場で、劇作座の若い人たちは飽きもせずにその議論をむしかえした。一人が収がいいと言い出し、もう一人が、収は正にこの役をやるために生れてきたような男だと言い、みんなが賛成したので、その晩収は眠れなかった。

収は本郷真砂町の下宿の二階で、枕もとのスタンドを夜もすがら灯して、戯曲の載った雑誌をひろげ、兄の役の台詞を口吟んだ。

「究一　つまらない世界だね。僕が足をのばす。するとその足が壁に触れる。手をのばす。その手が窓に触れる。星空は窓にへばりつき、濃い夜は壁土になってしまった。何もかもが濃度を増し、僕という存在のこんな透明な稀薄な姿のまわりに、容赦なく押し寄せて僕を押しつぶそうとし、……ああ、頼子、この世には遠からず、人と人との息の触れ合う場所もなくなってしまうだろう。」

収は水島の要求するだろう早口でこの台詞を語る口もとを、枕もとの手鏡をとりあげて映してみた。美しい唇は敏速に動き、舌はさわやかに言葉をころがした。彼は劇の平静な効果が、表情の激越さをゆるすことなく、ただ言葉が感情の深いところで煮立ってゆくように、語られなければならぬと思った。

下宿の窓からは、表通りのタクシーのゆききが時折きこえる。迂回する下り坂をあまつさえ電車のレエルが通っているので、その地点で車は揺れ、古い車は大工道具を入れた箱をゆすぶるような音を立てる。それが時には窓硝子をかすかに震わすほどである。月が明るいらしい。歌いながらゆく酔漢の下駄の音が、古い人通りのない町並の月の明るさを知らせる。貨物電車が水道橋駅を通るときの遠い轟きと警笛がきこえる。すべてが澄み渡っていて、収は自分が不確定のものに対してこんなに怖ろしい情熱を燃やしているあいだに、水のように時間が流れてゆくのをひしひしと感じた。本当に、絶対に一人きりだった。よし実現しても舞台上の虚妄にしかすぎない夢は、こうしてたった一人でいるときには、肌に焼鏝をあてるような灼熱した現実になった。舞台の上をたえず流れつづける水のような時間は、ここでも同じ姿で流れていた。そして、古ぼけた瓦屋根の上の空には、ここでは見えない月があり、月は確かに在った。月がいて、一人の眠れない青年がいる。何一つ欠けるものはない。『僕は俳優だ』と収は思った。

あくる日、収が稽古場へゆくと、「秋」の配役表が壁に貼り出されていた。彼の名はない。代りに彼と同じ年に劇団に入った、彼よりもはるかに美しくない新人が起用されている。

自尊心の痛みのために、まるで歓びの時にしか自然でないような動悸が打った。名状しがたい怒りが湧く。自分とその男とを秤にかけて、どうしてその男のほうへ秤が傾いたかと考えると、数限りない揣摩臆測が生じて来る。この地上では決してゆるされないような不正が、背理が、芝居の配役には働らいているという感じを与えられる。それでも戦争の勝敗のように、もう決ったことは決ったことなのである。

あの兄の役を演ずるには、美貌で、若くて、声が好くて、台本に対する知的感覚的理解が犀利で、身のこなしが軽やかで優雅でなくてはならない。もちろん収にその全部が備わっているというのではない。しかし役を振られた当の新人に、これだけの条件の一つとして備わっていないことは、「客観的に見て」明白である。芝居の世界のすべてが、「客観的真理」に対する侮蔑だということを、今日ほど強く、収が思い知らされたためしはなかった。が、悲しいかな、彼が客観性の代表である限りにおいては、彼は舞台上の人物ではありえないのだった。

今すぐ起って抗議すべきであろう。誰の目にもあきらかな誤りを訂正し、物事を正しい軌道に引き戻さなければならない。……しかし決ったことは決ったことであり、彼は結局屈辱を甘受するだろう。光栄も、名誉も、讃美も、屈辱も、侮蔑も、……何もかも甘受して、授乳される赤ん坊のように無抵抗に呑み込んでしまわなければならぬ。それが俳優というものだ。

――収の足は配役表を貼った壁の前に、床にのめり込むような暗い力で、じっと据えられて動かなかった。昨夜から自分のまわりにひろがった光輝が、急に扇を畳むように、畳まれて影ばかりになった気がした。

配役表の上に女の髪の影がさした。収がちらと目をやると、富山千鶴子である。収のずっと以前の女で、今はもう何でもない。千鶴子の名も配役表には見られない。妹の役は彼女だろうという噂も立ったが、それはただの噂にとどまった。

黒い徳利のスウェーターを着て、目もあざやかな檸檬色のスラックスを穿いた千鶴子は、鼻も口も淡彩で刷いたような貧血質の顔いろをしている。険のある目つきでちょっと収を見上げた。収と目が会った。女の目に媚びとも嘲笑とも見える色が動いた。お互いに、相手を早く憐れんだほうが勝だという一瞬の競争が、妙な固苦しい目のつばぜり合いを演じさせた。しかしどちらの目にも、ついに憐憫はうかんで来なかった。

「お茶でも飲みに行かない？」

と千鶴子が誘った。収はもう、不満の結ぶ同志愛なんぞはまっぴらだった。

「僕はちょっとこれから用が……」

「役はなくても用はあるのね」

女は今度ははっきりと言った。

収は今ジムナジアムへ急いでいる。都電に乗り、都電に乗りかえる。まことにさわやかな午さがりで、久々の秋晴れだ。今朝は大そう寒くて霜も下りたが、下宿の物干から富士がよく見えたと主婦が言っていた。

大きな怒りが自分をとらえていて、しかもそれが全く遣場のない、全く個人的な怒りだという意識が、収をおしつぶした。自分が選ばれなかったという、明白なしかし不合理な怒り。電車の乗客たちは、それぞれ心配事を抱え、怒りや不満に苛なまれていても、彼よりずっと筋道の立った怒り、誰にも打明けられる怒りを担っているように思われた。

収は自分の怒りが終局的に筋道の立たないこと、終局的に論理を欠いていることを知っていた。一等いけないのは、それを知っていることだった。

高い秋空の広大な光りから自分が選ばれなかった、ということはどういうことだろう。都電の窓から一瞥した雑貨屋の前に、新発売のチューブ入り歯磨の立看板が凭せてあった。その金属のチューブ、それに反射する秋の光、そこからひねり出される純白のクリーム、その薄荷の香り、朝、うがいの水のきらめき、生活、物干から見える富士……そういうもののすべてを収にとって疎遠なものにし、生活全部に対して敵意を抱かせ、彼をすべてから除け者にするために、ただそのために、彼を選ばなかった悪意ある存在は一体何だろう。

収は叫び出さないために手の爪を嚙んだ。焦慮をあらわす常套的表現。すぐ口から離した爪先は、少し濡れていて、嚙まれて白くなったところへ一瞬にして、又紅味がさした。こんな紅い抒情的な色は不死だった。それはちっとも血に似ていなかった。

坐ろうと思えば坐れる座席を避けて、窓に凭れている収は、人に顔を見られる心配がなかった。外の明るさに僅かしか人の顔を映さない汚れた窓硝子に、怒りや怨みの表情をつぎつぎと映して演じて、その稀薄な顔を、秋の果実にあふれた果物屋や銀行や菓子屋の屋根の上に辷らせてゆく快楽も、すこしも彼を救わなかった。舞台の人工の感情だけが有効で、それだけが人を救う筈だった。都電が停留所に止るときに、ひどいしゃっ、くりのような揺れ方をして止った。隣りの中年男が彼にぶつかって来て、詫びも言わずに、姿勢を取り直してむこうを向いた。収はそれには何の怒りも感ぜず、ぼんやりと男のうしろ姿を眺めた。その汚れた背広の背は存在していた。……しかし収は存在していなかった。

午さがりのジムはまだ空いていた。更衣場で、いつも一緒になる学生が挨拶した。二人の青年はロッカーのあいだの窄い埃っぽい床の上で、体をつき合わせて裸になった。

「舟木さんの進境はめざましいな。僕もそのくらいな腕に早くなりたいんだ」

と学生が言った。二人は力瘤を競い合った。

「やっと三十五センチになった」

と収が言った。

「僕は三十二センチだ。あと三センチがむつかしいんだってさ。この間の試験で、また少し痩せちゃった」

「そうでもないよ。一寸練習を休むとそんな気がするもんだ」

収は自分の言葉が、これほど確信を帯びてひびくのにおどろいた。ここのジムでは、誰一人として彼の失意を知っている奴はいなかった。

海水着一つになって、収は練習場へ出て行って、大きな壁鏡の前に立った。すると喜びが湧いてきた。そこには彼であって彼ではないもの、存在に密着していて同時に自分の目が確かめない限り存在しようもないもの、即ち見事な輝やかしい筋肉が映っていた。

この半年のあいだ、ありあまる暇をジム通いに費やして、学校や勤めの余暇に通う人たちよりも、格段の進境を示した彼は、今ではジムの花形の一人になった。それに収の肉体には、こんな苛烈な抵抗運動が、有効な結果を生むような天分があったのだ。生れつき骨太であったので、筋肉は骨を覆うてのびやかに育ち、すでにディフィニッションと呼ばれる、各部の筋肉の彫刻的な明確な輪郭が浮き出ていた。収は鏡の前で、胸を張ってそこに力を入れた。それはまことの楯のようになった。

ここの会員の一人の学生が、いつか言った言葉が思い出される。男の裸体と女の裸体とどちらが美しいか、という議論の果てに、いかにも実感をこめて、学生が呟いた一言である。

「皆は知らないが、俺にとっては、女の裸体は猥褻なだけさ。美しいのは男の肉体に決っているさ」

――収の体は量感ではジムの先輩たちにはるかに劣っていたが、均整と肌の美しさでは比肩するものがなかった。その肌は白皙というのではなく、官能的なオレンジいろがかった滑らかな若々しい肌で、汚点の一点、黒子、擦り傷のあとだになく、筋肉を薄く緊密に包んで張りつめ、ほとんど毛のない性質だったから、そのまま黄いろい蛋白石を彫(え)ったかのようであった。漆黒のゆたかな髪が、こうした裸の肌とあざやかな対照を示し、その髪油の光沢は、運動につれて汗ばんでくる肌の光沢と共に、漆黒と金いろの光り輝やく姿を形づくった。

鏡の中には、今正に収が存在していた！　さっきまでの失意の、見捨てられた青年はどこにもいなかった。ここには美しい強い筋肉だけがあって、その存在の保証は明白だった。なぜならそれはたしかに彼自身の作ったものであり、しかも「彼自身」だったからである。

――収はようやく日のささないコンクリートの部屋の十月の肌寒さに気がついた。鏡を避けて、窓ぎわへ寄って、準備体操をはじめる。窓のそとには高いコンクリートの塀(へい)がすぐ鼻先に見える。うしろからじっと彼を見ている新入者のいることを、鏡の中ですでに発見していたが、新入者はいつのまにか武井に伴われて、窓ちかくに立っていた。

体操のあいまに収は武井と目を会わせて会釈(えしゃく)した。武井がこう言った。

「一寸この人に体を見せてやりたまえ」

ここでは名前を紹介するより先に、体を紹介するのがならわしである。

収は瘦せた新入りの少年の前に立って、胸を張り、両手の甲を脇腹(わきばら)の前へ突っ張ってみせた。すると見事な大胸筋に加えて、両腋下(わきした)に翼のような闊背筋(かっぱいきん)がせり出した。

武井は遠慮なく彼の腋下へ手をさし入れてそれをつまんでみせた。

「見たまえ、この人は私の後輩だが、わずか半年でこれだけの体になったんだ。ここへはじめて来たときは、いや、ひどい体だったよ。それが今じゃこれだからね。その代り舟木君は実に努力家だ。その熱意と闘志たるや、ジム一番ですよ。並大抵の努力じゃ、半年でこれだけになるのは無理だが、まあ、努力次第だよ」

少年は直視しては悪いような、しかも抵抗しがたい誘惑にかられでもするような目つきで、収の体をしげしげと眺め渡した。少年の目には力と鞏固な存在への敬意があふれていた。それは半ばは、子供たちが野球選手を見つめるときの眼差であり、半ばは、子供が悪を犯すときの眼差だった。俺はジムの看板娘みたいに見られている、と収は思った。そして敏感な筋肉の房を押しちぢめながら、つと上げた右腕に、つややかな檸檬を載せたかと見紛う固い二頭膊筋の隆起を示した。

許婚とはふしぎな感情である。清一郎はいろんなやくざな色恋で、所有の予感に慄えたこともあったけれど、それはなお不確定な未来への不安をひそめたもので、こんなに確実な所有の予約をたのしむ気持ではなかった。それはもう確かに彼の手に帰していて、あとは寝室へゆくまでの時間しか残っていない。しかも時間にはなお綽々たる余裕があり、手の中でたわめたり、その重みをたのしんだり、時には忘れていたりすることさえできる時間なのである。彼はこんな類いの時間をかつて持ったことがなかったような気がした。

しかしこういうことはすべて清一郎の性分に合っていた。彼は不安がきらいだったのである。戦争直後のあの「不安」の時代は、彼の少年期にいやな醜い印象をのこしていた。不安は希望の兄弟で、どちらも思い切り醜い顔をしている、と少年の彼は思った。不安なんぞ決して持つまいと決心した少年は、処刑の朝の死刑囚の心情にあこがれた。絞首台へ上る階段のむこうに確実な死があり、その窓は朝焼けでいっぱいで。

清一郎は藤子とたびたび会う毎に、その明るい豊かな顔のむこうに、確実な未来を何の不安もなしに眺めることが、少しもいやではなかった。未来に確実な破滅があり、その前に結婚があるということは、法に叶っていた。不安や誘惑よりも、それは現実の壁をおぼろげに見せ、許婚の前にいてすら彼をときどき幻想へ運んだ。すべては終末の前のひとときの休止だった。こういう仮構の、決定された時間のなかを歩むたのしみは、清一郎がもし芸術家だったら、とうの昔に知っていたたのしみにちがいない。

山川物産は忙しかったので、許婚同士は週に一度だけ、土曜日ごとにあいびきをした。土曜の夕ぐれの銀座の雑沓は目ざましかった。みんなが他人のことを話して歩いていた。アンリ・マチスの死んだ話。鳩山一郎が新党を結成する話。他人はみんな、死んだり、贈賄したり、姦通したり、人殺しをしたり、汁粉を十杯飲んだり、新党を結成したりしていた。『そうして俺は、許婚と連れ立って歩いている』……彼ははっきり他人の世界に住んでいることの、自分がチェスの駒に化身したような、不可測のたのしみを味わった。学生のころ彼は土曜日の街がきらいだった。こんな「幸福な」群衆のなかを歩いていると、自分を、まぎれ込んだ刺客のように感じたものだ。

刺客とその世界顛覆の幻想。そのふくれ上った使命感。そのヒロイズム。……そういうものは夭折すべきだし、刺客は夭折する筈だ。夭折する理想はみんな醜かった。今では彼はあらゆる種類の革命を蔑んでいた。もし世界の破滅に手を貸すことが必要だとしたら、破滅の確実さはあいまいになり、それは最悪のもの、すなわち不安を醸成するからだ。

藤子は恋愛を心理的なものと見做していた。心理的なものは黴のようにどこにでも生えるならいで、許婚同士のあいだに生えたってふしぎはなかった。彼女はときどき許婚の顔をのぞき、この野心家の青年の心が黴でいっぱいのところを想像した。つまり清一郎の目に不安を読みたかったのだ。

町を歩く二人は、よく生地屋の前や、家具屋の前に立止った。生地屋ではどんなカーテンがいいかと話し合う。家具屋では出来合いの椅子テーブルの粗雑なデザインを非難する。新夫婦のために、藤子の父が家を建ててくれるのである。

黄いろは人を幸福な気持にさせるそうだ、と藤子が言った。黄いろいカーテンや黄いろい壁紙で、彼女は自分の繭(まゆ)をつくるつもりらしかった。

君はカーテンや壁紙で幸福をつくるつもりか、と清一郎がからかった。もともと幸福な人間だったら、寝棺の中でだって幸福だろう。幸福になるに決っているのだから、壁に鯨幕(くじらまく)を張りめぐらしたっていいんだ、と彼は言い、こんな乱暴な愛の言葉は、藤子を喜ばせた。

飛切りモダンな家が遠からず建つ筈だった。鯨幕はこの家に似合うかもしれなかった。警抜なデザインの衝動が藤子を押していた。彼女は円形のダブルベッドを誰も発明していないのにおどろいた。

お茶を飲みながら、食前酒(アペリチフ)を呑みながら、世の許婚の例に洩(も)れず、二人は未来のことばかり話していた。清一郎は鏡子とも、こうしてたびたび未来のことを語り合ったのを思い出した。もちろん内容はまるでちがっているけれども。

清一郎が月並な質問をした。

「君がおやじに決められたお婿(むこ)さんに、どんな感情を持てるのか、僕には想像もつかないんだよ」

「人の買ってくれた宝籤(たからくじ)だって当ることがあるわ。好きになるには無責任なほどよくってよ」

と藤子は適切な返事をしたが、この返事が彼女自身の気持の具合をどう説明しているのでもなかった。そこで、

「厳密なことってみんなきらいだわ」

とつけ足した。清一郎は恋愛論をするのは草臥れると思ったので、黙っていた。

いずれにしても、藤子がこんな許婚という偽善的な形式に、肉体的なスリルを感じていることは明白だった。何事につけて、折にふれて、清一郎はそれを感じた。藤子はそこらのロマンチックな小娘を軽蔑して、ずっと以前から、こんな信条を抱いていたと公言したりした。その信条とは「神聖なものほど猥褻だ。だから恋愛より結婚のほうがずっと猥褻だ」というのである。

二人の経済状態がちがいすぎるので、金の支払には微妙な配慮が要った。それについては藤子の父が、すでに便法を作ってくれていた。二人で食事をするときには、庫崎家のツケの利く料亭で、伝票に清一郎が「杉本」とサインをすれば、それで通るように取り計らってくれたのである。清一郎の矜持は傷つけられずにすむ。

許婚同士は歩き疲れると、そういう料亭の一つで食事をした。大てい女将はよく呑み込んでいて、年増の女中を給仕に出した。藤子はというと、父親にタカることを社会的善行のように思っていた。

時としてそういう食卓の皿小鉢のむこうに、突然、鏡子の家の幻がうかんで来る。

思い出となるほど遠くはないのに、それはここからは遥か遠く小さく見える。仏蘭西窓の灯がある。小さい人影が五六人立ったり坐ったりしている。夜の服を着て長椅子に掛けている鏡子が見える。そのまわりの話声や笑い声がきこえる。一人一人の顔が見える。峻吉がいる。収がいる。夏雄がいる。誰かが笑いながら言う。

「あいつは結婚したんだ」

「ばかげた考えにとりつかれるのは、女ばかりじゃないのね、幸いにして」

そこでは結婚の話題は必ず笑話だった。結婚もなければ階級もなく、偏見もなければ秩序もなかった。そこにいる皆が、しらずしらずのうちに社会の孤島に立てこもっていたが、誰もが又、しらずしらずのうちに、決して崩壊することのない思想を探して、その思想を身を以て生きようとしていたのかもしれない。清一郎もその思想が何であるか、まだ正確には知らないのである。

——藤子が急にこう言った。

「結婚する前に考えておくことがいっぱいあるのね」

藤子は決して「何を考えているの？」などとは訊かない女だった。清一郎もぞんざいにこう答えた。

「そうなんだ。頭を整理しておかなくっちゃね」

藤子は自分たちが今、倦怠期の夫婦の会話を交わしていると考えて、得意になった。

結婚式は十二月七日の火曜に決った。鏡子の家の友は一人も招ばれなかった。これは清一郎が旧友を疎んじたためではなく、彼が鏡子の家の種族を、あくまで無傷のまま別世界にとっておきたかったために他ならない。清一郎の側の客としては、今はろくすっぽ会わぬ、懐かしくもない昔の学校友達や教師が招かれただけであった。これはむしろ、自分の結婚が、自分自身とは何ら関係のないことだと考えている彼の意思表示だった。しかし母親はさかんに愚痴をこぼし、庫崎家のデモンストレーションのようなその披露宴が誰の目にも清一郎を入聟のように印象づけること、今は衰えた杉本家の一族にも、むかしは藤子の祖父を顎で使った人物もいたこと、などをたえず口にした。清一郎は自分がこんな「借り物の結婚式」を満足すべき形式だと考えていることを、母親に納得させる労をも別段とらなかった。式当日のモーニング・コートさえ、庫崎家出入りの洋服屋が庫崎家の勘定で仕立てたものだった！　彼は何もかもすらすらとうけ入れ、岳父になるべき人はまた、その「ものにこだわらぬ、明朗な」態度を欣んだ。

式場は明治記念館、披露宴は帝国ホテルの孔雀の間に決められた。藤子の意見で宴はカクテル・ビュフェの形式になり、招待状が五百人に出された。このうちで庫崎家の客が四百五六十人を占めていたが、これだけの人数に絞るのでも容易ではなかった。仲人には庫崎の先輩で元総理大臣で、今度の新党準備会の代表委員の一人である大垣弥七夫妻が立った。

きのうの朝までは雨がのこって気づかわれたが、七日はきびしく晴れ渡った日で、女たちは晴着の濡れをいとう心配から解放された。清一郎の母親はしっかりした冷静な面持だった。胸を常よりもしゃんと張ったその様子は、いつもよりも彼女を寡婦らしく見せた。

杉本一家を載せたハイヤーが明治記念館の入口を入るとき、清一郎ははじめて来たこの場所が、鏡子の家の露台から何度となく眺めやったあの森に包まれているのを思った。夕べごとに胡麻のように鴉の群を撒き散らしていたあの森、夜おそく訪ねるときには月下に黒く静まっていたあの森を、彼はかつて感動もなく眺めたが、森の中では年がら年じゅう、結婚式の群衆が煮立っていたのだった。低い谷間の町と信濃町駅とを隔てて、この対照はいかにも当を得ていた。彼一人があの家の露台から、この森の裏側へ跳躍したのである。

……このとき鏡子も、日あたりのいい仏蘭西窓の近くで、たった一人の朝昼兼帯の食事をしていた。真砂子は学校へ行っており、女中は遠くで音をひそめており、電話も鳴らなかった。窓ぎわの絨毯は日に褪せていた。

電話といえば、一週間ほど前、久しく顔を見せない清一郎が、結婚式に彼女を招かない言訳の電話をかけてよこした。客は俺の知らないお偉い方ばかりでね、と彼は言った。鏡子は式場と披露宴の場所と時間をきいた。明治記念館だと言われた鏡子は、「すぐ近くね」と言おうとしたが、清一郎のほうは頭が他処へ行っていて、そんなことに気づいそうもなかったので、言うのをやめた。

鏡子を招かない清一郎の気持が、鏡子にはよくわかっている。彼女が俗物社会の交際を遠ざけてから随分になる。むこうがこちらを拒んでいるのではなくて、こちらがむこうを拒んでいるのである。

鏡子はママレードを塗ったトーストをかじりながら、午後一時ちかい彼方の森のほうをちらりと見る。ここには湯気を立てている珈琲があり、孤独があり、あっちにはモオニング・コートと高島田の鬘と笙篳篥があるのだ。それはここからは見えない。見えないけれども、森は俄かに滑稽で猥雑な形に姿を変えた。

清一郎のこれからやることは決っている。鏡子のこれからやることは一つも決っていない。もしかしたら美容院へ行くだろう。それも寒いから止すかもしれない。この間誂えた洋服の仮縫に行かねばならぬ。いやが上にもウェイストを引き締める必要。そこへ行くのも止すかもしれない。止せば止すで、いずれ誰かから電話がかかるだろう。誰かが映画か音楽会へ誘いに来るかもしれない。誰かが突然駈け込んできて、鏡子の膝に縋りついて、恋人に捨てられた嘆きを愬えて泣き叫ぶかもしれない。毎週一人ずつ他人の妻を落そうと狙っているあの新顔の青年が顔を出すかもしれない。あの人の唯一の夢は、嫉妬深い良人に射殺されて、色男の誉れを残すことなのだ。鏡子が五人も新らしい客を紹介したあの産婦人科医が、また戯れの電話をかけてよこすかもしれない。「誰か新らしいお客はいませんかね。いつでも処分して差上げますよ。どこからも苦情を持ち込まれたことがないでしょう。私以上の安全確実な医者はありませんから」

……ああ、森のむこうには各人一つきりの人生しかない。しかしこちら側、鏡子のかたわらには、人生は数しれぬほどあって、しかもそのどれもが洗濯が利くのである。

鏡子は一人でいるときには、テレヴィジョンもラジオもレコードも聴こうとしない。この沈黙、この午下りの怠惰のなかで、ぬくぬくと身を温める硝子ごしの太陽のなかで、冬の蠅のようにじっとして、性的な幻想にとじこもっている。

鏡子もかつて花嫁の初夜を知っていた。この記憶はひたすら滑稽だった。想像上では他人の結婚の細目をおもしろく想像するようすがにはなった。しかし他人の結婚のほうが重要だ。

冬の日もこうしているとかなり強い。それに部屋の一隅には瓦斯ストーヴが燃えている。藤いろの希臘風の仕立のネグリジェの上に、濃紫のキルトした繻子のガウンを着ただけの姿であるのに、胸もとはほのかに汗ばんでいて、鏡子は香水と汗との入りまじったあるかなきかの匂いの立ち昇るなかで、寝起きの気倦さを徐々に珈琲が解きほぐしてゆくのを感じる。

展望の彼方を区切る常緑樹の森を又ちらりと見る。丈の高い落葉樹は森の上辺に繊細な枯枝の網目をひろげている。『あそこで行われようとしていること、そしてこの私の胸の汗』……鏡子はこの汗と香水の蒸発が、式場で祝詞をきいている清一郎の鼻腔にかすかな匂いを伝えても、不自然ではないと思った。そしてこんな想像から、ひそかな瀆神のたのしみを味わった。

――部屋の一隅の椅子に、登校前に真砂子の置き忘れて行った人形を見出して、めずらしいことだが鏡子は手ずから、それを真砂子の部屋へ返しに行ってやる気になった。子供の部屋をずいぶん永いこと訪ねていなかった。

何もかも子供らしい装飾で飾られたその小部屋のなかに、桃いろ地に玩具の熊の刺繍をしたベッド・カバァが大きく浮んで見える。そろそろもっと女の子らしい模様のに代えてやらなくてはと鏡子は思った。

人形を飾棚に置こうとして、鏡子はふと、かたわらの玩具の家に目をとめた。独乙製の玩具で、精巧な家の模型で、なかに電気がついて窓々に灯をともし、いかにも小さな夜の団欒がうかがわれるような具合に出来ている。その玄関の扉がほんの少しあいている。鏡子が何気なしに、人差指の赤い爪先で扉をあけると、中に紙屑がいっぱい詰っている。

『こんなものを屑入れに使っている。紙屑籠はどうしたのだろう』と考えて、引き出した小さな紙片の一枚の、丹念に丸めてあるのをほぐしてみると、幼ない鉛筆の字で、一面に「パパ　パパ　パパ」と書いてある。

鏡子はふいに何ものへとも知れぬ激怒にかられた。この玩具の家の奥の奥まで、お呪いのように、パパ　パパとこまかく書き潰された紙片が詰め込まれているにちがいない。思わず紙をみんな引張り出して焼き捨てようとした鏡子は、又思い直して、紙屑をもとのとおり家のなかへ詰め込んで、扉を閉じた。

「おや、お前、友永さんの奥さんをお招びしなかったんだね」

母親と妹に附添われて、彼が記念館の暗いよく軋む廊下を控室へむかうあいだ、急に思い出した母親がそう言った。こんな質問は、清一郎にとって予期しないことではなかった。

「鏡子さんですか？　だってもう久しく附合っていないんだから」

鏡子との現在の附合は母親にも隠していたのである。

「だって昔、あれだけお世話になったんだし、それに友永さんのお名前は、亡くなったあとだって、相当なものなんだし」

「鏡子さんは養子のお婿さんを離婚して、追い出してしまった人ですよ」

母親は俄かに落胆の色を見せた。

「そうだったね。私は忘れていた」

控室の中央にカーテンがあって、式前に両家が顔を合わさぬようにできている。そこは一寸歯医者の待合室に似ている。閉て切った窓のそとには、埃のつもった植込みのある殺風景な中庭を隔てて、廊下つづきの式場が見え、そこではすぐ前の順番の人の式が進行している気配がする。

杉本家の親戚がすでに揃ったのに、仲人夫妻も、庫崎家の人たちも、一人も顔を見せないのに母親はいらいらした。そして両家のあいだの堺のカーテンをすっかりあけてしまった。庫崎家が到着したとき、待ちくたびれている杉本一族を一目で見渡せるように。

やがて庫崎家の人たちはしずしずと現われた。白ずくめのドレスにヴェールをかけた藤子は大そう美しかったが、清一郎を見ると、不敵の微笑を浮べた。

花嫁を押しのけるようにして先に立って来る庫崎弦三の様子はいつもとちがっていた。挨拶もせずに、彼は手に持った灰色の手袋をひらめかせて、清一郎を廊下に呼んだ。

「何ですか」

廊下へ出た清一郎は、弦三の苛立った態度が、義父というよりも副社長を丸出しにしているのに怖れをなした。

「弱ったことができた。たった今、吉田内閣が総辞職したんだ」

「はあ」

「君もわからん人だな。今日の大垣さんは、こんなところで悠々としていられる体じゃないよ」

「それは困りましたね」

「全く弱った。しかし披露宴へかけつけて、祝辞だけはやってくれるそうだが、その時間がうまくとれればいいと私は心配している。万一遅れそうだったら、披露宴の進行のほうを大垣さんの時間に合わせるんだね」

「大垣夫人はどうなんですか」

「奥さんはもうじき見える筈だ。とにかく今日は奥さんに二人前働らいてもらわなくては。……君、この件で、お母さんはじめ皆さんの諒解を得てほしいんだよ」

清一郎は何事かと顔色を変えている杉本一族の前へ帰った。事情を話すと、みんなは何だそんな事かという顔をしたが、母親は窓のほうを向いて、清一郎の耳にも届くか届かぬかの低声で、「あんまり大物を狙いすぎるからだわ」と呟いた。庫崎がこんな問題の諒解を得るのに婿を使ったやり方が気に入らなかったのである。

一同の胸に事情の変更が呑み込めたと見てとった弦三は、鷹揚な態度を取り戻して、にこやかに杉本一族へ近づいて、堂々たる語調でこう言った。

「何はともあれ、不便は不便だが、おめでたいことにはちがいありません。お仲人の政敵が倒れた日というのは、実に縁起がいいじゃありませんか」

式場で、神官がながながと祝詞をあげているあいだ、清一郎は今夜の披露宴の客の話題が、七年間にわたった吉田首相の治世の終焉と後継内閣の下馬評とで、持ち切りになるだろうと想像した。すべての客が政治的失脚を話題にしている結婚披露宴とは、思うだにすばらしかった。ほんとうに祝盃にふさわしいのは政治的憎悪だけだ。……そしてこんなざわめきの中に、来る筈のないと思われていた仲人、今正に政治的渦中にある人物が、晃々たる光りを浴びてあらわれ、その「多忙を割いた」巨頭の肉声が、みんなの耳にひびく瞬間は、どんなにか新鮮な愕きであろう。

――このとき暗く甘くのびやかな六絃琴の弾奏が起って、三々九度のはじまりを告げた。清一郎は金いろの銚子を捧げて辷り寄って来る緋の袴の巫女を見た。昼の闇のなかで、その白粉はなまなましく、唇は色濃く見えた。はじめて見る結婚式場の巫女の、こんな厚化粧に彼はおどろいた。それは娼婦の化粧だった。

『新宿二丁目の、あの入って右側の二軒目の店に、その店の名も女の名も忘れたが、これによく似た女がいたっけ』と清一郎は考えた。その瞬間、彼は娼家から世間並の家庭にいたるまで、すべての世界を遠くのほうでつないでいる暗いおぼろげな環を、ちらと垣間見る(かいまみる)ように感じた。

母親ははしゃいでいた。店さきで大声で話すその顔を、紫いろのネオンが隈取(くまど)ってい
た。

「安心おし。やっとお金が借りられたよ」

「そりゃよかった」

収は多くを訊かなかった。この母親がいかなる意味でも堅実ではありえないという、
妙な娯(たの)しい確信を抱いていたからである。

「今日も運動のかえりなの？　ふしぎなこともあればあるもんだね。あんな怠け者だっ
たお前が……」

実際「ふしぎなこと」で、彼は今ではあの肉体上の苦行を愛していて、それはもはや
生活に欠くべからざるものになっていた。日ましに彼の時間は、劇作座やその楽屋や酒
場ですごすよりも、ずっと多くをジムに割くようになっていた。四六時中筋肉が彼の関
心事をなしていて、二日もつづけてジムを休むと、すっかり肉が落ちたような気がする
のである。

とりわけ烈(はげ)しい運動の翌日、そこの筋肉が内にこもった痛みを愬(うった)えるようなときには、

私かな喜びが一そう深まった。何故ならこんな痛みが、見ることを介さずして、たえずそこの筋肉の存在を彼に知らせたからだ。

労苦と汗は、夏冬を問わず、収の必要不可欠なものになった。今にして彼は、はじめてジムを訪れた日奇異に感じた、あの若者たちの唇を本意なく洩れる深い苦しげな吐息の意味を知った。それは快楽だったのだ。彼は今では自分を押しつけ、圧服し、時には痙攣させ、思わず苦痛の叫びをあげさせる、冷たい錆びた真黒な鉄塊の重みなしには、生きる甲斐がないような気がしていた。

「わずか半年のあいだに、前の背広はすっかり着られなくなってしまったんだね。いいよ、そのうちにどこかの金持女が、いくらでもお前に背広を作ってくれるだろう」

「今、そういう女ができかかっているんだ」

「秋」を上演中の楽屋で知り合った本間夫人という贅沢な女のことを考えながら、収はそう言った。

「そりゃよかったわね。結婚したらどう？　そうしてお母さんに貢いでおくれね」

「虫のいいことを言ってら。お生憎様。人の奥さんだよ」

「おやおや」

「それより、金が借りられたんなら、早くこの店を喫茶店に改造するんだね」

「もう四五日したらとりかかれる。手金はもう打ってあるんだからね。それでも工事に一ト月はかかるし、すぐ目の前のクリスマスは見送りだね。ここらの商店街じゃ、来年は景気が持ち直す見透しで、世直しのクリスマスだなんて言ってるけど」

実際、町のそこかしこは安っぽいクリスマスの装飾でいっぱいだった。世間は鳩山新内閣が、その甘い猫撫で声で、デフレ政策を中断して、半病人の老宰相に対する世間のセンチメンタルな同情に十分応えてくれるのを待っていた。クリスマスになれば、養老院の老人みたいに、首相は孫たちにかこまれて讃美歌を歌うだろう。

収の母の店の飾窓にだけは、もう数日で店仕舞だからというよりも、母の無精のおかげでクリスマス・ツリーが欠けていた。アクセサリイの類が埃っぽく見えるのも、売子をすでに解雇してしまって、掃除の為手がないからである。それにしても、母親がここを喫茶店に改造すると言い出してから半年のあいだ、設計図は空しく納われ、金はどこからも降って来なかったのだ。

ジングル・ベルの音楽がほうぼうの拡声機から洩れてぶつかり合っている。サンタ・クロースが街角に立ってザラ紙のビラを配っている。とある飾窓には、使い古した座蒲団を解したような古綿の汚れた雪を敷き詰めた上に、原色や金銀の絵具を塗った硝子玉がころがしてある。柊模様の包紙やリボン、金銀のモール、銀紙細工に雪のつもった鐘のたぐい、……すべては無責任にきらきらしていた。

吹き抜けた風に首をすくめて、母親は息子を誘った。

「おお寒い。奥ですこし温まってゆかない？」

店の奥の三帖の小部屋に、電熱仕立の置炬燵が据えてある。母子はしばらくつくねんと炬燵にあたってから、店屋物をとって喰べた。このごろでは母親は息子の並外れた大食に馴れていた。

二人のあいだには会話らしい会話はなかった。収は寝ころがって古雑誌の連載漫画を、にこりともせずに丹念に読んだ。

それは多く子供向きの漫画で、見かけだおしの豪傑が、

「アラ、チィパッパのエッサッサー」

なんぞと言いながら、太刀を肩にかついで逃げ出していた。

これが平和というのではなかったが、退屈というのでもなかった。空っぽになった丼の底には、わずかな汁の残滓に薬味の残りが漂い、ジングル・ベルの音楽は、たえず硝子戸の隙間から入ってきた。母親も週刊雑誌を読みながら、へえ、四国の田舎で犬が人間の赤ん坊を育てているんだってねえ、へえ、などと時折言ったが、それで格別収の注意を喚起しようとしているのではない。……しばらくたつ間に、小部屋は母子の吹かす煙草の煙で、壁のカレンダーの数字が読みかねるほどになった。

自堕落というのはこんなにも悲劇的だった！　母子とも、それぞれの仕方で、身にしみてそれを感じていたから、すぐ眠たくなった。しかし収が先に眠ってしまったので、

母親の睡気はさめた。

短かいまどろみのあいだに、収は外国の大女優と行為に及んでいる夢を見て、これで三人目だと思っていた。もともと映画女優というものを軽蔑していたから、夢の中でもその軽蔑はあらわれ、こいつらも普通のありきたりな女だ、あとの二人の大スタアと少しも変りがない、と考えた。

起きると頰がしびれていたので、立上って壁鏡を見ると、頰にははっきり畳の目がついている。収は時計を見た。約束の時間までに五分しかなかった。いそいで髪を梳き、頰を揉んでみるが、うたた寝の畳の跡はいっかなとれない。

「気が利かないな。枕でもあてがってくれりゃよかったんだ」

「あんまり気持よさそうに寝ているからね。そんなことでもして起しちまったらうるさいから。店の戸締りをするのだって、ずいぶん音を立てないように気を遣ったのに、そんなことを言われちゃ合わないわね」

事実戸締りをすませた店のほうは既に暗かった。今晩はこのまま泊ってゆくと思われた収が、立上っておめかしをはじめたところを見ると、又今夜もその「出来かかった女」との約束があるにちがいない。観念的に色事の話をし合うのは好きなのだが、母子はふしぎな頑なな羞恥心から、自分の情事の具体的な細目については何も明さなかった。

のである。

殆ど本能的に執着と強制を毛嫌いしている母親も、出てゆく収を引止めたことがない

収はいかにも新劇の研究生らしい白の徳利のスウェーターだけの姿だった。それは広くなった肩幅をよく示し、V字型になった体の形をくっきりと描いた。そこで青年はどう見ても、曲馬団の若者のように見えたのである。

「ナイトクラブへ行くんだよ」

とめずらしく収が問わず語りに言った。

「そんな恰好でかい？」

「どうせ新宿だもの。これで入れてくれないってことはないさ」

出がけに彼は、また頰の畳のあとを気にして、ぶつぶつ言った。家を出るときに決して機嫌のいい顔を見せない息子だった。

『おふくろは一体どこから金を借りたんだろう』――足早に歩きながら、こんな疑問が頭の端の端のほうを横切った。『夏から秋にかけて、あんなに金の貸し手がないってこぼしていたのに』……クリスマス近い町の午後十時、大戸を下ろした店々、喫茶店や酒場の思わせぶりな仄明り、ナイトクラブでのあいびきへの多少の遅刻、白い徳利のスウェーター、その下の充実した筋肉、……それらは収にとって満更でもなかった。ただ一

つ頰っぺたの畳の跡を除けば。『踊るときに、女はすぐこの跡に気がついてからかうだろう。跡が消えるまで踊らないでいればいいのだ』

町は愚連隊やそのまがいものに溢れていた。夜風がひどく寒いのに、まだ背広の下に派手なアロハの襟を寛ろげているのもあった。通りすがりに一人の街娼が、収の横顔に嘆賞の声を放った。女の中でも彼女たちを一等正直だと思う収は、まだ一度も商売女と寝たことがなかった。

新宿三光町界隈の小体なナイトクラブは、地元の人たちのための場所というよりも、銀座で十二時ちかくまで遊んだ人たちが、それから足を伸して来る場所である。

本間夫人はシルバー・ミンクのストールを椅子の背にかけて、黒のカクテル・スーツに真珠の首飾をして、壁際のひときわ暗いところに坐っている。そこから一間ほど離れて巨大なクリスマス・ツリーがあり、点滅する豆電球の仄明りが、辛うじて夫人に届いて、胸もとの大粒の真珠を色とりどりに染める。夫人は芝居の世界の周囲に群がる、舞台がおわったあとで役者と共に実生活に芝居を持ち込もうと試みる、あの大方裕福な女たちの一人であった。

劇作座が政治運動に無縁であったことも手つだって、殊にここ数年、楽屋に出入りする劇作座びいきの客の中には、この種の婦人がふえて来ていた。多少の文学趣味やディレッタント気取りを持ち、知的な化粧に身をやつし、要するに鼻持ちならない連中だが、本間鞠子だけは多少ちがっていた。鞠子はわが劇壇の光輝ある伝統に従って、役者に一等大切なのは容色だと思っていた。公式の席へ同伴で出る場合以外は、良人から全くの自由行動をみとめられている鞠子は、一方ではこんな自由の月並さに飽き飽きしており、粋な寛容が、自分を不幸と感じる喜びをまで台無しにしてしまうのを呪っていた。

鞠子は劇作座の二枚目の須堂に思し召しがあり、須堂と二三度踊りに行ったこともあったが、須堂は女房持ちで、その上悪いことに女房に惚れていたので、諦めて、ほかの若い俳優を二三人連れて遊びに行った。こんなわけで、鞠子は劇作座の若い女優たちから蛇蝎のごとく嫌われていた。ある晩もそうして、「秋」の楽屋へ、青年たちを誘いに来たときである。鞠子はめったに見ない青年が廊下をよぎる姿に会った。

「あの人だあれ」

と彼女はかたわらの男にきいた。

「舟木収っていう二枚目気どりの怠け者ですよ」

「だって本当に二枚目じゃないの」

「研究生きっての怠け者ですね。楽屋へもろくに出て来やがらねえ」

――その晩、鞠子はむりに人を介して収を誘った。踊ったまぎれに、今夜の約束をしたのである。

……二言三言話すうちに、収は今まで附合った女のうちで一等美しい鞠子が、世にもふさわしくないものの言いっぷりをするのにおどろいた。こうしてはじめて二人きりで会うと、鞠子は豹変して、無遠慮に男を讃美するのである。

「私、武骨な体つきをした綺麗な顔の青年が一等好きなの。綺麗な顔は武骨な体を恥じ、武骨な体は綺麗な顔を恥じているのって、何て可愛らしいでしょう。あなたは正にそれよ」

と鞠子は言った。人を正面から見つめる癖がある。その瞳は黒くて強い。収ははじめて本当に望んでいた女に会ったと思った。

鞠子ほど自分の美しさを忘れて、自分の美しさをないがしろにしている女にははじめて会う。それでも彼女が美しいことには変りがないのである。収が求めていたのはこういう女である。

鞠子はやや古風な髪型で顔の印象を和らげていたが、その鼻筋はすらりとして、大きめな官能的な唇も、深い鋭い目も、美しさと権力との入りまじった、今どきめずらしい風趣を湛えていた。かなり大きな歯の見事な歯列びには、動物的な酷薄さがあった。真珠の首飾はたえず豆電燈の変幻する光りを映して、真珠のくすみを仄赤くしたり青くしたり紫にしたり黄ばんで見せたりしていた。

踊っているあいだも、彼女は絶えずこう言った。

「すばらしい肩ね」

「すばらしい胸」

こうして女が口に出して自分の肉体を賞め讃えてくれる一言一言が収を酔わせた。女の言葉が鏡になって、彼の鍛えた筋肉の幻影を一つ一つ目先の闇の中に浮ばせるのであった。それは今や収の愛にとって必要不可欠な手続であって、女がそう言っているあいだ、彼の心にも共感が生れた。その言葉は一つ一つ肯綮に当っていたからである。ほんとうにこういう女はめずらしかった。その言葉はわざとらしいようでそうではなく、技巧のようであってそうではなく、彼女の本然のものが言わせている言葉だった。収にとっても、女が讃辞をわざわざ口に出して言ってくれることは必要だった。言葉は一つ一つの愛撫を観念にまで高め、収の筋肉に独自の値打を与え、言葉を媒介にして、収自身の目にありありと見える収の肉体を築き上げ、つまり彼の存在を保証したからである。惜しむらくは本間夫人の言葉には、空想力の翼が欠けていた。収はだからその言葉によって自分以外のもの、たとえばロミオとか、闘牛士とか、若い水夫とかになることはできなかった。彼はただもう一人の収、筋肉に充ち溢れた一人の青年を見るのであった。

収を知的な男だと云ったら、誰でも笑い出すだろう。彼は知的な男と呼ばれるべきではない。ただ彼は、自意識というものがその本質上、いくらでも無限に知的な世界から遠ざかり得るという見本みたいな人物だった。

何度も踊って、また席へ戻って来ては、二人は幸福のしぐさをした。女の肩に手をかけたり、男の胸に頭をもたれかけたりすること、それは舞台の仕草よりもずっと怠惰で、ずっと日常的だったから、幸福としか名付けようがなかっただろう。黒のカクテル・スーツの美しい女と白い徳利のスウェーターの青年との一組は、着ているものが不釣合なだけに、一そう色情的に見えたであろう。……多少の酒が、粋な会話の代りをした。鞠子は今度は男に向って、「すばらしい腿ね」などと言っていた。それを鞠子は、そこらの女が、「私の腿にさわってもよくってよ」などと言い出す場合の口調で言ったのである。しかし収には、自分を知的なあるいは精神的な男と感じる自尊心の持ち合せがまるでなかったので、それで屈辱を感じるなどということがありうる筈もなかった。

女はすこし落着くと、十時前までいた退屈な席の話をはじめた。そこには老人ばっかりしかいず、その半数以上は外人であった。初老のアメリカ人は、いかにも肉の重い厚ぼったい無表情な顔のまま喋っていて、ときどき顎が外れでもしたように、突然純白の総入歯を示して笑った。それは自分の言った洒落の効果を強調するためであった。英語を話すドイツ人の老人がいたが、ウォー war のことを「ヴァル」と発音するので、何を言っているのかさっぱりわからない。一度も寝台のなかでお尻をつねったりしたことのない良人が、こんな退屈なパーティーの席だと、こっそりやってきて、退屈ざましに鞠子のお尻をつねったりした。

鞠子は良人のことを肥ったぶよぶよした怪物のように描写した。

「女は、でも、男の体がぶよぶよだったり、骨と皮だけだったりしても、大して気にならないらしいな」

と収が言った。

「そういう人もいるかもしれないわ。でも私は肩幅がせまかったり、お腹の出たりしている男は大きらい」

と鞠子が言った。彼女がもし内閣を組織したら、すべての閣僚に、三十歳以下の、美貌の、筋骨逞しい男だけを据えるのだそうである。そうして鞠子は、決してふつうの女のように、「私を愛してくれ」とは言わなかった。収は自分の世界のまんなかにぼんやり坐って、要するに怠けていればよかったのである。

二人は当然のことのようにホテルへ行った。巨大なベッドが緋のカーペットのまんなかに据えられており、枕上の壁紙は金で、一方カーペットの外れには室内の小庭があり、庭は龍安寺の石庭を模して、白砂から岩が突き出ていた。このおそるべき部屋で、本間夫人は、収に早く裸になるようにと催促した。彼は俗悪な背景の前に立って裸になった。

夫人はしげしげと娯しげに眺めて、まるで彫刻のようだと言った。近寄って来て、毛皮店で毛皮にさわるように彼の胸に趣味的にさわり、それからそのかすかに樺いろがかった乳首を軽く嚙んだ。鞠子はまだきちんと着たままであった。

しかし鞠子は別段、閨秀彫刻家を気取っているのではない。眺めたり撫でたりすることは全く美的な問題で、羞恥にも罪悪にも関係のないことだと思っているにすぎない。彼女が着たままでいるのは、ただ晃々たる明りのせいにすぎず、薄暗がりの中でしか着物を脱がないありふれた女の、例外をなしているわけではなかった。果して寝台に入るとき、鞠子は電燈をみんな消させた。彼女は羞恥心の権化だった。実に正常で、人と変ったところは少しもなく、真摯誠実で、遊び半分や趣味的なところは露ほどもなかった。鞠子の特色は、多少人よりも正直すぎるというだけのことなのだったろう。

一方、収は微妙に失望していた。「微妙に」というのはこの失望の性質が、彼自身にもしかとつかみかねていたからである。望みどおりの女に出会ったと思ったのが、そうではなかった気がする。ただ、望みどおりとはどういうことかと考えると、言葉を失うのである。

行為のさなかで、又しても彼の存在があいまいになる。融解される。保証がなくなる。すると孤独になって、自分が行為のうしろにぼんやりと置きざりにされる感じがする。さっきまであれほど彼の肉体を讃美して、その存在を目の前にありありとうかばせてくれた同じ女が、今度は目をつぶって、女自身の陶酔の底深く陥没してしまい、全体的な収の存在とは関わりのないものになってしまい、呼べども答えぬ遠くへ沈み去ってしまうのである。

収はこういうことがありうべき筈がないと思うが、人生でしょっちゅう起るのは「こういうこと」なのだ。それをどう修正のしようもなく、たとえ注意したり訓練したりして、多少の改良が施されようと、この若い俳優にとって、寝台の中で人の演技を見るほどいやなことはなかった。そんなものを見るくらいなら、死んだほうがましだった。

美しくて威厳のある点では、鞠子の体もその顔に準じていた。厚みのある胸には堂々たる乳房が聳え、胴は俄かに引き締ってくびれ、脆弱なところも、又いかつすぎるところもなく、よろずに豊かで風情に富んでいた。肌はどこもかしこも、やさしく滑らかで、熱い弾力に充ちていた。これらすべては申し分がなかった。

だから事のあとで、収が枕上の灯を点じたときに、鞠子は、人を喜ばせる贈物をした人の満ち足りた自信のほどを見せる語調で「愛しているか？」と尋ねたが、こんな質問がいかにも当然で、時と所を得てきこえたので、収を不快にした。『僕が愛するなんて思っているのか』彼は女の見当外れをしばらく心の中で持て余した。しかしもちろん彼はその前に妥当な返事をした。

ベッドのまわりにひろがっている、季節のない俗悪な部屋の、しんとした気配はおそろしかった。壁紙の金箔や、カーペットの赤や、庭の白砂は、深夜にあざやかすぎる色を放った。突然隣室からバスを流す水音が轟き、水はけに湯の吸い込まれてゆく悲痛な叫びが、耳を奪ったりした。それも間もなく静まった。……それは収が今までにすごした夜と、寸分たがわぬ夜であった。

収には怠惰の才能がある。消閑の才能がある。一人でいても二人でいても同じことだが、二人でいたほうがいいと云った程度の関心がある。それは女にとっては一等刺戟的な、一等心をじらされる関心というべきで、本間夫人との間柄は年を越えてつづいた。収は鞠子がいろいろと物を呉れたがるのにおどろいた。母親が預言したように、収の洋服や外套は一冬に五着もふえた。生地はみんな、ジョン・クーパーやドミール・フレヤーの極上物ばかりである。

一月中旬のある日、こういう誂えの最初の背広と外套を着て、ひどく寒い街を歩いていると、鏡子に行き会った。寒さのために薄桃いろに染った鼻さきが、鏡子を女学生のように見せた。

「ずいぶん会わないのね」――そして服装をじろじろ見て、「大へんな御成功ね」

これは鏡子にも似合わない下品な皮肉だったが、収にとっては満更でもなかった。二人はとある小さな店でお茶を喫んだ。大そう混んでいた。

「うちのおふくろが新宿に喫茶店をはじめたんだよ」

「調子はどうなの？」

「開店匆々だけど、ばかにお客が来るんだ。おふくろのやつ、はじめて当てやがった」

収は可笑しくなって、一人で笑った。清一郎の噂が出た。彼はモダンな新居で、アメリカ風の新婚生活をしているらしかった。あの気むずかしい男が、今ごろは皿洗いをやらされているだろう。

鏡子は前の週末、ゴルフをやる連中と一緒に川奈ホテルへ行っていて、ゴルフをやらずにポーカアばかりやって過した。ホテルの持主のO氏がいつも鏡子に丁重な関心を払った。彼女が退屈して、ロビイへ一人で下りて来ると、ゴルフの手つきをして、「今日はこれ遊ばす？」と尋ね、彼女が革張りの椅子に腰かけようとすると、「お腰が冷えるわよ」と言うのだった。鏡子はこの典型的な戦前型の紳士の、昔はすこしも奇異に感じなかった典型的な女らしい物言いが、お腹のよじれるほど可笑しかった。……しかしこの話をきいている収には、その時代錯誤の意味がぴんと来ない。彼の育って来た時代には、ギャラントリイなどというものはなかったのである。

二人は「エジプト人」という映画を見に行った。映画はひどくつまらなかったので、二人ともだだっぴろいシネマスコープの画面のあちこちへ目をさまよわせながら、心はあらぬことを考えていた。収はこの暇のふんだんにある美しい女との「何でもない」間柄のことを。鏡子も亦この美しい青年との「何でもない」間柄のことを。友情という言葉には偽善がある。二人はむしろお互いの性的無関心をたのしむ間柄だった。というのも、相手方の不断の性的関心を必要とする点で、二人はお互いに似すぎていたからだ。この二人の間柄は、休戦と安息をたのしむ間柄だった。それに鏡子は他人の情念が好きだったし、収は自分の情念に飢えていたのである。

映画がおわると、鏡子と収は又しばらく腕を組んで、寒い夜の街を散歩した。『愛し合っていないということは何と幸福だろう。何て家庭的な温かみのある事態だろう』と収は思った。『この女の前では、僕は、自分がスペイン風の顔をしている、などと改めて思ってみる必要もないんだ』――幸福のあまり、収はこんなことを言った。

「ねえ、八十歳になったら、僕たち結婚しようね」

寒さのためにかすかに痺れる頬が、鏡子をも、幸福と見紛う気持にさせた。

「八十になったら、そうね、八十になったら、私きっとあなたと結婚するわ」

それは雪のない冬で、歩きながら、雪もよいの空だと思うのに、何も降るけしきはなかった。鏡子は収を夕食に誘った。収が今附合っている本間鞠子という女の話を、細大洩らさず報告すると云ったからである。

煖房のよく利いたレストランに入ると、鏡子の耳は急にほてって微かな痒みを伝えた。

それは凍傷の兆のようでもあり、他人の情事に対する彼女の関心が又活潑によびさまされた兆のようでもあった。

前菜が運ばれるより早く、鏡子は収の物語を促した。

「それでどうしたの？　はじめて会ったときはどこで会ったの？」

「楽屋でなんだ」

と収は語り出した。……

もちろん収は自分自身について語るのがきらいではなかった。しかし語ることによって、その記憶の喚起が、ますます自分の存在をあいまいに不確かにすることにしか役立たないのがおそろしかった。それは安ものの染料で染めた布の雑多な色が、洗う水のなかで忽ち色褪せながら、色がたがいにまざり合って混濁してしまうのを見るのに似ていた。多くの人はむしろ記憶の再々の喚起によって印象をたしかめ、追体験によって意味を深めてゆく筈だが、収の場合がその反対だとすると、このようなすべてを確実にし深化する機能を帯びた記憶の部分は、彼自身には気附かれずに、どこかにこっそりと堆肥のように累積されているのではあるまいか？　いつかそのきみわるい堆肥が彼の身辺に異臭を漂わすようになるのではないか？

収はまた、聴きおわったあとの鏡子の満ち足りた表情が怖かった。その表情は、ありとあらゆる女の表情のなかで、彼にとって一番の謎であった。

しかし収の考えるほどそれは解き難い謎なのではない。鏡子には聴手としてのふしぎな能力があったのである。

根掘り葉掘りきいているうちに、鏡子はらくらくと語り手の記憶を共有してしまうことができた。ついには相手の記憶を奪い取って、わがものにしてしまうことさえできた。こうして鏡子は他人の記憶を、体験よりもずっと生々しい、しかも体験に附随する一種の喪失感や後味のわるさをまるきり持たぬものに仕立ててしまう。その上こんな架空の体験を、悉く自分の生の養分にしてしまうことに長じている。

鏡子は全身を耳にして聴いているあいだだけ、ふだんは何の関心もないこの若い美男を、或る演じられた感情を以て、愛しているように感じることさえできた。そのあいだだけ、造花も活きている花になった。鏡子の観念は、収と一つ床に寝るのであった。

その結果、鏡子は自分が「生きること」や人生や体験や、そういう粗雑なものと無縁に暮しているのも、決して勇気の欠如に拠るのではないとさとった。おかげで鏡子は、「生きること」の、あとへ引返せぬ性質、たった一回きりしか味わえぬ性質、同時に別の場所で別の行為をすることができないという性質、要するに人生は一つきりだという法則を免かれていた。彼女があまたの他人から収穫れた記憶は、自分で味わった体験よりも数等見事な輪郭を保ち、自分で行うよりもずっと色情的で、……その晩すっかり充ち足りて眠りに就くだけの実があった。さもあらばあれ、行為もすでに収にとって記憶にしかすぎなくなっている以上、それを聴いた鏡子の内に記憶としてありありと残っているものと、どんなちがいがあるというのか？　収の一つの体験に対して、その点では、鏡子も収もまったく同等の資格を担っているのではなかったか？　それなら「収がそれを体験した」ということには、一体どれだけの意味があるだろう！

……デザアトがおわるころ、細大洩らさず話を聴きおわった鏡子は、目の前の収の虚脱したような顔つきを、さもありなんと思って眺めていた。

収の新たな情事の記憶を頒ち合ったことが、二人の間柄に親しみを加えた。別れたくなかったので、食後また二人は腕を組んで、人通りのまばらな夜の街を歩いた。暮と新年とで金を使い果した人たちは、多分今ごろは大人しく家に引きこもっていて、街を一そう物寂しくしていた。まだ開けている服飾店や洋品店にも客の影はなく、耳飾りやネクタイ留がうつろに輝やいていた。明け方、これらの飾窓にも霜が降りるだろう。

「あなたは役者じゃないの。もっと恋人らしい顔をして歩けないの？」

と鏡子が活潑な声で言った。

「僕は本当は舞台のためにだけそういう顔をとっときたいんだよ」

収はいくら待ってても役のつかないことを、鏡子にからかってもらいたい心境になった。

しかしこの躾のよい女は、決して人の自尊心にかかわる話題を持ち出したりしなかった。

「じゃあ、八十歳をすぎたら、私にもそういう顔を見せて頂戴ね」

鏡子はつつましくそう言った。ビルの隙に彼方を通る電車のスパークがひらめいた。『やがて老いが来るだろう』と収はついぞない気持で考えた。『僕は若いときの力自慢と器量自慢ばかりして人をうるさがらせる年寄になるだろう』

小学生ぐらいの年の花売り娘が、冷たい濡れたセロファン紙に包んだ花束をうるさく押しつけるので、収は立止ってそれを買った。小娘の毛糸の手袋の穴から紅生姜のような親指がつき出ていた。

「私に下さるの？」

と鏡子がきいた。

「いや」

と収は残酷に答えた。そして鞠子に貰ったエルメスの手袋の指先で、菊や水仙や冬薔薇の、いかにも色どりの悪い萎みかかった花弁を、一枚一枚丹念にむしって路傍に撒き散らしながら歩いた。そのうちに鏡子も手つだった。

「私たちは酔ったふりをしているのね」

と鏡子が言った。二人ともそれから、羽目を外すほど陽気になってゆきそうな予感がしたが、その予感が当らぬうちに花束は尽きてしまった。

第五章

大学の不文律に従って、旧臘すでに深井峻吉はキャプテンを辞していた。年が改まると共に卒業試験はもう目近であるが、決して日毎の練習を欠かさない。勉強も少しはする。現にお守りみたいに、合宿所へ経済の本も持って来ている。が、百二十六単位のうち、まだ九十単位残っているのである。

試験の季節が近づいたので、杉並の合宿所は自由練習になった。練習の人数も少しは減った。

そこでは下級生の部員はもとより、新キャプテンの土田も、彼になおキャプテンに対する礼をとっている。練習のあいだ峻吉はなお実質上のキャプテンである。しかし準備体操の号令だけは、今では峻吉に代って土田がかけた。

一月下旬というのに、快晴で大そう暖かい。きょうは川又監督が横浜の試合にレフェリイをたのまれていて、いなかった。そこで拳闘部員たちのいつもながらの無表情は変りがないが、練習がはじまる前の、ボクシング・シューズを穿いたり、手にバンデージを巻いたりする、その起居には寛ろぎがあった。

峻吉は着古して色あせた紺のタイツの上に大学の頭文字の入ったパンツを穿きながら、

これらの若い後輩たちを眺めていた。中に動く寒そうな唯一の丸刈り頭は、新入りに対するこの部の掟に従って、上級生たちに寄ってたかって髪を刈られてしまったのだった。

こいつらは全く、滅多に笑いもしない連中だ。若さと力とスピードの源が、こんな新らしい切株みたいな、新鮮な、思いきりぶっきらぼうな顔の中に嵌め込まれている。一寸触れるだけで、弾き出すように躍動する運動神経が、その寸前まで暗く束ねられて、何も語らずに眠り込んでいるこれらの肉体。……峻吉もかつては確実にその一人だった。だが彼は今、先輩であり、やがて去ってゆく者だ。彼が主将をしていたあいだ、大学の戦歴は輝やかしかった。リーグ戦にも優勝した。東西対抗の王座決定戦にも優勝した。その賞状のまあたらしい額は、練習場の煤けた鴨居にかけつらねてある。

峻吉はつぎつぎと若い後輩が自分のあとを継いで、あらたに押し寄せて来る波という波を、乗り超えてゆくだろうと信じる。……これは感慨でも感傷でもなくって、いささかはにかみを帯びながら粗暴な、あの学生風の挨拶みたいなものだ。賞牌やトロフィーや賞状の金縁にかがやいている、学生風の金ぴかの「栄光」に対する、一寸したぞんざいな挨拶のようなものだ。

こんな感想にすっかり満足して、彼は二本の長い黄いろの靴紐を、手綱のように胸のほうへ引っ張り上げ、ボクシング・シューズを足の甲に締めつけた。そのとき門のくぐり戸から、中庭へ入って来る二人の人影を、窓ごしに見た。

一人は八代拳闘倶楽部の選手で、峻吉たちの大学の先輩で、去年全日本フェザー級チャンピオンのタイトルを失った松方である。もう一人は、魔法瓶の会社の社長で、ボクシングきちがいの花岡である。

この二人の来訪から、最初の一瞥で、峻吉にはかれらが何のために来たかがわかる。いずれも社長が拳闘狂で峻吉の入社を誘っている会社が二つあるうち、花岡の東洋製瓶株式会社はその一つであるし、八代拳の会長の八代貢は花岡と親しく、先輩の松方をたびたび通わせて峻吉のプロ入りを口説かせている。つまり峻吉は八代拳所属のプロ選手になると共に、東洋製瓶へ就職することになり、しかも社長と会長が親しい関係から、特別待遇の社員になって、練習と試合のためなら好きなだけ勤めを怠けることができるのである。プロの倶楽部は選手獲得のために、必ずこうした好条件の就職口を用意していた。

しかし社長がみずから練習を見に来たとはおどろいた。この小柄な、ちょこまかした、いかにも商人風な中年男は、どう見てもボクシングと縁がありそうでなかったが、この年になって前半生の腰の低さを払拭して、男性的な威厳を身に添えるため、有望な拳闘選手のパトロンたらんと決意したのだった。相撲の旦那になるには彼の資力は十分ではなかった。人にすすめられて、去年の春はじめて拳闘の試合を見、こんな若い野獣の旦那になる空想に胸をふくらませ、かたがた、相撲ほど金のかからないことに安心しなが

ら、この世界の常套句、

「いや、女に惚れるより男に惚れるほうがずっと金がかかりまさあ！」

を、会う人ごとに口走るまでになった。

花岡は八代拳主催の試合の度毎に、リングサイドに姿を現わしたが、その拳闘知識はいまだに貧弱で、立直る余地のないほど現に敗けている選手を指さして、「この勝負はあいつのもんだ」などと言うのだった。花岡は一日も早く、自分のパトロナイズする選手の練習をジムへ見に行って、あれこれと指図する日の来ることを待ち望んでいた。その選手は既成選手ではなく、プロでは全くの新顔で、しかも未来のチャンピオンでなければならぬ。八代貢は、峻吉が欲しかったので、早速このカモに峻吉を推薦した。

「やあ」

と窓から顔をつき出して松方が笑った。彼の粗削りな磊落な笑顔には、峻吉と会うとき以外のプロ選手としての生活の中では夙うに失っている筈の、「運動部の先輩」の威厳と温情が有効にあらわれていた。峻吉はそれを鬱陶しくも感じたが、深くは考えない。彼は大体、甘い蜜のような愛情なんかに飢えてはいなかった。

すでに松方の紹介で二、三度峻吉に会ったことのある花岡は、できるだけ腰の低さを見せないで、こう言った。

「やあ、練習を見せてもらいに来たよ」

「社長が忙しいのにどうしても見たいと言われるんでね」

と松方が口を添えた。彼の声には拳闘家特有の嗄れがあった。

峻吉はいそいで靴紐を結び了えて、戸外へ出て、花岡に頭を下げた。峻吉は何も言わないでよかった。要するに彼は、その体の色艶や、肩の柔らかさや、足捌きや、サンドバッグを打つパンチの強さなどを見てもらえばよかった。しかも彼のいや味のない沈黙は、十分相手にしみとおるような印象を与えた。

土田が峻吉のそばへ来て、こう言った。

「準備体操の時間ですから」

「よし。やろう」

中庭には若い部員たちが、足馴らしをしたり、軽くシャドウをやったり、首を左右に折り曲げながら肩を動かして、肩関節を柔らかにしたりしていた。すでに烈しい動きの予感がそこらに漂っていた。

花岡はあとずさりして、厨口から緑の冬菜の屑が流れ出る小さい溝にはまりそうになったのを、松方が支えた。

……練習がおわると、松方が社長と二人で、駅前の喫茶店で峻吉を待っていることを告げて、先にかえった。峻吉はシャワーを浴びた。

合宿所の部屋に着替えにかえってくると、新入部員の部屋の襖が半ばあいていて、そこに盛り上っている蒲団の寝姿が見えた。練習を怠けた新入部員かと思って、峻吉は威圧的な声をかけた。

「おい誰だ」

蒲団がものうげに動き、裸の肩がせり出して、こちらへ寝ぶくれた顔が薄目をあけた。

「なんだ原口か」

原口は峻吉の同級で、おなじ拳闘部員である。峻吉は立ったまま、こう訊いた。

「胃潰瘍はどうなんだ」

「胃潰瘍か？　もう治ったよ」

「ちえっ。そんな簡単なの、きいたことがねえ」

「まあ坐れよ」

原口は垢じみた木綿蒲団を体にまといつかせたまま起き上り、あぐらをかくと、枕もとから厚綿のどてらを引っぱって、蒲団を肌から離すと一緒に、坐ったままどてらに腕をとおした。下はパンツ一つの裸かである。

峻吉はトレーニング・シャツの上からスウェーターをかぶって坐った。

部屋へかえって来た新入部員が、先輩二人の対話に遠慮して、壁の釘にかけた着更えをとると匆々に出て行った。

峻吉は四季を通じて、パンツ一枚の裸でいるか、それともパンツ一枚の裸に厚綿のどてらを着ているか、そのどちらかの原口しか見たことがないのである。田舎から金が届くとその晩にのこらず費(つか)ってしまわなくては気の済まない原口は、その金の一部で背広や腕時計を請け出して見ちがえるほどの身なりになって出かけてゆくが、帰って来るときには、又もとのパンツ一枚になっている。

原口は夢のような英雄主義にかられて拳闘部に飛び込み、その英雄主義のおかげでしじゅう我身を傷つけていた。

「八代拳からまたお前を誘いに来てるな」

試合歴ははるかに峻吉より少いのに、顔の造作ははるかにいためつけられているその顔で、笑いもせずに原口は峻吉を見つめて言った。

「ああ。どうして知ってるんだ、寝てたくせに」

「さっき窓から見ていたんだ」

峻吉は話題を変えた。

「たまには練習したほうがいいんだよ。そのほうが胃がさっぱりするだろう」

「誰も俺の練習なんか見に来やしないよ」

そう言われた峻吉は口をつぐんだ。彼は他人を慰めるように生れついた人間ではなかった。

る。原口の目尻は裂けたあとがいつまでも黒ずみ、貧しい鼻は鼻梁があいまいになってい彼の信じていたのは、

「英雄主義は敗北する」という思想だったから、そのとおりの顔になったのである。

原口はいわばこの合宿の居候である。怖いのは監督の川又の目だけで、川又からはいつも身を隠している。ここ半年ほど試合にも出ない。三度つづけて負けてから、試合は休む、練習は怠ける、深酒のために胃潰瘍になって、しばらく国へかえっていた。学校へ出ないことは峻吉以上で、百三単位を残していた。

どこの社会にも、誰が見ても不適任者と思われる人が、そのくせ恰かも運命的にそこに居据っているのを見るものだ。原口には人並の体力もあり、スピードもあったが、選手に必要なあらゆる努力と忍耐を欠いていた。おそらく最初は、自分の癒やしがたい無気力を治すために拳闘をはじめ、この劇烈なスポーツと、一方少しも病状の好転しない無気力との、ますます深まる裂け目の間に、身を架けることのむつかしさを日ましに知った。試合の勝敗に恬淡であろうとしても、できない。負ければこの裂け目は明瞭に見え、勝とうとする意慾や肉体の動きの底には、根を据えている無気力の姿がくろぐろと見えた。

どうしても瞬時に消えてしまう金、どてらとパンツだけの生活、……それは拳闘の戯画だった。追っても追ってもどうしても瞬時に消えてしまうリング上の烈しい行動と、

血の投網を身に投げかけられたようなパンツ一枚の裸体と。……実際、どうしてその一方が無気力で、一方が無気力と反対のものなのか、次第に原口には見分けがつかなくなった。行動の底には無気力の投影を見、あらゆる無気力と敗北の底には行動の力を見た。それはどっち側にも自己弁護の材料を与え、そう云ってよければ勇気を与えた。

あらゆる不摂生、拳闘選手のタブーをなす酒や女、二日酔の目にうつるしらじらあけの街燈の灯の抒情的な色、……こういうものも、もし彼が拳闘選手でなかったら、なんら悲哀や抵抗を与えない、月並な快楽にとどまっていただろう。世間の月並な自堕落に、劇的な色彩と味わいを添えるために、原口はやっぱり名前だけでも拳闘家であることが必要だった。

原口は借金を踏み倒し、みんなの鼻つまみになり、胃をそこない、どうせ落ちるに決っている卒業試験を前に、何ら意志を抱かずにはじめた飛切り純粋な英雄主義の、すばらしい帰結を見きわめる気になっていた。

それは輝やかしくて暗くて、逆様事の栄光であった。そのとき彼のもっとも親しいものだった無気力も、多分光りをうけて輝やくだろう。

原口は峻吉に嫉妬しながら誤解していた。これはおかしなことで、嫉妬しているなら、少くとも峻吉の欠陥を正しく見ていなければならない。原口はこの明るい単純な行動家の友だちを、世間の人間、たとえば花岡や松方のような目でしか見ていなかった。

そこで実際のところ、原口の前で峻吉の感ずる一種の後めたい快さを、峻吉は原口の孤独の反映だと思っていたが、それは他ならぬ峻吉の孤独のしるしなのであった。彼はこのどう救いようもない友の前で、翼を得たように自由だった。彼はただ輝やいていればよかったのである。

「いいジムだろ。プロのジムでも、俺んところほど気分のいいジムはないよ。俺が保証するんだから本当だ」

松方がそう言った。峻吉も八代拳には一等親しみを感じている。先輩の松方のいるジムであるし、峻吉自身もスパアリング・パートナァに借りられて行ったことがある。八代会長はこのときから峻吉に目をつけていた。

宵(よい)の口の駅前の雑沓(ざっとう)を窓ごしに見る新らしい喫茶店で、花岡はビールを呑(の)み、松方と峻吉はオレンジ・ジュースを飲んでいた。

「君ならすぐ六回戦に出られるよ。アマチュアの三回戦に馴(な)れてると、やたらにスタミナを心配するが、誰だって言うじゃないか、六回戦ぐらいなら、むしろアマチュア出のほうが強いって。それでも心配なら、練習中に、特別に六ラウンドのスパアをやる手だってあるんだからな。……しかしまあ君なら、二、三度六回戦に出れば、お次はもう八回戦だ。こんなに早くスタアになれる商売って、ザラにないぜ」

喋っているのは松方一人である。花岡は貫禄をつけて黙っている。

「それに社長の前だがな」と松方はおどけて、わざわざ花岡にきこえるように声をひそめた。「会社から月給はちゃんちゃん入るし、ファイト・マネーだけ、まるまる残る勘定じゃないか。もう少し算盤に明るくならなくちゃいけねえ」

峻吉は飲みおわったのちの蠟紙のストローを指に巻いていた。白蠟を透かしてみえる稀薄な橙色が滴り出て彼の朴訥な指を伝わって流れた。自分が注視され、自分が熱心に勧誘され、そうして自分が若くて力にあふれているというこの感じ、自分が卓上に置かれた真赤に熟れた充実したトマトであるようなこの感じは悪くなかった。それに練習のあとのなお旺んな血行が、見るもの聞くものを新鮮にしていた。店のなかの人のゆきかいも、皿のぶつかる音も、レコードの音楽も、すべてが遠いところでほんのりと闇に光っているとらえがたい一点、「スポーツの栄光」という、それを得た瞬間にははや追憶に他ならぬとりとめのない栄光の一点で、結ばれているような気がした。遠く、見えないところで、拍手や喚声が鳴っていた。こういうことはみんな悪くなかった。『俺は今にたっぷり首まで栄光の風呂に浸るだろう』

それから。……それから彼も、やがて風呂を出なければならないだろう。目の前の松方のように、栄光が自分の体からしたたり落ち、乾き、あとには笹くれ立った裸の姿だけが残るのを見るだろう。

間。——突然峻吉は目ざめた。彼は片時ものを考えない筈の男だった。拳(こぶし)の前にある空間がちぢみ、一枚の薄紙のようにもなり、厚い愚かな肉の屛風(びょうぶ)のようにもなる敵の肉体。近い手ごたえと遠い稲妻。真赤な花粉のように、彼のグローヴが目の前(さき)に撒(ま)き散らす相手の鮮血。外界のたえまない動揺の密度と、そのあいだにときどきちらりと垣間見(かいまみ)られる、新鮮な白紙のような、敵手(あいて)の隙(すき)。重要なのはこういうくさぐさのもので、余事ではなかった。ほかのことには何一つ重要なものはなかった。

「は。お受けします」

そう峻吉が唐突に言った。花岡は金歯をすっかり見せ、音のない笑いをうかべて松方の目を見た。松方はかえって周章(あわ)てた。

「おふくろさんのほうは大丈夫なのか。君はおふくろさんが大反対だと言ってた筈だ」

「は。大丈夫です」

何も考えずに、峻吉は断定的にそう言った。

「めでたい、めでたい。八代さんも大喜びだろう。これで深井君も今日からわしの社員であるし、早速祝杯だ。松方君、すぐ会長に電話でしらせて、新宿の『とり源』で落合おうと伝えてくれんか」

花岡は喋りながら立上り、合成樹脂のテーブルに貼(は)りついた濡(ぬ)れた伝票を、丸っこい爪先で丁寧に引き剝がした。

あくる日も峻吉は、川又監督に言い出しそびれて黙っていた。しかし選手のプロ転向が、監督には事後承諾ですまされる例は少くなかった。川又はいつものとおり一つも笑わず、練習のあいだに動きながら矢継早に発する片言隻句のほかには何も語らず、機嫌のいいときの顔、つまり怒ったような顔で、さっさと一人で帰ってしまった。

卒業試験がはじまった。峻吉の持ち歩く専門書は、依然お護符の役をするだけで、少しも読まれなかった。

峻吉の性格に、独創性の欠けていたことは言っておかなければならない。これは彼にとって悪が不可能であった第一の理由である。

九十単位を一度きにとるには、まず時間の節約を心掛けねばならぬ。彼は時には一時間に掛持ちで三科目合計十二単位に当る答案を書きとばす離れわざをやってのけた。たとえば、試験の最初の一時間には、経済学史と簿記原理と統計学を掛持ちする。

統計学の試験場に入ると、峻吉は原口の姿を探した。原口のとっていない百三単位のなかに、この科目の四単位は確実に入っている筈だから、彼の姿は試験場に見られて然るべきである。原口はとうとう現われない。煖房のために曇った窓硝子の斑らな白が、晴れた冬空を背に窓毎にちがった姿態の鳥獣を描いている朝の教室には、試験用紙の配られる紙の音と、二三の乾いた咳のほかには、何も聞かれなかった。

峻吉は黒板に書かれてゆく試験問題を、尖った鉛筆の尖を顎にあててぼんやり眺めた。顎にあたる鉛筆の芯はかすかに痛かった。不感の、強い、石みたいな顎は持てないものか。彼はいつか監督が、ボクシングのあらゆる訓練のうちで、顎を強化する方法だけは発明されていない、と言っていたのを思い出した。

「社会的統計集団と『つくられた集団』とを比較説明せよ」

ああ、そんな問題は彼と何の関係もなかった。徹底的になかった。それは別の世界で、おごそかに計量された諸概念の錘りを、白い知的な手が、あれこれと秤にかけて均衡をためし、しなびてひからびた僧院のような場所で、モザイクに仕組んだものだった。いつでも決った遣口、現実を要約して抽斗にしまい込む手口だった。そしてその抽斗の前にひねもす坐り込んで、鍵の束をじゃらじゃら云わせて人を威嚇する、同じ遣口だった。

峻吉は問題を解いたり答えたりする義務をまるで感じなかった。彼と試験問題との間には、妥協点もなければ闘いもなかった。それは肉でもなく跳梁する動きでもなく血塗られた顔でもなかった。そこにはただうすぼんやりした、様子ぶった、知的な幻が、へんな帽子をかぶって、冬の透明な朝の日ざしの中に、所在なげに坐っているだけである。『私を解いてごらんなさい』という札を首からかけて。

峻吉は答案用紙にこう書いた。

「私は拳闘部員、深井峻吉であります。拳闘は四年間一生けんめいやりましたし、学校のためには尽し、就職はもう決っています。卒業した以上、学校の名誉は誓って傷つけません。どうかよろしくお願いいたします」

それだけ書きとばして提出して、きな臭い顔つきの監督を尻目（しりめ）に試験場を出る。廊下を足音をひそめて小走りに走り、次の経済学史の試験場へいかにも遅刻して息を切らした様子で辷（すべ）り込む。

経済学史の答案用紙には、前のでは短かすぎるような気がしたので、そのあとに、かねて何となく暗記している学生証の裏面の文句を書いた。

「本学は私学の本領を発揮し、自主独立の民主々義精神を養い、真理探究にあわせて実践的教養を深め、以（もっ）て人格清廉（せいれん）識見高大の士を世に送ることを目的とするものである」

あと一つ残った簿記原理には、もう書くことがなくなったので、統計学同様、丁重な挨拶（あいさつ）だけですますことにした。

——彼は三枚の答案を出して、学生たちが冬木の影の映る日あたりのいい壁にもたれて煙草（たばこ）を吹かしている戸外へ出た。煙草は喫（の）まなかったので、休み時間がいつもひどく長く感じられる。冬日のなかに煙草の煙は鮮明にただよい、都心のせまい地面の庭には朝の箒（ほうき）の目がまだはっきりついている。

何かやってのけた、という快感はあったが、まるで労力の要らなかったことがちょっと不当な気がした。しかしその労力の消費にも、彼はやがて満足するだろう。九十単位もこのでんでやれば！

卒業試験がひととおりすんだあと、主任教授のところへ峻吉は呼ばれた。困った彼は川又監督に縋ろうと思って、その姿を探した。川又はどこにもいなかった。重い研究室の扉をあけると、テーブルのむこうに教授と川又が並んで坐っているのにおどろかされた。教授と川又は本学で同級だった。そこで川又はなだめ役として同席しているのだと想像された。しかし先に怒鳴りだしたのは川又で、その手には例の挨拶文を書いた峻吉の答案がひらめいていた。

「就職がもう決った？　決ったら何故俺にそう言わん。どこに決ったんだ」

「東洋製瓶です」

「馬鹿野郎。そんなら八代拳へ入るんだろ。何も俺はプロになるなと言ってやしない。何故俺に一言相談しない？　このごろのやつは全く義理知らずで困る」

「忘れました」

と峻吉は悪戯心を出して嘘をついた。

「何、忘れた？　はあ、お前もずいぶん偉いもんになったな、峻。忘れましたっていうセリフは、せめて十回戦選手ぐらいになってから言うもんだ。アマの打撃ぐらいでな、健忘症になる頭なら、プロなんか諦らめろ」

教授は渋い顔をしてうろうろしていたが、川又のこんな威勢のいい雷のあとでは、彼のお叱りは甚だ権威のないものになった。そこで二十分ほど、不真面目な答案を書いたことに対する陰性の愚痴のようなお説教があったのち、峻吉は追試験を受けることを約束させられてけりがついた。

——二月半ばに追試があった。峻吉はすべての答案に、又同じ挨拶文を書きならべた。

追試のおわったあくる日の早朝、峻吉の家へめずらしく呼出し電話がかかった。八百屋の電話口までどてら姿で駈けて行った峻吉は、原口の死を知った。

着更えて、家を出て、杉並の合宿へいそいだ。道は霜に包まれていた。彼は駅まで駈け、杉並の駅から合宿まで又駈けた。ロードワークの折は、いつも迂回して、土の道を選んで駈けるので、駅からの鋪道をこうして駈けるのははじめてである。

その疾走の裡に、峻吉は爽快さを感じる率直な心を持っていた。走ること、ただ走ることの裡にすら、感情に対する優位があった。その実それは彼の軽蔑している理智と同じ作用であった。冬の朝の樟脳のような空気、走る耳にとびこむ声高なラジオ、清浄な旭、……こうしたものすべてが、友の死骸を見る前に、死というものを、汗ばむ運動の爽快さの果てに置いた。彼は駈けながら、兄の墓参りをした夏の一日を思い出していた。あのときにも、彼を感動させたのは、死がまっしぐらの行動の当然の帰結のように、兄を包んだということだった。峻吉はこうして、原口の死に対する彼の完全な無理解を、あらかじめ用意していたことになる。

合宿所の古い門のくぐり戸を入って、霜にふくれ上った前庭をゆくと、彼の靴底に霜は砕けて繊細な結晶をあらわした。誰も迎える者はなかった。暗い階段を昇る。下りてくる土田に階段の途中で逢った。

「すみません。今朝まで気がつかなかったのは僕の責任です」

「そう言うな。川又先生には知らせたのか」

「電話がないから、電報を打ちました」

「先生が来るまで、俺たちであんまり先走ったことはしないほうがいいな。ブンヤは来たか？」

「新聞配達だけです」

「バッカだな」

峻吉は土田の動顚している様子を可愛く感じた。大きな快い責任感が峻吉を押していた。

二階へ上る。とっつきの襖をあける。蒲団をかけた原口の死顔には、手巾がかぶせてある。五六人の学生が畏まって亡骸を囲んでうなだれ、数人はすすり泣いていた。蒲団の肩先からあらわれているどてらは、原口の一帳羅であった。

峻吉のために一人が死顔の手巾をのけた。紫藍色のむくんだ死顔は、ふくれ上った上下の唇のあいだから舌を出していた。咽喉のところに深く喰い込んだ蒼ざめた索溝がある。死はきっと漆黒の黒人選手のような俊敏なボクサーだったにちがいない。死は黒人特有の猫族の身のこなしで、コブラのような叱咤する息の音を鳴らしながら、敏捷に左を出し、原口をノック・ダウンしたにちがいない。彼のふくれた死顔には、死のグローヴの乱打の跡がまざまざと残っているように思われる。峻吉には世間の人とちがって、それほどこの死顔の変容におどろかない理由があった。彼は敗北者の顔が、必ずこねまわされて変容するのを知っていた。

「合宿には今、地方に家のある学生しか残っていません。原口さんはだから、きのうも一室を占領して早くから寝た様子でした。今朝、部員が起き出して、置き忘れたシャツをとりに原口さんの部屋に入ったら、袋戸棚の下に縄を結えて、そこから横に倒れて死んでいたんです。そばに焼酎の罎がころがっているきりで、遺書はありませんでした」

と土田が峻吉に報告した。そして、

「何故死んだんでしょう。卒業できないって、苦にしていたようですが、それだけのことでおかしいですね」

「何にしても、こいつは拳闘選手として死にたかったんだ。リングの上で死ねなかったから、せめて合宿で死んだんだろう」

と峻吉が言った。

峻吉は自分の今までの戦績と、原口の失敗に充ちた経歴とをしらずしらず比べ、いいしれぬ気まずさを味わった。涙の出かかる寸前まで来ていたが、峻吉の単純な心は、敗北者のために泣くことに何かしら酷い不作法を感じた。敗北者とは、グローヴを触れ合う握手だけで、さっさと別れるのが作法だった。原口の死にこもる、勝利に対する重い永続的な非難のようなものが、峻吉の涙を制した。

窓には粗末な金巾のカーテンがしてあるだけで、それも窓幅に合わないので、容赦なく冬の旭が原口の死顔に注いだ。死人の口のなかで銀の義歯の一端がちらりと光った。それはつかのまの嘲笑のようだったので、峻吉は軽く拳をつき出して、死顔の顎にかすかなストレイトを打った。

後輩たちはおどろいて一せいに峻吉の顔を見上げた。すると忽ち峻吉の涙は自然に零れ落ちた。

夏雄の「落日」は秋の展覧会で非常な評判をとった。その評判をきいて、姉の舅である大銀行の頭取が、銀行の応接間の壁に飾るためにこれを買った。夏雄の絵の売れたこれがはじめであった。さらに各銀行会社の御歳暮贈答用の絵を、予算を承って買い集めている画商が、早速夏雄の旧作を買いに来た。しかし画商は三万円に買い叩いた。今年に入って匆々「落日」がN新聞社賞を受けたので、夏雄は世間的に有名になった。たくさんの人に会ったり話をしたりする折が多くなった、彼はすぐそういう生活に飽きた。

それかと云って、彼は生き辛さを感じたり、他人や社会との間に折れ合わないものを感じて悩んだりするのではなかった。彼は田舎者ではなかったし、一人の人間よりも十人の人間のほうがやかましい音を立てることもよく承知していた。その大人しく、人を傷つけることを好まない典雅な性質は、あいかわらず誰からも愛され、彼が疲れて席を外そうと思うときは、持ち前の幾分憂鬱な子供っぽい微笑を人に示せばよかった。

自分の名声と彼はほとんど没交渉に暮していた。人間社会に対して疎遠な、それでいてこれと云った冷たさのない、いわば微笑を含んだ離隔をつねに持してきた夏雄は、何も新らしい事態に処して態度を新たにする必要がなかった。すべてが自分の上に起った事件だという実感が少しもない。彼の人生には「何かが起る」ということはありえない。

夏雄の目は依然として、自分の好きなもの、美しいと思うものをしか見ない。そのほかのものは目に入らないのである。

自信や野心などという故らなものなしに、鳥がただ囀るように絵を描いてゆく自分を、夏雄は顧みてふしぎに思うこともあった。制作の熱情は描きおわると忽ち消えて、心に燠の温かみも残さない。傷つかぬままに漂っている自分に、青年らしい浪曼的心情の湧き起ってこないことを、大して不満に思うわけでもない。漠然と、自分は有名になりつつあると感じるが、そのゆくてに栄光を望むわけではなく、むしろ一歩一歩、栄光から遠ざかってゆく感じがする。栄光の源泉はきっと幼年時代にあって、大きくなるのと一緒に、どこかへ取り落して来たのだろう。この考えは夏雄の気に入った。

そうだ、あの四角い落日の風景を見ていて、異様な感動に襲われたときにも、彼は落日が自分の幼年時代のほうへ落ちてゆくのを感じた筈だ。幼年時代、そこにはひねもす熔鉱炉のように、落日が燃えたぎっていた。彼の幼年期は格別人とちがったものでもなく、格別贅沢で壮麗なものでもなかったが、そこにはたえず得体のしれない幸福感がつづいていて、決して終らない音楽、決して幕の下りないオペラのようだった。世界が他人の目に、自分が見るのとちがった風に映るなどとは想像もできなかったという幸福な確信！　今では彼も、他人の目の見る世界が截然とちがっていることを知ってしまったが、今以て、時折心の片隅からにじみ出て、雲のようにひろがって彼を包んでしまう幸福感はそのすべての根を幼年期に持っていた。それはいわば幼年時代にたしかに彼がわが手に握っていた幸福感の、遠い反映、ありなしの形見であった。

夏雄はその幼年期の絶対の幸福感のなかで、生涯に彼の見るべきあらゆる美しいもの、美しい風景や鳥や花や人間の顔などの、いわば型録に目をとおしてしまったような気がする。爾余の人生のいかほど新鮮な発見も、こんな型録から想像された美しさには及ぶべくもない気がする。幼ない彼が見た風景は、決して消え去ることのない落日のうちに燦然として、湖はかがやき、湖畔の森は瞑想に沈み山々は紫紺に映え、たとしえもなく広大で、しかも路傍の草花や礫までが微細に見え、……どこにも人影がないのである。

『どうして人間がいないのだろう』と幼ない彼も不審に思った時があったにちがいない。

『人間が一人もいないのに、どうしてこの世界はこんなにも完全なんだろう』

人間的関心の少しも芽生えぬうちから、美的関心がこの子供を蝕んでいた。それは言葉や習慣を学ぶよりさきに、彼の心をしっかりとらえ、彼の見る世界を、しんとした色彩だけの無人の場所に変えてしまっていた。

多分小学校にも上らない頃だと思うが、折柄欧州旅行からかえった伯父の土産話を、夏雄はありありと憶えている。ほかの話はみんな忘れてしまったのに、その話だけを憶えているのである。

それは若い伯父が西班牙のマドリッドから車を雇って、トレドへの日帰りのドライヴをした、その帰路の景色であった。車はすでにたそがれの道の半ばをすぎ、あと一時間あまりでマドリッドへ着くころには夜に包まれる筈であった。トレド・マドリッド間四十三マイルの自動車道路は、荒涼たる野と岩山とまばらな寒村のあいだを往き、そのあいだほとんど車影を見ない。

伯父はまわりの曠野が暮れ、空にはすでに星が光り、西空の地平のあたりだけに層々たる雲の下に暮れ残る水あさぎのあるのを見た。しかし視界の一角に強烈な色があった。それは曠野のはての低い岩山の外れの空で、一部分だけがぽっと赤く染められていた。

若い伯父は火事かと思って、自動車の窓からそのほうを詳さに眺めた。車がゆくにつれて、火事ではなくて、山裾にある何かの工場の炉の明りであることがわかった。炉の焔のいくつかの束は、曠野のはてに鮮明に燃え、横ざまに低く区切る工場の屋根の上にも、火の粉を吹く煙突が、そこらの空を赤く由ありげに擾していた。

これを見たとき、伯父は他でもない、きのうマドリッドのプラド美術館で見た、ボッシュの「地獄」そのままだと感じた。それは正しくボッシュが描いた地獄の遠景の、地平線上に燃えている町の再現であった。

――この話の与えた印象は実にあざやかだったので、夏雄はいつかしら、それを自分の目で見た風景だと錯覚するようになった。子供用のスケッチ・ブックに、彼は想像でその絵を描いた。この子供は、かくて何でも見ていた。彼はすでに、地獄まで見ていたのである。

身辺が煩わしくなると、夏雄は車を駆って、一人で旅へ出かけることがある。そんな辺に僻村や、人の訪れない場所へ行くのではない。まことに実用的な理由から、彼はドライヴに適さない道路を憎んでいた。

雨のひどく多い三月で、その日も曇っていたが、晴れ間が見えはじめたので、彼は車を出した。久しぶりに箱根の早春を見ようと思う。箱根は去年の春、鏡子の一行と出かけて以来である。日が暮れたら、箱根に泊ってもいい。熱海に泊ってもいい。平日だから宿には不自由をしないであろう。

車が横浜をすぎるころから、空はのこりなく晴れた。平日の午後のこととて、車はそう輻輳しない。夏雄はのびのびとした運転をたのしんだ。

午後の空は、自動車の前窓に、都会を遠ざかるにつれて広くなった。彼は一種の透明な感興を味わった。厳密に云って霊感ではないが、霊感の生れやすい或る快適な空白状態が心に来る。喜びもなければ悲しみもない。強いて云えば、幸福としか名付けようがない。

あの人相見に凝っている婦人が、少年時代の彼を見て、天使のようだと言ったのは、こんな感情の空白の只中にいる彼の表情を斥したのにちがいない。今夏雄はすでに青年だったが、彼の顔は愛する表情、男性特有のあの混濁した、何ともいえず不透明な、理智と感情が不器用にぶつかり合っている愛する男の表情を知らなかった。彼の心はやさしかったが、このやさしさは愛とずいぶんの距離があった。

新らしい地味な間着を着て、新らしい車を駆って、彼はハンドルを握りながら、要するに窓外を擦過する自然の物象の表面に漂っていた。明澄な心持、これも愛とは別物だった。孤独が彼を苦しめていたら愛も生れたろうが、孤独は彼の親しい友達である。人間的なものすべては、自然と同様に、彼の「親しい友達」であるにすぎなかった。

そんなに若いのに、折にふれて、夏雄は自在な心境になった。今がそうである。何か自分の肉体に有機的な部分が少しもなくなって、無機質の透明な結晶で成り立っているかのように感じられる。

車は十国峠へゆくドライヴ・ウエイの一端に入った。山の春はまだ浅かった。かなたの尾根には、カーキいろの山肌の上に、つい近ごろ建てられたマイクロウェーヴの黒い角形が、日の傾きかけた空に突き立っていた。

十国峠の見晴らし台のあたりは混雑しているように思われたので、ずっと手前で車を停めて、スケッチ・ブックを携えて下り立った。そのあたりはゆきすぎる車のほかには人影がなかった。

彼は春がこの広大な風景のいたるところからにじみ出している力におどろいた。路傍には蕗の薹の緑白色の花が咲いていた。

目に見える色には何一つ的確なものはなかった。早春の色彩は、色というよりは色の予兆のようで、汚れない前の薄汚なさに充ちていた。この澄んだ山気の抽象的な味わい、まるで見えない透明な大建築が緻密に建てられ、その透明な伽藍のなかをゆく人が呼吸する空気のような、早春の大気の味わいを、さまざまの不的確な色彩が汚しているさまは、醜悪と云ってもよかった。色彩は高い山気を平べったくしたり、歪めたり、これに不自然な抒情味を添えたりしていた。春の厖大な浸蝕作用は、風景のすべてに、何かいらいらした不安の影を与えた。

いくつもの丘陵がたたなわる、その丘のなかには、すでにゆたかな若い緑を湛えている一つもあった。しかしその隣りには小豆色の丘があった。又一つの丘の裾から頂きまで、赤い紫蘇の葉のような若芽の色に包まれているのもあった。

むしろ美しいのは近景の芝草で、それは一見枯芝のように見えながら、見る角度の加減で、底にすっかり出来上って開顕の時を待っている新らしい緑があまねく見えた。笹は葉末が黄いろでも、根方は緑で、笹原は二重の色をかさねていた。常磐の鉾杉の林は、かわらぬ重い燻んだ緑なのに、そのあいだに人工的な黄いろや萌黄の杉が入りまじっていたりした。

夏雄の目は或る不快を味わったが、それははじめ峠へのぼって来たとき澄んでいた目が、曇らされたというのではない。彼の目は何か美しいものをやがて生み出そうとしているその粗雑な元素に触れたような気がした。いわばそれは見てはならないものなのだ。

むりにもそれを美化することは、何か礼にならわぬ遣り方なのだ。

彼はスケッチ・ブックをしまって、車に乗った。坦々とした、車影の少ない自動車道路を走りながら、こう思った。

『僕にはスラムプなんか決して来ない。もし描けなかったら、それは自然が悪いのだ』

自然が悪いと思うときの彼の心には、いささかの悪意や敵意もなかった。スラムプが来ないということは自明だったから、自然に越度のあることも自明だった。

たまたま芸者二人にはさまれた痩せ型の紳士を乗せた車が、夏雄の車とゆるやかにすれちがった。ひどく悲しげな顔つきの紳士の両手は、左右の芸者の裾前にさし入れられていた。二人の芸者も宙をうつろに見るような目つきで、項を立てて端然としていた。

夏雄は肉慾の車がすぎ去ったのを、何の感動もおぼえずに見すごした。そしてこんな自分に、超越的な能力があるなどと己惚れもしなかった。

『僕にはスラムプは決して来ない。僕は天使だから』という考えに又立戻った。この考えは昔から絶え間なしに、彼の耳もとにささやきかけてくる考えであった。人相見の婦人はただ彼の幼児からの幻想を確信に変えたにすぎない。小学校の教室で、授業中にちょっとした悪戯をして、先生に叱られると、『どうして先生は僕を叱ることなんかできるんだろう。僕は天使なのに』と思ったものだ。『先生がもし僕を打ったら、背中に忽ち翼が生えて窓から天高く翔けてゆくのを見て、腰を抜かすだろう』

運転しながら、夏雄は軽い思い出し笑いをうかべた。子供の微笑がまだ口辺に貼りついているような気がした。

そういう考えは煽てや己惚れの結果としてではなく、物心ついたときから彼に備わっていたのだ。何ものも彼の純潔を毀つことができないというこの考え。もし世間で言うように、醜悪な現実というものがあるなら、それははじめから無力な筈だった。何故なら彼の目がむりにも醜さを発見しようとするところでは、それは必ず非現実的なものになったから。

夏雄は山の早春の空気のなかで、自分は世界にむかって微笑しながら、こうして車を運転しているが、それは媚びではなくって、向うから返って来る微笑を何一つあてにしていないのだ、と考えた。感受性もその点では意志に似ていた。山々や遠い雲の翳りに対するこの感受性の微笑は、世界に対する永遠の対立感情と同じことだった。

しかし幸福な彼の思考は、そこまで深入りせずにやんだ。

三島沼津の地方が、薄日の下に荘厳な岬の岩山を控え、麦畑の緑や菜の花の黄を綴って、海の展望を見せはじめた。平野はすでに春である。有料道路を抜けて、まだ鋪装の行き届かぬ道をしばらくゆくと、遠く熱海の魚見崎の桜を見る。残雪のように、崖際にはだらに懸っている。

夏雄は熱海に泊ることに心を決めた。そしてその遠い桜をスケッチするために車を下りた。

四五人の若い男女がこの道を登ってきた。スケッチ・ブックを手に携えたり、肩から吊ったりしている。一見して美術大学の学生だということが夏雄にはわかる。彼らは足もとの小石を蹴散らしながら、わざわざ夏雄のスケッチ中の頁へ、自分たちの影を辷らせて通った。芸術家志望の、ひっきりなしに渇きに襲われる生活が、その顔に刻印を捺さぬうちに、強いてあからさまな若さを誇張するこの種の若者たち。不自然な無言のまま、一人が口笛を吹き、夏雄の背後に全部の靴音がやや遠ざかったように思われたとき、夏雄は女の囁き声が、山気の透明さのせいか、いやにはっきりと耳立つのをきいた。

「あれ、たしかに、山形夏雄だわ。売り出したと思って、いい気なもんね」

夏雄はわが耳を疑った。この種の言葉を人の口からきいたことがなかったのである。自分が傷つくよりも先に、彼を愕かせたことは、何一つ悪いことをしないのに、自分の些細な名声が、世間のどこかであの若者たちを傷つけていたという発見である。

この若者たちに、自分が確実に愛されていないという思いは、大袈裟にいえば一種の失寵のように彼の心に響いた。

『或る人は僕を愛さない！』……この愕くべき事実。それでいて、彼を本当に愕かしたのはこの事実そのものではなかった。そんなことは以前から百も承知であった筈なのに、百も承知であった筈のものに、これだけ愕かされたということが、彼を二重に愕かした。あの娘の、山気をよぎってひびいたほんの一言(ひとこと)の生温かい声のために、彼と外界との構図は潰(つい)え、遠近法は崩れてしまった。

——熱海の宿の庭には、月あかりの下に、おそろしく屋根の高い温室が、夏雄の部屋の窓から、小さく囲った小庭の籬(まがき)のかなたに見える。深夜湯上りの丹前のまま、彼はこの丸窓から、温室と月の空をしばらく眺めた。

月あかりが煙(けぶ)るようで、温室の硝子(ガラス)はほの白く、その丈の高い建築のなかに人の住んでいないという感じが、廃墟(はいきょ)のようである。孔雀椰子(くじゃくやし)やめずらしい熱帯の闊葉樹(かつようじゅ)が、中にぎっしりと眠っている気配はわかる。その密集した植物が黒々と月影をうけて、昼のあいだの濃密ないきれを保っているような気配はわかる。それでいて、硝子ずくめの建物のおもては、外から見ると、まるで別な次元の世界を内に蔵しているように見えるのである。

『これに似たふしぎな建物を、子供のころ見たことがある。』と夏雄は思った。『そこへ一度入ったら、別世界への地下道がはじまっているようなふしぎな建物。あれは発電所だった。』

そのとき、高い屋根ぎわの硝子の一枚が弾(はじ)き返すような音を放ったと思うと、四散した硝子のあとが、黒い星形の穴をうがった。

あとはしんとしている。誰も起きてくる気配はない。人影もない。誰かが悪戯に、遠くから石つぶてを投げたのであろう。

夏雄は永いことその沈黙に対している。いつまで経っても、夏雄以外に、この異変に気づいた人は現われない。そのうちに夜の冷気が募って来て、丸窓を閉めて寝に就こうとした夏雄は、もう一度、高い硝子の割れ目を仰いだ。それは実に何事もない景色だった。硝子が割れる前の現実の秩序は、いつのまにかすばやく修正されて、硝子が割れたあとの現実の秩序に組みかえられ了った。それは木炭のまちがった線を消す指先よりも、もっと素速い見えない指先が、どこかで動いたせいだろう。

……こう思うと、夏雄は屈託から解き放たれ、少し心も和むような気がした。

東京へかえると、留守の朝に来ていた女文字の手紙があって、その名前は未知の人である。読んでみる。夏雄の絵が好きだと書いてある。秋の展覧会以来、こういう未知の人の便りはそんなにめずらしくはない。

二三日して、又同じ人から、同じような手紙を受けとった。名前は中橋房江というのである。夏雄は礼儀正しい、しかし通り一ぺんの礼状を書いた。その返事は来なかった。

収はよく母の店、喫茶店「アカシヤ」で、ぶらぶらしている時間を持つようになった。劇団の友だちを連れてくる。運動の友だち、「筋肉の友」らを連れてくる。ここでは当然のことながら、只でお茶も喫め、いくらでもねばっていられるのである。

世は喫茶店ばやりであった。入金がみんな現金で、しかもこんなに利潤のいい商いもなかった。景気も事実上向いていた。一般には「上期横這い、下期下降」という悲観的な観測が行われていたけれど、「アカシヤ」の客を見ていると、去年にくらべて、懐具合の豊かになっていることが感じられる。きのうも収の母のところへ来た同業の客が、銀座に最近開店した大喫茶店「室内楽」の業態を伝えた。

これによると「室内楽」では毎日平均十二万円の上り、月三百六十万の収益であるのに、人件費は四十万ですみ、百円のコーヒーが原価二十三円、八十円の紅茶が原価二十円で、しかもそれが悉くキャッシュなのであるから、あれだけの建築費もすぐ償却してしまうだろうというのである。

「アカシヤ」はこれに比べればはるかに小規模だったが、それでも客の絶え間がなかった。母はいつも大そう陽気で、情人に貢ぐように気前よく、息子にどんどん小遣を与えた。収はジムのかえりに、先輩の武井や、仲間の青年たちをここへ連れて来る。世間の人はまだマフラーと外套を手離さないのに、この連中は襟の大きくあいたポロシャツに上着を引っかけただけの姿であったり、薄地のぴったりしたスウェーター一枚で、逆三角形の体軀を目立たせていたりする。こんな連中が三四人入って来ると、こそこそと出てゆく女の子の客もある。収たちはそれを見て喜んで笑った。

武井は、あいかわらず彼の偶像、レオ・ロバートに傾倒していた。レオは一九五四年度のミスター・ユニヴァースであった。武井は肌身離さず持ち歩いているレオの全身像の写真をみんなに見せながら、こう言っていた。

「とにかくレオは人類史上最高の傑作で、どんな大政治家も皇帝も大哲学者も大富豪も大作曲家も、この青年の肉体の前に出たら、見すぼらしく見えるに決っているし、この青年の前に拝跪しないわけには行かなくなるだろう」

彼の前には、常のごとくレモン・スカッシュのグラスが置かれ、収の配慮で、ほかの客に出すのよりも三倍も濃密な檸檬汁が搾られていた。

「ここまで行けば、努力も努力だが、やっぱり天分だね。出来上った個々の筋肉の形は、とにもかくにも持って生れた骨の形で制約をうけるんだから。

レオ・ロバートの骨は一つ一つが完全な形をしていて、美しくて大きくて、調和にあふれている。筋肉もおのずから、真似手のない美しい形をしている。これをごらん」

と、黄金いろに輝やいている写真の裸像の盛り上った胸部を指さした。

「左右の大胸筋の間の隙間のひらき具合をごらん。えもいわれない味があるだろう。それから大胸筋は、上から、鎖骨部、胸肋部、腹部の三つに分れているんだが、この腹部は、ふつう、外から見てはっきりわかるように下方についている。残念ながら俺のもそうだ。それから君のも……」

と卓の上に手をのばして、ポロシャツの青年の胸の下部に、無遠慮に指を辷らせた。

「ところがレオ・ロバートのはちがうんだ。そこのところが上方に形良くついてるんで、大胸下部の切れ目が、実に快く切れている。雄勁で、気品があって、ロマンチックで、叙事詩的で、何と云うかな、十字軍の騎士の理想のようなタイプなんだ」

かれらはそれからしばらく、ベンチ・プレスのナロウ・ディップの効用とか、ベンチ・プレスの重量を附加する際に、回数の少ないのを厭わず胸元深く支えるのと、たとえ浅く支えても規定回数を守るのと、どちらが進境を早め自信を与えるか、などという専門的な話題に熱中した。何時間でも、かれらは筋肉の話ばかりしていて飽きなかった。

こういう連中といるとき、収は疑いもなく幸福だった。彼を決して訪れない「役」のことを思い煩う必要もなかった。筋肉はどんな野心の代りをもしたのである。

収はふとぼんやり鞠子のことを考えた。鞠子との間はつづいていた。収は厳密に言って一人の女に飽きるということはない。彼の精神的怠惰に呆れて女のほうが、しびれを切らしてしまうまで、収は半ば不本意な顔つきでついて行くのである。

「マレンコフが辞任したな。あれ、平和攻勢の失敗のためなんだってな」

突然一人が場ちがいのことを言い出した。それは一ト月半ばかりも前の古いニュースだった。

「どうして急にそんなことを言い出したんだ」

しかしその理由はすぐわかった。言い出した当人のすぐ目の先に、隣りの席の学生がぞんざいに置いた本があり、本には丁度その記事の載っている古新聞のカバアがしてあった。

「あんな古いニュース！　だからお前は血のめぐりが遅いって言われるんだ」

言っているほうも、そんなニュースを嘗てどこかで見たような気がする程度で、それから話は、ミスター・ソヴィエトというものがあるかどうか、という話に移った。多分そこでは重いバーベルの先に生産機械がくっついていて、百人が一時間の練習をすれば、自然に一台のトラクターが出来てしまうような仕組になっているだろう、と武井が言った。

「これからどこへ行こう。Mデパートへ行こうよ」

と最年少の、逞しい体軀にまるきり子供の顔がついている一人が言った。彼は買物に行くのではなかった。小鳥売場が好きなのである。

「ねえ、Mデパートへ、鳥見に行かないか？　可愛いよ」

「よせよ。俺が行ったら、鳥が逃げらあ。ここじゃ焼鳥はやってませんって」

みんなは子供を冷やかす笑いを、心置きなく笑った。

窓の外には、街の埃っぽい夕焼がはじまっていた。精力にあふれて見えるこの青年たちは、椅子にふかぶかと腰を下ろして、話の絶え間には、何も考えずに雑然たる人ごみを眺めていた。

自分たちの過剰の筋肉と、窓外の社会とそれが何のかかわりもないことが彼らを幸福にしていた。精力は筋肉のつややかな隆起の内に閉じこめられ、何の目的も呼び求めずに自足して、どこまで行っても、費やされる精力は、この個体の、徐々に増してゆく筋肉の中で終った。それは決して叫びにならない歌のようなものだった。

筋肉で人を威かす。威かすのはおもしろい。しかし筋肉の、やさしい、ものの役に立たない、絹や花のように眺められる性質について、よく知っているのは当の彼らだけであった。

殊更上着を脱いで、夏物のポロシャツのあらわな腕を、窓枠に横たえていた一人が、その逞しい周囲三十六センチの二の腕が、急に溺死者の腕のように蒼ざめたのに気がついて身をずらした。お向いの店が青いネオンを一せいに灯したのである。

「お前の腕は今死んだぞ」

と別な一人が言った。

収は自分が言われでもしたように、上着の袖の上から、自分の二の腕にさわって確かめた。その腕は死んでいなかった。温かく、固く、肉の快い存在の密度を指に伝えた。それならば、……収はたしかに存在していた。

——そのとき扉を排して夏雄が入って来た。収に気がつかずに奥へ行こうとするので、彼がスプリング・コートの背を引張って知らせた。

「やあ」

と夏雄は気恥かしそうに挨拶した。収のまわりの筋肉を誇っている青年たちを、少々気おくれした様子で見比べた。収が言った。

「案内状が届いたから、来てくれたんだな」

「ああ」

収はアカシヤの地図入りの案内状に、友人なら無料で歓迎すると、書き添えて出したのであった。

一方、夏雄にとっては、誰にもあれ、絵と何の関係もない友人に逢うことが必要だった。それは鏡子の家の仲間であれば、誰でもよかった。

収が夏雄をみんなに紹介した。他人の気おくれを見ると、自分らの筋肉の威力だと決めてかかって、すぐ楽な気持になるこの連中の前で、夏雄も場ちがいをおそれる必要がなかった。しかしまず当りさわりのない挨拶を収に言った。

「ずいぶんはやっているんだね」

「ああ」

収も鷹揚に自分の母の店を見廻した。こんな主人顔が、収の自ら気づいていない、いい性質を、夏雄の目にありありと見せた。

「峻ちゃんは無事に大学を卒業したよ」と収が言った。「一寸信じられないね」

「ちゃんと卒業試験をうけたのかい」

「ちゃんとうけて、そうして、パスしたんだ」

「いよいよプロ選手になるんだってね」

「もうじきプロ転向第一戦をやるだろう。鏡子のところへ来る連中に、切符を買わせると言っていた。君もきっと買わされるだろう」

武井が夏雄をつかまえて、全くの筋肉的関心から、ラオコオンその他のヘレニスティック彫刻だの、ミケランジェロの彫刻だの、ロダンの「考える人」だのの話を、ごちゃまぜにはじめた。

「この人は日本画家だから……」と収が言ったが、武井は耳にも入れず、画家の発見し表現するすべての性質の美は、彫刻家に源している。何故なら、風景の美も、静物の美も、結局人間の筋肉美からの類推なのだから。という奇説をふりまわした。これは大して論理的根拠のある説ではなかった。

こんな風に他人の専門の畑をあれこれと踏み散らすことの好きな人物、専門家にむかってその専門の事柄について何かと議論を吹っかけたり訓誡を垂れたりする素人は、夏雄がはじめて見るタイプではなかった。画家の接触するパトロンの多くはこれに属していた。そしてふしぎなことに、芸術的感覚を全く持たぬ人間は、自分の持っている限りのものを、芸術的原理にむりやり似通わせようとする傾きがあった。或る銀行家は、融資貸出のカンを、世にも芸術的な感覚だと思いたがり、画家の色彩の選択のカンにむやみと譬えたがって、おしまいに誰でも言うあの満ち足りた言葉、

「そうそう、結局どの道も一つなのですな。われわれの散文的な仕事も、究極のところ、芸術家の仕事と揆を一にしているんですな」

という言葉を吐いたのである。

或る種の画家たちが、自分の絵を買ってくれそうな実業家を喜ばすのにいつも用いるある有効な殺し文句を、夏雄はよく聞いていた。それはあの言葉を、こちらから言い出せばよいのである。それもできるだけ客観的な、心もち尊大な調子で。

「お仕事のお話を伺ってると、芸術家の方法と、根本的なところで共通するものがありますね」

「ほう、どんな風に」

相手は必ず顔に喜色を湛えて膝を乗り出して来るから、いい加減な理窟でその共通性を述べ立てればよく、(実際のところ、工作機械と七面鳥、月と自動車、船舶工業と爪楊枝、蜜柑と電話機との間にだって、何らかの共通性はあるものだ!)それだけで相手の心を獲得することができるのである。例えばよく使われる「ものを作る喜びという点では同じことです」というあいまいな普遍化。

「私なんぞには芸術的感覚が全くなくって」

「いいえ。あなたには大ありですよ」

これだけでは空しいお世辞にすぎなかった。むしろこう言うべきなのである。

「そりゃあそうでしょう。誰にでも芸術的感覚があるわけはないし、芸術家でもない人が、そんなものを持っていたって宝の持ち腐れです。むしろそんな感覚の全然ない人が、御自分の仕事に熱中するときに、その熱中の仕方、熱中と努力の果てにつかむ或るもの、そこにこそ、芸術家と本当に共通するものがあるんです。その点で、あなたには生半可なディレッタントより、ずっと芸術の核心がおわかりです」

こう言われて目を輝やかさない社会人があったらお目にかかりたい。彼等は本質的に芸術家になりたくはない。しかもできるだけ芸術家に似たいのだ。右のような説得の調子は、その両方の欲求を満足させるのであった。

決して忘れてはならないことは、健全な社会人が芸術家に向って殊更示したがる劣等感、自分に芸術的感覚も芸術家的才能もないと卑下したがる気持には、彼らの本音はなくて、それどころか私かな満足さえひそんでいるということだった。こういう卑下は通例真赤な贋物で、決して真に受けてはならなかった。

社内俳句会や短歌会で首席を占める喜びを、部長の椅子を得ることの喜びに代えようと思う男はなく、一方、権力や金に倦き果てた老人のたしなむ芸術には、あらゆる玄人の芸術にとって必須な、あの世界に対する権力意志が忌避されている。そして目下大いに満足している成功者たちは、自分たちの実際的な成功が、実際社会の現実的な法則で確認されるよりは、芸術的原理の虚無的な法則で確認されるほうが嬉しいのである。

——夏雄は人に阿ったりしない人間だったが、こういうことは皆知っていた。

ただ、武井の介入の仕方にだけは断然異色があった。彼は美に関しては人間の肉体というものが、可塑的な素材であると同時に芸術作品たり得る点で、芸術家の媒ちを必要とせず、「美というものには、本来、芸術家などは不要だ」というのであった。芸術家とはかくてブローカァにすぎず、もし人間の存在の意識そのものが芸術作品と化するなら、(レオ・ロバートなどは正にその適例であるが)、芸術家の存在理由は薄弱になってしまうのである。

しかし夏雄は、武井の考えている美が、明白に歴史的な一時代の美意識の影響下にあることを認めないわけには行かなかった。彼の「霊感」は単に筋肉の解剖学的実態などから生じたものではなく、ヘレニスティック彫刻の、いささかバロック風な「誇張」の様式から出たものであることは、疑いを容れなかった。彼には古典時代への関心が欠けていた。アポロの筋肉は、何だか錬磨の不足な、あまりにも自然で「人間的な」ものに思われるのであった。武井は筋肉が知性と同じように、意志の力で超人間的なものにまで鍛え上げられるのを信じていた。

夏雄はこんな議論に子供らしい危険を感じた。第一、芸術作品とは、目に見える美とはちがって、目に見える美をおもてに示しながら、実はそれ自体は目に見えない、単なる時間的耐久性の保障なのである。作品の本質とは、超時間性に他ならないのだ。もし人間の肉体が芸術作品だと仮定しても、時間に蝕まれて衰退してゆく傾向を阻止することはできないだろう。そこでもしこの仮定が成立つとすれば、最上の条件の時における自殺だけが、それを衰退から救うだろう。何故なら芸術作品も炎上や破壊の運命を蒙ることがあるからであり、美しい筋肉美の青年が、芸術家の仲介なしに彼自身を芸術作品とすることができたとしても、その肉体における超時間性の保障のためには、どうしても彼の中に芸術家があらわれて、自己破壊を企てなくてはならないだろう。筋肉の錬磨と育成は、肉体を発展させることでもあるが、同時に時間的法則の裡に、衰退の法則の裡に、肉体を頑固に閉じこめておくことであるから、それは芸術行為ではないのであって、自殺に終らぬ限り、その美しい肉体も、芸術作品としての条件を欠いている筈である。

とうとう耐えかねて、夏雄はこう言った。

「そんなに筋肉が大切なら、年をとらないうちに、一等美しいときに自殺してしまえばいいんです」

夏雄の語気はいつになく強く、いつになく怒気をあらわにしていたので、一同が黙って顔を見合わすよりさきに、こんな夏雄をはじめて見る収が、愕きの目を向けた。

「あなた方はみんな年をとるんだ。生身の筋肉なんて幻にすぎないんだ」

夏雄は時の勢いで、ますます昂奮して、そう言った。武井は負けていなかった。

「なかには君のように、はじめから年寄りの憐れな男もいる。情ない弱虫の芸術家で、僕らに腕っ節ではかなわないものだから、この世の筋肉がみんな滅びればいいと思っているんだ」

——夏雄は鬱陶しい思いで外へ出た。車で来なかったので、駅まで歩かなければならぬ。収がついて来た。折角来てくれたのに、いやな思いをさせてすまない、と詫びを言った。このやさしい気持は夏雄の心に触れた。そのときの収はいかにも巨きな、逞しい、美しい動物に見えたから、夏雄は自分の心の中に、美しい動物に対する嫉みがあったのではないかと省みた。収が突然こう言った。

「気にしないでいたまえ。武井はひたかくしにしているが、本当は朝鮮人だという話だ」

これはふしぎな啓示だった。夏雄はその昔、半島出身のマラソン選手が国際競技で日本の栄誉を担（にな）ったという話を思い出した。被圧迫民族の狂おしい肉体への執着と、その精力崇拝。

「へえ、そうだったのか」

夏雄にいつものやさしい微笑が蘇（よみがえ）り、こんな発見が彼をすっかり安心させた。武井の思想はこれで彼と何の関（かか）わりもないものになった。武井は朝鮮人であり、夏雄は天使だったのだ。

ところで収は、武井が朝鮮人であるという事実を、全く別な範疇（はんちゅう）で理解していた。武井は言葉が足りないのだと思っていたのである。その実武井の言葉は多すぎるのであったのに！

「君はまっすぐ家へかえるのか」

と収が言った。

「ああ、仕事があるから」

「僕には何もすることがない」

と収は少しも誇張を交えずに、昂然と言った。

「女たちが君を待ってるだろう」

「さあ、どうだか。僕はそんなに女が好きじゃないんだ」——そう答えかけた収は、こんな自分の断定に押されたように、少し情熱的な口調になった。「本当に女が好きになるには、自分が空っぽにならなくちゃならない。ところで僕は自分が空っぽになるのが怖いんだから」

「僕は自分が空っぽになるのが好きだ」

と夏雄は制作の時の気持を思い浮べて言った。そしてこう訊いた。

「君は一体何になりたいの？」

「何になりたいって？」——収は美しい目を丸くした。

「もとは俳優になりたかった。つまり、何というかな。人間から辷り出したかったんだ。うまく、こう、するっと人間から辷り出す。それができれば俳優でなくたっていいんだ。僕はもう何かになったんだ。僕は成功したよ。筋肉がこんなについた」

彼はスウェーターの腕を上げて、毛糸の織り目ごしにそれとうかがわれる力瘤を見せた。夏雄はそれにおどろいてみせるのを忘れなかった。

二人は駅の夕刊売場の前に来ていた。今日もどこかで人が殺されたり、横領事件が起ったりしていた。収は二三の夕刊を買い、夏雄と別れて、アカシヤのほうへ引返した。

数日のちに、夏雄は又しても、中橋房江の手紙をもらった。中には便箋にごく簡潔に、

「あなたが私に緊急に会いたがっていらっしゃることはよく存じております。四月五日、火曜の午後三時に、赤坂離宮の門前でお待ちしています。春の黒いレエスの手袋をして、和服で参りますから、すぐお目にとまりましょう」

とだけ書いてある。夏雄はすぐ手紙を破ろうと思いながら、一日中持っていたが、寝る前に破って捨てた。五日になるとそのことは忘れていた。

七日に今度は速達が来た。同じような文面であるが、五日にとうとう来なかったことを難詰した末さらに八日の午後三時に、英国大使館前の千鳥ヶ淵公園で待っていることを告げていた。夏雄は行かなかったが、今度は故意にそうしたので、その日一日心にかかっていた。

三度目の手紙が来たのはそれからしばらく置いた二十日のことである。指定して来た場所は、浜松町駅ぎわの芝離宮恩賜公園で、二十四日という日は、たまたまその夕方から峻吉の拳闘の試合を見に行く日に当っていた。夏雄はその公園へ何となく画材を探しに行ってから、拳闘へ行くつもりになった。

彼は今決して他人を必要とする心境にあったのではなかった。父母や兄弟の温かい庇護は、家庭を居心地のよい場所にしていた。又生活や行動は全く自由で、家庭に縛られるというのでもなかった。

夏雄は不快な気にかかる事柄を、一つ押しのけようとするだけの気持で、スケッチ・ブックを持って車に乗った。夏雄の家の塀からは満開の八重桜の枝がたわみ出ていた。あたかも区会議員の選挙日が近づいていて、スピーカーを載せた運動者のオート三輪が、この塀の前によく止ってやかましい音を立てた。夏雄が車を車庫から出すと、又しても、候補者の名を大書した旗を巻いたオート三輪から、無遠慮な大声が洩れていた。

「バック！　バック！　もうちょいバック！　その桜の木の下がいい！」

夏雄は仕事をしているときの自分の一生懸命な顔つきを、人前にさらすことなど思うだに恥かしいが、こうして一生懸命な人々が、一生懸命な顔を露呈している心事がわからなかった。この青年の心に社会の厖大な無意味が重くのしかかってくるときにも、その無意味さは彼の心と同様に透明なものであった。それは混濁した謎ではなかった。

彼はオート三輪を回避して、大きなカーヴをえがいて、車を広い道へ出した。

宇宙のことも人間のことも、まるでこの自動車の機械のように手の内に納まって、了解ずみのように思われるのに、箱根の画家の卵たちの会話や、朝鮮人の筋肉主義者の罵倒などで、いつまでも傷ついている心を彼は持て余した。その都度治って忘れたような気がするのが、しばらくすると又疼いて来る。自分をめぐる外界が、その透明度は変らぬながら、何となく信頼できないという思いを消すことができない。つい先ごろまで、彼は自分の鋭敏さを、誰にも誇れる強さだと思っていた。

――車は芝離宮公園に着いた。古い汚れた門に、諸車乗入禁止の杭を打った、見るからに閑散な公園である。

入口のところで制服を着た初老の守衛がぼんやり煙草を吹かしていた。その男と目が会ったので、夏雄は何となく公明正大でない理由でここに来ているという負け目から、さあらぬことを尋ねた。

「この公園は、海のほうへ出られるんですか」

「出られません」

守衛はニベもなくそう答えた。そして夏雄の抱えているスケッチ・ブックを見て、

「絵描きさんかね」

「そうです」

「絵描きさんでも、お気の毒だが、海のほうへは出られません。ちゃんと塀があるからね」

守衛は冗談のつもりで言っているらしかった。夏雄は礼を言って歩き出した。さっき口を無意識について出た質問の理由がわかって来た。古い汚れた門を入るとから、空気には海の匂いが嗅がれたのである。それも春の闌けた頃の、いくらか粘っこい、しつこいような感じの海の匂い。

手紙には池のそばの藤棚の下のベンチで待つと書いてあった。なるほど池がある。池

が公園の中心をなしているのである。藤棚がある。さかりの藤の花房が、重々しい。子供とルンペンがいるばかりで、稀に二人連れがあるけれど、それもそんなに身装のいい男女ではない。

夏雄はベンチに腰かけて、スケッチ・ブックを膝にひろげた。もう一つのベンチに俳句を案じているらしく、手帳をひろげたまま、宙を見つめている老人がいるきりだ。海は築山のむこうにある。右方には黒いクレーンの先端や船の黒煙、左方には竹芝桟橋の冷蔵倉庫の屋根が見える。

夏雄はじっと待っている。駈けまわって遊んでいる子供たちの、起伏の多い地形に谺する叫び声がはたと途絶える。すると藤の花房にまつわる蜂の羽音が耳立って来たりする。

輝やいている池の中の島の松が、突然色を失う。日を雲がよぎったのである。

そして彼方の海の気配は公園全体を押し包み、大そう身近な汽笛の胴間声が、このうらかな風景を引裂いてしまう。汽笛の消えたあとには、一そう明るい空虚が、静かな中の島や池の岸の船着や巨きな石燈籠や、すべてのものを領してしまう。

海に近い庭はこんなにも落ちつきがなく、庭のすみずみにまで、不安や期待がはびこっているのを夏雄は知った。日ざしと影とのあわただしい交代、その上徐々に雲と共に風もつのって来て、藤の花房が造花のような粗雑な音を立ててざわめく。

夏雄は自分が風景のなかへ陥没してゆくのとちがって、風景からいつまでも拒まれているのを感じる。こういう心境から絵は決して生れない。身も溺れるような感覚の歓びの代りに、五体が動かない時間に縛りつけられて、精神も感官も凍りついてしまったのが感じられる。漸くこれが、人を待っていることだと思い当った。

他人の存在に左右されているこんな時間には、色彩もなければ構図もなかった。世界はグロテスクな海月のような姿で浮動していた。それが夏雄に、箱根の早春の何とも云えない無秩序な色彩を思い出させた。

美しい外界が彼に与えていた祝祭的な幻は消え去った。何一つ彼を傷つけず、彼が呼ぶところへたちどころに無垢な姿を現わす、あの晴朗な外界は潰えてしまった。その代りに、世界は今、彼の歯にはさまった異物のようだった。

中橋房江は現われなかった。時間は三十分の余もすぎていた。公園にあらたに現われる人影にも、それらしい姿はなかった。風につれて、あたり一帯には微熱を帯びた湿った潮の香が澱んで充ちた。

黒ずんだ雲の中で小さな太陽が炎えていた。『あれは敵意だ』と、ついぞ抱かないような感想を夏雄は抱いた。しかし自分が世界を見捨てて孤立しているのではなく、自分が世界から疎外されているというこの新鮮な感情は、痛い塗布剤のように痛切な快さで心にしみ入った。『僕の顔は大そう醜いのかもしれない』とふと考えた。『牧師や聖職者のつやつやした顔の持っている、あの温和ないやらしい醜さ、はじめから年寄りの憐れな男』

夏雄は立上って、門のほうへ戻った。烈しい突風が、彼の背を押し、そこらの紙屑を舞い上らせた。空は俄かに暗み、雨が来そうだった。彼は車のところまで、ひどく疲れの籠った膝を曲げて駈けた。

午前十時までに計量をすませるので、その日、峻吉が家を出る時間は、たまたま母親が百貨店の勤めへ出る時間とぶつかった。峻吉はこれをいやがった。そこで母親は勤めに少しおくれる覚悟で家に残り、息子の背に切火を切って送り出すことになった。

朝起きると匆々、峻吉は近所の懇意な風呂屋へ行って、そこの秤で体重を量らせてもらった。十四貫八百あまりある。ほぼ百二十三ポンドで、百二十六ポンド以下のフェザー級のウェイトに納まっている。前から減量の必要のないことを感じていたが、それでも大いに安心した。

明るい晴れた朝であるし、峻吉びいきの風呂屋の親爺が立ててくれた朝風呂に入って、彼は下駄を高鳴らして我家へかえった。肥った母親は神棚を拝んでいた。

今でも彼女は拳闘がきらいで、息子の勝利よりも平穏無事を祈っていることが、峻吉にはありありとわかる。結い上げた髪の首筋には、赤茶けてちぢれた残り毛が、すさまじく渦巻いている。そこが妙に汚なく、逞しく、動物的で、母親の礼拝の姿は、そこを見せるだけでも息子にきらわれる理由があった。

それでも母親は大いに楽天家だったから、自分の心配を楽天家らしい大仰な率直さで誇張した。峻吉が説明や釈明を試みても、自分のもののわからなさ加減に自信をもち、一方、これは明らかな長所だったが、知識階級の母親のようには、息子に理解されないという悲嘆に沈まなかった。

峻吉はいよいよ家を出るときに、母親が背中で切火を打ち、瞬間の弱い火花が、彼の肩ごしに飛んで消えるのを見ながら、『ふりむかないで出て行こう。この背中を背後に残したまま、まっすぐに出て行こう』と思った。母親の代表しているものから、こんな晴れやかな朝の光りへ向って、無限に遠く出発する喜びは何物にも代えがたかった。それでいて彼は、母一人子一人の家庭に、何のやりきれぬ煩雑さを感じているわけではなかったが。

町の朝陽が峻吉の顔を射て、さわやかな力を確認させた。商店街の店あけ、自転車の手入れ、郵便配達、顔見知りの人の「おはよう」の呼びかけ、魚河岸や青果市場から今着いたばかりの魚の光沢や朝の野菜のみずみずしさ、……こういう日常生活の細目から無限に遠い、もっとも非日常的なものが彼を待っていた。峻吉は肩を並べて駅へいそぐ勤め人たちの群から、身は高く抜きん出ているのを感じた。『きっと政治的暗殺者は、朝、こんなすばらしい気持で、我家を後にするだろう』

三週間の禁慾が、この数日、却って彼の平静さのもとをなしていた。二週目が一等辛くて、焦躁や不安の原因がみんなそのためのように思われた。禁慾に入る前の晩、スパアの相手をつとめてくれた松方が、峻吉の肩をタオルで軽く叩いて、こう言ったものだ。

「おい。ジャブ打って来いよ。あしたからは三週間お預けだぜ」

そして峻吉はその通りにした。

――駅で電車を待つあいだ、峻吉は誰も彼の顔を知っていないことに、軽い愕きを感じた。すでに彼の顔はスポーツ新聞に大きく出たのであった。調印の際の記者会見。それからリング上での、試合の予告を兼ねた、観客への華々しい紹介など。……

『持久力は大丈夫だろうか？』

ここ二三週のあいだ、峻吉は計四十ラウンドのスパアリングをやっていた。そのなかには、三回戦ばかりに馴れたアマチュア選手に六回戦の自信を持たせるために、特に松方がパートナアをつとめてくれた六ラウンドのスパアリングも含まれている。その六ラウンドのスパアは一回きりなので、スタミナについては尚些少の不安がある。

『プロ転向のとき誰でも持つ不安だ。誰でも持って、そうしていつか忘れるんだ。俺には不要なことを考えない能力がある』

電車は混んでいて、一人の中年の勤め人が、網棚から辛うじて下ろした鞄の角が、峻吉の目を突きそうになった。咄嗟に目を守った腕の肱で、彼は勤め人を突き飛ばした。中年男は半分よろけた姿勢のまま、下車する人波に支えられて車外へ去った。

峻吉は試合に臨むこの貴重な肉体に対して、少しも敬意を払おうとしなかった古鞄に不満を持った。網棚の上にいるあいだ、鞄は、角の革が擦れて、おそらく愚にもつかない調査書類の束のために不自然にふくらんで、見捨てられて、社会のくたびれた漂流物のように見えたのであったのに……。

『俺は一人きりだ』と突然思った。計量が無事にすんで、窓から埃っぽい八つ手の葉を眺めていたときである。彼は勇気を感じた。

夕ぐれに試合場に入ったとき、入口に待っていた川又の上機嫌な顔、つまり怒っているような顔が、一等先に目に入ったことが、峻吉の気持を決定的にした。それはいい辻占だった。川又は黙って、峻吉の背を軽く叩いてから、そのまま控室までついて来た。

鏡子の一党があらわれたのは六時半である。彼らは六時に待ち合わせて、すぐやって来たのであった。男たちも光子も民子も、峻吉のアマチュア時代の試合を見ていたが、鏡子が拳闘を見るのは、今日がはじめてである。鏡子は血を見て卒倒しないかと心配したが、カーテン・レイザーの四回戦から順々に見てゆけば馴れるに決っていると清一郎が言った。清一郎はずっと鏡子の隣りの席で解説役を勤めることになっていた。

思えば鏡子が清一郎に逢わなくなってからずいぶんになる。しかし逢って喋りだすと、つい二三日前に逢った同士のような気分になる。

「あなたの結婚式のとき、私あの森を家からじろじろ眺めてやったわ。わからなかった？」

と顔を見るなり鏡子が言った。

「わかったよ」

と清一郎が言った。これで諒解が成立した。

収が来、夏雄が来た。光子と民子は少しおくれて来た。清一郎が鏡子のために、四回戦を見てゆっくり勉強して、それから峻吉の試合を見たほうがいいと言ったので、一同は勢揃いすると一緒に会場へいそぎ、ゆっくり話をする暇もなかった。いずれ話は試合のすんだあとで、峻吉を交えて落ちついた時にすればよかった。

鏡子がいつもながらのエレガントな身なりをして、雨も構わず大きな帽子をかぶっていたので、そんなものをかぶっていると、見物の邪魔になるのみならず、気の荒い見物にはたき落されるだろう、と清一郎がおどかした。鏡子は帽子の遣場に困り、それが傘のように折畳み式になっていないのを悔んだ。

車のなかで、みんなが清一郎に、今夜の峻吉の敵手のことを訊いた。それは嘗てかなり有名な選手だったが、有名であろうと無名であろうと、この連中にとって親しみのない名であることには変りがない。

嘗て自由拳の一枚看板であった南猛男は、全日本フェザー級チャンピオンであったが、今ではランキング九位に落ちた選手で、引退の噂が立っている。新人の売出しに、こういう過去の有名選手とのカードを組むのは、プロ・ボクシングの定石である。

「それじゃ峻ちゃんが勝つに決っているのね」

と鏡子が言った。

「予想はそうだろうが、南だってまだ衰え切った選手じゃないんだ。スピードこそないけれど、スタミナもあればパンチも強い。ただテクニックの単調な選手だから、アマチュア出の選手には、打たれさえしなければ扱いやすい相手だよ。ボディも強いとはいえない。それに年も八つもちがうんだからな」

——会場はS区の公会堂の古い陰気な建物で、風雨を避けて暗い入口に蝟集している人ごみの中から、車を下りた一行にむかって、数人の柄の悪い若者が駈け寄って来た。そして、「切符ありますよ」とか、「余ったら買うよ」とか、「いい席ありますよ、妃殿下」とか鏡子に言った。

鏡子は入口を通るときに、清一郎に衛られながらも、切符のモギリに携わる大人数の人垣におそれをなした。かれらは今夜の関係のプロモーターたちの若い衆で、いずれも晴着に身を固めているが、素破というときの身構えができていて、阿漕な無料入場者を見張っているのであった。

鏡子は半ば怖ろしく、半ば嬉しい。無頼の人たちの気取りを知らない鏡子は、かれらの目つきの鋭い怖い顔を、ひとえに気取りのないせいだと考えた。

「すごい悪者たちばっかりね」

そう鏡子は清一郎の耳に囁いた。

「しいっ。そんなことを言うもんじゃありません」

鏡子はこの若い「悪者」たちの吐く熱い息が、正確にあの無秩序な焼跡の時代から伝承されているのを感じた。あの時代に、あの時代特有の精力とお先真暗な生命力の暗い輝やきとを代表していたのは、正にこの人たちだったのだ。鏡子はふつうの劇場の空気とはまるでちがった、すでに叫喚にみちあふれ、煙草の煙の靄とライトとが綾をなしている会場へ入ってゆくとき、はじめて来た場所であるのに、いかにも親しいものに触れる思いがした。

通路を逆に辿って来て、大手をひろげて、峻吉がみんなを迎えた。彼はまだきちんと服を着けていた。そしてリングサイドの二列目の席へ六人を案内した。

「あとで控室へやって来ないか。俺の試合の二つ前ぐらいの四回戦のあいだだったら……」

彼はこういう派手な女たちのファンを、倶楽部の連中に見せたいのだった。

「試合のあとはあけておいてね」と鏡子が言った。

峻吉はそのあと二つ三つ冗談を言ってから姿を消したが、こんな応対の程のよさが、彼の平静な心境をよく示していた。

『俺は平静だ』と場内の喧騒のあいまあいまに、峻吉は思った。こんな平静さには註釈をつける必要があったのだ。

彼の試合がはじまるまでに、前座の四回戦が四つある。従ってまだ一時間ある。控室へかえって、刻々と試合の進行を知らせる声をききながら、果てしもしれない時間の永さを持て余した。朝の計量から今までだって、待つ時間は無限に永かった。しかし押し詰るにつれて、時間は濃度と密度を増し、黒い苦いエキスのような、嚥み下しにくいものになった。

こういう時間をやりすごすには、何かとものを考えるのが一等よかったろう。しかし考えないことこそ、彼の信条でもあり、陶冶の結果ほとんど天分に近づいた彼の特質でもあった。

自己に忠実だということが、性格を形づくるのではない。『俺がもしものを考えたら、俺は俺でなくなり、俺を支えていた糸はみんな切れてしまう』……こんな自己崩壊の危険に処する緊張だけが、本当に性格の名に値いするのである。だから峻吉は性格を持っていた。

ふだんは講演をする人の楽屋に使われている控室は、一角が高くなって畳が敷かれていた。敵方の控室は又別にあった。床のほうには折畳みの椅子が雑然と散らばり、今負けてきた四回戦ボオイが、その椅子のひとつに腰かけて、瞼の傷の手当をしてもらっていた。

峻吉は敵手の南猛男のことをずっと考えずにいた。もちろんその弱点や戦法は考えずみだが、アマチュアのたびたびの試合の経験で、はじめから相手の弱点に気をとられることの危険を知っていたのである。

峻吉は畳の間に上って、着ているものを次々と脱いで壁に掛けた。チーフ・セカンドをつとめる松方が、８ＤＡＩ・ＢＯＸＩＮＧ・ＣＬＵＢという背文字をつけたトレエニング・シャツの姿で上って来て、

「おい、バンデージを巻く前に、俺が絆創膏を貼ってやるから」

と言った。それはアマチュアの試合にはない風習である。

花岡と川又が八代会長と話しながら部屋に入って来た。峻吉は立上って、それぞれの激励の言葉をきいた。花岡のがもっとも噴飯物でもっとも長く、川又は一言、左のフッ

クの形を瞬間空に描いて、

「これで行けよ」

と言った。それから、上り框の柱に手を支えてきいている峻吉に、

「それ、いかんよ。わかってるな」

と相かわらず説明不十分な忠告をした。峻吉はこんな以心伝心に慣れていたので、すぐ手を引いた。川又は、試合前に選手が少しでも腕に抵抗を与えるような姿勢をとるのを禁じていた。

少しきこしめしている花岡は、上機嫌で幸福で不安で、峻吉の姿から瞬時も目を離さない。電燈の下に照り映えている彼の肩の肉を見ては、

「うん、いい光沢をしている」

と独り言を言った。たえず、

「こりゃもう深井の勝に決ってるな。勝負はもうついてるんだ」

と話しかけて、八代会長をうるさがらせた。非常に秀麗な目鼻立ちが、不吉な暗い感じを人に与える会長は、いつもの笑いにならない薄笑いをうかべながら、同じ返事をくりかえした。

「そりゃあそうだ。こいつは太え野郎だから。しかし油断は禁物ですよ。相手も只の鼠じゃない」

――リングに上るままの姿で峻吉が床に下り立つと、背広の男たちが、この青年の裸の姿から、いろんな予想を嗅ぎとるように彼のまわりを囲んだ。松方がひらいた掌を向けて、峻吉に左のストレートを打たせた。

厚い掌が、峻吉の拳を受けて、明るい弾力のある音を立てて宙に揺らいだ。

「左下りますか？」

「いや、その調子、もう一つ」

花岡が言わでもの註釈を大声でつけた。

「打ったあとで一寸下る癖がなくなったんだ」

川又は矜りを傷つけられて黙っていた。峻吉にはもともとそんな癖はありはしなかった。八代拳がその癖を作り出し、そしてその癖をやめさせたのだ。

このとき鏡子の一行が控室へ入って来た。控室にいた連中は呆気にとられ、セカンドの若者が口笛を吹いて会長に睨まれた。

場ちがいに決して頓着しない鏡子は、鼻血をこすりつけたあとのある椅子のあいだを、峻吉のほうへ近づいて、レエスの手袋の手で、バンデージを巻いた手と握手した。そしてこれから外科手術をうける人にするような挨拶をした。

「頑張ってね。気をしっかり持って頂戴ね」

健気(けなげ)なものを見るときの母性的な率直さが、鏡子の目に悲しみの色を点じた。まわりの男たちが大そう残酷に見えたので、陽気に元気づける作法を忘れてしまった。峻吉にはこの気持がよく通じたので、バンデージの手を自分で嗅いでみて、こう言った。

「きょうのパンチは香水くさいって言われるだろう」

「あら、あなたもう怪我(けが)してるの」

鏡子がはじめてその繃帯(ほうたい)に気がついて、高声で言った。控室の一同は笑い出した。

その服装ばかりでなく、感情でも、鏡子は場ちがいを怖れなかった。こんな殺風景な、徒(いたず)らに明るい部屋の中で、彼女は抒情(じょじょう)的な空気を思うさま吸った。ここには突然眠りから呼びさまされて出発する人たちの暁闇(ぎょうあん)の雰囲気(ふんいき)があった。あわただしい裸の旅装。行動へ出発する人間は、遠い国へ旅する人のように、のこる人たちにきっぱりと訣別(けつべつ)の挨拶をしなければならない。いずれにせよ、間もなく峻吉は、あのリング上のまばゆいライトの下へ、丁度赤道の太陽を浴びにゆくように旅立つのだが、そのあいだ彼は、われわれの国の住人ではないのである。

清一郎が小声で専門的な質問をした。

「はじめワンツーで行って、あとから奥の手の左フックを出す手だろう? そうだろう?」

峻吉は気楽そうに黙って微笑した。

光子や民子の挨拶はがさつで陽気なもので、収や夏雄の激励は簡素だった。この賑(にぎ)やかな一行の出て行ったあとでは、控室の裸電燈の明るさだけが陰気に残った。

「お前も隅(すみ)に置けないな」

と会長がからかったが、気の利(き)いたからかい方をしてやろうなどという努力を払わない人だった。

松方は、映画女優か女給かと見当をつけていたので、峻吉が堅気の奥さんだと言っても信じなかった。

「ふざけるな。俺だってちったあ女を見て来たんだ」

ひとり花岡は陰気な面持(おももち)だった。こんな莫迦(ばか)々々しく派手な見舞が凶兆のような気がした。その得体の知れぬいやな気分が、一種の嫉妬(しっと)だとは気づかずに。

「第五試合、六回戦でございます」

と場内マイクが告げているあいだ、峻吉は新調の純白のガウンの姿で、リングの下に置かれた白い松脂(まつやに)粉の箱の中へ、靴底(くつぞこ)をこすりつけていた。目の高さにリングがあり、その方形は荘厳な光りの靄に包まれて浮んでいた。

松脂の粉は靴底できしんでいた。身のまわりの観衆は、アマチュアの試合の客とはまるでちがっていた。完全な意味での群衆で、ただ我(われ)を忘れるためにだけここへ来ている連中。惨劇に対するその渇望。ところで峻吉は、打っているときも打たれているときも、血を流しているときも流させているときも、かつて惨劇という言葉を知らなかった。火事場見物を前にして彼自身が火事であること、冷静に計算された精密な火事であること、この役割はいつでも彼自身の存在を乗り超えていた。自分が火事になる瞬間、彼の存在は一つの事件になってしまうのだ。お客の待ち望んでいるのもこの瞬間である。

「赤コーナア……」と司会の声がかかったとき、峻吉はチーフ・セカンドの松方に肩を叩かれてリングへ駈け昇った。

「赤コーナア、百二十三ポンド二分の一、八代拳所属、深井ィ峻吉ィ」

彼は言われていたとおりに、リングの中央へ出て、四方へお辞儀をしたが、こんなはじめての愛嬌が、大そう身につかない気がした。拍手と声援はさかんであった。赤コーナアへかえった彼は、自分の体がリング上の光輝に包まれているのを感じた。それはこの身を溶かしてしまうような光りである。

青コーナアの向うの闇からリングの光輝の中へ、紺のガウンの南猛男が昇って来た。南は縫い込まれたような小さな目を底から無邪気に輝やかせていたが、額も頬も鼻も顎も、叩き均らされて角を失いながら、鬱積した力の印象を与える。そして浅黒くて毛深いのである。

「青コーナア、百二十四ポンド、自由拳所属、南ィ猛男ォ。……レフェリイ、山口順三郎」

蝶(ちょう)ネクタイのレフェリイが二人を呼んだ。二人はガウンを脱ぎ、峻吉の赤いパンツと南の黒いパンツのひらひらした人絹の光沢を観衆に示した。

『さっき司会が南の名を呼び、南が四方へお辞儀をしていたとき、俺にはお客の顔が見えた。俺は冷静だ』……こんな感想は彼の頭上高く、流れ星みたいに走って去った。レフェリイが二人を引き分けた。ゴングが鳴った。すると峻吉には、今まで明晰(めいせき)に秩序立っていると思われた世界が、突然崩壊して、真赤な混濁したものになってしまった。

峻吉は今、大きな聾(みみし)いたがらんどうの世界に包まれている。そこでは本当に一人っきりである。尤(もっと)も相手は見える。ほぼ同じ背丈の顔は目の高さに見える。しかしその相手は、呼べども答えない遠いところにいて、ただ肉と閃(ひらめ)く拳だけが、すぐ近くにいるように思われる。すぐ近くにいて、口のあいだからときどき閃く舌を見せる。

むこうが小刻みにジャブを出したので、峻吉も小刻みにジャブを出した。『なぜ向うが出したから俺が出すのだ。その反対でなくちゃいけない』と思った。

彼の足は、しかし滑らかに動いていた。左へ左へと踏み込む足に、右足は軽やかに従った。

おそろしく静かで、このまますべてが停止してしまうように思われた。南がワン・ツーを出した。絹ずれのような息の音を立てて。

峻吉はすぐ間近の相手の肉体をとおして、非常に遠く星のように遠く見える相手の存在へむかって、そのおよそ無限の距離を突き進んで行こうとする。左のストレイトが相手の眉間に当った。それがたしかにウェイトのかかったパンチだったと思う間に、自分の右の顳顬を打たれた。打たれた瞬間に、左へサイド・ステップを切っていた。思わずとっておきの左フックを、腰のひねりをきかせて打った。フックは相手の鳩尾に見事に決った。

打たれた南は反射的に左のフックを返そうとして、空ぶりに終った。このとき峻吉は、人の大切な秘密を見てしまったように、空ぶりをした南が、宙に浮いてよろめく姿を見てしまった。

それは丁度、よろめいている人形を、黒い台紙に貼りつけたみたいに見えた。力が空虚へ向って放たれて、そこへ重心をとられた四肢は、一瞬、射たれた鳥の翼のように力なく、無邪気な目をみひらいたまま、顔の表情は空白になったのである。

これは実に短かい刹那の出来事で、南はすぐ態勢を取り直したが、見たほうの峻吉は、自分の目と耳を取り戻した。あのように崩壊し混濁していた世界は、これを見た瞬間から、ふたたび明快な結晶に引き締った。はじめて峻吉は、自分が無人の世界にいるのではないことを知った。

リングは観衆に囲まれ、その周囲には更に厖大な社会がひろがっていた。段階を帯びて深まり色濃くなってゆく夜の果てまで、無数の人の顔がひしめいており、その中心の光りの靄の中にいるのは峻吉であった。ここが疑いもなく中心だった。今ここで行われていることが、夜の深みにまで滲透してゆく力や精神の源であると云ってもよかった。だからこそ、ここでは裸かの肉体の、打撃に赤らんだ皮膚や夥しい汗が、光輝に照らされているのであった。

群衆はこう叫んでいた。

「南、ジャブ！　ジャブ！」

「深井、連打！　連打！　軽く行け、軽く」

「深井、利いてるぞ！」

「そう！　そう！　行け！　ほら！　打つ！」

「そら、先行くっ！」

「よけるんじゃないよ。先行くんだ、先」

「数出せ。数」

「そうだ。ジャブ、ジャブ！」

峻吉は自分の位置を知り、目をみひらいた。それはおどろくほど賑やかで、ざわめいて、動揺していて、しかも簡単な構造を持った世界だった。

彼は打ち、進み、打ち又打たれた。二人がジャブを顔に相打ちしたときにゴングが鳴った。

三人のセカンドが小椅子とバケツと含嗽をする水を入れたビール罎を持ってコーナーへ駈け上り、峻吉を迎えた。

パンツの紐をゆるめて深呼吸をさせながら、チーフ・セカンドの松方は、耳許に口を寄せて、こう言った。

「その調子でやれ、さっきのボディ・ブロウはよほど利いてるぞ。とにかく深く入って、ボディを狙うんだ。巧いところを見せようと思うなよ」

この助言が峻吉にかなり勇気を与えた。暗い空間をくっきりと劃しているロープの白を見た。ロープは一ラウンドの激動の余韻を残して、なお心持揺れていた。それはたえず無心に揺れつづけている白い敏感な国境であった。百回に垂んとするアマチュアの試合の経験から、戦いの最中に、ロープが斜めに見え、リングの床が傾いでみえる時は、劣勢に陥っている時であることを峻吉は知っていた。今日はまだ、それは一度も斜めに見えない。

場内マイクが激励賞の追加を告げていた。

「深井選手に激励賞が贈られております。浅草の木津商会さん、中野の林健治郎さん、信濃町の友永鏡子さん」

峻吉が鏡子の名に聴耳を立てたときに、

「第二ラウンド、第二ラウンドでございます」

という声と共にゴングが鳴った。

――第二ラウンド。

「深く入れ」という松方の言葉は、峻吉の脳裡にいきいきと目ざめた。目の前に、まばらに胸毛の生えた南の浅黒い胸を見た。あの胸深く到達しなければならぬ。南の胸は両拳に衛られながら、右に左に揺れ動いていた。

こんな目近な胸の筋肉、忽ち汗に濡れる熱い胸の肉のむこうに、遥か遥か遠く敵のボクサーの存在が星みたいに煌めいている。星は標的だ。それに到達しなければならぬ。そのためには目前の肉、この鈍重な音で打撃に応えながらたえず立ちふさがる肉を打ち破らねばならぬ。微妙に神経質に守られて、稲妻のようなパンチを放射しながら、次第に汗と血にまみれてゆく敵手の肉体。その汗ばんだ筋肉の険しい輝きや、あたりの来世のような眩ゆさ。リングをとりまく喧騒な夜。そのどよめき。そして深い夜の遥か遠くにひとり煌めいている敵手の星。……これがボクサーの宇宙だった。

峻吉は左フック、右ストレイト、左フックと連続して顔に打った。こうして相手の体勢を崩してかかって、その上でボディを狙おうと思ったのである。果して赤い粉のようなものが峻吉の眼前に散った。南の瞼は傷ついていた。

血の静かにしたたり落ちる速度、そのとめどないゆっくりとした流出は、ボクシングの激動のスピードの間に、いかにも悲劇的な対照を生ずる。血の小止みない滴たりが、この見かけの神速な打ち合いの間を縫って、人間の肉体の衰退の正確なリズムを伝えるからである。

南の瞼の血は、眼尻から頬へ、ひっそりと流れつづけていた。峻吉の次の打撃で、血は忽ちあたりへ飛び散って顔を隈取るが、ふたたび樹液のように、もとの道筋を辿って流れた。

そのとき峻吉は、南のストレイトを避けそこねて、鼻柱へしたたか喰った。鼻の軟骨が顔の中へめり込んだような、大きな暗い凹みを作られたようなショックを感じた。そのまま相手へのしかかって行ってクリンチをした。南の烈しい息づかいを耳もとにきいた。峻吉は一瞬の休息ではっきりと目ざめた。レフェリイがクリンチを引き離す合図に、手を拍いていた。その灰色のズボンの閃めきがちらと視界の隅をよぎった。

クリンチはふしぎな作用をする。そのあとでは峻吉は敵意や憎しみではなく、持ち前のがむしゃらな快活さが身内に蘇えるのを感じる。体は熱く熱している。彼の快活さは久々に鎖を解き放たれた仔犬のように、身をくねらしてその場へ躍り出た。

南が些か射程をあやまって、やや遠すぎるフックを打って来たので、ひろがった肘の角度が、瞬時のわずかな隙（すき）を示した。

こういう隙を峻吉は見るのではない。こういう隙は突然空中に放り上げられた一枚のトランプのカードのようなものである。狙撃者（そげきしゃ）はそれを見るのではない。

峻吉の左ストレイトは、この隙を貫いて、まっすぐに南の顎に入り、ついで左のフックも腹に入った。南はよろめいた。峻吉は左右のフックの連打で南を押して行ったが、敵の腹は彼の拳（こぶし）の前に、重い扉（とびら）を俄（にわ）かに闊然（かつぜん）とひらいたかのようだった。それは退いた。しかし崩れなかった。敵の背後に、慄（ふる）えている二条の白いロープが近づいて来た。そして峻吉は、湧（わ）き立つ昂奮（こうふん）の声が、その彼方から放鳩（ほうきゅう）のように放たれて来るのをきいた。ロープに押しつけられた南はクリンチをした。峻吉はチェッと思った。その停（とま）っている時間を観衆の叫び声がぎっしり埋めていた。レフェリイが、果実をもぎとるように、二人の汗と血に輝やいている肩をむりに剝（は）がした。

引き離された南は、眼尻から血を流しながら、時を稼（かせ）ごうとして、堅固に身を護（まも）って、しかし可成的確なジャブを繰り出していた。彼は明らかにゴングを待っていた。

峻吉はもう一度、その懐ろ（ふところ）へ躍り込んだ。ほんの二三の軽い応酬があった、と峻吉は感じた。そのとき、敵手の体は、峻吉の拳の先から、急にむこう側へ音もなく倒れて消えてしまった。

「ダウンだ」と峻吉はロープに身を凭（もた）せて、烈しい息づかいをして、目の下に倒れている黒パンツの裸体を見つめていた。

「ワン、ツー、スリー、フォー……」

レフェリイが大まかに腕を振ってカウントしていた。

『起き上ってくれなけりゃいいが』と峻吉は祈った。ダウンした相手が起き上って来るのを見るときの、あの興褪めな落胆と疲労の感覚を彼はよく知っていた。塩辛い唇を舐めた。鼻血の出ていたのにはじめて気づいた。

「……シックス、セヴン、エイト」

南の小さな、無邪気な目がひらいた。それは床の上に落ちている光った黒い礫のように思われた。『もう大丈夫だ』と峻吉は思った。南は上半身をもたげてうつむいていた。

『俺は勝った』……この感じはいつでも新鮮で、いつでも飛切上等だった。

「テーン！」

と大きく叫んだレフェリイが、峻吉の腕をさし上げるために近づいて来た。蝶ネクタイがすこし曲っていた。

＊＊
＊＊

峻吉が勝てば祝賀会になり、負ければ残念会になるように、鏡子の家にはいろいろと御馳走が調えられ、真砂子は夙に寝かされていた。風速十五米に及ぶという予報があったので、留守番の女中は何かと気を遣わなければならなかった。客間の露台に面した仏蘭西(フランス)窓の一つは、風に鳴りやまず、時として雨がまともに吹きつけると、蝶番(ちょうつがい)の隙間から黒い雨滴を室内の柱のかげに流した。

鏡子は離れの日本館にも泊り客の用意をしておくようにと言い置いていた。これはめずらしいもてなしと云うべきだったが、風雨が際限もなく募る場合のことを考えてそうしたのである。

九時を廻るころ、夏雄の車と鏡子のやとったハイヤーに分乗した七人の一行は、東信濃町の鏡子の家に着いた。勝利の昂奮に風雨の烈しさが加わったので、みんな頬が火照(ほて)ったり、目が潤(うる)んだりして、落ちつかない。峻吉を囲んで客間へ雪崩(なだ)れ込む。一刻も早く祝盃(しゅくはい)をあげたがる。しかし峻吉一人は頑(かたく)なにオレンジ・ジュースの習慣を枉(ま)げなかった。

勝った試合の常で、峻吉にはいささかの疲労もなかった。むしろ打たれた頭は充血して、ひどく火照って、かすかに軋(きし)むように痛んでいた。しかしそれは爽快(そうかい)な頭痛であった。

祝盃を寄せられた峻吉は、鏡子に激励賞のお礼を言った。一同はそのアナウンスをききのがさなかった彼の沈着ぶりにおどろいた。清一郎が無遠慮に今日の試合の報酬の額をたずねた。それは一万円で、清一郎はまず妥当な相場だと言ったが、贅沢(ぜいたく)な女たちはなかなか承服しなかった。彼女たちは暗黙の裡に、もし自分が一夜体を売る羽目になったとき、請求する筈の金額と比べていたのである。

するとを早速これを見抜いた清一郎が意地悪を言う。

「それは君たちの経済的偏見だよ。一万円が何が不足なんだ。男の流す血は、むかしなら一銭五厘の葉書で買えたんだし、伝統的に、女の一夜の体よりずっと安く出来ているんだ。女はどんな貴婦人でも、男につけられた値段をきくと、すぐ自分の体を売った値段と引き比べて、高いの安いのという意見を吐くんだから。尤もそれ以外に、女の固有の値段というものはないわけなんだから」

「あなたっていつも変な想像をするのね」と図星をさされた光子は、少し怒って言った。

「私、そんな意味で言ったおぼえはないわ」

「しかし他に価値の基準がないんだから、仕方がないじゃないか。男が血を流して金を儲け、女は体を売って生活の資を得る。どちらも立派な仕事だし、尊敬するに足る仕事だ。峻ちゃんはこんな比較で腹が立つかい？」

峻吉は微笑して首を振った。彼が拳闘に見ているのは、ただ直截な行動の原理であって、何らかの価値基準ではなかったから、それが何に譬えられようと平気である。

風雨は帷に覆われた仏蘭西窓の硝子を撃ち、片方の窓は神経的に鳴りつづけていた。しかしこれも民子がかけた直輸入盤のエディ・コンドンのディキシーランド・ジャズの騒音にまぎれてしまった。

「さあ踊りましょうよ。それより踊りましょうよ」

と議論の何よりもきらいな民子が言った。誰も答えなかったので、夏雄が気の毒がって立って行ってお相手をつとめた。が、一二曲も踊るうちに随いて来る者がないので席に戻った。

みんなはよく呑み、よく喰べた。いつも食欲のさかんな峻吉だけは、減量の空腹の憂目を見ないですんだのと、プロの最初の試合の昂奮とのために、いくつかのカナッペを口に運んで、オレンジ・ジュースのお代りをするばかりであった。

清一郎がさっきの議論を蒸し返して、こう言った。

「……そうして、ボクサーはどこから金を取るかというと、力を渇望しながら自分は卑屈な毎日を生きている哀れなお客から捲き上げた金をあらかた懐ろに入れた拳闘ボスから、当てがい扶持で貰うだけだし、娼婦も亦、似たようなものなんだ。拳闘選手と娼婦は、純粋な心情で、体を張って生きているのに、お互いに強慾なボスの張りめぐらした網を隔ててしか逢うことができない。純粋な男と純粋な女、男の男たることで生きている男と、女の女たることで生きている女が、網の目をとおしてしか逢うことができないなんて、いかにも不合理じゃないか。

ところで、ここには、少くともこの鏡子の家には、そんな網もなければ従って網の目もない。しかも今ここには、一人の若い純粋な拳闘選手がいるんです。だから純粋な娼婦も一人いていい筈なんだ」

この言葉に女たちは顔を見合わせた。清一郎は頓着しなかった。地味な背広とネクタイに身を固めて、朝の丸の内界隈ではどこでも見かける青年の姿を装いながら、今彼の裡にひろがってゆく酔いは、勤め人たちの夜の附合のあのいじけた酩酊から遠く離れていた。

卓の上には見事な七宝の黒紫色の花瓶に、おびただしい花をつけた八重桜の幾枝が挿されていた。レコードは夙に終っていたので、皆の守っている沈黙は、硬い襞なりに押しよせて窓をゆるがす雨風の音をゆるした。夏雄は、今花弁を保っているのはこの室内の桜ばかりで、信濃町近辺の遅桜も、自分の家の塀ごしのあの桜も、今夜一夜ですっかり花を喪うだろうと思った。すると少しも動揺せずにこうして花を保っている卓上の桜は、燈火の影を鄭重に折り畳んで咲き誇っているのが、いかにも妖気を帯びて感じられた。

「君はその一万円を何に使うんだ」と清一郎が酔いの勢いに乗じて、峻吉を困らせるようなことを尋ねたが、この強気ぶった語調には後輩に対する情愛がこもってきこえた。

「え？　何に使うんだ。酒も呑まないし、どうせ女だろう。おふくろに持ってゆく君でもなかろうし」

峻吉は今朝方彼の背に切火の火花を散らした母親を思い出したが、それは依然彼の背後はるかに残してきた遠い小さな世界に属していた。

「それかと云って、持って行ってやる女もないしな」

と峻吉はぞんざいに答えた。

こういう会話を、夏雄は傍で聴いていて少しも不快な会話だと思わなかった。それは酔いの促す会話と云うよりも、戸外の嵐の気配、夜ふけの樹々の幹を伝わる夥しい雨水や、吹きちぎられる葉や小枝の新鮮な傷口などが、室内の人たちの気分をいつもよりもいきいきとさせ、活潑な情緒を目ざめさせている、そういう作用から生れた会話だと思われた。伐られた八重桜のなまなましい紅はそれとちがっていた。ここには植物の陰気な魂が隠れていた。

「そうだ。そんならここに、純粋な娼婦がいるべきなんだ。君は三人のうちのどれを買う？」

と清一郎が叫んだ。民子が下品な逃げ口上を言った。

「私だけはもう御用済みだから資格がないのね」

峻吉は試合のあとでいつも急激に襲われるあの飢渇をはっきりと身内に感じた。疲労によっていよいよ燃えさかり、打たれたあとの熱い頭が炉のようになって焚きつける欲望は、はからずも民子のこんな遁辞で、却って鮮やかな幻を目前に描いた。一刻も早い解放が必要だった。ふだんはごく自然な、とらわれない欲望を保っているこの青年も、永い禁慾と試合の勝利のあとでは、ひどく観念的な欲望の虜になったのである。

　彼は鏡子と光子を見比べた。『鏡子を買うことができるだろうか』……この考えは疑惑にもなり、ついで恐怖にもなった。清一郎の言わんとするところはよくわかり、峻吉は相手が女である以上、何ものにもとらわれずに、欲しいものを買うことができる筈だった。しかしなお鏡子は抵抗を与えた。鏡子は申し分なく美しかったが、この美しさには男の心を凍らす何か不本意なものが漂っていた。

　光子はどうか？　彼は今更ながら光子の姿をしみじみと見た。光子はグレイのスーツを着て、胸もとを埋めた南米土産の火焔樹の模様のスカーフに、大きなオパールのブローチをしていた。そして流行の化粧をして、すこし黒ずんだ色の口紅をつけていた。峻吉が今まで光子と寝たことがないのは、たまたま機会がなかったためにすぎなかった。

　鏡子は光子をちらりと見た。清一郎の冗談が一向度を越しているとは思わなかった。ここの家では許されない冗談はなかったし、およそ人間の頭に浮ぶもので、許されない観念はなかったのである。が、鏡子は自分が他人の観念の対象になったり犠牲になったりすることは御免であった。どんな醜悪な観念にも無際限の寛容さを持していたが、また公平無私でありたく、あらゆる偏見を避けて来た結果、偏見のないという誇りばかりが強くなった。

『みんな清ちゃんの言うとおりだわ。どんな偏見も絶ち切って、男の中の男が、女の中の女と寝るべきだし、男が拳闘選手に代表され、女が娼婦に代表されるというのも私は賛成だ。しかし今、峻ちゃんは私をちらちらと見て、そうして我慢した。それが私にはありありとわかる。私は、決して買うことのできない娼婦、という道を選んだのだから。それが私の生甲斐なのだから。すべてのもの、すべての男、すべての眼差が、私の中のこの観念を富まし、私を見えない宝石で飾り立て、そうして私を無秩序の化身にしたのだ！』

光子は鏡子のこの落ちつき払った沈黙に負けた。こう言ったのが負けだったのである。

「私は峻ちゃんは好きだし、魅力があるし、きょうの試合だって、これで勝ったら何か御褒美をあげるつもりだったわ。でも買われるのはいや。只だったら、何でもしてあげるつもりだのに」

清一郎が一層意地悪を言った。

「峻ちゃん、金を払うんだ。彼女はいやだとは言わない」

峻吉はまじめになって少し蒼ざめた。上着の内ポケットから封筒をとり出し、十枚の千円紙幣をかぞえて、卓上に黙って置いた。

光子はすでに酔っていた。誰ひとり止め手のないこの遊戯に、彼女は突然、孤独な状況に置かれた自分と、物事の急角度に傾斜してゆくスリルを発見したらしかった。光子は笑った。そしていかにも母性的な配慮から、千円紙幣の一枚だけをハンドバッグへ放り込み、のこりをむりに峻吉の手に握らせた。

「私、千円よ。私、千円よ」

光子は立上って峻吉の首筋に抱きついた。それから又立上った。

「私、千円よ。私、千円よ」

酔っている光子が収の頬に接吻したので、収は気を悪くした。夏雄は危うく接吻を免かれた。

「私、千円よ」というこの甲高い繰り返しは、一座の人の気持を、社会から決定的に背かせる呪文のような作用をした。ここで行われていることが、孤立した行為だという思いに人を誘った。光子は長椅子に横坐りに坐って、みんなの前で靴下を脱いだ。清一郎が手品師の身振りで近づき、人差指と中指のあいだに靴下の片方を吊るしてみんなに示し、さてそれを切子硝子のタンブラーに丸めて入れると、上からウイスキーとソオダを注いで、男たちにすすめて廻った。

民子は熱烈に笑っていた。

「まあ汚ない！　まあ汚ない！」

民子がこの「汚ない」という言葉を、女の実感をこめて叫んだので、却って遊戯はエロティックな興趣を増した。

鏡子は夏雄と収と峻吉の、誰がこの酒を呑むかを見張っていた。それは野蛮な成年式であった。

酒を呑まない峻吉が、清一郎からタンブラーを奪い取った。彼は笑っていたが、その眼差の純潔な怒りが清一郎を幸福にした。『試合のあいだこいつは怒らなかった。今はじめて怒っているのだ。こういう怒りこそ、あらゆるものに打ち克つだろう』

一同は峻吉がウイスキー・ソオダを呑み干したのにおどろいた。その拳の中のタンブラーには、黒ずんだ海藻のように濡れた靴下がわだかまっていた。

鏡子が女主人らしい沈着さを示して彼に近づいた。

「さあ、光子さんを介抱してあげなければいけないわ。お部屋はあちらよ」

鏡子はドアをあけて、暗い廊下の突き当りにこぼれている日本間の障子のあかりを指さした。峻吉は率直な微笑をうかべた。そして跣足の光子の体を支えると、のこる人たちに若い水兵のような挙手の礼をして、暗い廊下の奥へ立ち去った。

……のこる人たちは、一寸した気まずさに襲われた。清一郎一人は悠揚たる風を見せていた。こんな狂おしい遊びを宰領して、自分は誰にも犯されず傷つけられない場所に沈潜して、彼は片手にグラスを保ち、岩乗な顎と鋭い目の、やや重苦しい日頃の外観を持していた。

「これがあなたの結婚生活の憂さ晴らしなのね」

と鏡子が言った。

「冗談じゃない。俺は満足している。俺は立派な模範的な良人だよ」

と清一郎はいささかも皮肉を帯びない口調で言った。収がこう言った。

「君は何だって峻ちゃんの勝利に、こんなみじめな結末をつけたんだろう」

「親切からだ」

夏雄はそれまで黙っていたが、急にその澄明すぎる目をひらいて、同感した。

「そうだね。親切からだ」

一つの空虚を埋めるのに、別の空虚を以てすること。それは誰かがやるべきだし、やるとすれば、親切からに決っていた。夏雄は他人の助力の有難味をはじめて目の前に見た、もし他人がいなかったら、われわれはたった一つの空虚で満腹してしまっている筈だ。

「ねえ、踊りましょうよ。踊ったほうがいい」

と民子が言った。一人も応じる者がなかったので、民子は欠伸をした。それからややあって、又こう言った。

「いいことを思いついた。これから五人でナイトクラブへ行きましょうよ」

一同はこんな独創性の皆無に今更おどろいた。

言葉がほどけ、男たちが会わないでいたあいだのことをいろいろと話し合った。その話に知らない女が現われると、鏡子が微に入り細を穿った質問をするのも、常と渝らなかった。結論として鏡子がこう言った。

「つまりみんな成功しているんだわ。誰も彼も巧く行っているんだわ。峻ちゃんは試合に勝ち、清ちゃんは得になる結婚をし、夏雄ちゃんは有名になり、収ちゃんは筋肉をわがものにしたわけなのね。あなた方は空気から栄養をとったのよ。怖ろしい人たちね。あなた方は何もないところから、何か形をつくったんだわ。私たちが何もせずにいるあいだに！……それを大事になさいね」

男たちはこんな解説や訓誡に不満を持った。清一郎が、唇を歪めて言った。

「そうしてやがて、世界が一度きに崩壊するんだ」

「すばらしい音を立てて」と鏡子が和した。更にこう言った。「あなた方は成功しているばかりじゃなくて、希望まで持っているんだわ」

民子は結局、思うところへ男たちを連れて行った。収と夏雄がナイトクラブへお供をすることになった。鏡子と清一郎は肯んじなかった。清一郎はナイトクラブへついて行

って は帰宅が遅くなるし、それよりもう少し鏡子と積る話をしてから帰りたいと言ったのである。これは尤もな言い分だったので、民子は画家と逞ましい青年だけを連れて出て行った。散らかし放題の宴のあとの客間には、こうして鏡子と清一郎だけが残された。目が会って二人は微笑した。情慾と云うにはもう少し穏やかなものが、こんな微笑一つですぐ漂いだす間柄を、しばらく二人は黙ってたのしんだ。何の危険もない。それでいて羞恥もないのである。

「火を焚きましょうか」

と鏡子が言った。

「俺は雰囲気というやつがきらいだ」

と清一郎はにべもなく答えた。自分で立って、グラスに酒を補いながら、こう言った。

「もうじき、外国へ行くことになるかもしれないんだ」

鏡子は素直な犬のように頭をあげた。

「どこへ?」

「ニューヨーク」

「転勤なのね」

「うん」

それから清一郎はこう反問した。

「君は俺の結婚生活については、いつもの根掘り葉掘りの質問をやらないね。唾棄すべきものだと思っているんだろう？」

鏡子はこれには答えなかった。そしてちらと日本間へ通ずるドアのほうへ目を投げた。

「あいつの行為は決して自分を汚さない。しかしそれはあいつだけにできることだ」

と清一郎は多少嫉妬のこもってきこえる註釈をつけた。

世界がいつか引っくりかえるという予想、それだけが清一郎の純潔の根拠だった。

「俺はきのう床屋へ行った」と急に又言い出した。「床屋のやつ、セルロイドのマスクをかけ忘れていた。それでそいつの口臭が、顔を当ってもらっているあいだ、たえず俺の鼻先にぶら下っていた。……それから昨日一日、俺は妙に不快なほど幸福だった。何故かって？ 俺が他人の臭味をはっきり確かめたことがわかったからだ。会社の奴らは、俺を警戒して、なかなかその臭いをかがせない。そして俺の重大な社会的秘密は、俺だけが無味無臭だということなんだ」

こんな彼らしい寓話を語るときに、一度醒めかけた酔いに疲れた彼の肌は、ふたたびいきいきとして快活さを帯びた。戸外の嵐の音はなお衰えなかった。小枝が折れて露台の敷石に明るい音を立てて落ちた。

「君は何もしないでいて、ばらばらだ。俺は君のことを思うと、かつて美人だった女の、ばらばらな遺骸を見るような気がする。今日は足だけが見える。あしたは手だけが、手袋をはめて、闇の中へ落っこちているだろう」

「あなたもばらばらだわ」

と鏡子が言った。

「よく知ってるよ」

「二人が会っていると、継ぎはぎだらけでも少し纏まって見えてくるのね」

「ほんの少しだよ。まちがえてはいけない。ほんの少しだ。そしてあすの朝にはまたお互いにばらばらになる」

鏡子がかつて一度も見せなかったような身振りをした。清一郎にはこれが信じられなかった。微細な地図をよく眺めて、ようやく目ざす地点を見つけ出した人のように、彼は酔いの半ば醒めた頭を振って、納得が行った。

清一郎が鏡子の肩を抱えた。二人は玄関へ出る古い樫材の扉を押して、廊下の奥の鏡子の寝室までゆっくり歩いた。二人とも少しも急がずに、ものを嚙みしめるような歩度で足が運んだ。

鏡子が外から寝室のスイッチをひねって、扉をあけた。眩ゆいあかりに鏡子のベッドのしつらえられた白い敷布が浮んだ。このときベッドのかげに息を殺していた影が、急に立上って二人の体を押しのけた。

鏡子はほとんど悲鳴をあげた。そこには真砂子が子供っぽい寝間着を着て、少しわざとらしく首をかしげて、二人の顔を見比べていた。

「どうしてこんなところにいたの？」

と鏡子が動悸の納まらない声で尋ねた。鏡子がくどくどと叱責の調子で子供に弁解しているのをあとに聴きながら、清一郎は寝室を出て、玄関の帽子掛から地味なスプリング・コートを外した。

第二部

第六章

喫茶店アカシヤは繁昌していた。収はあいかわらず只の客をたくさん連れて来て入りびたり、母親は収に過分の小遣をやった。

「こんなにくれなくてもいいよ」と或るとき息子が言った。「こっちにだってちゃんと金蔓があるんだ」

「そんならたまにはお母さんに、美味しい晩ごはんぐらい奢っておくれ」

収は閉口して、母親を銀座の洋食屋へ連れて行った。

身装こそ良くなったが、化粧はますます毒々しい母親と、こうして五月の宵の口に、銀座の贅沢な食事を一緒にするのは、収にとって不愉快なことではない。自分は外国へ行ったことがないが、仏蘭西の女郎屋のおかみというのは、きっとうちのおふくろのようなタイプにちがいないと収は想像する。母親は真赤な爪をナイフに映してみて満足し、もっと深くナイフを覗き込んで前髪の加減を直した。

二人はいつもの通り色事の話をした。息子が一つすると、母親も一つする。母親の話は、どれももう少しのところで男の魔手からのがれたという話ばかりである。もしかすると母親らしい羞恥心から、息子の前ではそれから先を話したがらないのかもしれない。そう収が思っていると、卓のむこうから、母親が彼の耳もとへ口を近づけてこう言った。

「お前と私とはどうしても母子と思われていないよ。むこうの席へ着いた奥さん連が、さも軽蔑するような、それでいて羨ましそうな目つきで私たちを見ていた」

「思うやつには思わしとけばいいのさ」

母親は息子の美貌をうっとりと眺めた。自分の名前だけの良人もかつては美貌だったが、こんなみずみずしさや逞しさはなかった。秀でた眉の下の黒い瞳や、形のよい鼻や、男雛のような唇や、その春の服の肩から胸もとを充実して支えている肉の厚みや、……しかしこういうものの一切が、すばしこい不断の精力とは無縁で、展かれぬ窓のように内側に引き籠っている感じだけが、父親と似通っていた。母親はその窓に外から鼻を押しつけて、仄暗い内部をもっとよく覗きたいと思うのであった。しかし内部には家具のたたずまいがかすかに見えるだけで、人気はなく森閑としていた。

「お前はこのごろ役のつかないことをさっぱりこぼさなくなったのね。劇作座にはずっと行っているんだろう？」

「ああ」

母親はアントレエを待つあいだも、そそくさと煙草を喫んだ。煙に巻かれる卓上のスイートピーを面白そうに赤い爪先で摘んで、

「一流の店でも、こんな安花でごまかすんだからね」

と言った。

それでも母子は何とはなしに幸福である。母親は自分が生れながらの富家の出で、仕立のいい服を着た息子と洋食を喰べているという空想にとりつかれ、息子は息子で、いかがわしい商売のおふくろを、女の紐になった稼ぎで奢っている無頼の孝行息子という風にわが身を想像している。収は母子共々、何か犯罪と紙一重のところにいて、今日一日の豪奢をたのしんでいる、と想像することが嬉しいのである。

「それにしてもこのごろの金貸しは鷹揚だね」

「何故？」

「ちっとも利息をとりに来ないんだもの。税務署より鷹揚だわね」

「こっちから持ってくんじゃないのか」

「誰が、ばかばかしい、利息なんか持って納めに行くもんかね。こっちがお客様なんだから、むこうから取りに来ればいいんだ。それに来月が期限なんだけど、もう二三ヶ月

延ばしてもらうわ」

「利息は月いくら？」

「九分だから九万円だわね。それも最初の二ヶ月の利息は天引されているんだよ。百万円借りても、その十八万円と、調査料とかを五万円とられて、手取は七十七万円しかなかったんだから、人を莫迦にしている」

「月九万円か。それぐらいなら払えるんだろ」

「当り前だよ。取りに来ればいつだって払ってやるわ。でも先月の分も、先々月の分も、あんまり取りに来ないから、なし崩しに遣っちまったけどね」

「それが僕にくれる小遣のもとか」

「そうしたものでもないわよ」

と母親は不得要領に少し照れて言った。収は何となく真暗な未来を見た。むかしから洗う手間を億劫がって、汚れ物をひとつにまとめて押入に放り込んでおくようなこの母親と、自分との間には、本当に生活と呼ぶに足るものはなかったのである。ひどく貧乏なときでさえ、その貧乏は空想的な要素を失わず、地道な貧乏から遠かった。真暗な未来は汚れ物の白っぽい堆積に埋まり、ひろがる闇は大きな潤んだ感傷的な星に充ちていた。……

収はデザアトの氷菓の匙を急に憩めて言った。

「大丈夫なのかな」

「何が」

「その借金さ」

「大丈夫だわよ。私に任せておおき。……それよりそんなことは忘れて、二人で映画でも見に行こうよ。店が忙しくって、ずいぶん見ないんだから」

そこで収は、食後、母親の好きな日本映画の、ごく若い、外側へまくれたような唇をした剣戟俳優の演ずるチャンバラものを附合わされた。この若い時代劇俳優の顔を、あんまりたびたび、きれいだきれいだと母親が言うので、収は少なからず気を悪くした。

――あくる日の夕方、収はふたたびアカシヤにいた。鞠子の約束は常のごとく遅かった。まだたっぷりと暇があった。筋肉友達は皆ジムから忙しげに散らばってしまい、収は一人残されているのである。

新劇きちがいの女客が、収にくれた外国の古雑誌がある。スカンジナヴィヤの国語で一字も読めないが、舞台写真が豊富に入っている。その中に収はデニムのジン・パンツに、格子縞の半袖シャツの姿で、身を弓なりに、舞台にのけぞって、爪先立っている金髪の若者の写真を見た。多分射たれたところであろう。片手が上方から注ぐ照明の光線の束をつかんでいる。

収はそのポーズがあんまり美しいので、しばらく見惚れていた。舞台上の悲劇的な瞬間から、彼はずいぶん永いこと離れていた。死も殺人も、舞台の上では神秘な光線に荘厳されて、一つの祭儀のようになるのであった。射たれた若者の金髪は、おなじ色の光線の中に融け入っていた。そしてこのふしぎな瀕死の姿は、少しも苦痛の聯想を生むことなく、或るものに関わった人間の精神の形が、最適の姿態をとらえて、この定着した一瞬のうちに、のびのびとくつろいで身を休めているように見えるのであった。

その「或るもの」とは何だろう。死だろうか。虚無だろうか。それとも危機だろうか。いずれにせよ、収には、精神が自分の内部で培われて育ってゆくという考えは微塵もなかった。精神はいつも灝気のように外部に漂っていて、何かの時に憑きもののつくように、舞台上の俳優に襲いかかって、つかのまの人間の姿態を借りて発現するのであった。

この射たれた金髪の若者は、あざやかな光線を浴びてのけぞった一瞬の姿態が、正確に何を意味するかを知らない。それは目もまばゆいほど明確な存在ではあるが、精神が存在の中にのびのびと身を休めるこんな瞬間には、人間は存在することだけで一杯なのだ。舞台の上にはこのような奇蹟がある。そして、悲しいかな、収は一度もその奇蹟をわがものにしたことがないのである。

――そのとき店に、一人の柄のわるい青年が入って来た。髪はポマードで兜のように固められ、青いナイロンのジャンパーのポケットに、両手の親指を引っかけるようにしている。レジスタアの女の子に何か訊いている。女の子は、ちらと収のほうを見た。

店の奥の間へ通ずるベルが押されたとみえて、収の母親が出て来て青年の応対をすると、彼を案内して奥の間のほうへ戻ろうとする。青年は太い金指環をはめた指で、ちびた煙草を口の角からつまみ取って、すばやくあたりへ視線をめぐらしながら、床に踏んだ。

「何か用だったら、僕も行こうか」

と思わず収は母親の背へ呼びかけた。

「いいんだよ。いいんだよ。そこにおいで」

母親はほとんど振向きもしないで言った。その黒い四角いスーツの背中が、燐寸箱のように小さく纏って見えた。

……収の待つ間は永かった。何度か奥へ行こうとしてためらった。

そうしている間にも、彼には今日の平穏な生活の崩壊してゆく姿がまざまざと見えた。自分の無為を支えているものが、急に心許なく感じられだすと、知るかぎりの人、知るかぎりの物が寄ってたかって、貴い玉座を支えるように、彼の無為を支えているのだという、理由のない確信もうつろになった。

奥のドアから青年が出て来て、母親を見返って、よくとおる声でこう言った。

「明日の五時だ。忘れちゃいけねえぜ」

その威丈高な声にお客は一せいにそのほうを見た。母親は店の入口まで送って行きながら、

「あんまり大きな声を出さないで下さいね」

男は返事もせずに出て行った。

収が立上るより先に、母親が彼の耳もとへ来てこう言った。

「催促に来たんだよ。利息を三月分すぐ払えと言うの。あした出来るだけ払うからと言って帰したんだけど」

「そんなに向うの言いなりになることはないじゃないか」と収は考えて、「それよりあれは本物の使いなのかい？　問合せてみたほうがいいんじゃないか」

「ああ、いいところに気がついた。さすがは男の智恵だね」

平気そうな口は利いているが、母親は明らかにおびえていた。奥へ切り換えるべき電話の受話器を、客の注視の只中で、レジスターのところで取り上げようとしたのである。母親から金融業の社長の名前と、今の使いの男の名をきいて、収は奥の電話をかけた。

「甲州商事さんですか。社長はおられますか」

しかし出て来たのは女の声だった。

「社長さんをおねがいしたいんですが」

「私、社長ですけど」

「秋田さんですか」

「私、秋田清美です。どちら様です」

「舟木ですが、きょう小倉さんって人が催促に見えたんですが、たしかにお宅の使いの方でしょうか」

「小倉？　ええ、うちの若い衆ですわ。たしかにさっきお宅へ伺わせましたよ。それで、あなた誰なの？　舟木さんの息子さん？　新劇をやっていらっしゃるんですってね」

収はすこし口籠った。

「うちの若い衆が何か失礼なことでもしてたら、お母さんにお詫びしといて下さいね。じゃあ、お母さんによろしく」

電話はそれで切れてしまった。女の厚ぼったい粘り気のある声は、耳にまだ沈澱していた。

「社長って女なんだね」

「そうだよ。三十七、八っていうところだろうか。不器量だけれど気分のいい人で、私は紹介のよかったせいもあるけれど、ブローカアを通じないで、じかに借りられたんだもの。それも半年という長い期限で」

醜い女というその言葉が、収の心にいろんなイメージを呼び起した。それは収が或る類型に入れて考えているものの総称であった。この世から見捨てられて、醜さだけを金科玉条にして、醜さ以外のどんな不幸をも軽蔑して、はては醜さを自分の神にしてしまった修道女たち……。

「私はいつかきれいな別荘を持ちたいね」と母親がふいに言い出した。「白樺の林にかこまれて、白樺の枝で組んだ露台があって、私が広間で友だちを集めてお酒を呑んでいると、お前は自分の部屋で連れ込んだ女と寝ているのさ」

収はちらと鏡子の家を思いうかべ、母親がもしそんな場面に登場したら、別荘は忽ち娼家になってしまうだろうと想像して可笑しくなった。

「そんなの、別荘を一夏借りりゃあ、わけがないさ」

「いいえ、自分の持家じゃなくっちゃだめ。……そうして私は鸚鵡だの猿だのを飼うだろう。猿にはピーナツをやるからいい。それはそうと、鸚鵡は何を喰べるんだろうね」

――翌日、収は母親を護るために、五時前から店に来ていたが、五時にあらわれたきのうの男は、意外に大人しく、母親がくどくどと言訳をしたあげく、一月分だけの九万の利息を渡すと、黙って帰った。

それから二三日、収はアカシヤに寄りつかなかった。下宿でぶらぶらしていたり、鞠子と例のごとく泊ったりしていた。現実はずっと遠くにあって、目に見えなければ存在しないも同様だった。五月の或る日は夏の光りを撒き散らした。収はジムの鏡の前に立って、金いろに輝く裸体を眺めた。そして満足し、幸福になった。

四日目の午後、外泊した収が下宿へかえると、母親がすぐ電話をくれという伝言を残していた。電話をかけた。母親は泣いていた。

店で話したくないというので、収は母親を下宿へ呼び寄せて事情をきいた。彼女はきのう、秋田清美社長のじきじきの訪問を受けたのであった。愛想よく迎え、一昨日支払った利息の話をした。

「利息？　そんなものはいただいていませんよ」

と社長は即座に言った。小倉がかえってきて、そこばくの自動車賃をもらったが、利息はとれなかったと言うので、今日改めて催促に来たのだそうである。

母親は激昂して抗議をした。

「それほど仰言るなら、領収証を見せてください」

と秋田が言った。母親は領収証をもらっていなかった。

秋田が紙を出させて、目の前で算盤を弾いてみせて、母親の仕払うべき金額を示した。

それは愕くべき額であった。

三月目から五月目まで延滞利息がつぎつぎと累増している。三月目がすぎて払われなかった利息は、貸したものとして元本に加えられるので、次の月には百九万円の元本に九万八千百円の利息がつき、さらに次の月には百十八万八千百円になった元本に、十万六千九百二十九円の利息がつく。こうして来月の満期に母親が支払わなければならない金額は、百五十万円を優に超え、はじめうけとった七十七万円の倍額に達するのである。

「だって今まで御催促がなかったから」

と母親は当然の申立をしたが、秋田は、ちゃんと契約に明記してあるのだから、利息は黙っていてもそちらから払うのが当然だ、と言うのであった。こうして母親は完全に窮地に陥った。

「私たちには気晴らしが要るね」

と話しおわったとき、唐突に母親の言いだした言葉が収をおどろかせた。彼女は何らかの弥縫策さえ講じようとしていなかった。自分たち母子が追いつめられているという認識だけで十分で、それで凡ては語られてしまったのである。

聞いているあいだ何の名案の浮ばなかった収も、母のこんな一言でやや気が楽になった。

暮れた初夏の空の一部が急に明るくなった。後楽園のナイターの照明である。やがて風のまにまに、潮騒のような喚声が窓辺に運ばれた。

「あの人たちは苦労がなくっていいね」

「莫迦だな。あんな大勢のお客が、みんな苦労がないなんてことがあるものか」

収は劇場を、初夏の暮れ果てた空の下の壮大な劇場を夢みていた。その喚声は、そこで現実に進行している悲劇に対する喝采で、数万人の観衆の眼下には、さわやかな夜風に衣裳をなびかせている俳優によって、何か夢魔的な筋の芝居が演じられており、闇の中を光芒がつんざくところ、本当の殺人が行われ、本当の血が流れるのである。もっともスタジアムのてっぺんから眺めれば、倒れた人のまわりの血のひろがりも、絨毯の上にこぼれたインクの汚点ほどにしか見えはすまいが。……

「……そこでは毎晩刃傷沙汰が起り、悲劇が起り、本当の恋の鞘当、本当の情熱、――ええ、どんな俗悪な情熱でも、あなたがたの物知り顔よりは高級ですもの、――そういう本当の情熱、本当の憎しみ、本当の涙、本当の血が流れなくちゃいけませんの」

そういう戸田織子の去年演じた芝居の台詞が耳によみがえる。収は、風のまにまに遠ざかったり近づいたりする喚声と、異様に大きな月の出のように空の一角を輝やかせている照明との只中に、もう一人の自分がいて、数万の証人に見戍られながら、或る決然たる行為をするところを想像する。存在を証明し証明される行為、……一つの究極の行為、……数万の観衆をして彼の存在を否定させることによって、はじめて存在への緒口をひらくようなそういう行為、……たとえば闘牛場へ突然飛び込んで来て牛に殺される子供のような無意味きわまる行為、――そういうものに収が達するのは何時であろうか？ そういう行為に到達することができるなら、あれほど冀っていた「役」はもう要らないのだ。収は「役」を跳び超えてしまうのだから。

――これが収の「気晴らし」、何の意味もない、閑暇それ自体がものを考えているような気晴らしだった。そこで収は、ちょっとの間、母親の不幸を忘れていられた。

「この部屋を、お前は、一人でセリフを覚えたりするために借りるんだと言っていたわね。まあ今までは、覚えるほどの台詞もなかったわけだけれど」

母親はそこらに乱雑に散らばっている戯曲の数冊へ、のばしかけた手は片附ける力もなくて、そう言った。

「ここの部屋代も払えなくなる、ということを言いたいんだろう」

「そのくらいは何とかなると思うけど」

「鞠子が出すよ、鞠子が」

「そう？　そんならそのうちに、おふくろ諸共養ってくれる女を探しておくれ」

と彼女は言った。

あくる日から「アカシヤ」には、たびたび愚連隊が顔を出し、催促がはげしくなると、母親はわずかでも金を出して、その代り必死で領収証を請求したが、パチンコ屋の衰微につれて景品買いの利得も失った男たちは、凄みながら細かくなっていて、その金の一割をいつも車代にとり、しぶしぶ領収証に書く金額は九割であった。母親はいちいち領収証を女社長のところへ持って行って確かめ、どうせこうして出て来るのだから、利息の支払は直接出向いてする、催促はやめてもらいたいと訴えたが、社長は笑って取り合わなかった。

入れ代り立ち代りこういう人間が来て大きな声を出すので、「アカシヤ」の客足は日ましに遠のいた。見栄坊な収は、ジムの友達を連れて来るのもやめてしまった。母親は日に日に憔悴した。

或る夜更けに収は、鞠子が急に別れてくれと言い出すのに目を見張った。彼は己惚れ屋の冷静さを最後まで持そうと努めたが、こういう風に自分を意志的に保つことは、彼の手にあまることだった。鞠子が固い表情をして、何ら釈明もしなければ、理由を述べようともしないので、収が折れて、問い詰める羽目になった。すると鞠子はすらすらと、かねてからの願いが叶って、劇作座の二枚目の須堂と恋仲になったので、今の気持では、二人の情人を持つゆとりがないと言った。

これだけ言ってしまうと、鞠子はさすがに泣き出したが、収のほうでは、自尊心以外の何も傷ついていなかった。それすらすでに疲れ果てた自尊心で、愛されている矜りも陶酔も、夙うの昔になくなっていた。そんな矜りや陶酔は、彼の場合、厳密に顔や筋肉の外側に固着しているだけだったから、揮発しやすいのも尤もだが、収の特殊性は、飽きてしまったという決断がなくて、女の陶酔を眺めながら、いつまでも日向ぼっこをしていたような空白の消閑のたのしみを持つことができる点にあった。

収は何一つ失うものがないばかりか、失うと知って俄かに惜しくなるでもなく、泣いている鞠子の姿を、自分の手から路上に落ちたけばけばしい紙屑みたいに眺めていた。この現実をどう解釈しようと自由である。それには二つの仮定がある。このありきたりの情事のあいだに、もし収が本当に存在していなかったのだとすれば、鞠子が別れようとしている対象は影の影にすぎない。又、もし収がちゃんと存在していたのだとすれば、鞠子は形は男を捨てたように見えても、実は男に捨てられたにすぎない。彼の堅固な存在から、辷り落ちてしまったのにすぎない。しかし収にとって困るのは、この二つの仮定が、どちらもあやふやに思われることであった。

完全な自己放棄のためにも、完全に相手を所有するためにも、肉の営みは、あんまり軽すぎ柔和すぎる結びつきで、それは何かもっと厳密で正確な怖ろしい所有の、幼稚な模倣にすぎないように思われた。女の肉自体が軽率で柔らかすぎた。それは詐欺のようなものだった。鞠子の言葉は、収の見事な筋肉の鎧をしきりと讃嘆したものだが、彼女の肉は、それをとことんまで讃嘆することに失敗したのだ。

凡庸な女！　凡庸な女！　男の精神的天才が決して女に理解されないように、男の肉体的天才も、女に理解されないようにできていると収は思った。

——収の心に一つの目論見が生れた。彼はひどく軽蔑した眼差で女を見据えて、非常な勇気を以て、こう言った。

「そんなら別れてやるから、手切金を出しなさい」

鞠子ははじめこれを冗談だと思ったらしかった。今まで涙に没頭していた顔をあげると、そう言っている収を不審そうに眺めた。これが脅迫であっても怖ろしくはない。この青年の肩や胸の隆々たる筋肉は、拒否し聳え立っている孤独な力ではなくて、蝶々や刺繍や小猫に類した、愛されるための肉にすぎなかった。

「あなたはまあ凄いことを言うのね。思い切ったことを言うのね。あなたがそんなことを言うのは似合わないわ」

と鞠子は苦笑いをうかべて言った。そして収が役者のはしくれであることを思い出して、こう附加えた。

「それに何て下手な台詞」

収は大ていの屈辱に耐えられる自分に今さらながら愕いた。これも役を与えられないというあの屈辱、配役表に自分の名を見出すことができないというあの屈辱に比べれば何ものでもなかった。あれが彼をすべての屈辱に対して免疫にしたのである。

まだ白まない窓の彼方、町の遠くで朝の気配がしていた。車庫を出る始発電車のひびきがきこえた。床の中で喫みすぎた煙草が苦くなった。部屋いっぱいに籠ったその煙は、やがて朝の光りにしらじらと照らされて、ここを火の尽きた火葬場の中みたいに見せるだろう。

鞠子がとうとう収のほしい金額をたずねた結果、収が何の註釈もなしに「百五十万円ほしい」と言い出したので、こんな空想的な金額に関する論争は、さっきまで泣いていた鞠子をしんから娯しませた。

「まあ、あなたが生きてゆくのに百五十万円どうしても要るんですって？　あなたにそんな値打があって？　それともその無駄な筋肉をそれ以上増やすために、卵や牛乳や牛肉やチーズで百五十万円費ってしまうつもりなの？」

彼女はそれから今までに買い与えた洋服類などの夥しい金額を数え立てた。その金額の合計はすべてを償っており、とやかく言われることは少しもないのだ、と鞠子は言った。もともと思うことを何でも口に出して言わずにはすまされない女だった。

「あなたの厚い胸とおそろしく太い腕とに抱かれただけのことは、私十分したつもりだわ。今さらあなたにまるで中味がなくて退屈だったなんて言うつもりはないわ。そうだわ、あなたはあなたの思っているとおり、生きた彫刻で、その点では非の打ちどころがない。それだけは安心して大丈夫よ。でも私は、今まで彫刻と一緒に寝ていたのが、今度はそれを台座の上に残して、気の向いた時にときどき遠くから眺めようとしているだけなんだわ。ブロンズから体を離すだけのことに、どうして百五十万円も要るんでしょう。あなたが何を考えているのか、私には一度もわかったためしがなかったし、あなたはしんそこから退屈な人だけれど、あなた自身がちっとも退屈していないことはよくわかるの。それが何故だろうと思うと、私、ときどき気味がわるくなる」

こんな洞察は、収を鼻白ませたが、脅やかしはしなかった。彼には何ら、知られて困る秘密なんかなかったからだ。

「とにかく現実に戻ることよ。ばからしい子供っぽい考えをすっかり捨てて」と鞠子は、煙草を灰皿に揉みつぶしながら、訓誡の口調になった。灰皿はやや遠くにあったので、しらじらあけの窓の光りに、二の腕の附根までが白く豊かに見えた。その白さは沈静で、冷え冷えとした脂肪に充ちていた。

「そのうちに少しは人を愛することができるようになるでしょう」

――その朝は寝不足で、ジムへ行く元気はとてもなかったので、町角でさりげなく鞠子と別れると、収は母親の店へ行った。

アカシヤはがらんとしていた。徒らに挽きたての珈琲の香りが漂っていた。客の椅子に腰かけて、母は一人でおそい朝食の、珈琲とトーストを喰べていた。

「おはよう」

と収はいつものように言って向いに掛けた。きこえるかきこえぬかの声で、母親も朝の挨拶を返した。見ると、トーストを不味そうにかじっては、耳のところを残して、その耳を小さく千切って指さきでおもちゃにして丸めている。目はじっと曇り空の戸外を見つめているが、充血した目に走っている微細な血管の或るものは、煙草のやにのような汚れた茶色をしている。目の下は皺畳み、皮膚がいかにも弾力がなくて、石綿のようである。

「ゆうべも眠れなかった。朝ごはんなんぞ、喰べられたものじゃない」

そう言って母親は珈琲をも途中でやめた。

——客が、収の背後のドアをあけて、入って来て朗らかにこう言った。

「おはよう。おばさん、御機嫌どうだい？」

収は振向こうとしたが、その前に母親の目配せに気がついた。いつも催促に来る愚連隊が、今朝は女連れで来たのである。二人は収の背後の椅子に掛けた。姿を見ることはできないが、声をきくだけで、どんな一組か如実にわかる。

「おばさん、朝飯代りに何か出しな」

と男が言った。

「そんな気の利いたものはありませんよ」

「てめえが喰ってるじゃないか。あるだけのものを持って来なよ」

母親がしぶしぶ立って行ったあと、収は仕様ことなしに新聞をとり上げて眺めた。目はしかし活字を読まない。いつも真先に読む連載漫画に目を向けるが、その単純な漫画の意味がどうしてもわからない。手が小刻みに慄えて来るのが不快である。

男がうしろできこえよがしに、女に説明している。或る高利貸に頼まれてここへ取立に通っているが、しぶとい婆あでなかなか金を出さないこと、いずれこの店も人手に渡るのが落ちだろうが、それまではせめて只で飲み喰いしてやる権利があること、しかし飲み喰いと云っても喫茶店ではけちな飲食しか出来ないこと、メニューのなかから少しでも高いものを注文してやるがいい、ということ。……女はいちいち面白可笑しく相槌を打っている。

「それもそうだわねえ」

というのが口癖らしく、それを千変万化な調子で言うのである。

やがて母親が珈琲とトーストと、きのうの売れ残りの菓子と果物を、女の子と二人で運んで来た。女の子はすぐ隠れてしまった。男は母親を自分のかたわらへ呼んで、大声で昨夜の情事の一部始終を、当の女を前にして喋りだした。

「そりゃあお愉しみだったわねえ」

と心も空に言っている母親の声が、収の背後にきこえる。

「こいつが、それでよ、俺の首っ玉にかじりついて、こう言いやがったんだ。栄さん、絶対に捨てないでねって」

「笑わせないでよ。そんなこと言ったおぼえなんかないわ」

と女が言った。

「黙ってろ。お嬢様ぶりやがって」

そのうちに今まで笑っていた女が急に泣き出し、母親が見かねて取り做そうとしたのがいけなかった。男は今度は母親に向って、ありったけの罵詈雑言を並べ、母親が何か口答えをしかかったとき、いきなり珈琲をその顔へぶっかけた。母親の叫びにふりむいた収は、濃い珈琲が鼻や口もとに一せいに流れ落ちる異様な一瞬の顔を見た。

収は立上って、男に飛びかかった。男がコップを手に取って、収の頭にぶつけようとしている腕を、辛うじて収が払いのけたので、コップはかたわらの壁に当って四散した。男は収より小柄で痩せていたが、はるかに機敏で、豹のような身の動きをした。収が男の肩さきをつかまえると、男は収の顎に一発喰わせ、向う脛を蹴上げて、思わずうつむく収の両頬を左右から散々擲った。

逞しい筋肉ののろい動きは何の役にも立たず、収は床にうずくまった。その背に泥靴がかかって、強く前へ押し飛ばされるのを収は感じたが、我に返ったときは男も女もすでに姿を消していた。

そこでは、床にひざまずいて、顔を珈琲に隈取られたまま、母親が倒れた息子の足に抱きついて泣いていた。

しかし息子が一等先に母親に頼んだのは、鏡を持って来てくれ、ということであった。

収は腫れ上った頬を押えて医者へ通った。医院の待合室に、どこかの美術書から切り抜いたらしい原色版の泰西名画がかかっていた。それはヴィーナスとアドニスだった。ヴィーナスはどこにもいず、野猪はたしかにアドニスを襲ったが、殺そうともしなかったのだ。消毒液のきつい匂いのなかで、安っぽい額にはめられた原色版は、徒らに金いろと緑の光輝を放って、何かホルモン剤の広告みたいに見えた。『欺されたと思ってこの薬を御試用下さい。立ちどころに貴女はヴィーナスのごとく、彼氏はアドニスのようになるでしょう』

収は苦々しい気持で、自分を擲った男の素速い身のこなしを思い出し、それから峻吉の試合を思い出した。手当が終ると、八代拳闘倶楽部へ電話をかけた。

——収から一部始終をきいた峻吉は怒りを感じた。

「その男は毎日来るのか」

「平気で毎日来るんだ。喧嘩のあくる日には繃帯を巻いている僕を見て、『すまんな、坊や』ってぬかした。頭から舐めてやがる」

「何時ごろ来るんだ」

「朝来たのは例外で、毎晩八時ごろ来る」

「よし。今夜は先輩の試合にセカンドで出なくちゃならないからだめだが、あしたの晩は練習が終ったら必ず行く。俺に任せてくれ」

次の試合は十日後に近づいていた。手を傷つけたらどうしよう、と峻吉はふと考えた。しかし友だちの蒙(こうむ)った恥は自分の恥だという伝来の考えは彼を鼓舞して、あしたの晩を思うと、今から体が小気味よく引き締り、心は軽く弾んだ。『そいつは許しておけない』と心の中で言い、ついには呟(つぶや)くように口に出して言った。『そいつは許しておけない』彼はまだ見ない男の肩を押しのけて、自分の力が、明快な交通整理をやってのけるのを予想した。『そいつは許していい。そいつは許しておけない。』力というものは、いずれにしろ、整理し統括する力だった。外界がはっきり見え、輪郭が鮮明に、事物が処(ところ)を得て見えるようになるには、力が必要だ。あらゆるあいまいなもの、混沌(こんとん)たるもの、了解不可能なものは、この拳闘選手には、自分の力に対する侮辱のように思われるのであった。

『そいつは許しておけない』

そう呟くたびに、峻吉は自分の中に、何だか偉大さの萌芽(ほうが)を感じた。

あくる日の練習のおわったあと、峻吉はアカシヤにいた。収がとってくれた鰻丼(うなぎどんぶり)を喰(た)べていた。フリの客が四五人いた。取立が厳しくなってから、母親がレコードの音量をむやみと大きくしたので、一つテエブルを隔てて話すにも大声を出さねばならない。

峻吉は収の気分をよくしようとして、さあらぬ話を、嗄(しゃが)れた大きな声でした。いつのまに峻吉の声がこんなに嗄れたかと収は思った。声を大きくすると干割れるので、話はますます聴きとりにくい。

「おとといの日蝕(にっしょく)を見たか？」

収が、

「それどころじゃなかった」

と答えたのは、何度かきき返したあとである。

「これっぽっちだ」と峻吉はその木槌のような手を、無器用に曲げて形を示した。「ほんのちょっぴりだ。一寸(ちょっと)欠けた煎餅(せんべい)みたいなんだ」

それから二人は今日の新聞が報じた三鷹事件の竹内被告の死刑判決のことを話した。二人とも少年じみた気持で、死刑などということが好きなだけで、それ以上の関心はなかった。

「事件が起ってからずいぶんになるな。しかしもう、謎(なぞ)みたいな事件の起る時代はすぎたよ」

と、しかし峻吉は、大人らしくきっぱりと言った。その革のような顔をつんざいている瑞々(みずみず)しい切れ長の目は、戸外のざわめいた夜へ向けられて、決然と謎めいた世界を拒んでいた。友のこういう目を収は美しいと思った。

扇風機がまわっていたが、店の中は耐えがたいほど暑かった。六月の入梅前にときどきある、壁を駈け昇る炎のような急激な暑さの一日は、夜に入っても涼しい風を呼ぼうとしない。

収はたのしい気楽な気持になった。峻吉の来てくれたことが心丈夫なばかりではない。先日来の怪我も忘れて、二人が少年時代の友だちのように、通りかかる敵を襲うために、森かげに隠れて、時間をもてあましながら、持って来た菓子を音を立てずに喰べているみたいな気持だ。冒険に対する身をすりつけるような親密な感情。少年時代の夜。……収は近ごろこんなに切実にたのしく、何ものかを待ったことはなかったような気がした。

「八時すぎだ」

と峻吉が言った。

「半までにはきっと来る」

と収が言った。

八時を二十分も廻ったころである。ドアをあけて入って来た女がある。眼鏡をかけ、女教員のような白いブラウスに、派手な花もようのプリントのスカートを穿き、片手にナイロンの書類鞄を下げている。特徴のあるのはその髪である。パーマネント・ウェーヴをかけているのにちがいないが、ちぢれた髪は押えられずに、不羈奔放に四方へひろがり、それが夥しい黒い髪なので、角ばった蒼ざめた顔を囲んで際立たせている夜のようだ。

口もともそんなに悪くはないのに、小鼻の怒った鼻がすべてをぶちこわしている。体は中肉で均整がとれているが、脚は大そう太く、それを目立たせるかのように踵のない靴を穿いている。そして身のこなしがひどく固いのである。

一瞥して収は、醜い女だ、不吉な鳥のような女だと思った。こういう女が何をたのしみに生きているのか、収には想像することができない。

レジスターの女の子が奥へしらせに行ったので、収はこの女が社長の秋田清美であることを知った。母親が出て来て、収に目配せしてから、清美を奥まったテエブルに案内して話しはじめた。ややあって、清美がうるさい音楽を非難したとみえて、母親が音を小さくしに行った。すると母親と清美の会話は途切れ途切れにきこえ、例の電話できいた厚ぼったい粘り気のある女の声は、今やはっきりと収の耳に届いた。

収の説明をきいた峻吉はこう言った。

「何だ。女相手じゃ喧嘩は売れねえな」

しかし収が時々うかがう母親のほうの会話は、そう激している様子は見えない。

白い封筒を手に持った母親が、収のかたわらにやって来て、こう言った。

「何だと思ったら、今日は催促じゃなくて、詫びに来たんだって。あの男がお前に怪我をさせたことを今日はじめてきいて、急いでお詫びに上ったというんだよ。あの男は即座に馘にしたし、お前には、ほら、これが治療代だって」

そんなものを受取るな、と収は言ったが、母親は、立場を考えて受取ってくれ、そして向うの席まで挨拶に来てくれ、と懇願した。

峻吉は軽い欠伸をした。こういう日常生活のごたごたを目の前にすると、彼の眉には一種痛切な表情が浮んだ。彼にはそれがしつこい湿疹のように見えた。そんなものに罹ったらいかにも大変だという風に。

「俺はもう今夜はいいだろう。帰るぜ」

「ああ、すまなかったな。今夜は風向きが変ったらしい。……これから光子にでも逢いに行くのか？」

「いや、あれっきりだ。あの女は」

峻吉はすっかり忘れていた女の名を言われておどろいた。立上って又軽い欠伸をした。全身は解放され、柔軟で、力が体のあらゆる筋肉に羽毛のようにかるがると充ちていた。峻吉は、ふとコーチの助言を思い出して、店を出てから爪先で路上を歩いた。昼間の暑さにややむくんだアスファルト道路は、生きている肉の上を歩くような感じを与えた。

峻吉はこんな解放感が何に由来しているかに気がついた。これは彼の半生にも、かつて知らない心理だったが、喧嘩をしないですんだのでほっとしていたのである。

収は母親と清美のテエブルへ行った。醜い女と話すことが彼を快活にしていた。その水いろのTシャツは琥珀いろの胸の筋肉の形をむきだしに見せた。「栄公はよっぽど卑怯な手を使ったにちがいないわ」

「いい体をしてらっしゃるのね」といきなり清美は言った。

これは心に触れるお世辞で、収に次の言葉を待たせるに足りた。

「私の気持を受けて下すってありがとう。重々申訳ないと思っていますわ。……それにしても、あなたのお母さんのお気の強いのには、私も困り切っているんですよ。何も無理押しをするわけじゃないけれど、このお店はもう二、三日中に代物弁済で頂いて行かなくちゃならないでしょうね」

「そんなに早く」

と母親は正直にうろたえた。

「こんなにいい息子さんがいらっしゃるのに、あなたのほうこそ何とかならないんですか。収さんと仰言るのね。あなた、競輪か何かで大穴を当てて、お母さんを助けておあげなさいよ。……でも何分、百五十万円じゃ大きすぎるわね」

収は自分の顔をときどきぬすみ見る清美の眼鏡ごしの目を感じた。その視線を楽にしてやるために、収はあらぬ方へ目を向けた。すると女の視線が蛾のように、彼の頬にひっそりと羽根を憩めてとまったのがよくわかった。『とても謙遜な、貧しい、矜りの全然ない視線だ』と収は思っていた。『美しい女なら、こうは見ない。僕は燐寸売りの少女に見られている硝子窓のなかの菓子パンみたいだ』

自分が怠惰に居据っていて、現実がむこうから変ってくるというときには、収に一種の予感がある。そういうとき、向うからはこっちがありありと見えていて、こちらからは向うが見えない。現実は隠れ蓑の中で身を変えるのだ。彼にともあれ恩寵を垂れるのは、こんな見えない現実に限られていた。

ああ、しかし彼に究極の恩寵をもたらす筈の劇場は、まだ押し黙って、冷たく彼を斥けている。それは見えない劇場だ。夜の遠くにかがやいて、群衆から隔絶して、星座のように天に懸っている見えない劇場だ。それこそは本当に不可測な現実である。

爾余のものは収にとって、何ら不可測な現実とは云えない。三鷹事件の被告に死刑の判決が下されようと、ウォール街の株式相場が持ち直そうと、……すべては停止して、氷って、化石になっていた。人が「生きている現実」と呼ぶもの、それは彼にとっては木乃伊であった。

夏の夜の雑沓の上に、人々の汗まみれの顔の上に、夥しい失業者の上に、高利の金を借りて一文無しになろうとしている母親の額の上に、まざまざと見えているのは、解説済みの現実だった。法定の現実、契約上の現実、動かすべからざる公認の現実だった。

秘密の深い闇の中から投網を投げかけてくる不透明な現実だけが、辛うじて彼の存在の不安をなだめ、つかのまの変身を約束した。彼は戦いを欲したことは一度もなく、それくらいならむしろ嫌悪を欲する。嫌悪のほうが、戦いよりもずっと確実に彼の存在を保証するにちがいない。そうではないか。嫌悪は身のまわりの静止した固い現実を破壊するまでもなく、忌わしい、どろどろした、不定形のものに変えてしまうからだ。その年頃の青年に似合わず、収は決して自己嫌悪を知らなかった。

——やがて収は、清美が彼にはっきりと微笑の目を向けて、こう言うのをきいた。

「悪いけどお母さんじゃ埒が明かないから、私、収さんと一晩ゆっくり話し合ってみたほうがいいと思うわ。そうしたらお互いに損をしないで、いい解決が見つかるかもしれない。あしたの晩でも食事をしない？」

清美は収を明日の六時に、ここからそう遠くない小料理屋へ招いて帰った。

母親は近頃にない上機嫌になった。

「もう曙光が見えたよ」と業者の口調で言った。「今晩は私もゆっくり寝られるだろう。あしたの晩はしっかり頼んだわよ」

そして息子の琥珀いろに盛り上った二の腕を爪先で軽く抓った。

「おお固い。抓ろうと思っても抓れやしないじゃないの」

――あくる日も快晴で、はなはだ暑い。収は胸のひろくあいた黄いろいポロシャツを着て、尻にぴったりした卵いろのズボンを穿いた。『僕の尻は、女たちの目から見るとひどく猥褻なのだ。外国の水兵の尻とそっくりなんだ。いつか女学生が二人、僕の尻を素敵だと口に出して讃めながらあとをつけて来たことがある』

収は女蕩しの使うオー・ド・コロンや男の香水なんぞを使わなかった。自分の男らしい甘い体臭を損なうようなものは要らない。むしろ若い俊敏な獣のように臭うほうがよかったのだ。

六時前の空はまだ明るく、急に薄着になった人々は性慾的な面持で歩いていた。いらいらした感受性に押しひしがれた世界。やがて夏の夕焼けが、ビルという窓硝子を抒情的な色に染めるだろう。遠い苦悩がかなたに燃え尽きてゆくが、こちらに残って澱んでいる暑さが、ちっとも苦悩に似ていないのはおかしなことだ。街をゆく人の埃に汚れた髪にも、横目を使うその眼差にも、さしのべる手にも、下駄を穿いた素足にも、種痘のあとがあざやかに見える腕にも、苦悩を思わすものは何一つなかった。

収は煙草につける燐寸の火、西日に紛れて見えなくなったその焔をかこむ自分の手を見て、この手が道ゆく人たちの手と確実に同じで、苦悩からすっぱりと切り離されていることを感じた。この粘り気のある西日のほかに、世界の重苦しさの原因はなく、感覚の末端が辛うじて支えているこの性慾的な夏の日没時の空気のほかに、われわれの生き辛さの理由はなかった。ただ、押しつぶされている。それだけが確かで、それはそんなに悪い状態ではなかった。

秋田社長のきめた小料理屋が、横丁の角に見えた。申訳のように黒板塀をめぐらし、せまい玄関先に打水がしてあった。収は秋田の名を言って、二階の小座敷へ上った。清美はきのうに変らぬ没趣味な身なりで、吹き抜けの中庭を見下ろす欄に腰かけて待っていた。そして眼鏡ごしに収を見ると、ビニールの鞄から、部厚い外国煙草を卓の上へ投げ出して、

「あんた、煙草喫むんでしょう。これをお喫みなさいな」

と言った。まるきり男の扱いに馴れていない女だと収は思った。

麦酒の酔いの進むうちにも、秋田清美は少しも収の母親の借金の話には触れなかった。淡々ときこえる、しかも底に熱い粘りのある口調で一人で喋った。身の上話をしないで、抽象的な話ばかりした。

清美は収にはよくわからない異様な絶望にとらわれていた。それは些かもその特殊な職業から生れたものではなく、職業にはむしろ誇りを持っていて、自分の仕事は助産婦の逆だというのであった。というのは、清美はすでに一件の一家心中と、七件の自殺を惹き起し、未遂に終ったものはどれ一つとしてなく、とりわけこの一家心中に助力した

ことに多大の誇りを抱いていた。

「お父さんが二つになる赤ん坊を抱いて死んでいたわ」と清美は言った。「赤ん坊は死にたくなかったんでしょうね。両足で力いっぱい、痩せたお父さんの胸を蹴っていたわ。よく赤ん坊が、ふざけて、息張ってするような恰好で」

自分で手を下さずとも、こういう心中に貢献するのは、社会的善行であった。それは本来自然がなすべきことを、清美が代行したにすぎなかった。彼女の考えはもっと謙譲で、代行するどころか、助力するだけのことしかできなかった、というのである。

「よく世間の人は、そんなとき私が涙もろくて、取立を差控えたり、できれば借金を棒引してやったりすれば、一家心中をさせずにすんだろうと言うわ。馬鹿な言草！」

人間が人間を救済するという思想を、清美は恕すことができなかった。感情の慰藉、ちょっとした妥協、涙による解決、法則の違反、……そういうことはみんな反自然的なことであった。

「こんな世の中に生きてゆくことが、生きてゆくように助けてやることが、自殺の救済が、善いことだなんて誰が決めたの。私のやってきたことは、一寸手荒な安死術にすぎないの。あの一家心中の家族が、目先の急場を救われたところで、先には何の望みもないし、親に殺された子供たちは仕合せだったんです。

ひどい暮しをしながら、生きているだけでも仕合せだと思うなんて、奴隷の考えね。

一方では、人並な安楽な暮しをして、生きているのが仕合せだと思っているのは、動物の感じ方ね。世の中が、人間らしい感じ方、人間らしい考え方をさせないように、みんなを盲らにしてしまったんです。

真暗な壁の前をうろうろして、せいぜい電気洗濯機やテレヴィジョンを買う夢を見る。明日には何もないのに明日をたのしみにする。その場へ私が出て行って、裸の現実を見せてやるだけで、みんな仰天して自殺したり心中したりという騒ぎになる。月賦販売や保険と同様に、私はただ時間の正確な姿を見せてやるだけにすぎないのに。そうして私のほうが確かに親切なんだわ。ころげおちる時間、斜面の時間、加速度の時間、……それこそ本当の時間なのに、月賦販売業者が見せてくれるのは、猫かぶりの時間、平坦な時間、糖衣にくるんだ時間の姿なんですから」

清美はこの世の真相を人々に見せたいと希んでいた。それが清美のいわゆる自然であった。

こうして彼女は、彼女自身の絶望を語る段取になった。清美はこの世の真相を知っていた。真相の保持者だったから、絶望は常態だった。そして収がわずかに識別しえたところでは、鏡子の信じている無秩序とはちがって、清美はそこでは人間が誰一人住めない凍った館のような、透明無比な秩序の存在を信じていた。

『でも清美の絶望は、どこかしら、甘い、世間知らずの乙女の夢に似たところがある』

と収は考えた。それは多分醜い少女時代から憑いて離れぬ夢想で、愛されないという考えが、こんなに純潔に保たれているのに収はおどろいた。少女のころ、近所の金持の醜い後家が、金目当に寄って来た男に欺された例を見て、金持で醜い女は決して男の真実に出会うことがないという原則を、子供心に知っていた清美は、愛されない事態を確実にするために、金持になろうと決心した。

通例、愛されない人間が、自ら進んで、ますます愛されない人間になろうとするのには至当の理由がある。それは自分が愛されない根本原因から、できるだけ遠くまで逃げようとするのである。

清美の場合は、これとはちがっていた。根本原因から、すなわちその顔の醜さから、一歩も逃げようとしていなかった。その醜さを作ったのは自然であるのに、清美は自然を信仰していた。そしていつかしら醜い顔を、自然の真相の、象徴的なあらわれだとすら考えるようになった。それは山のはざまに荒々しい形を露呈している蒼黒い巌の顔や、春、微生物の繁殖が海のおもてにえがく、嘔吐を催おすような色の巨大な顔や、古木の洞にコルク質や茸が堆積して作る真黒な顔や、……そういう顔と同じようなものである。ついには醜さが清美の役割になり、仮面になった。祭の踊り手が奇怪な仮面の顔をあちこちへ振向けるように、清美はその醜い顔を、あまたの債務者のおのおのへ振向けるだけでよかった。それで何人かが確実に死んだのである。

「この世に生きる値打のないことをみんなに知らせてやり、」と清美は言葉をつづけた。「しかも、自分自身で一等よくそれを知っていながら、どうして意味もない金儲けに夢中になれるか、あなたから見ると不思議でしょうね。私がまだこうやって生きているのは、強い使命感のせいかもしれないけれど、もうやるところまでやったから、いつ死んだっていいんです。追いつめられて死ぬのではなし、好き勝手に死ぬのに遠慮は要らないし、私はもう永くは生きないつもりよ」

「だって金でいろんなたのしみが買えるじゃありませんか。金でたのしみが買えないと思っているのは、センチメンタルな金持だけです」

「そうよ。金でたのしみは買えるわよ」と清美は、口もとを一そう貧しく見せる苦笑いをうかべて言った。「この世でまあ最上のたのしみだって」

清美の話題は又死のことに戻った。あの真実の時間、傾斜し、加速度にころげおちるあの時間、あれを自分の掌中に納め、あれを手綱のように握って自分は別の平坦な時間を御してゆくことに、しんから退屈した彼女は、今度は自分があの急斜面を辷り下りてみたいと希むようになっていた。真相を保持しているだけでは物足りず、自分が真相そのものになること、自分が事件そのものに化身すること！

「世界中で一等大きな、一等長い、地の底までつづいているような辷り台を辷り下りたら、どんな気持だろう。きっとすばらしいわ」

「そりゃすばらしいでしょう」

と収は憔悴した母親の顔を思いうかべて言った。

すでに永い時が経って、小料理屋の部屋々々から帰ってゆく酔客の声が廊下にきこえた。収はとうとう実のない御談議に閉口してこう言った。

「今夜は一体何の用事だったんですか」

「あなたとゆっくり話したかったからだわ」

「僕なんかとゆっくり話したって詰らないでしょう」

「最初に逢ったときから思ったの。この人とゆっくり話してみたいって」

その実清美は一人で喋っていたのだ。話の本筋に入ろうとして収は技巧を弄した。

「或る女の人はそういう気を起すらしいです」

清美は鋭く遮った。

「だめよ。私を愛しているようなふりをしてはいけません。そういう男はもう沢山」

収はひるまないで、黄いろいポロ・シャツの腕を組んで壁にもたれた。

「じゃあ、何故僕と」

「あなたが美男で、いい体をしていて、若くて、意志が弱そうで、人のいうなりになって、自分がしじゅうあやふやで、野心を持ってもみたけれど野心は自分に似合わず、希望に裏切られながら自分が何を望んでいるかも知らず、退屈な己惚れ屋さんで、……そしてもう一度言うわ。私の気に入ったきれいな顔をしているからだわ」

収が不平そうに黙っていると、清美は鞄から、収の母親の借金の証文をとり出して卓に置いた。

「私、あなたを買おうと思って来たんだから、証文をお書きなさい。証文を書いて拇印を押したら、お母さんのほうの証文は破いてあげます。それから抵当権抹消委任状をあげてもいいし、何なら明日でも私が一緒に登記所へ行って抹消してあげてもいいわ。あなたのほうの証書はこれにお書きなさい」と清美は粗末な便箋をさし出した。「……そうね、お母さんの払った十二万なにがしは差引いて、『百四十二万円を以て、身柄一切秋田清美殿に引渡します。小生の生命、身体、一切秋田清美殿の所有に属することに異存ありません』とでもお書きなさいな。名前を書いて、拇印を押せば、それでいいんです。気が進まなければやめてもいいのよ。五分間猶予をあげるから、麦酒でも呑みながら、よく考えてから書いたらいいわ。……そんな顔をすることはないわ。私、もともと、こういう子供らしいことが好きなんです」

***

夏雄は前々から富士山麓の樹海を描いてみたいと思っていたが、その折がなかった。七月十日、気温が三十二度以上にのぼって、梅雨の明けたことがはっきりしたので、すぐホテルの予約をする。幸い部屋が一つだけあいている。夏雄は車で出かける支度をした。

今年の秋の展覧会のためには、見ぬさきからこの樹海を描くことに決めてしまった。そこの景色に深い知識があるわけではない。人から多くを聴いているわけではない。しかし一旦それと決めてしまうと、もうそこを描くことが宿命のような気がするのである。そしてはじめて見る景色が心に叶えば叶うほど、夏雄にはそこが前に一度たしかに来たことのある場所のように思われるのであった。

樹海を展望台から眺めたときには、きっと彼の好きな水平的構成が現われるにちがいない。夏雄は水平にちかい線がいくつも重なり合って、本来交わるべくもないそれらの線が、秘密な目くばせのようにそこかしこで結ばれ、あるいは乱雑に交叉するという構図が好きだった。どうしてそういうものが好きなのかはわからない。平屋根、船の吃水線、棚びく夕雲、平坦な丘陵群、……これらに対する彼のふしぎな嗜好は、ひろい外界に対する畏れを知らぬ人なつっこさから生れたものかもしれない。いずれにせよ、これらの水平な線は、地平線や水平線の模倣であり、視野で区切られた世界の素直で明確な表象だった。歓ぶべきことにはそこには、屹立する峯や樹木や尖塔のような、意志の表象がなかったのである。

——河口湖畔のホテルに着いたのは夜だったので、夏雄は避暑客たちのざわめいている大食堂で食事をした。一人旅のホテルでフル・コースの食事をするときの、手持無沙汰な時間には馴れている。白い卓布の上に色鉛筆でふんだんにいたずら描きをしたいという欲求と戦っていれば暇が潰せる。家族連れの笑い声、田舎者のアメリカ人たちの声高な会話、それらを夏雄はいつも微笑ましく聴いたものだが、今夜はそうではなかった。他人の笑い声や会話ははっきりと不愉快だった。

『みんな啞になればいい』と思っていた。『又誰かが要りもせぬことを喋りはじめた。みんなの口が急に猿轡をはめられてしまえばいい』

彼と外界とのあの蜜のような親密な感情がどこかで絶たれていた。彼が天使で、たった一人で、むつかしい顔をしてロースト・チキンを喰べている。怖ろしい喜劇的な事態か、さもなければ悲劇的事態。こんな豊富な食事のなかに、夏雄は生き辛さの理由を探した。彼の歯はちゃんと咀嚼していた。

夏雄は予感していた。今までの半生に、彼が何の生き辛さも感じなかったということに、これという理由がなかったように、この先彼が生き辛くなっても、その理由は決してみつかるまいということを。

その晩一人の寝床で、夏雄は今まで考えもしなかった「芸術家の苦悩」という主題をぼんやりと考えていた。この言葉には、職業上の秘密の仮装と云った感じがあって、陰惨な喜悦というのも、明朗な苦悩というのも同じことだったろう。対象が一旦虚無に還元され、色彩と形態に屈服するというあの不思議。今まで彼はそこに喜悦をしか見なかったが、この喜悦は世の常のものではなく、もしふつうの人がこれを味わったら、確実に苦悩だと感じただろう。

夏雄によれば、天才とは美そのものの感受性をわがものにして、その類推から美を造型する人であった。こういう手がかりが正にあの喜悦であって、美にとっては、世界喪失は苦悩ではなくて生誕の讃歌のようなものなのだ。そこでは美がやさしい手で既定の存在を押しのけて、その空席に腰を下ろすことに、何のためらいもありはしないのだ。いいかえれば天才の感受性とは、人目にいかほど感じ易くみえようと、決して悲劇に到達しない特質を荷っているのである。

天才の悲劇に関するあの夥しい俗説よ！　人々は天才の不気味な無限の享楽の能力や、その陰惨なたのしみの無限の連鎖に決して気がつかない。ストイックな貧しい波瀾のない生涯も、不幸な狂気の生涯も、もし彼が天才なら、どんな放蕩者の生涯も及ばぬ多様な快楽を隠しているのだ。

……こう考えるうちに夏雄は次第に勇気を得て、自分に似合わない不安の着物などを脱ぎ捨ててしまった気がした。孤独というやつも俗説だった。さきほどのたった一人の晩餐でも、彼がふとした加減でこんな俗説の影響をうけたにすぎなかったのだ。

眠りに落ちた。沢山の色彩の押し寄せる夢を見た。しかし夢の特性に従って、紺紫や、岩群緑や、白群や、錆臙脂や、菊緑青や、雲母や、金泥や、胡粉や、水晶末や、洋紅などの、岩絵具や顔料の無数の色彩は、たしかに夏雄の目が見ているとも云えない、色それ自体の姿で襲ってきた。夏雄は夢のなかであの色この色と識別はしていたけれど、辛うじて色名が浮んで来るだけで、色は彼の識別や色名とは別なところに、それ自体の力でひろがって世界を塗りつぶしていた。きっと色は、夢の中では動物のように生きて動いていて、翼で飛んだり肢で駈けたりしていたのにちがいない。

朝、夏雄は高原のさわやかな日ざしの窓をあけた。部屋の正面に富士がゆたかに控えている。その窓辺で朝の食事をしながら、夏雄は、これだけ名高い山がこんなお誂え向きの姿で窓に浮んでいると、何だか贋物のような気がする、と思った。富士を贋物に見せるようになったのは、言うまでもなく、富士に関する夥しい芸術の力であって、東京の空に浮ぶ小さな遠富士が本物らしく見えるのは、それが想像力の余地をあましているからである。夏雄は一度も富士に登ったことがないが、靴の下に踏みしめて登る富士はまた別の富士に違いない。富士はこうして、適度な距離と視角で眺められる姿をみんな芸術に奪われてしまい、登山者の踏みしめる富士と都会の遠富士と、要するに存在と想像力と、この二つのものを結ぶ間の距離を永久に喪ったのである。そして人々はこの距離を、飽くこともなく、既存の芸術で埋めて満足している。彼らは存在そのものとも、想像力とも、無縁だからだ。

彼は要するにこの山に興味がなかった。ホテルの窓枠は、庭の手ごろの松までもあしらって、富士を置く構図のもっとも通俗的なものを示していた。

氷を入れたトマト・ジュースが、彼の熱している咽喉をいきいきと医やした。疎らな髭を剃り、スポーツ・シャツを着て、彼は車の鍵をキー・チェインの先にたしかめた。

平日の午前なので、路上にはほとんど車影がなかった。高原の夏の日ざしに軽く炒られた風。少年の乗ってゆく黒い犢の立てるわずかな砂埃。夏休みの鳴沢小学校の誰もいない校庭で戯れている犬。……これらの点景を添えて、夏の赭らんだ山々や、風をこまかく気泡のように含んだどっしりした夏木立が、車の窓のまわりにめぐった。そうして富士はいたるところにあった。

今まで風景からついぞ抒情的な感動を誘い出されたことのない夏雄は、今日は風景のいたるところに抒情的な音色をきき、匂いをかいだ。すべての抒情詩は悪だった。それは色彩を汚し、線をゆがめ、形態をくすぶらせる煤煙のようなもので、一寸した悲しみが青空を灰色に変えてしまう。誰も青空を曇天に変える権利なんかないのだ。悲しみに比べれば、喜悦はたしかに不偏不党だが、今朝夏雄は、自分が香油に漬けられた魚のように、たっぷり喜悦に涵っていると感じることはできなかった。

露出した熔岩に低い松ばかりが生い立っているあいだの道をしばらくゆくと、紅葉台入口というバスの停留所がみえる。そこはすでに海抜千米をこえている。そこを入って、紅葉台の直下で車を止める。雲雀ヶ丘とこのあたりを呼ぶそうだが、四辺は小鳥の声に充ちている。

夏雄は立札の導くままに、まばらな松や灌木林のあいだの赤土の急斜面を上ったが、道らしい道はなかった。汗が大そう流れ、息が弾んだ。そのとき彼の汗の顔にいきなり一ト鞭くれるように、大きな羽搏きが起って、目の前を真暗にした。灌木林に隠れていた山鳥が立ったのである。

そのとき彼の背は、富士のかたから吹き寄せる南風をいっぱいに受けていた。彼が帆であったら、存分に孕んだだろう豊富な風を。かがみ込んだ彼の目は、赤土の乾いた斜面に向けられていた。そして山鳥が翔ったあと、彼の目はそれほど遠く鳥の行方を辿りはしなかったが、心にはなおいきいきと、急激にひろげられた巨きな翼や、灌木を蹴った強い肢の緊張などの影像が残っていた。その翼の先端は、ほとんど彼の頬を擦ったのだ。

『何かが僕のなかから飛び去ってしまったのじゃないか』と急坂をのぼる喘ぎと共にしきりに思った。『あの鳥は一体何だ。あれはまるで僕の内部から、無遠慮に翼をひろげて飛び翔ったかのようだった。飛び去ったのは、僕の魂じゃなかろうか』

紅葉台上の茶屋の床几で、夏雄は汗を拭いて一息入れた。ここは北側にやや下りているので、富士からの南風は遮られていた。沈痛な蟬の声に充ち、他に客の影もなかった。彼はスケッチ・ブックを肩から外して、展望台の柵に凭った。海抜千百六十二米の高さである。

それは古代に富士の北側にひろがっていた巨大な石花海が、何度か熔岩流に分断されて作り上げた風景であった。北方に見下ろされる西湖は、古代には、はるか西のかたに燦めいている本栖湖や、山あいに隠れている精進湖ともつながっていたのであるが、これらを離れ離れに分け隔てた熔岩流は、そのあいだを埋める広大な岩の曠野を作って、やがて岩上に生い立った樹々が、青木ヶ原大樹海と呼ばれる十数粁四方の原生林を成した。

北方にはひときわ秀でた十二ヶ嶽をはじめ、節刀ヶ嶽や王嶽がつらなり、西の空ははるか南アルプス連峰の山頂がかがやいていた。

舟の影一つない西湖の西端は深い入江をなしているが、その藍緑の入江が樹海の片ほとりを浸している。水がどこまでも届いて、どこまでも長く裳裾を引いているように見える。入江の最後の汀に臨んで、三、四十戸の、小さく凝固した部落が見える。赤屋根の連なりは鮮明に、そこに草叢ほどの人間の生活があるのがわかる。根場村というのである。

これらの山と湖の眺めのほかには、単調にひろがる樹海があるばかりであった。樹海からは夥しい蟬の声が昇って来た。東南の日光が残る隈なく樹海を照らしているのに、光りは吸収されて、一本一本の葉叢の輪郭が光りの靄にひたされて、重複しているのが、輪郭がずれたように見えるのである。そのずれた輪郭が全体に波及して、それは樹々の林というよりは、濃密な緑の、不定形な毳立ちとその影の厖大な集積という風に見える。

もちろんそのなかにも、さまざまな緑の濃淡はある。色調のちがいはある。鮮やかな光沢を放つ緑もあれば、ひ弱な若い緑もある。潤んだ緑もあれば、鶯いろに近い乾いた去年の緑もある。しぶとい緑もあれば、繊細な緑もある。幹の色も各種各様で、殊に眼下の西湖の汀には、白樺の聚落の、白骨のような幹がいちじるしい。常緑の栂や檜、針葉樹は樅や落葉松など、種類は数百種に及ぶというが、ここから一望の下に見渡せば一つに紛れてしまう。遠くの山ぎわのあたりは、なめらかな細かい起伏を持った苔のようにしか見えない。

樹海は、海というよりは、何か化学薬品のあくどい緑いろの残滓が、密集してひしめいている沼のようであった。この厖大な植物性の毒は、北につらなる山々の麓を犯し、いたるところに浸蝕していた。永久の停滞。澱み。日光をうけて緑のさまざまな濃淡をあらわしはするが、その日光をも吸収して、あいまいな埃っぽい微光に変えて融かし込んでしまう。つぎつぎと生成がくりかえされ、衰えた葉は新芽によって、朽ちた木は若木によってうけつがれながら、時間のないのっぺらぼうな色彩と形態をそこに展(ひろ)げ、際限もなくただ、ぼこぼこと毳立って、大地の上いっぱいにはびこっている。嘘(うそ)の動揺、嘘の潮鳴り、嘘の波、嘘の流れを、ひねもす光りの戯れに応じて演じ、動きもせず流れもしない。色彩はたしかに色彩でも、その緑は現実が半ば虚無に蝕(むしば)まれ化けかけたような緑であるし、線は不的確で、構成というものがまるでなかった。

……夏雄はじっと眺め下ろしていた。

そのうちに、京都の苔寺を思い出し、あの苔庭の規模を何万倍かにひろげると、こう見えるのではないかと思った。すると逆に樹海はみるみる圧縮されて、彼の掌のかげに納まってしまうように思われた。又それが拡(ひろ)がる。又縮まる。何だか微風の一搏(う)ち毎(ごと)に、風景は厖大にひろがったり、異常に縮んだりするような気がする。

物象があり、自然全体があり、自然の各部の精密な聯関(れんかん)があり、こちらにはまだ描かれない白い画布と、その純粋な空間があり、虚無への誘いがあり、……そういう画家独特の世界の構造は、夏雄の心から消えてしまった。こんなに色彩が、線が、形象が無意味に眺められたことはなかった。しかもその無意味を彼は怖れた。

夏雄は戦慄(せんりつ)した。

端のほうから木炭のデッサンをパン屑(くず)で消してゆくように、広大な樹海がまわりからぼんやりと消えかかる。おのおのの樹の輪郭も失われ、平坦(へいたん)な緑ばかりになる。その緑も覚束なくなって、周辺はみるみる色を失ってゆく。……夏雄はこんなことはありえないと思って眺めているのに、樹海は見る見る拭い去られてゆき、ありえないことが的確に進行してゆくのである。

霧が出て来たのでもなく、雲が低迷しているのでもない。それでいて、すべては夏雄の主観から起ったこととは思えない。理智は澄みすぎるほど澄み、意識は明らかすぎるほど明らかなのに、目の前では異変が起っているのである。潮の引くように、今まではっきりした物象と見えていたものが、見えない領域へ退いてゆく。樹海は最後のおぼろげな緑の一団が消え去るのと一緒に、完全に消え去った。そのあとには、あらわれる筈の大地もなく、……何もなかった。

恐怖にかられて夏雄は赤土の急斜面を駈け下りた。やっと一つの叢で足が止まるか止まらぬかに、又その叢を跳び越して、斜面をずり落ちた。

雲雀ヶ丘ののどかな起伏は、来たときと少しも変らなかった。熔岩をめぐって夏草が丈高く生い立ち、鳥の囀りに充ちていた。その一角に彼の車は穏やかにかがやいて停っていた。

『僕の目はもう見えない。どうして自動車が見えるんだ』

運転台に辷り込んで、慄える手でスタータア・ボタンを押した。車を廻すために窓から首を出した。そこには富士があった。

『富士が在る。どうしてそこにちゃんと富士が在るんだ』

すべての存在にはもう保証がなくなっていた。富士はありありと見えてはいたが、その存在の根拠というべきものはなくなった。何ものかが化現して、仮りに富士の姿を現わしているにすぎなかった。

夏雄はホテルへの道を全速力で走らせた。往きと帰りとでは、何一つ変りがないのに、すべては完全に変っていた。道のはたにのけぞるような形で立っている松は、次第に烈しくなる正午ちかい暑さの光りに巻かれて、松の魂のあらわな形を示しているかのようであった。

この高原の乾いた橙いろの暑熱のなかで、もう美は完全に死んでいた。

中食もとらずに夏雄は冷房のない室内に閉じこもった。秀麗で鈍感な富士の見える窓は閉めなければならぬ。ブラインドを下ろし、扇風機もかけずに、寝台の上に、自分の血にひたるように汗にひたったまま永いこといた。

清一郎の言ったことは本当だった。世界の崩壊ははじまっていた。自分はたしかに今それを見たのだ。

しかし夏雄はそれを、小鳥や花や美しい夕雲や船などをかつて見たように見たのではなかった。いわば、それを以(もっ)ては他のものは何一つ見えない別の目を以て見たのだ。彼は自分にそういう目の、いつのまにか備わっていたのにおどろいた。幼時から、美しいものばかりを選んで見ようとした目は、実はこの別の目に支えられて、操られてそうなっていたのかもしれない。そして消滅した樹海のあとに口をあけていた空っぽな世界こそ、この別の目を以て、彼が幼時から一等親しんできたものかもしれない。

夏雄は突然、画のことを考えた。秋の展覧会のこと。そのための画材を探しにここへ来たこと。かくて描こうとしていた画のこと。……それらはおそろしく無意味なものに思われた。画布の上の小世界の構築は、囚人の作る燐寸(マッチ)細工の城みたいなものにすぎなかった。美が彼の感受性のえがいてみせる幻影にすぎなかったとすれば、彼の感受性は越権を犯していたわけだ。なぜならいつも、美は、感受性の命ずるまま強(し)いるままに彼の目の前にあらわれ、かくて感受性は本来のつつましい受動的な作用を忘れたのであるから。

彼は岐路に立っていた。あの樹海の消滅を見たときから、自分の目が盲目になったと信じるか、それとも世界が崩壊しはじめたと信じるか、どちらかを選ぶように迫られていた。……実のところ、彼は何のためらいもなく後者を選んでいた。そのほうがいくらかでも心を慰めたからだ。彼は信じていた。樹海が消滅したときから、もう全世界の崩壊は近づいたこと。意志は無意味になり、知的探究も感覚の戯れと何ら選ぶところがなくなり、行為は無為と同等になり、崇高さも汚濁と手を握り、あらゆる人間的価値は瓦(かわら)と等しくなり、美は死に絶え、……そしてその在りし日の美も、もろもろの人間的なものと同じように無意味な思い出話にしかすぎなくなったことを。……今や美は、子供のころの涙の中に浮んだつかのまの虹(にじ)のようなものにすぎなくなった。子供の泣顔というものは、彼の記憶の限りでは、醜く、みっともなく、卑俗で、少しも天使なんかと似ていなかった。

――夕まぐれに、夏雄は突然立上って、洋服を着て、フロント・デスクへ出発を告げた。勘定をすますときに、彼はホテルの事務員が何か胡散(うさん)くさいという印象を彼に抱いているらしいと感じた。育ちのいい人間と見られることに馴れていたから、夏雄は自分の身に不吉な翳(かげ)の添うて来たのを知った。

東京までのドライヴの道すがら、何故(なぜ)こんなにいそいで我家へかえろうとしているのか、夏雄は自分に答えることができなかった。何かしら自分を待っているものがあるという気がしきりにした。この暗い夏の夜の奥に、蛍(ほたる)がそこかしこに光っている山水の溝(みぞ)を従えた道の奥に、強く自分を引き寄せるものを感じた。

家へかえる。すぐ自室へ閉じこもって、今朝の留守中に届いた郵便物に目をとおす。果して中橋房江の手紙があった。中にはこう書いてある。

「……私は今まで随分蔭(かげ)ながら貴下(あなた)をお助けしようと思っていましたが、機が熟せず、お助けすることができませんでした。貴下はこの手紙をうけとるとき、多分生死の堺におられると思います。ああ、純真な潔らかな貴下が、そんな境涯にいらっしゃると思うと涙を誘われます。貴下はきっとこの手紙が届くころ、或る結縁の土地で、地獄を見てしまった筈なのです。

一刻も早く私のところへお出でなさい。今度こそ貴下を助けてあげられる。住所は左記のとおり。念のために略図を添えておきます」

＊＊

夏のむしあつい晩には、鏡子は立ったまま、黒い斑入りの大理石の炉棚に、あらわな腕を横たえているのが好きである。峻吉もまねて、炉棚のもう一ぽうの端で、そのとおりにした。

「こうして話していると、神社の一対の高麗狗が話し合っているような恰好ね」

と鏡子が言った。

「でも腕が冷たいのは気持がいい」

御用聞きのような身装の若い客はレモネードを一息に飲み干してそう言った。

今夜は鏡子の家は深閑としていた。

「俺たちのほかのグループは来ないのかい」

峻吉がそう訊いた。

「来てよ。映画俳優だの、作曲家だの、この間人を轢いて百万円払った整形外科病院の道楽息子だの、キューバ人だの、ファッション・モデルをやっている男の子だの、手相の研究家だの、……女ではいろんな種類の暇をもてあましている女たち、そういうグループはよく集まるわ。でも本当の『鏡子の家』のグループはあなた方なんだわ。ほかの人たちには、私本当に親身な気持にはなれないんだから」

「何故」

鏡子はこの「何故」に答えることができなかった。鏡子が愛しているのは戦後の一時代の反映であり、千々に破れた鏡の破片のようなものをめいめいの裡に蔵している青年たちだったが、このごろ集まる連中には、ただ現在を物倦く生きている毎日があるだけであった。そしてこういう連中の交わす「小粋な会話」！　鏡子は会話に加わりながらも、しかめっ面を隠すことができない。こんな小粋な会話は、戦前によく彼女が見知っている生活の憐れな模写にすぎなかった。機智、ソフィスティケイション、性的なユーモア、これらのものには日常生活の屍臭があった。かつて鏡子の知っていた人種は、正にこの屍臭がだんだん身にしみついて来たあげく滅んだのだ。

「何故だろう。私はとにかく、あなた方と一緒にいるときに一等居心地がいいんだわ。あなた方も私を必要としないし、私にもあなた方が必要でないからかもしれない」

その論理は峻吉のものではなかった。拳闘選手は軽く頭をゆすって、会話からのがれる努力をした。

「そら。あなたは私の喋っていることを聴くまいとする。私の言うことにいそいで耳を傾けるあの礼儀作法が私はきらいなの」

「贅沢なんだな」

と峻吉は一言の下に言った。

鏡子が収の近況をたずねたので、峻吉はありのままに報告した。詳しい事情はわからないが、収は今、あの思い切り醜い女高利貸の恋人なのだ。鏡子はこれをきいて、羽目を外して笑った。

「あの人はやっと自分にふさわしいお相手をみつけたんだわ。きれいな女はあの人にとっては十分に異性じゃないんでしょうよ。あの人はやっと本当の異性を見つけたわけよ」

峻吉は、自分はふだんの心境ではとてもあんな女を抱く気は起らないが、もし必要に迫られた場合ならそれもわからない、と言った。鏡子は峻吉の言うこの「必要」という言葉のしっかりした調子におどろいた。それは力の言わせる言葉で、王様風の表現だった。

夜は暑かった。開け放した仏蘭西窓からも風が来ない。二人は籐椅子とフロア・スタンドを露台に運んだ。露台の敷石が冷えていたので、鏡子は素足でそこを歩いた。

「あなたも靴下を脱がないこと？」

「硝子のかけらなんかないだろうな」

峻吉はそれを警戒して、とうとうスリッパを脱がずにとおした。

「拳闘選手って、お嫁入り前のお嬢さんみたいに、体を大切にするものなのね。それに引き代え、私の足には硝子のかけらが刺さろうと平気なのね」

「君は医者へ行く暇もあれば、入院する暇だってある」

これはずいぶんな挨拶だったが、鏡子は気にもとめなかった。あくまで夜のなかに浮んでいる白い素足の快い涼気に執着して、峻吉に蚊遣を持って来させた。

信濃町駅の閑散な仄暗いホームへ、入って来た上りの電車が、一列の窓の灯や拡声器の胴間声などで、つかのまのお祭の賑わいをそこに与えた。車の窓の灯の下には白いシャツがぎっしり詰っていた。電車が去ると又いたずらに長大な暗いホームになった。その駅とここの露台との間の谷あいの町の灯は、庭の樹立の葉という葉の隙間にきらめいて、それらを時ならぬクリスマスの樹のように見せた。

蚊遣に火をつけてかえって来た峻吉が、

「手紙はどこだい」

といきなり訊いた。鏡子は部屋の隅の飾棚を、籐椅子の上で体をめぐらして指さした。

峻吉が部厚い航空郵便を手にして、露台のフロア・スタンドの下の椅子に戻ってくると、鏡子はこう言った。

「清ちゃんの手紙だというと、すぐ飛んでくるのね。遊びにいらっしゃいと言ってもちっとも来ないくせに」

「忙しいんだよ」

と峻吉は言った。

「昼間は魔法瓶の会社で、夜は拳闘の練習で、あなたは一体いつ遊ぶの」

ランプに集まる灯取虫を払いながら、すでに手紙に没頭している峻吉は答えなかった。

「これ、みんな読んでいいのか？」

「ええ、私へ来た分も読んでいいのよ」

鏡子にはこの拳闘選手が、いずれ手紙の読み方がひどく遅いだろうという予測がついた。これからしばらく、鏡子の自由な夢想の時間がはじまる。自分のかたわらに、一字一句を拾って読む手紙に夢中になっている安全な青年を侍らし、鏡子は孤独を免かれて、心をあちこちへさ迷わせながら、居ながらにして感覚の蕩尽を味わうこともできる。

夏のあいだの癖で、オー・ド・コロンを何度か耳のうしろにこすりつけて、まだ来ない夜風を待つうちに、決って貨物列車の汽笛があたりの夜気を引き裂く。何の悲しみもない心が、こうして汽笛のおかげで引裂かれるのだ。

鏡子は動かずにいる。すると暑気は、その痩せぎすの体の流暢な線をなぞって、体の形なりに煮凝ってしまうような気がされる。

『一人ぐらしの女が何の感情にも溺れないで生きているというのは大したことだわ』と鏡子は自讃する。それというのも、彼女はあらゆる情念と感覚を野放しにしておいて、一切の軛を課さないでいるからである。何ものにもとらわれずに何ものをも愛していること、……彼女はこんな暑さの加減で、人類全体を愛しているような幻想をさえ抱くにいたる。何という猥褻な幻想！

峻吉は自分宛の一枚から読みだした。それはごく簡潔な激励の手紙で、日本を発つすぐ前に見たプロ転向第一回戦から、清一郎の思いついた二、三の技術上の助言が書かれていた。もっと思い切り膝を入れて打つこと、或るフックは射程をあやまって遠すぎたこと、試合の技術としては、クリンチ・ワーク一つにもいつも自分の有利な体勢を忘れぬこと。

これらは峻吉にとって、そんなに耳新らしい忠告ではなかった。しかし清一郎がニューヨークの空から、こうして峻吉のことを心にかけていてくれるのは嬉しく、これだけで峻吉は今夜ここへ来た甲斐があったと思った。学生時代とちがって、自分の思うことを全部率直に話せる仲間は、清一郎のほかにはいないという時になって、彼は日本を去ったのである。

鏡子宛の手紙は細大洩らさぬ身辺報告で、薄い航空用便箋に正確な細字が詰っていた。

「どうして僕がニューヨークへ転勤するようになったか、その詳しい事情は発つ前に話す暇がなかった。これは要するに僕が従順で優秀だったからにすぎず、自分から汚い運動なんかしたわけではない。

君も知っての通り、僕は朴訥この上ない青年で、しかも英語が少々喋れるのだ。外国語の会話ができることは通例軽薄な能力と考えられているのに、僕はその例外なんだ。いつか読んだ『マクシム』の中に、痛いことが書いてあった。『さも朴訥らしく装うのは、微妙なペテンである』とさ。

いわゆるお偉方は二種類に分類できる。青年好きと青年ぎらいだ。僕の義父も青年好きだから僕を婿にしたのだし、アメリカ人のバイヤーとの商談のために、僕を帝国ホテルへ伴った常務取締役もそうだった。彼は僕の英会話の能力を重役の間に誇大に触れてまわり、重役の一人は、実は取引先の傍系の機械会社から、『海外へ出すにはあの男でなければならぬ』という強い推挙を僕が受けていると話した。副社長の義父は殊更黙っていた。こうして僕のニューヨーク転勤は、上層部では早々と決ってしまった。

それから忽ち僕の周辺で妨害工作がはじまった。同じ課の人間が、『あいつはスタンド・プレイをしている』と隣りの部へ行って言いふらす。更に僕に対する推挙の声があった傍系会社へまで行って、『あの男には気をつけろ。実に冷たい男で、君らのところから出す見積書にミスでもあったら、自分はあくまで知らん顔をして、五万や十万のミスさえカヴァーしてくれず、みんな君らの責任に押しかぶせる男だ』なんぞと言って廻る。ついに人事部長のところへまで、僕のことを、リベート取りの常習者だという投書を出した男がいる。もちろん匿名でだ。人事部長はもともと常務と同期なのだが、自分が非現業で冷飯を喰わされているという怨みが、こんなときに急に募って来て、僕の海外転勤について最終決定権のある常務に楯つくために、投書や噂の数々を持ち出して反対した。……こんな場合、僕に不自然なほど親しみを見せて、僕の味方になりたがる男ももちろん出てくる。そういう男ほど一そう危いのは、どこの社会も同じだ。僕はまわりの人間がみんな陰に陽に僕の敵だということを、別に新鮮な驚きもなしにすらすらとみとめた。

君にも想像がつくだろうが、僕は一そう朴訥な顔つきで悠々と歩きまわった。社会が臭気止めを取り払われて、今思うさま持ち前の臭気を放ちだした観がある。こういう匂い、憎悪や嫉妬や敵意の匂いは、君が香水が好きなように、僕の大好きな匂いだ。その上僕は、彼らの憎悪や嫉妬の対象である僕自身が、まるきりそれに値いしないのを知っている。僕はただ『出世する男』という他人の役割を演じ、かれらの嫉妬の対象の役割を演じているにすぎないからだ。

君にいつも話していた破滅の思想が、社会の裡に、僕を一種の透明人間に変えてしまってから随分久しい。それはその思想の持ち主に何らの責任を強いない思想で、だからこそ僕はその思想と共に透明になってしまえるのだ。社会的地位の向上を目ざす僕の嬉々たる努力には、いつもひどく風変りな自尊心の裏打ちがついていた。それは、このひろい世間に誰一人として、僕のような心境で出世を志している男はないだろうという自尊心だ。人の希望の芽を僕の手が摘んでしまうこと、しかもその希望の無価値を誰よりもよく知っているのは僕であること、こういう自尊心は僕の身を離れたことがない。

君だからいいが、もし会社の同僚に僕がこんな告白をしたら、すべては野心と卑しい功利的な出世慾を、自分の目からおおい隠すための自己欺瞞だと思われるにちがいない。だが僕にとっては、自己分析は何の意味もない。僕がいつも手に入れてしまう『他人の希望』が無価値であることは、この世界がたしかに目の前にあるのと同じくらい自明だからだ。そしてこういう客観的真理は、僕の内面、僕の潜在意識なんぞと何の関わりもない。僕は心理的な人間じゃない。僕は今まで、少くとも五歳のころから、自分で気づかなかった恋心もなく、自分の裡にはっきり見なかった野心もなかった。

君は『他人の情念』が好きだし、僕は『他人の希望』が好きだ。どちらも僕たちの犠なのだ。どうして他人への関心が、こうまで僕らにとって重大なのだろう。野蛮人が勇敢な敵手の肉を喰って、その勇気をわがものにしたと信じるように、僕は他人の希望を喰うことで、他人の属性をわがものにしたと信じ込むことができる。ああ、他人こそ、犠であり、かけがえのない実在なのだ。僕は他人が必死にのぞんでいる海外転勤の辞令を手に入れたとき、僕自身が、それを必死にのぞんできた他人になりすましたような喜びを味わった。僕のあらゆる行為の動機はここにあるのだ。実に微妙なペテン……。その上、僕の行住座臥の関心事が、他人の希んでいるようなものを望んでいる人間たることを装うところにあるのは、君も知ってのとおりだ。何もないものをあるように装って、その結果僕の得るものは、別に珍奇なものでも貴重なものでもなく、正に今まで僕が既に『持っている』と装っていたそのものなのだが、しかしこれさえ確実に得たかどうか疑わしい。だから又しても、更に他人の希望が欲しくなり、御承知のように僕は『朴訥で優秀』だから、ますます出世してゆくという寸法だ。

僕にはたえず充塡作用が要る。君もそうだ。僕らの心は、いつも破滅を直下に見て、空っぽに掃除されてしまっているから、その時その時の間に合わせのやくざな野心や夢で、何とか充塡して行かねばならない。その間に合せのためには、月並や凡庸というものは、何という尽きせぬ霊感の泉だろう！『借りものですませる』というのが僕らの簡潔な主義なのだが、借りものはできるだけ劃一的な意匠を持っていなければならない。凝った『借りもの』だの、芸術的な『借りもの』だのに僕らは一顧も与えない。それらは有害だからだ。僕が社会的に優秀なのは、ひとえにこういう衛生学を自ら実行して、何分の一ミリグラムの有害な毒素をさえ身内に残そうとしないからだが、実はこんな無害な衛生的な人間は存在する筈がなく、その存在の秘密こそあの破滅の思想なのだ。

君が夢想家にまちがえられ、僕が野心家にまちがえられる。これは多分、正しい誤解とでも呼ぶべきだろう。僕らの思想は決定論的であり、心はきれいさっぱりと空虚だのに、精神はなおアメーバのようにその無目的な運動をやめないからだ。僕らは、そう言ってよければ、精神の単なる運動性の権化なのだ。僕らの心は頑として動かないのに、僕らの精神は可食細胞のように動く。

とこうするうちに、ニューヨーク支店詰の辞令はとうとう下りた。

藤子は外国へゆくのをただ喜んでいた。本来は社の内規で、僕が一人先に行って、半年たたなければ妻を呼ぶことができないのだが、そこはオールマイティーの義父が、妻を便宜的にアメリカへ室内デザインの研究に行かすという名目で、個人的旅行者の資格で僕について行かせることにしてしまった。半年たったら、会社の費用に切り替えればいいのだ。藤子との生活の詳細については、又君にゆっくり書く折があるだろう。

僕ら夫婦は夏のさなかのサンフランシスコに着いた。ここに二泊したのちニューヨークへ直行する。桑港は白い美しい街で、御承知のとおり街の起伏が甚だしい。その急坂を未だにケーブル・カアの市電が通っていて、おのぼりさんの乗客たちは、市電が急勾配にかかると誇張した悲鳴を一せいにあげる。

薄暮に少し散歩をする。あの通勤の道の見馴れたポストや表札がどこにもなく、永久に消えてしまったように思われるのは、何という快さだろう。桑港の町の特色は、暮れかかる町の角まで来て、そこを曲ると、はるか下方に、まるで蝶が密集して翅を休めているように、おびただしいネオンがひっそりと凝集しているのが眺められたりすることだ。

飛行機であれほど疲れたのに、あくる朝の目ざめは早かった。ホテルの窓をあけて、轟きはじめる大都会の朝の騒音と、それよりもさわがしいユニオン・スクウェアの小鳥の囀りをきいた。人が迎えに来て、近くのシェアーズ・レストランで、デーニッシュ・パンケーキの朝食をおごってくれた。

……今僕はこの長い手紙を、ニューヨーク行きの機上で書いている。もう眠くなった。いずれ又、近いうちに手紙を書く。」

「やっと読みおわったのね」

と鏡子が言った。

「居眠りをしていたね。そうだろう？」

「あなたみたいに目をつぶったらすぐ眠ってしまう人種とはちがうのよ」

峻吉はのびをして、大きな欠伸をした。手紙は長すぎ、彼は近ごろこんなに沢山読んだことがなかった。

「あの人はどこへ行ってもやって行けるな」

「地獄へ落ちても巧くやって行く人よ」

峻吉は漠然と笑った。

「ニューヨークへ着いたら、何かいい試合を見て、これっくらい長く書いてくれるといいんだが……」

鏡子はふと目をあげて、二階の一角の、開け放した窓のうつろをしばらく注視した。

「どうしたんだ」

「いいえ。……真砂子の部屋のカーテンが何だか動いたような気がしたの。まだ起きていて、私たちの話をきいているんじゃないかと思って。……子供のくせに、目ざとくて、よく夜中に目をさますんだから」

鏡子はひどく声をひそめていた。

「てめえの子供のことを話すのに、どうしてそんなに怖そうに声をひそめるんだろうな」

と峻吉があけすけに笑った。

「あれは怖ろしい子なんだわ。このごろ、学校のかえりに、時々友達の家へ遊びにゆくという口実で、別れた主人のところへ行くらしいの。別れた主人がきっと学校の前かなんかで待ち伏せして、あの子を連れて行って御機嫌をとるんだわ。この間気がついたんだけれど、部屋にいつのまにか新らしいお人形がふえているのよ。独逸製の上等な人形で、父親に買ってもらって、こっそりランドセルに入れて持って帰ったのにちがいないの。それを私に見せもしないんですもの」

峻吉はこんな煩瑣な感情からすぐそっぽを向いた。いいレコードを探しに蓄音器のところへ行った。

「あんまり音を大きくしないでね。真砂子が起きて来ると面倒だから」

と鏡子が重ねて言った。峻吉はこの一言で興をそがれ、蓄音器の蓋を乱暴に閉めて、そこへ背中を凭せて、うつむいた顔の半ばを涵した影から上目づかいの目だけを光らせて、こう訊いた。

「一体、何が怖いんだい」

まともに訊かれると、鏡子にはわからなくなった。怖いのは真砂子のようでもあり、真砂子以外の何者かのようでもあった。怖れながら、待っているのかもしれなかった。しかし鏡子はわかりやすい簡略な説明のほうを選んだ。

「このごろ私、真砂子がまだ九歳なのに、へんに女っぽくなったのが怖いのよ」

「今夜は又、ばかに君は母親なんだな」

「つまらない晩で御免なさいね。……私、何だか、ふと、真砂子の部屋に男が泊りに来ているような錯覚を起したんだわ」

拳闘選手はあいまいに眉根を寄せた。

「俺に、九つの娘の寝室へ行けってすすめてるのか？」

鏡子は急にしどけなく笑った。ふだんは厳かに見える乳房のあたりの白い肉も笑いに弛んだ。

「ねえ、『笑い死』って一等苦しい死に方だってことがよくわかるわ」

ようよう笑いの納まったときに、鏡子は生真面目にそう言った。そして蚊遣の陰鬱な匂いからのがれるために、又あわただしくオー・ド・コロンの罎の口に鼻を当てた。

「君はそれよりよく退屈して死なないな」

と感に堪えたように峻吉が言った。

「あなただったら、それが一等苦しい死に方でしょうね、退屈して死ぬということが。……なるほど一等苦しい死に方というのは、人によってみんなちがう筈なのね」

と鏡子は言った。試合を見たときから、彼女はこの拳闘選手の苦痛に耐え、苦痛に鈍感な特質に、大いに興味を持っていたのであった。撲られても血を流しても、一向痛まない肉体があるならば、そういう心もあるにちがいない。

「おやすみなさい。明日は早いんでしょう。もう帰ったほうがいいわ」

と急に鏡子は、露台の椅子から立上って、手をさしのべて、にこやかに言った。ほんのわずかの忍耐のあいだに、彼女はよく理解したのである。どんなことをしたって、この青年に苦痛を及ぼし、苦痛を味わわせようなどということは無駄な試みだと。

「さようなら」と拳闘選手は無邪気に挨拶した。「俺がかえったあとは、君は一人で何をしてるの?」

「しばらく涼んでいるつもり。そのうちに明治記念館の森の上あたりに、流れ星が二つ三つ走ったりする。憐れなものね。そのうちに眠くなる」

と鏡子は乾いた声音で言った。

第七章

夏の日ざかりに、清美が突然収を呼び出すことがあった。行ってみると別に用はない。ただ急に会いたくなったのだという。

清美はそういうとき、店の者に申し渡して、来客にも電話にも外出中と告げるようにさせる。そして店の者たちの陰口や軽蔑をものともせず、収を伴って二階へ上るのである。

二階には八畳と六畳の和室がつづき、水屋や炊事場もあり、小型の電気冷蔵庫も据えてある。そこから冷やしたお絞りのタオルを持ち出して、清美は収の体を丹念に拭いてやるのである。窓の目隠しの上から、夏の日が短冊形にくっきりと畳に落ちている。清美は情緒的なものがきらいで、窓には簾もなければ風鈴もなかった。

「一寸歩いて来ただけでひどい汗ね。そこへ仰向けにおなり。私が拭いてあげる」

按摩に身をゆだねるように、裸の収は大人しく畳の上に仰向けに横たわった。左の腕の外側だけが、窓から落ちている日光に触れている。それはあたかも、切り離されたひどく熱い金いろの腕がかたわらに横たわっていて、それに触れているように感じられる。

収はちらと清美の醜い小鼻の怒った顔を見て、いそいで目を閉じた。清美の目は沈静で、若い男のなまなましい屍体を眺めるように彼の体を眺めている。女は生きている男の体を決してこんな風に見るものではない。その沈静な視線には、同時にひどく苛烈なものがあった。

冷たいタオルの粗い感触が、収の暑さに澱んでいた感覚をいきいきとさせ、ものうい肌を感じ易くさせた。あの沼にひたるような光子の愛撫と比べて、収は醜い女のこんな清潔な愛撫を喜んだ。そのとき、彼は軽い銀箔のわななく感じを脇腹に受けた。直にさわった氷片のように思われたその冷たさが、痛みだとわかるまでには暇がかかった。収は俄かに身を起してそこを見た。若々しい光沢を帯びて滑らかに起伏している彼の脇腹からは、一条の血が流れていた。日の反射をうけて血の糸は輝やいた。

「ほんのかすり傷よ」

と清美は先を越して、ものしずかに言った。

「何故斬ったんだ」

収の目はあたりを探すまでもなく、かたわらの畳に落ちて光っている安全剃刀の刃を認めた。しかし彼の目は静止した、小さな、とるに足らない物体を、たとえば夏の路上に落ちている罎の破片のきらめきを見るようにしか見なかった。それは彼らの人間関係とは無関係の、全く別なところに光っている孤独な物体だった。

「あんまり肌がきれいだから。……じっと見ているうちに切りたくなったの」

笑いもせぬ清美の顔は、表情を忘れて、そぎり落した感情の断面をさらしているようである。しかし怒った小鼻のわななきが収に見え、崩れた化粧の強い照りがはっきり見えた。

突然清美は収の胴体に斜めに抱きついて、小さな傷口の血を吸った。収は快い恐怖に目のくらむ思いがした。そして時のたつのを忘れた。

……日暮れに収と清美はうたた寝からさめた。やや涼風が通ってくるが、乾いたあとの汗の重みが肌を緊密に包んでいるようで息苦しい。遠いネオンの点滅がかすかに部屋に及んで、まだはっきりさめきらぬ頭の中で、収は一つの考えを追っていた。『これがきっと、僕の永年望んでいた女なのだ。やっとその女にめぐり会えたんだ』

世の常の関心では飽き足りず、収が求めていたのは、彼に対するひりひりするような苛烈な関心だった。彼を愛撫するだけでは足りず、彼を腐蝕（ふしょく）するような関心だった。今まですべては彼の肌の上をとおりすぎただけであったが、自分の存在をたしかめるために、あの一瞬の痛みにまして確実なものはなかった。彼が正に必要としていたのは痛苦だったのだ。

　自分の脇腹に流れる血を見たときに、収は一度もしっかりとわがものにしたことのなかった存在の確信に目ざめたのである。ここに彼の若々しい肉があり、それを傷つけずにはやまない他人の強烈な関心があり、絶望的な愛の情緒が彼に向けられ、かくてつかのまの爽（さわ）やかな痛みがあり、まぎれもない彼自身の血が流れていること、……これで存在の劇がはじめて成立し、痛みと血が彼の存在を全的に保証し、彼の存在をめぐる完全な展望がひらけたといえる。『これこそは世界の裡（うち）における存在のまぎれもない感覚なのだ』と収は思った。『僕ははじめて望んでいた地点に達し、すべての存在の環につながったのだ』やさしい、なまめかしい血の流出。肉体の外側へ流れ出る血は、内面と外面との無上の親和のしるしであった。彼の美しい肉体が本当に存在するには、筋肉の厚い城壁に囲まれていたままでは、何かが足りない。つまり血が足りなかったのだ。……しかも収に存在を確信させてくれた痛苦と血は、いずれは収の存在を滅ぼすためにしか働かないだろう。

——清美がすでにゆかたを着て、冷蔵庫からとりだしたメロンを切っているのを、収は炊事場のほうの明りの下に見た。ひとり暮しの女の威丈高な孤独が、ゆかたの怒った肩に巣喰っていた。

メロンの二切れを皿に載せた清美が、こちらの八畳の灯をつけた。収はまぶしさに灯を避けて身を起した。部屋のなかのかなり贅沢な調度が浮き上り、暗い六畳間をとおって、盆を捧げて近づいてくる清美の眼鏡の反射と、銀鍍金の長い匙のきらめきがみえた。それは何事もない生活のけしきで、収は鼻白んでさあらぬ不平を言った。

「何だって扇風機ぐらい置いとかないんだ」

「あの風は気持がわるいから。それにアイスの住んでいる家に、冷房なんか要るもんですか」

収がメロンを喰べているあいだ、清美は冗談のように、私が死ぬときは一緒に死んでくれと言った。彼女は収の顔や体が血に浸って動かなくなるのを見届けてから、毒を嚥むのだそうである。

収はその日以後、こんな情死の観念に憑かれてしまった。昼も夜も、たえず脳裡にこの考えがあった。しかし痛みと云っても剃刀の刃のほんの軽い一触しか思いうかばず、自分の本当に求めているものが痛苦だとわかっていても、すぐその観念上の痛みには快楽がまじって来ていた。すると死も、舞台の上の死と同じことになった。

死の決して繰り返されぬ性質が、収の空想を安易にしていた。空想はどんなに安易であってもよく、空想上の感覚がいかに実際と隔たっていてもかまわない。何故ならこうした空想の重なりの果てに、実際の死にいよいよ手をつければ、行為は仮借なく進行し、死は現前して、二度とくりかえされることはないからだ。

収の考える血はお芝居の血で足り、収の夢みる死の痛苦はお芝居の痛みで足りた。しかし空想はすぐ麻痺(まひ)してしまう。彼に決して役を与えようとしない舞台の夢がこうしてよみがえると、又しても彼の存在の感覚はあやふやになり、再び本当の血が流されなければならぬという想念に追いかけられる。こうして収の情死の観念は、時計の振子のように規則正しく、現実と舞台との間を往(ゆ)きつ戻りつした。

が、舞台の上の死も現実の死も、彼が一度も味わったことのないという点では、ほぼ同じ場所に位置を占めていた。時には彼の空想する血まみれの死に、痛苦が少しもなくて、快楽だけがはびこっているのを知ると、収は一体自分の現に夢みているのが、舞台の死であるか現実の死であるかわからなくなった。

彼は本当なら、持ち前の見栄(みえ)からも、美しい女と死にたい。しかし現実の美しい女は、彼に死を冀(ねが)わせるに足りないのである。だから清美の顔のことは考えまい。清美の魂のことだけを考えよう。それは暗鬱な魂、他人の不幸と自分の絶望とに鍛えられた魂で、収の内部に力づよく浸透して来て、彼の若い血まみれの体を望んでいた。その目は世界の外側から彼を見張り、彼のぐらぐらした存在を漆喰でこの世の上にしっかりと固め、彼の証人になり、……そうして彼の肉と血を欲しがっているのである。

　これらの想念は、みるみる収のまわりの社会を架空のものにした。大きなビルディングは張りぼてに変り、電車や自動車は見せかけだけの小道具になり、政治や経済は閑つぶしのクロスワード・パズルにすぎなくなった。もともと彼はこうしたものに興味も関心もなかったが、それはそれなりに、他人の現実であったのだ。

　日本共産党は「愛される共産党」へ再出発するための方針を決定した。それと一緒に、徳田球一の死が発表された。四国巨頭会談がジュネーヴでひらかれた。各自衛隊の新編成と配置が決り、陸上自衛隊は合計十五万人になった。幼ない兄弟が、常磐線で飛込み自殺をした。……

　そんな事件は無数に起っていた。しかしみんな架空の出来事だった。世界中が、張りぼての大道具に囲まれた、表側だけの、異常に明るく照らされた、夜も昼もない劇場になってしまっていた。

『僕は求められている。僕には役がついた』

　一つの比喩のように、収はそう考えることを好んだ。すると架空の世界が自分のまわりで独楽みたいにぐるぐる廻りだすような気がした。彼は熱烈に求められている。搾り皿の上で果汁を搾り出される檸檬のように求められている。粉々にされてしまうまでに求められている。

舞台の上での血だまりが収の心象となって浮んだ。彼はいずれそこに横たわるだろう。なまぬるい血だまりが彼の美しい横顔をひたすだろう。……現実の空想が、舞台の上の死の感覚の持続にしじゅう支えられていた。『僕は動かなくなるだろう。死ぬだろう。目をあいてはならない。なるたけなら息もしてはならない。ほんの少しの息づかいも、客席からは目立つものだから。幕がしまるまで、じっと何かつまらないことを考えつづけていたらいい。やがて幕がしまるだろう。僕は立上るだろう』

しかし幕は決してしまらず、喝采は永久にきこえないという考えが、すぐ収の心に還って来た。この考えは、彼を狂おしく幸福にした。

『幕が永久にしまらないなら、その芝居は永久に終らないだろう』

それはあらゆる俳優にとって、おそらく理想的な芝居である。

収は、しかし劇作座へは全く行かなくなった。ジムへ行くのも稀になった。清美と逢うたびに、怖ろしい遊戯の果てに、腕や胸をきつく縛しめる縄のこす鬱血が二三日消えなかったり、体のそこかしこに戯れの浅い傷あとが残っていたからである。

母親は美しい息子が、こんな地獄の遊戯に耽っていようとは夢にも知らなかった。清美が証文を破り、抵当権を抹消してくれたその日から、抜け目なく隠しておいた金でルーム・クーラーを買って店にとりつけた。店は冷房完備の札をかかげた。旬日のうちに新らしい客が集まって、客足はもとどおりになった。

残暑の甚だしい或る日のこと、息子がめずらしく新派の切符を買って来て母を誘った。出し物は鏡花の「海神別荘」と中野実の「相続人は誰だ」とベラスコの「お蝶夫人」で、水谷八重子がお蝶夫人を演ずるのである。八月の歌舞伎座は千秋楽に近かった。

すべては落着して、あらゆる苦労がおわったお祝いのしるしに、息子がこうして芝居見物に招いてくれるのを母親はうれしく受けた。ただ息子が、真紅の地に白抜きで花もようのあるハワイ製のアロハを着て出たので、母親はいささかおどろいてこう言った。

「まあ派手だこと。血のような色だ」

収は答えず、その表情は濃い緑のサン・グラスの陰にかくれて見えなかった。

タクシーの窓から落ちる日光は、弾力を失ったとげとげした座席の片端を灼いた。髪のこわれるのを怖れて、母親はわざわざ窓硝子で風を防いだ上で、異様に派手な京扇を使った。

このごろの収の甚だしい無口に、何か話のきっかけを探ろうとして、彼女は清美の名を言った。

「お前には勿論だけど、あの人にも私はずいぶん感謝しているよ。惚れたなら惚れたで、お金の問題は別というのが当節なのに、あの心意気はうれしいじゃないか」

収はアロハの腕を組んだまま、なお黙っていた。それを見ると母親は、もしや収が清美に飽きはじめて、こんな話題を喜ばないのではないかという危惧にかられた。彼女の不安は次々と悪い予想を描き、飽きられた清美の怨み、その経済的報復、前にもまさる追及と苛酷な拷問、……さては破られた証文や抹消された抵当権も、実はなお生きているのではないかという心配などが、雲のように押し寄せた。が、こんな悪い予想を口に出す勇気のない母親は、辛うじて教訓的な口調で探りを入れた。

「お前もあんまりいい気にならないで、あの人は大事にしてあげなけりゃいけないわね。あのとおり器量は悪くても、ともかく他の女の場合とはちがうんだから」

収はやっと、汗のにじんで来る鼻下をこすりながら、こう言った。

「そりゃあわかってる。あの人とはとことんまで行くよ」

この一言をきくと母親は幸福のあまり涙が出そうになった。あれほど脅やかされたあとでは、生活の平安は彼女の宝石だった。

「サン・グラスはいつとるの？　まさか歌舞伎座の中でもかけているつもりじゃないだろうね」

急に陽気な声でそう言った。こんないかにも母親らしい無意味なお節介に、われながら満足して。

「海神別荘」はわけがわからなくて退屈だったが、一杯道具をぐるぐる廻して見せる「相続人は誰だ」は理窟なしに面白く、最後の「お蝶夫人」の八重子の、つれない良人を空しく待ついじらしさに、母親は少し泣いた。しかしこの種の貞節は、凡庸で莫迦らしく思われた。

六時すぎに芝居がはね、母親の提案で、母子はいつぞや幸福な時分に食事をした上等のレストランへ夕食をしに行った。そこは何分縁起のいい店で、今はあの時よりももっと幸福だったからである。

それというのに、贅沢な夕食は、母親が期待していたほどの幸福感を与えなかった。『このごろたしかにこの子は変だ』と白い卓布のむこうで、ナイフとフォークをぞんざいに操る収を眺めながら考えた。急に息子の存在が不吉に感じられた。『どこまでこの子は、私たちの未来が真暗だという感じを、どこかで与えつづけるんだろう』

しかし収のほうでは、すでに母親はほかの現実と同様の架空の存在に見えていたのである。それは母親の役に扮した土偶で、その喋る言葉、そのぎごちない動作の一つ一つはロボットのようにしか見えなかった。打算や、慣習や、世間的思惑や、常套句や、月並な母性愛が、母親の体を借りて散漫に喋りちらしているのである。収は今や母親への愛情を自分に禁じており、決して彼女の理解しない領域に身を賭けている自分を不断に感じている。もしこの凡庸な母親が、息子と清美の住む世界を理解しようとしたら、その世界は途端に醜悪なものに化するだろう。

『僕たちはただ、ちょっと風変りな情死をするだけだ。僕の感じた快楽などは、これっぽっちも理解される必要がない。やがて夏が終るだろう』と、収は暮れがたの夏の街の灯を見下ろしながら考えた。『死んだ僕は、こんな夏の夕まぐれのネオンを見ることもないだろう』

ともかく夏の過ぎ去らないことが肝腎だった。頸筋にからまる熱い靄みたいな暑気が、素肌を伝わるさわやかな夜風が、彼の考える死に一等ぴったりしていて、この季節を過ぎたが最後、彼の心を占めている怖ろしい観念は消え去ってしまいそうに思われた。派手なアロハを着て、はげしい日ざしの下をゆくときに、汗はそこかしこの新らしい傷あとにしみた。この痛みの感覚は新鮮だった！　それは世界を彼の内側へつなぐ紐帯、しかもつながれた世界を架空の劇に変えてしまう紐帯だった。

行きずりの娘たちの視線も、このひそかな傷口には届かない。人知れず蓄えられた傷は、流星みたいに彼を社会の外へ弾き出したのだ。『しかし僕はもう影じゃない。決して影じゃない。傷つき、痛み、滅んでゆく肉体だ』やがて彼の体は傷に埋まるだろう。清美と死ぬ前に、一度そこらの娘を連れ込んで、その目の前で裸になってやろう。娘はおどろいて目をおおうだろう。

収はとある安酒場で、髪を長く伸ばした青年たちが、かれらの精神の傷についてくどくどと議論していたのを思い出した。収はこの連中を蔑んだ。精神の傷をみせびらかす奴らに、彼の肉体の傷を見せてやったら、おそらく言葉を失うにちがいない。自分たちが実は存在せず、精神は影の影であることに、ただの一度も気がついたことのないあの連中。

夏のうちにすべてが終らなければならない。血と太陽のかがやきと腐敗と蠅の唸りとは、死のまわりの一連の装飾音符をなしている。それは夏のまひるのしんとした大道の上に、花束のように投げ捨てられた屍体のまわりに漂う音楽で、秋になったら、誰もそんな音楽に耳を傾けようとはしないだろう。

世界は彼のために準備されていた。真白な卓布。……収はそのテエブルの、白い、糊に強張った卓布のはじを摑んだ。それを今彼の迸る血が染めないのは、不合理なことに思われた。

「何を考えてるの。このごろお前はほんとに無口になった。それに一頃ほど食も進まないし」

とうとう母親は心配を口に出してそう言った。

「心配することはないよ」とやさしい息子は言った。「夏のあいだは誰でもこんなもんだ」

収はしかし、自分の快楽の秘密を誰かに語り残したいという誘惑に打ち克つことができなかった。そこでその晩、母親を先に帰して、鏡子の家を訪ねた。鏡子の家には明るい燈火の下に見知らぬ客がいっぱい詰っていた。彼は快く迎えられたが、馴染のない顔のあいだをうろうろしながら、鏡子とさしで話す機会をつかまえるのに苦労した。その機会はなかなか来そうにもなかった。

そうしているあいだも、収は快楽を以て死を考えていた。さわがしい会話から離れて、部屋の一隅のライティング・キャビネットに身を凭せて、収は左の肩を少し聳やかし、真紅のアロハの袖をやや捲ってみた。そこにはかなり古い傷が鮮明な葡萄いろに彫られていた。彼はその葡萄いろの一線に、酒に濡れた唇を寄せてちょっと接吻した。

客は露台のほうにも溢れていた。鏡子は室内と露台とを、藤色のドレスで行きつ来つして、収と目が会うと、ちらと微笑して又そのまま行き過ぎた。その微笑の目はあきらかに退屈していたが、彼女が好んで退屈を求めているらしいのに収はおどろいた。むかしの鏡子は決してそうではなかった。

鏡子の紹介で何人かの年増の贅沢な身なりの女が、断然この席で異彩を放っている真紅のアロハの美青年に何やかと話しかけた。しかし収が生返事をしたので、むこうは彼を馬鹿だと決めてかかって行ってしまった。

鏡子はすでに何ものかに屈服しかけていた。その席には峻吉も夏雄もいず、光子も民子もいなかった。その代りにかつて鏡子の蔑んでいた粋な知的な会話が我物顔にはびこっていた。外人さえ四、五人いた。収のちかくでは、二、三の気取った連中が、やれバルトークが好きだ、やれセザール・フランクが好きだというような話をしていた。近ごろパリからかえって来た女が、戦後の仏蘭西における東洋神秘思想の再発見なんぞということを言っていた。それから又、遊び人の肌の疲れた男がいて、俺はどんな古今の奇書にもない新らしい態位を発明したなどと威張っていた。みんながほかの話題を放棄して、その伝授をせがみ出し、男がさんざん勿体ぶったあげくに発表した態位は、辛うじて可能であるような、いかにも非実用的な代物で、ただ態位のための態位という感を与えた。

煙草の煙の渦や、女の髪の羽根飾りや、汗に光った男の鼻などの上に、収の見馴れた古い枝附燭台がかかっていた。硝子のにせものの図太い蠟燭は、すでに埃や煙の脂のために鼠いろに汚れて、燻んだ光りを天井へ投げていた。その天井より更に高いところに、収は清美の目が、世界の外側からじっとここを見下ろして、収を見張っているのを感じた。その熱く潤んで、いつも少し充血している狂おしい目は、高い葉ごもりから射かけてくる蛮人の毒矢みたいに、暗い貫きとおす視線を落して来て、その見るものを悉く屍に変えてしまう。浮華な会話も、汗のために白粉のはだらになった女の肩も、けたたましい笑いも、みんな屍臭を帯びてしまった。そして収の心に、忘れていた義務のようなものを鋭く思い出させた。

収は自分一人のなかにとじこもり、露台の夜風に吹かれることもせず、暑苦しい灯火の下で、にじみ出る汗が新らしい傷あとにしみる快さにわななきながら、又耽る死の考えに立戻った。さっき話して名前も忘れてしまった派手な中年女が、氷挟みにはさんで来た氷片を、彼の手にしていたコップの中に落してくれた。収は礼を言うのも忘れてぼんやりしていた。生温かった液体は俄かに冷え、コップの硝子の冷たさは刃物に似た。彼は死を考えた。死は大時代な翼を生やして飛んだりはせず、繊細なやさしい指のように、彼のアロハの裾からもぐりこんで来て、傷だらけの若々しい皮膚を隈なく愛撫した。

「きのう重光さんを送りに羽田へ行ったが、あの人はいつも陰鬱な旅行者で、アメリカへ行くのが、まるで又巣鴨へでも入りに行くような雰囲気だった。R君が随行だよ。あの君のよく知っているR君。あいつはいよいよ出発というときから、もう疲れ果てて、神経衰弱に一歩手前という顔をしていた。何しろ重光のお供じゃね」

『僕は死ぬだろう。血はどこまで高く吹き上るだろう？　自分の血の噴水を、僕ははっきりこの目でたしかめることができるだろうか』

「砂川の基地じゃ、今に大騒動が持ち上りますよ。久しぶりに内戦のちょいとした雛型が見られるでしょう。測量というのは、もともと哀れな技術的な仕事だが、どんな人間の一生にも華々しい時期があるように、測量技師の巻尺がしばらくのあいだ政治的花形になるでしょう。そして又、間もなく忘れられるだろう。私は毎朝の自分の髭剃り(ひげそ)が、いつか花々しい政治行為になるだろうと疑いませんよ。髭を剃るとき、いつも私はそう思うのです。私は電気剃刀(かみそり)というやつは好かない。あれには丹念な緻密(ちみつ)な地味な仕事の性質が欠けている。あの機械には政治的素質が欠けているんです」

『僕の口から血が流れ、僕の息が正に絶えようとするとき、清美は気ちがいみたいに僕を抱いて接吻するだろう。しかし少しでも息のあるうちには接吻されたくない。すっかり息が絶え、薄くあいた唇になら、いくら接吻されてもいいのだ。清美が僕の死顔を神々(こうごう)しいほど美しいと思うのは知れている。あの女は僕の冷たくなった唇に接吻したくてうずうずしているんだから』

「粉ミルクに砒素(ひそ)が入っているなんて、すばらしい発明ね。それを呑(の)んですくすく育った赤ん坊なら、何十年かのうちに、きっと私の好きなタイプの男になるわ。体のどこかに砒素みたいなものを持っていない男なんか、何の魅力があるでしょう」

『死が快楽の果てからうまく僕を譲り受けてくれればいいが。赤ん坊を眠ったまま揺籃(ゆりかご)から寝床へ移すように。しかし断末魔の苦痛のさなかに、何ものかが僕の目をさまし、僕に一個の殺風景な事件の全貌(ぜんぼう)を見せるのではないか』

——鏡子が彼のそばに立っていて、そっと腕にさわって言った。

「何を考えているの。ほっておいて御免なさいね」

収は傷あとを見破られたような気がしてあわてて手を引いた。

「露台のほうへ出ましょうよ。こんな暑いところにいないで」

鏡子は真紅のアロハ・シャツの青年を、灯からもっとも遠ざかった露台の片隅へ連れて行き、談笑している人々に背を向けて、信濃町駅の一連の灯が木の間がくれに見える庭のほうへ並んで欄干に凭れかかった。そこで藤いろのドレスから立つ暗い鬱したような香水の匂いは、昼のあいだの草いきれの名残とまじって、すぐさま収の鼻を搏った。

「見たことのないお客ばかりだな」

「そうなのよ。会費をとってるのよ」

この何でもない答は収をおどかした。

「それじゃ僕も払わなくちゃ」

「いいのよ。あなたは別。私のほうから来てほしいお客は別。今日のお客なんか、会費ぐらいとってやらなくちゃ我慢がならない」

鏡子は声をひそめたままそう言ったが、何事にあれ自分の家で声をひそめたりしたことのない彼女の、それは一種の窮境を物語って余りあった。収にはしみじみわかったが、鏡子も亦、昔のようにお金持ではなかった。

「来てわるかったかな」

「何をいうのよ。さっき紹介したおばさんたちは、とてもあなたに興味を持っているわ。

私とあなたのことを疑っているのよ。そんなふりをしないこと？」

鏡子はあらわな腕を収のあらわな腕にからました。鏡子の腕は大そう冷たくて、死んだ動物の皮の感じがあった。

「こんな冷たい腕を枕にしたらいいだろうな」

「そう、その調子でやるのよ」

と鏡子は腕を動かさずに、うつむけた顔を欄干のそとの緑のしげみの闇に涵していた。こうしてみんなを遠慮させる態勢を作らなくては、満足に二人きりの話をすることができない。

「何の話？」

と鏡子は持ち前の好奇心に耐えきれず、自分のほうから訊いた。収の美しい横顔は遠い灯をうけて闇から白く浮き出て、伏せている目の長い睫は影をえがき、鏡子のまだ知らない快楽の記憶にぼんやり身を浸しているような悩ましさがあった。こんな青年を愛して無駄な悩みに日をすごす女のことを、鏡子は他人の実感を以てありありと感じた。

「何の話なの？　何か急な相談事？」

「いや」と収はあいまいに口籠った。「僕はもしかすると近いうちに、心中をやらかすかもしれないよ」

鏡子はまだ会ったことのない醜い女高利貸が相手かと訊こうとしたが、やめにした。

そこでごく平凡な相槌を打って探りを入れた。

「へえ。ずいぶん惚れ込んだものなのね」

「惚れてなんかいるもんか」

と収はなまなましく唇を歪めた。そして言葉を継いで、こう言った。

「どう説明しても、君にはわからない。本当のことを言うと、自殺でもなし、殺人でもなし、心中でもなし、それでそのどれかでもあるような死に方なんだ」

鏡子は毅然としていた。青年が自殺するという話なら山ほどきいていて、一つも信じていなかった。事実誰一人本当に死んだ青年はいなかった。

「君は信じていない」と収はちっとも信じさせる努力を払わずに、微笑して言った。

「君はふつうの心中みたいに、覚悟だの、決心だの、後悔だの、逡巡だの、追いつめられた境遇だの、センチメンタルな愛情だの、そんなものが要ると思っているんだ。そのどれ一つとして僕には似合わないということも、君は知っている。僕は覚悟したり決心したりするように生れついちゃいない。

……僕の死は、こういうんだよ。辷り台の上から難なく辷り下りるような。……そうじゃないな。辷り台から辷り下りるには、一度辷り台に登らなくちゃならない。そんな手間は要らないんだ。夢うつつのあいだに、一寸手がうごいて、遊戯や芝居がそのまま本物の血を流す。……わかるかい。僕がたとえば舞台の上で芝居をやっていて、芝居と現実との堺目がなくなって、芝居をしたまま、われしらず現実の死に飛び込んでしまう。その二つのものの裂け目がなくなってしまう。僕が気がついているときは、もう死んでいるんだ」

「誰がそうするの」

と鏡子はいつにない収の能弁におどろかされて、当てずっぽうの質問をした。

「誰がって、……僕と女だ。僕がするか、女がするか、要するに僕の肩をやさしく一叩きするだけで、僕は死の中へのめり込むんだ。その堺目がすっかり薄くなり、オブラートみたいに薄くなって、芝居と現実と、生きていることと死んでいることと、僕にはもう大した違いと思えないんだ。おかげでやっと僕は、人が立派だという肉体を持ち、若くて、健康で、何も考えず、何もせずに、ここにはっきり存在していることが自分でわかるようになったんだ」

彼の言っていることは、そのまま人には通じない内心の呟きになった。彼はかつて夢みていたとおりの自分を、この夏の夜の露台の片ほとり、灯火から遠い闇のなかに、駅のあかりを鏤めた香わしい葉叢を背景にしてはっきり見ていた。詩人の顔と闘牛士の肉体を持った傷だらけの若者は、ちゃんとそこに存在していた！　あした彼は、すこしも戦わずに、血みどろの英雄的な死に見舞われるだろう。醜い肥料で培われた美しい花のように、現代のいろんなグロテスクな肥料を雑多にとりまぜて、彼は自分自身の透明な、光りかがやく神話を作るだろう。そしてあらゆるグロテスクは、彼の存在自体には一指も触れることができないのである。

――鏡子は収の熱狂からかなり遠いところにいた。収の話全体が、何だかひどく不真面目なものに思われた。しかし彼女は不真面目を非難する立場にはいなかった。熱狂を共にすることはできないが、依然としてこちらの無為の岸にいながら、鏡子は知的な洒落た客とは遠く、ずっと収のほうに近くいる気がする。彼女はほんの一瞬、あの焼跡の時代の再現を、夏の太陽が瓦礫を輝やかしていたあの「明日を知らぬ」時代の片鱗を、収の顔の中に見たのである。

自分の周囲にいた青年たちが、何か一つの帰結へ向って、不吉な速度で進んでゆくのが感じられる。紐育にいる清一郎や、峻吉や、夏雄の顔がうかんだ。

「そうだわ。そういう話をするには、あのやさしい、大人しい、まじめな聴き上手の夏雄ちゃんにしたらいいんだわ。近ごろあなた、あの人に会って？」

「会わないな」と収は欄干から身を起して言った。「ずいぶん会わない。……そうだ。峻ちゃんの試合をみんなで見に行ったことがあったね。あの前に彼が僕のおふくろの店へ来たんだ。みんなで筋肉の話ばかりしていたので、あいつはいらいらして、急にこんなことを言った。よく憶えている。眉を引きしめて、ひどく辛そうな目つきをして、緊張のあまりに甘ったれ口調になって。……あいつはこう言ったよ。

『そんなに筋肉が大切なら、年をとらないうちに、一等美しいときに自殺してしまえばいいんです』って」

鏡子が笑おうとしたとき、信濃町駅を、鋭い汽笛をあげて貨物列車が通り過ぎた。その黒い疾駆する影はプラットホームの明りを隠し、聴く人の胸の奥底をゆるがすような永い汽笛の詠嘆は、しばらく夜空に狂おしい尾を引いた。貨車の車輪のだるい閊(つか)えた響きが、それから単調に繰り返されて二人の言葉を奪った。

そのとき収は、今までにたった一度言ったと思われる、彼の内奥から生れた言葉を言った。

「血を流すということは、すばらしく気持のいいことなんだぜ」

それから鏡子を安心させるように附加えた。

「……君は知らないが」

鏡子はこの言葉が、彼女の大好きな「他人の快楽」に属していることに気づかなかった。鏡子はそれを収の哲学だと思ったのである。

* * *

紐育の清一郎に宛(あ)てた鏡子の手紙。

「同封の新聞の切抜きを見て、貴下(あなた)のおどろく顔が目にうかびます。新聞には風変りな情死という見出しが出ており、収さんは失敗した怠け者の新劇俳優ということになり、その憐れな無名の青年が、醜い女高利貸の愛人になって、無理心中で殺された、ということになっています。新聞の記事そのものは何もまちがってはいません。或る興味本位の新聞は、いろいろと凄惨なその場の光景を描いています。私はわざとそういう記事をお送りするのを避けました。

こんな事件の起る数日前に、あの人は家へ遊びに来ました。あの人はたしかに死を望んでいました。でもどこの新聞も私のところへ訊きには来ず、私も事件の真相にそれほど興味があるわけでもありません。殺人にしろ、心中にしろ、とにかくあの人は死んだのです。

他人の情事があれほど好きな私が、事件の真相に何の興味もないといえば、貴下はいつもの皮肉な笑顔で、嘘だと仰言るにちがいない。けれど私の中にその時ふしぎな変化が生れ、他人の情事と人生をそのまま生きることができるという日頃の確信はなくなりました。私は怖くなった。私の家や私の生活も、いつ安泰でなくなるかわからない。私たちの無秩序の根拠地、私たちの想像力の港も、いつ波に呑まれて崩れ去ってしまうかわからない。助けを呼ぼうにも、貴下は遠い紐育にいらっしゃるのだし。……

第一、お金の点からも、今までのような生活がつづけられるかどうか怪しくなりました。今年の初夏に軽井沢の別荘を売ればよかったと後悔していますが、今年はもう機会を逸しました。来年の夏まで待たなければなりません。そこで思いついたのがパーティー屋で、家を開放して、女主人はもちろんこの私のまま、会費をとったり、賃貸をしたりして、昔の知り合いをその会員にしました。御存知のとおりの退屈な連中ですけれど、都心から離れたちょっと面白い環境ですから、みんなよく利用してくれます。いわば私の家は、生粋（きっすい）の無秩序の代りに、贋物（にせもの）の無秩序、観光客用の無秩序、おちょぼ口の無秩序の本舗（ほんぽ）になったわけですわ。それだけに口あたりもよく、羽の生えたように売れます。何分少しは景気のよくなった此頃（このごろ）ですから。私が『景気』なんて言葉を使うと、さぞお笑いになるでしょうね。

……それにしても私のよく知っていた収さんが死に、雑な新聞記事の一齣（ひとこま）に押し込められてしまったのを見ると、私があの人をよく知っていたという自信も、崩れてしまった感じがしてなりません。私たちは新聞の無責任な読者ほどにも、お互いを知ることができないのではなくて？　貴下と私でさえ、そうなのかもしれない。私たちの世間から隠れたささやかな繋（つな）がりも、盲らと盲らを突き合せ、唖と唖とを向い合わせていただけのことかもしれません。貴下の仰言ることは本当です。私たちは決して、人を助けることなどはできません。

貴下は私は『他人の情念』が好きだし、御自分は『他人の希望』が好きだと仰言いました。私は現在に生きることなどできないのだし、私は過去、他人は未来なのでした。

そうして他人の情事の話をきき、その経験を耳からそそがれて、自分も生きたような気がしながら、そのすべての未知の未来を、私は安全な私自身の過去のお蔵へ移したつもりでいたのです。

でもそれは危険です。本当に危険です！　他人の情念にしろ、希望にしろ、他人にあんまり興味を持ちすぎることは危険です。それはこちらが考えもせず、想像もしないところへまで引きずってゆき、ついには『他人の希望』の代りに、『他人の運命』を背負い込む羽目になります。私たちは想像力と空想力だけで我慢したほうがよさそうですわ。それから先は宿命の領地なんです。……これだけは親身になって警告させて下さいましね。

他人はともかく、家の真砂子には手こずっています。あれは何か陰謀をめぐらして、父親をだんだん引戻す算段をしているとしか思えません。気のせいかもしれませんが、私は買物なんぞに出るとき、ふと私の後ろ姿をじっと見張っている、私立探偵らしい男の影を感じるのです」

清一郎の返事。

「いやはや！　君の気の弱くなったことはどうだ。君が『宿命』なんて言いだすとは！　宿命なんて決して存在しないということが、僕たちの共感の最初の礎だった筈じゃないか。宿命なんてものがあったら、僕たちは夙うに一緒に寝ていた筈だ。

不充分な新聞記事からもわかったが、収君の死は決して宿命的な出来事ではなかった。あのまるで意志のなさそうな男の、唯一つの意志がこれだったのだ。跳ね板からプールへとびこむ人のように、彼は自分の意志の上を一直線に歩いてゆき、そうして死へとびこんだのだ。——一体自分にも気のつかない意志なんてものがあるかどうか、それをこそ宿命と呼ぶのではないか、などという議論は、水掛け論になるからやめにしよう。ただあいつが最初から一直線に望んでいたことは死だったと、あとから僕たちにもわかるだけだ。死はいろんな仮面をかぶって、あいつの前に立ちふさがった。彼は一つ一つその仮面を取って、自分の顔にかぶった。最後に仮面をとったとき、そこには死の怖ろしい素顔があらわれていたが、それさえ彼にとって怖ろしかったかどうかわからない。彼はそれまで死を意志するあまり、熱狂的に仮面を意志したのだ。あいつは仮面でだんだん自分を美しくして行った。君もよく知っていなければならないが、美しい者になろうという男の意志は、同じことをねがう女の意志とはちがって、必ず『死への意志』なのだ。これはいかにも青年にふさわしいことだが、ふだんは青年自身が恥じていてその秘密を明さない。その秘密を大っぴらにするのは戦争だけだ。

——君の財産管理をここからこまかく指図してあげられないのはいかにも残念。しかし何か手を打とうと思うときには、すぐ手紙で相談してほしい。パーティー屋なんて、君にも似合わない俗悪な商策だ。今大へん忙しいのでこれだけ書く。次便でまた詳細に」

＊＊

この夏以来、夏雄をめぐる家族の心配は一通りでなく、彼をどう扱ってよいか困惑していた。夏雄は絵を描かなくなった。眠らなくなった。ろくに物を喰べなくなった。それをこのブウルジョアの一家は、想像もつかない「芸術的苦悩」だと考えていた。

ブウルジョアの俗信に、必ず芸術家には苦悩が伴うものだと信じられているのは、ふしぎなことだ。何か遠い苦悩の信仰と、芸術家の伝説とが、どこかでまざり合ってしまったものにちがいない。たといブウルジョアでも、子供を失ったり、妻を失ったりしたときに、本物の人間的苦悩を味わうのであるが、どうやら彼らには自分の味わっているものを苦悩だと考えたがらない傾きがある。どこまでも本当の苦悩は他人まかせにしておきたく、自分たちがこんな不吉な物質の永代管理人ではありたくない。どこかに苦悩の銀行、苦悩の総元締、苦悩の専門家がいてほしいのだ。むかしは見るもおぞましい聖者たちがこの役を努めていたが、いつのことからか、聖者の代りに芸術家が登場するのである。

かくて芸術家は、もっとも無益なものに関するその強烈な苦悩の能力で、深く人々を安心させるようになった。その苦悩の社会的無価値、その苦悩の抽象性は、人々が実生活に於て抱いている苦悩への恐怖を癒やす。芸術家たちは一つの苦悩の運命を演ずるが、それは絶対に伝染するおそれのない奇病に苦しむ人を見るようなもので、ブウルジョアが苦悩に関してもっとも怖れる特質、あの「普遍性を帯びた不吉さ」を免かれさすのである。

一般的法則とはなりえない苦悩、一般的な人間存在とは何のかかわりもない苦悩、これこそはブウルジョアが芸術家に於て愛するところのものだ。ブウルジョアがこの苦悩と引き代えに彼らに与える「天才」の称号は、一般的原理から人々の目を外らし、しばしの安息に身を横たえさせてくれる社会的功労賞のようなもので、こんな仕組によって、「芸術はしばし心を慰める」ことができるのである。

夏雄の妙な不気味な生活がはじまったとき、彼の一家は一様に、「とうとう来るべきものが来たぞ」と思った。とうとう来たぞ。それは怖れられていながら私かに待たれていたものでもあって、一種の秘蹟の顕現でもあり、とりわけ彼の母親にとっては、世間に向って息子の苦悩を誇る機会の到来でもあった。彼女は無意識のうちにピエタを望んでいた。

「世間ではすぐ才能があると云ってちやほやするけれど、私は才能なんて世間が云うようなそんな甘いものではないと思っていたわ。夏雄が今壁にぶつかっている気持は、私にはわかりすぎるほどよくわかるのよ。今は家じゅうが心を合せて、夏雄を変りやすい世間の風から護ってやり、夏雄が自力でその壁を乗り超えられるように、はげましてやるほかはないと思うわ。みんなで夏雄をいたわって、かりそめの冗談にも、あの子の才能がだめになったというようなことを言ってはいけない。いつもより一層温かい態度で、みんなが気永に見守っているということを、あの子に感じさせてやるのが一番だわ」

彼女は夏雄の兄たちや、実家へあそびに来た姉にも、そう言って訓誡を垂れたが、これは宛かも病気にかかった子供をいたわる態度で、こんな態度そのものはゆくりなくも正鵠を射ていた。一方もし夏雄が本当に芸術的苦悩に悩んでいるのだとしたら、この種の苦悩に対するブウルジョア風の家庭的庇護ほど、見当外れの茶番は考えられなかったろう。

しかしこうした庇護の象徴というべき代物が、夏雄の画室の一角にいつも肩を怒らせていた。それは舶来の冷房装置であった。窓を閉めきった密室の雰囲気を保つために、夏のあいだこの機械は大きな助けをした。そして夏雄はというと、じっと無人の一室に坐って、自分に神秘な超人間的な能力の授かるのを待っていた。

河口湖からかえったあくる日のことを、夏雄はこうした黙想のあいだに、何度となく思い出した。それ以前の記憶は拭い去られ、この記憶だけがいつまでもあらたかに生きていた。

それは目くるめくような夏の午後であった。市民的な躾から、午後の程よい訪問の時刻をえらび、手土産の菓子を携え、白い簡素な夏のシャツを着て、ことさら車は使わず、彼は中橋房江の地図に書かれたとおりの道を辿った。世田谷区若林町は彼にとって親しい場所ではなかった。道は屈折して、人通りは少なかった。彼はまだ見ぬ房江という女の面影をいろいろと心に描きながら、古い頽れた板塀や黒く汚れたコンクリート塀のあいだを歩いた。

女の顔はともすると鏡子の面影と重なった。今まで親しく附合った女は鏡子のほかにはなく、その顔立ちも嫌いではなかったから。

支那風の美しい冷たい顔、薄手でいながら肉感的なその唇、顔全体にあいまいな線は一つもないのにその明晰さの中に一種の神秘のひそむ顔、陽気なことが好きで自分もよく笑うのだが、どこかに威があって決して自分を可笑しく見せず、本当に心そこから笑うことも泣くことも忘れた顔、……いつかしら夏雄は中橋房江をそんな女のように想像していたが、これはそのまま鏡子の肖像画に他ならなかった。

彼は炎天の下を歩きながら、房江の再々の暗示的な手紙や、芝離宮公園での果されなかった逢いびきのことなどを次々と思い出した。すると房江という女は、彼の背後にいつも立っていて、ただ彼の目に見えなかったにすぎないと思われた。昨日の樹海の暗みわたった白昼の闇を見たときから、夏雄は自分の目が、いままで見えていたものに視力を失った代りに、いままで見えなかったものに対する視力を新たに得たように感じた。

突然小路の角から、けたたましい鈴音が起り、緑の大樹の梢がおおいかぶさった古い塀の外れに、赤い鮮明な旗があらわれた。そのときゆくての青空には、夏らしい積雲が光りを含んで聳え、あたりには人影もなかった。

彼はこうしたものを一瞬のうちに取り纏めて見た。以前なら、美しい構図はこのようにして眼前にあらわれたが、今のはそれとはちがって、旗の鮮明な赤と庭木の緑と青空と白い雲とが、実に毒々しい不快な調和を示して、彼の画家の手や心を拒否して、すでに出来上った絵のごとく現われた。『これは何だろう』と彼はたじたじとして考えた。

それは決して色彩ではなかった。かつて美は色彩としてしか彼の目に映らなかったから、彼の世界は意味を欠いており、このことの自然な結果として、どんな無意味も夏雄の感受性に富んだ心を脅やかさなかった。しかし今見える赤や緑や青や白は、色彩ではない。かつて見ていたような色彩ではない。それは解明はされないながら明らかに一つ一つの意味を帯びていて、現われた絵は、妙にけばけばしい象徴的構図を持った寓意画になったのだった。

『これは何だろう』

彼は神秘な恐怖に搏たれた。赤は激怒を、緑は前世のどこかにひろがっていた広大な森のざわめきを、青は何か得体の知れない峻厳な誓いを、それから光りを含んだ白は図書館の石の階段を思わせたのである。

それは解明された意味のようでもあり、もう一歩でその意味に近づくための手がかりのようでもあった。彼は熱心にその意味を考えた。鈴はけたたましく鳴りながら彼のかたわらを通りすぎた。

激怒と前世の森と誓いと図書館の石の階段とは、ばらばらで少しも結びつかず、無意味に馴れた画家の心は、外界が忽ち意味を回復するかと思うと、こんな象徴詩みたいなものに紛れ込んでしまうのを訝かった。彼にはもともと文学的な心性が欠けていた。そこでこれらは記憶に関わりのあるものかと思われたが、幼時からの彼の記憶は、無人の世界の意味を持たない色彩の氾濫でしかなかった。

それでも制作のときに彼のまわりに湛えられるあの広大な虚無はなくなって、世界にみるみる意味が立ちこめ、意味ですべてが充溢して来るように思われた。しかし奇怪なことに、無意味な世界の全体のあんなに単純で簡素だった秩序は消え失せて、一度意味を生じた世界は手のつけようのない混乱に陥った。

『僕はもしかしたら現実を見はじめたのかもしれないぞ』と、目の前に執拗にうかぶ象徴的構図を追いながら、夏雄は考えた。たとえそれが現実だとしても、それは新聞配達も来なければ電車も動かず議会も決してひらかれないしんとした現実だった。ただ群がる奇怪な意味だけが、夏の夕方の夥しい羽虫のように空中に立ちこめていた。

……彼の前に、ふたたび烈しい午後の光りと、子供たちの叫び声と、蹴られた石が塀にぶつかる音などが雑然とよみがえった。角を折れようとして、来し方をふりむいた。そこにはアイス・キャンデー屋が屋台を下ろしており、子供たちが口々にわめき立ててそれを買っていた。屋台には赤い幟がひらめいていた。アイス・キャンデーの白抜きの文字が幟にゆがんでいた。さっきの赤い旗はこれだったのだ。……

彼は角を曲った。そしてすぐ前に、ありふれた引戸を閉ざした木の門柱に、あざやかに墨で「中橋房江」と書かれた木の表札をみとめた。

『それから僕は引戸をあけた。一間足らず前に硝子戸の玄関があった。僕は呼鈴を探した』

と夏雄は今も一齣々々あきらかな記憶を追った。

『僕は河口湖への旅に出たときまで、世界の無意味を少しも怖れなかった。無意味は自明の前提だったのだ。しかし、それ以来、急にそれが僕には怖ろしくなり、僕の恐怖の根源になったのだ。どんな奇怪な意味でも、僕は世界が、礫で充たされた蛇籠のように、意味で充たされることを望んだ。……そうして僕はあの人に会ったのだ。

アッパッパを着た老婆が出て来て、僕はその老婆に来意を告げた。中橋房江さんはいらっしゃいますか、と僕はたずねた。はい、いらっしゃいます、お待ちかねです、と老婆が薄笑いをうかべて言った。すぐさま僕を、玄関のわきの粗末な洋間に案内した。香煙が漂い、その部屋に人はいなかった。……』

——夏雄が汗を拭いながら見廻す部屋の一隅には簡素な祭壇があった。これは小さな白木の社を中心にした祭壇で、格別めずらしいものではなかった。部屋のもう一方の壁には、海景をえがいた油絵がかかっていたが、そのひどく低俗で悪達者な筆づかいが夏雄の眉をしかめさせた。この絵の下に安物のティー・テエブルがあって、青銅の香炉がしきりに煙を立てているが、折角香を焚いているのに、窓は左右に大きく開け放たれていた。

窓はがらんとした庭に面し、乏しい木立と色とりどりの松葉牡丹の花壇と、暑さに笹くれ立った乾いた土の色だけが窓ごしに見えた。この静けさと沈滞の印象が暑苦しさを強めた。

ドアのノッブがひそかにめぐった。入って来た人を見ると、四十恰好の痩せた男である。白絣の浴衣を着ている。夏雄に丁重に挨拶をして、袂から、用意していたらしい名刺を出した。中橋房江と書いてある。夏雄は意外のあまり、まじまじとその顔を見据えてたずねた。

「あなたが房江さんですか」

「そうです。よく女の名と間違えられる。しかしそういう男名前も皆無というわけじゃありません」

男はこれと云って特徴のない平凡な顔立ちで、鼻筋もとおり、やや厚い腫れぼったい唇をしている。大そう眼尻の切れた仏像風の目は、重たるい瞼の下に、沈鬱な光りを湛えて動かない。挨拶の微笑のあいだにもこの目は笑わず、あたかも水準器の気泡のように、目だけが別のところで別のものを映して冷然と澄んでいる。

中橋房江は椅子に掛けるなり、同じ速度で、決して夏雄に口を挟ませずに、立てつづけに喋った。

「早速お詫びしなければならんことは、私の女まがいの名前を利用して、さも女が書いたらしい手紙を差上げたことだ。だが、あなたはお若いので、そうでもしなければ、こうして来ていただけまいと思ったからです。他意はないのだから、どうか諒として下さい。……さて、はじめて手紙をさし上げたのはいつだったかな。そうだ、去年の秋の展覧会で、あなたの『落日』の絵を拝見してからだ。あの絵が好きになりましてね。いや、私は何の専門的知識があるわけではないが、人に切符をもらって、展覧会へ行って、ふとあの絵の前に立止ったとき、その場に釘付けになった気がしたものだ。どうしてだかわからんが、異様に魅せられたのだ。こりゃあ人間の描いた絵ではないという気がした。展覧会のどの絵ともちがって、あなたの絵には人間臭が全然なかった。……私はあなたのお名前をメモして家にかえり、それから、永いこと考えていた。すると見たこともないあなたのお顔が目の前に浮んできた。

お暑いでしょう。どうぞ団扇(うちわ)をお使い下さい」

夏雄がすすめられた古い団扇を使うか使わぬかに、ドアがあいて、さっきの老婆が、毒々しい色の苺(いちご)シロップを充たしたコップを二つ、手だけさし入れて、ティー・テエブルの上に置いた。老婆はどうやらこの室内への立入りを禁じられているらしかった。そういえば先刻ここへ案内したときも、老婆は室内へ入って来なかった。

中橋房江は立って行って、自らコップをはこんで来て、夏雄の前に置いた。砕いた氷がかすかにぶつかり合っているあいだに、かきまわしたばかりの赤い濃密なシロップが、墨流しのように水にひろがってゆくのが見えた。

「どうぞ。……何故(なぜ)お飲みにならん。ああ、血のようで気味が悪いと思われたのでしょう」

夏雄は愕(おどろ)いた目をあげた。事実それはコップの水の中に血の靄(もや)が立つように感じられたのである。

「あなたは血を見た」と房江はつづけた。「あなたが見たのは、多分近いうちに流れるお友達の血だろうと思います。……しかし心配なさるには及びませんよ。あなたとは何の関わりもないことだから」

夏雄はこの時感じた不吉な重苦しい気持を打消すために、それを強(し)いて峻吉の血だろうと考えて、自分を納得させた。拳闘(けんとう)選手が些少(さしょう)の血を流すのにふしぎはない。……しかし彼は、おしまいまで、そのコップに口をつける気にならなかった。

夏雄は急に質問を発したい気分にかられて、さきほどここへ来るあいだに見た色彩の暗示について教えを乞うた。中橋房江は即答を与えた。それは白昼に見る夢のようなもので、何の意味もない。まだ意味の形をなしていないのである。やがてあなたもしっかりした意味のあるものを見るようになるだろう。私は嘗て、湖底に竜を見たことがある、と房江は言った。

房江が竜を見たのは、厳密に云って、湖ではない。それは忘れもしない五年前の浅春に、ふと旅心に誘われて茨城県の田舎を歩いたことがある。茨城県真壁の下妻町のちかくに大宝沼という沼がある。その沼のほとりに立っていたときに、水の濁りが俄かに動きだし、沼の底まで澄んだように見えたとき、蟠踞している竜の顔を見たのである。竜が長大な尾を持って、大蛇のような形をしているというのは訛伝だと房江は言った。姿はむしろ巨大な牛に似ていて、鈍重な胴体をしている。これには小は、四、五尺のものから、大は数十丈、数百丈に及ぶものまである。頭部だけは絵によく見られる竜とそっくりで、苔を生じた角を生やし、青光りのする爛々たる眼を持ち、牙の上部には長い鬚が棚引いている。一口に云って、瞋恚の相をしている。……私はまだ小体のやつしか見たことがないが、いつか頭領格の巨大なものを見たいと思っている、と房江は淡々とした口調で言った。

そこで夏雄はきのうの樹海の話をした。それがどんな風にして見えなくなったかを詳さに話したのである。今度は房江のほうが、一切口を挟まないで傾聴した。話しているうちに、又夏雄には昨日の恐怖がまざまざと蘇って、暑いどころではなくなった。二人のあいだをとびめぐる銀蠅も苦にならなかった。蠅は赤いシロップのコップの縁にとまり、追われるとまた、暗い羽音を立てて飛んだ。とうとう房江が手にした団扇で、椅子の肱に叩き伏せて殺したあとでは、音は全く絶え、小さい赤茶色の汚点の残った団扇が、無造作に卓の上に置かれた。微風も通わない庭はしんとしていた。

「それは竜です。竜にちがいありません」と聴きおわった房江は、即座に言った。「あなたはよほど幸運な方で、最初に、竜中の王を見たのだ。私は人にきいたことがあるが、西湖には竜が栖んでいるという噂があって、西湖の原意は栖湖だと云われる位いだ。あそこらへんの竜は湖中から出て、森林の上に蟠って憩むことがあるのです。あなたの見たのはそのときにちがいない。

しかし悲しいかな。あなたはまだ霊能者ではない。竜の蟠った形も、竜というものの意味が見えないから、従って見えない。それで樹海の隠されたことだけが見えたわけです。しかしこれだけでもなかなかのことで、ふつうの人間には、これだけだって決して見えない。なるほどねえ。あなたに何か一身上の大事件があることはわかっていて、この間の手紙を差上げたわけだが、……なるほどあなたを見込んだ甲斐がありましたよ。

どれ、両手をこうひろげて見せてごらんなさい」

夏雄は素直に両手の掌を上にしてさし出した。にじみ出た汗が、掌の筋という筋に霜のように煌めいていた。房江の痩せた指が夏雄の一本一本の指をとって、窓の光りのほうへかざした。

「結縁ある者は両手の紋理に徴あり、というのは全く本当だ」

と房江は言った。そういう開け放たれた部屋であるのに、房江の声には、洞窟の中でのように四方に反響する響きがある。

夏雄はその日、夕食を御馳走になって、九時すぎまで房江の話をきいた。そしてそれ以来神秘の擒になった。今までは片鱗も知らなかったが、これは思いがけない広大な世界で、しかも現実の世界をすっぽり包摂していた。彼は平田篤胤の著書をはじめて読み、その筆記考按に成る仙童寅吉物語に興味を持った。寅吉は幼時東叡山の前の五条天神のほとりで遊んでいたとき、薬売りの翁が、夕暮の店じまいの時刻になると、径三四寸の壺の中へ、売れ残った薬や、小葛籠、敷物まですっかり入れ、最後に翁自身も壺の中へ入って、その壺が天空高く飛んでゆくのを見る。あくる日、翁に誘われて、寅吉も壺に入ると、たちまち空を飛んで、常陸国南台丈の山巓の仙境に着くのである。それから仙境とこの世とを往復するようになった寅吉が、篤胤の質疑に応じて、わが目で見て来た仙境の秘密を明かしているのがこの本である。

彼は房江に借りた数冊の本を息もつかずに読んだ。川面凡児先生伝や、宮地厳夫の本朝神仙記伝には神秘が横溢していた。宮地翁は、明治以後にあらわれた仙人の一人である河野至道についても語っていた。河野は仙道修錬の滝行をおわってのち、明治八年八月、大和国葛城山の山頂で、鹿を伴った神仙に逢い、吉野の山奥の霊窟へ導かれて、奥義を授かった。その後大阪へ帰ってのちも、河野は修練を怠らなかったが、明治二十年の夏に死んだ。さて、仙人となって此世を去るには、三通りの別がある。一を飛昇、昇天、上昇、あるいは登天と云って、まさしく身を挙げて天に昇るのである。二を名山に入るという。三を尸解という。尸解とは、世の常の人のように死んで実は仙去したのである。河野の死は尸解であったらしい。その証拠は、明治三十四年五月に、宮地翁を訪れた人の話によって明らかになった。備前国和気郡熊山には仙境があると云われているが、翁を訪れた人は盲人の霊能者と共に山に登り、鉾杉の林の奥深く神仙の奏でる音楽を耳にした。絶妙であるべき音楽の中に、拙くきこえる音があったので、盲人をして神仙に伺いを立てさせると、神仙の答はこうであった。

「この音楽に拙い音の交っているのは、近頃人間から入って来た新仙があって、まだ楽に熟せぬのが加わっているからであるが、その名は河野至道と云って、十四、五年前に幽界に入って来たのである」

又、川面凡児先生伝が、大正十四年における、先生と、オーストラリヤの大予言者フランク・ハイエット翁との会見を叙しているところには、とりわけ生彩があった。先生は、自分は星座昴座の内の紅の星に生れ、君は緑の星に生れて、腕白時代にたびたび交遊があったので、今日地上ではじめて相見えながら、星の契りが今なおわれわれの胸に流れ通うのだ、と語って、ハイエット翁を感泣させるのである。

もともと論理的なものに惹かれない傾きのある夏雄の心性に、これらの本はむしろやすやすと受け容れられた。疑ってみようともしなかった。証拠物件がなくても「事実」は存在しうるのであり、そういう事実のほうが大半を占めるのであれば、どんな不可解な事実も在り得る。心霊的な事柄の最大の不思議は、そのこと自体よりも、そういう事柄がいつまでたっても現実界の常識を覆えすほどの強い証明力を持たないということだが、夏雄は自分が富士山麓の樹海に見たものの異様な実在性を疑いようもなく、同時に他人に対する説得力をも諦めてしまっていたから、他人を説得するに足りない実在という考えは、囚われの身同士の間に生れる友愛のように、まことに素直に彼の心に触れた。

しかし自然な本能によって、時折夏雄は自分の進んでゆく道の危険を思わずにはいられなかった。芸術における実在の、最初は幾多の無理解に囲まれながらも、いつか万人を説得するにいたるあの力は、心霊の世界には欠けていた。しかし芸術家が一旦表現を諦めたら、そこにはこれと同じ、永遠に暗黒の神秘しか残らないのである。そう考えると芸術における実在とは、実は表現の別の名ではないかと思われた。真の実在は神秘の中にしかないのではないか？

——数日後、夏雄は房江のところへ本を返しに行って、いろいろとその感想を述べ、また新らしい話の数々をきいた。この人の前へ出ると、夏雄は世界から疎外された感じを完全に癒され、持ち前の素直で心やさしい、人に愛される性質を取り戻した。房江が夏雄を厚く遇してくれていることもよくわかった。それが証拠に房江は彼に一つの秘法を授けたのである。それに要る石を求めて、今日は乗ってきた自分の車を、夏雄は房江の家のかえるさ多摩川の河畔へ向けた。

彼は丁度去年の今ごろ峻吉とその母を連れて、この川べりへ来た日のことを思い出した。

暮れるには間のある河原は、人の影も少なく、西日のなかに炒られていた。足もとには石の火照りがあった。そして日ざしの傾きが、石のひとつひとつの影を際立たせていながら、石の反射のはげしさは渝らないので、影さえも平板に見え、河原全体が、白と黒とで不規則に塗りつぶされた板のように見え、その板は何ものをもはね返して輝やいていた。

川も蘆のしげみも夏雄の目に入らず、犇めいている石だけが世界を充たしていた。うつむいて、一つの石に手を触れた。石は吸いつくく熱さで夏雄の指を灼いた。そのときかなたの大きな石かげから、一疋の蜥蜴が、それは生れて間もない幼ないものに見えたが、石の黒い亀裂のような姿を、つかのまにひらめかせて消えた。

『あれは何の意味だろうか？』

しかし夏雄はそれ以上その意味を追わなかった。西日は額に重たく感じられ、川風は死んでいた。彼の探しているのは、ふさわしい一個の石だけだった。

「鎮魂玉をお探しなさい」と房江は言ったのである。「直径五分内外の自然石で、正円形のものなら理想的ですが、これはなかなか得がたいので、正円形に近いものならよろしい。なるべく年代の古い活き石で、重くて堅い質のものがいいのです。本来は神界から奇蹟によって授かる石ですけれども、修行用の石なら、清らかな山河、あるいは神社の境内などで捜せばいいでしょう。都会ではそれもむつかしいが、多摩川など、玉川という名だけで、この石にゆかりがありそうに思えますね」

伴信友の「美多万乃布由、又美多万布利といふ事の考」によれば「鎮魂」とは、「運魂は、身体の中府に、鎮坐れるものなるが、いかなる神の為にや、時として、其位を離遊るときは、身体の、悩の出来、また魂の徳用弱くなるめれば、その離遊れ在らむを、招復して、中府に、太く、安鎮め坐く方なる義」であるが、房江は夏雄に「鎮魂の法」を教えたのである。

一時間ちかくも探した末、夏雄は、いささか歪んではいるがほぼ正円形に近い白い半透明の石を得た。直径は五分をやや超えていた。これを川水で洗って、清浄な手巾に包むと、彼は車に帰った。

汗が甚しく咽喉が乾いたので、夏雄は川ぞいの道をしばらく行って、川を見下ろす庭の斜面に、数多いビーチ・パラソルをひろげている、川遊びの人のための休憩所へ昇って行った。入口でサイダーの食券を買い、パラソルの影を求めて、庭の斜面へ下りた。すでに夕日はパラソルの下から影を遠ざけていた。肌もあらわな若い人たちが、そこかしこのパラソルの下で、冷たいものを飲んでいた。しかしここにも通ってくる川風はなかった。

サイダーを待つあいだ、夏雄はシャツの胸ポケットに入れた手巾の包みに外から触ってみた。石の重みはあらたかに胸に感じられた。彼は自分の心臓をこうして持ち歩いている奇抜な人間のように自分を想像した。

すぐそばのパラソルの下で話している若い男女は、自転車で来たらしい身なりをしている。女も男もショーツを穿き、袖をたくしあげたブラウスや、アメリカ製の派手なTシャツを着ている。新着のレコードや映画の話。来週の今日はみんな避暑地にいるというような話。……浅い水の流れを、足首を冷やして心地よく渉るように、適度の性的なたのしみだけでこの世に十分満足できる若者たち。そしてお互いに、性的魅力たっぷりだと感じることの、ちょっぴり威丈高な快さ。

夏雄はこういうものすべてを、再びやさしく素直に受け容れている自分を感じた。青年の心の中で本来折れ合う筈のない二つのもの、心のやさしさと寛大さとが、又旧のように夏雄の中で折れ合った。彼は自分を透明だと感じ、たのしいときの常、人々を適度の高みから等しなみに愛しているときの常で、少しのわざとらしさもなしに、『僕は天使だ』と感じた。

しかし突然、夏雄にはわかったのだが、彼は癒って元に復したのではなくて、こんな正常な彼自身を取り戻したのは、全く胸のポケットの中の神秘な小石のおかげなのであった。

彼が鎮魂の玉を隠し持っていること、自分の心臓を持ち歩いていることで、世界との親和は取り戻され、この間の旅で襲われたような疎外の恐怖は拭い去られた。決して彼が元どおりになったのではない。平常な健康を維持するために、彼には神秘が持薬になったのである。

となりのパラソルから泡立つような軽快な笑いが起った。夕影はさらに深々と延びていた。サイダーはなかなか運ばれなかった。緋いろの雲の下の大鉄橋を、郊外電車の渡ってゆく轟きが身近にきこえた。郊外の夏の夕ぐれの、凡庸な絵のなかにしばらく坐っている喜びが、夏雄をかつて縛りつづけていた「描くこと」の義務から解き放った。

『むこうにみずみずしい夕雲があり、こちらに胸ポケットの中の神秘がある。それで十分だ。どうしてその懸け橋が要るだろうか』

家にかえった夏雄は、鎮魂玉を画室の水屋でよく洗い、塩で潔め、多摩川のかえりに買い求めてきた小さな白木の三宝の上にそれを載せた。

家人がドアを叩いて、夕食の仕度の出来たことを知らせて来た。彼はドアをあけずに、食事を画室へ運んで来るように命じた。膳を運ぶ女中が入って来るとき、夏雄は三宝を机の下に隠した。

一人になると、彼はふたたび二百燭光の電燈のあかりの下に、小さい白木の三宝に載せられた小さな半透明の白い石をつくづく眺めた。これは今まで彼が親しんだどんな絵画的素材とも似ず、白木のなまめかしいほどの清い木目も、ふつうの外界に属しているようには思われなかった。

房江に教えられたとおり、夏雄はその三宝の前に端坐した。それはふつうの正座で、右の足の拇指を軽く押えるくらいに浅く組み合わすのである。身体のどこにも力を入れず、よろず自然のままに、身体のどこも気にかからぬようにするのが大切だと房江は教えた。

それから両手を胸の前に組み合わす。これにも法があって、中指、薬指、小指はいずれも掌（て）の中に組み合せ、人差指をのばして軽く立て合わせるのである。拇指は左の拇指で右の拇指の爪（つめ）の上を軽く押える心持、小指、薬指、中指は、いずれも左を下に右を上に組む。房江によると、この手の組み方はごく普通の組み方だが、帰神（かむがかり）の時にも用いられ、密教の水天の印に似た印である。

そうした上で、一念こめて、わが霊魂のその玉に集中せんことを凝念する。それを二十分ほどつづける。その二十分を、日に何度か繰り返すのだ。

少し鎮魂が利（き）くようになると、鎮魂したあとでその玉を取って秤（はかり）にかければ、二匁（もんめ）の石の重みが、あるいは二匁五分、三匁、三匁五分にふえ、あるいは減じて一匁五分になることもある。そこまで行けば占めたものだ、と房江は言った。

――夏雄は正座して印を結び、鎮魂玉をじっと見つめた。

冷房装置のかすかな音のほかには何の音もなく、彼の脳裡（のうり）には、さまざまな記憶が群がり寄った。春の午後の中学校の教室で、授業に飽きて窓外をながめていたとき、風にゆらぐ一本の椿（つばき）の葉の光りがあまり夥（おびただ）しくて、そこにだけ光りという光りが集中して、何か魔術を見せようと巧（たく）んでいるように見えたこと。少年のころ、寝室の天井に毎夜翼の音がきこえて眠れず、ある晩怖（おそ）ろしさのあまり叫び声をあげたら、何百羽ともしれぬ鳥が一度に翔（た）ったような羽音がして、その夜以来何の音もしなかったこと。やはり少年のころ、白い少女がブランコからスカートをひろげて落ちる夢を何度もつづけて見たこと。一時星座の研究に熱中して、今までの陳腐な星座に飽き、星と星とを好き勝手な線でつないで、自動車座や、拳闘選手座や、パイプ座や、薔薇座や、地下鉄座や、スキー座を拵えたこと。自分は天界の革命児であったこと。……

こうした記憶がだんだんに散らばって消えてゆくと、鎮魂玉は目の前に、どんよりと電燈の光りを宿して、他の何ものでもない一個の石の姿を見せはじめた。この作業は彼がいつも絵を描くときのあの集中とは、似ているようでまるでちがっていた。石ははじめから自然の全体とかかわりを持たぬ、絶対に孤りの、それ自体で完結した物象としてそこに置かれてあり、このたまたま正円にちかく磨かれた石は、はじめから世界から弾き出されていたのである。あのようにして虚無を招来して、物象を自然の全体から引き離す画家の作業は、ここでは無用の長物だった。この五分径の小さな丸石は、決して絵にならない物象で、この世の生活や美や情念と何の関わりも持たぬ、いわば表現を峻拒している純粋物質だったのである。

それだけにこれは、他界に通ずる唯一の扉のノッブなのであった。この石は丁度此世と他界との境に位置していて、それがこの世の自然の全体から弾き出されていればいるだけ、他界の全体の投影を、その中に小さく微細に納めている筈であった。

石は見つめているとときどきぼやけた。それは小さな白い焔のようにも見え、煙になって漂い出すようにも見えた。息づきながら急に大きくなるようにも見えた。そういうときには、石は生きているかのようである。

夏雄は表現と何の関わりもない凝視には馴れていなかったが、こんな凝視が物象を俄かに活き活きと見せるのにおどろいた。河原から拾われてきた小石は、二つにも三つにも五つにも見え、大きくもなり小さくもなり、めまぐるしく廻転するようにも見え、ひたすら夏雄の目をくらますように思われたが、忽ち過ぎ去ってゆく稀な一瞬には、彼の心の完全な静止と石の静止とが一つになって、澄み切った姿を見せた。そういうとき、石は本当に闇の只中から、見えない手によって彼の前へさし出された高貴な珠のように見えるのであった。

『それからもう二月ちかくなる。もう秋だ』と夏雄は記憶からさめて考えた、『何日みつめていても、さしたる効験がなかったので、中橋氏にききに行くと、節食と不眠をすすめた。それも能うかぎり少量の食物と少量の睡眠をとればよいので、本当の断食の苦行ではなかった。僕はその通りに実行した。体はたちまち痩せ衰え、目ばかりが異様に育ってくるような気がし、思い切って不眠をつづけたあとでは、壁が急に倒れかかってきたり、部屋が俄かに暗くなるかと思うと、忽ち来世のように燦然と明るくなったりした。それでも効験らしい効験があらわれなかった。僕は自分を責めた。

夏のおわりのある日のこと、このごろは腫れ物にさわるように僕を扱う母が、黙って畳んだ新聞を持って来て出て行った。畳まれているのは、収の死をしらせた記事の出ている頁だった。あの美しい青年の顔が、醜い女高利貸の顔と並んで出ていた。僕は咄嗟に、中橋氏と初対面の日のふしぎな一言を思いうかべた。

《あなたが見たのは、多分近いうちに流れるお友達の血だろうと思います》

僕は霊妙な喜びに搏たれて、悲しむことを忘れていた。僕の心がこんなにも現世の喜怒哀楽から離れて、友達を失った悲しみよりも、喜びというには定かではない霊的な澄明な快さに酔うているのに、自ら愕いた。予言が的中した快感は、賭に勝ったときの感じにも似ていて、これで収の属していた世界も、個人的な生の羈絆を離れて、今僕が住んでいる世界と、一連の環の上に結ばれたという感じがしたのである。

しかし程経て僕は、いつまでたっても悲しみの来ない自分の心の冷たさを持て余した。収の思い出の内でやさしく心に触れた幾つかの場面、例えば彼の母の喫茶店での、お互いを傷つけ合うにすぎなかった議論のあと、新宿駅まで送ってきてくれた収の、スウェーターを着た巨きな、美しい、若い動物のような姿は、この鼻持ならない己惚れに充ちた友の姿のうちで、一等好もしく思い出される姿と云えた。そのときの彼が、スウェーターごしに力瘤を示しながら、何気なしに言った言葉も思い出される。

《……つまり、何というかな。人間から辷り出したかったんだ。うまく、こう、するっと人間から辷り出す。それができれば俳優でなくたっていいんだ》

あれは収が此世で吐いた言葉のなかで、一等強いまともな印象で、僕の心に残っているものだ。

……さあ、どうしても、僕の心には悲しみが来ない。するうちに僕のこんな冷たい心は、別段霊的な喜びの代償ではなくって、永らく人に愛されるままに、自分を心のやさしい人間と見誤っていた、その誤解の中の感情ではないかという気がしてきた。僕は鏡子の家に集まっていた青年たちの中でも、一等冷たい人間かもしれないのだ。此世でも、いや、今のように半ば他界へ顔を向けながらも、僕には人間的関心などは湧(わ)き起って来る筈もなく、僕の心は今も昔も、からっぽのコンクリートの墓穴のようなものなのではないか？

僕はせめて、収の霊が姿を現わし、姿を現わさないまでも声かそこはかとない匂(にお)いかで、僕の鎮魂の時を訪れてくれることを望んだ。幾日も幾夜も僕は待ちつづけた。九月に入ると、陽気は大そう不順になり、三十度の暑熱に及ぶ快晴の日や、雨や曇の日が目まぐるしく交代した。

収の霊はいっかな現われようとしなかった。幽冥(ゆうめい)との通い路(じ)はひらけなかった。そもそも収の血に関する予言の的中も、中橋氏の霊能に属することで、僕の霊的能力とは何のかかわりもなかったのだ』

……ある日の夕刻、夏雄は冷房装置のスイッチを切り、画室の窓という窓を開け放って、颱風の接近を思わせる雨まじりの風が、部屋中を荒して通り抜けてゆくに委せた。麻紙や鳥の子は、風にあおられて舞い上り、三丁引の絹も巻かれたまま隅まで転がった。筒に立てられた木炭消しの鵞鳥の羽帚は、綿毛の部分が神経質にふるえつづけていた。こんな風の狼藉のあとを、ぼんやりと見つめている蟋蟀の声がたえだえにきこえた。

身のまわりに、こんなに親しい物たちが、ただ自然の諸力に押されて動き騒ぐすがたを見ることは、不動の小石にむかってきた彼の甲斐ない凝念の疲れを慰めた。ふいに夏雄は立上って窓を閉め、レインコートを出して、袖に腕をとおしながら、柱鏡の中の顔をちらと見た。

その顔はまるで青年の顔ではなかった。「はじめから年寄りの憐れな男。」痩せ衰え、色つやを失くし、血走った目だけがなまぐさく活きていて、鼻梁の若々しい光りもなければ、かつて豊かだった頰も削がれて、耳の貧しい白墨のような白さがよく目立った。そうだ、昔、学校で授業中に、器用な友達が小刀で白墨を刻んで、小さな耳だの、小さな鼻だのを拵えた、あの気味のわるい彫刻の色に似ている、と夏雄は思った。

彼が突然外出するというので、女中はおどろいた。久しく夏雄は散歩にさえ出ることがなく、以前は好きだった車の掃除もしなくなっていた。夏雄は母が気附かぬうちに、レインコートの裾をひるがえして、小雨まじりの風の中へ走り出した。

ただ理由もなく、賑やかな人間世界の中心地へ行ってみようという気になったのである。

駅の前の明るい商店街が、暗い邸町の坂を下りたところにひろがっていた。駅前の多くの公衆電話が雨の中にその赤い鮮明な固まりを遠くから見せ、そこの混雑が人間界の交信のいつもさかんなことを思わせた。夏雄の心は電話を失くしていた。此世への電話も、他界への電話も。

ラッシュ・アワーの人の群が出てくる改札口のあたりの待ち人たち。このごろはやりだした女の白いゴムの半長靴。巻いてある傘をさらにきつく両手で巻きながら話しているハンチングの男と、しじゅう体をひねりまわしながら話している相手の女。女たちの色とりどりの雨具。……夏雄は切符を買った。窓口で口ごもった。有楽町と言うべきところを、「霊界」と言おうとしたのである。固い切符の紙の、新鮮な切り立ての小口の感じが指に触れつづけていて、われしらず改札口を通ったのち、鋏の入ったあとの鋭い切れ目は、彼の指の腹を深く喰い込ませ、何かたえず持続する覚醒の痛みのようなものを与えつづけた。

この指の先のかすかな痛みの持続、これが現世の感覚だ、と、都心へむかう国電へ乗りながら夏雄は思った。電車はそんなに混んではいなかった。乗客たちのさまざまな顔、いかにも納得のゆきかねるという面持の中年男の顔や、赤い縁の眼鏡をかけてとろけた蠟のような鼻をした女の顔や、これらの久々に見る人間の顔は、云おうようない奇怪な感じを夏雄に与えた。疲れた初老の男の顔、小ぎれいに厭味なく化粧をしたドメスティックな処女の顔、……それらには清潔な顔は清潔なりに一種の人間の腐臭があって、空っぽの網棚に、ひとりひとりが霊を置き忘れて、下車してしまうだろうと思われた。そうだ、駅毎に空っぽの網棚の上に、置き忘れられて山積してゆく霊魂の荷物を、夏雄は如実に見るような気がしたのだ。決して遺失物係へ届けられないそれらの忘れ物。……今、窓外に、ちらと美しいものが走った。しかし美しいものではなかった。自動車の赤い尾燈が、濡れた鋪道に映った色だったのだ。

彼は有楽町駅ホームの雑沓の只中へ押し出された。生あたたかい風がホームを吹き抜け、ふわふわとした足取で歩く少年や、大きな風呂敷包を抱えた男や、ベレエの青年と腕を組んで歩く大きな赤い手提をさげた女や、革ジャンパアの男や、それらがひしめきあうときには、手にした手提の革や、ハトロン紙の袋や、レインコートの絹などがすれあって、人間同士のふしぎな接触の音を立てた。そのかすかな音は、風雨のなかにも、こっそり重なり合い、倍加し、累増して、人間世界のたえず立てている漣のような音になって、拡声器の機械に漉された叫びなどよりも、ずっとやかましく夏雄の耳に障った。

酒蔵と大書した赤いネオン、劇場の裏側の壁を占領しているヴィタミン剤の広告のネオン、藤色のネオン、街の眺めを視界から隔てている夥しい映画の広告のまわりに点滅している黄いろいネオン、その間に点綴されたミシン針の広告の赤いネオン、……雨空はネオンで一杯だった。空にひしめいて飛翔している霊、点滅している霊、輝やいてわないている色とりどりの霊、……霊魂はしかしみんな広告だった。

階段を下りて、改札口を出て、濡れた雑沓の片隅に店をひろげている老婆から、彼は気まぐれに宝籤を買った。老婆は恐怖に似た眼差を皺の中からまっすぐに上げて夏雄を見た。『この女だけが僕を見抜いた』と、彼は今まで自分の痩せ衰えた、老人とも若者ともつかぬ不吉な顔に、誰一人注意を払おうとしなかった不満が、ここへ来てやっと癒やされたような気がした。「一等、二百万円、一本。一等の残念賞、五万円、二本。二等五十万円、一本。……八等、九等、十等、計十三万三千六百七十七本」——夏雄の籤は、まちがいなく一等が当るだろう。

彼は目をあげて新聞社の電光ニュースを読んだ。走っている霊。横走りに走っている政治的な霊。「在日米軍、宮城県の基地内で国府軍将校を軍事訓練中と判明、問題化。……（AP発）ソ連は、西独アデナウアー首相と、モスクワ会談をひらいた。……」……こうして世界中が、決して通じない人間同士の言葉で、声高に喋り合っていた。霊は中空を走りながら笑っていた。

第八章

『俺は強い』と峻吉は思った。それは今さら思う必要もない事実だった。

もちろん上を見れば限りがなかった。ワールド・チャンピオンにいたるまで、拳闘(けんとう)界にはまだまだ昇ってゆかねばならない階段が天に冲(ちゅう)していた。しかし少くとも今の段階ですら、峻吉はそこらにごろごろしている若者たちに比べて格段に強く、まして口ばかり達者で無力な都会の大多数の男のなかから、はるかに抜きん出て強いことは明白だった。彼の強さはかなり広く知られ、認められていた。ランキングに入ったボクサーには、遊び人のほうでも敬意を払った。それに峻吉はこんな立場になっては、たとえ喧嘩(けんか)をしても、単純な爽快(そうかい)さはたちまち消え、煩(わずら)わしい手打式や面倒な体面の問題だけがあとに残ることを知っていた。

彼は今や本当の拳闘選手、「強さ」というものの専門家になったのである。そこらに在(あ)り来(きた)りの実用向きの強さではなく、彼の強さは一種の抽象能力のようなものになっていた。それはもはや米俵をかついだり、材木を運搬したりするような力ではなくて、人目には見えない能力、数学者が問題を解き、理論物理学者が原子の構造を解明するような力になった。その使われ方において、知性と大差のないものになったと云えるだろう。

こういう経路は、峻吉自身が意識して辿ったものではなかったから、かつてはあれほど好きだった喧嘩を、今はすこしもする気がないのを発見して自ら愕いた。

愚連隊の青年たちも、ボクシングのフォームだけは身につけていた。しかしその訓練の辛い持続に、一ト月だって耐えられる奴はいなかった。こんな我慢をするくらいなら、ヤクザから足を洗ったほうがましだったろう。彼らに必要なのはただ、快楽や怠惰からそう遠くない延長上にある力だった。決して無駄な抽象能力などに似て来ない性質の力だった。だが、そういう彼らにとっても、ボクシングの試合を宰領したり、それを見て熱狂したりすることは、経済的な利得であるだけではなく、唯一の「知的なたのしみ」だったのである。この試合の純粋な闘争の形態は、自分でやる気はさらさらなくても、少くとも彼らの理念であって、またこの理念に基いた祭儀であった。それはまた彼らが新調の服を見せびらかしにゆく晴れの機会であった。

峻吉は収の死の記事を新聞で見たとき、何一つ理解しなかった。心中などという抒情的な事柄は、彼の理解の遠くにあった。情事に何一つ甘美なもの詩的なものを必要としないこの青年は、敵手の顔に流れる血が次の打撃によって峻吉の頬にまで飛沫を散らす瞬間や、血まみれの顔の中からけんめいに瞠いている相手の仔羊のようにやさしい眼や、……そういうものを試合のあとで思い出すときに、喜びや悲しみとは全く別の、一種の抒情的な感動を味わった。そのくせ峻吉は、収も同じたぐいの感動に溺れて死んで行ったことを理解しなかった。青年は他人の感動はみんな凡庸だと思いたがるものだ。こんな収の凡庸さに対する共感の欠如と、持ち前の厚い友情との板挟みになって、彼の感情はいつものように即決果断の結論を出すことができなかった。

『あいつは女と出来て、そうして一緒に死んだんだ』

たとえ無理心中にもせよ、女と一緒に死ぬというような死に方は、峻吉には真平だった。この拳闘選手がいつも目標に置いている死は、熱帯の海の底へ身を逆しまに落ちて行った兄の孤独な死であった。あれだけが本当の男の死に方だ。女と一緒に死ぬ！　ちえっ！　快楽はいつでも女と共に置き去りにして来るべきだと考える彼の倫理は、この数知れず「女を知っている」青年の、性的無智に基いていた。

情死という言葉の持っているあの暗い、甘い、湿った語感には、死に先立って来る腐敗の感じがあった。すべて情緒的なものと死との結びつきには、死のすっきりした抽象的な性質への汚辱があった。男の断末魔の手がつかむものが、星に充ちたがらんとした夜空や、荘厳な重い塩水に充ちた海ではなくて、腰紐だの、長襦袢だの、まとわりつく髪だの、なよやかなパンティだのであるということは、男の生涯のひとりぼっちの永い戦いの記憶をすっかり台無しにしてしまうだけだ。峻吉は一歩進んで、収の糖衣にくるまれた死に方を憎んだ。彼は要するに新聞記者の解釈を一向疑おうとしていなかった。

十月のタイトル・マッチはすぐ目の先に迫っている。プロに転向してわずか半年で、全日本フェザー級チャンピオンに挑戦しようというのである。選手の持駒の少ない八代拳は、峻吉を売り急いでいた。この夏まですでに八回戦に二度勝っている彼には、挑戦者の資格があった。転向第一回戦から月二回ずつ六回戦を戦って、そのたびに手取一万円ほどのファイト・マネーを貰っていた峻吉は、八回戦になると一万五千円ずつ貰うようになった。この上に東洋製瓶の月給が初任給から一万五千円入っているので、今では月収は四万円を割ることがなく、ただのサラリーマンになった大学の級友たちは嫉視してこう言った。

「大学を出て半年で、あいつは俺たちの二倍以上の収入があるらしいよ。尤もそのためには叩かれて鼻血を出して、さんざ痛い目に合ったあげく、癈人になるのがオチだろうが」

こんな満更でもない収入が、峻吉に強さの自覚ばかりか、社会的優越感まで与えたのは自然である。何かにつけて疑いを知らない彼は、自分が社会から正当に支払われていると感じたが、こういう感じ方ほど、人に社会的優越者の風格を帯びさせるものはない。彼は今では公然と、都会の群衆の無気力を、その不平の呟やきの合して立てる暗い潮鳴りを蔑んでいた。ボクシングの観客は正にそれだったのだ。

世間の景気は上向いており、まことに順調な夏の日照りのために、空前の豊作が伝えられていた。一部では今度の好況こそ永続きするだろうと言われていた。それにもかかわらず、一度押しひしがれた無気力の味を知ってしまった人々は、こんな好況のおかげで一部の人間たちが利得を獲ようが、自分たちには何の変りもないと考えることのほうを選んだ。

何の変りもない！　毎日煤にまみれた太陽がのぼり、毎日人いきれと体臭に充ちた電車に乗る。こういうことを人々はあまりにも愛しすぎていて、それから生れるうっすらした不平不満、女の怨みにも似た美しい生活の夢、この社会がどこかでまちがっていると考えつづけること、……これらの決ったお経の文句を毎日唱えずにはいられない。

いつかしら峻吉は、ボクシングの観客の威勢のよい喚声を、こんな風に飜訳して聴くことに馴れた。それらの暗い群衆から、峻吉と敵手だけは、一段と高く明るいリングの上を動いていた。彼は選ばれていた。それだけは確実だった。

スポーツ新聞の若手の記者などで、特に峻吉に目をつけて、可愛がってくれる人がある。こんな青年は、パトロンの花岡同様、彼を乱暴に「おい、峻」と呼んだり、人前でわざと姓を呼び捨てに、「おい、深井」と呼んだりした。

峻吉はこういう連中に呑み屋へ連れて行かれ、自分はサイダーを飲みながら、スポーツ記者の酔態のお附合をさせられることがあった。かれらはスポーツをやりもせずに、スポーツに乗り移られて、むやみと英雄的な身振をし、誰彼となく峻吉を紹介した。しかし酒の加減で俄かに詠歎的な口調になり、自分たちの安月給を訴えた。

彼らはそれでも一応威勢のよい青年たちだった。だが他の社会のサラリーマンとちがって、目に見える、あるいは目に見えない英雄原型にとりつかれているのが、彼らの特殊な不幸だった。英雄と安月給というこの情ない取合せが、時として、安月給をまで徒らにロマンチックに見せてしまう。だからそれをみんな呑んで、はたいてしまい、いつもピイピイしていた。彼らと会うたびに、峻吉は「自殺しない原口」がここにもいると思った。

花岡はこういう連中とはまるでちがっていた。花岡は今や旭日昇天の勢いだった。東洋製瓶は増資を重ねていた。好景気は彼のものだった。そして東南アジアへの輸出に熱中して、山川物産へたびたび足を運んだ。山川物産が彼の商品を扱うようになったことは、花岡の生涯の記念碑的な出来事である。

「うちの品物はまだクレームをつけられたことがないんだから。儲けより、まず信用ですよ。見えすいたテクニックより、まず的確なパンチというわけだ」

会社で社員一同に訓示を与えるときには、必ず拳闘用語をふんだんに取入れるが、中には怪しげな半煮えの用語もあって、峻吉は同僚から質問されると説明に困った。

花岡を見る毎に峻吉が恥かしく思うことは、彼が峻吉の持っているものを悉く戯画化しているからであった。力もないくせに今や花岡は力の戯画だった。あまつさえ彼は峻吉の力の源泉がみんな自分にあるかのように振舞っていた。そんなら牛肉や卵やヴィタミン剤だって、峻吉に対してそんな風に振舞う権利があるというべきだったろう。

花岡はこんなパトロン気取を発揮する一方、官庁や銀行や山川物産に出入りするときは、持ち前の腰の低さを十分に活用して満足していた。腰を曲げて、いそがしく小刻みに頭を下げる、あの下町風のお辞儀をしているときだけ、何か微妙な視角の加減で、彼の目には世界が実感的に映るのであった。そうやって眺める世界は美味しそうに映る。滋養もあり、程よくみのって、自分の掌に巧い具合に落ちて来そうに見えるのである。

吝嗇なパトロンの花岡は、峻吉にろくな小遣も与えなかったが、練習のためならどれだけ会社を怠けてもいいという特権が、十分な小遣だと考えていた。峻吉は出社しても、なかなか仕事らしい仕事を与えられないので、会社へ出るのが莫迦らしいような気がした。そのくせ彼は直接の上役から給仕代りに使われてかなり忙しいのである。

今では峻吉も、本当に強くなったので、母親をないがしろにする理由がなかった。月給日には母親をよろこばすために、この食堂主任がデパートの食堂から合法的に運んでくる御馳走を並べた夕食に間に合うようにまっすぐかえった。すると母親はまず月給袋を、父や兄の位牌の前に供えた。

その前に坐るとき、峻吉はいつものように、線香をあげている母親の首筋の赤茶けたちぢれた残り毛を見る。神仏の前ではついついそれを見る羽目になるので、こんないじけた生活の近景のむこうに、彼は神聖さというものを実感しかねた。

母親に強(し)いられても手を合わさずに、金ぴかの位牌のおもてを見つめている。一種の憤(いきどお)りが敬虔(けいけん)な感情の代りをした。『俺は永生きをしている。時たま女を抱く。そうして月給を家へもって来る』……彼は今でも飛翔(ひしょう)しているような兄と比べて、こんな自分の姿をほとんど信じることができなかった。まるで悪夢のようだ。自分がいつのまにか、一等きらいな臭い醜い小動物に変形してしまった心持。

『……しかし俺は強いんだ』と考えて少し安心した。が、その強さはこの世の機構と精妙に結び合わされていて、兄のように天へそのまま突っ走って行ってしまう力ではなかった。永生きをさせ、女を抱かせ、月給をとらせるような強さ。……日常性のねばっこい影や、生の煩瑣(はんさ)な夾雑物(きょうざつぶつ)からのがれて、彼がその強さの中へ、力の中へ逃げ込めば逃げ込むほど、その強さ、その力は、却(かえ)って彼を平俗な生活の織物の中へ、ますます深く織り込もうとするのであった。

もちろん峻吉の心の底では、こんな洞察(どうさつ)は何ら重大な意味を帯びていなかった。瞬時もものを考えないようにしている日頃の訓練が、いつかしらこんな訓練に抵抗しようとする思考の力をも奪って、今ではたとえものを考えても、行動に対して何らの障碍(しょうがい)をしないようになった。そこで峻吉に新らしい習慣が生れた。ときどき慰みに碁将棋をするみたいに、ものを考えるようになったのである。だが思考の勝負ははじめから決っていて、行動に有益な思考は必ず勝ち、行動に害があったり無益であったりする思考は必ず負けた。すなわち、『俺は強い』という思考が必ず勝ったのである。

「コック長が、今夜はおまえの月給日で、母子水いらずで晩ごはんを喰べる日だということをちゃんと知っていて、私の弁当箱にこんなにカツレツや野菜サラダを詰めてくれたんだよ。このコック長がそりゃあいい人でね、みんなに人望があるし、それに大へんな拳闘ファンで、しょっちゅう私にお前のことを訊くんだよ。テレビのあった明る日なんぞは大へんだ」

と揚げ直したカツレツを息子にすすめながら、母親は言った。世間がこれほど騒ぎ、テレビやスポーツ新聞に息子がひんぴんと顔を出し、わけても社長の花岡から直々に説得されて以来、母親は何ら功利的な動機なしに、拳闘家としての息子を受け容れてしまっていた。こんな簡単な変貌に峻吉はおどろいたが、彼は自分の想像している以上に母親と似ていたのである。何故なら母親は世間の判断を大切にして、それに不服を持たなかったし、息子は息子で、世間の自分に対する扱い方遇し方に、一向不服がなかったのだから。

苦い薬を一息に嚥み込むように、息子の潰れかかった鼻や、膨れ上った瞼を、ひと思いに受け容れてしまわなくては、と母親は思った。食卓のむこうでうつむいて喰べている息子の顔は、影が深くふしぎな凹凸をえがき出し、ますます自分のよく知っている息子の顔から遠ざかっていた。

「たんとお喰べ。私は要らないから、私の分もおあがり」

と母親は月並で永遠なおふくろの言葉を言った。こんな上出来のカツレツやサラダが、彼女の体から流れ出て、息子の体内へ流れ入る養分であるかのように。

——食事はあらかた終った。母親は料理屋風に、一等おしまいの茶漬と一緒に、なめこ椀を出すつもりで温めていた。それを椀に移して食卓へ運んでから、彼女は頓狂な叫びをあげた。

「ああ、忘れていたよ。山椒の葉を入れようと思っていたのに。うちの庭にちゃんとあるんだのに」

「俺がとってきてやる」

と峻吉は忽ち立上った。こんな珍らしい厚意に、母親は引止める気持を失くし、息子が手ずからとってきてくれる山椒の葉を、じっくり味わおうという気になった。

「わかるかい？　懐中電気をもっておいで。紫陽花の丁度下あたりに植えてあるんだから」

その日は夜明けごろ、九州を縦断した颱風二十二号が玄海灘を抜けて去ったが、午後も湿気のあるなまあたたかい風が吹き、たびたび雨が過ぎた。今夜半からの強風注意報が再び発せられた。しかし峻吉が懐中電燈を片手に、五坪あまりの小庭へ出たときには、雨も風もしばらく全く止んで、庭は虫の音に充ちていた。

雨上りのためばかりではなく、日当りのわるい絶えず湿気ているこの庭は、梅雨のころには夥しい蝸牛の棲家になった。育ちのわるい樹々は、すぐ間近の厠の匂いとまじって、若葉のころにさえ陰気な匂いを立てた。

峻吉が懐中電燈を一寸高くあげると、照らし出されるのは隣家の窓の目隠しだった。薄い光りの輪は、大きな落着かない蛾のように、照らすに由ないものの上までもあちこちと飛びまわった。しとどに濡れて滴たっている紫陽花の葉が活き物のように目の前にあらわれた。ついで峻吉は、自分の下駄が踏みにじるものに気をつけて、足もとを照らしてから、しゃがんだ。すると湿った草木の匂いと急に止んだ虫の音のあたりに、しめやかに匂っている紫蘇や山椒の葉を見出した。

こんなささやかなものに心を留めたことはなかったので、それは物珍らしさで彼をやや感動させた。彼の荒々しい心は、いつも飛行機のように概観的に事物の上を飛んでいたので、雨上りの夜の小さい庭に、摘まれるのを待ってしんみり匂っている紫蘇や山椒は、彼が今まで知らなかった小さな秘密のように見えた。

『俺はどうして今こんなところにいるんだ』と突然、夢からさめたように考えた。『俺は今、味噌汁に入れる山椒の葉を摘みに来たところだ』そう思うと、恥かしさで耳まで真赤になった。峻吉が貧乏を恥じたりする男ではないことは、言っておいてよかろう。そうではなくて、何だか自分が重大な錯誤を犯している、自分の今正にすべきことを完全に忘れて、それから故意に遠ざかっている、という気がして真赤になったのである。

場末の町あかりが隣家の庇のむこうにほのかに燃えていた。しかし町はしんとしていた。彼の無類の力を期待し彼の駈けつけを待っている「大事」は、どこにも存在しないように思われた。

だが、大事や危急は、今もどこかしらに燃え立っていなければならなかった。あの眩ゆいリングの四角は、そのような大事の象徴的な構図にすぎなかった。敵手の肉に当る手応えや、わずかな血の飛沫は、まぎれもない実感ではあったにしろ、すでにこのプロ選手にとっては、世界というものに彼が衝き当るときの具体的な実感を思わせるには足りなかった。

この虫の音に充たされた湿った小庭から無限に遠く、この平静な秋の夜のずっと遠くに、彼がまっしぐらに駈けて行って、おどろくべき肉感的ななまなましさで、世界と衝突する地点があるべきだった。そこでこそ、彼の力は何ものかを成就させ、危急を最終的に救い、大事をこの世に実現するだろう。

『あそこに俺の本当の敵がいる筈だ。今駈け出せば、俺は敵にまともに遭遇するだろう。敵を仆すことができるだろう。今駈け出せば！』

こんな考えには微塵も空想的な要素はなく、彼は自分の体が、何の観念にも煩わされずに、小気味よく充電されるのを感じていた。決して平板な生活へ還流して来ないような行為が、夜のかなたの熔鉱炉のように、火を絶やさずに燃えつづけている筈だ。どこかにそれがなければならぬ。その行為が世界をあかあかと照らしている地点へ、まっしぐらに駈けて行かねばならぬ。駈け出せ！　猟犬のように、だ、と峻吉は思った。

彼は下駄穿きのまま、湿った枝折戸をあけて小路へ出た。母親は雨戸を閉てた室内でその音をきいた。やがて息子は、玄関から、数枚の山椒の葉を手にして戻って来るだろう。味噌汁はさわやかな香気を立てるだろう。母親はそのまま、じっと耳をすまして待っている。峻吉は帰らなかった。

峻吉は町を駅のほうへ駈け抜けた。下駄の音が、人通りの少ない鋪道にうつろにひびいた。何人かの声が峻吉の名を呼んだ。商店街の若い店員たちの間では、彼に友達らしく呼びかけることが誇りであった。峻吉は耳を貸さないで駈けつづけた。国電の駅の明るい光りと人ごみが見えはじめた。今彼の背後では、小さな扇子を畳むように、母と息子の小さな生活の夜が閉じられようとしていた。しかしここでは、人々はまだ起きていて、忙しく動いていて、そのむこうに大きな夜が口を開けていた。

峻吉は売れ残りのスポーツ新聞を買って、改札口の燈火の下にひろげたが、彼もよく知っているとおり、拳闘界のめぼしい記事はなかった。申訳ばかりの政治面に、鳩山首相の寝ぼけたような顔が載っていた。

この半病人の、憐れな、泣き虫の、たるんだ下唇をつき出した顔には、棚ざらしになって埃をかぶったような善意だけが浮んでいた。ぬるくなった豆スープみたいな顔が、政治の嶮しい機械仕掛を完全におおいかくし、感傷的な靄を世間いっぱいにひろげていた。

『もしこの男が俺の正当の敵だったら』と峻吉は想像した。『俺の一寸したパンチだけでこいつは引っくりかえって、泣きじゃくりながら絨毯の上を這いずりまわって、五分とたたないうちに死ぬだろう』

権力のひよわな姿は、全く彼の感興に愬えなかった。打倒されるべき権力というものは、もっと肉感的で、もっと人間のいやらしい体臭に充ち、それと同時に、不死でなければならなかった。かつて革命家たちが打倒した権力は、繊細で精妙な、レエス細工みたいな権力ばかりであった。

峻吉は電車に乗り、まだ降りたことのない駅で降りてみようと思っていた。乗客たちを眺めわたした。みんな同じような背丈で、同じようなやさしい目つきをし、みんな弱かった。かれらの頬は叩かれるのを待っているように見え、あらゆる眼鏡は吹っ飛ばされるのを待っているように見えた。

『インテリ奴！』と峻吉は思った。こいつらは一人として、どす黒い思想を持っていない。清一郎だけがそれを持っていた。そして峻吉にとっては、「強さ」が彼の「黒い思想」ではなかろうか？

　拳闘好きのインテリ、可笑しなことに自分の非力を棚に上げて、拳闘ファンであることをむやみに女に自慢したがるインテリ。そういう一人が、吊革のそばの峻吉の顔を見上げて、女の耳に峻吉の名を囁いていた。

　ほとんど無意識のうちに一つの駅で電車を降りて、それが信濃町駅であったことに峻吉は少しおどろいた。習慣がそう強いたのか、それとも今夜の彼は本当のところ鏡子の家へ行きたいと思っていたのか、どっちかよくわからなかった。しかし駅を出ると、彼の足は鏡子の家と反対の方角、神宮外苑の中へ向った。

　募りだした風に森はさわいでいた。散歩道の静けさと、車道をゆく自動車の急流との対照が、この広大な公園の夜に、一種の機械的な不安を与えた。見たところほとんど人影はないのに、夥しい男女がほうぼうの樹影に隠れ、夥しい人数がルームライトを消した車内にうずくまって過ぎてゆくのだ。

　昼と夜とで人間と植物が入れかわる。昼間はさざめいていた人間たちは夜はひっそりと河水のように流れたり澱んだりしている。昼間静かだった樹々が今はいきいきとざわめいている。

この森のざわめきには、熱っぽい夏の名残があって、なまあたたかい疾風が、熱病のように巨きな枝々を揺っていた。それは過去のものとなった熱病で、記憶が喚起する病気に似ている。そんなものはもうありはしない。夏はもうどこにもありはしないのだ。樹々がこんなに大仰に枝をゆすぶり、葉をざわめかせているのは、何か幻覚に襲われている人を見るようだ。

突然自動車の流れが途切れる。ひろい車道の灰白色の空間が周囲の闇の中から浮き上る。それは今までそこになかったものが、急にすっと肩をもたげたかのようだ。

峻吉は車道を横切った。そのとき大型の車が彼のかたわらを急速力で擦過したので、彼はあわてて身を避けた。それが彼に不快な反省を与えた。

『俺はこんなにまで、身の安全を保とうとしている』

そのときの自分の咄嗟の身振が、もっとも自分に馴染みのない観念から出ていたという考えは、拳闘家の気分を台なしにした。

『俺は自動車と戦ったって負けるだろう』

ときどき男女の一組のすれちがう歩道を、峻吉は高い下駄の音をひびかせて歩いた。俺は身の安全をねがっている、と又思った。夜空の高みで、星が彼を嗤っていた。その星は多分、死んだ偉大な拳闘家の星で、引退したのち頭のおかしくなった彼は、深夜の鉄橋の上で、驀進して来る機関車に対って行ってはねとばされたのだ。

彼は恋人たちの小径(こみち)へ、下枝(しずえ)の下をくぐって入った。森のざわめきの内側へ入ると、そこはふしぎに静かで、濡れそぼった下草も稀(まれ)に吹き込んで来る風に弱々しく応えるだけで、急に虫の音が耳立ってきこえた。

峻吉は大都会の茫漠(ぼうばく)とした夜のまんなかに鏤(ちりば)められた、小さな鋭い、闇のなかでも光りを失わない兇器(きょうき)のように自分を想像した。この鋭い刃の完全な優越性と完全な無益は、下駄を穿いて歩いている一人の青年に属していた。しかし、どこまで追って行っても、彼の正当な敵は身を隠し、彼の前にあざやかに姿を現わすことはないだろう。やがて夜が明けるだろう。敵はふたたび凡庸な群衆のなかへ、そしらぬ顔をして紛れ込むだろう。

そこかしこの草のかげから、顔をあげる男女があって、峻吉の下駄穿きの姿に気がつくと、安心して、舌打ちをして、又静まった。煙草(たばこ)の火があちこちに点滅した。そのあいだも森の遠景には、たえず自動車のヘッドライトが伸び上っては潰(つい)え、クラクションのひびきが絵画館の高い石壁から谺(こだま)を返した。

峻吉は森のはずれの白い玉砂利のひろがる近くに、灌木(かんぼく)の片かげに横たわっているふしぎな一組を見出した。男はワイシャツの白い胸を、ときどき遠いヘッドライトの余光がそこまで届いてきて、照らし出すのに委(まか)せていた。薄青の服を着た女は寄り添って、男の腕の中へ顔を埋めていた。二人は濡れた下草を厭(いと)うて展(ひろ)げたレインコートの上に横たわっていた。この一組に限って、峻吉がかたわらをすぎ、やがて彼の下駄の音が玉砂利をひびかせても、微動だにしなかった。

もちろん峻吉は振返って見はしなかったが、通りすぎたとき、はるかな余光にワイシャツの胸が光っていたばかりか、男の目もみひらいたまま、光りを受けていたのを思い出した。

『あいつは目ばたきをしたろうか？』――たしかに目ばたきを彼は見なかった。突然、この一組は生きていなかったもののように思われた。峻吉は、収と女との心中の現場を、今はっきり見たような気がした。彼は玉砂利のけたたましい音を犯してどんどん歩いた。しかもたった今「見た」情死の情景が、少しも彼の感覚に逆らわず、この雨後の湿り気を孕んだ風のなかで、何だか快い美的な塊りに見えたことが峻吉を不快にした。

拳闘家は森の外側の歩道へ出ると、風に逆らって駈け出した。法外な下駄の音は、森のあちこちへ谺を散らした。

外苑を出て、鏡子の家の前へ行った。邸内はしんとしていた。馴染のない女中が出て来た。鏡子は留守だった。

鏡子はその晩、民子の酒場の客になっていたのである。

一時間ほど前に見知らぬ客が酒場へ来て、いろいろと鏡子について質問した。民子が答を渋っていると、とうとう秘密探偵社の名刺を出した。その男がかえってから、民子はすぐ鏡子に電話をかけ、不安になった鏡子は民子の店へ来たのである。

店は混んでいた。気ままな勤めの民子は、顔を出すことがめずらしいので、店では一等人気があった。毎日顔を出していたら忽ち飽きられるに決っているその単純率直が、おかげで客の目には神秘的に見え、所属の不明な情事は、みんな民子に結びつけられた。莫迦な客が、民子のスノビズムを全く持たないところに、いたく感心した。彼女は夏のあいだは必ず「軽井沢へ行って来た」話をするあんな女たちとはちがっていた。何の媚びもなしに下品な話をするので、貴族的な女だとさえ思われていた。

鏡子は、あざむくともなしに客をあざむいているこういう民子を、店の人いきれの中に見るのが好きだった。流しの音楽と煙草の煙の中に見るのが好きだった。民子の嬌声は図抜けていた。それは決して人にへつらうのではなく、ただの音を伴った深呼吸で、人の話にはとんちんかんな返事をし、心はいつもそこにはないので、退屈を知らないように見えた。

鏡子は必ずスタンドに坐る。酒場へ来る女客というシニカルな役割が好きなのである。そういうところへ遊びに来る男には、めったに鏡子の好みはいないが、男たちは必ず鏡子に目をとめる。なかには女給を介して、酒をすすめて来る男さえいる。彼女はいつもきっぱりとすげなく断わり、自分の矜りのためよりも、相手の矜りを傷つけてたのしんだ。しかし酒場へゆくときには、紛らわしくないように、一等エレガントな身なりをし、季節には必ず毛皮を羽織って行った。

今夜の酒場の混雑は、月給日の直後だからにちがいない。やっと手が空いて民子がやって来る。二言三言話すとむこうへ行ってしまう。又来る。又すぐ行ってしまう。鏡子はいらいらして心の裕りを失くした。

鏡子はクレーム・ド・メンツのフラッペを呑んだ。それを二杯もお代りをした。若いバーテンダアが何かと気をつかって話しかけるのに生返事をした。そしてこんな態度の女客が、バーテンダアの目には、まさに典型的な失恋女に見えているにちがいないと思って腹を立てた。

「どんな顔だった、その男」

「そうね」と民子は考える。記憶はいつもとりとめがなく、類型をとらえる才能もないので、ついさっき見た男の粗描をするにも永い時間がかかるのである。「そうね……痩せてたわ。何だかへんな莫迦丁寧な話し方……」

そこまで言ったとき、名を呼ばれて、民子は又行ってしまう。鏡子は少しも酔わなかった。

棚に並んでいる酒罎をつれづれに眺める。エッフェル塔を象った罎に薄紫の液を充たしたリキュールや、熱帯樹の木かげに踊っている黒い男女の絵をレッテルに描いたラム酒がある。紐育の酒罎を探していた鏡子は、こんなときに清一郎がそばに居てくれるべきだと思った。

私立探偵の依頼主はわかっている。それは明らかに別れた良人である。良人を呼び戻す気持はさらさらないが、彼女は一方、こんな生活がこれ以上つづきそうもない予感がしている。時たま鏡子は大袈裟に、一つの時代が終ったと考えることがある。終る筈のない一つの時代が。学校にいたころ、休暇の終るときにはこんな気持がした。充ち足りた休暇の終りというものがあろう筈はない。それは必ず挫折と尽きせぬ不満の裡に終る。――再び真面目な時代が来る。大真面目の、優等生たちの、点取虫たちの陰惨な時代。再び世界に対する全幅的な同意。人間だの、愛だの、希望だの、理想だの、……これらのがらくたな諸々の価値の復活。徹底的な改宗。そして何よりも辛いのは、あれほど愛して来た廃墟を完全に否認すること。目に見える廃墟ばかりか、目に見えない廃墟までも！

……鏡子は堆い氷の細片を伝わって、緑いろの酒がグラスの外へ糸を引いてこぼれ落ちるのを見た。短かく切った蠟紙のストローの半ばを浸している酒の緑を、注射をでもするように、零れた酒の上に何度もしたたらした。しかし零れた酒の緑は、カウンターの板の漆黒にまぎれてしまった。

『私は退屈した男のするような悪戯をしている』と鏡子は思った。『つまり抽象的な悪戯。女はこんなことをすべきではない。でも私は良人と別れてから、そういう悪戯ばかりしてきたような気がする。それでいて私は一度も不満を感じたことがないんだわ』

酒場では二三組の客が一度に帰ってしまうことがある。やっと暇になった民子が戻ってきた。

「早く貸してよ、早く、鏡を貸してよ」

と民子は言った。鏡子は手提からコンパクトを出して、蓋をあけて手渡した。民子はそこへ目を近づけて、右の瞼を赤い爪先で軽く摘んだ。

「よかった。私、瞼が下へ下りてきて、くっついちゃったような気がしたの。糊で貼りつけたみたいに。急にそうなったのよ。でも何でもないらしいわ。寝不足のせいなのね、きっと」

それから民子は勢い込んで、今しがた客にきいたばかりの、銀座の秋の夜の怪談を話してきかせた。銀座には午前三時ごろ、全く人通りの絶える時刻がある。それは一種の魔の刻で、表通りは音が絶えて猫の影も見えない。そのとき時ならぬ都電が一台、あかあかと灯して通り、乗客は只一人、いつも決って白髪の老婆が乗っているのだそうである。

鏡子は私立探偵の話に引き戻そうとしながら、まず、コンパクトを返してくれ、と言った。民子の物の所有の観念があいまいなことをよく知っていたからである。

「それで一体何を訊いたの」

「男出入りのこと」

「へんな返事をしなかったでしょうね」

「だって本当のことを言っただけよ。鏡子さんには男友達が沢山あるけれど、あの人はしんからの男ぎらいだから、スキャンダルの起りようがありません、って」

「そりゃあ本当だから仕方がないわ」と鏡子は少し唇をゆがめて笑った。口紅の仄かな照りが薄い唇に添うて走った。「それから、他にどんなこと？」

「生活のことをしきりにきいていたわ。だから私、詳しいことは知らないけれど、会費をとるパーティーをしきりにやっている、と言っておいたわ」

鏡子は黙っていた。

「わるかったわね。言っちゃいけなかったの、それ？ 税務署に知られたら具合がわるい、って、いつかあなたが言っていたのを忘れてたんだわ」

「いいのよ。別に秘密探偵が税務署に知らせにゆくこともないでしょう。それはいいのよ。……」

と鏡子は念入りに考えながら答えた。別れた良人が、かつての無気力を払拭して、朝鮮ブームで大儲けをしたという噂はきいていた。鏡子の困窮は彼にとって悪いしらせではない筈だ。自分の経済的優位を、貧しくなった家つきの娘に対する、寛大さの目安にすることもできるのだ。鏡子は突然、家じゅうにこもっていた犬の匂(にお)いを思い出してぞっとした。

「峻ちゃんのタイトル・マッチのこと知ってる?」

と民子がきいた。鏡子は知らないと答えた。いずれ切符を送って来たら、一緒に観(み)に行こうと二人は約束した。もし切符を送って来なかったら、鏡子はおそらく行かないだろう。あの灼熱(しゃくねつ)した力の世界は、今の彼女の心境から遠かった。それに彼女が愛したものは、峻吉の顔に刻まれた戦いの痕跡であって、戦いそのものではなかったからだ。焚(たき)火(び)のあとの地面にあらわれている新鮮な黒い土のような感じが、いつも峻吉の顔には漂っていた。それから又、豪雨に洗われたあとの新鮮な廃墟のような感じが。……つらつら考えてみて、鏡子は戦っていないときの彼のほうが好きだった。つまり彼の廃墟のほうが。……

「もう帰るわ」

と鏡子が急に言った。

「もう少し待っててよ。看板まで待たなくたって、一人約束のお客を済ましたら、何とかごまかして出てしまうわ。今夜はゆっくり呑まないこと? 何なら男の子を二三人呼んで、一緒にナイトクラブへ行ったっていいんだわ。マヌエラにはきのうから、印度(インド)人の手品師が出ていて、とても面白いっていうわ」

鏡子はこんな提案を、おしまいまできかずに断わった。

民子が鏡子を店の前まで送って出ると、その露地にけたたましい音がした。隣りのキャバレエの立看板が風で倒れたのである。足許には又、白い紙屑や空の菓子折が走っていた。そこまで送ってゆこうと民子は言ったが、鏡子はにべもなく断わった。

「だってすぐタクシーがつかまるかどうかわからなくってよ」

鏡子は返事をせずに、遠くから微笑を返した。この強い夜風のなかを、しばらく一人で歩いてゆくという思いが鏡子を幸福にした。

＊＊＊

……峻吉はチャンピオン・ベルトを巻いたまま控室へかえってきた。

観衆は彼が全日本チャンピオンのタイトルを獲得したという宣言が読み上げられているあいだに、さっさと背を返して散りはじめていた。別に峻吉に好意を持たないというのではない。勝負が決り、次のチャンピオンが決ったら、彼らは一刻も早く家庭の安寧に戻りたいのだ。これはいわば力の娼家で、用がすむと後をも見ずにかえってしまう嫖客の群に似ていた。

峻吉はまだチャンピオン・ベルトをゆっくり見たことがない。それはいかにも輝やかしい物質であるが、腰のまわりの重い鈍い感覚を以てしかまだ感じられない。写真班のフラッシュが、ベルトを締めた彼の姿を、光りでまぶしているあいだも、峻吉はたえずそのベルトのことを考えていた。それはなお、彼の肉体に一等近い観念にすぎなかった。控室へ歩いてゆくあいだ、残っている熱心なファンたちのそこへ注がれる視線をたえず感じながら、「おい、見ろよ、チャンピオン・ベルトだぜ」という大ぜいの囁きをくぐり抜けながら、彼は肩に羽織ったガウンでそれを隠してしまう勇気も、それを外して眺めながら歩いてゆく勇気も持たなかった。ただ、自分をぼんやりと、輝やかしく、火照った痛みと恍惚の裡に保っていた。ベルトのバックルの上辺が、腹の肌にひんやりと触っていた。栄光という言葉の金属的な感触。……そしてなお、チャンピオン・ベルトは、肉体に鈍く密着しているだけで少しも肉体に融け込まない、硬い異質の観念のように感じられた。

『控室へかえったら、外して手にとって、とっくり眺めよう』

と峻吉は思っていた。

控室へ入るや否や、待っていた花岡が、彼の腰のまわりへ手をやって、ベルトをもぎり取った。花岡の昂奮は絶頂に達していて、制しようがなかった。

「とったぞ！　とったぞ！　とうとうとったぞ！」

と花岡は叫びながら、誰彼かまわず、『自分の目に狂いがなかった』ということを力説していた。皆の前で、彼は自分がベルトを締め、峻吉と肩を組んだ写真をとりたいと言い出し、非力なその小柄な体からそこだけ張り出した腹まわりに、峻吉のベルトは合わなかったので、松方が手つだってベルトのサイズをひろげた。これらの人の手のなかで、栄光がもみくちゃにされ、ベルトの大きな金いろのバックルが、悪戯っぽく煌めきながら躍動しているのを峻吉はみとめた。

やっと花岡の狂躁が静まると、ベルトはその腹から外されて、松方の手に移った。松方はそれをしげしげと眺めた。

「こいつを見るのは一年ぶりだ」と松方は言った。「どうだい、峻、こいつは一年留守をして、又俺たちの手もとへ帰ったんだ」

この「俺たちの手もと」という男らしい言い廻しは、いたく峻吉を感動させた。松方は同じタイトルを去年失っていて、それを取り戻した峻吉を、すでに離れようのない同胞の感情で見ていたのである。

チャンピオン・ベルトは無節操な金いろの鳥だった。こいつはいつも勝利者の腕に飛び移り、元の持主をやすやすと忘れてしまう。だが或る種の女たちが忘恩によってますます美しいように、この鳥の美しさは、全くその恩知らずの性質から来るのだ。

控室の人波は退くけしきがなかった。スポーツ記者やクラブの後援者たち、熱心なファン、いずれも流行の背広を着た八代会長の若い衆たち。……峻吉に特に親しい若い記者は、彼にしつこく何度も握手を求め、ほかの冷静なスポーツ・ライターが眉をひそめているのに気づかなかった。彼はむしろ大風に、客観的に、威厳を持して、高い所から選手の労をねぎらうべきであったのだ。

川又はこれらのお祭さわぎのあいだを、探偵のような目つきで歩き廻って、彼のきらいな無秩序の匂いを嗅ぎ当てていた。彼一人がスポーツというものの冷厳な法則の代表者で、このとりわけ昂奮しやすいスポーツの中にあって、彼はいつも、情熱を取締って歩くという自分の役割を承知していた。そこで峻吉の耳もとに辿りつき、クラブの連中に差出がましくとられぬように、ひそめた声でこう言った。

「何をしているんだ。早く着替えるんだ。体が冷えたらどうする」

峻吉は記者や後援者やファンの祝いの言葉にいちいち頭を下げる労苦から逃げられるのを喜んで、早速着替部屋へ飛んで行こうとした。

八代会長がこれを引止めた。この秀麗でいいしれぬ暗い顔つきの男は、上等な生地と仕立のダブルの背広に身を固め、長いシガレット・ホールダアを、エメラルドの指環に挟んでいた。

「おい、家へ帰るまでベルトを預っておいてやろう。それから今夜は俺や花岡と附合え。明日は挨拶まわりで、明日の晩は祝勝会だ。いいな」

そしてベルトを自分の手にしっかり握りながら、峻吉のガウンの肩を抱いて、お客一同にこう宣言した。

「皆さん、祝勝会は明日の晩だ。今夜は峻は俺が借りるから」

——背広を着て峻吉が帰る道を、会長の若い衆たちがうやうやしくひらいた。峻吉は又しても、何度も頭を下げてその間を通らなければならなかった。

「よくやってくれたな」

「ありがとうございます」

「頑張れよな。この次はでかいとこ、世界チャンピオンをいただいちゃってくれよな」

「ありがとうございます」

外に会長と花岡が待っていて、いつもなら車の助手台に乗るべき峻吉を、特にうしろの座席に乗せた。こういう殊遇は、いちいち腹にしみ込ませる念入りさで与えられた。そこまで峻吉のボストンバッグを、クラブの新人が提げて従って来たのも、会長の指図によるものだった。車が動きだすと、会長はベルトを入れた袋を、峻吉のボストンバッグに丁寧に納め、それを自分の膝に載せて、

「今夜は俺がお前の鞄持ちだ」

と、いやでも峻吉が恐縮せざるをえない台詞を言った。

花岡と会長は、峻吉を行きつけの酒場やキャバレエへ連れてゆき、そこの女たちに、今度の全日本チャンピオンだと紹介した。中には今夜の試合を見て来たかえりの拳闘フ

アンの客がいて、祝杯をあげて来たり、握手を求めて坐り込んだりした。花岡はこういう客を大いに喜んだが、八代会長は迷惑そうな顔をして黙っていた。この取り澄ました男の冷たい横顔に気がつくと、よほどの酔漢も、急に寒気に襲われたように席を立った。

「俺はもちろんファンを大切にするが」と会長は峻吉に言った。「小うるさい奴らには我慢がならん。だが俺のやり方を真似ちゃいけねえぜ」

こう言うとき八代の目のなかには、兇暴さとやさしさの入りまじったものが素速く通った。これは決して愛情の表示ではなかったが、峻吉はこんなときの会長が満更きらいではなかった。それに比べると花岡の感情の惑溺はひどいもので、彼はもう半分溶けたバターのようになって臭気を放っていた。

女たちが峻吉に寄せる厚意は、月並な英雄崇拝だったと云えようが、峻吉は何よりもさきに、分りやすい「男らしさ」の印象を与えたのである。のみならずこんな英雄崇拝には、朋輩に寄せるような特殊な親しみもまじっていた。微妙な直覚で、この英雄の身分が自分たちと同じ、一種の囲い者の境涯であることを見抜いていたから。

会長がしばしば冗談とも本気ともつかず、

「あの女はどうだ。あれでもいいぜ。……どうだい。気に入ったのがいたら、さらって行くがいいぜ。何なら俺が話をつけてやってもいい。しかし、よく言っとくが、今夜きりのきれいな遊びだぜ」

と言うのを峻吉は聞いたが、常の試合のあとのようには、そういう気持が起らなかった。彼は好んで拳闘の話題を選んだ。

「とにかく変り身の速いステップが出るようになったのは進歩だね」

と花岡は新聞記者の受け売りを言った。

「相手があんなに足が遅くなってるとは思いませんでした」

「下り坂を狙うことだ。それも世間に下り坂とはっきりわかってから狙っちゃ遅いんだ。そこがプロモータアのカンだよ。ブンヤのやつらは、お前にまだタイトル・マッチをやらせるのは早い、なんてほざいてやがったが、今が潮時で、今勝ったからお前も引立つのさ」

女たちがしきりに峻吉と踊りたがった。彼はあんまり踊る気もしなかった。脳裡には絶えずチャンピオン・ベルトの明瞭な形が映っていた。それはかたわらのボストンバッグの中に息をひそめていたが、燃えつきない隕石のように、夜空を擦過してきた熱をまだ保っている筈だ。

とうとう彼は、それを一人でゆっくり見たいという誘惑に勝てなくなった。

「それじゃ、これで失礼します。あしたの朝は挨拶廻りをしますから」

「そうだな。風呂にでも入って、ゆっくり疲れをとるんだな。寄り道をしちゃいけないぜ。さあ、お前の大事なもの」

と会長はボストンバッグを峻吉に渡した。

峻吉はキャバレエを出て、新宿の夜を一人で歩いた。家へかえって母親に見せれば、すぐ神棚に上げられてしまうに決っている。時計を見た。午前一時をすぎていた。酒場の仄暗い軒あかり。疎らに欠けたネオン。夜空は星に充ち、風はなかったが、十月の夜の冷気が、ほんの少しの酒で酔った顳顬を引きしめた。

彼が手に携えているのは、本物の栄光、本物の星、瞬時にかき消える行動が辛うじて残す結晶の形見であった。失くなっているような不安がして、鞄の中へ手をさし入れて触ってみる。それはあった。一刻も早くそれをしげしげと眺めたい。……いずれにしても、今の彼は、承認された力の携行者であり、選手権という光り輝やくものの運搬者なのだ。歩いているうちに、峻吉は手に携げた鞄が、急にけたたましい響きで鳴り出したり、あるいは爆発してしまったりしないのがふしぎな気がした。あらゆる危険を内包している力のしるしが、この粗末な鞄の中で、大人しく息をひそめているのはふしぎである。

進んで呑みにゆく習慣のない峻吉は、馴染の酒場を持たなかった。彼はただ、やみくもに歩いた。そのうちに、夢の中で一度来たことのある場所だという感じが突然強まって来るように、急にまわりの一劃がよく知っている場所の姿をとった。彼はそこへ目隠しをされて連れて来られたような気がした。それは収の母の店「アカシヤ」の近所であった。

横丁を曲ってアカシヤの前へ行く。アカシヤは見当らない。すでに閉めた商店や喫茶店の看板の前を、彼は二三度往きつ戻りつした。そのうちにアカシヤがリーベと名を変えて、外装もすっかり改めて、仄暗い酒場になっているのに気附いた。

峻吉はドアを押して入った。客はカウンターに数人いるだけで、カウンターの中の女が会釈をした。乏しい光りに、ひどく寛ろげて着た着物の胸の肌が、鮮やかな白い帆のように浮んで見えた。顔はさだかに見えなかった。収の母ではない。

峻吉はカウンターに掛けてハイボールをたのみ、紫いろのシェードのスタンドのあかりを、こちらへ向けてくれるようにたのんだ。するとあたりの闇で舌打ちのようなものがきこえたが、すぐ熄んだ。

ハトロン紙の袋から引き出したものを峻吉は燈下に置いた。赤と黄の縞の幅広のベルトと一緒に、縦十五センチ横十センチに及ぶ大きな金いろのバックルがそこに横たわった。

それは本来彼の腹に輝やいているべきだった。チャンピオン・ベルトがチャンピオンに向い合って、彼に対峙しているのは異様な状況である。そうして見ると、この金いろの鷲は一そう持ち前の不実をあらわに示しているように思われる。

金メッキのバックルは、しかしところどころ剝げかけて、銅の地金の色をあらわし、鋳型のレリーフの隈々は黒ずんでいた。巨大な鷲がひろげた翼の上に、独乙風の書体でBOXINGという字が浮き出ている。鷲は王冠の頂きに爪を立てて止っており、王冠にはくさぐさの宝石と共に、クローバアの葉の模様が連なっている。王冠を左手から擁しているのは月桂樹の枝である。右手から擁しているのは柏の枝である。王冠の下には、最初の選手権者の名と、その年月日が刻まれている。全体の楯の形を、大きくひろげた鷲の翼の尖端が誇張していた。

峻吉はうっとりとこれを眺めた。運ばれたハイボールにも手をつけずに。その金いろはぼやけ、鮮明になり、又ぼやけた。鷲は突然羽搏くように見え、又金いろの剝製のようになった。こんな平静な浮彫のうちに、数々の試合の激しい行為と、血しぶきと、眩暈と、勝利の空白感と敗北の苦々しさがこもっていた。

峻吉はものを考えなかった。だから今の自分の感情が喜びなのか、あるいは一種の虚しさなのかわからなかった。少くとも感情には行為ほどの躍動はなく、行為が錬磨されるに従って、感情は死んで行った。

「何見てらっしゃるの。きれいな宝物ね」

とカウンターのなかの女が項をうつむけて来た。学生時代の峻吉だったら、喜んでそれを女に誇ってみせただろう。しかし今では職業的羞恥、専門的意地悪とでもいうべきものが咄嗟に働らき、自分一人の陶酔を女に妨げられたくなかった。それにこういう性質の栄光ほど女に理会されにくいものはないということを、峻吉は経験上知っていた。

「何でもねえよ。つまらんものさ」

と彼は無造作なハトロン紙の音を立てて、袋の中へベルトをしまい込んだ。それはひどく入りにくかった。

「あなた、拳闘選手でしょう。ちゃんとわかるわ。ねえ、見せてよ」

と女が言った。女の顔は峻吉の好みではなかった。彼は袋をボストンバッグへしまい込み、不機嫌な顔をした。

「おう、ケチケチするなよ。見せてやりゃいいじゃないか」

という声が傍らから起った。スタンドの並びに、数人の若者が呑んでいる。その一人が言ったのである。

峻吉はちらとそのほうを見た。在り来りの街の若者たちだった。いずれもジン・パンツを穿き、赤や紺のナイロンのジャンパアを羽織っている。長い髪を項へ寄せ集め、前のほうを夥しいポマードで塔のように固め上げている。

この界隈で峻吉に向って頭を下げない若い者は、愚連隊と呼ぶにも値いしないチンピラヤクザに決っている。どこの組にも属さない学生崩れで、不良を気取っている素人にすぎない。盲ら滅法な喧嘩を売ったり、女の子を拾って輪姦したり、オートバイをすっ飛ばしたりすることにしか生甲斐を感じない十九か二十の、少年と青年のいらいらした境界に住んでいる連中だ。その或る者は白い少女のようなむっちりした頬を持ち、或る者はいつも不平そうな突き出した唇を持っている。

峻吉は彼らを理会した。

むかしこういう奴らは、峻吉にとって、いわば生きて動いているサンドバッグだった。彼らの理不尽な言いがかりが、彼らを物に化してしまう。そうだ、そいつらのせせら笑い、強がった目つき、類型的なやくざ言葉、身のひねり、身の構え方、そいつらの腕っ節、……そういうものは人間的な特質ではなくて、目も鼻もないサンドバッグの、嘲弄的に揺れやまない物理的特質に他ならなかった。そいつらの肉でさえ模造の肉、肉まがいのものであった。屑の一杯詰った麻袋だった。そいつらの一定の特徴のすべてが、そいつらをただのサンドバッグに見せたものだ。

……だが今は、そいつらが呈示しているのは「弱さ」にすぎなかった。「弱さ」はそいつらのナイロン・ジャンパーの下に、レントゲン写真の内臓のように、はっきり透けて見えた。一人一人が弱さの種々の特質を荷っていた。一人一人がこわれやすい虫籠を内部に抱えていた。繊細な、やわな、情ない、ふてくされた、抒情的な虫籠。しかしこういう弱さは、云ってみれば、鞏固な星のような峻吉の「強さ」が、遠く地上の水たまりに落している投影のようなものだった。星が自分の投影に殴りかけるという話はきいたことがない。

峻吉は自分の中に、昔のようには、何らの怒りも憤慨も湧いて来ないことを怪しまなかった。彼は「強い」のであり、それだけのことだった。この秩序は動かしようがなく、力の階層は、天体図のように整然としていた。

——しかしそいつらはしきりと喧嘩を売った。丁度背中の痒いところへ手が届かないので地団太踏んでいる子供のように。

「ちえっ、ケチケチしたお兄いさんだよ」

「どうせこんなとこのスケはお気に召さねえとさ」

「英子、おめえどいてろよ。おめえのオッパイが邪魔だとさ」

「気障な野郎がうろつく御時世になったよな、全く」

峻吉は全然とりあわなかった。女は目くばせで取りなそうとしたが、それを見とがめた一人から凄い目つきで睨まれて、硬いまっ白な顔になってしまった。

こういう時には時間が一種の演劇的な速度で進む。時間が粘り気を帯びて、たびたび渋滞するように見えながら、その実鋭い加速度で進んでゆくのである。加速度に身を委せていると、誰しも時間が停ったと感じるものらしい。峻吉は何かの起る前の、こういう時間の感覚をよく知っていた。彼はかつてそのための正確無比な時計であった。

果して若者の一人が立上って、峻吉に近づいて来た。立上ると莫迦々々しく背が高く、青臭い匂いを放っている梧桐のようである。軽薄な顔立ちを、ますます軽薄にゆがめて、作り笑いをしている。わざとらしい腰の低さで、顔をつき出して、こう言った。

「兄貴、何だかヤケに大事にしてらっしゃるさっきの光り物を、拝ませていただくわけには行きませんかねえ」

峻吉はちょっと右手を動かした。無意識にそうしたのである。すると若者はあおのけに股をひろげて、扉のそばの壁に背中をぶつけて、ずり落ちてしまった。

若者たちは身構えたが、一等奥にいた一人がしきりに制した。彼らはそこらをがたがた云わせ、さんざん罵ったり捨台詞を言ったりしながら、一人のこらず、うやむやに戸外へ消えてしまった。

店には客は峻吉一人になった。手持無沙汰になった女が流行歌のような口調で、

「あなた強いのねえ」

などと言った。峻吉は黙っていた。

何故自分が黙っているのかも知らずに、彼は黙っていた。

やがて峻吉はハイボールを呑み干して、勘定をすませ、ボストンバッグを左手に持って店を出た。出たところを足払いを喰わされた。瞬間、それがただの足払いではなくて、バットのようなものでしたたか脛を打たれたのだとわかった。

倒れる刹那に、ボストンバッグを大事に胸に護って、その上に倒れたので、自然に右手で地面を支えた。すると黒い影が飛びかかって来て、地面に支てた右手の甲へ、重い白いものを打ち下ろした。はっきりと、ものの潰れる音がした。大きな槌のように感じられたが、ただの石塊らしかった。

ボストンバッグも、中のチャンピオン・ベルトも無事ですんだ。しかし峻吉の右手のナックル・パットは、粉砕骨折を蒙った。入院後、まず傷の縫合をして、二三日のちに腫れが引いてから、骨の手術が行われた。粉々になった骨片が集められ、辛うじて元の形に纏められて、ギブスがはめられた。三週間たってギブスがとれると、マッサージが試みられた。マッサージ師だけでは心許なかったので、川又が手伝って、毎日執拗にマッサージを施した。彼はむつかしい顔をして、一言も喋らず、額に汗をにじませて揉むのだった。やがて痛みは去ったが、峻吉の右手は、拳を握ることができなかった。

外科医は彼が二度と拳を握ることはできまいと八代に告げた。八代は峻吉が引退を申し出るのを待っていたが、待ったのはわずか一日だった。峻吉は同情をうけるのがいやだったので、花岡の会社にも辞表を出した。花岡は一応引止めたが、結局受けた。花岡の哀惜の言葉の裏に、かすかな憎しみ、小っぽけな怨みつらみが、永く尾を引いているのを峻吉は感じた。鳥の言葉を急に解するようになった人みたいに、彼には急に、他人の感情がはっきり見えるようになった。それは一種凄惨な眺めで、彼は世間の人たちの勇気を認めた。

「もう来なくていい。君は人並以上に恢復が早い」と外科医は言った。

峻吉が黙っていたので、医者の領分をはみ出して、彼の肩に軽く手をあてた。

「あんまりくよくよするな。これが君の人生のいい転機になって、ボクサー稼業じゃ思いもつかなかった豊富な未来がつかめるかもしれない。それもみんな君の心掛次第さ。……差当り、まず、いい女の子でもつかまえるんだな。要らぬ忠告かもしれないが、こんなことでぐれ出したりしたら、君は男じゃないぞ」

病院の窓からは秋の晴れた空がひろびろと見える。消毒液できれいに拭ったような空。さわやかな、無機的な、パセティックなその匂い。診察室の磨き立てた銀いろの器具のおもてにも、窓と秋空と、いくばくの雲が映っている。

『俺の人生だって？』と峻吉は思っていた。『この医者は、俺の人生というやつを、てめえの掌の中のシガレット・ケースみたいに扱ったつもりでいる』

それにこの外科医のやさしさに彼は傷つけられていた。いつも試合の一寸した怪我でかかるときには、同じこの男がラジオの簡単な修理をでもするように彼の体を扱い、一度だっていたわりらしいものを示したことはなかったのである。

それは峻吉の大学の附属病院だったので、玄関の車廻しを出ると、街路を隔ててすぐ前に母校の校舎があった。この陰鬱なビルの一劃には体育会もあり、今はそこに川又もいる時刻だった。病院のかえりにはよくそこへ寄ったが、今日は寄る気もしなかった。

川又はあの事件で態度を変えなかった唯一の男だった。慰めもいたわりも、彼の無細工な話術には似合わず、それでいて口に出して叱りもしなかった。相変らず話題のない時にはいつまでも黙っていて、峻吉が訪ねても、嬉しそうな顔もしない代りに、迷惑がりもしなかった。花岡の会社をやめるのには賛成したが、そのうち峻吉の気が向き次第、職は探してやるからと約束した。しかし今の世の中は、土方でもやる覚悟で行かなくちゃならん、と言った。峻吉の治療代やそこばくの生計費を、八代会長に出させたのは、川又だということを峻吉はきいていた。

峻吉は一人で歩きだした。何の宛もなかった。晴れた秋空の下で、たった一人、何もすることがないというこんな状況は、どんな青年でも免かれない状況である。だが峻吉は、自分をこんな青年の一般的状況の下に感じたことは一度もなかった。すずろに街を歩くときですら、彼の筋肉のほんの些細な緊張が、戦いの記憶をよびさまし、彼の足は、いつも見えない目的へ確乎として向けられていると感じたものだ。

しかし今は、顎のところまで、無気力の海が満ちて来て、ほんの少しでも水嵩が増したら、溺れてしまう他はないような気がする。彼の目は、正に自分の目の高さに水平線を見る。ゆくてに彼を遮って湛えられている無気力の海水は、街全体を、ポストを、郵便局を、喫茶店を、小さな公園を、電車を、本屋を、果物屋を、服飾店を涵している。以前、彼は少しも濡れずに、この海の上を帆走していたのだ。

峻吉はここ数週間のうちに、今まで全く知らず、それゆえ怖れてもいなかった、思考というものの皮肉な性質を思い知った。考えないことが、恐怖を免かれる唯一の方法だと、以前の彼は確信したが、そんな成果は努力に出たことではなくて、ただ彼の幸運がそれを保証していたにすぎなかった。今では、考えないということは、怖ろしい努力の要ることだった！　この努力が今では彼の唯一つの勇気の証拠になった。

『俺はますます考えてなんかやるものか。考えないことは、そもそも拳闘のためだったが、俺の人生から拳闘が消えたあとも、考えないということは、やめやしない！』

一方、峻吉は不幸や不運を明るく眺め変えたり、一旦挫折した力の方向をやすやすと他へ転じようとしたりする、あの人生相談的な解決を憎んだ。決して悔悟しない人間になることが必要だ。ちっぽけな希望に妥協して、この世界が、その希望の形のままに見えて来たらおしまいだ。

無力感に首まで涵されながら、決してこの世界を眺め変えないこと。かつて意味のなかったところに新たな意味を発見しようとしたりしないこと。……が、峻吉の世界の心棒はすでに折れていた。彼の試みは、あらゆる夢を拒絶することだった。すなわち、折れた心棒だけを明確に認めること。それによって姿を変えた現実は一切認めないこと。こうした態度の結果として、却って彼の目に迫る世界はすみずみまで異様な非現実感を帯びだした。すべてはもとのままだった。それでいて沈んだ鐘の音の余韻が、いつまでも大伽藍の裡に漂って、壁の罅の奥にまでしみわたるように、そこには無意味が鳴りつづけていた。彼が認めようが認めまいが、一つの無意味も、以前と同じ姿の無意味ではなかった。……こんなときには、絶望が大きな助けになる。しかし峻吉は、希望がきらいなのと同じくらい、絶望がきらいであった。

手が拳を握れないとわかってから、峻吉は煙草をはじめた。煙草は少しずつ旨くなった。

……校舎の前をとおりすぎてのち、峻吉はポケットを探って、包みから一本の煙草をとり出した。口のはたへ持ってくる。片手は燐寸の箱をさぐっている。……するともう、煙草を喫む気がなくなってしまう。こうして宛もなしに歩きながら、煙草に火をつけるという一つの動作が、いいしれぬ無意味なものに思われてくるのである。

とうとう無意味は、見えないボクサーの、透明な速いパンチのように閃いて、彼の口もとへもってきた指先から、一本の煙草を路上へはたき落した。このごろこういうことはたえず起る。これからますます起るだろう。秋も闌けた午前の青い空には、たえず彼を狙っている透明なボクサーたち、「無意味」という名のボクサーたちがひしめいていた。

母校の制服の学生が、三々五々、電車通りから歩いて来て、そのなかの拳闘部の学生が、峻吉をみとめて、帽を脱いでお辞儀をした。一二度見たことのある新入生だが、俊敏な顔立ちをしている。峻吉は軽い会釈を返した。その学生の襟には、よく目立つ赤い拳闘部の襟章がついていた。峻吉は口の巧みな挨拶をしかけて来ない後輩のぶっきらぼうな怒ったような表情が気に入った。ほんの一刹那、不名誉という観念が心をよぎった。拳闘と何の関係もない負傷の不名誉。この汚辱に充ちた観念は、彼がもっとも考えまいと努めているものだった。

『俺は胸を張って歩く権利がある』……以前なら、そういうときの彼の権利は、厳密に彼自身だけに属するものだった。しかし今では、こんな権利を、万人と頒ち合わねばならない自分を感じる。あの『人間誰しも』とか、『人と生れたからには』とか、『たとえ虫けらでも』とか、『人と名の附くかぎり』とかの社会的成句が、すぐ『俺は』の裏側にひしめいている。あれほど蔑んでいた弱者がのこらず彼の味方につき、彼を後援し、人間的弱点に喝采して、彼と同じ道を行こうとするのだ。

まばゆい真昼の日の当る電車通りに出たとき、峻吉はそうして胸を張ろうとしながら、行き交う人がみんな胸を張って歩いているような気がして、その無意味に気づいてやめた。彼の強さ、彼の独創性の根拠はもうどこにもなかった。

道ばたの古本屋から、かつて峻吉がひやかしに二三度講義をきいたことのある、英文学の老教授が、二人のひよわそうな学生をお供にして出て来た。官立大学をもう十五年も前に停年でやめて、峻吉の母校へ移ってきた老いさらばえた哀れな学者犬である。その講義には乞食(こじき)口調があった。顔中しみだらけで、口がうまく閉まらず動揺して、上下の入歯の歯列がたえずぶつかり合って、碁笥(ごけ)の中で碁石の触れ合うような音を立てていた。

この老人の生きてきたのは、終始一貫、安全な確信の中であった。はじめから古ぼけていて、それ以上古ぼける惧(おそ)れのなかった専門家用の運命。三十年前に英国で作った洋服と謂(い)ったようなその運命。……教授が老眼鏡ごしに、峻吉の顔をちらと見た。彼はもちろん峻吉を知らなかった。色の生白い学生が老教授の耳に何か囁(ささや)いた。その囁いた言葉は知れていた。峻吉はこんな学生を殴り倒してやりたかった。そのために彼は、行き過ぎて振り向いた。老教授は俄(にわ)かに、皺(しわ)の中に赤錆(あかさび)のような好奇心をいっぱい湛えた目でじっとこちらを見て立っていた。

『老いぼれ奴(め)』と峻吉は思った。そう思いながら、その老いの姿に彼はぞっとした。老人を見て、彼の心が何か痛切ないやな感じを受けたのはこれが最初であった。

『目をつぶって、大いそぎで、何も考えずに、人生を駈(か)けなくちゃならない。俺もやがてあなるんだ』

彼の心には想像力が生れたのである。

秋のなごりの日光に充ちた昼休みの街路には、勤め人や学生たちが刻々数を増していた。どこかで安い中食をするべきだった。しかしそれは無意味だった。箸はおそらく、彼の指のあいだから零れ落ちてしまうにちがいない。

人々はゆっくり歩きながら、昼休みの無為をたのしんでいた。峻吉には永遠の昼休み、永遠の休暇があった。運動会でもやっているとみえて、晴れた空のどこかで、見えない花火が連続して轟いた。峻吉の右手が拳を握れなくなったので、人々は祝賀のよろこびにうきうきしているのだと思われた。

『俺がもう二度と拳闘ができなくなったからには、何か怖ろしい大事故が起るべきだ。あの花火が砲声だったらなあ！』

昼飯のことを考えて歩いている連中には、それを砲声と思う理由が何もなかった。サラリーマンの胸もとのタイ留も、学生の金釦も、オフィス・ガールたちのブローチも、みんな日を受けて煌めいていた。

古本屋の店先には、アメリカのペイパア・バックの探偵小説叢書が、光沢を放つ表紙のけばけばしい色を際限もなく並べていた。破けた桃色の下着からはみ出ている乳房、血だらけのワイシャツ、空をつかんでいる毛むくじゃらの手、拳銃、深く冠ったソフト、殴っている男の腰の動き……。

破裂しないのがふしぎなほど、こんな目前の非現実的な世界の姿は、峻吉の目に、丁度膨らませすぎてゴムの表面が過度に薄くなり過敏になったゴム風船のように見えた。都電の線路が晴れた街の只中をずっと遠くまで貫ぬいていて、ガードの影の更に彼方に、その一部が強く輝やいた。目的が全然欠け、存在理由が欠けていることが、こんなにも世界を透明に、レンズに映ったように無意味な正確さで見せるのに彼はおどろいた。自分の鼻や頰にさわってみた。右手は不自由を思い出させるので、健康な左手で。……殴られて固くなった皮膚のまんなかに、奇妙な柔らかい半ば潰れた鼻が触れられた。それは日にさらされて、ほんのりと脂を帯びていた。

——峻吉は肩先をつかまれた。

「おい。深井峻吉ともある者が陰気な面をして歩くな」
と澱んだ太い声が言った。峻吉は肩を引いて、その紺の背広の男のほうへ振向いた。それは同級の応援団長だった正木であった。

正木は世間で応援団長という名から思いうかべる類型を全く外れている。髭もない。羽織袴も着ていない。高下駄も穿いていない。大兵肥満でもない。突拍子もなく陽気で楽天家だというのでもない。どちらかというと肺病病みのように見え、顔色はすぐれず、体躯は立派だとは云えない。ただ一つの持ち前は低い、決して嗄れない、滾々として尽きない声で、この声が魔力を帯びて応援団を統括し、彼の決して太くない体躯から溢れ出る熱気が人々をぼうっとさせるのであった。ふだんは弁こそ立つが陰気な男なのに、応援団長としての正木は、火の玉のような男と云われていた。そして大兵の団長の指揮よりも、この男の指揮には一種自虐的な熱情で、人々を思わずのめり込ませてしまう力があった。彼は自分の肉体を度外視し、夢魔的な自己解体の能力を持っているように思われた。峻吉は正木を内心怖れていたので、あんまり親しく話したことがなかった。

「飯はまだか。俺は今喰いに行くところだが、一緒に来ないか」――峻吉の返事もきかずに、自分の思うほうへ歩きながらこう言った。「お前のその後のことは細大洩らさず知っているよ」

正木は勤め人や学生で混雑している表通りの安食堂を避けて、日ざしの全く遮られた小路へ入り、汚れたエプロンのような暖簾を下ろしている一軒の中華料理店へ上った。峻吉の意向をきかないで、ラーメンを二つ注文した。二人が坐ったのは、ボックスの体裁をなしている片隅の席であった。割箸をいっぱいさした花活けのある卓上には、前の客のこぼした汁のあとや、濡れたコップの輪のあとが残っていた。

自分が一本を口にくわえてから、

「お前もこのごろ喫むんだろ」

と煙草をさし出された峻吉はおどろいた。

「久しぶりだな」

とはじめて正木が煙のむこうで微笑しながら言った。

「ああ、半年ぶりだ。それとも半年以上かな」

「時間があっという間に経つというのは嘘だ。こいつを見ろ」

正木はポケットから古ぼけた無骨な形のストップ・ウオッチをとり出した。

「この間、後輩から二千円で買ってやったんだ。曲げるものと云ったら、これしかないとは、哀れな奴じゃないか。しかしまともに動くぜ」

と竜頭を押した。針は痙攣的に細かい文字盤を辿って廻りはじめた。

「ラーメンが何分で来るか測ってみるか。お前は下らんというだろう。しかし今まではリングの上でのお前の勝負が、みんなこんな風にして測られていたんだ。一ラウンドたった三分。これじゃ退屈のしようがないじゃないか」

「そんな話をしたくて、俺を誘ったのか」

「まあ怒るな。もっと重大な話があるんだ。いいか。ラーメンがやがて来る。こいつはまちがいがない。俺たちがそれを平らげる。それも多分まちがいがない。そして、それからどうする」

「俺たちは別れるだろう」——峻吉は告白をおそれない気持になるときだけ出る熱いさ

わやかな声で言った。「正直、俺は今のところ誰にも会いたくないんだ」

「そうだ。お前は俺と別れる。又一人きりになる。それからどうする」

「しつこいな、俺だって女くらい居るさ」

「女と寝たってつまらんよ。女もストップ・ウオッチだ。一ラウンド三分間の退屈凌ぎにはなるだろう。それだけさ」

「お前は何を言おうとしているんだ」

ラーメンが運ばれてきた。顔にあたるその湯気で、峻吉は自分の頬が冷え切って、笹くれ立って、蒼ざめているのを感じた。正木は小気味のよい音を立てて箸を割った。そしてストップ・ウオッチを二つの丼のあいだに置いた。

「いいか。これも返らぬ時間だ。ラーメンをどっちが早く喰えるか競争しよう」

「子供らしい真似はよせ」

「可笑しなことを言うな。俺はお前のために言ってるんだ。お前が怪我をする前と同じ充実した時間をたえず送ろうと思うなら、ラーメンだってそうやって喰うほかはない筈だ。子供らしいのはお前のほうだよ」

峻吉は黙った。ラーメンを啜りだした。ひどく不味かった。目の前のストップ・ウオッチの針の震えが、奇怪な生き物を見るようにたえず気になった。敵をダウンさせたときに高らかにレフェリーの口からひびくカウントの声と、これが同じ性質の時間に属するという発見は、実に厭らしい発見だった。……峻吉は急に箸を止めた。

「やめてくれ」

正木は陰気な微笑をうかべて竜頭を押した。針はぴくりと神経質に元に戻った。

「厭な気持だろう。考えてみろよ。お前の未来につづいているのはこういう時間だ。どこまでも、締めつけるように、同じ波動をくりかえしてつづいているんだ。そしてお前はもう拳闘はできない。今のうちはまだいいだろう。いろんな意地や、燃え残ったファイトや、いそいで探しまわる楽しみが気を紛らせてくれる。うまく行った瞬間には、もう拳闘のできなくなったことも忘れてしまえる。……今は、いいさ。……しかしまだその先に持時間はたっぷりあるんだ。それを考えてみたことがあるかい。お前のその体じゃ、八十九十まで生きるかもしれないんだ。そんな長い時間をどうやって送るつもりなんだ。過去に生きるかね。棚の上に並べたトロフィーや、写真帳と一緒に一生送るかね。だが、もうお前は拳闘はできないんだ。こいつは相当な時間だぜ」

峻吉はひどく昂奮していたが、怒ることを忘れていた。正木の言うままに、目の前に、整理された焼跡に積まれた瓦礫のような、死んだ時間の堆積を見た。それは秋のおわりの烈しい日に照らされて動かなかった。

峻吉はふいに恐怖にとらわれた。その永い何もない時間を生きてゆく自信は全くなかった。すでに死んだ時間を、緩慢な死を以て生きること。そいつは勇気以上のもので、たとえそれに成功したとしても、実に陰惨な成功だった。峻吉は怖れた。彼はまだそんな事態を考えてみたことがなかった。

　正木はじっと峻吉の様子を見張っていた。十分自分の言葉の効果が相手の深所に届いたと見てとってから、同じ陰鬱な熱を含んだ調子でつづけた。

「俺はなあ、実はお前にそういう時間潰しの最上の方法を教えてやろうと思って、お前のあとをつけていたんだよ。いいか。黙ってきいてみろ、俺のこれから言うことを」

　ついで祝詞のように澱みのない口調で言った。

「われわれ日本人はだな、君臣一体の大和に光栄する天皇国大日本の真姿を全顕して、世界万邦・全人類の翹望する、自由・平和・幸福・安心・立命の大儀表国——師表民族にならなくちゃならんのだ。ここにわれら天照民族のだな、生死一貫、天皇真仰に帰一して、皇運を天壌無窮に扶翼し奉る偉大さがあり、崇高さがあるんだ」

　正木はちょっと口をつぐんだ。峻吉は呆れて言った。

「そりゃあ一体何のことだ」

「思想だよ。お前はこいつを信じるか」

「俺にはさっぱりわからない」

「よし。そんなら別のやつをきけ」と正木は前と同じような口調で言った。「われらは建国の理想を明らかにし、日本精神の昂揚を計り、共産主義を排し、資本主義を是正し、敗戦屈辱の亡国憲法の改正を期する。国賊共産党の非合法化を達成し、平和・独立・自衛のための再軍備を推進する。売国共産党と同調勢力、およびその温床をなす亡国支配階級を打倒し、民族共栄の新秩序確立を期す。……」

「そりゃあ何なんだ」

「これも思想だよ」

と正木は平然と言った。峻吉は子供っぽい詮索をはじめる気力を取り戻した。

「お前はそれを信じているのか？」

「信じている？　そうだな。信じていると言ったら言い過ぎかもしれん。ただ、こういう文句は、俺に『快い気持』を与えるんだ。何故かしらん、こんな言葉の一句一句の中に、自分の肉体が融け入ってしまえる感じが容易にするんだ。こういう言葉は、多分、一等、『死』に近いからだ。……俺は応援団長のころ、あの威勢のいい応援歌を歌っている最中にも、突然『死』を感じて、快い気持になったことが屢々あった。出たくて我慢していた小便をしたあと、体がぞくぞくっと慄える気持、あれが多分『死』の感覚なんだ。

健康な青年にとって、おそらく一等緊急な必要は『死』の思想だ。それも条件つきの死じゃなくて、めちゃくちゃな、全的な死の是認、死ねという命令、それから銀いろの葬式の造花みたいに、ありとあらゆる古い神秘的な荘厳な言葉を並べ立てた死の装飾、……そういうものが必要だ。戦争前に『死のう団』というやつがあったって話だ。そのころだったら、俺は喜んでそれに入っただろう」

「君はずいぶん異端者の右翼だ」

「そりゃあそうだ。しかしこんなことを話すのはお前にだけだよ。お前と俺とは、そういう点でよく似ていると思うからだ。それはおそらくお前が拳闘の中でつかんでいたのと同じものなんだ」

「俺はそう思わない」

と峻吉はふしぎな、ぞっとするような快い感覚を拒んで言った。

「今だからそんなことを言うんだ。それにお前は、ものを考えると謂(い)った性質(たち)じゃない。お前がそうじゃなかったとお前に証明できるか」

——それから二人は永いこと話をした。結局正木が彼自身の属している政治団体の思想を、何一つ強制しないのが峻吉の気に入った。

「俺はどうしてそれを信じなくていいんだ」

「信じない奴ほど有能だからだ。俺が第一そうだ。俺を見ろ。俺が信じていないということをたしかに俺は知っている。ところがその思想をはっきりと自分の外(そと)に見て、そいつを道具に使って、えもいわれぬ陶酔を獲得して、自分の死と他人の死をたえず身近に感じること、それが最も有能な団員の資格だということを俺は知っている。それに十分じゃないが、金も入る。認められれば、認められるだけ、お前はだんだん、どうやって金をとったらいいかということを覚える。

青年にとって反抗は生で、忠実は死だ。これはもう言い古されたことだ。ところで青年にとって、反抗が必要なのと同じくらい、忠実も必要で、美味しくて、甘い果実なんだ。スポーツマンはいいよ。反抗のエネルギーをみんなスポーツに使って、忠実のエネルギーをみんな先輩に使う。至って単純な構造だが、青年の法則にちゃんと則っている。……どうだい、自分の決して信じない思想に忠実を誓って、『未来』だの『新らしい社会』だのに悉く反抗するというのは」

「俺はボクシングを信じていた」

と峻吉は深い声音で言った。

「そりゃあ知っている」

「それが俺の目的だったんだ」

「だが、今はどうなんだ」

峻吉は空になった丼の上に渡した濡れた箸を、指先でまさぐりながら黙っていた。杉箸の稜角はふやけていて、薄い油の膜がうかんだ残りの汁の底に、赤や緑の小さな竜の模様が沈んで見えた。

「今はどうなんだ。少くとも今はボクシングは、お前の目的じゃない。目的ではないが、依然としてお前はボクシングを信じたいと思っている。あるいはまだ信じているつもりでいる。……しかしさっきも言った永い永い時間がお前の前に控えているぞ。いやな、お前の一等きらいな『未来』が控えているぞ。……目的ではなくなったものを信じようというのが、お前の目前の生甲斐なら、い、い、か、そんなあいまいな希望の目盛をはっきりと合せてみろ。お前は今、全然信じないものを目的にすることができる、という好適の状況に居る筈だ」

「それはそうだ」と峻吉は口籠った。「それはそうだ。でも俺は、どんなことをしても、俺の正当な敵がほしいんだ」

「そいつはすぐ見つかるさ。そいつは今までだってお前の前に現われたんだ。敵ははじめっからそこに立って、お前を待っているのじゃない。お前の行為が、お前のパートナアを、お前の敵にしていた。だから行動することだ。敵はすぐ出現する」

「お前はどんな行動をしたんだ」

「いろいろやったさ。十月一日に、日ソ交渉の松本全権が帰って来たろう。あのとき羽田で、『日ソ交渉即時停止』『赤に尾を振るな』というデモの指揮をやったのは俺さ。俺の部下が警官をいためつけて、しばらく臭い飯を喰った。そいつはそれまでは、しがないやくざにすぎなかったが、今では護国の烈士ということになっている」

「俺が指揮するとすれば、今の敵は誰だろう」

「李承晩(りしょうばん)だな。それから砲撃声明になすところを知らない日本の腰抜け政府と、腰抜け外務省だ」

峻吉はようやくはっきりと、自分が自分を売りつつあるのを感じた。『芒(すすき)のいっぱい生えた分譲地を売るように、俺の未来をこいつに売り渡そう。俺は永遠に考えず永遠に目をさまさない、永遠に眠っている力の持主になる。それこそは力の保証する本当の幸福の意味だ。』こんなことを漠然(ばくぜん)と感じた。

正木はすでに自分の説得の勝利を知っていた。そして峻吉を団員に勧誘することは会長の意向でもあること、会長は峻吉に破格の待遇を与え、最初から幹部として迎える用意のあること、明朝本部で会長や大幹部が列席の上入団式が行われること、などを話した。正木は内ポケットから、日本紙の巻紙に、墨で書かれた字をそのまま印刷した古風な宣誓書をとり出すと、テーブルの上の汚れを、丹念にハンカチで拭(ぬぐ)ってから、峻吉の前にそれをひろげた。

私儀

誓約書

今般御隊に入隊を御許可いただきましたるに付ては、殿立会の上、左記各条を死守することを御誓約申上げます。

一、我等は皇道による皇国維新を期す。
一、常に隊長に服従し、隊の秩序と団結を計る。
一、いかなる場合も御隊の隊員たるの誇を失わず、隊則に違背せざること。
右、神明に誓って厳守いたします。万一違背ありたるときは、如何様なる御処分を受けても異存ございません。

年　月　日

何　某

立会人　何　某

大日本尽忠会々長殿。

……………………。


「そこにお前の署名をするんだ。うん、万年筆でかまわん」と正木は言った。

ついで彼はポケットから小さな小刀を出して、峻吉に血判を求めた。

「どの指を切るんだ」

「何も知らん奴だな。小指だよ」

峻吉は躊躇なく、よく光る小刀の刃を、自分の小指の腹にかるく引いた。巧く切れない。もう少し力を入れて引く。するとさきほど正木の言った快い戦慄が背筋を走り、白っぽい傷の内側からは、鮮やかな血が競ってにじんだ。

「さすがボクサーだけのことはある。血を出すのは平気だな」

と正木が言った。

第九章

……藤子は清一郎の出勤したのをおぼろげに知っている。

ゆうべは夜の十一時半にアイドルワイルド飛行場へ着く筈の飛行機が二時間も延着した。明治製鉄の社長は藤子も個人的に知っているので、夫婦で出迎えに行き、通関の時間を入れて三時間も待ち、ほかの出迎え人を押しのけて、社長を清一郎の車でホテルまで送り込むのに成功した。それが午前三時であった。家へかえって来て寝たのは四時に近い。清一郎はそれでも、ちゃんと八時に起きて出勤したのである。

彼らはアメリカ人の友人のアパートを又借りしていた。そのアメリカ人は技師で、こしばらくヴェネズエラへ行っている。彼が便利な場所にある自分のアパートを失いたくないために、清一郎夫婦を留守居に置いてくれたので、夫婦は二ヶ月にわたるホテル生活から脱け出ることができたのである。しかしここも仮の住家だ。快適な郊外のアパート、たとえば予約してあるリヴァデイルのアパートへ最終的に移るには、今そこに住んでいる貿易会社の夫婦が、日本へ帰任するまで待たなければならない。

……藤子は枕もとの時計を見た。もう正午になろうとしている。室内がなお朝まだきのような鈍い明るさなのは、夜来の雨が降りつづいているのにちがいない。かたわらの清一郎の枕はポマードの油に汚れていて、その汚れがこんな鈍い光りのために一そう汚なく見える。汚れが汚れのままに照り映えてみえるのである。藤子はそこへ顔を伏せて接吻した。

藤子は窓のところへ立って行って帷をあけた。雨のなかに、建物の裏手の複雑な高低を持った眺めがみえる。そこはニューヨーク市五十六丁目のウエスト・サイドである。表通りはほぼ同じ高さの建物が櫛比して密集しているのに、一つのブロックの中庭に当る部分の眺めは、低い屋根や屋上庭園や、ひろく張り出した露台が、おのずから高低をなしているむこうに、古い赤煉瓦の家の裏窓が見えたりする。現にこの三階の窓のすぐ下からも、細長いがらんとした屋上庭園が伸びているのに、ふしぎなことに、窓のほかにはそこへ出てゆく出入口がない。夫婦は窓のすぐ外に、ファイア・プレイスに焚く薪の束を積んでおいた。

屋上庭園には枯れて何の花かもわからなくなった二三の植木鉢や、壊れて傾いた籐椅子が雨に打たれている。目に見える土はないのに、軒のあいだから高い篠懸の樹が数本そびえている。十一月に今日入ったばかりというのに、その黄いろい闊い葉はあらかた落ちて、屋上のコンクリートや籐椅子の上に、広告ビラのように濡れて貼りついている。

人の姿というものがどこにも見えない。自動車の響きもここまでは届かない。向う側の赤煉瓦の裏窓も、一つ一つが白いカーテンを閉ざしたり目隠しを下ろしたりして、廃屋のようにしんとしている。

藤子は煖炉に火を焚こうと思って、窓をあけて薪に手をのばした。それがあんまり冷たく濡れていたので、気おくれがしてやめた。寝間着の姿では、とても寒くて窓をあけていられない。窓の中から窓硝子に頬をおしあてて、落莫としたけしきを降り包む雨を眺めていたほうがいい。……ニューヨークの冬がこうしてはじまるのだ。

藤子はきのうまで気づかなかったことだが、雨ざらしの籐椅子の背の部分の籐がほつれて、丁度朝顔の蔓が支柱を求めて手をさしのべているような具合に、鈍い焦茶色をしたその籐のほつれが、雨のなかに跳ね出ているのを見た。

『私がこんなものを見る筈がない』と藤子は寝起きのぼんやりした頭で考えていた。『ニューヨークくんだりまで来て、私がまざまざとこんなものを見つめているなどということが、あろう筈がない』

それから考えは又散漫にさまよって、清一郎の現地や故国での赫々たる評判、頭が切れて、仕事熱心で、しかも人当りがよくて、軽薄なところがみじんもなく、語学も達者で、山川物産のもっとも優秀な若手社員だという、たびたび藤子の耳に入る評判のことを考えた。それを嘘だと否定する根拠はひとつも藤子にはないのだが、こんな評判をとおして見た清一郎は、十本の指にみんな指環をはめている男のように思われた。

『そんなことをしたら、一つ一つの指環がどんなに好い趣味のものだって、台無しになってしまうんだわ。それにあの人は、老人たちにもてすぎる。あの人は独特の術を使って、老人たちのしなびた心臓をぎゅっと掴むのだ。国へかえると、権力とお金のたっぷりあるそんな老人たちが、あの人を神様のように言うんだわ。《あれは実にいい青年だ。あんないい青年は見たことがない。娘をああいう男のところへやれなかったのは本当に残念だ》』

——藤子はそれから自分の評判について考えた。ニューヨークへ来てほんの短かい間に、もう一部の人たちが彼女を悪妻呼ばわりし、それをきいた人たちが、彼女の耳に御注進を伝えながら、ほかの人たちにも満遍なく伝え、すでにそれは通り名になっているらしかった。藤子自身の感じでは、藤子は何一つ悪事を働らいたわけではなかった。ただ他社の社員が一年ものあいだ、妻子を呼び寄せることができないで、不自然な独身生活をつづけているのに、藤子だけは最初から良人について来たということが、この評判の直接の原因であることは分っている。それを人々は、自分たちは第二の自由な独身時代を送っているのに、清一郎にはしつこい悪妻がつきまとって、亭主を鞭撻している、という風に表現するのである。

外地ではこういう噂から逃げ出して背中を向けて暮そうとすれば、一度立った噂は消えるどころか、却って自分からそれを認めたことになるのだ。むしろ進んで戦って、ひとつひとつ火を消してゆかねばならない。これは外地の日本人社会の通則だったが、藤子ははじめからそんな通則に従う気力を持っていなかった。

……雨は同じ濃さで降りつづけ、昼のあいだ室内の煖房は止っているので、窓硝子は少しも曇らず、その単調な雨をはっきりと、まるで命令するようにはっきりと藤子の目に見せつづけた。

藤子はたえず愕いていた。自分がニューヨークの只中で、こんな孤独にさいなまれているという、信じられない事態に。日本の友だちにこんなことを知らせてやっても、誰一人信じようとしないだろう。かつて藤子はシニックで軽快で、孤独などという言葉の一等似合わない娘であった。

一週間か十日に一度、良人が昼休みにかえって来て、一緒に中食を摂ることがある。そんなときには前以て電話がかかる。今日は清一郎は、明治製鉄の社長とどこかのレストランで昼の食事をしているに決っている。そして清一郎の懇切な注意。

「差出がましいようですが、チップはあんまりお弾みになってはいけません。日本人はどうもチップを弾みすぎて、かえって軽蔑される傾きがありますから」

……藤子は思わず声を立てて笑った。笑ったので、少し頭がはっきりした。キチネットへ駈けて行って、冷蔵庫のドアをあける。ぎっしり詰っているとは云えない冷蔵庫のなかに灯った燈が、雨に暗い室内に、そこだけに私かに営まれている小さな生活の灯のように愛らしく見えた。

朝食になるようなものは一通りあった。しかし藤子は、一人で菓子屋へ行って、それもラムプルマイヤアなんぞの贅沢な店ではなく、小体な目立たない店で、時間外れの朝食をしたほうがいいと思った。

六番街へ出て上ってゆくと、ゆくてに中央公園の木立の末枯れが見える。それが雨に煙って模糊として見えるのである。

この土地の人たちに倣って、藤子は早くもアストラカンの襟のついた冬のコートを着て、枯葉色が明るく透ける傘をさしていた。その傘のおかげで、自分の頭上だけ、明るい雨が降っているような気がいくらかする。

このあたりは五番街と打って変って、目星しい商店もなく、美しい飾窓もない。窓に金箔で店名を半月形に描いた古風な店の軒先には、畳み込まれた日覆の一端が外れて、そこから漏斗のように雨が流れ落ちている。

藤子は二ブロック先の角の菓子屋の扉を押した。そこは清潔なモダンな店で、カウンターと四五脚のテーブルを備え、どんな時間でも朝飯様のものが喰べられるのである。幸いカウンターはあらかた空いている。藤子はイタリイ人らしい肥った給仕に、ハーフ・グレイプフルートと、ホット・チョコレートと、イングリッシュ・マフィンを注文した。そしてグレイプフルートのまんなかに載せてある缶詰の真紅の桜桃が、いつもながら気に入らないので、匙で受け皿へとりのけた。

カウンターの正面には、菓子類を置いた飾窓がある。晴れた日には菓子をのぞいて通る行人の顔を、こちらから見ているのが面白いのだが、煖房が利いている今日は硝子がすっかり曇って、緋色のダスタア・コートや黄いろいタクシーの横切るときだけ窓の曇りの色があでやかになった。

折角あいていた藤子の右隣りの椅子に、背の曲った小柄な老婆が腰かけて、

「おお寒いこと。何て寒い気候でしょう。これから永い永い冬がはじまるんだわねえ」

とカウンターの中の給仕に話しかけたが給仕はにこりともしないで無愛想に注文をきいた。老婆は乞食のような口調で、

「珈琲をいただけないこと」

と言った。

珈琲はすぐ運ばれた。老婆は口髭を湯気にひたして、濃い口紅の唇をすぼませて、鸚鵡のように固い乾いた舌をのぞかせて、一気に飲んだ。黒ずくめの着物、鳶いろの髪に載せたいやらしい羽飾り。

飲み干すと、今度は藤子のほうへ向き直った。橋桁を舐める暗い水のようなお喋りが

はじまった。

「失礼ですが、あなた日本の御婦人ですわね。やっぱりそう。それごらんなさい。私はすぐ日本人を見分けるんですわ。『羅生門』っていう映画は何て素敵だったでしょう。私はあれを見てから、私はもうほとんど日本きちがいになりましたの。日本の切手を沢山集めているし、友だちから小さい仏像ももらって大事にしてるのよ。日本の仏像は何て可愛らしいんでしょう。泥んこ遊びをして家へかえってきた可愛らしい悪戯小僧そっくり。……」

藤子はこういう日本びいきに食傷していたが、こんな老婆の場合は、本当の日本びいきというよりは、誰かつかのまの話相手になってくれる人をつかまえるための方便なのであった。ひねもす老婆の体には、咽喉のへんまで言いたい言葉が詰っていて、もし藤子が愛想のよい返事をすれば、言葉は破裂した水道管のようにあたり一面に溢れてしまうのがわかっている。紐育にはどれだけこうして、話相手を必死に探している人たちがいることだろう。もし五分間話相手になってくれるのなら、相手が外国人だろうが犬だろうが、よしんば癩病病みだろうが構わないのだ。

――そのとき藤子の左隣りの椅子に、背の高い男が掛けた気配がして、タブロイド版のショウ・ビジネス新聞の右頁が、藤子のマフィンの皿に少しかかった。藤子は咎めるふりをして、老婆から身をそむける機会を得て、そのほうを見た。

「おはよう。杉本さん。僕もこれから朝飯ですよ」

と男が言った。それは同じアパートの一階上に住んでいるフランクであった。

藤子は今自分の住んでいる部屋で一度フランクと話したことがある。それはまだ主の技師がヴェネズエラへ発つ前で、清一郎夫婦が家を借りる相談かたがた、そこへ遊びに来ていた折に、技師の友人だというフランクが、部屋へ遊びに来て会話に加わったのである。フランクは二十七、八の青年で、ユナイテッド・テレヴィジョンの毎木曜の晩のドラマの番組を製作しているプロデューサーの一人だそうである。

引移ってきてのちも、ごくたまに廊下や階段ですれちがうと軽く挨拶をする。微笑をする。しかし初対面のとき以来、ゆっくり話をしたことはない。招んだことも招ばれたこともない。

フランクは明るい大まかな顔をした青年で、やや額が禿げ上っている。髪の色は焦茶であり眼の色も濃いので、日本人には親しみやすい。服装は少しだらしがなく、清一郎の仕事の周辺の米人のような取り澄した恰好はしていない。笑顔になると、実に無邪気で美しく、少年くさい笑窪が、糸で括ったように頬にあらわれる。

フランクは藤子の喰べているものを覗いて、チョコレートの代りに珈琲を注文して、ほかの二つは同じものを頼んだ。そしてさっきから喫っていた煙草を喫い継いだ。

「午後一時の朝食は別にデカダンスじゃない。しかし朝飯前の煙草というやつは、実にこんな旨いものはない。こいつははっきりデカダンスの味ですよ」

とフランクが言ったので、右隣りの老婆が汚らわしいことをきいたように、急に立上って帰ってしまった。

「いつもここで朝飯をなさるんですか」

とフランクがきいた。

「いいえ。それにこんな遅い朝御飯は、いつもというわけじゃないのよ」

と藤子はゆっくりした英語で言った。

「僕の仕事は夜に固まってどさりと来るのでね。……しかし僕はいつもこの店へ来るのに、ここでお見かけするのははじめてですね」

その瞬間に藤子は、こんな出会いが一向偶然ではなく、藤子がさっきアパートを出たときから、彼があとをつけて来たらしいということに気がついた。藤子は頸筋が一寸熱くなった。それから急調子に、さっきの孤独な老婆のことを考え、その考えが淫売婦という言葉に飛んだ。知らない他国の大都会の中へもぐり込んでしまったら、たとえ淫売をやったって、誰にも気づかれはすまい、というふしぎな考えが脳裡に生れ、又すぐ消えた。藤子は足を組んだ。雨靴の濡れが靴下をとおして腓に冷たく触った。

「いつも御宅の前をとおると、ジミイがいたころの癖で、ついノックしたくなるんですよ。ノックしかけて、はっと気がついてやめるんだけど、一度ぐらいノックしたあとで気がついたことがあったかもしれない。そのとき多分僕は、人の家の呼鈴を鳴らして逃げる悪童みたいに、あわてて階段を駈け下りて逃げ出したらしい。……一種の夢遊病でね。ときどき自分でも制御できないんですね。お宅に迷惑をかける前に、分析医にでもかかったらいいかもしれない。……どういうんですかね。僕はあの部屋にへんな郷愁があるんですね」

これは実に明白な口説き文句だったが、藤子は、外国にいる日本の女の、多少類型的な冷たさを持してこう言った。

「私たちが新らしいアパートに移って、ジミイが帰って来さえすれば、又あの部屋はあなたの御自由になるわけよ。……その新聞なあに。私、読んだことがないわ」

「芸能界の業界紙ですよ」とフランクは気勢を殺がれて、ショウ・ビジネス紙を展げて、藤子に示した。「ごらんなさい。芸能界のスラングばっかりで、外国人にはおそらく一等難かしい新聞です。Gothamって何だと思います。紐育のことなんですよ」

藤子は孤独を救われて陽気になった。寒暖計の目盛を読むように、自分がどんどん陽気になってゆくのがわかった。それから二人は今ブロードウエイで当っている芝居や音楽劇の話をした。イムペリアル劇場でこの二月からロング・ランをつづけている「絹の靴下」は、むかしの映画の「ニノチカ」を音楽劇に脚色したものであるが、それは藤子が紐育へ来てはじめて訪れた劇場で、よく考えてみるとまた、それは清一郎と二人きりで見た唯一(ゆいいつ)の芝居であった。

それ以後も二十いくつの芝居を見ているが、清一郎はそんなに芝居が好きではなかった。父親から送ってくる小遣の豊富な藤子は、一人旅のお客と二人で劇場へゆき、芝居のはねたあとで、清一郎の待っているナイト・クラブへお客を案内して行ったりした。

フランクは藤子が見ている芝居の数におどろき、きわめて入手しにくい切符をも、彼女が何とかして手に入れているのにおどろいた。彼は自分の職業柄、そういう入手難の切符を世話してあげることもできるとほのめかし、ブロードウェイの楽屋咄(ばなし)をいろいろと話した。

こんな話になるとフランクは熱中し、話の速度は速くなり、身振りは大きくなった。ブロードウェイの芝居では、組合が強力で、要りもしない大人数の大道具係(ステイジ・ハンド)を押しつけて来るので、一杯道具の芝居などでは、幕間に大の男が五六人で机や椅子をちょっと動かすほかに仕事がなく、あとは楽屋でポーカアばかりやって暇つぶしをしているので、大道具係の別名をロイヤル・ファミリィということ。……又、この間開幕したばかりの当り狂言では、ボストンでの試演の晩、演出家と作者との対立が波及して、にこやかなアンコールの挨拶ののち、幕が下り切った途端、舞台で大乱闘が起って数人の怪我人(けがにん)を出したこと。

……これらの話は、次第に速度を早め、俗語に充ちた会話をまじえて、藤子には把握しにくいものになって行った。彼女はときどき思い出すように頷くが、わかって頷いているのではないのである。ここ数ヶ月の外国生活で、わかっていないということを相手に感づかせずに、相槌を打つ術を藤子はおぼえた。

言葉は次第に速くなる。むかしリーダーの最初の頁に出ていたアルファベットの発音の唇や舌を描いたグロテスクな絵。薄い唇のあいだから、鳩時計のように、若い男の舌が出たり入ったりしている。みひらいた目。片目をつぶった目。薄い鳶色の、長い、跳ね返った人工的な睫、……雨滴のように、言葉が藤子の顔にうるさくぶつかる。まるで意味を欠いた、光ってきらきらした、沢山の矢継早の言葉が、突然途切れるかと思うと、瞳が手品師のように宙に向けられて、何もないところからトランプの一枚がとらえられるみたいに、次の言葉が空中からとらえられる。又その言葉に、言葉の鎖がじゃらじゃらとついて来る。まるで意味がない。……そこでは人間の会話に根本的に意味が欠けていて、きいていてもきいていなくても、喋っても喋らなくても、つまりは同じことになってしまう。一定の時間が言葉に占められて流れ、つまりは言葉に占められなかったのと全く同じ具合に流れた。

『やっぱりこの人は外国人だわ』

藤子はこの騒々しい沈黙に疲れた。これなら雨のなかを一人で歩いているほうがましだった。

――藤子は五番街で買物があると言った。フランクはメディスン街で食後の約束があると言った。それにしても昼休みはまだ終っていなかった。二人は寒い戸外へ出て、五番街の人ごみの中を、傘と傘とのきしめきあう散歩をしばらくつづけて、別れた。

**
*

清一郎は鏡子の長い手紙を読み了(おわ)った。それは峻吉のボクサーとしての致命的な負傷と、夏雄が神秘主義の泥の中にじたばたして、展覧会の出品作も描けなくなってしまったこととを伝えていた。

『どいつもこいつもだ』と清一郎は舌打ちした。『どうしてこう死急(しにいそ)ぐんだ。収は本当に死んでしまったが、夏雄や、あの峻吉までもが!』

なかんずく峻吉の挫折(ざせつ)は清一郎の癇(かん)にさわった。鏡子が事件の突発的な不可避の成行をつぶさに書いて来ているのに、清一郎にはそれが峻吉自身の選んだ道としか思えなかった。

どんなに偶然にふりかかって来る奇禍であろうと、人間は自分の運命を選ぶものであって、自分に似合う着物を着、自分に似合う悲劇を招来するというのが、清一郎の固い確信だった。しかしこれは多分に傍観的な確信だと云ったほうが当っている。

死は常態であり、破滅は必ず来るのだ。朝焼けのように、世界崩壊の兆候は夜あけ毎（ごと）にどの窓からもはっきりと目に映るのだ。清一郎には、収も峻吉も夏雄も、こういう事態を前にしながら、個人的な破滅に急いだのが気に入らなかった。個人的な「世界崩壊」ももちろん必至である。人々の肉体的な死も、精神的な死も、そのたび毎に世界を硝子（ガラス）のように粉砕する。かれらは似合う着物を選ぶ。……だがそういう彼自身の確信が、清一郎はきらいだった。彼だけは自分の確信にそむいて生きようと思う。彼だけは決して急がず、あせらず、あの預言的な一般的な世界崩壊、制服のように誰にも似合う包括的な世界崩壊へむかって生きようと思っていた。そのためには彼の金科玉条がある。すなわち他人の人生を生きること。

のみならず、彼は収や峻吉や夏雄が直面し、又閲（けみ）しつつあるところの、個人的悲劇の色彩を怖（おそ）れてさえいた。それらには彼のきらいな、贅沢で華美なものがあった。個性とは、清一郎にとって、古くさくて、贅沢で、華美なものだった。彼だけは地味な背広を着て、他人の役割を生きるべきだった。どんなに無駄だって、そうすべきなのだ。丁度、死神の鋭い目を免（まぬ）かれるために、市場（いちば）の喧騒（けんそう）の中へ身を隠したペルシャ古譚（こたん）の人物のように。

清一郎は読みおわった手紙をかくしにしまうと、すぐ、かたわらのヘラルド・トリビューン紙に目を移した。そこには大きな活字で、世界崩壊とはまるきり反対の情報が告げられていた。

「アメリカ経済　史上空前の繁栄！」

すでにアメリカは一九五三—四年の景気後退を脱して、(その後退ですらむしろ軽微なもので、第一次大戦後のような世界的不況へ進展せずに終ったが)、思いもかけぬ速さで過去のあらゆる経済指標を大幅に更新し、国民所得は三千億ドルを二百億ドルあまりも上回ると推定され、史上空前の記録に達したのである。

しかもこの好況の波はヨーロッパやアジアにも波及して、世界経済全体が戦後最高の水準に達し、マルクス経済学の希望的観測は裏切られて、資本主義には不死鳥の能力のあることが証明された。……

多くの統計の数字と、こういう説明とで、ヘラルド・トリビューン紙の経済欄は、あたかもフットボール試合の勝利をたたえる大学新聞のような観を呈していた。

清一郎自身がよく知っていることであるが、それは嘘ではなく、又何らの誇張でもなかった。世界的繁栄の根拠地にいて、しかもウオール街の只中の事務所に通い、彼は目のあたりに、今世紀初頭の経済学的預言の数々が裏切られるさまを眺めていた。歴史的必然性というあの威嚇、あの古い占星学は、もう以前のようには人の心をおびやかすわけには行かなくなった。

しかしこれこそは正に、清一郎のいわゆる世界崩壊の明白な前兆なのであった。紐育こそ、世界的繁栄の根拠地であると同時に、大がかりな世界崩壊の根拠地、清一郎のいわゆる「唯一の、決定的な現実」の本場なのであった。紐育はたえず死んでは蘇っていた。ここでは古いものがたえず取り壊され、建設工事はいたるところに進行し、結晶形の高層建築群のかたわらに、一枚のもろい硝子の衝立を立てたようなモダンな数十階のビルが建ちはじめていた。或るビルの広大な緑いろの硝子の壁面は、丁度巨大な絵葉書のように、古いニューヨークの摩天楼の数々を、深い沈んだ色彩でありありと映し出していたりした。

この国の怪物的な繁栄の遠い余波が、東洋の島国に及ぶところに、清一郎もその一人であった小さな一群の若者たちがいて、俳優は死に、拳闘家は傷つき、画家は狂気に近づいた。それは一種澄明な狂気であったが、狂気にはちがいなかった。かれらはなるほど自分たちによく似合う柄行の、個人的な悲劇を経て、個人的な死を死んだが、清一郎の目から見ると、それで事が終るとは思えなかった。彼らはこうしてわれとわが身を、再生の一環に置いたにすぎなかった。こんな肉体的な死や、精神的な死のむこう側には、かならずグロテスクないやらしい復活が待ち構えているに決っていた！

はるか古代の農耕儀式における再生の神話のようなものが、ここニューヨークばかりではなく、ヨーロッパでも、毛沢東の中国でも、独立したてのアジア・アフリカの若い国々でも、世界のいたるところで、別々の衣裳をまとって普及していた。これこそ現代の唯一の信仰といえるもので、歴史と思想とが、収拾のつかない相対性の中へ打ちやられている現代の特性なのであった。一つの思想が死ぬように見えても必ずよみがえり、一つの理想主義が死に絶えて又新らしい形でよみがえる。しかも思想と思想は、殺し合うことしか考えないのである。

が、清一郎は感じていた。これら再生の神話そのもの、復活の秘義そのものが、まぎれもない世界崩壊の兆候なのだ、と。彼こそは最終の、決定版の、全く等しなみの世界崩壊を信じて生きるのだったから、決して再生せず復活しないことが、清一郎の信念であった。

……それにしても紐育のおそらく生得に持っているパセティックな雰囲気は、彼の気に入った。この灰色に凝集した渋面のような都会には、いつも「明日を知らぬ心」がどこかに生きていた。

清一郎は満足して溜息をついた。

『収は死に、峻は傷つき、夏雄は……。そうだ、俺が何も奴らを非難することはない。非難することは助けることの一種だ。少くとも俺たちの誇りは、最後まで、誰一人助け合おうとしなかったことだ。――だから俺たちの同盟は、今もすこやかにつづいているわけだ』

「散歩に行きましょうよ」

と何度目かの同じ言葉を藤子が言った。今日はめずらしく、人を出迎える必要も見送る必要もない日曜であった。藤子はすでに散歩服に着かえていた。

清一郎はヘラルド・トリビューン紙をしぶしぶ畳んだ。実にしぶしぶと。こういう場合の良人（おっと）の典型的な日曜漫画によく出てくる態度をまねて。

ところが藤子の次のような敏感な反応が清一郎を少しばかり困惑させた。

「あなたには、新聞に読み耽（ふけ）っている良人、なんて役は似合わないわ」

と藤子は言ったのである。更につづけて、

「新聞に出ていることなんて、三日前にとっくに承知している、というタイプよ。あなたは」

清一郎は安心した。藤子は依然として、藤子の見たい通りに清一郎を見ているにすぎなかった。こんな会話はしかも藤子のつもりでは、ただのソフィスティケイションなのであった。

清一郎は妻が家庭の中でこんなにソフィスティケイションを濫用（らんよう）したがる傾向を警戒していた。それはひとえに藤子の孤独なことに由来していた。在留日本人はみんな敵であり、そうかと云ってアメリカ人には、彼女の英語で機智を伝えることができない以上、良人にむかって発散する他に道がないのである。わけてもここ一月ほど、清一郎はいつもながらの妻の洒落た物言いを持て余していた。それはレストラン向きの料理を、毎度家庭で喰わされるようなものだった。

清一郎は立上ってネクタイを締めに行った。独身時代と同様、彼は「週末」の服装というやつがきらいだった。

「公園を散歩なさるのには、もっと砕けた恰好をなすったらいいんだわ」

「いや、俺は近東の王族に見られたほうがいい」

と清一郎が言った。部屋の主のジミイがヴェネズエラへ発つ前に、清一郎夫婦はジミイの企てた悪戯に一役を買ってまんまと成功した。ジミイは行きつけのレストランへ、二人を連れて行って近東地方の王族だと紹介し、給仕長は乗せられて、恭しく藤子をYour Highnessと呼んだのである。それは夫婦がこの土地へ来たばかりの、まだすべてが物珍らしく娯しかった時期であった。

六番街へ出ると、夫婦は外国流に腕を組んだ。藤子がそれを望んだし、清一郎は清一郎で、他人の慣習というやつが好きだった。そうして歩いているところは、日本人の夫婦というよりは、清一郎の岩乗な顎と鋭い目、藤子の丸顔とその大きな目が、どこか近東地方の西欧化された王族のように夫婦を見せたのである。

ひどく寒かった。冬は一日一日深まっていた。清一郎は室内の煖房（だんぼう）の人工的な暑さのほうが好きだったが、藤子はむやみと戸外の空気を吸いたがった。東京ではナイトクラブの薄明りが何よりも好きだった彼女が、紐育の孤独に置かれると、自然を愛するようになったのである。

『自然を愛する』――それは危険な兆候だった。清一郎は妻が彼を肉体的に愛していることを一刻も疑わなかったが、妻の孤独の中での妄想（もうそう）が、自然に向ってゆくことは、彼の感覚に逆らった。さまざまな余儀ない理由から妻を孤独にしておきながら、孤独な妻を見るのがいやだった。彼がいつも凡庸を志向しているのに、妻が個性を志向するようになるということは、目算に外れた成行である。婚約時代、機智をひけらかす彼女を見て、清一郎はこれなら凡庸な「良人を熱愛する妻」になるだろうと見てとったのだ。

事実、藤子は寝室では常に真摯（しんし）であった。ニューヨークへ来てからは、時には良人の役割を奪うまでにさえなった。しかしそこにも清一郎は妻の孤独の反映を見た。もっとも時にはそれは、単にアメリカの風土の、日本人の寝室への無遠慮な侵入と考えられもしたけれど。

――日曜のことで、飲食をする店をのぞいて、あらゆる店は戸を閉めていた。行人もまばらであった。曇った空の雪もよいのけしきが、石造の街のくっきりした輪郭を殺して、街を古い銅板画のように見せていた。

夫婦は腕を組んだまま、中央公園(セントラル・パーク)の冬木立の下へ歩み入った。

『散歩は悪い習慣です。それは孤独を育てる』

誰かそういう警告の立看板を、公園の入口に立てるやつはいないのか。今日は幸いに曇って寒いので、日曜日の中央公園のベンチを占める、あの孤独な日なたぼっこの人たちの姿を見なかった。どこの木かげにも、夥(おびただ)しい落葉が散り敷いていた。

枯木の梢(こずえ)の網の目から、ニューヨークの灰いろの冬空がのぞける。

「俳句をお作りにならないの」

と藤子が揶揄(やゆ)するように言った。

清一郎は習慣上、すぐさま月並な季題を枯木の梢に探そうとしている自分におどろいた。

「ブラジルへ行って毎日五十句ずつ俳句を作っていた女流俳人がいる。そういう具合に出来るといいんだが」

「俳句でも野心のたねになるもんなのね」

あいかわらず藤子は野心という言葉を愛していた。

「女の場合には野心とは云わないのだ」

清一郎は多少男性的威厳を誇示してみせて、そう言った。

散歩道のまんなかに群れている鳩も、こぞって冬空の羽色をしていた。犬に散歩をさせている老人たちがいる。二人の老婦人の連れている犬はどちらも精悍で、顔かたちも主人よりずっと美しい。その犬同士が、拳闘の真似をして、じゃれ合って離れない。二人の老婦人はそれとは無関係に長い立話をしている。犬の拳闘がたまたま逸脱して、鳩の群のほうへ崩れ落ちたので、無数の鳩は一せいに飛び翔った。清一郎と藤子の視野は、つかのま群れ立つ鳩でいっぱいになった。その羽搏きは凝っている空気を粉砕して、一瞬、撒き散らした硝子の破片のような冷たさで頰を打った。

二人はセントラル・パークで、何よりも栗鼠が好きだった。散歩の都度落花生売りの屋台から、殼つき落花生を幾袋も買って、栗鼠たちをおびき寄せた。或る栗鼠は遠くから、片手を胸にあてて、首をかしげて、じっとこちらを見ている。或る栗鼠は落花生の一顆をくわえて、あわてて自分の領域へ戻ってゆく。しかしもっと大胆な栗鼠は、一米も離れないところで、すばやく殼を嚙み割って、その一粒を両手で捧げ持って、長い時間をかけて一粒を喰べた。齧歯類のこまかい白い前歯のうごきは、落葉や曇った空や寂しい木々の風景の中で、一滴の鮮冽な趣きを持っていた。

そして枯木のレエスのかなたには、セントラル・パーク・イーストのビルの列が、模糊として、遠い見しらぬ都市の景観のように見えた。

藤子は栗鼠に落花生をつぎつぎと与えて飽きなかった。清一郎はすぐ飽きた。同じような散歩をした明るい秋の午後に、木々の紅葉の下かげから、まだ少女の年ごろの黒人娼婦(しょうふ)が、つと現われて、こちらへウインクしたのを思い出したりしていた。この白昼の真黒な娼婦は、黒い服に赤い帽子をかぶり、赤い手提を下げ、けばけばしい金髪に染めた髪をして、色の濃い口紅の口もとをゆがめながら、片手を赤茶けた紅葉の樹(き)の幹に支えていた。……

「雪だわ」

と藤子が立上って、冬木の梢を仰いで言った。

清一郎は疑っていた。さし出す掌にも雪は触れなかった。しかし紺いろの外套(がいとう)の袖(そで)に、やがて軽い灰のような雪がまつわって消えるのを見た。

「雪だわ」

ともう一度藤子は言った。すると誇張した子供っぽいはしゃぎ方をはじめた。清一郎はこれを舞踊をでも眺めるようなつもりで眺めた。

彼はいかにも覚悟して実感のない生活をはじめたのであったが、これはあんまり実感がなさすぎた。藤子はふりだしたばかりの心許(こころもと)ない雪で、雪合戦でもはじめるつもりらしかった。

『私たちは若いんだわ』と藤子の身振は語っていた。なるほど清一郎もまだ二十代だった。しかし藤子の考える若さは、彼女が日本から持ち運んできたインターナショナルな観念であって、いつも心のどこかしらで、生活上のドラマを待ち憧れる特質を持っていた。清一郎がもっと年をとっていたら、そういう浅薄な若さを可愛がる気持にもなっただろう。しかし清一郎もそのためにはまだ若すぎた。

――二人は外見上ひどく賑やかに快活に、スケート場のかたわらから、小高い築山の頂きへ登って行った。日本の古い御堂のような六角堂がその頂きにあって、雪のふるなかに、昼からの窓の灯があたたかく見えた。

二人は頂きに達して六角堂を外から眺めた。蒸気に曇った窓のうちらは見えないが、人かげが一杯詰っていて、そのわりに笑い声やざわめきはきこえず、木を打ち合わすような音が戛々とひびいてくる。入口の重い扉に、

ADMISSION FREE

と書いてある。

清一郎が先に立って扉を押した。内部はむっとする強い煖房で、こもっている煙草の煙が人の顔を見えにくくさせていた。さして広くない堂内は一杯の人である。多くのテーブルがあって、それぞれそれを囲んでチェスやチェッカアをやっている人たちがいる。ここはその無料の遊び場らしい。卓のまわりに縁台将棋の弥次馬のような連中が、煙草やパイプを吹かしながら大ぜい立っている。六角の壁をめぐって作りつけのベンチがつづ

いているが、それにも人が隙間なく掛けている。それでいて人声も笑い声も乏しく、誰一人として、入って来た日本人の夫婦に特別の注意を払う様子もない。

目が馴れるにつれて清一郎も藤子も、そこにいるのが老人ばかりであることに気がついた。みんな粗末な服装に白髪や禿げた頭をして、チェッカアの長考をしている額などには、怖ろしいほどの深い皺がある。堂内の一種異様な匂いは老人の匂いである。或る顎には皺が鍾乳洞のように垂れている。皺のあいだには老人性の汚点がひろがっている。わけてもベンチに掛けている老人たちは、ただ煖をとるために、言葉一つ交わすではなく、止り木にとまった鳥のように、鉄のような瞼を半ば下ろして顎をかすかに慄わせていたりする。……そしてこの黒と灰色の重苦しい沈んだ空気の中に、チェッカアやチェスの紅白の駒だけが冴えた色彩を示している。

――藤子は清一郎を促して外へ出た。戸外の寒さが身にしみた。出てゆく夫婦の背後にも、別に好奇心を以て見送るけはいはなかった。ベンチの老人たちは、自分の正面の一米先ぐらいのところを凝然と見て、瞳を動かそうともしていなかった。

「ルンペンたちなのね。可哀想に」

と富んだ父親を思いうかべながら藤子が言った。

「いや、退職年金で暮している連中だよ。暮しには困らない。ただ金の要らない娯しみにしがみついているんだ」

と清一郎が説明した。

藤子の病的な朗らかさは、こんな情景を見たおかげで治ってしまった。清一郎も喋らずにすんだ。二人はやや繁くなった雪を浴びつつ歩いて、公園の東側の歩道をゆき、巨大な青銅の馬上の像が雪のなかに聳え立っているプラザへ出た。

清一郎は一寸立止って、口をあけて、この悲劇的な青銅の英雄の身振りを眺めた。

「何が可笑しいの」

と清一郎の微笑を見咎めて藤子が言った。

「いやね。宮城前の大楠公の銅像を思い出したのさ。いつも昼休みの散歩のときに見ていた」

藤子は今更良人の単純な郷土愛におどろいた。

＊＊
＊

清一郎は一九五一年の白と黒に染め分けたパッカアドを、市中のガレージに月二十五弗で預けていた。通勤には地下鉄を使い、飛行場への人の送迎や、近郊へのドライヴにだけそれを使うのである。

次の土曜、二人はニューヨーク州パーチェズの辰野家から夕食に招かれていたので、車をとりに三十五丁目西のガレージへ行った。

辰野信秀は日本人会の会長だったが、今夜の女主人は、信秀の実妹の山川喜左衛門夫人である。夫人は病身の良人のそばにいるのがいやさに、数年前妻を失った兄をたよって米国漫遊の旅に出て、そのまま兄のもとに居据ってしまったのである。山川喜左衛門の危篤のしらせがあり次第、彼女は日本へ帰らなければならないが、喜左衛門はひどく衰えながらも、例のあやしげな指圧師のおかげで、いまだに寿永らえていた。夫人は故国の良人のことを「あの幽霊」と呼び、

「あの幽霊がまだ生きているのは、私のおかげよ。だって私が万一仏心を出して日本へ帰ったりすれば、あの人はびっくりして死んでしまうに決っていますもの」

なんぞと公言していた。

それでいて夫人は、山川物産を我子のように愛していた。彼女は時たま、思いついたように、物産の社員を兄の邸の晩餐会に招いた。支店長はたびたび招くが、ほかの社員は公平を重んじて順番に招く。今度は清一郎の番であったが、こんな招待はあんまりゾッとしなかった。

パーチェズまでは市中から一時間半あまりの余裕を見ておかねばならぬ。二人はアパートの前でタクシーをとめて、ガレージへいそがせた。ガレージの肥った若者は、眠そうな態度で応対をし、ひどいブルックリン訛でききとりにくい。やっと清一郎のパッカアドが引き出された。数日前雨の日に使って以来、汚れたままの車は硝子を磨いたあと

もなく、あまつさえ電池が空になっていた。清一郎は怒ってすぐ充電をするように言いつけた。夫婦は夕ぐれの寒い戸外で待った。

北風が奔流のように、高い建築のあいだの辻から吹き寄せてきた。外套の下は夜会服の姿の藤子は、ひろい襟を立てて頰を包んで、寒気を防いだ。

「まだなの。一体何をしているの」

「もうじきだよ」

こういう会話が何度か交わされ、交わされるたびに藤子の声が鋭くなった。

「どこか温かいところでお茶でも飲んで待っていたほうがいいことよ」

「待てよ。直ったらすぐ出かけなくちゃならない。時間の余裕がないんだから」

「そんならもっと急かして下さらない」

「二度催促した。……ここは日本じゃない」

「日本人だと思って莫迦にしているんだわ」

「そんなのは日本人の被害妄想だよ。ニューヨークじゃ、ほとんどが外国人なんだから、どこの国がどうだなんて考えていたらむこうが商売になりゃしないんだ」

「そんならこっちだって、日本人の慎しみ深さを捨てたらいいんだわ」

「普通にしていればいいんだ。俺は普通にしている」

「ここに父がいたらどうでしょう。父だったら、誰かアメリカ人の実業家の友だちにすぐ電話をかけて、あのぐうたらの肥った青年を今日中に馘にしてやるように躍起になるわ」

清一郎は、「その通訳を俺がするのか」と言おうと思って、やめた。庫崎弦三は英会話が苦手であった。

藤子が里の父親をむしょうに持ち上げれば、それで清一郎の自尊心が傷つくことを知っていて、この場合は可愛らしい無意識の娘心からではなく、故意にそうしているのだということがありありとわかるので、清一郎は怒るのを差控えた。彼は養子風のけちな自尊心を抱いて、この結婚をはじめたのではなかった。それでいて、他人と同じように、権勢ある父親を持った娘のこんな常套的な意地悪で、ともすると傷つこうとする感情のあるのはふしぎである。それはむしろ別な理由で彼の自尊心を傷つける。何故なら清一郎は、少くとも心の内部、感情の内部では、社会的体面の角突き合いなどを遠く離れた、荒廃だけが残っていると信じたかったからである。

他人の役割を忠実に生きながら、彼は他人の持っているような心とは無縁な筈だった。それだのに、彼の内部にもこんな「他人の感情」が巣喰っていて、世間並の反応を呈しかけるということは、ふしぎであり、不気味である！

しかし清一郎は見事に怒りを抑えた。彼のストイックな修練がこれに役立った。他人の感情の侵入を断乎として押しとどめ、自分の内部の荒廃と真空状態を断乎として守り通すために、ただ他人の役割を借りるというストイシズムは、彼のもっとも大切にしている生活の理論である。外見上はただ我慢しているようにみえる。実はそうではない。彼はただ彼の理論に背馳する感情を駆逐しようと、これ努めているのであった。

修理がおわったのは小一時間あとである。藤子は不機嫌のあまり黙ってしまったが、車が動き出すと、

「はやくヒータァをつけて下さらない。私の手こんなよ」

と手袋をとおす寒気にこごえた手を清一郎の頬に押しつけた。清一郎がちょっと身を除けたのが、藤子の不機嫌を決定的にした。彼女は泣きはじめ、車が四十一丁目東から、イースト・リヴァー河岸のルーズベルト・ドライヴに入って、坦々たる道をマンハッタン島を北上するあいだ泣きつづけた。

こんなパーティーの前の諍いごとまでが、あくまでもアメリカ式だった。清一郎は車を疾駆させながら、悠々と妻が泣き止むのを待っていた。橋を渡ってブロンクスへ入るころ、藤子は泣き止むだろう。それからパーチェズへ着くまで、顔直しに大童になるだろう。この予測は見事に当ったので、若い良人は、自分の人生に対する鳥瞰的な視点に自信を持った。

顔を直しているうちに、藤子は鏡の中に紛れもない日本の女の顔を発見したらしかっ

た。この顔に似合った感情を取り戻す努力が、無意識に働らいて、こう言った。

「御免なさいね。あなたに怒っていたのじゃないの。ただ、とても寒くて、とても心細くなっただけ。……それにふだん一人でいるときの淋しさが爆発したんだと思うの」

それから急に藤子のシニックな側面が頭をもたげた。

「私、女らしくめそめそしようと思えばいつでもできるのよ。それにあなたの黙って我慢している顔って好き。私、泣きながら、ときどきちらちら見ていたんだけれど、目を動かそうともしないんですもの」

清一郎は折れて、自分から藤子の父親のことを持ち出した。

「山川夫人は君のおやじの永遠の女性だぜ。君も山川夫人には気に入られなくちゃならんのだ」

パーチェズは鬱蒼たる木立のあいだに宏壮な館が、それぞれ趣きのことなる庭園を控えて、点在している村であった。ここに住む人たちは富有で独特の気取りをもち、ここのカントリー・クラブは十九世紀末の創設にかかるものだった。

辰野信秀は子爵の次男坊で、そのむかし米国に渡って一度も故国にかえらず、早川雪洲がハリウッドで売り出していた当時、ボストンの社交界で勇名を馳せ、ボストンの名門の令嬢と結婚して、その後ニューヨークに移り住み、一生何もしないで、日本人会の会長に祭り上げられ、戦争中も抑留を免かれ、しかも渡米当時の財産を今日まで着実に殖やして来た人である。こうした「何もしない人種」は日本では一人のこらず没落したのに、信秀の成功の秘訣は、アメリカで古い日本の貴族主義を一歩も譲らずに守り通した点にあった。

自分の良人に引きかえて、山川夫人はこの兄を天晴れだと思っていた。彼女を山川喜左衛門男爵に妻わせたのも、渡米前の信秀の布石であって、太平洋戦争がはじまるまで、信秀は山川物産を自分の金庫のように考えていた。尤も山川財閥傘下の会社の外債募集の折には、信秀が顔をきかせたことが一再ではなかったが、しかも、信秀は一度だって役つきになろうとはしなかった。

パーチェズの家には寝室が十七あった。山川夫人は客用寝室の一等見晴らしのいい部屋を占領していた。数年間の居候を、彼女自身は何とも思っていなかった。この人たちはお金の問題を五十年単位で考えていた。過去に兄は物産から十分に恩恵を受けたのだし、ここ数年彼女が世話になっても、ハーバード大学の教授をしている混血児の長男が、将来物産から十分の恩恵に浴することになるだろう。それに、兄の妻は数年前にすでに死んでいた。ここの家のパーティーでは、山川夫人がホステスをつとめる必要があった。そういう職務のために生れてきたような彼女であるのに、日本ではその機会がますます乏しくなっていたのである。

「華族を売り物にすることよ」

と、妻を失った兄のもとへ来て、夫人が最初に言ったのはこのことだった。

「山川物産はもう売り物になりません」

「僕はよくそれを知っている。四十年来それをやって来たんだから」

「日本では華族の称号は、もう古道具屋の勲章みたいなものだけれど、ここでは私を誰にも男爵夫人と紹介して下さらなくちゃいけません」

「あなたのような元気のいい女を、亡命貴族だと思うのはむつかしい」

「でもとにかく日本の華族なら、痩せても枯れても、そこらの貧民窟にわんさといるイタリイの公爵や伯爵夫人より、まだ値打がありますわ」

清一郎は戦災前の東京の旧市内の一劃が、ニューヨーク郊外に忽然とよみがえったような、常磐木の林に囲まれた古い落着いた様式の宏壮な館の、馬車廻しにパッカアドを乗り入れた。老いた執事が出て来て、夫婦を迎えた。

藤子は少なからず緊張していた。その様子を清一郎は見てとって微笑した。それもその筈だった。この戦後派の実業家の娘は、清一郎よりもずっと強く、古い山川総本家の威勢を父親から頭に叩き込まれていて、今は良人の前に父親の威信を誇るゆとりもなく、永らく伝説の光輝に包まれていた父親の主筋の夫人その人にお目通りをするのであった。

「泣いたあとのように見えないでしょうね。私、すぐ目が腫れるんだから」

手鏡だけではまだ心配で、パーチェズ村へ入るころから、清一郎にこうきいた。

「一時間の遅刻だわ。どうしよう。正直に、ありのままをお話ししたほうがいいんだわ。そうじゃなくて？」

と不安そうに清一郎の意見をきいたりした。こういうことはすべて日頃の藤子に似合わしからぬ態度だった。藤子は田舎娘のようにおどおどしていた。そして良人の「単純な」心が、一向怖れを知らないで堂々とした態度を見せているのに、あらためて感服した。車がいよいよ着こうというときには、感嘆のあまり子供らしくこう訊いた。

「あなた怖くないの」

「何を怖がることがあるもんか。俺はもともと『評判のいい人間』なんだ」

とブレーキをかけながら、清一郎は恬淡に答えた。

山川夫人が二人を客のすべてに紹介した。そのなかには丁度紐育へ来遊している日本の元王族夫妻や、紐育の日本商工会議所の会頭や、紐育総領事や、日本へ帰任の途中のポルトガル大使夫妻などの主だった日本人のほかに、いずれも中年以上のアメリカ人の夫妻が七組ほどいた。

清一郎は山川夫人という女を興深く眺めた。この五十というより六十にちかい女は、わるびれずに白髪を見せて、少しも滑稽な若さの仮装をしていなかった。しかも口紅を濃く塗ったアメリカ人の老婦人の間に置くと、夫人は際立って若々しく威勢よく見えた。その首筋を立てたしゃんとした物腰、立派な鼻と鋭い目は、いささか愛嬌に乏しいながら、高貴で権高で、夜の服の似合う堂々たる肩をして、あたりを払う感じがあった。顔の皮膚はたしかに衰えており、夫人自身その衰えを隠していないが、シャンデリアの下に照りかがやく裸の肩は、あでやかで、脂肪が乗って、まるで三十女の肩であった。

顔立ちの似通いは少しもなく、年も親子ほどちがうこの人が、清一郎に、何故かしら鏡子をしきりに思い出させた。境遇の点では夫人はいわば鏡子の拡大図であり、世界地図の上に置いた鏡子だった。清一郎のこんな印象は今日はじめてのものではなかった。着任のとき、藤子はまだ非公式の渡米なので遠慮して、清一郎一人が支店長に連れられて挨拶に出たが、そのほんの短かい謁見の初対面にも、彼は同じ感想を抱いたのである。しかし態度のそっけなさ、その冷たい無関心と公平を旨とした親切心は、鏡子とはまるでちがっていた。隠遁者でありながら、夫人は半ば公的な存在だった。それにもかかわらず、鏡子の家に漂っていた空気とどことなく同種のもの、あの空気を一そう微妙に変質させ、拡大させ、深化させ、人目にわかりにくくさせたようなものが、玄関の閾をまたぐより早く、清一郎には感じられたのである。

山川夫人には、そのあまり笑わない口もとや、あまり愛嬌を見せない目もとに、一種の狷介な精神があふれていた。こんな女がどんなに良人を愛さないか、よく想像された。

彼女は昔の豪奢を片時も忘れていなかった。

清一郎はやや遠くから、客の誰彼に応対する夫人の目を観察していたが、この目にはたえず批評がひらめき、人間をきびしく弁別し、地位や財産に少しも迷わず、凡庸な人間をはっきり軽蔑している目であった。

客の一人に見るから凡庸な男がいた。太って、ちんちくりんで、日本では知名な文化人で、四十いくつになってのはじめての外国旅行で、英語がちっとも喋れず、各地の日本人社会を渡って歩いている男である。山川夫人がこの男を見る目つきは、まるで滑稽なぶざまな甲虫類、たとえば糞ころがしと云った虫をでも見ているようだった。

「きさしにまさる怖い方だわ」

とすっかりおびえてしまった藤子は、良人に囁いた。夫人は藤子を小娘のように見たのである。

室内装飾はヴィクトリア朝様式と日本趣味とのまことにぴったりした混淆で、こういう混淆は日本人の客にも古くから馴染のある感を与えた。ダアク・マホガニイの飾棚は漆器ともよく合うし、螺鈿や七宝や古い支那の陶器ともよく合った。猫脚の家具は桃山屛風の前で引立ち、さかんに焰の立っている煖炉の上では、伊太利産大理石の炉棚が古九谷の大きな花瓶を載せていた。

客はまだ食前の酒を呑んでいた。そして辰野信秀が戦前日本から呼んだコックは、給仕が運ぶ前菜の盆の一つ一つに、食物の箱庭を拵えて、その富士山や鳥居や神社や寺や池や太鼓橋や鶴などの趣向で、毎度お客の喝采を博していた。

支店長が山川夫人のゆるしを得て、日本製のカメラを携えて、清一郎夫婦のほうへ寄って来た。

「折角の機会ですから、奥様にひとつお入りねがって、杉本君夫婦のいい記念になるように……」

夫人は夫婦の間に躊躇なく辷り入って、夫婦には何の挨拶もなく、正面切ってカメラに臨んだ。清一郎は夫人のあらわな肩が酔いのためにひどく熱しているのを気配で感じた。カメラは焦点を合わせるのに、大そう手間取った。米人が一人、日本のカメラにしつこい興味を示して、ますます神経質な撮影者の邪魔をした。

「この写真を見たら、家内の親父がさぞ羨ましがることでしょう」

「ああ、庫崎さんね。……そう、私も若かったわ」と夫人はあいかわらず、きっかりした横顔を見せたまま、乾いた気持のよい声で言った。「一九二七年でしたわ。インドへはじめて旅行に行ったとき、あの人に案内していただいたのよ。よく覚えていますわ」

「あれ以来しょっちゅう、親父は奥様の夢を見るそうです」

「うなされてらっしゃるのね、可哀想に」

藤子の動顚して息も詰りそうにしている気配が、夫人の肩をとおして清一郎にまで伝わった。

「いまだにうなされているようですよ」

「まあ執念深いのね、私としたことが」

夫人は今度ははっきり清一郎に顔を向けて、ラテン系の女がよくするように、愕きの目をみひらいてみせた。そこでシャッターが切られたので、支店長は大声で注意を喚起した。他の客の注意までがこちらに向いてしまった。

「大人しくしていましょうね」

と夫人は正面を向いた。するとダイヤの指環の指が清一郎の手の甲に触れた。そのあいだも夫人は黙っていなかった。

「なんて下手な写真屋さんでしょう」

そして例の昆虫を見るような目つきで、支店長とカメラを冷然と見据えた。

――藤子は動悸がなかなか静まらない。こんな良人の一面をはじめて見たのである。それは全く大胆以上の振舞で、清一郎の馴れ馴れしい口調は、夫人をまるでバアの女のように扱っていた。

清一郎も自分に愕いていた。彼は夫人に語りかけるときに鏡子に語りかけるような気がしてきて、われしらず戒律に背いて、かつて鏡子の家以外で人に示したことのない彼自身の片鱗を見せたのである。それは才気というほどのものではなかったが、実に自然な軽蔑好きの調子が出ていた。彼は快活になった。そして夫人の軽蔑好きと、この小さな流れるような会話が、よく符節を合していたことに自信を持った。

『これからもこの人とは、こういう調子で行ける』と思った。『それに愉快なことに、俺は夫人と二人で、まず庫崎弦三を笑いものにしてのけたんだ』

しかし夫人と二人と離れて、やがて一隅に良人と二人きりになった藤子は、自分の父親が笑い物にされたというような印象をまるきり持っていなかった。藤子は一旦愕き、われに返り、むかしのシニックな快活さを取り戻して、良人を声援した。

「あなたって度胸があるのね。私見直したわ」

煖炉の前の椅子で、一人の米国婦人が日本製の卵の玩具と取り組んでいた。それは一種の箱根細工で、多くの大小の木片の複雑な組合せで卵の形をしているのであるが、一度解体したら、容易に元の卵の形には納まらないのである。このややこしい作業に興味を持って、見物人がいっぱいまわりにたかっていた。

米国婦人は、どうやってみても卵の一部分に穴があいたり、別の一部分が角を生やしたりする成行にくさくさして、とうとう悲鳴をあげ、卵を放り出した。次に日本の元王族が、むっちりした指に卵をうけとり、また丹念に解きほぐして組み立てはじめた。

清一郎が気がつくと、藤子はサロンのはるか離れた壁際で、中年の米人夫婦の虜になっていた。そのそばには総領事もいた。遠い藤子の姿は、子供子供して、かえって華やかに見えた。

清一郎は又しても、自分の手の甲にさわる棘（とげ）のような指環の冷やかさを感じた。今度はそれが、心なしか彼の手の甲を押すのであった。

「こんな卵のおかげで、ホステスが息が抜けるのよ」と山川夫人が、清一郎に話しかけていた。「ホステスというものは、ああいう卵みたいなのが理想的なんだわ。ややっこしくて、不可解で、謎（なぞ）そのもので、材料はしかもただの木片（きぎれ）というようなのが」

「あなたは不適任ですね」

「そう。私は謎めいたことがきらいなの」

夫人はカクテル・グラスの平衡をとりながら、清一郎を、二人だけの会話のできる一隅へ誘導した。黒地の七宝の花瓶に日本風に挿（さ）した楓（メイプル）の紅葉の枝が、二人を人々から遮（さえぎ）った。

「どんなスポーツをやっていらしたの？」

と夫人が訊いた。

『そら来たぞ。いつもながらの最初の誤解。俺はスポーツマン・タイプの、気がきいたことも言うが根は単純な男だと思われている』

「いや、あれやこれやかじっただけです」

と清一郎はいっぱしの謙遜の仕方をした。

夫人の口調が急に又権高になり、命令的になり、いそいで、しかし明確に、次のようなことを言った。

「こんな下らないパーティーとはちがって、市内でときどき、実に面白い秘密のパーティーがあるんですよ。行きたかったら、私をパートナァにおしなさい」

「是非おねがいします」

「あなたと見込んだのだから、秘密厳守よ。会社へ電話をかけて日をしらせます。そういうとき私は木村という偽名を使いますから、会社の人に気取られないようにして頂戴ね」

清一郎は実に単純な、気持のよい微笑をうかべてうなずいた。夫人は垂れている彼の指さきを軽く握って、はやばやと離れて行った。

晩餐室の引戸が左右にひろくひらかれ、執事が食事の支度のできたことを客たちに告げた。

元王族は卵の組立てに心を奪われて、食事どころではなかった。それはこの嘗ての王様の小さな版図のように、彼のむっちりした小さな手を手こずらせていた。

「はやく卵焼きにしておしまいなさいよ」

先程の米国婦人が、彼の肩に赤い爪をかけてそう言った。

写真は程なく出来上り、藤子はそれを父へ送った。父の返事は折返し届いた。彼は過去の幻影が現在につながったことの感懐を、日ごろの事務的な短かい手紙とはまるでちがった筆致で書いてきた。かつて日本資本主義の皇后の位にあった人のかたわらに、成長した娘の姿を見ることは彼の大きな喜びで、そのためには山川物産に職を選んだ良人の清一郎にも感謝すべきだと娘に訓えていた。こんな大時代な感情の表白は、藤子をして、少なからず父親を軽蔑させた。それは典型的なお店者の告白だと藤子には思われた。するとそんな父親の感化で夫人に会う前にあれほど夫人を怖れた自分の心情も、急に腹立たしく思い出された。

　夫人の自分に対する冷淡さは何事であろう。彼女はほとんど藤子に口をきかなかった。そのときは大して気にもならなかったのに、何日か経て、殊に父の返事が来た今ごろになって、屈辱感は鮮明に、口惜しさははっきりしてきた。在留邦人全体が藤子に向けている白い眼を、山川夫人が代表しているようにさえ思われた。こうした悲境も、もともと、特別の名目をつけて、清一郎の渡米と同時に藤子を渡米させた親心のおかげだと思うと、自分がそれを切望したことも忘れて、藤子は父親の、感情にもろい性質を怨んだ。そういう娘思いは、いわば俗悪な心情だった。今やこの我儘な娘には、こんな父性愛とお店者根性とが、父について離れぬ一連の安っぽさの表象としか思えなかった。

結婚後一年あまりの妻として、こうした気持は、悉く（ことごと）良人への傾倒に役立つ筈（はず）ではなかったろうか？　しかし清一郎はシカゴへ出張していた。藤子は全くの一人ぼっちだった。

紐育支店の七つの部のうちで、清一郎の属する機械部は、取引金額の多い点でも花形であり、接待のいそがしい点でも一等である。日本から来る客の九割は機械部のお客で、時にはその出迎えのために、部員全部がニューヨークの三つの空港へ行っていることもあった。

ウォール街にあるその古風なオフィスには、百数十人の人が働らいている。日本から来ている正社員は支店長以下の約四十人で、あとは現地採用のエンプロイィである。そのなかには白人もいる。二世もいる。タイピストもいれば、速記者（ステノグラファー）もいる。

清一郎は毎朝九時半には勤めに出て、六時すぎまで働らいた。毎朝出勤すると、一夜のうちに、日本からの電信がテレックス・マシーンに山積している。これを読んで関係メーカーに連絡をとる。又日本からの手紙を頭の中で英訳して、それを口述して、速記者に速記させて、関係メーカーに引合（ひきあい）に出す。これは全く玉石混淆（ぎょくせきこんこう）で、なかには、どうしてこんなものがはるばる太平洋を渡ってきたのかわからない下らない引合もある。これらが清一郎の平常の机仕事である。

紐育へ来ると匆々、清一郎のような若手社員の肩にも、東京本社にいるときの三倍の仕事と三倍の責任がかかって来る。人数が少いので、仕事は忙しく、委されている範囲も広汎である。東京本社では自分の判を書類に捺す機会はめったになかったが、日本なら部長級の捺印なしには出せぬ手紙も、ここでは清一郎の署名で出せるのである。東京からうけとった電報に返信を送るのにも、いちいち課長にお伺いを立てたりする必要がない。

自分の机が俄かにひろくなったようなこういう状態は、清一郎に一種の快感を与えた。もちろんそれは権力の増大ではなく、自由の意識の拡張でもなかった。それはただ、青年がむしょうにあこがれ、むしょうに欲しがるところの、あの社会的手ごたえ、それ自体幻影に他ならない触覚的な実感にすぎなかった。青年たちが地団太踏んで欲しがっているものに、自分の手が少しでも触れ、自分の指が少しでも手垢で汚しているという感覚は、清一郎の好きな感覚だ。青年はそういうものをつかんで、野心を成就させたと云ったり、社会を征服したと信じたりする。青年は何と誇張が好きだろう！　地球を握ったつもりで、一塊の土くれを握って死ぬのだ。

機械部はこのところ主に、電源開発機械や、製鉄会社の合理化計画推進のための新らしい圧延機械の輸入を扱っていた。日本経済の動向の尖端的な形がここに現われていた。

松永安左衛門が永いことわめき立てていた電力近代化計画はようやく実を結び、政府の経済六ヶ年計画に即応して、三十年度を初年度として、電源開発六ヶ年計画が発足していた。それはたちまち日本機械工業の製造能力を超えた超大型のタービンの発注となって現われた。

一方、ヨーロッパに源する鉄鋼景気は、三十年に入ってから、それまで不況に逼塞(ひっそく)していた日本の製鉄業をよみがえらせた。鉱工業生産は増大し、設備投資の余裕を生じた。清一郎は機械部のなかで、この圧延機械の輸入に携わっている。

それ自体が巨(おお)きな鉄の建築物のような大圧延機は、ピッツバーグのマイスター社の有名な製品で、清一郎はその工場を見に行ったとき、小さな人間でありながらこんな機械の仲買をする自分を、サーカスに象を世話するインドの商人のようだと思った。

東亜製鉄がいよいよ圧延機を買うという情報が、山川物産の九州支店から東京本社へもたらされたのは、山川夫人のパーティーの一週間前のことである。東亜製鉄の常務兼技術部長は、二人の有能な技師の連れと共に、はやくも渡米の手続をはじめていた。そのとき紐育では、重要なお客を迎える例にならい、各一流商社間の協定に従って、各社の合同会議がひらかれた。日本で作られたスケジュールをもとにして、各社が公平に、案内や接待の役割を分担するのである。

清一郎の仕事はますます多忙になり、彼の机の周辺は色めいた。東亜製鉄の技術部長は、米国各都市の製鉄所を視察して、そこで使われている圧延機の作動状況を見学し、現場技師の意見をも参酌して、同じ圧延機でも、マイスター社の製品がいいか、それともその競争相手であるストラスバーグ社の製品がいいかを決めるのである。マイスター社の圧延機に決れば、契約はおのずから山川物産のものになり、ストラスバーグ社のそれに決れば、契約は日本商事のものになる。

日本で立てられたスケジュールは、アメリカの会社の慣習に必ずしもそぐわず、アメリカの旅行の便宜に必ずしも叶っていない。そこで清一郎の仕事は日本商事などと連絡しながら、各地の製鉄会社へ長距離電話をかけつづけ、アポイントメントを調節し、ホテルの予約をとり、さまざまな現地事情に合せて決定的なスケジュールを作り上げることである。客を伴って現地へ出かけ、懇ろな案内と接待にこれつとめ、客の判断の秤が少しでも自分の社のほうへ傾いて、数百万弗に及ぶ契約をとるのに成功することである。ストラスバーグ社の圧延機を使っているA・Aスチール社はボルティモアにある。その案内と接待は日本商事の分担である。マイスター社の圧延機を使っているLスチール社はシカゴにある。清一郎は三人の大事なお客と機械部長に随行して、三日間、シカゴへ出張に行ったのである。

部屋の扉をノックする音がした。

「どなた？」

というとノックが止む。扉の外は寂としている。もし藤子が立って行ってドアをあければ、たちまち絨毯を敷いた階段をあわただしく降りて行く靴音が残るだけである。

外部の来客ではないことはわかっている。ちゃんと時間の約束をした客ならば、窄い玄関口に並んでいる部屋数だけのベルのうち、杉本清一郎の名の下のベルを押すであろう。藤子が部屋で又ベルを押してこれに応えると、それが鳴りひびいている須臾のあいだ、玄関の重い扉が自動的にひらくであろう。アメリカの中級アパートのどこにでもあるこの仕掛をとおったのち、来客は階段を昇って来て、はじめて部屋の扉を叩くであろう。

こんないきなりのノックは、同じアパートの住人に決っている。しかもそれが今日はじめてではないのである。いつか遅い朝食を一緒にしたあのあくる日から、フランクはたびたびこれをやった。

そのあくる日、藤子にはすぐそれがフランクだとわかった。だから応えずにだまっていた。しかしそっと近づいて扉に耳をあてた。むこうも寂として窺っている気配がした。まもなく、階段をきしませて下りてゆく靴音が遠ざかった。

こういうことが度重なるにつけて、一度藤子は、黙っていきなり扉をあけたことがある。するとあわただしく降りてゆく靴音がして、それきりになった。

今度のノックは良人が朝の飛行機でシカゴへ出発し、空港まで送った藤子が帰宅して、着換えをしようとしていたときに起ったのである。

——紐育は師走に入っていた。甚だしい寒さは、東京なら一冬に何日あるかないかというほどだ。道を走る枯葉。身を切るような北風。水いろの冬空。それでも撒水車が来る。

世界中で「幸福」という言葉に一等縁のない大都会が、こうしてもっともそれにふさわしい季節に入る。社交シーズンの絶頂であると同時に、孤独の絶頂である十二月。藤子はこの尖鋭な二つのシーズンの対立の、あとのほうに属している自分を、いやでも認めないわけには行かなくなった。東京では、藤子はほっておいても幸福であってふしぎのない種族の人間だった。それが何とも知れない理由によって、紐育では孤独な種族の一人になったのである。本当に孤独に沈潜している人たちに比べると、藤子がさらに不幸なのは、こんな孤独がいかにも自分の身に合わない、理不尽な運命だと思われるからである。藤子が孤独であろう筈はない。しかも藤子は孤独なのだ。

だが、社交界にも幸福はないだろう。一夜の宴のために、パリの料亭で作らせた料理を大西洋横断の飛行機で運ばせる大金持も、決定的に幸福とは縁がないだろう。ヨーロッパの古い各都市はもちろんのこと、アメリカの地方都市や小都会のおのおのに、丁度町いちばんの高い尖塔の風見の雞のような、市民的幸福の理念が棲みついているのに、ニューヨークにだけはそれがなかった。ここでは金持も貧乏人も、みんな幸福に唾をはきかけるような面持をして急いでいた。その意味では、ニューヨークこそ、世界に稀な男性的都会である。女である藤子の孤独の根拠も、そこに幾分かあったにちがいない。藤子は強いて自分を、東京の片隅の小住宅かアパートの一室で、勤めのいそがしい良人の留守を守っている若い妻のように想像しようとする。想像しようとするけれども、そうは行かない。藤子の今いる一室は小さな難破船のように孤立している。外は「外国」という海だ。これほど人に溢れているのに、そこはいわば無人の境である。「ガス燈の輝く巨大な蛮境」。……

きょうのノックは、いつもよりも執拗に二度くりかえされた。藤子は黙っていた。三度目の強いノックがあった。藤子は着換えの手をやめて、扉口へ行って、扉の隙間から声をかけた。

「どなた？」

「フランクです。今下から紙を入れますよ」

不器用に膝をつく気配がして、ドアの下から紙片が辷り入って来た。それにはこう書いてある。

「今晩、食事でも一緒にいかがです。よろしかったら、六時に、この間御一緒に朝食をした菓子屋で待っています」

藤子は怠惰な気持ですぐ返事をした。というのは、何の考慮もせずに、部屋のなかを歩きまわって、ゆっくり鉛筆を探して、又ドアの下から紙片を外へ押し出したのである。さてその鉛筆でOKと書き入れて、鉛筆を探すあいだは鉛筆のことだけを考えて、ドアのむこうではフランクが何か感嘆詞に似たものを発して、ついでそれが、今まで彼の口からきいたことのない口笛に変り、小走りの靴音が階段を跳ね返りながら下りて行った。あとは又しんとしている。

藤子は鏡の前へ行った。いつもと同じように、鏡は絶対に藤子一人だけを映していた。それから仮り住いの落着かない気配をどことなしに漂わせた室内。マンテルピースの上の土人の木彫の面。更紗(さらさ)のベッドカヴァー。奥まったキチネットの白いタイルの色。部屋の中には何も変ったところがない。

『私は今何をしたんだろう。何もしやしない。この部屋に私は永遠に一人っきりだ。何も起りはしない』

藤子は半ば冷え半ば熱した、ぼうっとした頭でそう考える。前髪をもう少し切ったほうがいい、と髪の形を試してみながら思った。

――良人(おっと)が発(た)つ前からのフランクの再々のノックを、藤子は良人に話していなかった。

藤子はそれを少しも不実とは思っていなかった。こんなノックには何の危険性もなく、存在しないも同様だったので、それっぽちのことを告白して、清一郎から、己惚れていると思われたり、又、ただの妄想だと笑われたりすることがいやだったのである。

ふしぎと清一郎は、些少の物事を妄想と考えて顧みない癖があった。藤子は早くから良人のこの傾向に気づいていたが、それを現実主義者の、あるいは野心家の特性だと誤認していた。実はこれこそ、彼の観念上の特質に他ならないのに。

彼はかなり具体的な心配を妻から打明けられても、「妄想さ」と軽く片附ける良人であった。妻の目に映っている具体的な事物、彼女が何の疑いもなく現実と信じているもの、それをそのまま受け入れるのを彼は拒んでいた。妻が「あれは馬車よ」と言う。彼はこういう命令的な現実の指し示し方がきらいだった。彼がいつも見ているのは、なるほど或る見地からして馬車ではあるが、別の見地からすれば馬車ではないものに他ならない。

稀薄な現実、稀薄な空気のなかの息苦しさが歪めて見せるものの相、清一郎の目はそういうものに馴れすぎていた。外国へ来て俄かに事物の親しみのなさに狼狽し、いたずらにどぎまぎして落着きを失う日本人の旅行者を見ると、清一郎は彼らが日本にいたころ、それほど現実を現実として見て疑わなかったことにむしろ愕くのであった。通勤の道すがらの赤いポストが、稀薄な存在だった以上に、ここニューヨークの巨大な建築群が稀薄な幻としか見えない清一郎にとっては、外国ぐらしは易々たるものだった。

「あれは馬車よ」

と藤子が言う。

藤子がそう言ったのは、秋もおわり近い午前一時のフィフス・アヴェニューを、芝居のかえりに地下鉄で一駅手前で下りて、ぶらぶら歩いていたときのことである。突然灰色の馬に牽かれた馬車が深夜の路上にあらわれ、しかもそれが三台も引きつづいて、戛々たるひびきを残して深い夜霧の中へ消えた。それから一ブロック歩いてのち、家のほうへ曲る角のところで、清一郎が急に立止ってこう言った。

「夜中にへんなものが通るんだな」

「あれは馬車よ」

藤子のこの答は、厳密に言って、清一郎の感想に対する正確な答ではなかった。そこには女独特の、現実を一等わかりやすい方法で整理する強力な物差が見えていた。清一郎はこれに反撥を感じた。そこで彼自身が見たものも、たしかに三台の灰色の馬の馬車であったのに、一言の下にこう言ったのである。

「それは君の妄想だよ」

……「それは君の妄想だよ」と、今シカゴへの飛行機の上から、清一郎が藤子の生活を見透していて、ドアの下の紙片のやりとりをも、この一言で片附けてしまうような気がする。

夕方の六時までの時間をどうしよう。これから夕方までゆっくり眠りを蓄えたほうがいいかもしれない。さもなければフランクは、いっそ今直ちに、藤子を連れ出してくれればよかったのだ。

藤子はとりあえず寝間着に着換えた。誰も命ずる者のいないところで、こんなお午ちかくに眠るために、寝間着になった姿がわざとらしく思われた。それは自分一人で、自分に見せるための、滑稽な儀式のようだった。すると眠る理由がなくなってしまった。

寝台に横たわって古い漆喰に亀裂の入った汚れた天井を眺める。首をめぐらして、灰いろの凍てついた空を眺める。いつとしもなく、藤子は日本の性入門書が、しきりに昔の日本男性の無智にもとづく性的横暴と、西欧の男の甘いものやわらかな熟達した慇懃とを、悪と善との見本にして、引き比べていたのに思い及んだ。しかし清一郎は決して粗暴な良人ではなかった。彼の常識的な、健全な、よく心得た、行き届いた愛撫に、西洋人の毛深い白い柔らかな肌ざわりや、強い甘い体臭が、何を加えるかを漠然と考えた。

この国の人の老いやすい例に洩れず、多少額は禿げ上っているけれど、フランクの少年くさい笑窪を刻んだ笑顔が、藤子はきらいではなかった。彼の図々しさと極度の臆病とのおもしろい混淆、おずおずした接近と独特の執念深さ、なかんずく「日本の女」に対する彼の幻想的観念は藤子の気に入っていた。多少の明敏さのおかげで、自分の個性というものに飽き果てたと感じることを好む藤子は、自分が何か抽象的な夢想の対象、うすぼやけた夢の女、東洋の詩の権化みたいなものにされることは、きらいでなかった。

藤子は女らしく、約束の時間に二十分もおくれて行った。フランクは夕刊をひろげて待っていた。そして二言三言話したのち、天気予報によると今晩は雪だそうだ、と言った。

その菓子屋はほんの腰かけの待ち合せ場所だったから、フランクは食前の酒をどこで呑もうかと相談した。すぐ近くだから、プラザ・ホテルのオーク・ルームへ行ってもいい。食事の場所はすでに四十九丁目のル・シャントクレエルにテーブルをとってあるとフランクは言った。

食前の酒を呑むあいだ、フランクは甚だ上機嫌で、ヴェネズエラへ行っているジミイの話ばかりするので、藤子は退屈した。さっき菓子屋で彼の笑顔を見たときに、孤独から救い上げられた思いをしたその一種の感動は、だんだんに薄められ、混濁した。

ジミイ！　ジミイ！　フランクは何度その名を口に上せたかしれなかった。ジミイは何ともいえぬいい奴であり、渋い顔つきをしながら冗談を言い、技師にも似合わず音楽や芝居が好きで、上流社会を軽蔑し、一方ボヘミアンを軽蔑し、仕事については超人的な精力を発揮し、やさしい口調で故郷のヴァージニヤの亡くなったお祖母さんの話もするし、大の日本好きで、それも浮薄な日本趣味ではなく、日本人を本当に敬愛しているし、ネクタイの趣味がよく、エジプト煙草やトルコ煙草をいつも手に入れていてわけてくれるし、親しい仲間と呑めば、自由の女神の真似もやってみせるし、大統領の演説をものすごいブルックリン訛りでなぞってもみせるし、ポーカァが強く、トランプ手品が巧く、……きくほどにジミイは一種の超人、理想的人物、ふしぎな万能の人間のようになった。しかし聴手の藤子の記憶にのこるジミイは、親切で控え目で温かみのある男であることは確かだが、要するに有能で凡庸な、そこらのありふれた「よくやって行く男」にすぎなかった。

壁一面にコンコルド広場の絵を描き、給仕はみんなフランス人で、お客のほとんどがフランス語で注文する料理屋ル・シャントクレエルに落ちついたころ、さすがにジミイの話は尽きて、フランクは今度は自分の仕事の話をはじめた。藤子はこの男が大そう詰らない男であることにだんだん気がついた。もしこれが全部日本語だったら、とても我慢がならないだろう。

藤子は紐育の男たちの夜の制服ともいうべき灰黒色の背広と銀灰色のタイに身を固めたフランクをつらつら眺めた。その襟元からは若々しい首と、若い、血色のよい、表情のゆたかな顔がつき出していて、ひどく地味な身なりのために、そのいきいきとした頭部は一そう裸にみえた。が、日本の同じ年恰好の青年に比べると、肌にははや頽れが兆していて、目の下や小鼻のわきには、かすれた線描きのような皺が走っていた。

ラジオのイヤホーンを耳から外すようにして、藤子はフランクの英語を聴くまいとした。彼女に納得させようとする押しつけがましい話し方が邪魔になる。……聴くまいとすると、もう言葉は何一つ通って来ず、彼の快活なたのしげな表情や口のうごきが、藤子に観照的態度をゆるした。

『これがやさしい、女に親切な、明るいアメリカ青年なんだわ』と藤子は考えた。『これならそんなに私にお似合じゃないこともない。日本の避暑地の青年たちはみんなこれの真似をしていた。真似のほうが魅力的な場合もあったけれど、本物もそんなに悪くない。……いつこの人は私に恋を囁く気だろう。こんな有頂天な様子が、いつしんみりした態度に変るのだろう。……そんなことはどうでもいい。とにかく今、私は孤独を免かれているんだから』

孤独がいつのまにか、あんなにも驕慢だった心をたわめて、藤子を幾分卑屈にしていた。一人でいないですむことなら、彼女は何にでも微笑を向けただろう。藤子は又世間しらずの気持で自分が売笑婦になるのを夢みた。そして想像した。あらゆる売春の原因は、貧乏のせいではなくて孤独のせいだろうと。

フランクがようやく藤子のことを話題にした。その英語はよくきこえ、よくわかった。

「アメリカ人はみんな日本の娘さんをほめる。しかしあなたを見て、僕は日本の奥さんのほうが、娘さんより何倍かすばらしいのを知った。一つ質問するが、あなたは美しいからそんなに警戒心を持っているのか、それとも警戒心は、美しくても美しくなくても、日本の奥さんのもつべきたしなみなんだろうか」

「それが外国人に対する私たちの礼儀作法なんだわ」

と藤子は言った。そして複数の第一人称を使うこんな会話を、少し莫迦(ばか)らしいものに思った。彼女は「われわれ」なんかに興味がなかった。

——戸外は大そう寒かったが、酒が身内を温ためていたので、二人はクリスマスの間近な街のけしきを眺めて歩いた。ロックフェラー・プラザの六十五呎(フイート)の白蝦夷松(しろえぞまつ)のクリスマス・ツリーは、もう出来上って千百の提灯(ちょうちん)と三千の豆電球の明りを入れていた。二人はその下まで行って、お上(のぼ)りさんにまじって喚声をあげ、又眼下に遊戯するアイス・スケートの人たちを眺めた。

藤子は久々に旅人の心になった。旅人の心になれば、何もかも物珍らしく、たのしく光彩を放ってみえる。自分を流竄(るざん)の身だと考えることをよして、世界を眺め変えればいいのだ。

スケータアの首にひらめく黄いろの襟巻、真紅のスカーフ、そういう色の躍動が俄かにいきいきと感じられ、すまして滑っていた老紳士が氷上に見事に転んだのを見て、藤子は声を立てて笑った。その笑いは四方の壁にただ反響を呼ぶだけの笑いではなくて、人間の見交す顔から顔へ波及する笑い、たしかな手ごたえのある笑いであった。世間を眺め変えればいいのだ！　藤子は感謝の眼差をフランクへ向けた。フランクの顔はそこにはなかった。彼の外套の腕は背後から藤子を抱き、その鼻孔は無遠慮に藤子の髪の匂いを嗅いでいた。

フランクが藤子のほとんど知らないグリニッチ・ヴィレッジの数々のナイト・クラブへ案内した。禁酒時代のなつかしい名のスピーク・イージーで小体なレビューを見、ボン・ソワールで寄席芸人の芸を見た。

しかしフランクの案内するクラブは、どこもダンスのできないクラブだった。藤子は東京の青年たちが、ただダンスの体の接触を期待してナイト・クラブへ女友達を誘うのを知っていた。

彼のつつしみ深さと、精力的な大きな図体との、一種おもしろい対照は、藤子に悪くない印象を与えた。哀れな体格で欲望にがつがつしているあの日本の青年たち！　藤子はフランクの毛深い柔らかい大きな掌に、ききわけのよい大人しい子供の健気な魂を感じた。この清教徒のつつましさには、囚人のつつましさに似た魅力があった。『この人は神様のことを考えているのかしら』と藤子は思った。

『いい年をして！』……藤子はいつかしら、自分をこの青年よりもずっと年上の女のように感じた。

『この人は今夜今まで、私に接吻する機会を五度くらい逃がしている』

彼女は時計を見た。すでに夜中の一時であった。それは紐育ではそんなに夜更けの時間ではなかった。

漫才のやりとりにフランクが声をあげて興じながら、藤子にはその英語の洒落が一言も通じないのを、いちいち又わかりやすい英語で説明をしてくれるうるささに、藤子はその説明を可笑しそうにきく義務がいやになった。それは少しもわからない洒落以上に可笑しくなかった。

日本でアメリカ人の奥さんになった友達が、進駐軍放送の漫才を、さも可笑しそうに声を立てて笑いながら聴いているのを、実に軽蔑的に眺めた記憶をよびおこした藤子は、もうその女に似まいとして渋面になった。

するとフランクは、「退屈したか。退屈したなら、すぐ出よう」とか、「気分が悪くなったのじゃないか」とか、うるさく訊くのである。

藤子は首を振った。そして自分をますます不可解な謎の女に見せようとして自分の裡に引き籠(こも)り、ふとうかべた渋面のつづきで、この場にそぐわない古風な固苦しい考えを探した。ハンドバッグから出した手鏡のなかに、藤子はその考えをみつけた。そこに映っているのは一人の日本の女である。酒と夜遊びの疲れが、ほかの人には気附かれないほどだが、自分の目にははっきりとわかる。目の潤(うる)みの中に、目の下の縁(ふち)のしみるような痛みの中に、頬(ほお)のかすかなしかし鋭い翳(かげ)りの中に。

『私は人妻なんだわ。結婚してやっと一年で、しかも良人(おっと)を愛していないわけじゃない』

藤子はシカゴにいる清一郎のことをためしに考えてみ、その名をためしに口の中で呼んでみた。が、良心の呵責(かしゃく)は少しもなく、うしろめたい気持は生れなかった。するとはじめて藤子は安心して、目の前のアメリカ青年に対する自分の気持が、恋などではないことを確かめ得たような気がした。

――そこで藤子は、家へかえりたくなった子供のように率直に、こう言い出すことができたのである。

「私帰るわ」

藤子が部屋に一人になるまでには、多少むつかしい心理的な懸引が要った。ボン・ソワールを出ると、かなりの雪だった。車を拾うのは楽ではなく、雪のなかを歩くうちに、暗い赤煉瓦の建物の片蔭で、フランクは唐突な接吻をした。

その永い接吻のあいだ、フランクは目を閉じ、藤子は目をあいていた。警戒心からそうしたのである。フランクは建物を背にしていたので、彼の背後にはかなり遠い街燈の反映を受けている赤煉瓦の壁が見えた。雪は二人の接吻のあいだにも容赦なく降り込んだ。藤子は彼の長い反りかえった睫に、雪の一ひら二ひらがとまるのを見た。男の顔はずっと高みから俯向けになり、深い影に涵されていた。藤子の髪は、彼の腕で吊り上げられた外套のひろい襟に完全に埋まってしまった。藤子の鼻や口のまわりにも雪のまつわるのが感じられた。接吻よりも雪で窒息しそうだと思った。これでも孤独よりもましだろうか。赤煉瓦の建物の二階に、ひろく開け放った窓の黒いうつろが見えた。どんな寒い晩にも、窓を開け放たなくては眠れない人がいるものだ。藤子はこの窓のうつろを一心に見上げていた。雪がしきりに窓へ降り込んでいた。そこにはきっと闇の中に寝息を立てている、一人ぐらしの、気むずかしい初老の潔癖な衛生家がいるにちがいない。……藤子はやっと目を閉じた。まるで接吻されていることにはじめて気づいたように。

藤子は戯れの接吻なら、結婚前にもたくさん知っていた。だがアメリカ青年の、こんながつがつした真摯は気味がわるかった。彼の接吻は、今までの彼とは別人のようであった。藤子は彼の胸に腕を突っ張って、唇を離した。すると靴の踵がやわらかく石の鋪道の上に下ろされた。

――アパートの部屋へかえるまで、藤子は意地悪な態度を持した。彼女は要するに威厳を保てばよかったのだが、威厳よりもまだ意地悪のほうが女らしいと感じたからだ。フランクは正直に悩む様子を見せた。藤子が自分の部屋の扉を薄目にあけ、その間からすばやく室内の人になって、扉の隙間に目だけを見せて「おやすみ」を言い、忽ち鍵を下ろしてしまったあと、彼の靴音はしばらく部屋の前に低迷していた。藤子もしばらく耳をすましている。が、ノックはして来ない。藤子はバス・ルームへ入って、湯の蛇口をあけた。少女のころ、彼女は考え事をする代りに、お湯に入るのが好きだった。

あくる朝の新聞の見出しにはこうあった。

8 or 9 inches of snow due
――Roads will be icy tonight

その新聞を藤子は待ち兼ねて玄関までとりに行った。昨夜は疲れて風呂から出るとすぐ眠ったのに、思わぬ早朝から目がさめてしまったのである。

窓掛がしらじらと明るいのは雪のためだった。窓に立って、屋上を見ると、厚い雪に包まれていた。吹雪である。積んだ雪のおもてが落着きなく毳立って、そこから雪煙りを時折吹き上げている。

古い朽ちた籐椅子は、しじゅう風にさらされて雪を吹き払われ、背の部分はほとんど雪に埋もれながら、前のほうは籐の編目をはっきりとうかがわせている。吹雪ごしに古い籐の、よみがえったような黄いろい色艶が見えている。そこへ又、塊りをぶつけるように吹きつける雪があって、椅子は夜もすがら、そうして吹雪に弄られて来たのがわかる。

藤子は何故ともなしに、今日も亦、どこかの菓子屋へ行って一人でする朝食のことを思った。フランクの来ない店、たとえばほうぼうの街角にあるシュレフトの支店へ行ってもいい。あそこなら女の客しか来ない。いつもながら小金を貯えた隠居女の群。一人ぐらしの淋しい中年女や老婆たちの群。

雪の日にも老婆の客が入口で大仰に外套の雪をはたきながら入って来て、スタンドに坐って、乞食のような口調で、

May I have a cup of coffee?

とたのむだろう。尊大な若い美男の給仕が、ものぐさな返事をして、多くは返事もせずに、乱暴に受け皿の上に茶碗を乗せて突き出すだろう。その隣りにはいやらしいつんとした中年女がいて、菓子を喰べおわってから、やっとのことで美男の給仕に話しかける機会をつかむだろう。

「きょうは朝の十一時と、午後二時と、今と、これで三回ここへ来てるのよ。この店を買い占めてやるようなもんだわね」

忙しい給仕は返事もしない。そこで女の一日考えあぐねた語りかけは、反響のない空(むな)しい独り言に終ってしまう。……

風に抗して入口でいそがしく畳まれる多くの黒い傘(かさ)。そこから飛び散る雪片。モザイク・タイルの上の薄いぬかるみ。女たちの汚れた雨靴。……『行きたくない。あんな女客の一人になるくらいなら、ここに一人でいて飢えていたほうがましだ』と藤子は思う。しかしこんな感想には誇張がある。藤子は若くて、良人もおり、その上日本人なのだ。

藤子は窓外にふりつづける雪を見ながら、午前中いっぱいを無為にすごした。果物の缶詰(かんづめ)とビスケットと珈琲(コーヒー)でまずい朝食をすまし、鏡の前で長いお化粧をした。鏡に映った寝起きの顔は、今までに見たこともないほど醜くかった。念入りに化粧をしながら、着換えるのが億劫(おっくう)で、寝間着とガウンだけでとおした。今日はひねもすこんな恰好で蟄(ちっ)居(きょ)しようと思っていた。すると自分がひどく自堕落な女のような気がして嬉(うれ)しかった。

藤子は長椅子に寝ころんで、ヴォーグやハーパース・バザアの、何度となく見た頁(ページ)をひるがえした。彼女は一人ぼっちで、部屋には何一つ動くものがなく、ひろい窓いちめんの雪だけが動いている。黄ばんだスクリーンに映された古い無声映画のようにそれが見える。動きが単調で、ギクシャクしていて、永遠に音がきこえて来ないこの機械的な吹雪。

藤子は流行雑誌にも飽きて、小さな住所録の電話番号を読んだ。ニューヨークにいる知人の名前が並んでいる。みんな日本の女で、昼間寄り合いをしてお茶を飲んだり、一緒に映画に出かけたりするのが好きな連中だ。藤子が電話をかければ、甘い声で懐しがり、すぐ遊びに来いと言い、一緒に映画を見にゆき、出し合いで食事をし、まことにたのしく別れて、……あとで「杉本さんの奥さんと遊んであげたわ。とうとうむこうから白旗を掲げて来たわ」と言って廻る連中だ。

　藤子はますます孤独になり、この雪に降りこめられた部屋を牢獄のように感じた。孤独はしかし内部の焔に似ていて、ひどく火照るのだ。冷たい手を頬にあてて、立上って、部屋を歩き廻る。とうとう窓の前に膝まずいて、何も神様など信じていないのに、心で繰り返しこう祈った。

『どうぞ私を助けて！　どうぞ救って下さい。こんな状態から救って下されば何でもします』

　そのとき藤子に一つの思いつきが浮んだ。この窓から投身自殺をしてみよう。しかしそれは贋物の投身自殺である。この窓から吹雪の中へ飛び下りても、雪に柔らかく包まれた薪の束の上をころがって、屋上の雪の上へふんわりと落ちこむだけだろう。だが、窓から飛び下りるだけでも、何程かのことはある。むこうの赤煉瓦の家の裏窓から誰か見ていはすまいか。いっそ誰かが逐一を見ていてくれたほうがいい。裏窓は吹雪のむこうに白い帷を下ろしてしんとしている。その帷のかげから、一つの黒い目が、じっと、多大の興味を持って一部始終を監視しているような気がする。他人の狂気に対する無私の共感。……藤子は他ならぬ良人の目が、もっともこの種の共感に適しているのを知らなかった。

藤子は思い切って窓硝子(ガラス)を上げた。いきなり吹雪が真向から目つぶしを喰わせた。深呼吸をした。咽喉(のど)の奥まで雪がとび込んできた。雪が彼女の熱い炉のような内部で融(と)けてゆく心持。藤子は口に出して言った。「ああ、いい気持！」

そのときドアがノックされた。藤子はほとんど耳を貸さなかった。さらにノックされる。二度目はためらいがちに。三度目は堂々たる権利を以(もっ)て。……藤子はそんな叩(たた)き方のために、良人が自室のドアをノックしたことは一度もないのに、てっきり急に帰宅した清一郎のノックだと感じた。あけはなした窓をそのままにして、彼女は走って行って、ドアを大きくあけた。

立っているのは赤いスウェーターを着たフランクであった。彼はドアをうしろ手に閉め、当然のように室内に入って来た。そうして、窓からの吹雪に荒らされている室内を見た。雪は寝乱れたままのベッドの上にまで散っていた。仄暗(ほのぐら)い室内で、鮮明に波立っている純白のシーツは、雪が室内を犯しているようである。炉棚(ろだな)の上の土人の赤黒い仮面の頬にも、幾ひらの雪が届いている。

「一体どうしたんです」

フランクは自分の部屋を荒らされた人のように、さっさと窓を閉めて、藤子のそばへ近づいた。その手が藤子の肩に載せられた。

「どうしたんです」

彼は大きな掌で藤子の頰をはさんでこう言った。

「どうしたんです。こんな氷のような頰をして」

＊＊＊

妻は常のように、出張からかえった清一郎を飛行場に出迎えた。昔気質のところのある清一郎は、妻に仕事の成否をすぐ喋ったりしなかった。しかし彼の疲れ果ててはいてもいきいきとした表情や、飛行場で別れぎわに、「きょうはもう会社へ寄らずにゆっくり休みたまえ。あとはもう安心だから」と言った機械部長のねぎらいの言葉で、妻は十分仕事の成功を察しただろうと清一郎は感じた。

夫婦は家へまっすぐかえらずに、よく行く三番街のキング・オブ・ザ・シーという魚料理屋で、給仕女が鬚をぶらさげて持って来る大蝦をブロイルさせて、白葡萄酒で祝杯をあげた。清一郎は留守中の大雪の話を訊いた。妻ははかばかしい返事をしなかった。

ニューヨークへ来てから、彼はときどき妻のこういう表情に親しんでいた。彼自身がどう手の施しようもない病菌に、妻がだんだん犯されてゆくのを見ることは、彼に一種の慰めを与えた。『この女もいずれは俺と同じようになるだろう。どんな病菌にも免疫の精神を作るほかはないことを知るようになるだろう。そのとき俺は妻の代りに、一個の親友を持つことになるだろう』

　さるにてもそれは気の永い期待だった。彼は夫婦間の心の距離などという小市民的な考えを軽蔑していた。歩み寄る必要が彼には感じられなかった。彼は水車のように永遠に同じところで廻りつづけ、妻は散歩者のように、そのまわりを近づきつつ遠ざかりつすればよいのだった。そのうちにあの等しなみの破滅がやって来て、すべてを呑み込んでしまう。

「シルバー・ミンクはどうしたい？」

と白葡萄酒にやや頰を染めている清一郎は訊いた。藤子はちらと彼を見上げた。『こいつは追いつめられた女スパイという様子をしている』と良人は思った。しかし藤子は意外な返事をした。

「シルバー・ミンク？　もう欲しくなくなったわ」

　シルバー・ミンクのストールについては、一寸した経済上のゆきがかりがある。まず藤子はそれを欲しがった。父にたのんで、いつものように、或る米人を通じて小遣を送ってもらえば、買うことができる。しかし藤子はそれを清一郎からクリスマスの贈物としてもらいたいのである。が、シルバー・ミンクのストールは何分高価で、彼の月給では手が届かない。どうしても自分の望みをとおしたい藤子は、とうとう良人にすべてを打明けて、父の友人の米人のところへ清一郎が金をとりにゆき、あたかも清一郎が買ったもののようにして、クリスマスの贈物にしてほしいと言ったのである。

それが欲しくなくなったという一言で、清一郎は妻がふだんとは決定的にちがった状態にあることに気がついた。しかし清一郎は、良人たちの常套的な質問、「一体どうしたんだい」などという質問を決して発しない男だった。彼はただ、妻が又何か新らしい妄想にとらわれていると思った。

夫婦は食後すぐアパートメントに帰った。清一郎が窓をあけ、薪を運び入れた。そのとき吹き込む風の冷たさ、あげられた窓硝子、良人のうつむいた後姿を見て、藤子は一寸体を慄わせた。

清一郎が煖炉に薪を焚いた。火を起すのが巧いのである。雪のしみ入った薪がしきりにはぜた。やがて、解き放たれたように、炎がゆらりと上る。夫婦はその前に坐って、募ってゆく炎を眺めていた。足もとの絨毯があたたまって立てる馴染のある匂いがした。

清一郎はこうして煖炉の火を見ているうちに、その身はいつしか鏡子の家に来ているような気がした。ニューヨークにいるときはさほどでもないのに、一寸旅へ出ると鏡子の家のことを思い出す。あの狂おしい無秩序崇拝、あの自由、あの無関心、しかもあそこにいつも漂っていた一種の熱烈な友愛の雰囲気(ふんいき)、……そういうもの一切を、清一郎はその炎の中に見るのである。自分の耳のすぐかたわらで、鏡子がこう言い出しそうな気がする。

「あなたは虜(とりこ)の生き方を選んだんだわ。檻(おり)の中へ自分から入ることで、自分が猛獣だということを証明しようなんて、あなた以外に思いつきそうもない考えね。あなたが猛獣だということを知っているのは、でも世界中にあなた一人なんだわ」

……藤子はしめやかに泣きだした。良人の仕事の成功に涙のお返しをするようなこの我儘(わがまま)な女は、しかし清一郎の好みに叶(かな)っていた。少くとも泣いているときの藤子は、機智をふりまわしているときの藤子よりもましだった。清一郎はシニックな、ピアノを奏(かな)でるような手つきで、うつむいている妻の髪を撫(な)でた。すると妻は勢いよくそれをはねつけた。

藤子は昨晩ほとんど一睡もしないで、良人に告白する時を待ちながら、自分をその悲劇的な瞬間へ投げ込むきっかけをあれこれと考えていたのである。藤子に浮んだ智恵は涙だけだった。……フランクとの一部始終は、彼女にとって少しも快楽ではなかった。あとの悔いと、こんなにも熾烈(しれつ)な告白の要求を考え合わせると、藤子には、自分がただ怖(おそ)ろしい千載一遇の告白の機会に逢(あ)うためだけに、わざわざあやまちを犯したような気がして来た。

清一郎は頑なに黙っていた。「どうしたんだ?」などと訊くことは、彼が自分の性格を破壊することだった。しかし思いやつれた妻の後れ毛が、炎を背に慄える影をえがいているのを見ると、彼にも何だか、新らしい人生上の経験が目の前にくりひろげられそうな予感がした。怖れてはいなかったが、彼は身構えた。『あらゆるお化けというやつを俺は信じない』

藤子がおずおずと、清一郎の留守の間のさびしさ、身をさいなむ孤独について訴え出した。常にかわるその謙虚な調子に清一郎はおどろいた。彼は手持無沙汰になって更に火をくべた。人生が日常的なテンポを脱して、一種劇的な色彩を帯びることは、彼の好みではなかった。それは人生の越権行為ともいうべきで、彼は妻のつつしみのなさをたしなめたい気になった。それを察したかのように、藤子が吃りながらこう言った。

「今更口をつぐませようとなさるの。ここまで来てやめてしまえるとお思いになるの」

次に藤子が明らかに期待していたのは、「何を?」という問い返しである。しかし良人の岩乗な顎と鋭い目は、炎に照らされて、何の感情もあらわさない重苦しい胸像の顔のように押し黙っていた。その顎のところに、いつもながらの不器用な安全剃刀の傷あとが見えた。ふいに藤子は、良人が今にも自分の言うことを妄想と片附けそうな不安にかられて、一気に言った。

「私、あなたのお留守に、してはいけないことをしてしまったの、他の男の人と」

清一郎は愕かなかった。「他の男の人」というこの言葉には、えもいわれぬ滑稽な響きがあった。『俺の身にも、こうして凡庸な事件の起る余地があるとは！』……それがあんまりお誂え向きの凡庸さだったので、彼はそれを自分が注文して誂えた事件のように感じた。しかし清一郎はなお自分の性格を護って決して「誰と？」なんぞとは訊かなかった。

藤子は期待した問い返しが得られない焦躁から、自分で予期していた以上に果敢になった。

「誰とだと思って？　誰とだと思って？　フランクとよ」

と彼女は勝ち誇ったように言った。これをきいた清一郎の顔が藤子にはひどく愚かしく見えた。

清一郎は安心して、自分の愚かしい表情をさらけ出していた。『相手もあろうにフランクと！　フランクはフランクで、相手もあろうに俺の女房と！……藤子はあいつのことをまだ知っていない。全然知っちゃいない。あいつがジミイと、永いあいだ男同士の夫婦だということを』

清一郎はこの瞬間に、憐憫からか、ひそかな意地の悪さからか知らないが、ジミイとフランクの関係については、金輪際妻に知らせまいと決心した。こんな決心は急速度に来て、彼の日ごろ信じている愚かしい人間社会の像を見事に完成させてくれる手助けをした。これこそは崩壊に急いでいる、ばかばかしい、戯画的な世界像で、ぴったり彼の好みに合っていた。人間相互の不可知論の鍵を彼が手の内に握っており、彼はいわばその小さな世界における神だった。

並の人間ならこんな喜劇的な溝を、深淵と見あやまるだろう。彼は咄嗟に、峻吉や収や夏雄のことを考えた。彼は深淵などというものを絶対に信じなかった。それが彼の彼らとちがっている唯一の点だった。深淵だの、地獄だの、悲劇だの、破局だのというやつは、青春特有のロマンチックな偏見であって、あの来るべき一般的な破滅が唯一のものなのである。すべてはそれへの過程にくりかえされる喜劇的な事態……。

清一郎が云うに云われぬ表情をして、あんまり永いこと黙っているので、藤子は良人の怒りの静けさに薄気味わるくなった。彼女は良人が日ごろの冷静さを一擲して、すさまじい憤怒を見せるだろうと期待していたのである。いつまで待っても、それは見られなかった。

「私もうフランクには会わないわ。一日も早く他所のアパートへ移るわけに行かないかしら。こんなことをくどくど言訳をしてもはじまらないけれど、決して私が求めてやったことではないの。本当に追いつめられて、そうなったことなんですの。私がさびしさのあまり自殺しようとした。そこへフランクが助けにあらわれたんですもの」

清一郎は妻の言葉があんまりロマネスクで、委曲を尽しすぎていると思った。あらゆる告白は誇張を免かれない。しかも告白者は、自分の誇張が相手に信じられないのを見て愕くのである。藤子は顔を近づけ、ほとんど良人の体をゆすぶらんばかりにして言った。

「何故そんな顔をなさるの？　私が罪を犯したんですのよ、あなたのお留守に」

「罪だって？　そんな大袈裟な言葉を使うもんじゃない」

清一郎はこんなまるきり実質のない罪を告げている妻の顔を、水族館の硝子の壁を隔てて魚の顔を眺めるように眺めていた。彼がその罪に実質のないことをあんまりはっきり知っているので、すべては嘘のように思われた。

「まだ信じていらっしゃらないんだわ！　私がふざけて、嘘を言ってると思っていらっしゃるんだわ！」

藤子は憤然と立上って、奇術師のように、吸殻のいっぱい詰った灰皿を持って来た。

「あなたの煙草とちがうでしょう。みんなフランクの喫んでいるベンソン・アンド・ヘッジスだわ」

「不用意な男だな」

清一郎はすすめられたボンボンをつまむようにして、その二三本をとって煖炉の炎に投げ入れた。忽ち火が移り、炎の中に一きわ強い金いろの火がゆらめいた。

妻がこうして証拠物件まで取揃えているのを見ると、告白の誠実さには疑いがないが、何事をも軽率に信じようとしない良人の性格を、よく呑み込んでいることもはっきりわかった。こんな吸殻の蒐集は、良人の気心を弁えた妻の家庭的な用意というべきだった。彼は正しく妻の不貞を前にして、世間にもめずらしいほどの、疑り深い良人であった。

……清一郎には事態の喜劇的な輪郭ばかりがますます明瞭に見えて来た。煖炉の焔が、曲馬団で使う火の輪のように見える。女猛獣使の藤子が、片手でその輪をかかげ、片手で鞭を床に鳴らしている。くぐれ！　早くくぐれ！　清一郎は一声高く吼えて、その輪をくぐればよいのである。

彼は怠け者の臆病な獣のように、その燃えている輪を見つめていた。誰でもが、衝動や怒りによって、われしらず怯懦を征服して、やすやすとくぐるその輪であった。いつもの清一郎なら、あの決して人に本心を見せぬという意識だけで、それを乗り切っただろうと思われる。

しかし笑っている彼の心は、到底こんな勇気に達しなかった。彼は輪のまわりをぐるぐるとまわり、匂いをかぎ、なまけ、尻尾を巻いて、引返して寝ころんだ。そしてできるかぎり厳そかな調子でこう言った。

「俺は怒らないよ。あやまちはあやまちで仕方がない。もうフランクとは会わないがいい」

藤子の顔にはありありと失望の色が現われた。

「なぜ怒らないの。なぜ責めないの。なぜ恕(ゆる)すの」

彼女は膝(ひざ)を正して絨毯の上に日本流に坐(すわ)って、その目は片方だけが煖炉の炎を反映して、体全体が熱しているのがわかった。

「外国ぐらしでは、そういうことが往々にしてあるんだよ。もう二度と同じあやまちをくりかえさなければいい。そうして忘れるんだね。少しも早く」

「でも私は罪を犯したんです。なぜ叱(しか)らないの。なぜ打たないの」

こういうドラマチックな藤子はひたすら可憐(かれん)で、子供らしく見えた。藤子は良人が怒り、責め、罰してくれさえしたら、そのとき自分は本当に孤独から救われると思ったのである。これはどこから来た確信かわからなかったが、この甘やかされて育った女は、そういう瞬間に人生上の期待をかけすぎていた。晴雨を占う子供のように、ただやみくもに、良人が自分を手きびしく罰してくれたら孤独から救われ、そうでなければ今までよりももっと癒(い)やしがたい孤独に沈むだろうと自分で決めていたのである。

そこで藤子の失望はやすやすと恐怖に変った。恐怖からのがれるために、彼女は闇(やみ)の中に手をのばして、一等世俗的な観念にしがみついた。それはほっとするような、単純な、すべてがそれ一つで解決してしまう明るい観念であった。

『私は忘れていたわ。こんな瞬間にも、この人は単純な野心家にすぎないんだわ。私や、私のお父さまから離れるのを怖がっている。私をつまらないことで責め立てて、御機嫌(ごきげん)をそこねたら損だと思っているんだわ。そうだ。それにちがいない。この人は最初に私が見抜いたとおり、優しい曲者(くせもの)で、こういう時にも自分の役割を忘れようとしない人なんだわ』

藤子はそう思って、すべての世俗的な卑(いや)しさを良人に託(かず)けてしまったが、自分の内部に在ったものは何も見えなかった。良人が社会的にも経済的にも彼女を離れて行かぬだろうという自信が、そもそもあんな告白の勇気のもとをなしていたのに気づかなかった。ようよう藤子の心は平らかになった。涙を拭(ぬぐ)い、にっこりして、日頃のシニックな態度を取り戻した。清一郎をからかうようにこう言った。

「あなたって本当にやさしいのね。今しみじみわかったわ」

藤子は自分のうかべている微笑が、絶対に不誠実な微笑だということを、何とかして良人に伝えようと試みた。フランクと逢っていたあいだ何度か練習を重ねたあの娼婦(しょうふ)の微笑だということを。

このとき清一郎は清一郎で、さっき咄嗟のあいだに、何故フランクとジミイとの醜聞を妻に隠しておこうと決心したか、その理由においおい気がついた。彼は妻の架空の情事、架空の罪、架空の告白を尊重しようと、心に決めたのだった。それは妻が念入りに、十分な思案の末に拵えたもので、妻の作る料理の悪口を決して言わない彼は、妻の作ったこんな情事の悪口をも言わないことにしたのである。それを傷つけ、その幻影をぶちこわし、妻を新たな気味のわるい絶望に沈めることは、いずれは彼がこれまで築いてきたその日その日の硝子製の現実をもぶちこわす端緒になるだろう。とまれ彼はあの破滅の日まで生き抜かねばならなかった。

他人の幻影を尊重すること、これが清一郎の人生訓の最も大切な条文だった。それこそ人生の第一義であり、この世を絶対に不誠実に、絶対に不真面目に生き抜くための、最大の要諦だった。

清一郎はふたたび、十分気持のいい単純さと率直さ、明るい声、スポーツマンらしい鈍感な誠実さ、……こういうくさぐさのものを身につけて、かねて仕馴れた「他人の役」を演じはじめた。

「大事なのは世間態だ」と清一郎は言った。「こんな問題は永久に俺と君との秘密にして、どんな親しい友だちにも打明けてはいけない。いつでも記憶を掘り起してくれるのは親切な友人たちで、自分だけの秘密にしてしまえば、記憶でさえだんだん消えてしまう。フランクには僕からよく話して反省を求めよう。新らしいアパートは早速探そう。何だったら又しばらくホテル住いをしたっていい。アップ・タウンのほうには、閑静で、わりに安いホテルがいくらもある筈だ。……君もこの機会に、引込思案を捨てて、いやな日本人たちとも積極的に附合うんだね。一人でいるよりは、悪口の嵐の中にいたほうが退屈しないよ。そのうちそれが小鳥の囀りにきこえてくる。男はみんなそういう風にして生きているんだ」

「あなたの仰言るとおりにするわ」

と藤子は言った。

清一郎は悲しげな顔をしてみせた。

「俺は今夜ひどく疲れている。しかし君のあんな話をきいたあとで寝られるかどうか」

この絵に描いたような模範的な良人の前で、藤子は今度は何となく高みから見下ろすような心境になって、彼に同情し、心がいたんだ。

「悪い奥さんね。ニューヨークにいる日本人の奥さんのうちで、きっと私が一等悪い奥さんだわ。でも明日から、私、すっかり変るだろうと思うの。これからはどんなことをしてでも、いい奥さんになりたいの。ホット・エッグ・ノッグを作りましょうか。あれなら体が温まって、お寝みになれると思うのよ」

「そう。ホット・エッグ・ノッグを作ってくれ」

と清一郎は絨毯の上にながながと体を延ばして言った。

＊＊
＊＊

これほど見事な態度を持しても、清一郎がおいおい自分の傷に気がついたのはたしかで、その証拠に、彼はあくる日早速鏡子に手紙を書き、洗いざらいぶちまけてしまった。

「僕はコキュになった。しかもあんまり類例のない、一風変ったコキュだ。……」

というのがその手紙の書き出しである。

彼は何故ともなく、独身時代に、会社のかえりに女を買いにゆき、そのあとで進駐軍払下げの子供っぽい器械に取組んで遊んだ初夏の夜を思い出した。自分自身とのちっぽけな親密さを取り戻すための小さな試み。……彼はしかし自分の感情を、大げさな言葉で宥めるほうが巧かった。

『ともあれ、俺は欺瞞への奉仕を完成したんだ』

それは彼が、偶然あの恰好な切札を握っていたせいにすぎなかった。その切札のお蔭で彼は勝ったのだ。そうでなかったら、こんなに平静でいられたかどうか自信がない。清一郎は他人の希むものを希む。が、他人がいつもコキュであることを希むわけではないのである。

この勝利の偶然性、この奉仕のまぐれ当りが、何か危ない橋を渡ったあとのような感懐になって彼の心の中に澱んでいた。山川夫人から会社へ電話がかかった。木村という偽名を使ったその電話口で、夫人のあけすけな声がひびいた。

夫人は金曜の夜、アップ・タウンの西側のあまり名前のとおらないホテルでのパーティーを彼に告げた。キューバ人の砂糖業者ロメロ氏が、そのホテルの九階全部を借り切っている。そこに約五十人の客が招かれて、乱痴気騒ぎをする、というのである。ロメロはバチスタ政府のほとんどと親戚筋で、アメリカ資本と結んでプランテイションを営み、ハバナの賭博場を経営し、かたがた反政府軍への武器の密輸にも携わっているらしい、ということを、その晩清一郎は待ち合わせた酒場で、夫人からきいた。

その晩の夫人が、打って変って小娘のようにはしゃいでいたので、柄にもなく感傷的になっていた清一郎は、鏡子の家にいるときの口調で、妻の「罪」を洗いざらい喋ってしまった。

「ニューヨークには、男色の男を口説くことだけに興味を感じる女がいくらもいるわ。お宅がそれとは反対のケースで、奥さんがそういうタイプの女性ではなかったことを、神様に感謝なさい。奥さんはただ淋しかっただけなんでしょう。それは一種の狂言自殺みたいなもので、貴下の注意を惹きたかっただけのことなのよ。でも奥さんがそれだけのことをしたら、貴下だって、今夜仕たい放題のことをなさったらいいんだわ。……それから何か言って置くことがなかったかしら。そうだわ。今夜のパーティーでは懐中物を用心したほうがよくってよ。ハバナから出稼ぎに来ている素姓の知れない女も沢山いますから」

それから夫人は急に思いついたように清一郎に訊いた。

「それでその、何と云ったかしら、奥さんの相手のアメリカ人」

「フランクですか」

「ええ、フランク。その人に、あなたはもうちゃんと話はつけたの？」

「あくる日押しかけて行って油を搾ってやりました。僕がフランクの秘密を妻にまだ洩らしていないというと、とても感謝して、喜んで泣いていました。妙な心理ですね。そこで僕は、君がもう一度女房に手を出したら、君の秘密を女房にぶちまけてやる、とおどかしたんです。奴さんは喜んで手を切ることを承知しましたよ」

「一つ伺うけど、あなたはどうして彼の秘密を知ったの？」

「ニューヨークへ来て匆々、仕事の関係で会社へ出入りしていたジミイが、僕に接近して来たんです。ある晩一緒に呑んで、自分とフランクとの秘密を僕にみんな喋った上で、僕を口説いてかかったんです。僕は勿論はねつけてやりましたが、それからもただの友達でいてくれと向うが言って、部屋まで貸してくれることになったんです」

「おやおや、あなたが男らしい東洋人の魅力の権化になったわけね。男色家は男の性的魅力については、女よりずっと目が肥えています。女はもっと男色家に学ばなければいけないわ。女の打算や浅墓なナルシシズムが、男の魅力に対して、女を盲らにしているんだわね。その結果、女は盲らであることで、何一つ得をしていないんですもの」

午後九時に二人はタクシーでホテルに到着した。あたりはしんとして、ハドスン河に臨むリヴァサイド・パークの冬木立がかたわらに見えた。窄(せま)いロビイに、くすぐられているような女の笑い声がひびいていた。それはロビイの一角のバアからきこえて来るのである。

昇降機を待つあいだ、女の笑い声は断続してきこえた。他には何の物音もない。客の姿もない。伊太利(イタリイ)人らしい太った中年の男が、フロントを離れて、奥のデスクで一心に帳簿をしらべているのが見える。昇降機の各階の数字のあかりが、十二階から七階までようよう下りて来たと思うと、また思い直したように上って九階で止った。

ベル・ボオイがやって来て、白い手袋の指先で、二人のためにもう一度釦(ボタン)を押してくれながら、片目をつぶって、

「今夜は昇降機まで酔払っている」

と言った。

昇降機の中で見る山川夫人はシルバー・ミンクのコートの肩を少し抜いて、薄紫のサテンの洋服と共切れの帽子をかぶって、低い天井からの照明を浴びて、威風堂々たる姿だった。彼女はその白髪までも、衣裳(いしょう)の一部にして着こなしていた。今あやしげなパー

ティーへゆくとも見えず、新造船の進水式へでも出かけるような、いかめしい式典風の顔つきをしていた。

九階で下りて、廊下をよぎって、つきあたりのドアのベルを押すと、タクシードに白タイの老いた黒人の給仕が恭しく出迎えた。忽ちラテン音楽のレコードの騒音が耳を搏ち、室内の異常な暑さが頰に迫った。

室内は仄暗かったが、これと言って変った様子は見られなかった。ロメロ氏が現われて、清一郎と初対面の挨拶をした。彼は典型的なキューバ人で、鼻下に髭を蓄え、太り肉で、人なつこい滑稽な大きな目、大仰な話しぶりにつれて瞳が天辺まで吊り上るラテン風な目をしていた。それは金輪際考えない瞳であった。毛だらけの指にはダイヤの指環をはめて、お国風の肩の怒ったダブルの背広を着ていた。

ロメロ氏が客のそれぞれに、山川夫人の耳打ちに従って、夫人をハナコ、清一郎をタロウと紹介した。名前なんかはどうでもよかった。

「何ということもない気取ったパーティーですね」

「今はそうですよ。今に見ていらっしゃい。あの男は皆に見られて何するのが好きだし、あの痩せた女はすぐ裸になりたがるわ。他の女は知らない。あの若い男は、五十歳以上の女だけが好きなんです。それからあの年寄りの、肥った、ブラジルの銀行家と来たら！　まあ見ていてごらんなさい。この気取った人たちがみんな獣になるんです」

「あなたもですか」

「さあね。私はとにかく滑稽なものを見るのが死ぬほど好きなの。私はそのためにここへ来るんですわ」

清一郎は間もなくキューバから来た混血の女と親しくなった。女は褐色の肌をして、英語が不得手で、ハバナでテレヴィジョンのショウでチャチャを踊っていたと言った。その肌の色は乾燥した沈んだ光沢を持っていて、熱帯の銘木のようである。光線が当ると、滑らかな肌のおもてが金粉を塗ったように照る。白人よりはるかに緊密な、汚点も生毛もない肌には、細い体軀であるのに、その底に太陽の弾力を秘めているような感じがある。髪は漆黒で長く、スペイン風の顔立ちをしていて、影にいても眼の白いところがときどきつややかに光る。女は怖ろしいほど酒をたくさん呑んだ。

山川夫人は五十歳以上の女が好きだという神経質そうな美しい青年としきりに話していた。どこまで芝居かわからないが、青年はしきりにおびえるような、度の過ぎた謙遜の態度を示し、うかべる笑いが一つ一つ相手の意を迎えていた。青年は細い膝をそろえ、金髪のリーゼント・スタイルの大きな重い髪を、ときどきふざけて、夫人の胸にぶつけて笑った。夫人と清一郎の目が会うとき、夫人の顔にはまことに疑いようのない友愛の微笑がうかんだ。その微笑を見るたびに、清一郎はここが鏡子の家だという安心感でいっぱいになった。

フランス人の金持らしい女がいて、このごろ手に入れた春本のコレクションの話をしていた。その中にはサン・ルク子爵夫人の「肉の華」だの、一八九〇年出版の「シテエル島の新らしき逸楽」だの、又フランスの古典的春本であるエルキュウル・フールケーズ作「アグネス尼の勇気」なんぞがある。このフランス女は眼鏡をかけた学究的風貌で、こういうことを学問的な口調で話した。あとで山川夫人からきくと、この女はレスビアンだそうである。

席はようやく乱れて、女たちは心おきなく裸かになった。寝室への出入りも頻繁になった。清一郎はキューバ女と一緒に寝室へ行ったが、続き部屋のどこにも二つ三つ寝台があり、部屋はいずれも仄暗く、きつい香水や体臭と溜息に満ちていた。清一郎が女の手を引いて、空いた寝台を探してまわる道すがら、闇のなかにほの白い尻をいくつも見た。ある尻は動き、ある尻は死んだように眠っていた。

「早くいらっしゃい！　早くいらっしゃい。はじまるわよ」

清一郎はこういう日本語に、うたた寝の目をさまされた。一つの部屋の入口に、或る者は全裸の、或る者は首まできちんと釦をかけた思い思いの身なりの客が、押しかさなって、一心に部屋の中を見つめていた。清一郎は山川夫人の肩ごしに室内を眺めた。

二本の裸蠟燭のきびしい光りが目を射る。それをブラジル人の老銀行家が両手に持って、寝室の中央に佇んでいるのである。

まわりの寝台には全裸の女が四五人折り重なって、それぞれ鎌首をもたげるように、思いがけないところから首をもたげ、頰杖をついて、老銀行家の姿を眺めている。老銀行家はまる裸である。皮下脂肪が思うさま沈着して、脇腹に肉のたるみをえがいて、腹はおそろしいほど突き出ている。そしてその白い肌に半ば浮游するように赤茶けた体毛が繁茂している。禿げた頭には蠟燭の光りが届くが、巨大な腹から下は闇に包まれている。

ブラジル人は爛々と光る目で正面を見据えている。正面には部屋の戸口に押し重なっている見物人がいるきりだが、彼の目が見ているのはそれではない。彼自身にしか見えない空間の一点の或る存在を見詰めているのである。

そのうちにブラジル人のぶざまな肥った体軀は、立ったまま小刻みに慄え出した。腹のあたりの肉が微妙にゼリーのように揺れている。それに従って、裸蠟燭をかざした両手がだんだんに、ごく徐々に前方へ寄せられてくる。指の上に蠟を垂らしながら、左右から蠟燭のまばゆい炎が、少しずつ正面へ向って相寄って来る。老銀行家の全身の痙攣は甚だしくなり、額には汗が粒立っている。瞳がいそがしく、右左の蠟燭の炎へ向けられる。二個の焰はようやく、男の目の前で一つに合しようとする。しかし慄えている手で支えられている焔はたえず動揺している。

……やっとのことで、ブラジル人は目の前で二本の蠟燭を合致させた。その瞬間にブラジル人は射精した。見物人たちは一せいに、「おお!」とばかげた叫びをあげた。

清一郎は幸い裸かではなかったので、さっきからきちんと着たままの夫人と肩を並べて、酒をとりにもとの客間へ戻った。

「どう? こんな滑稽な見世物はなくってよ」

「僕もこんなばかげたものは見たことがありません」

「ここは地獄かもしれないわね。でも地獄は滑稽だわ。笑い声も出ないくらい」

「奥さんは厳粛なものがつくづく嫌(きら)いですね」

「あの銀行家だって、自分のオフィスでは、せいぜい厳粛な顔ができるのでしょうよ。でも因果なことに人間は、一つの顔では我慢できないのね。身を滅ぼしてまで滑稽に奉仕するのね。それも喜んで」

「あれがあのブラジル人にとって、自分自身になりきる瞬間なんですね。自分自身になろうとすれば、滑稽地獄に身を落すほかはないんですかね」

「誰でもそうよ」と夫人は確信に充(み)ちて言った。「一人の例外もありません」

それから時ならぬことを思い出す夫人の癖でこう言った。

「ああ銀行家で思い出したわ。あなた御存知？　山川物産の社長がきのう脳溢血で倒れたのよ。後任の社長は、もう決ったも同然だけれど、あなたのお岳父さまよ」

第十章

一九五六年の四月はじめ、このごろ来客の途絶えている鏡子の家に、夜八時すぎの不意の客があった。鏡子は十歳になった真砂子の勉強を見てやっていた。客の名をきくなり、真砂子ははしゃぎだして、勉強をほったらかして、玄関へとんで行った。夏雄が来たのである。

夏雄は小ざっぱりした灰色の春の背広を着て、若々しい臙脂の斜め縞のネクタイを締めていた。髪は清潔に刈り上げ、痩せてはいても、顔の色艶にはむかしのような子供らしい活気が蘇っていた。

「何て久しぶり。それにあなたの変ったこと。どこにでもいる大人しい良家の坊ちゃんという感じよ、あなたは」

鏡子は玄関先でまずそれを言った。それでいて鏡子にはかすかな期待外れがあった。もとならこんな夜の突然の訪問客は清一郎に決っていたので、玄関のベルが鳴ったとき、鏡子は、ありえないことながら、紐育から前触れなしに帰って来た清一郎の訪れかと思ったのである。

真砂子は夏雄にまつわりついて離れなかった。しかし一昨年の夏、彼のズボンにつかまっていた真砂子は、今では彼と辛(かろ)うじて腕を組むまでになっていた。

「しばらく見ないうちに大きくなったね」

と夏雄は快活にお世辞を言った。真砂子はあくまで子供らしい媚(こ)びでそれに答えた。体はそろそろ少女らしくすんなりしているのに、真砂子は跳んだりはねたりをやめなかった。

客間へとおった夏雄は、室内を見廻して嘆声をあげた。

「やあ、すっかりきれいになっちゃったな。まるで新築みたいだな」

嵐(あらし)のたびに雨水の流れ込んだ仏蘭西(フランス)窓も、しっかりした新らしい木枠(きわく)をはめられて、前よりも堅固にいかつく見えた。古ぼけた椅子(いす)はみんな貼(は)り替えられ、壁紙ももとと同じ模様ながら、貼り替えたばかりでは異様に明るく、軽薄に見えた。壁紙のそこかしこの額の掛け替えのあとの、あの懐(なつか)しい色のまだらもなくなってしまった。何よりもこの部屋の夜のあかりが、今までの二倍の明るさに見えるのは、煙草(たばこ)の煙の脂(やに)や埃(ほこり)に汚れるままになっていたシャンデリヤの硝子(ガラス)が、隈(くま)なく磨(みが)かれたためであった。

礼儀正しい夏雄はその理由を訊(き)かなかったし、鏡子も敢(あえ)て説明しなかった。夏雄は今や馴染(なじ)みにくく見える、昔何度も坐(すわ)った長椅子に腰を下ろした。

「勉強していたんだね」

と彼はテエブルの上の数学のノートをとりあげた。真砂子が大仰にさわいで、彼の手からノートを取り返した。夏雄の目にはわずかに稚拙な数字の連なりが瞥見されたにすぎなかった。

「そう、勉強をしていたのよ」

と代りに鏡子が言った。そう言う鏡子の身なりは以前に比べてよほど渋好みになり、二度と女給やダンサーにまちがえられる惧れはなさそうである。化粧も心なしか薄くなっている。それが却って鏡子を若返らせた。

「記念館の森の桜はどうなんだ」

「今丁度満開よ」

鏡子は立って行って、仏蘭西窓の帷をあけた。月があかるいので、硝子ごしに遠くの森の輪郭が見える。夏雄は硝子に映る自分の顔を避けて、顔を斜めにして、遠い森の只中に巨木の桜がひろげている白い花のさかりを眺めた。それは澄んだ夜空の下の、艶やかに黒い森の夜景に、しらじらとはびこった黴のようだった。

女中が紅茶と菓子を運んできた。すると真砂子が一人でキャビネットから、コニャックの瓶と二つのグラスを運んで来た。

「どちらでもいいほうを上って頂戴」

と真砂子は言った。

「これがこの子の最大の歓待なのよ。ほかのお客様には決してしないわ」

と鏡子が笑いながら言った。あいかわらずこの家の教育方針はこれだと夏雄は思った。そしてコニャックの杯を両手で揺らしながら、こう言った。

「僕は今日お別れに来たんだよ。もうじき日本を発つんだ」

「前にも清ちゃんがそんな風にお別れに来たことがあったわ。家は駅か港みたいだわね。そしてどこへ行くの」

「メキシコへ行くんだ。でも僕が儲けたお金で行くんじゃない」と謙譲な夏雄は附加えた。「おやじが絵の勉強に行かしてくれるんだ。日本画家も、ああいうギラギラした色彩の国へ行くほうがいい、美術館の絵より自然のほうがいい先生だ、って、これは僕の考え出したことなんだよ」

「そう。丁度いいときにお別れに来てくれたわ。もう二三日遅かったら、こうしてしんみりお別れのお酒を呑むこともできなかったでしょう」

夏雄ははじめて、何故？　ときいた。鏡子は手短かに説明した。あさって、いよいよ良人がこの家へ帰ってくるのである。すべての準備は整い、すべての手続は終って、母娘はすっかり昔の生活にかえる気構えになっている。家の修理も、良人の遣わした職人が毎日来ていたあげく、つい昨日完成を見たのである。

「そいつは知らなかった」と夏雄は一種の感慨をこめて言った。「それじゃあこれで、僕たちの鏡子の家もおしまいになるんだね」

「あさってからは、ここはもう鏡子の家じゃないわ。世間のどこにでもある親子三人の家庭がどっしりと根を据え、誰も好き勝手な時間に来ることはできなくなり、私は朝、良人をお勤めに、子供を学校へ送り出してから、PTAの奥様附合でもはじめることになるでしょう。想像できて？　私とPTAの組合せなんてふしぎなことが」

「しかし、そうできる自信があるんだろう」

「自信なんて」と鏡子は倦そうに言った。「自信なんて別にないわ。愚かな退屈な奥さんたちは、多分、当分のあいだは私の気にさわるでしょう。でもそのうち我慢できるようになるでしょう。他人の色事と他人の夢とで、私は風を孕んだ帆のようにふくらんで暮したけれど、これからは凪が来るんだわ。もう船はエンジンで勝手に動き、私はそしらぬ顔をしていればいいんだわ。ごらんなさい。私はもう病気から治ったの」

「別の病気にかかったんじゃないのかな」

「いいえ、私は治ったの。この世界がぶよぶよした、どうにでもなる、在ると思えば在り、ないと思えばないように見えるという病気から治ったの。この世界はこれでなかなかしっかりしているんだわ。職人気質の指物師が作った抽斗のようにきちんとして、押しても突いてもびくともせず、どんな夢も蝕むことができないようにできているんだわ。

赤いらんらんとした片方の目には頂戴。赤いらんらんとした片方の目には服従と書いてあり、もう片方の目には忍耐と書いてあり、大きな二つの鼻の穴からは煙が出ていて、その煙が中空に希望という字を描き、だらりと垂れた大きな舌は食紅を塗ったように真赤で、そこに幸福と書いてあって、咽喉の奥には未来という字が浮んで見えるの」

「何とグロテスクな神様だな」

「私はこれから三百六十五日、この神様の前に香煙を焚き、お供物を捧げることにしたの。この神様がどんなにグロテスクでも、人間の顔をしているのはいいことだわ。気が向いたらその口に接吻することだってできるんですもの。

人生という邪教、それは飛切りの邪教だわ。私はそれを信じることにしたの。生きようとしないで生きること、現在という首なしの馬にまたがって走ること、……そんなことは怖ろしいことのように思えたけれど、邪教を信じてみればわけもないのよ。単調さが怖かったり、退屈が怖かったりしたのも病気だったのね。くりかえし、単調、退屈、……そういうものはどんな冒険よりも、永い時間酔わせてくれるお酒だわ。もう目をさまさなければいいんです。できるだけ永く酔えることが第一。そうすればお酒の銘柄なんぞに文句を言うことがあって？」

夏雄はこんな長広舌に圧せられて黙ってしまった。二人はしばらく静かにコニャックを吞んでいる。真砂子は数学の勉強をするふりをしながら、大人の会話に聴耳を立てている。ふしぎなことに、ここにはすでに、以前のような嘲笑的なところは少しもない、平静な家庭の雰囲気があった。夏雄は自分が世にもつまらないタイプの良人になったような心地がした。

春らしい風の吹き騒がない晩である。杯の中のコニャックが、揺れるたびに、円い硝子の内側に、透明な雲形のまだらを残す。夏雄の舌はこの強い酒のために熱して、何かもうここの家で発することのできない強烈な言葉を口にふくんで納めているような気がする。以前ここへしばしば来ていたころは、寡黙で、微笑しているばかりの彼であったのに。

鏡子はと見ると、その薄い唇や、支那風の美しい顔立ちは昔のままで、何が鏡子の考えをこんなに変えたのか知ることができない。しっかりした首筋、豊かな胸もとも、明るすぎる燈火の下に、冷たいアカデミックなデッサンの線のように、肉体の輪郭を描いてみせているだけである。それだけに夏雄は、鏡子の体を、こんなに手をとるような実在感を以て感じたことがなかった。

自分の考えを追い払うように、夏雄が喋りだした。

「峻ちゃんも収ちゃんも清ちゃんも、結局、君のいわゆる邪教を信じなかったわけなんだな。清ちゃんはとにかくそれで頑張るだろう。彼はとにかく頑張るだろう」

「ええ、頑張っているわ。ときどき手紙をよこすわ。でもあの人みたいに幸福を軽蔑しつづけて生きることは、女にとっては無理な相談ね」

「峻ちゃんは右翼の結社に入ってしまった。彼は実に男らしい男だけれど、男であるにすぎないから、発明の才がなかったんだ」

「あなたって、清ちゃんみたいなものの言い方をするようになったのね」

と鏡子は愕いていた。

「そりゃあ僕だっていろいろ影響を受けたさ」

「私はあなたが、一等人の影響を受けにくい人だと思っていたわ」

「それは収ちゃんだろう。彼はすべてを自分の肉体から発明して、人の姿も見えず、人の声もきこえないままに、すべてを自分の肉体の破滅で解決してしまったんだ。……みんな外れ弾だった。どうしてだろう。みんな外れ弾だった」

「センチメンタルになることはないわ」

と鏡子はかなり手きびしい調子で言った。或る感慨を抑えているとき、彼女のやさしい顔は急に引きしまって怖くなった。

「それよりあなたはどうしたの？　すっかり元気になって、前よりもずっとお喋りになって、メキシコへ行こうなんて急に言い出す。私はもう自分の好奇心がそんなに勝手に動き出さないように、注意しなければいけないんだけど、今日が最後だから訊いてもいいと思うの。あなたが神秘的な考えに熱中していることはきいていたわ。去年の夏だったわね。それからどうしているのか、聞かして頂戴ね」

「僕かい？」

と夏雄は微笑したが、その微笑には臆した翳はなかった。はじめから話そうと思ってこの家へ来たのである。彼は長椅子の上で、一しきり伸びをして、それから体をかがめて、両手でコニャックの杯を包むようにしながら話し出した。

……………………。

僕が神秘から治ったのは、実際僕が治ったのか、それとも神秘から見離されたのか、それともはじめから僕と神秘とが相通じていなかったのか、そのへんはよくわからない。鎮魂玉も何の効験もなく、肉体的な苦行も何一つ僕に齎らすものがなかった。ただ僕の心は深く死と闇に占められていた。現実の世界のはっきりしたもののかたちは、僕の心に何も訴えないままになっていた。

神秘の魅力というものは本当に伝えにくい。酒を呑まない人に酒の魅力を伝えるのは、これよりずっと易しいにちがいない。その魅力の第一は、われわれに世界の縁のところにいるという感じを抱かせてくれることだ。それは丁度極地の探検や、処女峰の征服に似ていて、自分が人間の住む世界の外れの外れまで歩いてきて、身一つで、直に他界に接しているという思いなのだ。神秘が一度心に抱かれると、われわれは、人間界の、人間精神の外れの外れまで、一息に歩いて来てしまう。そこの景観は独自なもので、すべての人間的なものは自分の背後に、遠い都会の眺めのように纏めの結晶にかがやいて見え、一方、自分の前には、目のくらむような空無が屹立している。

僕は画家だから、こういう精神の辺境の眺めはよく承知しているつもりでいた。でも、画家はそこに立って、造型を完成すれば、又カンヴァスを折りたたんで、人間たちの聚落へ帰って来るのだ。神秘家たちはそれでは満ち足りない。神秘家たちのもっとも重要な仕事は、この世とあの世の交信、実体と虚無との交信ということだ。

一度こういう世界の果て、精神の辺境に立ったものなら、探検家や登山家もおそらくそうだろうが、きわめて自然に、自分を人間の代表だと感じるだろう。神秘家たちの確信もそれと似たものだ。なぜならその場所で目に映る人間の姿としては、自分以外にはないからだ。

僕は画家だから、その地点を、魂などとは呼ばず、人間の縁と呼んでいた。もし魂というものがあるなら、霊魂が存在するなら、それは人間の内部に奥深くひそむものではなくて、人間の外部へ延ばした触手の尖端、人間の一等外側の縁でなければならない。その輪郭、その外縁をはみ出したら、もはや人間ではなくなるような、ぎりぎりの縁でなければならない。

僕が外界へだけ向けられた目をもち、自分の内部についぞ注意を払わず、森や夕空や花や静物の美しさにだけ魅せられる人間でありながら、どうして神秘に没入したかが、こんな説明でわかるだろう。僕はありありと目に見える外界へ進んで行った。その道をまっすぐ歩いてゆく。すると当然のように、僕は神秘にぶつかった。外部へ外部へと歩いて行って、いつのまにか、僕は人間の縁のところまで来ていたのだ。

神秘家と知性の人とが、ここで背中合せになる。知性の人は、ここまで歩いてきて、急に人間界のほうへ振向く。すると彼の目には人間界のすべてが小さな模型のように、解釈しやすい数式のように見える。世界政治の動向も、経済の帰趨も、青年層の不平不満も、芸術の行き詰りも、およそ人間精神の関与するものなら、彼には、簡単な数式のように解けてしまい、あいまいな謎はすこしも残さず、言葉は過度に明晰になる。……しかし神秘家はここで決定的に人間界へ背を向けてしまい、世界の解釈を放棄し、その言葉はすみずみまでおどろな謎に充たされてしまう。

でも今になってよく考えると、僕は結局、知性の人でもなく、神秘家でもなく、やはり画家だったのだと思う。過度の明晰も、暗い謎も、どちらも僕のものではなかった。人間の縁のところまで来たとき、僕は人間界へ背を向けることもできず、又人間界へ皮肉な冷たい親和の微笑を以て振返ることもできず、ひたすら世界喪失の感情のなかに、浮び漂っていたのだと思う。

僕の目は鎮魂玉に集中することはできず、おそるおそる周囲の闇のなかを見まわした。

するとそこには、同じ死と闇のなかに、世界喪失の感情に打ち砕かれて、漂っている多くの若者たちの顔が見えた。ここまで歩いてきたのは僕一人ではなかった。そのなかには血みどろな美しい死顔も見え、傷ついた顔も、必死に目をみひらいている顔も見えた。

……

僕は何度か諦めながら、この冬一杯、まだ神秘にしがみついていた。中橋房江先生のところへも何度か行った。僕の体は消耗しつくしていたが、それでも重い病気にもならず、ふしぎな生命力が僕を支えていた。それは要するにただ、僕が若いというだけのことなのだったろう。

神秘に傾倒するようになってから、僕は画室に花を置くことを禁じていた。その色彩、その官能的な匂いが、僕には一途に神秘の妨げになるように感じられたからだ。

春のまだ浅いころ、或る朝、僕は思わぬ寝坊をした。冬のあいだあんなに短かい睡眠に自分を馴らしていたのに、時ならぬ温かさが、心の弛みを作ったのにちがいない。画室の一隅のソファ・ベッドの白いシーツの上に、僕は起き上った。そのとき白い枕のそばに、一茎の水仙が横たえられているのに気づいた。

僕は怒ろうとしたが、思い止まった。枕のかたわらの水仙はいかにも自然に置かれていて、僕の目ざめを待っていたかのようである。

今君にこんな話をするにつけ、そのころの僕の特殊の心理状態を呑み込んでもらわぬことには、君は笑い出してしまうにちがいない。なるほど今の僕なら、君もそう思うのと同じように、即座にこんな水仙を、家人の悪戯か、あるいは家人の心づくしかと感じただろう。しかしそのころの僕はまだそうではなかった。

　窓からさし入る朝の光りのうちに、僕は寝床に半ば体を起したまま、じっと枕のそばの水仙と相対していた。防音装置の画室には、外からの物音が何もしなかった。朝の光りの中の水仙と僕とは、そこで全くの沈黙の裡に、二人きりでいることができたのだ。

　そのとき僕が思いついたことがある。これはきっと霊界からの賜物なのだ。去年の夏以来の永い精進の果てに、或る早春の朝、こうしてさえざえとした水仙の一茎が、霊界から僕へ贈られ、不可見の花の精気は凝って、こんな白い明瞭な花の形に具現したのだ！

　僕はしばらく恍惚とした歓びに我を忘れていた。永い精進はむだではなかった。僕は固い葉に鎧われた緑の茎を手にとって、ひらいた花を目のあたりにつくづく見た。

　花は実に清冽な姿をしていた。一点のけがれもなく、花弁の一枚一枚が今生れたように匂いやかで、今まで蕾の中に固く畳まれていたあとは、旭をうけて微妙な起伏する線を、花弁のおもてに正確にえがいていた。それは実に正確な形象だったので、僕はゆくりなくも宋代花鳥画の気品の高い写実、なかんずく徽宗帝の水仙鶉図を思い出した。

僕は飽かず水仙の花を眺めつづけた。花は徐々に僕の心に沁み渡り、そのみじんもあいまいなところのない形態は、絃楽器の弾奏のように心に響き渡った。

そのうちに僕は何だか、自分を裏切っているような気がしだした。これは果して霊界の贈り物だろうか。霊界のものが、これほど疑いのない形象の完全さで、目の前に迫ることがあるだろうか。すべて虚無に属する物事は、ああも思われこうも思われるという、心象のたよりなさによって世界が動揺する、その只中に現われるものではないだろうか。僕の目が水仙を見、これが疑いもなく一茎の水仙であり、見る僕と見られる水仙とが、堅固な一つの世界に属していると感じられる、これこそ現実の特徴ではないだろうか。するとこの水仙の花は、正しく現実の花なのではないか。

そう考えた僕は、一瞬言おうような[sic]ない気味のわるさにかられて、花を寝床の上に放り出そうとしたくらいだ。僕にはその花が急に生きているように感じられたのである。

……僕にはその花が急に生きているように感じられた。それはただの物象でもなく、ただの形態でもなかった。おそらく中橋先生に言わせたら、僕はその瞬間、清らかな白い水仙の花を透視して、透明になった花の只中に花の霊魂を見たのだったろう。永い艱苦の果てに先生が竜を見たように、僕は水仙の霊魂を見たのだ、と先生は言っただろう。しかし、僕の心はそのときはっきり、こんな考えから遠ざかっていた。もしこの水仙の花が現実の花でなかったら、僕がそもそもこうして存在して呼吸している筈はないと考えられた。

僕は片手に水仙を持ったまま寝床から立って、久しくあけない窓をあけに行った。すると早春の日ざしのなかに、今年はじめての和やかな風の運んでくる、ものの匂いや音のかずかずが、俄かに僕の耳を領した。

家は高台になっているので、遠いデパートやビル街やそこにうかぶ広告気球や、高架線の上を光って走る電車までがはるかに見える。風の加減で、雑多な物音もまじってきこえる。すべてが今朝は洗われているように見える。

僕は君に哲学を語っているのでもなければ、譬え話を語っているのでもない。世間の人は、現実とは卓上電話だの電光ニュースだの月給袋だの、さもなければ目にも見えない遠い国々で展開されている民族運動だの、政界の角逐だの、……そういうものばかりから成立っていると考えがちだ。しかし画家の僕はその朝から、新調の現実を創り出し、いわば現実を再編成したのだ。われわれの住むこの世界の現実を、大本のところで支配しているのは、他でもないこの一茎の水仙なのだ。

この白い傷つきやすい、霊魂そのもののように精神的に裸体の花、固いすっきりした緑の葉に守られて身を正している清冽な早春の花、これがすべての現実の中心であり、いわば現実の核だということに僕は気づいた。世界はこの花のまわりにまわっており、人間の集団や人間の都市はこの花のまわりに、規則正しく配列されている。世界の果てで起るどんな現象も、この花弁のかすかな戦ぎから起り、波及して、やがて還って来て、この花蕊にひっそりと再び静まるのだ。

僕は遠い陸橋へ目をやった。そこを通る一台の自動車が朝の日光に光った。するとその一台の自動車も、一気に距離を失って、僕の存在とごく短かい糸で結ばれているような気がした。それも水仙のおかげなのだ。

僕は庭のすがすがしい空気を吸った。見たところはまだ緑の兆はないが、枝々の尖端がかすかに赤味を加えだした枯木という枯木は、もう冬のあいだのきびしい輪郭を失っていた。これも水仙のおかげなのだ。

まことに玄妙な水仙！　うっかり僕がその一茎を手にとったときから、水仙の延長上のあらゆるものが、一本の鎖につながっているように、次々と現われて、僕に朝の会釈をした。それは水仙の謁見の儀のようだ。僕は僕と同じ世界に住み、水仙と世界を同じくするあらゆるものに挨拶した。永らく僕が等閑にしていたが、僕が今や分ちがたく感じるそれらの同胞は、水仙のうしろから続々と現われた。街路をゆく人たち、買物袋を下げた主婦、女学生、いかめしいオートバイ乗り、自転車、トラック、巧みに街路を横切る雉子猫、あの陸橋、広告気球、ビルディングの群の凹凸、高架鉄道、その遠い汽笛、アパートの窓の沢山の干し物、人間の集団、人間のあらゆる工作物、大都会そのもの、……それらが次から次と、異常なみずみずしさを以て現われた。

僕が一日一日現実を恢復して、今こうして君の前に元気な姿を見せられるまでになった二ヶ月間については、そんなに詳しく話す必要はないだろう。僕はそれまで送っていた閉鎖的な生活をすっかりやめてしまった。家人のよろこびはもとよりだった。仕事も少しずつできるようになり、僕はもっと広大な世界、未知の国々を見たいという、普通の青年らしい欲望の擒になった。父がそれに賛成した。僕はメキシコへゆくことに決めた。

……………………。

「信じられないという顔をしているね」

と語り終った夏雄は笑いながら言った。

「でも僕は、自分の本当の体験を、なるたけわかりやすく話したつもりなんだ」

「お話そのものがわかるわからないより」と鏡子は気持のよい声で言った。「あなたが今そこにそうして、元気なお姿でいるということが何よりの証拠だわ」

しかし鏡子は夏雄の話から一種の感動をうけていた。その舒述に鏡子は何かしら彼女自身の生き方の保証を見出し、このいつも大人しく微笑して黙っていた青年の、はじめて雄弁の能力を示した上気した頬の色に、今まで気づかなかった共感を感じたのである。

鏡子はもともと女の立場を一歩も譲らなかった。すべての論理の女性的な融解、これが鏡子の長所であった。

「もっとお客様におすすめしたら」

と事もなげに娘に言った。真砂子は喜んで、数学のノートを放り出して、夏雄のグラスにコニャックを注ぎに行った。一体鏡子はいつまでこの子を起しておくつもりだろうと夏雄は思った。

夏雄はいつまでもここに居たいと思う。今夜に限って、自分はもう外国へゆき、鏡子は良人を迎える前の最後の自由な晩だと思うと、残り惜しさがまざまざと募って来る。夏雄は酔った目であたりを見まわした。すると嘗ての日の友が、今は馴染のない新らしい椅子の空席に、それぞれ気楽な姿勢で腰を下ろし、喋りたいとき喋り、呑みたいとき呑み、帰りたいとき帰るという完全な寛ろぎ方をしている姿が浮んだ。

収は派手なシャツを着て、自分の美貌の檻に閉じこもって、何を考えているのかわからない無為の様子で、ぼんやり椅子の肱掛に頬杖をしていた。峻吉は炉棚のかたわらに立ち、いつも自分の前に敵を予見するような、緊張した姿勢を崩さず、目はその叩き均らされた顔から際立って俊敏に光っていた。清一郎は地味な背広に地味なネクタイをして、そのネクタイの結び目をだらしなく弛め、ひどく酔って、こう言っていた。

「世界はもうじき滅びるだろう。さあ、俺たちは出発だ！」

――夏雄のこんな感慨は鏡子にもすぐ伝わった。

「昔の友達のことを考えているのね」

と鏡子は言った。

「うん」

と夏雄は答えた。その大人しい肯定が、鏡子の感じやすくなった心に愬えた。

『この人は幸福な王子のような様子をしている。痩せて、勇敢になり、不幸もいくらか知り、快活に話すこともおぼえた幸福な王子。それはもう本当の幸福な王子ではない。いつだったかこの人が、自分が子供のときほど幸福だったことは、それ以後一度もない、と話していたことがある。水仙の花がどうしたというんだろう。本当にそんな一本の水仙の花が、この人の幼年時代の絶対の幸福を、凌駕したということがあるだろうか？

私がまだ教えてあげられることがある』

鏡子はその考えをすぐさま口に出した。

「旅行へ行くのはいいわ。メキシコには、肌の浅黒い、きれいな女の人がいっぱいいる筈だわ。でもあなたはもうそのことは御存知？」

夏雄は赤くなって黙ってしまった。鏡子の言葉よりも、真砂子の態度におびやかされた。この十歳の娘は、母親の言葉をきくなり、今までお河童の髪を伏せて熱中しているようにみえた数学の教科書から、俄かに顔をあげて夏雄をまじまじと見つめたのである。

その目は好奇心に潤んでかがやき、しかしいかにも好意的で、年上の女が傍観しながら、若者を心でいたわりながら、熱烈に答を期待している眼差そのものだった。

戸外は風が出はじめたようで、窓ごしに枝葉のそよぎが見える。しかし以前のようには、雨風が戸を鳴らしたり、室内に気配を伝えたりすることがない。仏蘭西窓も堅固に閉まって、シャンデリヤの光りばかりが煌々として、部屋は完全に外界から遮断されているという感じがする。

「まだなんでしょう」

と鏡子がなめらかな声で言った。

「うん」

と夏雄は依然として赤くなったまま答えた。

真砂子が急に立上って、客間の一隅の蓄音器のところへ行った。キャビネットからレコードを探し、爪先立ってそれをかけた。夏雄はこの子の幼ない背中に並んでいる釦の数を、びっくりして数えてしまった。

甘いダンス曲がはじまった。真砂子は、大事業を仕了せたあとのような得意気な表情で、母親の膝に帰って来た。子供らしい上気した様子でちょこまかと動き、教科書やノオトや鉛筆を、とりまとめて小脇に抱えた。

「もう寝るの。えらいわね。お寝みなさい」

と鏡子が言った。

真砂子は夏雄のかたわらへ来て、椅子の肱掛につかまって、おやすみと言った。

「額にキスしてやらなくちゃだめよ。外国映画でおぼえたんですから。この子は誰か自分の一等好きなお客様に、額にキスをしてもらいたがっていたんですから」

夏雄は小さな生毛の生えた額に唇を寄せた。乳くさい髪の匂いがした。真砂子は、すると、実に器用に男の唇から額を離し、ドアのところまで行ってから、ふりむいて手を振った。

「さようなら。メキシコからお手紙を頂戴。きれいな切手をいっぱい貼ってね」

そしてその豊かなお河童の髪は、一揺れして、ドアの背後に隠れてしまった。

「どうしてそんな顔をしているの」

と鏡子が笑いながら訊いた。

「僕は怖くなったよ」

夏雄はダンス曲の大きすぎる音量に、抗しかねるほどの声で、辛うじてそう言った。

「何を怖がることがあるの。あなたはあの子のお目がねに叶ったんだわ」

「お目がねだって？」

「そうよ。私のところへ来るお客様で、あの子が一等好きなのはあなたなの。一等きらわれていたのは多分清ちゃんでしょうね。もちろんあの子がこの世で一番愛しているのは私の良人、あの子の父親ですけれど、とうとうあの子の思うとおりになって、父親が帰って来ることになったら、真砂子はとても寛容になり、かたがた私が可哀そうになったらしいの。

むかし私はあの子の気持がさっぱりわからなかったけれど、この頃では手にとるようにわかるのよ。さっきのお酒のすすめ方、レコードのかけ方、……あなたは今、あの子からはっきり許可をもらったんだわ。そうでなければ、あんな話をきいたら、あらゆる妨害をしかねない子なんですから」

「だって真砂子ちゃんは十歳でしょう」

「十歳がどうしたというの。あれは私の娘なのよ」

鏡子は一種投げやりな調子で、こんな怖るべき宣言をした。

しばらく沈黙があった。今度は夏雄のほうから口を切った。

「おととしの今ごろ、みんなで箱根へ行ったことがあったな」

「芦の湖ね。そうしてホテルで……」

「ホテルで……。あの晩は思い出すとへんな晩だった」

「要するにあなたは私を尊敬しすぎていたんだわね」

そう言うと、俄かにそうする権利を得たかのように、鏡子はコニャックの杯を片手にして、長椅子の夏雄のかたわらに来て掛けた。

「イヤリングをしていないと、裸のような気がするって君が言ったぜ」

今夜の鏡子はイヤリングをしていなかった。夏雄は一種静かな心境で、女の形のよい耳、ほのかに桃いろをして、たびたびつける香水の滲み入った柔らかな耳朶を眺めた。

いつのまにか鏡子は彼の髪を撫でていた。

「もう尊敬しない？　それでもいいわ。あなたは外国へ行ってしまうし、もうめったに逢うこともないでしょうから」

と鏡子は言った。

＊＊＊

「鏡子が私に告白をしたなんて！　私はあの人の口から、はじめてあの人のしたことをきいたんだわ。まだ信じられないわ。夏雄ちゃんがあの人と一緒に寝たなんて！　それも鏡子がはじめての女だなんて！……もしかすると鏡子は最後の最後に、とっておきの嘘をついたのじゃないかしら。ばかげた話だわ。どういうつもりで、私たちをつかまえて、あんな問わず語りの白状をする気になったんだか」

光子は上気して、一人で喋っていた。そしてつっかかるように、こう附加えた。

「それもおとといの晩だって！　馬鹿にしている。夏雄ちゃんは感激して泣いていたって！　本当に、人をばかにするにも程がある」

「でもきっと嘘じゃないわ」とお人好しの民子は言った。「あの人一度も嘘をついたことがないもの。それにあんなことを言うのは、とても私たちを信用しているからだわ。旦那様のかえる二日前に、はじめて浮気をしたなんて、人にきかれたら困る話ですもの。旦那様だって、鏡子が口先ばかりで身持の固いのを、探偵まで使って調べ上げた上で、帰って来るという矢先ですもの」

光子と民子は、鏡子の家を出て、駅までの細い道を歩きながら、話に熱中して何度か立止った。光子の口調には抑えきれぬ忿懣があふれていたが、民子はいつものとおり平気の平左のそらぞらしい話し方である。それが一そう光子を苛立たせる。

うららかな日で、人通りのない道の大きな屋敷の塀からは、満開の桜がそこかしこにのぞいている。風がないのに、花が散って来て、ひるがえって、二人の髪にかかった。どこかでピアノの練習の音がきこえる。歩くほどに二人の体はけだるく汗ばみ、このごろ肥ってきた民子は、自分だけ自然から不公平な扱いをうけているように感じながら、喰べたいだけ喰べ、寝たいだけ寝て、自然に対して何ら積極的な不平を鳴らさない。光子は反対に痩せてしまった。もとからやや浅黒かった肌色が、更に沈澱して青みを加え、大きな下りぎみの目の下にはおびただしく小皺がふえた。しかし光子はますますタイトな服の着られるのを喜んでいる。

要するに二人とも、自分たちについて、そんなに不満な状態にあるのではない。光子はやや渋好みの青磁いろの服を着ている。民子は季節に二ヶ月ほど早いプリント模様のワンピースを着ている。

こうして二人は、当面の鏡子の情事を非難しながら、実は別のことで深く自尊心を傷つけられていた。今日、二人は例の気まぐれで誘い合せ、手土産を持って突然鏡子の家を訪ね、いつもながらの歓迎はもとより、新らしい男友達もそこで得られるように思っていたが、そっけなく二人を迎えた鏡子は、いきなりこう言った。

「悪いところへ来て下さったわ」

それでも鏡子は、とにかく二人を家へ上げた。そしてもう一時間もたたぬうちに、良人が家へかえってくるから、それまでに是非引き揚げてほしいと言った。二人が呆(あき)れていると、問わず語りに、夏雄との情事を話したのである。

帰りがけは一そう悪かった。玄関先まで送って来た鏡子は、今までの懇(ねんご)ろな交遊を謝し、婉曲(えんきょく)な言い方ではあるが、今後一切出入りをしないでほしいということを申し渡した。

——駅が近づくにつれて、お人よしの民子の心にも、だんだん鏡子への忿懣が煮立ってきた。

「あの人は友達を裏切ることが平気なのね。私はじめから、一等冷たい人間は鏡子だと思っていたの」

「うそよ。あなたなんかにそんな人を見る目があるもんですか。あなたは一等巧(うま)く、鏡子に丸め込まれていたんだわ」

と光子が毒々しい口調で言ったが、民子は怒りもせずに賛成した。

二人は気分の不快なときの常で、銀座の行きつけの美容院へ行けば、気分が直るだろうということでも、考えが一致した。信濃町駅前の広場へ出ると、そこへ当然来るべきタクシーを探したが、この日に限って、タクシーはなかなかつかまらなかった。

橋の向うの外苑(がいえん)の森は緑を増していた。線路にまたがるその陸橋の上には、見馴(みな)れないカーキいろの制服の青年の群が、数本の幟(のぼり)を央(なか)にして群がっていた。カーキいろの胸もとに見える黒いシャツと黒いネクタイは、何かその群に不吉な、陰気な感じを与えた。

「誰か皇族が通るのね。お巡りさんが集まっているわ」

と民子が言った。光子は民子のこんなばからしい錯覚を放置(ほう)っておいた。そして目を、それらの威々(たけだけ)しい残忍な鳥類のような制服の若者の群へ走らせた。どの一人も肉体的な力に充(み)ちた美しい顔をしていて、光子は制服の男と一度も寝たことのないのを残念に思った。

そのうちに、何か申し合せをしていた橋上の青年たちは、俄(にわ)かに群を解いて、そこかしこへ散りはじめた。多くは連れ立って駅のほうへ歩いてきた。中から一人だけこちらへ歩いてくる青年を、民子はみとめて、大声でこう呼んだ。

「峻ちゃん！　峻ちゃんじゃないの」

光子は峻吉だと知ると、忽ち幻想を破られた感じがした。しかし制服を着た峻吉の顔には、野卑なまなましい精力が溢れていた。制服がはち切れるほど肥ったその体は、二人の女の前に屹立して、体全体で何か屈辱的なことを命令しているように見えた。

「その制服は何の真似なの？」

「尽忠会の制服だよ」

「尽忠会ってなあに」

と民子がきいた。

「君らの知らんでもいいことだ」

峻吉はこれから鏡子の家を訪ねるところだと言ったので、光子と民子が言葉を尽して止めた。峻吉はやっと折れたが、その代りに銀座へ一緒に行こうという誘いもきっぱりとはねつけた。

「俺はやっぱり仲間と一緒にかえるよ」

彼は改札口を通ってゆく制服の数人を追って、たちまち背を反して駈け去った。

「ずいぶん冷淡なあしらいね」と民子は言った。「友達の二三人ぐらい紹介してくれたらいいのに。あんな得体の知れない制服の連中をつれて、遊びに行ったらきっとたのしかったわ」

そのときタクシーが、この派手な身なりの客のかたわらへ辷り寄ったので、二人は仕方なしに乗って、銀座の美容院の行先を告げた。

……鏡子は学校を早退けしてかえった真砂子を傍らに置いて、ひろい客間のまんなかの長椅子にかけて、時計を見ながら、何度か玄関へ通ずるドアのほうをふりかえった。約束の午後三時を大分まわっている。時計が進んでいるのだろうか。何もかも修理をすませたのに、無秩序な生活に馴れた時計だけは、修理に出すのを忘れたのである。

「もうお見えになる時分よ」

と鏡子が何度目か真砂子に言ったときである。門内の玉砂利を圧して、自動車の辷り込んでくる疑いようのない音をきいた。鏡子は飛び出そうとする真砂子をしっかりと押えた。

「何度も言ったでしょう。ここで待っているのよ。ここでお父様を迎えて、おかえりあそばせと言うんです」

これが鏡子の矜りの名残り、最後にちょっぴり見せるべき自尊心の名残りでなければならない。そのためにわざわざ、ドアへ背を向けた長椅子を選び、入って来た良人の跫音を確かめてから、ゆっくり立上って、振向いて迎えようと思ったのである。

玄関の扉（とびら）があいた。ついで客間のドアが、おそろしい勢いで開け放たれた。その勢いにおどろいて、思わず鏡子はドアのほうへ振向いた。

七疋（ひき）のシェパァドとグレートデンが、一度きに鎖を解かれて、ドアから一せいに駈け入って来た。あたりは犬の咆哮（ほうこう）にとどろき、ひろい客間はたちまち犬の匂いに充たされた。

――一九五九、六、二九――

（一九五八、三、一七起稿）

解説

田中西二郎

この小説の主要人物のひとり、日本画家の夏雄が、深大寺(じんだいじ)の丘で見た落日の光景にモチイフをつかみ、そこから画室のなかでタブロオに仕立てるプロセスを、作者は次のように語る。

あのとき見た風景が、こうして小さな一枚の小下絵に凝集するまで、彼の脳裡(のうり)を、数しれぬほどの風景の微妙な変相がとおりすぎた。切りとられてきた自然の一部が示す均衡は、にせものの均衡だった。なぜならその均衡はどこかで見えない全体に委(ゆだ)ねられているからだ。自然全体の均衡から盗みとられながら、そしてその大きな均衡を模写しながら、どこかしらで全体に犯されていたからである。画家の任務はまず嘱目(しょくもく)の風景から、こうした全体に蝕(むしば)まれ犯された部分、全体の投影をさぐり出し、それを切り除いて、一旦(いったん)崩れてしまったかにみえる残りの部分から、新らしい小さな画面の全体の均衡を組立て直すことである。……

……夏雄のなかに、時間と空間とを擁した全体的自然の大伽藍がものの見事に崩壊するこうした瞬間は、いつも深い感動と喜びを以て感じられた。そのとき世界は完全に崩壊し、これから描かれなければならない一枚の白い画面だけが残っていた。

……まことに喜戯的なこの魂！　無意味を容認し、無意味をつゆほども怖れない魂の前に、制作のさまざまな無限の自由がはじまり、感覚と精神の放蕩がはじまる。彼は形象と色彩をこねまわし、あちこちへ動かし、逆さにし、横にし、……自分自身にも定かには知られていない一つの秩序にむかって、永いこと無秩序を玩具にしているのである。

こんな作業には、まさしく苦渋のうちに歓喜がにじみ、理性のうちに陶酔がまじって、綿密な技術的配慮が放恣な感覚的耽溺と一緒になっていた。

たいへん長々と引用したが、これには二つの目的があってしたのである。ここには、現実の印象を〝色彩と形態の原素〟へと還元する作業の代りに、〝観念とイメイジの言葉〟へと還元する散文の芸術家としての作者自身の天稟の資質が、充分な客観的省察のもとに語られている。と同時に、そうした内容が『鏡子の家』では全体のうちのごく小さな細部として描かれている、その細部の表現の見事さの一例として、読者に眼を洗って見直してもらいたかったのである。この〝喜戯的な魂〟が理性と陶酔、歓喜と苦渋を同時に味わいつつ製作に没頭したその所産は『花ざかりの森』以来の短編や、『近代能楽集』などであったと考えてもよいが、私はむしろそのことよりも、このような〝綿密な技術的配慮と放恣な感覚的耽溺〟との一つになった多産な労作の持続と蓄積との上に、この長編小説の現代に比倫を絶した文体美が築かれたことを指摘したいのだ。

そうだ、この小説から、細部の隅々(すみずみ)にまで作者の渾身(こんしん)のエネルギイに充電された観念と影像との語彙(ごい)の緊密な秩序と均斉の美を味わわなかったとしたら、あとに何が残るだろう！　むろん、作者は深大寺の短冊(たんざく)型の夕陽に満足した日の無邪気な夏雄ではない。単なる自己の美的感受性の使役に甘んじない現実認識と能動的意志とで長編(ロマン)の世界を闊歩(かっぽ)している。言いかえれば、一度作者の内部で〝ものの見事に崩壊〟した現実世界に対して相似的(アナロジカル)な小説的世界像が、一千百枚のエネルギイ量の放射を通じて再構築されているのだ。三島氏にとって、この大作が氏の絢爛(けんらん)たる作家閲歴においても特にマイルストーン的な意義をもつことの意味がここにあることは改めて言うまでもなかろう。しかし、名作『金閣寺』と同じく、『鏡子の家』もまた、前者以上に複雑な美的生活群像――美の追究者なるが故(ゆえ)にそれぞれにストイシズムをみずからに課す青年たち――を取扱っているという意味をも含めて、これもまたワイルドの流れをくむ唯美(ゆいび)派の文学であり、作者は一個の唯美家として読者の前に自己のすがたを顕わしているのであって、すなわちこの文体が三島由紀夫なのである。

磨かれた語彙にくるまれた影像が活字の奥から脳髄にしみこむとき、語彙と影像とのあいだにあるかなきかの微妙な断絶を感じる。緊密な語句の連なりが、イメイジを喚起する直前にリズムを伝えてくるからだ。このリズムの与える効果はスタティックである。描写よりも説明。アクションも情景も、人物の精神的パタンの説明として観念的に叙述される。朝鮮戦争が終り、戦後の社会の正常化がすなわち頽廃への道程にほかならない冷戦時代の日本が、その〝失われた世代〟を通じて映しだされる。——ところで、いままで書き落していたが、『鏡子の家』は昭和三十四年（一九五九年）九月、書き下ろし単行本として新潮社から、第一部・第二部二巻同時に発売された。作者ときに三十四歳であった。

『鏡子の家』の構成について、私の寓目した限りの批評が一つも言及していない特色がある。批評家たちはそれが広く多くの作家に採用されている手法であるかのように、その点を無視している。あるいは作者がそう気づかせないような特別な詭謀に、多くの明敏な批評家たちがあざむかれているのか、それともまた私の無知のために、この手法には既往に多くの粉本がありでもするのだろうか？

その特色とは、私がひとり合点で〝メリ・ゴオ・ラウンド方式〟と名づけている構成である。学生拳闘家の峻吉、美貌の無名俳優の収、天分ゆたかな童貞の日本画家夏雄、世界の崩壊を信じる有能な貿易会社員の清一郎、この四人は作中の同格の主人公であり、前述のようにみずからの生き方に確信をもち、ストイックにその生き方を追究する故に他人の干渉をゆるさない。かれらはたまたま〝鏡子の家〟をサロンとする友達であるというだけで、めいめい勝手に自分の軌道の上だけを歩いている。したがって絶えて四人は絡みあうことがなく、たがいにたがいの運命に干渉もせず、影響を受けることもない。物語は、一定の時間——一九五四年四月から一九五六年四月までの満二年間に、かれらの運命が上昇し、そして下降する四本の平行線条を描くことで成立っているのである。いわば四人のストイックのrise and fallの物語とでも名づけようか。……鏡子そのひとすら、彼等の運命に何の影響をも及ぼさない。彼女は、ときどき四人が集まるか、一人一人でやって来るかしたときに彼等が自分の姿をそこに見る鏡の役割しか勤めないのだ。

かれら四人がそれぞれの生活の圏をもち、その圏の拡大や収縮が走馬燈式に、磨きに磨かれた文体のリズムに乗って展開し旋転する。これは簡素さと複雑さとを一挙に手中に収める構成であり、その読者に与える印象が〝現代〟のヴィジョンであるのは言うまでもない。私がこれを〝メリ・ゴオ・ラウンド方式〟と呼ぶのは、サマセット・モームが青年時代に、これと同じ試みをした小説の題名が『メリ・ゴオ・ラウンド』だったからだ。これはモーム自身の記すところでは失敗の作であったからCollected Editionに採用することをやめたそうで、だから私は読んだわけではないが、たまたま彼の選集の初巻にえらばれている『ラムベスのライザ』（新潮社版『サマセット・モーム全集第一巻』）を訳したついでに、巻頭の総序も訳して載せた、その序文のなかで、この作品について詳しく書いているので知ったのである。当時モームは普通に小説家が二三の主要人物だけをとらえて来て、まるで地球が彼等のまわりを回ってでもいるかのように扱う書きかたに不満を抱いた。「私はこの世の中に私の愛している娘と、私の情熱の行く手を邪魔する恋仇と、三人だけでいるわけではない。私をとりまくあらゆる人々の上にも、あらゆる種類の胸の躍るような冒険的事件が起りつつあるのだし、それらの事件は私の冒険が私に対してもつのと同じ重要性を、彼等に対してもっているのだ」そこで、

私は同じ世界に住んでいる人々どうしの関係に似た漠然とした関係しかもたぬ幾人かの人物をとらえて来て、同じ程度の詳しさで彼等全部の話を書き、彼等のすべてについて私の知っているすべてを語ることによって、人生についての遥かに充実した印象を与えることができるだろうと考えた。私は必要な数の人物をえらび、同時的に起る四つの物語を工夫した。ちょうどイタリアの修道院にある大きな壁画のなかで、あらゆる風俗の人があらゆる多趣多様なことを行なっているが、観者はそれを一眸のう

ちに収めることができる、そういう壁画のようなものとして、私は自分の小説を考えた。

ところが「この計画は野心的にすぎて私の力には及ばなかった。そのなかの一組の人物が他の人物よりも読者の興味を惹くことになって、彼等について知りたいと思う読者は、他の人物が出てくるといらいらする、という点に私は気がつかなかったのである」とモームは告白している。

モームがどんな失敗の仕方をしたか、読んでいないから『鏡子の家』と比較することはできないが、モームならずとも、近代小説の諸大家であっても至難なこのような企てで、三島氏がモームと同じ野心と実験欲とでこの小説に取組んで成功したことに私は脱帽する。私は読者が、普通の小説を読む気で読んで、勝手が違った、というだけの印象から途中で投げださないように希望するが、おそらくそんな心配は無用であろう。私の敬愛するE・G・サイデンスティッカー氏が、「作中人物たちのシニシズムと暴力は、青っぽく空虚なものに見え」てくると非難したのは首肯しかねる。これはまさに〝青っぽく空虚なシニシズムと暴力〟との一世代の腐敗の物語であって、その世代への偏愛と共感とが、作者にこの小説を書かせたのだからである。その熟れ饐えた頽廃と腐敗の香気が私を酔わせた以上、ふたたび私は〝文体の勝利〟を讃えずにいられない。と同時に、

『禁色』の美青年悠一が収に、『憂国』や『剣』の主人公が峻吉に、『沈める滝』の昇が清一郎に、それぞれ姿を変えて登場するのを見れば、作者がこの作品に構想した〝イタリア壁画〟がいかに周到な構図をもつものかを理解するのはさほど困難であるまい。

　四人の青年のうち、夏雄だけは破滅から立ち直る。青木ヶ原の樹海で、突如として虚無の空白に突き当たり、神道系の神秘思想に耽って画が描けなくなるが、ある朝、眼覚めの枕もとに一茎の水仙の花が横たえられているのを見て、その正確な形象美が彼を現実と和解させるのである。かつて『小説家の休暇』のなかで、三島氏は日本文化の感性的具体性を世阿弥の「花」によって説明したことがある。花とは一理念の比喩でなくて、「それはまさに目に見えるもの、手にふれられるもの、色彩も匂いもあるもの、つまり『花』に他ならないのである。」――私はこの文章の冒頭で夏雄の現実からの造型的把握について、作者の短編小説の技法を類推したが、結末でのこの「花」の発見は日本的感受性によるロマンの思想と契合するものではないか、と私は敢て臆断する。この長編で、たしかに作者は戦後日本の一時代の頽廃を描き切った。が、それだけで終らせずに、一輪の水仙花を点出する鬼工によって、日本的古典主義的唯美主義の直観を読者に垣間みさせている……「現代日本の文化的混乱は、私には、感受性の遠心力の極限的なあらわれと思われる。……こうした矛盾と混乱に平然と耐える能力が、無感覚とではなく、その反対の、無私にして鋭敏な感受性と結びついている以上、この能力は何ものかである。……かかる文化の多神教的状態に身を置いて、平衡を失しない限り、それがそのまま、一個の世界精神を生み出すかもしれないのだ」(『小説家の休暇』)

近代の日本文学で、おそらく三島氏と肩を並べうる唯一の唯美家(エステート)(ただし浪曼的(ロマン))である泉鏡花の長編『由縁(ゆかり)の女』が、やはり〝メリ・ゴオ・ラウンド方式〟の傑作であることを附け加えておこう。

(一九六四年八月、翻訳家)

解　説

柚木麻子

馬込文士村と呼ばれる一帯に含まれる大田区南馬込で育った。二十年以上暮らしていた私が言うのだから間違いないが、宇野千代や吉屋信子などの有名作家たちが暮らしていた名残など感じられない、ごく普通の住宅地だった。本来見どころはたくさんあったのかもしれないが、ゆかりの建造物はほぼ残されておらず、地元自治体のPRが上手くないというか、街全体が文化的価値に対して無頓着だったように思う。室生犀星邸は室生マンションになっていたし、赤毛のアン記念館・村岡花子文庫はモンゴメリーが大好きな私さえその存在をキャッチしていないほど知られておらず、その後、朝ドラ「花子とアン」で一躍有名になったタイミングで東洋英和女学院に所蔵図書が移されてしまった。そんな中、高い塀に囲まれたヴィクトリア朝コロニアル様式の三島由紀夫邸だけは異彩を放っていた。真っ白なお屋敷は、どんな人でも足を留めて、まじまじ眺めてしまうくらい、風景から浮いていた。幼い頃から母と前を通るたびに「ここ、有名な作家さんが住んでいたのよ」と教えられ、抱き上げられて、庭にあるアポロン像の頭を覗かせてもらっていた。子供心に「映え」というものがわかった瞬間であった。

私が幼稚園の頃から通い詰めていた馬込図書館もまた、所蔵図書の価値に無頓着だった。文士村ゆかりの作家の初版本をさして大事そうでもなくそのまま並べてあって、閲覧はもちろん、借りることも出来た気がする。そのおかげで中高時代、私はなんの前知識もなく、三島由紀夫を一通り初版で読めたのである。『お嬢さん』『夏子の冒険』『夜会服』『肉体の学校』のようなヒロインが活躍するエンターテインメントが好きで、大きな影響を受けた。耽美的だったり陰影に富んだ作品に関してはあんまり記憶がない。しかし、私の愛読書は世間的には三島由紀夫の代表作とはみなされず、文学的な評価が高くないと国語の授業で知って驚いた。

当時お気に入りの一冊だった『鏡子の家』もまた今回解説を書くにあたって、発表時の評価が芳しくなく、三島が気に病んでいたと知り、私の「評価されていない方の三島好き」は確固たるものになった。『お嬢さん』のような女性同士の連帯や『夏子の冒険』のようなハチャメチャな活躍が描かれているわけではない、どちらかといえば破滅寄りな物語なのに、何かにつけては思い返している作品である。

ちなみに篠山紀信の写真集『三島由紀夫の家』（美術出版社）の篠田達美の解説によれば、馬込の三島由紀夫邸は本作の刊行と同じ一九五九（昭和三十四）年に完成している。「鏡子の家」のモデルと噂される信濃町にあったお屋敷とはまったくタイプの違う外観だけれど、おしゃれな男女で賑わう邸宅内の写真を眺めていると、毎晩パーティーをしている小説の世界が重なって感じられる。

『鏡子の家』は、姿を見せない強大な支配力を持つ父親への抵抗を描いている。この物語には、清一郎の義父を除いて父親は不思議なくらい登場しない。シングルマザーの鏡子の家に集まる峻吉、収、夏雄、清一郎。四人の直面する「壁」とは、敗戦後も残り続け、そして今も日本を支配する家父長制ではないだろうか。そこに正面から力で対抗しようとしたのが峻吉、自分の美貌に磨きをかけることで保守的な「男らしさ」の価値を下落させようとしたのが収、凝り固まった社会の価値観をアートでほぐそうと試みたのが夏雄、家父長制そのものにあえて自分が染まり、そのまま破滅することで内側から切り崩そうとしたのが清一郎ではないか。鏡子の元夫が一度もその姿を見せず、娘の真砂子が玩具箪笥の抽斗から父親の写真を取り出し「待っていなさい。いつか真砂子がきっとあんたを呼び戻してあげるから」(P43)と念じるくだりは、彼らの挑戦が失敗に終わることを示唆している。

朝鮮戦争の休戦による不景気から回復しつつある、一九五四(昭和二十九)年四月から二年間の物語だ。アメリカの占領支配が終わったものの、これまでの戦後民主改革を否定する声も高まっていた。政界に復帰した鳩山一郎と吉田茂首相の対立が表面化した時期でもある。清一郎が鏡子の家から森を隔てた明治記念館で結婚式を挙げる十二月七日、吉田内閣は総辞職する。その報を聞いて式場内の雰囲気が一転、来賓が政局の話ばかりしているのが、その後の彼の結婚生活を暗示する。物語の終わる一九五六(昭和三十一)年四月、鳩山一郎は自民党初代総裁に就く。歴史を振り返ると、この時、天皇制ファシズムと植民地支配を反省しないまま高度成長期に突き進んだせいで、現代日本が抱える課題が積み上がりはじめたように思える。

戦前の記憶を持つ三十歳の鏡子は、徹底的に楽しく気ままに暮らすことで、家父長制に背を向けている女性だ。若く美しい異性にいつも囲まれていることを好むが、なんでも受け入れてくれるマドンナというわけでも、男達と価値観を共有する「話がわかる」女性というわけでもない。鏡子はあくまでも自分の居場所を動かずに彼らを鑑賞し、おのおののエピソードを消費する立場に留まる。「一日中情事の話ばかりして、内心情事を莫迦にして」(P21) いるし、女友達からは「鏡子さんには男友達が沢山あるけれど、あの人はしんからの男ぎらいだから、スキャンダルの起りようがありません」(P468) と評される。「私たちは決して、人を助けることなどはできません」(P414) と彼女は口にするが、正確には男達と連帯しない、するつもりがない、という意味だろう。

鏡子と四人の男との向き合い方は、現代のファンとアイドルの関係にも似ている気がする。恋愛感情ではくくれない、友情や共感がそこにはある。会場や握手会に行かなくても自宅から応援し、交流することも出来る。でも、決して縮まらない、縮めてはいけない距離があり、そこには互いにデリケートに心を配る。峻吉、夏雄、収、清一郎のキャラクターは武闘派、文化系、ビジュアル担当、インテリと、そのまま人気アイドルグループを組めそうなバランスの良さだ。この作品のコンセプトをもとに選ばれた四人組を「H.O.K」（ハウス・オブ・キョウコ）としてデビューさせたら話題になりそうな気がするのだが、どうだろう。

最近のファンがアイドルと共闘しつつあるように、鏡子も一方的に彼らを搾取しているわけでは決してない。

『愛し合っていないということは何と幸福だろう。何て家庭的な温かみのある事態だろう』（P230）とは、街でばったり会った鏡子と一緒に歩く収の心の内の言葉だ。恋人でも親友でもない、少し寂しいけれど風通しが良い関係。愛情が発生したらたちまち家制度に取り込まれる。登場人物たちは何よりもそれを恐れているから、あえて離れているのだ。

峻吉は手を怪我したことでボクサーの道を断たれ右傾化、収は筋トレにハマるも高利貸の女性と心中、夏雄はスピリチュアルに傾倒し、最後は日本を離れることを決意、清一郎は出世を目指して権力者の娘と結婚するが、浮気されてしまう。彼らがのめり込んだことは全て、三島由紀夫自身も実際に試している。四人とも救われはしないように、三島も色々やってはみたけれど結局のところ、どれもしっくりこなかったのではないか。

何かに依存することなく現実をサバイブしてみせるのは鏡子ただ一人である。ラストシーン、彼女の家に飛び込んでくる元夫の飼い犬は、自由の終わり、家父長制への敗北の象徴とも読める。しかし、「幸福を軽蔑(けいべつ)しつづけて生きることは、女にとっては無理な相談ね」（P600）や「人生という邪教、それは飛切りの邪教だわ。私はそれを信じることにしたの」（P598）というセリフに、私はどうしても希望を見出(みいだ)してしまう。お金がない時期、自宅をパーティー会場としてレンタルしていた鏡子のことだから、家の外に仕事や楽しみを見つけて、生きていくのではないだろうか。

　馬込の邸宅のデザインに関して三島由紀夫はこんなことを言っている。

「美的生活と云(い)つても、十九世紀のデカダンのやうな、教養と官能に疲れた憂鬱(ゆううつ)で病的な美的生活は、私はまつぴら御免である」

　私は三島には女性がのびのびとやりたいことをやるエンターテインメントをもっともっと書いて欲しかった。そうした作品が評価されない文壇というものは今も昔も男性主義的なんじゃないかと思う。そんな風潮に誰よりも苦しみ、必死で「男らしさ」を身につけようともがいたのが三島なのではないか。さらに言えば、当時は画期的で救われる人も多かったのかもしれないが、同性愛を耽美的ではなく、当たり前のものとして描いた作品も読んでみたかった。「映え」に天才的な能力を発揮する三島が、ＳＮＳに出会っていたら、どう使いこなしていたのかということにも興味がある。生きていたとしたら今年（二〇二〇年）で九十五歳。やれないことはない。

散歩の途中、豪華な邸宅を目にする度に、馬込の真っ白な家をふと思い出す。そして、三島由紀夫も、私が好きな彼のヒロインたちのように、地に足をつけて「人生という邪教」と明るく向き合ってみたかったのではないかな、と考えてしまうのだ。

（二〇二〇年十月、作家）

参考文献
三島由紀夫の家　篠山紀信、篠田達美、石黒紀夫（美術出版社）
日本20世紀館　五十嵐仁ほか（小学館）

この作品は昭和三十四年九月新潮社より刊行された。

表記について

新潮文庫の文字表記については、原文を尊重するという見地に立ち、次のように方針を定めました。

一、旧仮名づかいで書かれた口語文の作品は、新仮名づかいに改める。
二、文語文の作品は旧仮名づかいのままとする。
三、旧字体で書かれているものは、原則として新字体に改める。
四、難読と思われる語には振仮名をつける。

なお本作品中、今日の観点からみると差別的ととられかねない表現が散見しますが、作品自体のもつ文学性ならびに芸術性、また著者がすでに故人であるという事情に鑑み、原文どおりとしました。

（新潮文庫編集部）

鏡子の家

新潮文庫　み－3－6

昭和三十九年十月五日発行
令和二年十月二十五日六十刷
令和三年三月一日新版発行
令和四年九月二十日二刷

著者　三島由紀夫
発行者　佐藤隆信
発行所　株式会社新潮社
郵便番号　一六二－八七一一
東京都新宿区矢来町七一
電話　編集部(〇三)三二六六－五四四〇
　　　読者係(〇三)三二六六－五一一一
https://www.shinchosha.co.jp

価格はカバーに表示してあります。

乱丁・落丁本は、ご面倒ですが小社読者係宛ご送付ください。送料小社負担にてお取替えいたします。

印刷・株式会社光邦　製本・株式会社大進堂

ISBN978-4-10-105051-5 C0193

新潮文庫

鏡子の家

三島由紀夫著

新潮社版

1641